SEPT NUITS D'ÉTÉ

www.editionsbookmark.com

Harper Fox

SEPT NUITS D'ÉTÉ

Traduction de l'anglais par
Mary Lange

MxM Bookmark

Titre original : *Seven Summer Nights*
Traduction © Mary Lange
Correction © Thomas Porte Plume
Suivi éditorial © Julie Nicey
Maquette © Ascencio Alexandre
Illustration de la couverture : MxM Créations

ISBN: 9791038112063

Existe aussi en version numérique.

www.editionsbookmark.com

Remerciements

Dans ce livre, j'ai cité le poème prophétique *Une nuit d'été* de WH Auden, écrit en 1933, six ans avant le début de la Seconde Guerre mondiale. Je me suis également servie de *La Charge de la Déesse*, de Doreen Valiente. La version la plus récente de *La Charge* date de la fin des années 1940, soit après l'histoire racontée dans ce livre. Cependant, Valiente a puisé dans de profondes racines, et j'aime à croire que Drusilla était également une sorte de prophétesse.

Seven Summer Nights est dédié, avec tout mon amour et mes profonds remerciements, à Jane.

LIVRE 1

DANS LE LABYRINTHE

CHAPITRE 1

Sabros n'était rien qu'une île de la Méditerranée, quelques kilomètres de roche, qui devait son importance au fait qu'elle se situait à mi-chemin entre la Libye et la rive sud de la Crète. Des voix s'élevaient, telles les ailes d'une colombe sous le ciel bleu.

Rufus Denby se fraya un chemin à travers les cris et la poussière. Debout devant la dernière tombe qu'ils avaient ouverte, le professeur Hargreaves était en train de se disputer avec le ministre sabrien. Il agitait les bras, le visage rouge brique sous la chaleur. Et sur le point de péter un plomb, apparemment. Le ministre, en revanche, restait serein dans sa djellaba, son expression de plus en plus hautaine à chaque seconde qui passait.

Hargreaves aperçut Rufus.

— Denby ! Ramenez-vous, vite. Vous parlez le jargon de ces maudites gens, pas vrai ?

— Un peu. C'est un mélange intéressant de grec crétois et d'arabe, en fait, qui n'est parlé que sur cette île et…

— Peu importe. Dites à cet... ce *monsieur*, que son propre gouvernement nous a donné le droit de faire des fouilles. Ils ne peuvent pas changer d'avis alors que nous mettons la main sur quelque chose qui vaut la peine de creuser dans ce désert perdu.

Rufus ne maîtrisait pas encore le dialecte sabrien. Mais d'après ses souvenirs, le ministre parlait un anglais correct.

— *Masa al-khayr*, ministre Belesh. Y a-t-il un problème ?

— Oui, Dr Denby. Un gros problème. Ce tombeau est *agapomenu.*

Une bouffée de chaleur venue de la mer scintillant au-delà des toits du village fit voleter la djellaba du ministre. Rufus chercha ses mots, son vocabulaire sabrien étant insuffisant. *Agapomenu* sonnait comme la définition d'une zone interdite, délimitée par des clôtures entourant des camps militaires. Il y avait cependant une nuance dans ce mot.

— Interdit ? tenta Rufus. Non. Sacré, plutôt.

— Interdit, acquiesça Belesh. Sacré. Oui.

Hargreaves se mit à renifler.

— Sacré ? N'est-ce pas là la foutue définition d'un temple ? Dites-lui, Denby !

Professionnellement, Rufus était l'égal de Hargreaves, conjointement en charge des fouilles. Il aurait dû être agacé que le vieux fou l'utilise comme traducteur et diplomate. Mais Rufus se souciait de peu de choses ces jours-ci.

— Monsieur le Ministre, ici, tout est *agapomenu.* Qu'y a-t-il de différent avec ce tombeau ?

— Pas le tombeau, *sayyid.* L'entrée de *tih. Lavyrinthos.*

Les cheveux de Rufus se dressèrent sur sa nuque. Il se tourna vers Hargreaves.

— Il dit…

— Je l'ai entendu, pour l'amour de Dieu. Lavyrinthos, le labyrinthe ?

— Eh bien, certaines légendes affirment que…

— Ne me faites pas la leçon sur les légendes, Denby !

Hargreaves s'empara de son chapeau avec frustration, et l'envoya valser. Il montra du doigt un jeune homme maigre qui poussait une brouette remplie de terre sablonneuse à travers le site.

— Toi, mon garçon ! Va le chercher avant qu'il ne s'envole. Lavyrinthos… Imaginez que cet idiot d'Arthur Evans ait eu tort, et que Cnossos se trouve ici !

Rufus réprima un gémissement. Les théories de Hargreaves à propos de l'île de Sabros ne cessaient d'osciller telle l'aiguille d'une boussole, passant du mépris à de grandioses hallucinations d'anciens châteaux crétois se dressant dans les airs.

— Je suis quasiment certain qu'Evans a localisé Cnossos à Cnossos. Et que le labyrinthe n'est rien d'autre qu'un mythe attrayant.

— En êtes-vous sûr ? Même Evans a réussi à se frayer un chemin jusqu'à une structure en forme de labyrinthe dans les ruelles souterraines.

— Ce qui est probablement ce qu'elles sont. Des rues en forme de labyrinthe, je veux dire.

— Et comment expliquez-vous les pièces ?

Rufus ne souhaitait pas expliquer quoi que ce soit. Il n'en avait pas l'énergie. La djellaba de Belesh était d'une blancheur immaculée et pure, brillant doucement, pareille aux dômes blanchis du village qui s'élevaient dans le ciel. Son neveu, tout en muscles, qui déblayait les décombres du mur du tombeau avec les autres Sabriens, avait un regard chaleureux et audacieux, transmettant à Rufus un message clair, s'il choisissait de le recevoir. Lors de la préparation de ces fouilles, Rufus avait étudié les pièces romaines jusqu'à pouvoir en dessiner les motifs dans la poussière : sur une face, une bête, mi-homme mi-taureau, sans conteste un Minotaure. Sur l'autre, une série de lignes entrelacées qui tournaient en boucle jusqu'au centre de la pièce.

— Si je devais garder une bête sauvage emprisonnée, dit-il doucement, je ne choisirais pas une structure qui n'a qu'une seule entrée et une seule sortie.

— Venez-vous de m'expliquer la différence entre un dédale et un *labyrinthe,* Denby ?!

— Peut-être. Plus important encore, nous devons comprendre pourquoi le ministre Belesh ne veut pas nous laisser creuser ici.

Mauvais choix de mots. Rufus le sut dès qu'ils sortirent de sa bouche.

— Nous *laisser* ? tempêta Hargreaves. Nous laisser ? Belesh et son fragile ministère nous ont jusqu'ici *permis* de fouiller six de ces tombes soi-disant sacrées, en utilisant des ressources et une expertise que l'État sabrien n'aurait jamais pu rassembler même s'il avait eu trois mille ans de plus pour le faire. Chacune d'entre elles est vide ! S'il souhaite se dérober au moment où nous atteignons notre dernière possibilité de retirer quelque chose de ces fouilles, lui et sa bande de politiciens dégénérés et fainéants peuvent faire une croix sur le soutien du gouvernement britannique pour toute forme de reconstruction d'après-guerre sur cette maudite île.

Il se tut, essoufflé. Belesh, qui comprenait un mot sur dix, en avait interprété suffisamment pour en saisir l'essentiel. Il fronça les sourcils, ressemblant au mythique personnage de la royauté de l'âge du bronze dont Hargreaves et Rufus avaient pour mission de déterrer les restes, pour l'instant sans succès. Il posa ses poings sur ses hanches et se mit à beugler rapidement en sabrien.

Rufus s'éloigna. Le vacarme des battements d'ailes des colombes lui faisaient mal au crâne. C'était le moment le plus chaud de la journée : personne ne s'opposerait à ce qu'il aille s'allonger dans sa tente. Le neveu du ministre le regarda partir, son beau visage pensif, une étrange lueur de compassion dans les yeux.

***

En fin d'après-midi, Hargreaves ouvrit le septième tombeau avec une pelleteuse mécanique. Rufus ne savait pas s'il y serait allé plus en douceur si Belesh ne s'était pas opposé à lui, mais le temps que le conducteur, engagé sur le continent, commence son travail, il était trop tard de toute façon : la plupart des ouvriers sabriens avaient abandonné leurs outils sur le site et étaient partis, certains serrant les amulettes en verre bleu qu'ils portaient contre le mauvais œil.

Rufus se tenait à quelques mètres de la machine rouillée, pas le moins du monde perturbé par le vacarme et la pluie de graviers. Il avait honte de lui-même. Le professeur Hargreaves avait dix ans d'ancienneté, et était très respecté. C'était aussi un bon universitaire, sauf lorsque son orgueil intellectuel le poussait à se convaincre que chaque ressortissant étranger sur terre était au mieux, inférieur, et au pire, une menace pure et simple. Sentiment vigoureusement renforcé par les événements des six dernières années.

Peut-être que si Rufus avait pris son parti, il ne serait pas en train de démolir l'entrée du dernier tombeau sabrien avec un bulldozer.

Dormir lui avait été bénéfique. Il ne fermait presque plus les yeux la nuit et, parfois, après un repos diurne, il pouvait voir le monde tel qu'il le percevait avant, et ses congénères humains comme des êtres réels à nouveau.

— Hargreaves, cria-t-il en entendant le rugissement de la pelleteuse. Êtes-vous sûr de ce que vous faites ? Si vous expliquez à Belesh que vous ne pensez pas à mal, que nous allons remettre toutes nos trouvailles au musée de Sabros, comme nous l'avons promis, il persuadera peut-être la main-d'œuvre de revenir. Ainsi, nous n'aurons pas à prendre cet endroit d'assaut.

— Silence, Denby.

Hargreaves se pencha et regarda fixement les blocs de pierre qui s'écroulaient.

— Il est trop tard pour ça, à présent. Si je pouvais, je rassemblerais les lâches et les flemmards et je les tuerais de mes propres mains. Je les alignerais contre ce mur et bang, bang, bang.

Les oreilles de Rufus sifflèrent. Il croisa les bras sur sa poitrine et combattit le désir de s'allonger et d'enterrer son visage dans le sol sabrien. Hargreaves n'était que paroles. Il avait passé la guerre dans un bunker du Kent et, pour autant que Rufus le sache, n'avait jamais tiré un coup de feu sous la colère.

— Nous avons encore le temps. Le ministère a renouvelé nos permis, pas vrai ?

— Oh, oui, nous avons le temps. Ce que nous n'avons plus, c'est de l'argent. J'ai reçu un message de Londres ce matin, un autre de nos foutus commanditaires s'est retiré.

— Lequel cette fois-ci ?

— Hunter & Co.

— Quoi ? Pourquoi ?

Hargreaves ignora sa question, mais la réponse aurait probablement été la même que pour tous les soutiens qu'ils avaient perdus : les quelques entreprises qui avaient de l'argent à investir le dépensaient, par acquis de conscience, sur le monde dévasté qui les entourait, et non sur des ruines vieilles de trois mille ans.

L'entreprise Hunter sponsorisait les expéditions du Royal Museum depuis des années. Sans elle, les fouilles de Sabros étaient compromises. Rufus regarda la vallée que lui et l'équipe de Hargreaves avaient minutieusement creusée au cours des deux derniers mois. Son indifférence fondit. Ça *pourrait* être le légendaire labyrinthe, si on faisait preuve d'imagination. Une découverte digne de celle de Cnossos ou de Troie.

— Allons donc, mon vieux, dit-il en tapotant l'épaule de Hargreaves. Allons voir ce que nous avons déterré.

***

Contrairement aux autres tombeaux, celui-ci ne se révéla pas être un tas de gravats enfouis quelques mètres sous terre. La voûte calcaire en encorbellement, intacte, apparut à la lueur de la torche lorsque Rufus laissa la lumière du jour derrière lui. Il y avait des peintures sur les murs, qui ne ressemblaient ni à l'iconographie de l'Égypte ni aux danseurs qu'Evans avait trouvés en Crète. Il s'agissait de formes abstraites, sinueuses, sautillant d'un côté et de l'autre du passage sous l'éclairage de la torche. L'excitation de la découverte s'empara du cœur de Rufus, avec une intensité qu'il croyait morte depuis longtemps. Il pouvait encore y croire. C'était un archéologue, l'un des meilleurs de son pays. Malgré la boue et le chaos qui hantaient ses rêves, il avait toujours une place dans le monde réel, dans le domaine qu'il avait choisi.

— Denby ! Ralentissez, voulez-vous.

Hargreaves le suivait avec difficulté. Il était accompagné du conducteur de la pelleteuse, désormais chargé de transporter le matériel et les lumières, et du beau neveu du ministre Belesh. Rufus n'avait pas remarqué que le jeune homme était de retour. Il se frayait un chemin prudent à travers les pierres jalonnant le sol, les yeux grand ouverts.

— Denby *sayyid* ! murmura-t-il en s'approchant de Rufus. Lavyrinthos !

— Peut-être bien, Zadi. Peut-être bien.

Un caillou se détacha du haut du mur. Il toucha le sol et rebondit, entraînant une autre poignée à sa suite. L'acoustique étrange du tunnel transforma le son en vibrations, tel un bruit de mitrailleuse. Qu'avait dit Hargreaves qu'il ferait aux hommes qu'il considérait et traitait comme des *indigènes* ? Les aligner contre le mur, et…

Bang, bang, bang. D'autres cailloux tombèrent. Le toit se dissolvait au-dessus de la tête de Rufus, s'ouvrant sur un ciel gris pâle. Il cligna des paupières face à la pluie soudaine. Elle emplit ses yeux, sa bouche, s'accrocha à ses cils et l'aveugla. Tout à coup, le bruit des canons antichars des Alliés se substitua à celui des battements de son cœur. Les murs du passage se transformèrent en couloir de boue. Il y en avait autour de lui, sous ses mains. Quand il les serra, le sang suintait de l'argile.

L'ennemi était à ses trousses dans la tranchée. Rufus se mit à tourner sur lui-même pour le trouver, sans relâche. Bang, bang, bang… Il pourrait arrêter les tirs si seulement il pouvait refermer sa prise autour du cou du diable, ici, dans la boue. Si seulement il pouvait l'atteindre, arracher la vie de la gorge du démon…

***

Le neveu de Belesh porta Rufus sous la lumière du jour, le berçant comme un enfant. Il le déposa à l'ombre de la plus grosse pierre que le bulldozer avait déplacée. Appuyé contre la roche chauffée par le soleil, Rufus écouta ses pas s'éloigner rapidement. Un enchevêtrement des voix résonnait au loin, tels des écheveaux qui se déchiraient. La peur et la rage se répandaient dans l'air chaud. L'effort nécessaire pour appréhender tout cela – pour s'en soucier – était épuisant. Rufus laissa sa tête retomber, en fermant les yeux.

— Denby *sayyid* ?

Zadi était agenouillé à ses côtés. Il tenait un pichet dans une main, une tasse en fer-blanc dans l'autre.

Rufus l'observa passivement pendant qu'il y versait de l'eau.

— *Efcharistó*. Euh… *shukraan*. Merci.

— Je parle un peu anglais, *sayyid*. Mon oncle me donne des leçons.

— C'est bien.

Rufus fronça les sourcils et prit la tasse, en essayant d'arrêter le tremblement de sa main. En quoi était-ce bien ? Pour que le garçon puisse perdre le contact avec sa famille au village, partir à Athènes comme Belesh et se laisser intimider par des bureaucrates sans visage ?

— Que s'est-il passé dans le tunnel ? Y a-t-il eu un éboulement ?

— Vous ne vous souvenez pas ?

— Seulement de la chute des cailloux et… de beaucoup de boue. Comment peut-il y avoir de la boue dans un sol aussi sec ? C'était rouge aussi, comme…

Il frissonna.

— Il doit y avoir plus de fer dans le sol que je ne le pensais.

— Il n'y avait pas de boue, *sayyid.*

Rufus essaya de réfléchir à ces paroles. Au lieu de cela, il se laissa distraire par les yeux sombres posés sur lui. Hargreaves appelait Zadi *garçon*, mais il semblait avoir la vingtaine, à peine cinq ans de moins que Rufus. Le surnom n'était que l'aboiement hautain d'un Anglais à l'égard de tous les mâles étrangers présents sur le site, que ce soient les enfants qu'ils utilisaient comme messagers, ou les hommes adultes tels que Zadi.

Qu'aurait-il pu se passer ? Les fouilles étaient terminées, aucune merveille n'attendait dans la septième tombe pour les sauver, alors Rufus se sentit libre de spéculer. Un soir au crépuscule, peut-être, il aurait croisé le regard suggestif au lieu de l'esquiver. Il aurait attendu que le campement s'endorme, puis aurait suivi à travers le village la robe blanche vaporeuse. Il y avait des endroits pour les hommes tels que lui, avait-il appris, aux abords de colonies comme celle-ci, en Égypte, au Maroc et dans les régions les plus sauvages de la Grèce. Oui, ici en Grèce – où des hommes comme lui avaient autrefois dirigé des nations – il pouvait être sûr de pouvoir se faire baiser contre un mur.

— Seigneur, gémit-il lorsque le vacarme de fond devint si fort qu'il ne pouvait plus l'ignorer. C'est Hargreaves, qui beugle comme un taureau ?

— Buvez encore un peu d'eau. Oui.

— Qu'est-ce qui ne va pas chez lui ?

Il découvrit la peur dans les yeux de Zadi, pas la luxure. Sa main reposait sur le manche du couteau planté dans sa ceinture.

— *Sayyid*, vous avez essayé de le tuer.

CHAPITRE 2

Un an après le 8 mai 1945, Londres était toujours en ruine. Le Royal Museum avait subi plusieurs assauts, dont le pire fut une bombe incendiaire dans la célèbre galerie assyrienne. Malgré cela, la vaste et belle structure était en grande partie intacte. Elle était à nouveau ouverte au public, consolidée et recouverte de sacs de sable aux endroits où cela se révélait nécessaire. Le bureau du directeur adjoint Taylor donnait sur Monmouth Place. Sous les platanes, la vie en temps de paix reprenait. Des groupes d'écoliers étaient escortés entre les bus et les camionnettes des boulangers. Les rayons du soleil dessinaient des bandes poussiéreuses sur le sol à travers les vitres scotchées. Rufus se leva pour faire face à la fenêtre. Ses pupilles se crispèrent douloureusement, mais il ne ressentit pas le besoin de cligner des yeux, comme s'il était devenu imperméable à son éclat et ne projetait aucune ombre. Comme s'il n'était pas du tout là.

— Dr Denby ?

Rufus s'assit. Taylor lui avait posé une question. Il était encore capable d'analyser certaines de ses absences et il repensa au contenu de la dernière minute. *Asseyez-vous, docteur*, lui avait-elle dit. *Comment vous sentez-vous ce matin ?*

Elle le regardait toujours, les sourcils froncés. C'était quelqu'un de bien, la première femme à être nommée députée. Elle avait occupé son poste avec dignité, au milieu des machinations de la hiérarchie administrative du musée. Rufus voulait l'aider.

— Je vais bien, répondit-il mécaniquement. Les médicaments que je prends me font un peu somnoler, mais ils semblent efficaces.

— Bien. C'est très bien. Et l'hôpital Finchley ?

— Excellent. En fait, ils m'ont relâché ce matin.

— Déjà ?

— Euh… oui, madame. Peut-être que c'était une libération pour bonne conduite.

La plaisanterie tomba à plat. Rufus s'éclaircit la gorge et regarda la lumière du soleil dessiner des grimaces de gargouilles sur les innocentes cariatides du bâtiment situé au-dessus de la route.

— Merci d'avoir couvert les frais de mon séjour.

— Eh bien, c'était le souhait des administrateurs du musée. Vous nous avez été d'une aide précieuse.

Son choix du passé tomba comme une ombre sur la pièce.

— Merci, répéta Rufus d'une voix sourde. Avez-vous eu des nouvelles de…

Ce fut à son tour de soupirer.

— Les fouilles de Sabros ? Le professeur Hargreaves ? Oui. En fait, je viens de recevoir son rapport complet ce matin.

Elle tourna les pages du dossier qui se trouvait sur son bureau.

— Ça vous dérange si nous le parcourons ensemble ? Certaines parties semblent un peu… fantaisistes, d'après moi, et je sais que le professeur peut être…

— Allez-y, s'il vous plaît. Je pense que tout cela est vrai.

— Très bien.

Elle joignit le bout de ses doigts et s'éclaircit la gorge.

— Bien. Il semble que, le deux mai – il y a un peu plus d'une semaine maintenant – le professeur, poussé par la crainte de perdre les fonds nécessaires à la fouille, ait décidé d'entrer dans la seule tombe encore intacte. Plutôt brusquement, pourrais-je ajouter, même selon ses critères. Je crois qu'un excavateur mécanique était impliqué.

— Il était en colère, madame.

— Oui, apparemment. Vous êtes tous les deux entrés dans le passage, qui promettait de mener à une chambre d'un intérêt considérable.

— Oui. Il y avait des peintures remarquables.

— En effet. J'ai une photo ici.

Elle la sortit du dossier, mais n'eut pas l'air de vouloir la tendre à Rufus, qui dut contenir un besoin affamé de voir une fois de plus les merveilleux motifs et tourbillons.

— Puis il y a eu un léger affaissement dans le passage – rien de grave, juste quelques pierres qui se sont détachées. Mais cela semble vous avoir bouleversé, parce que – c'est là que je commence à douter de l'histoire du professeur – vous vous êtes apparemment retourné contre lui, l'avez renversé et avez tenté de l'étrangler.

Une couvée de pigeons était nichée sur la noble tête d'une des cariatides. Le silence dans le bureau s'intensifia.

— Je ne m'en souviens pas, dit Rufus avec précaution. Mais comme je n'ai aucun souvenir précis après avoir découvert les peintures, et que Zadi a dit la même chose, je ne peux pas le nier.

— Zadi ?

— Un de nos ouvriers sur le chantier de Sabros. Tous les autres étaient partis.

— Et… vous connaissez bien cette personne ?

Elle n'avait eu pas l'intention de paraître froide. Rufus en était certain. C'était un véritable bas-bleu, qu'il n'avait jamais vue en compagnie d'un homme durant toute la période qu'il avait passée au musée. Peut-être estimait-elle que l'abstinence était une forme de courage, ou avait-elle appris à garder la tête basse. Le monde fermait parfois les yeux sur son espèce.

Pas sur celle de Rufus.

— Pas vraiment. Mais c'est un homme bon, un travailleur efficace.

Si Rufus avait pu se transporter à travers l'espace et le temps, il l'aurait fait, non pas pour baiser contre un mur, mais uniquement pour sentir des bras masculins, forts, se refermer autour de lui. Il se souvenait d'avoir été transporté hors de la tombe. Son corps lui faisait mal et se languissait.

— J'accepte qu'il corrobore la version du rapport de Hargreaves. J'accepte le rapport lui-même. Je ne sais pas par où commencer pour faire amende honorable auprès du professeur. Lui ai-je fait très mal ?

— Il semble que non. M. Zadi et un autre travailleur vous ont séparés, et Hargreaves se sentait suffisamment en forme pour continuer les fouilles après que vous avez été renvoyé chez vous, et pour m'écrire ceci…

Elle soupira en feuilletant d'autres pages.

— Ce rapport est extrêmement long. L'essentiel est qu'il était choqué, mais conscient que l'équilibre de votre esprit était perturbé, et il a choisi de ne pas porter plainte.

— C'est honorable de sa part. Euh… les fouilles se poursuivent ?

— Tout à fait. Tous nos soucis de financement ont disparu à la lumière des découvertes faites par Hargreaves dans cette dernière tombe.

— Oh.

Il y avait d'autres photos dans le dossier. Même leurs bords monochromes étaient alléchants.

— A-t-il trouvé le labyrinthe ?

— Le labyrinthe ? Non, mais des reliques de l'âge du bronze que nous espérions y trouver depuis le début. Il s'agit d'une sépulture royale, avec des chefs-d'œuvre funéraires et des trésors suffisants pour faire fonctionner tout un service pendant des années. Nous organiserons une exposition ici dès qu'il les aura ramenés à la maison.

Oh, qu'avait-il trouvé ? Étaient-ce des gobelets et des brassards, des images de petites déesses en bronze et en or ? Un plastron ou une couronne, un torque, un masque comme celui d'Agamemnon ? Rufus était presque heureux du ressac de l'apathie qui effaçait sa jalousie.

— N'avons-nous pas convenu avec le ministère sabrien de laisser les trouvailles sur l'île ?

— Pas des trouvailles telles que celles-ci, j'en ai peur. L'éthique mise à part, l'importance culturelle d'une telle sépulture dépasse la capacité des Sabriens à la conserver.

Taylor referma le dossier. Elle le mit de côté, et avec, ses bonnes manières.

— Denby, je sais que vous ne voulez pas parler de vos expériences en temps de guerre. Mais vous avez été arrêté derrière la ligne Maginot, n'est-ce pas ?

— Oui, madame.

— Avant et pendant la bataille de France, pendant… un temps assez long.

— Oui.

— Nous aurions pu vous garder ici, vous savez. Si je me souviens bien, nous avons essayé.

— L'archéologie n'est pas une des professions réservées.

— Mais nous aurions trouvé une solution. Nous aurions pu vous inscrire sur la liste du personnel essentiel des musées. Irremplaçable.

— S'il y a une chose que mon expérience en France m'a apprise, madame, c'est que personne n'est irremplaçable. Pardonnez-moi, je n'ai pas vraiment envie d'en parler.

Elle soupira.

— Je respecte cela. D'après ce que j'ai pu observer depuis un an environ, ceux qui parlent le plus fort sont ceux qui ont le moins souffert. Les trous de mémoire et les absences ne sont pas rares chez les soldats, mais les vôtres sont graves. Les administrateurs du musée seraient heureux de vous aider à payer les frais de tout traitement supplémentaire dont vous auriez besoin. Le beau-père de votre sœur est médecin, n'est-ce pas ?

— Oui, je vais leur rendre visite à tous les deux cet après-midi. Mais, Caroline, s'il vous plaît. Je dois juste retourner au travail. Si les fouilles sabriennes se poursuivent…

— Il n'en est pas question, j'en ai peur. Nos expéditions à l'étranger sont d'une grande importance politique en ce moment. De nombreuses petites nations touchées par la guerre vont probablement ouvrir leurs frontières à des équipes de recherche universitaires, en échange d'aide humanitaire, de bonnes relations, d'aide à la reconstruction. En ce sens, les archéologues du musée sont nos ambassadeurs, et nous devons avoir des chefs d'équipe qui agiront en conséquence.

— L'hôpital m'a assuré que les médicaments que je prends empêcheront d'autres explosions de violence.

— Tout de même.

Elle était de nouveau dans sa peau de femme collet-monté. Rufus fit de son mieux pour l'imiter.

— Vous me renvoyez, madame ?

— Oui, vous ne pourrez pas participer à d'autres expéditions, ni même mettre les pieds dans les locaux du musée, tant que vous n'aurez pas reçu le traitement nécessaire pour vous empêcher d'agresser les autres membres du personnel. Ma position est certainement claire pour vous.

Il se remit debout. Automatiquement, il fit mine d'ôter le sable sur son pantalon, mais il n'y avait qu'un peu de poussière londonienne à déloger, les particules grises résultant des décombres et celle du sable de démolition restaient en permanence suspendues.

— Oui, très clair. Quand vous répondrez à Hargreaves, lui direz-vous à quel point je suis désolé ? Je lui ai écrit, mais…

— Ne partez pas tout de suite, s'il vous plaît. J'ai une suggestion à vous faire, bien que vous ne trouviez peut-être pas que cela en vaille la peine. Mon cousin est le vicaire d'un village du Sussex, un petit endroit appelé Droyton Parva. Attendez une minute que je trouve sa lettre… Ah, la voici.

Elle sortit une enveloppe du tiroir de son bureau.

— Son église – un joyau, bien qu'elle s'effondre un peu, datant de la fin du Moyen Âge – doit être restaurée dans quelques mois. Il aimerait que tous les éléments archéologiques importants du site soient enregistrés avant le début des travaux, et il m'a écrit pour me demander si je connaissais quelqu'un qui pourrait entreprendre cette tâche.

— C'est gentil, mais les églises de cette époque ne sont pas ma spécialité.

— Je sais. Et mon cousin ne s'attendra pas à ce que le célèbre Dr Denby vienne expertiser ses bancs d'église vermoulus. Mais...

— Je pensais que j'étais viré.

— Vous l'êtes. Ce serait une commission privée, mais la paroisse pourrait fournir une petite allocation, qui – pardonnez-moi si je me trompe – vous serait plutôt nécessaire.

Rufus fixa le sol. Il avait tout juste les fonds suffisants sur son compte bancaire pour payer son dernier loyer, puis il ne lui resterait plus rien. Il ne pourrait jamais partager avec Taylor la honte qu'il ressentait face à sa pauvreté, aussi gentille soit-elle.

— Puis-je y réfléchir ?

— Oui, bien sûr. Tenez, prenez la lettre de mon cousin. Elle explique tout ce dont il a besoin, et l'adresse est en haut, répondit-elle en essayant de sourire. Il y a une auberge où vous pourrez séjourner. Je vais leur écrire pour leur dire que vous venez. C'est peut-être ce qu'il vous faut, Docteur, l'air frais de la campagne.

Elle le reconduisit à la porte. En l'ouvrant, elle jeta un regard anxieux dans le couloir, et Rufus se demanda à quel point il était devenu *persona non grata* dans ces salles de marbre sacré. Elle posa la main sur sa manche.

— Je n'ai jamais trouvé l'occasion, dit-elle doucement, de vous présenter mes condoléances pour Henry.

Rufus se tortilla. Il ne put s'empêcher de reculer, bien que cela l'oblige à lâcher sa douce prise, ce qui la fit tituber à son tour.

— Tout va bien. C'est… Merci, c'est… Je dois y aller.

***

La plupart des trésors des musées avaient été rendus aux galeries. Seule une poignée de conservateurs connaissaient l'emplacement de leurs cachettes de guerre. Les plus profonds tunnels du métro, une voûte légendaire au Pays de Galles qui aurait résisté à n'importe quelle attaque, même celle de cette bombe nucléaire censée mettre un terme à toutes les guerres…

Les derniers sacs de sable étaient en train d'être retirés des pattes griffues des colossaux gardiens de la salle assyrienne. C'était sûrement un gage de foi en une paix durable. Rufus s'arrêta devant le cordon de sécurité. Peut-être que son infamie ne s'était pas étendue aussi loin. Joe Perkins, le superviseur chargé des opérations, lui sourit et se toucha la casquette, comme d'habitude.

— Bonjour, Doc.

— Bonjour, Joe. Vous croyez qu'on n'aura plus besoin de ça ?

— Pas cette fois-ci. Et si jamais il y en a une autre, les sacs de sable ne nous aideront pas. Tout sera fini en un seul grand boom. C'est ce que disent les journaux et la radio.

Boom. Bang, bang, bang. Rufus recula d'un pas, soudainement parcouru de sueurs froides. Il se réfugia parmi la maigre foule qui s'était rassemblée pour voir réapparaître les serres des lions. Maigres à plus d'un titre, ces visiteurs de la semaine, ces vendeuses et ces vieux messieurs. Le rationnement avait fonctionné – personne n'était mort de faim – mais les semaines et les années de Blitz, nuit après nuit, blottis dans des abris antiaériens, avaient dépouillé les Londoniens jusqu'à l'os.

— Désolé, marmonna-t-il en trébuchant. Désolé.

La voix de Joe le suivait, rebondissant sur le marbre.

— Nous avons entendu parler de vous et du vieux Huffy Hargreaves, Doc ! Bien joué. Je l'aurais probablement étranglé moi-même si j'en avais eu l'occasion.

Les ouvriers se mirent à rire. Un son qui s'éleva jusqu'au haut plafond de la salle assyrienne, rebondissant sur les vitres. Des voix tels des battements d'ailes, perturbation lancinante dans les profondeurs du cerveau de Rufus. Il poussa les portes pour retrouver la lumière du soleil, descendit les marches et courut sur les dalles de la cour. Il reprit ses esprits. L'hôpital avait lavé les vêtements qu'il avait ramenés et l'avait renvoyé chez lui avec une allure décente : il voulait la garder. Il écrasa son chapeau dans son poing. S'abritant devant le fronton d'une des vastes colonnes de la porte, il remit le trilby en forme et le revêtit. Il arrangea la sangle de sa sacoche en cuir sur une épaule, de manière à ce qu'elle croise son corps et lui donne le même sentiment de sécurité que sa ceinture Sam Browne lui avait procuré autrefois.

Voilà qui était mieux. Il prit une profonde inspiration. Il pouvait encore entendre les pigeons, mais ils étaient désormais bien réels, se balançant sur les branches des platanes et l'observant pour voir s'il avait des sandwiches. Il jeta un coup d'œil à sa montre. Encore une demi-heure avant son rendez-vous avec Rosemary, alors au lieu de se rendre à la station de métro, il entreprit le trajet à pied.

Une grande partie de sa ville était intacte. À Bloomsbury, les dégâts touchaient des sites isolés qui avaient été la cible de frappes aériennes, il n'y avait pas d'entrepôts ou de rues entières en ruine. Il pouvait marcher le long de Leonard Street et se retrouver six ans plus tôt, en 1939, quand Henry l'attendait après le travail dans un café voisin. Les soirs d'été, ils marchaient ensemble jusqu'à leur appartement de Piccadilly. Rosemary et le brigadier vivaient plus à l'ouest, dans le quartier élégant de Mayfair. Par une belle journée comme celle-là, il préférait éviter la noirceur étouffante du métro. Il pourrait descendre l'avenue Shaftesbury, et ainsi délaisser la déviation vers les petites rues qui l'avaient autrefois conduit chez lui. Dieu sait qu'il avait besoin de temps pour réfléchir.

Il remonta jusqu'à Dove Street, où une bombe avait creusé un trou dans l'alignement de briques rouges datant de la Régence. Toutes ses pensées s'évanouirent sous les bavardages et la fumée. Ses souvenirs le portèrent, les yeux baissés, jusqu'à Ashdown Mews.

Il était fatigué à son arrivée, assoiffé, et il semblait avoir perdu tous les réflexes de sa vie d'avant-guerre, comme celui d'aller dans un pub ou une épicerie. Au lieu de cela, il s'assit sur un tas de briques au milieu des ruines. Ici, comme dans de nombreux quartiers de la ville, les dégâts avaient été sinistrement sélectifs. La moitié du bloc était encore debout, bien que soutenu par des échafaudages, les fenêtres vides de tout regard. Des bandes de papier décoloré se décollaient d'un mur intérieur à présent visible. Rufus pouvait voir une cheminée, ainsi que l'ombre d'un tableau qui avait été accroché au-dessus.

Un chien courait dans les débris. Au début, ses mouvements semblèrent aléatoires. Il s'arrêta ensuite et contourna la barricade en barbelé érigée par l'équipe de démolition, puis rampa en dessous et trottina jusqu'à une zone dégagée quelques mètres plus loin. Après avoir gratté là pendant une minute, il sauta par-dessus les piles de briques et de gravats et revint à son point de départ, à l'extérieur de la barricade.

L'animal était laid, à peine plus qu'un squelette couvert de peau galeuse. Choqué, Rufus reconnut le chien de son voisin d'en bas. Le temps se perdit dans l'espace et le bâtiment reprit vie. Le terrain devant lui était redevenu le jardin de son voisin, et l'endroit au-delà de la barricade, les marches menant à l'entrée de sa maison.

Son chien – alors un gros bâtard, paresseux et gâté – essayait désespérément de rentrer à l'intérieur, grattant et gémissant, d'abord devant la porte d'entrée, puis à l'arrière.

Le papier peint et la cheminée du premier étage décoraient la chambre que Rufus avait partagée avec Henry. Alors que le chien trottinait à nouveau devant lui, Rufus s'approcha et le saisit par le collier qui pendait encore autour de son cou décharné.

— Tout doux, dit-il en le tirant près de ses genoux.

Le chien se débattit et grogna, mais Rufus s'accrocha. La bombe avait frappé Ashdown Mews aux premières heures du trois juin, il y avait presque un an. Soudain, le chien se mit à boiter et se pencha sur lui : il posa son museau sur ses genoux, épuisé.

***

Rufus trouva un morceau de corde dans sa sacoche. Le manoir du brigadier n'était pas un endroit idéal pour un chien errant avec une laisse, mais tant pis. Il était étrangement réticent à attacher la bête. Il lui ordonna de s'asseoir, s'attendant à peine à ce que le chien lui obéisse.

L'animal s'installa aussitôt au bord de l'allée du jardin, le regardant d'un œil vide. Rufus avait vu le même regard dans les yeux des escouades en état de choc. Ils lui avaient obéi avec la même passivité. Il redressa son chapeau, débarrassa ses manches de la poussière de brique pour la centième fois, puis monta les marches du portique et frappa à la porte.

Le majordome du brigadier le fit poliment entrer. Même le jour où il s'était apprêté pour le mariage de Rosemary, Rufus avait eu l'impression d'avoir l'air négligé dans cette maison. Le brigadier Spence aimait l'ordre, les surfaces étincelantes. Ce que Mme Spence aurait aimé n'avait jamais été un problème : elle était tombée malade et était morte quelques mois après son arrivée en ville. Rosemary était assise, seule, près du feu dans le salon immaculé. Elle se leva et salua Rufus en lui tendant les mains.

— Oh, mon chéri. Cela fait si longtemps.

Rufus ne sut pas trop quoi faire de son baiser aérien sur la joue. Il répondit maladroitement à son étreinte.

— Oui. Euh, désolé. Comment vas-tu ?

— Affreusement, tu ne peux imaginer à quel point. Chaque jour qui passe, le petit Charlie me rappelle de plus en plus Charles. Viens le voir. Viens ici.

Elle tendit une main tremblante. Rufus la laissa le tirer jusqu'au berceau situé dans le coin de la pièce. Involontairement, il jeta un coup d'œil sur le tableau au-dessus de la cheminée, un magnifique portrait du major Spence en uniforme. Il ne voyait aucune ressemblance entre Charles et l'enfant dans le berceau, qui, comme tant d'autres, rendait hommage à l'effort de guerre en ressemblant à Winston Churchill.

— Un beau petit bonhomme, dit-il maladroitement. Est-il guéri de sa bronchite ?

— Oh, oui. Il est très résistant, même s'il semble petit. Le Brigadier dit que Charles était petit à cet âge aussi. Il pense que je m'inquiète trop.

Rufus aurait été enclin à s'inquiéter aussi, en tant que parent d'un enfant aussi chétif. Il se demandait s'il devait prendre le bébé dans ses bras. Mais la perspective de manipuler un corps aussi frêle le répugnait, l'effrayait.

— Je sais que le brigadier peut être autoritaire, Rosie. Tu es la mère de cet enfant. Si tu préfères vivre ailleurs…

— Oh, non. Il a été si bon avec nous. Après que Charles a été tué, il a tout géré. Il dit que c'est ma maison maintenant, ma maison et celle de Charlie.

Tant mieux. C'était un beau logement pour une veuve de guerre et son enfant. Peut-être était-ce simplement l'odeur de la cire d'abeille recouvrant le parquet luisant qui rendait l'air difficile à respirer. Rufus acquiesça. Il se retourna pour regarder le portrait, essayant d'établir un lien entre l'image hautaine du major et le visage du garçon qui avait joué avec lui et Rosie dans les champs. Le brigadier n'avait jamais apprécié le lien qui s'était formé entre eux ; son fils unique, qui courait partout avec les enfants de l'épicier. S'il avait surmonté son aversion pour la fille qui avait tellement déshonoré sa famille en s'immisçant dans son auguste environnement, tant mieux.

— Je suis content. J'aurais aimé pouvoir t'aider davantage, mais…

La porte s'ouvrit. Rufus aurait aimé ne pas avoir entendu l'inspiration effrayée de sa sœur. Le brigadier entra dans la pièce comme s'il se trouvait en terrain conquis.

— Capitaine Denby, gronda-t-il, apercevant Rufus. Il était temps que vous nous honoriez de votre présence. J'ai entendu toutes sortes de bêtises sur vos dernières fouilles. Rosemary, pourquoi diable le bébé est-il dans le salon ? Je vais appeler la nurse, tout de suite.

— C'était simplement en attendant l'heure de son déjeuner, plaida Rosemary. Il était énervé et…

— Pas étonnant, à force de le dorloter. Approche, Jemima, aboya-t-il à l'intention de la jeune femme qui s'était précipitée dans la pièce avant même que l'écho de la cloche ne s'évanouisse. Emmène-le à l'étage. Les bébés se nourrissent de la routine, Rosemary. C'est comme ça que j'ai élevé…

Il se tut l'espace d'un instant, et son visage changea. Puis il reprit, fermement :

— C'est comme ça que j'ai élevé Charles.

Rosemary regarda son enfant lui être enlevé.

— Puis-je demander du thé pour Rufus ? Il a l'air fatigué.

— Je vous l'ai dit, vous n'avez pas à le demander. Vous êtes la maîtresse de cette maison maintenant, ne traitez pas les domestiques comme si vous aviez peur d'eux. Asseyez-vous, capitaine. Je veux vous parler.

Rufus s'assit sur une chaise à dossier rigide près de la table. Plus personne, sauf Spence, ne l'appelait capitaine. Il avait essayé de ne pas déshonorer ce grade, mais c'était une promotion de terrain – trop soudaine, trop étrange, et il avait repris avec gratitude son titre universitaire dès qu'il avait été démobilisé.

— Y a-t-il quelque chose que je puisse faire pour vous, monsieur ?

— Je l'espère. Rosemary et moi l'espérons très sincèrement.

Spence tendit une chaise à Rosemary et se plaça derrière elle, une main posée sur son épaule. Elle rougit, puis sembla satisfaite d'elle-même, avec son air bête et inexpressif, acquis depuis son mariage.

— Une rumeur ignoble et calomnieuse s'est répandue au sujet de Charles, et nous sommes certains que vous pouvez la dissiper.

Une fois de plus, Rufus regarda le portrait, qui, cette fois, lui rendit son regard. Un sillon apparut sur son front. Des cornes jaillirent de sa jolie tête. Il se mit en position d'attaque et lui grogna dessus. Rufus détourna les yeux.

— Une rumeur sur Charles ?

— Oui, répondit Spence avant de froncer les sourcils. Que diable vous arrive-t-il ? Vos mains tremblent.

— Rien. Je vais bien.

— Tant mieux, car j'en ai assez des soldats qui rentrent chez eux sans une égratignure et qui se plaignent de dépressions nerveuses. Vous étiez avec Charles à la bataille de Fort Roche, n'est-ce pas ?

— Fort Roche ? répéta Rufus, clignant des yeux pour chasser l'image du Minotaure. Oui, j'y étais.

— Il semble qu'une tapette de caporal se soit réveillé à l'hôpital militaire de Farley Cross et ait affirmé que Charles – mon fils unique – a agi avec lâcheté pendant l'assaut. Lâcheté, Denby !

— Je suis sûr que le garçon est sous le choc. Vous avez dit qu'il venait de se réveiller ?

— Oui, après avoir occupé un lit tout confort pendant plus d'un an. Ils pensaient qu'il allait mourir, et c'est ce qu'il aurait dû faire, plutôt que de répandre de tels mensonges.

— Ses souvenirs sont probablement embrouillés. Faisait-il partie de mes troupes à Roche ?

— Une des rares personnes à être sorties vivantes de cette débâcle. Les autres sont morts, à part vous.

Je m'en suis sorti. Je ne suis pas mort. Rufus retourna ces mots dans son esprit et les trouva peu convaincants. Il arrêta le tremblement de ses mains en les serrant l'une contre l'autre sur le bord de la table.

— Mon rapport, suite à cette bataille, est dans le dossier. Je n'ai pas pu donner beaucoup d'informations. Comme vous le savez, j'ai été touché par des éclats d'obus au début de l'assaut, et…

— Ce n'est pas ce que dit ce misérable caporal. Il insiste sur le fait que vous étiez avec lui tout le temps. Vous deviez donc être présent quand Charles...

La prise du brigadier sur l'épaule de Rosemary se resserra, suffisamment fort pour la blesser. Elle lui tapota le dos de la main.

— Philip ?

— Oui, ma chère. Pardonnez-moi.

On aurait dit le tableau d'un mari et de sa femme. Rufus réprima un frisson. Rosie n'était pas faite pour survivre toute seule. Quel prix payait-elle pour la protection de Spence ?

— Je suis désolé. Je souhaite vous aider. Mais j'ai peur que mon premier souvenir après Roche soit celui de mon réveil dans l'hôpital de campagne de Saint-Étienne. Que raconte le caporal sur le major Spence ?

— C'est impensable. Les divagations d'un fou. Je pensais que, vu votre amitié avec Charles, vous n'auriez aucun scrupule à vous présenter devant les officiers chargés d'enquêter sur cette affaire et de rétablir la vérité.

Rufus avait été ami avec un blondinet qui était devenu trop tôt le fils de son père, laissant derrière lui, abandonnés dans la poussière, le cricket et les pique-niques.

— Je vous l'ai dit, monsieur. Je n'ai aucun souvenir de ce jour-là.

— Inventez-en donc, mon cher ! Pensez à ce que vous savez de son caractère, et levez-vous rétablir la vérité – ce que vous savez être la vérité, que vous vous en souveniez ou non.

Rosemary se tamponna les yeux avec un mouchoir à bord dentelé.

— Oh, oui, Rufus. Je t'en prie, fais-le. Ils t'écouteront, avec ton dossier de guerre, et tu es aussi un célèbre docteur en archéologie. Nous avons entendu comment tu as découvert cette merveilleuse tombe à Sabros, et…

— J'ai bien peur tu aies mal entendu.

Rufus se leva. Les cicatrices d'éclats d'obus qui ne l'avaient pas dérangé depuis des mois lui faisaient mal, comme si elles voulaient s'ouvrir et se remettre à saigner. Mentir devant un conseil militaire aurait dû le déranger, mais tout ce qui comptait pour lui à présent était de confier la triste vérité à son propos.

— Je ne suis plus impliqué dans les fouilles de Sabros. J'ai fait ce que le brigadier appellerait une dépression nerveuse, et je vais dans le Sussex travailler dans l'église d'un village.

— Une église ? Toi, Rufus ?

La déception assombrit les traits de Rosemary. Rufus connaissait bien ce regard. L'ambition contrariée, la honte à l'idée qu'une personne de son entourage puisse échouer. Elle s'était si bien débrouillée, et que penserait le brigadier d'avoir un parent qui fouille dans les cimetières du Sussex au lieu de découvrir les trésors du monde antique ?

— Ce n'est que pour une courte période, pas vrai ? Jusqu'à ce que tu ailles mieux ?

— Je ne sais pas.

— Il n'est pas nécessaire de changer les choses, n'est-ce pas ?

Elle s'agrippa à la main de Spence et se retourna pour le regarder.

— Nous n'avons pas à le dire aux enquêteurs. D'après ce qu'ils savent, Rufus est toujours…

— Rufus est un lâche neurasthénique !

Spence ôta sa main et vint se placer devant elle, le visage écarlate.

— Penser que des créatures comme lui sont encore vivantes et se promènent librement, alors que mon fils… Très bien, Denby. Votre sœur et moi défendrons la mémoire de Charles sans votre aide.

Rufus fit de son mieux pour ne pas vaciller. Sa bouche fut soudain sèche. Quel mal y avait-il à dire à une poignée de généraux que le major Spence était mort de façon héroïque ? Sa sœur pourrait alors être la veuve de guerre qu'elle voulait être, et Rufus n'aurait pas à supporter que des hommes tels que le brigadier lui crachent à la figure des mots comme *lâche* et *créature*. Il prit une profonde inspiration pour donner son accord.

Le portrait se déforma à nouveau. La pièce se brouilla. Dans un hôpital qu'il n'avait jamais vu, Rufus se tenait désormais au chevet d'un garçon dont il ne se souvenait pas du visage et écoutait son histoire désordonnée et fantasque. Le garçon saisit sa manche. *Vous me croyez, monsieur. Vous me croyez, n'est-ce pas ?*

— Rufus ! Comment osez-vous partir comme ça ?

Il n'en avait pas eu l'intention. Il se trouvait dans le jardin, et avait même oublié son chien. Sa sœur avait attrapé la manche de sa veste et la tirait frénétiquement. Le clébard, interprétant son action comme une attaque, jaillit des buissons, aboya et enfonça ses crocs dans la jambe de Rosemary.

— Denby ! hurla le brigadier du haut des marches du jardin. Denby, attrapez cette brute.

Il se jeta sur la pelouse et courut vers Rosemary et le chien. Elle criait, cherchant à s'éloigner de l'animal, qui semblait maintenant désorienté, et secouait sa tête d'avant en arrière entre elle et l'homme qui s'approchait. Un morceau de jupe était accroché à sa gueule. Sans réfléchir, Rufus poussa la créature grondante derrière lui.

— Spence, arrêtez. Le chien ne voulait pas lui faire de mal.

— *Spence* ? Comment osez-vous vous adresser à moi...

— Parce que c'est fini, l'interrompit passionnément Rufus, attrapant le chien par la peau du cou. Vous n'êtes plus mon brigadier, à présent. C'est fini, Charles est mort, et si mon trépas pouvait vous le ramener, je vous laisserais me tuer ici même.

Le brigadier gesticula vers le petit groupe de serviteurs qui s'étaient rassemblés sous le portique. Aucun d'entre eux ne semblait trop bouleversé à la vue de leur maîtresse qui continuait de hurler et de sautiller, le sang coulant le long de son mollet.

— Wilson ! Va me chercher mon pistolet dans le bureau. Je ne gâcherai pas une balle pour vous, Denby. En revanche, je vais tuer ce vicieux roquet.

Wilson se mit à sourire de façon irrépressible face à ce spectacle. Il se redressa, mais tint bon, fixant son maître avec stupéfaction. Spence répéta l'ordre, d'une voix emplie de rage.

Ses mots perdirent de leur force et tombèrent au sol comme des oiseaux morts. Le chien ne grognait plus. À force de crier, Rosemary était essoufflée, et un silence assourdissant plana sur le jardin, la maison et le monde étouffant où les petites gens menaient leur petite vie comme des fourmis sur une fourmilière renversée.

— Pour l'amour du ciel, chuchota Rufus.

Il prit le chien par le collier et laissa l'animal le guider tel un aveugle dans la rue.

CHAPITRE 3

Le chien était assis à ses pieds dans le compartiment du train. Par-delà la fenêtre, les banlieues bombardées laissaient place à la verdure. La lumière du soleil filtrait entre les maisons à un rythme aléatoire en rythme avec le bruit sourd du mouvement des roues. Des vaches et des bœufs ruminaient dans les prés. Rufus avait pris un billet de troisième classe, suffisamment près de la locomotive pour voir la vapeur passer devant sa fenêtre, blanche contre les fleurs couleur ivoire.

Après avoir quitté la demeure du brigadier, il s'était rendu directement à pied à la gare Victoria. Il avait eu l'intention de s'arrêter chez lui, mais la distance lui avait paru infranchissable, comme s'il avait dû faire un détour en passant par la lune. De toute façon, tout le nécessaire vital se trouvait dans sa sacoche : son carnet, ses truelles préférées, ainsi qu'un pinceau pour les objets délicats. Son nécessaire de rasage, son peigne, sa prescription de barbituriques. Son portefeuille, contenant les derniers fonds de l'expédition Sabros, suffisant pour son billet de train en plus de quelques nuits dans une auberge à Droyton. Quoi qu'il se passe après cela – avoir besoin de vêtements de rechange, manquer d'argent – appartenait à un avenir incertain qu'il ne pensait pas voir un jour.

Le chien gémit et posa sa tête sur son genou. Le compartiment était vide, une bénédiction, étant donné que la pauvre bête commençait à puer à cause de la chaleur. Rufus gratta prudemment une oreille déchiquetée.

— J'aurais dû te laisser où tu étais, n'est-ce pas, mon vieux…

Il souleva les hanches maigres du chien pour vérifier.

— Ma vieille. Tu aurais déjà trouvé quelque chose à manger. On va devoir s'accrocher et voir ce que Droyton a en réserve pour nous.

Il avait décidé de la laisser partir une fois arrivés. Si elle avait réussi à survivre sur un site bombardé à Londres, aucun doute qu'elle s'en sortirait à la campagne, avec tout un tas de lapins à chasser. Il était plus facile d'être sans abri dans les champs verdoyants.

Il se rencogna sur la banquette rigide. Il n'avait pas emprunté la ligne des Downlands depuis des années et, étrangement, il se réjouit que l'électrification du réseau ne soit pas arrivée jusque-là. Les arrêts se succédèrent, parfaitement millimétrés. La chienne bâilla, et Rufus se retint à grand peine de l'imiter, se sentant soudain somnolent. Il sortit la lettre que Caroline Taylor lui avait donnée et vérifia l'adresse, en lettres noires d'imprimerie. Le presbytère, Pilgrim Lane, Droyton Parva… Puis une écriture manuelle à l'encre couleur cuivre avait pris le relais, remplissant la page d'un style énergique. Spéculations et inquiétudes concernant l'église. Demandes de renseignements sur la santé d'une certaine Matilda, et sur les chats de cette dame, et puis : *donc, chère Caroline, comme nous en avons discuté, si tu pouvais me prêter l'une de tes taupes – un homme qui n'aurait rien de mieux à faire – je t'en serais très reconnaissant. Je crains que ces restaurateurs ne fassent que peu de cas de mes peintures murales. Je n'aurais besoin de lui que pour une quinzaine de jours. Bon, je dois m'arrêter ici et apporter ce courrier à la poste. C'est avec regret que je t'informe que Drusilla ne va pas mieux. Le garde-chasse l'a ramenée dans un sac en toile de jute la semaine dernière. Bien à toi, A.*

Rufus replia la lettre. Elle dégageait une légère odeur de bon tabac, qui lui fit penser, sans qu'il sache trop pourquoi, à des pommes et à des roses jaunes. L'odeur, associée à la secousse rythmique du train, agissait comme un puissant soporifique. Il résista pendant un certain temps. Plonger dans le sommeil représentait un risque, et il ne voulait pas se réveiller en hurlant. Drusilla devait être un chat, décida-t-il. Les gardes-chasse avaient tendance à ne pas les aimer. Peut-être ce type était-il gentil et, qu'au lieu de tirer sur la créature quand il l'avait trouvée parmi ses jeunes faisans, il l'avait mise dans un sac et ramenée à la maison. Après avoir éclairci ce mystère, Rufus commença à se demander ce que signifiait A. Andrew, Alan, Alphonse, Aloysius. *A, pour abricot…* Ses pensées s'égarèrent dans une myriade de possibilités, et ses yeux se fermèrent.

***

— Monsieur ? Venez, s'il vous plaît, monsieur. Vous ne pouvez pas dormir ici.

Il était allongé sous un arbre dans les vestiges de la forêt de Roche, et le vicaire était sur le point de l'emporter dans un sac en toile de jute. Son rêve devint si absurde – si agréable, comparé aux horreurs habituelles – qu'il se réveilla en souriant. L'agent ferroviaire qui se tenait dans l'embrasure de la porte du compartiment lui sourit à son tour, et la chienne arrêta de lui grogner dessus.

— Désolé de vous réveiller, monsieur. Mais c'est le terminus de la ligne Droyton Parva.

Rufus se leva aussitôt.

— D'accord. Merci. Viens ici, Pippin.

Le quai était vide. L'agent avait dû mettre du temps à le trouver. Sur l'étroite route qui s'étendait au-delà de l'entrée de la gare, ses compagnons de voyage se dispersaient. La porte formait une arche, ornée de feuilles de chèvrefeuille désordonnées. Quelques efforts avaient été faits pour se préparer à l'approche de l'été, mais les quais, les voies de garage et le poste d'aiguillage étaient assiégés par la verdure. L'herbe poussait entre les dalles, le lierre rampait sur chaque mur…

Désorienté, Rufus prit sa sacoche.

— Pippin. Quel nom stupide pour une chienne. J'ai rêvé que j'étais allongé sous un abricotier.

La chienne arrêta un moment de renifler anxieusement l'air parfumé pour le regarder. Elle avait l'air encore plus mal en point que dans le jardin du brigadier, les plaies sur sa colonne vertébrale bien visibles, son air débraillé, un affront à la beauté et à la paix qui l'entouraient. S'il la laissait partir, elle disparaîtrait dans la forêt de lauriers qui bordait la route, rompant leur lien qui, après tout, n'était symbolisé que par un morceau de corde et un nom.

— Pippin, répéta-t-il d'un air incertain, et elle gémit, remua la queue et se dirigea vers la sortie.

Rufus la laissa choisir la direction. Il n'y avait personne à qui demander son chemin dans la rue déserte, qui consistait en une rangée de maisons en pierre, dont les pelouses tondues avaient été sacrifiées depuis longtemps pour creuser des potagers. Au loin, se trouvait un croisement entouré d'un groupe de bâtiments plus importants. Rufus les identifia à travers la chaleur chatoyante lorsqu'il s'en approcha : un bureau de poste, une petite succursale de la banque Westminster. Une auberge qui semblait plus ancienne que tous les autres bâtiments réunis, en stuc et à colombages, arborant une enseigne avec un cercle peint en vert sur laquelle était inscrit « The Maidens' Dance ».

La chienne l'incita à avancer. Le cercle vert sur le panneau en enfermait un autre, un troisième et un quatrième, concentriques, qui s'étaient estompés avec le temps. Ce ne fut que lorsqu'il se tint devant la porte de l'auberge qu'il vit que les cercles étaient incomplets, chacun d'eux étant ouvert sur un chemin menant vers l'intérieur.

Vers l'intérieur ou vers l'extérieur. Si Rufus avait un monstre à emprisonner, il ne le mettrait pas dans un labyrinthe. C'était ce qu'il avait dit au professeur

Hargreaves dans le désert brûlant de Sabros. Un labyrinthe n'avait qu'une seule entrée et une seule sortie, et qui pouvait dire laquelle était laquelle ?

Il se sentit mal. Il n'avait rien mangé ni bu depuis l'aube, et il avait oublié combien l'été qui s'installait dans les South Downs pouvait être féroce. Il se concentra de nouveau sur l'enseigne. Les collines de craie, couvertes d'herbes fines, pouvaient réfléchir la lumière du soleil, provocant l'envol des petits papillons bleus. Ce dessin était probablement le rappel d'un jardin décoratif d'un propriétaire terrien local. Plusieurs siècles plus tôt, ces jardins avaient fait fureur au sein des domaines seigneuriaux. Quant aux jeunes filles, elles dansaient partout, de l'Écosse aux Cornouailles, figées dans des légendes et dans des cercles de pierre. L'enseigne collée sur le cadre de la porte d'entrée de l'auberge était beaucoup moins énigmatique : *Chiens interdits.*

Rien n'était prévu pour en attacher un non plus. Rufus se pencha et détacha la corde du collier de Pippin.

— Désolé, ma vieille. C'est le moment, dit-il en lui donnant une petite tape sur la croupe. Va-t-en. Allez.

Il se détourna avant de pouvoir la voir s'enfuir. La porte de l'auberge était ouverte. Il entra d'un pas hésitant, ses yeux s'adaptant à l'obscurité poussiéreuse. Au bout du couloir, une grande femme en robe à carreaux en train d'arranger des fleurs dans un vase suspendit son geste et le regarda fixement.

— Oui ? demanda-t-elle. Je peux vous aider ?

— Bonjour. Pourrais-je parler au propriétaire ou à la logeuse ?

Elle détacha son tablier, l'ôta d'un coup sec et se retira derrière un petit bureau en bois.

— Vous pouvez vous adresser à moi. Mais nous ne faisons pas de porte-à-porte ici.

— Je ne suis pas…

Rufus laissa sa colère s'estomper. Dieu seul savait à quoi il ressemblait, trempé de sueur et souillé par la poussière de Londres.

— On m'a dit que l'auberge avait des chambres à louer. Y en a-t-il de libres ?

Sa bouche commença à prononcer un *non*, malgré la rangée de clés accrochées au mur derrière elle.

— Je suis le Dr Rufus Denby, essaya-t-il, parce que parfois, ce nom lui ouvrait des portes. Le directeur adjoint Taylor du Royal Museum vous a peut-être parlé de moi.

— Non, monsieur. Ce n'est pas le cas.

Rufus avait conscience d'avoir l'air débraillé. La femme était sûrement en train de soupeser les inconvénients d'admettre un clochard dans son respectable établissement et la perspective de gagner de l'argent. Évidemment qu'elle n'avait pas encore eu de nouvelles de Caroline. Sa matinée londonienne lui semblait bien lointaine, mais cette lettre n'aurait pas encore été écrite, encore moins envoyée.

— Je peux payer d'avance, dit-il d'un ton las, si cela peut aider.

— Eh bien, je vais devoir vérifier et m'assurer que…

Elle enfila une paire de lunettes accrochée à une chaîne autour de son cou et ouvrit un livre relié en cuir. Puis elle releva la tête, en reniflant.

— Quelle est cette horrible odeur ? Cet animal est-il à vous ?

Rufus avait lui aussi remarqué l'odeur, mais pour lui, elle était devenue en quelque sorte réconfortante, une touche amicale dans un monde hostile. La chienne était assise à ses pieds. Son visage affichait un terrible mélange de peur et de colère. *Non, juste un chien errant. Un cabot qui me suit partout.* La chienne fixait les mollets bien en chair de la propriétaire, visibles sous le bureau. Rufus posa une main sur le collier pour la retenir.

— Oui, j'ai bien peur qu'elle le soit.

Le verdict tomba en sa défaveur. La propriétaire referma le registre.

— Les chiens ne sont pas autorisés, dit-elle d'un ton menaçant, et de toute façon, nous sommes complets. Il y a un hôtel à Ashfield, à quinze kilomètres de là. Ils pourraient vous héberger.

Rufus n'avait plus la force de parcourir quinze kilomètres. Il était si fatigué qu'il aurait pu s'allonger dans le caniveau. De retour sur le trottoir, il attacha à nouveau la corde au collier de Pippin.

— Tu vois ce que tu as fait ? Tu nous as déjà rendus indésirables, et nous ne sommes là que depuis une demi-heure.

Elle le regarda, sa grande gueule béante ressemblant à un sourire.

— Ça n'a pas d'importance pour toi. Tu as l'habitude de dormir à la dure. Où suis-je censé passer la nuit ?

Elle lui tourna autour deux fois. Il tourna avec elle, le mouvement faisant valser et vaciller la rue ensoleillée. Quand elle s'arrêta, ils étaient face au troisième bras du carrefour, une ruelle si étroite que Rufus ne l'avait pas remarquée. Au loin, flottant à travers le voile de chaleur au-dessus des arbres, la flèche d'une église s'élançait vers le ciel.

***

« Révérend Archibald Thorne. » Rufus se redressa. Le panneau sur la porte était difficile à déchiffrer, à moitié caché par la mousse. Le nom évoquait les écoles du dimanche, les fêtes de village et les brocantes. A désignait Archibald, alors. Rufus imaginait un petit homme chauve d'une soixantaine d'années, aux petits soins pour les fleurs de son église.

— Il a l'air très amusant, pas vrai ?

La chienne gémit en réponse et battit sa queue filandreuse sur sa jambe. Mis à part le nom sur la porte, il ne pouvait pas être certain de se trouver au bon endroit. Si c'était Pilgrim Lane, ce n'était pas marqué. Il n'avait dépassé que trois ou quatre autres maisons sur la centaine de mètres de la rue principale, et celle-ci était la plus misérable de toutes, si éloignée du bord de la route qu'elle avait pratiquement disparu parmi les lauriers et les chênes qui poussaient à toute vitesse. Elle avait dû être magnifique autrefois. Les pierres taillées étaient encore visibles sous le lierre et le chèvrefeuille, et de hautes fenêtres à guillotine reflétaient l'escarpement de craie au-delà de la vallée. Seul le troisième étage avait échappé aux vrilles affamées, et là-haut, la moitié des vitres étaient brisées, donnant aux élégantes lucarnes un aspect vide. C'était peut-être le presbytère autrefois, et Thorne vivait à présent dans un confortable cottage plus proche de son église. La flèche que Rufus avait aperçue se trouvait au moins huit cents mètres plus loin sur la route.

Il n'y avait qu'une seule façon de le savoir. Le portail en fer forgé s'était déboîté de sa charnière supérieure. Il dut le soulever pour l'ouvrir. Des roses poussaient sauvagement autour de la pergola qui menait de l'allée à la porte d'entrée. Pratiquement convaincu que l'endroit était à l'abandon, il passa devant les fleurs couvertes d'épines pour atteindre la porte d'entrée.

Personne ne répondit lorsqu'il frappa. Il remarqua tardivement une cloche de bronze reliée à une chaîne, et l'actionna, provoquant un son étonnamment profond et doux. Mais le porche ombragé derrière l'unique vitre bleue de la porte resta désert et, après avoir patienté un moment, Rufus se détourna.

Il avait l'impression d'avoir franchi un point de non-retour, comme si, en quittant Londres, il s'était transformé en une flèche qui avait volé tout droit pour s'échouer ici. Rien que l'idée de revenir sur ses pas jusqu'au village, de trouver un téléphone ou demander à envoyer un télégramme depuis la poste lui parut insurmontable. Et même s'il réussissait à faire en sorte que Caroline réponde à son message et se porte garant pour lui, l'idée de revenir à «The Maidens' Dance» était repoussante. Au moins, ici, il pouvait marcher sans être vu le long de l'avenue verdoyante, et s'imprégner – ce qu'il n'aurait jamais pensé pouvoir faire à nouveau – de la beauté d'un printemps anglais épargné par la guerre. Il décida d'aller jeter un coup d'œil à l'église. Le vicaire avait probablement découvert des gribouillis victoriens recouverts de chaux, les avait crus anciens et avait fait appel aux services de sa cousine. Rufus était persuadé que quelques heures suffiraient pour écarter la possibilité d'une découverte intéressante, ce qui lui laissait encore le temps de retourner au village et...

Quoi ? Il repoussa cette question. Pippin se baladait au bout de sa corde. Il la libéra, non pas pour l'abandonner cette fois-ci, mais pour qu'elle puisse courir. La porte grinça derrière lui lorsqu'il la referma.

Puis s'ensuivit le silence du chant des oiseaux dans la ruelle.

***

Il comprit immédiatement pourquoi le presbytère n'avait pas été construit près de l'église, et pourquoi aucun autre bâtiment ne se trouvait à proximité. Une butte s'éleva de la prairie, verdoyante et soudaine. En observant la scène avec l'expérience que tout bon géologue développe au fil du temps, il remarqua la crête, et au-delà, la vallée. La prairie était une plaine inondable, ceinte d'une rivière à l'ouest, et l'est grand ouvert sur le ciel. Si la rivière venait à déborder, seul le monticule resterait émergé. L'église et son cimetière occupaient tout le site.

De nos jours, beaucoup d'âneries étaient dites à propos de ces lieux, en grande partie à cause d'une mauvaise compréhension du travail d'Alfred Watkins sur les alignements paysagers. La butte était bien plus susceptible d'abriter les vestiges d'un château normand qu'un ancien site de culte druidique. Ces Français pragmatiques, arrivés à la fin du XIe siècle, auraient parcouru ces terres, tout comme Rufus, appréciant l'approvisionnement en eau, la richesse du sol de la vallée et la possibilité de se défendre grâce à une seule voie d'accès. C'était là qu'ils se seraient installés et auraient d'abord construit leur grand terrassement circulaire ou colline, et l'auraient délimité à l'aide d'une cour intérieure.

Au sommet, ils auraient pu ériger une simple tour de pierre ou le plus élaboré des donjons d'un château. Les collines avaient survécu à leurs bâtiments au fil des siècles, laissant des vestiges énigmatiques qui étaient mal interprétés par les visiteurs qui préféraient une explication mystique à la réalité.

Une colline était un site inhabituel pour une église. Ce qui en faisait son premier point d'intérêt. Rufus se mit en route, traversant les herbes hautes, Pippin plongeant entre les touffes de joncs et les boutons d'or. Les militaires employaient des stratégies différentes de celles des soldats du Christ, même si certaines étaient similaires. Si Rufus avait construit l'église de Droyton, il l'aurait placée au carrefour du village, et non pas à plus d'un kilomètre d'une piste non goudronnée qui devait être quasiment impraticable en hiver. Le révérend Thorne devait avoir du mal à persuader son troupeau de venir ici chaque dimanche.

Peut-être prêchait-il ailleurs. Contrairement à de nombreuses églises anciennes, celle-ci n'avait jamais perdu ses énormes tuiles de pierre. Elles venaient de Horsham et étaient très belles, probablement assorties à la pierre de sable vert des angles et des contreforts, mais leur poids servait à supporter la plus solide des structures. Le porche s'affaissait, le côté nord de la nef sur le point de s'effondrer. Les bâtiments en pierre résistaient remarquablement bien à l'épreuve du temps, et l'éclat subtil de leur gamme de couleurs restait inégalé, surtout sous la pluie ou par un après-midi comme celui-ci, lorsque la lumière du soleil pouvait faire ressortir un spectre de bleu, de bronze et de brun des murs bien taillés.

Ôter les tuiles pourrait être la première suggestion de Rufus au vicaire. Si Thorne était un puriste, l'équipe de restauration devrait se battre pour le convaincre, mais les tuiles d'argile rouge avaient l'air en bon état et se transformeraient rapidement en une agréable rouille recouverte de mousse.

Rufus pourrait citer l'église d'Alfriston, la soi-disant cathédrale des Downs, pour appuyer cette thèse. Il n'avait aucune idée de la raison pour laquelle il rassemblait déjà de telles idées et de tels arguments dans son esprit. Mais il trouvait ça tellement moins douloureux que ce qui avait dû avoir lieu ici, qu'il continua d'y songer tout en approchant du bord du monticule : renforcer un contrefort par-ci, renouveler le calepinage des fenêtres en pierre par-là pour protéger ce qui ressemblait à un précieux vitrail d'avant la Réforme. Il émergea de la prairie sur un chemin herbeux et gravit le raide escalier de sable vert jusqu'à la porte du côté sud.

Seules les hirondelles étaient à l'aise dans cet endroit. La porte en chêne cerclée de fer était entrouverte et il la poussa facilement, provocant l'envol des plus jeunes oiseaux. Rufus les regarda s'éloigner à travers champs. Une paix onirique s'abattit sur lui. Peut-être s'était-il trompé d'église.

Peut-être que le révérend Thorne prêchait dans une jolie chapelle de brique rouge victorienne située dans le village, disposant d'un chauffage central et d'une bonne isolation. Rufus avait du mal à imaginer qu'une congrégation puisse se réunir ici. Il ne pouvait imaginer personne, pas même lui, et il se laissa aller à ce fantasme récurrent que son cœur s'était arrêté à Fort Roche, et que toutes ses expériences depuis avaient été une sorte de vie après la mort.

Les rayons du soleil tombaient doucement à travers le puits de lumière poussiéreux de la nef. Oui, le verre était ancien. Aucun alliage d'oxydes métalliques inventé depuis ne pouvait reproduire ce bleu cobalt, ce rouge rubis-or et ce délicat argent spectral. Rufus avança avec précaution dans la lumière colorée. Il s'était autrefois senti chez lui dans un tel endroit, créé par des mains expertes au nom de quelque chose qui dépassait l'entendement humain. À présent, il se sentait comme un paria. Il garda ses mains loin des bancs, bien que ses paumes aient envie de caresser le bois sombre et soyeux, et suivit le chemin régulier le long de l'allée centrale.

La sensation d'abandon n'était pas autant visible à l'intérieur. Quelqu'un avait travaillé dur, quelqu'un certainement plus proche d'un homme à tout faire que d'un artisan. Le toit affaissé était soutenu par un échafaudage de bois, laid mais fonctionnel. Les seules marques sur les tuiles en terre cuite étaient celles d'une journée de plumes et de fientes d'hirondelles. Quelqu'un les avait nettoyées et avait placé un vase de chrysanthèmes orange éblouissants sur l'autel en bois, par ailleurs dénudé. Rufus s'arrêta devant l'autel. Par automatisme, il enleva son chapeau. Sa famille était résolument anglicane, et ne poussait les portes des églises que pour les baptêmes, les mariages, les enterrements et, à l'occasion, la messe de minuit. Même seul ici, il n'était pas sûr de savoir comment se comporter. Un geste était-il nécessaire, une reconnaissance du divin ?

Il leva la tête et laissa la lumière filtrée pénétrer ses paupières. La douleur fit contracter ses pupilles. L'homme à tout faire s'était également occupé de cette partie. Comme beaucoup d'églises de l'époque, celle-ci avait été recouverte de plâtre blanc. Quelqu'un plus patient que compétent avait commencé à l'écailler, avec un tout petit burin, de ce que Rufus pouvait voir. Près de la moitié du mur côté est, au-dessus de la fenêtre, était exposée, et d'autres endroits également, donnant à l'intérieur un aspect tacheté et désordonné. Aucune section n'avait été complètement décapée, comme si chaque mur avait été vérifié, à la recherche de quelque chose, puis abandonné.

Je crains plutôt que ces restaurateurs ne fassent que peu de cas de mes peintures murales. Les lignes audacieuses de l'écriture du révérend Thorne, qui ne correspondaient pas à la vision que Rufus avait de lui, dansaient dans l'air. Il fit quelques pas en arrière et regarda à nouveau le mur est.

Il y avait des marques sur la pierre nue, de larges coups de pinceau ocre. Un autre pas en arrière, et ces marques se transformèrent en une figure humaine. Une figure féminine, avec un visage ovale. On ne voyait que sa tête, ses épaules, et un bras levé, mais elle devait être immense, occupant toute la partie est.

Les fresques médiévales étaient monnaie courante dans les églises de cette époque. Les pigments de terre tels que l'ocre rouge et jaune étaient relativement bon marché, et de nombreux curés pauvres du XVe siècle s'en étaient servis pour décorer leur église. Puis était venue la Réforme, brisant les vitraux des fenêtres, cachant les peintures divines en les recouvrant de plâtre et de chaux blanche – ce qui, ironiquement, les avait préservées contre la décoloration et l'érosion. L'œuvre d'art était exquise. Les saints aux membres rigides regardaient fixement leurs découvreurs, portant des clés et des fléaux, leurs robes minutieusement détaillées. Qui avait décidé de barbouiller un mur entier avec ce contour grossier ?

Il suivit le mouvement ascendant du bras de la femme. Le bout des doigts disparaissait derrière la courbe du toit. S'éloignant de quelques pas pour gagner en perspective, Rufus remarqua tardivement le magnifique jubé[1] qui séparait le chœur liturgique de la nef. La partie inférieure avait été enlevée, mais la partie supérieure qui

1 Dans une église, le jubé est une tribune formant une clôture de pierre ou de bois séparant le chœur liturgique de la nef.

protégeait la tribune du chœur était intacte, une multitude de feuilles sculptées et de créatures des bois. Aucun signe des thèmes bibliques habituels, des saints martyrs et des petits démons médiévaux qui poussaient les âmes errantes avec des fourches… Intrigué malgré la faim qui commençait à le tirailler et lui donnait des crampes, Rufus jeta un coup d'œil autour de lui pour trouver l'accès vers l'étage supérieur.

Il n'y avait pas d'escalier, mais une porte était visible, au nord de l'église. Les légendes abondaient à ce sujet. Il avait entendu les gens parler de la porte du diable. Il avait lu que les parias – peut-être les personnes âgées ou les prostituées du village – devaient aller et venir par-là plutôt que de passer par le porche sud et se mêler aux habitants bien sous tous rapports. Le mur semblait assez épais à cet endroit pour dissimuler un passage intérieur. Rufus tira sur la poignée de fer. La porte s'ouvrit facilement, comme si elle était utilisée régulièrement, ou comme si le côté nord avait identifié une recrue supplémentaire parmi le clan des exclus. Il devait baisser la tête pour entrer. Immédiatement devant lui se trouvait une autre porte en chêne foncé, celle-là fermement verrouillée. Dans l'espace étroit entre les deux, un escalier en pierre se dressait à l'abri des regards.

Le chœur de Droyton devait être composé de personnes maigres. Autrefois, Rufus se serait lui-même senti à l'étroit dans cet espace minuscule, mais la guerre ne lui avait laissé que la peau sur les os, et il monta les escaliers avec précaution, tâtonnant pour trouver son chemin. Il émergea dans un espace paisible, baigné par la lumière du soleil et les ombres des feuilles de chêne du jubé. Le seul meuble était un long banc. Il y déposa chapeau et sacoche, et regarda autour de lui.

Ici aussi, le plâtre avait été écaillé. Au niveau du sol, la main du premier personnage traversait le plancher, l'index levé. Sur le second dessin ocre, ce qui, d'après son contour, pourrait être un homme ou une femme, se penchait gracieusement sous les chevrons pour pointer vers le bas.

Rufus s'allongea sur le banc. Il avait très faim à présent, mais il pouvait attendre. Il mit la sacoche sous sa tête en guise d'oreiller et observa les deux personnages, effaçant mentalement le jubé pour visionner le mur dans son ensemble. La femme en indiquant le haut, l'homme, le bas… Ils ne semblaient pas se tendre la main, mais plutôt indiquer des directions, le ciel et la terre peut-être, la connexion qui existait entre eux, un lien auquel le spectateur ou le pèlerin pouvait réfléchir, s'il le souhaitait.

En haut, comme en bas. Dans l'appartement qu'il avait partagé avec Henry, Rufus avait conservé une réplique de la table d'émeraude d'Hermès Trismégiste, une fantastique reconstitution en jade. *Ce qui est en bas est comme ce qui est en haut, afin d'accomplir les miracles de la Chose Une.* Telle était la base de l'alchimie – la nature indivisible de la création, le tout lié par un fil invisible, un tout qui respire, qui palpite. La réplique était un jouet bon marché qu'il avait ramassé lors de fouilles en Anatolie, parce que l'idée lui plaisait. Il avait eu tort, bien sûr, tout comme Hermès Le Trois Fois Grand. Il avait suffi d'une bombe V2 pour réduire en poussière les hommes et leurs bibelots. La destruction était la loi de ce monde, pas la cohésion.

Des griffes grattèrent la pierre. Rufus s'assit, réprimant un halètement. Sa mémoire fonctionnait maintenant de façon erratique, se rappelant les légendes apprises durant l'enfance avec force détails, oubliant des choses aussi ordinaires que l'existence d'une chienne. Elle sortit de la cage d'escalier et lui remémora son existence, en sautant sur le bout du banc et en laissant tomber un lapin mort à ses pieds.

Rufus en fut excessivement satisfait. Il caressa ses oreilles galeuses.

— Je te l'avais dit, déclara-t-il. Je t'avais dit que tu serais mieux ici. Non, je ne vais pas en manger, si ça ne te dérange pas. Prends-le avec toi et mange-le dehors.

Elle lui jeta un regard déçu, mais ramassa son offrande et partit en trottinant. Environ une minute plus tard, des bruits de craquement résonnèrent doucement dans l'acoustique de la nef. Une vague apaisante envahit Rufus à l'idée que la chienne avait assouvi sa faim. Il délaça ses bottes et s'installa sur le banc. Il avait seulement eu l'intention de fermer les yeux, mais la dame couleur ocre rouge pointa vers le ciel qui s'ouvrit et le mangea d'une seule bouchée indolore.

CHAPITRE 4

Il se réveilla dans la tranchée de Fort Roche. Son ennemi se terrait près de lui dans l'obscurité. Il trébucha dans la boue et sur les corps, et la tranchée devint le tunnel de Sabros, puis un étroit escalier de pierre dans une église. Les pigeons s'envolèrent tels des feux d'artifice autour de lui. Rufus s'empara de son fusil. Il tenait enfin sa chance. Il pourrait coincer le bâtard, le mettre hors d'état de nuire avant que les obus ne frappent. Cette fois, ça marcherait.

Tout ce qu'il avait autour de la taille, c'était une ceinture ordinaire. Son masque à gaz avait disparu, ainsi que son casque et son fusil. Paniqué, il tira sur la porte en chêne devant lui, qui s'avéra ne pas être fermée à clé, mais seulement dûment fixée sur ses charnières. Elle s'ouvrit avec force sur lui. Il s'écarta et sortit en titubant.

Le côté nord de l'église était balayé par le clair de lune. Un gigantesque if dominait un tombeau de marbre. À part cela, les pierres tombales étaient petites. Les suicidés et les pauvres… Rufus saisit le cadre de la porte et s'y cramponna, haletant. L'air frais de la nuit remplit ses poumons, riche des parfums de reines des prés et de la rivière. Le quartier de lune s'accrochait entre les branches de sombres cyprès. Peu à peu, sa respiration se calma et les battements de son cœur ralentirent.

Il était réveillé. Il était arrivé au bout de son chemin – au plus loin que son ardeur ait pu le porter – et s'était endormi sur le banc. Alors que ses cauchemars s'effaçaient, il apprivoisa la nuit. Oui, il était réveillé, pourtant il pouvait encore entendre une femme rire, et la voir courir pieds nus sur l'herbe.

Elle était plus que pieds nus. Rufus se frotta les yeux. Il avait pris l'étrange phosphorescence qui l'auréolait pour une sorte de chemise de nuit, mais elle était nue de la tête aux pieds, le clair de lune nimbant sa peau pâle. Même à l'époque où ses rêves étaient encore agréables, aucun ne montrait jamais de femmes nues, alors il prit cela comme un signe qu'il se trouvait bien dans la réalité. La femme sauta gracieusement sur la tombe près de l'if et ouvrit grand les bras.

— Drusilla !

Elle se retourna en direction de la voix, ses cheveux noirs flottant autour d'elle. Un autre éclat de rire s'échappa de sa gorge, puis elle se remit à courir.

Un homme la poursuivait. Tout ce que Rufus pouvait voir, c'est qu'il était grand et vêtu de noir. Il traversa le cimetière à grands pas, enjambant les petites pierres tombales comme si elles étaient des clôtures dans une course d'obstacles. Au tout dernier moment, avant de disparaître dans les bois, Rufus aperçut la blancheur de son col romain.

Il s'effondra sur la marche. Il se trouvait à Droyton Parva, où des membres du clergé poursuivaient des femmes nues au clair de lune. La brise charria vers lui le rire de Drusilla. Cette nuit d'été précoce, les longues herbes, le bruissement des chênes au bord de la rivière, étaient si éloignés des scènes de son récent réveil que les murs de boue s'évanouirent de son esprit. Sa chienne, revenue de la chasse, des traces de sang autour du museau, regarda avec curiosité en direction des êtres évanescents. Puis elle vint s'asseoir à côté de lui et essaya de lécher les larmes que le bref éclat de rire de Rufus avait fait couler sur son visage.

***

Révérend Archibald Thorne. Il ne semblait pas du tout prometteur. Rufus écarta l'idée que cet homme était le pasteur de la nuit précédente. Peut-être gardait-il un vicaire, un type gênant et inadapté à sa vocation, qui buvait, fumait et poursuivait les servantes du village dans l'obscurité. Rufus s'était déjà fait une idée du révérend Thorne. Il y ajouta une paire de lunettes, une allure collet-monté et un air las. Il commença même à imaginer la lettre que le révérend écrirait à sa cousine. *Ma chère Caroline, il va vraiment falloir que je fasse quelque chose pour Fothergill. Il s'est mis à courir après des femmes nues au clair de lune.*

Le panneau sur la porte était tout aussi décoloré que la veille, mais la porte elle-même était ouverte. Tout comme l'était celle du porche. Le chant des oiseaux se mêlait au grondement d'un moteur venant de quelque part à l'arrière la maison. Le bruit de l'engin s'accrut, pétarada, puis s'arrêta. Après un bref silence et un unique coup de marteau, le grondement reprit, faisant grogner Pippin, apeurée. Elle l'avait suivi à travers champs jusqu'au presbytère sans avoir besoin de sa laisse. Elle avait l'air beaucoup mieux ce matin-là. Son pelage bouclé séchait et ses croûtes étaient moins apparentes. Rufus aurait aimé prendre le temps de se laver lui-même dans la rivière.

— Chut, ordonna-t-il. Notre conduite doit être irréprochable aujourd'hui. Je vais voir le vicaire.

Et peut-être qu'il s'arrêterait là. Rufus commençait à penser qu'il avait fait une erreur en venant ici. Les fresques avaient probablement été une lubie passagère du révérend, oubliée dès qu'il avait posté sa lettre. Rufus devait à Caroline de se présenter, mais après cela…

Après ça, quoi ? Il n'en avait aucune idée. Quand il essayait de penser à l'avenir, à poursuivre sa vie, sa tête s'emplissait de battements d'ailes et de poussière. Il descendit le chemin couvert de roses, plus épineuses semblait-il ce matin, bien que l'odeur des fleurs – dorées, avec de tendres cœurs coralliens – soit exquise. La chienne le suivit avec obéissance : elle s'assit à côté de lui, la langue pendante, tandis qu'il secouait la cloche de bronze. Aucune réponse. Ce n'était guère surprenant, vu le bruit du moteur. Au bout d'un moment, Rufus ouvrit complètement la porte et entra.

Il aima le porche. Il était large, offrant un espace suffisant pour enlever les bottes et les vêtements d'extérieur. Contre le mur du fond se trouvait un porte-chaussures et un portemanteau combinés, abîmés et éraflés, mais solides. Le sol était fait d'ardoise gris verdâtre sous un tapis de sisal. Ayant grandi dans une maison rurale, Rufus avait cru qu'un jour, lui aussi posséderait ce genre d'ameublement. Mais Henry avait préféré les toiles cirées, les plastiques brillants et l'acier inoxydable, et Rufus avait été heureux de le satisfaire. Le plastique durerait probablement plus longtemps de toute façon. Il se souvint en avoir vu un panneau intact – le revêtement d'une porte de cuisine – dans les ruines d'Ashdown Mews. Les ardoises du révérend sentaient l'humidité, et les patères étaient rouillées. Des fissures zébraient le vitrail. Un morceau du motif d'ambre et de bleu clair avait disparu. Charmant par un matin d'été, avec l'odeur de rose qui s'y infiltrait, mais en novembre…

En novembre, les nuages seraient gris et les premiers signes de l'hiver attaqueraient le feuillage. Un coin de Hyde Park, et Henry qui s'éloigne. Rufus effaça les images de sa mémoire, s'émerveillant de la force avec laquelle elles avaient fait surface. Il frappa à la porte intérieure et, lorsque la salle obscure qui se trouvait derrière s'avéra silencieuse, il entra prudemment.

— Bonjour ? appela-t-il, en remontant le couloir en sisal qui couvrait toute la longueur de la salle. On trouvait des roses là aussi ; on pouvait en voir le motif sur le papier peint décoloré, avec des taches plus claires là où des tableaux avaient été accrochés. Un large escalier s'élevait en colimaçon. Devant lui se trouvait une porte, dont la peinture était éraflée et usée, laissant apparaître une couleur gris colombe, et qui, comme la porte du porche et celle donnant sur l'extérieur, était à moitié ouverte.

— Révérend Thorne ? Désolé de faire irruption ici. Y a quelqu'un ?

La pièce était grande et semblait servir à la fois de cuisine, de salon et de buanderie. Une immense table en chêne occupait l'espace central. Des draps étaient empilés dessus. À côté de l'évier de porcelaine en forme d'auge rempli d'eau fumante, plusieurs chemises attendaient d'être lavées. Sur le réchaud, qui devait avoir été installé en même temps que les fondations de la maison, une bouilloire chauffait.

Rufus aurait aimé une tasse de thé. Les crampes d'estomac dues à la faim s'étaient transformées en une douleur sourde, mais il avait désespérément soif. Il s'empara d'une chaise à dossier en mauvais état.

— Révérend Thorne ?

Aucune chance que qui que ce soit l'entende par-dessus le grondement du moteur. Il provenait d'un hangar dans le jardin en friche, par-delà les fenêtres de la cuisine. Quelqu'un était en train de gagner la bataille face au moteur à force de volonté, lorsqu'un rugissement victorieux de l'engin laissa brusquement place au silence d'une défaite écrasante lorsque le moteur s'arrêta et mourut. Pas de lutte ni de soubresaut cette fois : juste un répit, et le silence d'un matin de campagne anglaise.

Le chant des oiseaux, et les vrilles de chèvrefeuille qui tapotaient contre la fenêtre. Des abeilles butinant les fleurs du majestueux tilleul qui offrait de l'ombre à la pelouse. Puis vint le cliquetis d'un outil métallique frappant un sol en béton, et le rugissement d'une voix masculine, profonde et presque musicale de frustration :

— Sois maudit ! C'était ta dernière chance !

Rufus eut envie de rire. Cette bouffée d'amusement le traversa douloureusement, comme elle l'avait fait à la vue du couple absurde dans le cimetière la veille. Il n'avait guère la force de rire, et il s'agrippa plus solidement à la chaise tandis que des pas rapides et fermes écrasaient le gravier à l'extérieur.

La porte arrière s'ouvrit pour laisser entrer un homme aux épaules larges en salopette, s'essuyant les mains sur un chiffon. Ses cheveux foncés tombaient devant ses yeux. Il les repoussa, laissant une trace huileuse sur son front, et annonça, apparemment sans se soucier de Rufus :

— Maudite chose. J'abandonne. La bouilloire est-elle déjà prête, Mme Nettles ?

Peut-être les rayons du soleil cachaient-ils la présence de Rufus. Il se sentait telle une coquille d'œuf, comme un morceau de papier à moitié consumé par le feu et prêt à finir en cendres. Il fit un dernier effort.

— Bonjour. Je cherche le révérend Archibald Thorne. Le Royal Museum m'a envoyé pour travailler dans l'église.

— Vous êtes… Oh !

Le grand homme porta son attention sur Rufus. Il rougit violemment.

— Le révérend Thorne, hein ? Asseyez-vous et je vais voir si je peux le trouver.

Il sortit de la pièce. Sa voix se perdit en haut des escaliers, appelant à nouveau Mme Nettles. Rufus s'assit docilement. La chienne prit son poste de garde à côté de lui. Il était visiblement tombé dans la cuisine des serviteurs du révérend, où le bel homme de main profitait de l'absence de son maître pour bricoler, tandis que Mme Nettles, la gouvernante, lui préparait du thé. Un joli petit monde hors du monde. Comme tout ce qui se trouvait à Droyton Parva, épargnée par le conflit qui avait plongé le reste de la planète dans une rivière de lave et de feu. Distraitement, Rufus caressa la tête de Pippin, qui se mit à gémir et à pousser son nez contre son genou, comme si elle voulait le tenir éveillé.

Des pas retentirent de nouveau dans les escaliers, mesurés et calmes cette fois. Une étrange demi-minute s'écoula. La maison, à moins que ça ne soit la lumière du soleil, semblait retenir son souffle, puis l'homme à tout faire apparut dans l'embrasure de la porte. Il charriait avec lui un léger effluve de diesel, mais ses mains et son visage étaient propres, ses cheveux soigneusement brossés. La salopette avait disparu, remplacée par un gilet gris, une chemise noire et un pantalon. Son seul ornement était le col romain autour de son cou.

— Je dois vous demander pardon. Je réparais mon, euh… j'essayais de réparer le générateur.

En salopette, l'homme avait eu l'air d'avoir une trentaine d'années. En habit de clergé, il semblait en avoir dix de plus. Comment avait-il atteint un tel âge sans se rendre compte qu'il était un terrible menteur ? Rufus se précipita vers lui et tendit la main.

— C'est très bien. Je m'appelle Denby. Dr Rufus Denby.

— Merveilleux. Vous devez être ma taupe.

— Pardon ?

— La personne que j'ai demandé à ma cousine Caroline de m'envoyer.

Le révérend répondit vigoureusement à la poignée de main de Rufus.

— Êtes-vous venu en voiture ? Si tel est le cas, vous pouvez la garer ici.

— Non. Je suis descendu en train.

— Vraiment ? Les services du jeudi ont-ils repris ? Ils en ont arrêté beaucoup en semaine pendant les combats, vous savez, comme si cela pouvait aider. Pour forcer Hitler à attendre le week-end avant de nous envahir, ou quelque chose comme ça.

Rufus ignorait qu'on était jeudi. Il y avait trop de lumière dans la cuisine, ou pas assez. Pour la première fois, il remarqua les rideaux occultant suspendus aux grandes fenêtres à guillotine. C'était la même chose à Londres : de nombreuses maisons étaient encore tristes et sombres, comme si leurs locataires avaient oublié que la guerre était terminée, ou doutaient que les bombardements aient vraiment cessé.

— Je suis arrivé ici hier, dit-il, puis il ajouta – parce que Thorne acquiesçait avec encouragement et semblait en savoir davantage – : je suis venu hier soir pour jeter un coup d'œil à l'église. Elle mérite certainement quelques investigations.

— Vous croyez ? Ah, si vous étiez là hier soir, vous pourriez peut-être m'aider. Mme Hill, du village, est allée s'occuper des fleurs, et elle est revenue dans un état terrible. Elle a dit qu'un clochard était entré par effraction et qu'il dormait profondément sur le banc de la tribune du chœur. Non que ça me dérange, mais je suppose que je vais devoir enquêter, sinon elle ne nous fournira plus jamais ses horribles chrysanthèmes. Est-ce que vous avez vu quelque chose ? Elle a dit que c'était un type maigre, avec des cheveux blonds et un…

Il se tut, son sourire s'estompant alors qu'il regardait son visiteur avec plus d'attention. Pippin s'était retirée sous la table. Un autre rougissement, mortifié cette fois, s'étendit sur les beaux traits fortement marqués du révérend.

— Et un chien. Oh. Dieu tout-puissant.

— Une erreur compréhensible. Pour information, je ne suis pas entré par effraction.

— Non. Non, bien sûr que non. Je ne ferme jamais l'église à clé. On ne sait jamais quand quelqu'un – un voyageur perdu, par exemple – peut avoir besoin d'un abri.

Il examina Rufus de plus près, avec une pointe de consternation.

— Mais vous n'avez pas passé la *nuit* là-bas, si ?

— J'ai bien peur que si. L'auberge était pleine.

— The Maidens ? Mme Trigg peut s'estimer heureuse si elle parvient à attirer plus de deux clients par mois dans sa petite… Mais me voilà sur le point de dire du mal de mon voisinage, comme si je n'avais pas déjà fait assez mauvaise impression. Pourquoi n'êtes-vous pas venu ici ?

— Je l'ai fait. J'ai sonné la cloche en descendant.

— Et vous avez trouvé la maison fermée et vide.

Thorne se frappa le front de la main.

— J'avais donné congé à Mme Nettles parce que j'avais été convoqué à une réunion du diocèse à Ashfield. Je suis rentré tard, et puis j'ai… une de mes paroissiennes n'était pas bien, et…

Et vous l'avez poursuivie à travers le cimetière de l'église au clair de lune, parce que je vous reconnais, maintenant que je vous vois dans votre uniforme. C'était l'air qui manquait dans la pièce, pas la lumière.

— S'il vous plaît, ne culpabilisez pas. L'église était suffisamment confortable. Vous devez m'excuser, révérend Thorne, il fait très chaud ici, et je pense que je ferais mieux de vous parler une autre fois.

— Ah. Oui, c'est tout ou rien avec ce poêle, j'en ai peur. Mais voilà Mme Nettles, et l'eau est en train de bouillir. Vous ne restez pas pour le thé ?

Rufus aurait donné un mois de salaire pour ça quelques minutes plus tôt. À présent, la perspective lui nouait l'estomac. Comment pourrait-il dédaigner l'offre de ce gentil monsieur et de sa gouvernante – une petite femme au visage doux qui lui souhaita la bienvenue depuis la porte – et s'enfuir ? Il devait d'abord essayer de se retirer poliment.

— Je suis terriblement désolé. Je dois partir maintenant. Je…

— Vous êtes trempé de sueur, mon cher. Mme Nettles, venez m'aider à lui ôter son manteau. Je crois qu'il est malade.

Ils convergèrent vers lui, les mains gentiment tendues. Trop pour Pippin, qui s'était retranchée plus loin sous la table à mesure que la tension de son maître montait : elle s'élança comme un ressort vers Mme Nettles. Rufus tenta en vain de l'arrêter. Soudain, des milliers d'étincelles fusèrent autour de lui et, à bout de force, il se sentit tomber sur le sol en ardoise, emportant la chaise dans sa chute.

— Je suis désolé !

— Tout va bien.

Thorne avait saisi la chienne à la volée. Il la calma avec douceur, un poing serré dans son pelage. Elle laissa échapper des glapissements ressemblant davantage à du chagrin qu'à de la rage, comme si elle avait, elle aussi, mené une vie décente et agréable et se demandait comment elle en était arrivée là

— Nous l'avons effrayée, c'est tout. Stop. Au pied.

— Elle n'est pas vraiment à moi. Elle était à la recherche de quelqu'un à Londres aussi, un…

Rufus essaya de se relever, sans succès.

— Je pense qu'elle en a peut-être après les femmes.

— À mon avis c'est parce que la pauvre bête est à moitié morte de faim.

Il fit un geste à la gouvernante, qui avait sursauté en réaction à l'attaque du chien mais s'approchait à nouveau, avec une expression prudente mais déterminée.

— Je suis sûr que Mme Nettles peut l'aider à surmonter ses préjugés. Voulez-vous l'emmener dans l'arrière-cuisine ?

— Oui, révérend. Il y a de beaux restes pour toi, ma fille. Allez. Viens avec moi.

La corde était toujours suspendue au cou de Pippin. Thorne la remit soigneusement à la gouvernante. Elle jeta un regard déchirant sur Rufus mais se soumit, frissonnante, la queue entre les pattes.

Rufus ne comprenait pas du tout ces gens. D'abord, ils offraient du thé à quelqu'un qui ressemblait à un clochard, puis ils s'étaient occupés de sa chienne sauvage et l'avaient emmenée pour la nourrir. Il aurait dû se lever et les remercier.

L'effort fut une erreur. L'espace d'une seconde, il eut peur que le vicaire ne le hisse aussi par la peau du cou, mais au lieu de cela, sa grande main se referma sur son bras. Le monde commença à s'effacer.

— Dr Denby ? Je pense que vous feriez mieux de rester assis, mon vieux. Maria, laissez tomber le chien et allez chercher Winborn, vite. Denby ? Denby ?

CHAPITRE 5

— Tu sais, Archie, tu es vraiment le pire des philistins. À quoi bon s'abonner à la *Revue Archéologique* si c'est pour ne jamais la lire ?

De l'air frais soufflait sur le visage de Rufus. La nouvelle voix aurait dû le faire réagir, ainsi que la source de la brise. Mais il n'avait plus la force de rester debout et éveillé, et pour l'instant, ses paupières closes le réconfortaient. Il dérivait avec l'air, qui sentait les roses dorées. Il avait pris l'habitude qu'on déboutonne son col, qu'on vérifie son pouls à l'aide de doigts sur la gorge et sur son poignet, à tel point que ces gestes ne l'effrayaient plus. Pas suffisamment, du moins, pour le motiver à refaire surface, à revenir dans un monde d'action et de douleur.

— Je la lis. Qu'est-ce qui te fait penser que ce n'est pas le cas ?

— Si ça l'était, tu saurais qui est l'homme qui vient de s'évanouir dans ta cuisine. Jette un coup d'œil au dernier numéro. Je crois que le titre de l'article principal est : « Des tombes mystérieuses sur une île au sud de la Crète »

Un bruissement de papier. Une lumière qui allait et venait, des silhouettes humaines dans une pièce plongée dans la pénombre. Le bruit de pages que l'on tourne, puis :

— Grands dieux. *Ce* Dr Denby ?

— Je dirais que oui.

— Mais pourquoi diable Caroline l'aurait-elle envoyé ici ? Je n'ai demandé qu'une de ses plus modestes taupes.

— Eh bien, tu sembles en avoir eu une grosse. Je ne pense pas qu'il ait quelque chose d'infectieux. Un peu de fièvre, mais je dirais que c'est dû à l'épuisement et à la malnutrition.

— Comment l'archéologue vedette du Royal Museum a-t-il atterri à Droyton Parva, dans un état pire que celui de son pauvre chien ?

— Je te laisse lui demander cela toi-même quand il se réveillera. J'ai lu dans le *Times* qu'il y avait eu de l'agitation sur l'île. Un des membres de leur équipe est devenu fou suite à une insolation et en a attaqué un autre.

Une main dure et sèche interrompit la caresse de l'air sur le front de Rufus.

— S'il est dangereux, je suis certain que tu seras capable de le maîtriser. Je dois aller voir Drusilla Hazelgrove à présent. Hicks me dit qu'elle a cassé le loquet de sa fenêtre hier soir, et que ses pieds étaient couverts de taches d'herbe et de boue. Pourtant, elle semble être revenue de son plein gré. Je suppose que tu n'es au courant de rien ?

— Moi ? Euh… non. Je suis rassuré qu'elle soit rentrée.

Un soupir, bref et impatient.

— Je sais que tu essaies de la protéger, Archie. Mais les Hicks ne pourront pas s'occuper d'elle indéfiniment. Son état empire, et l'argent que le vieux Gorringe a laissé s'épuise.

— J'en suis conscient, Winborn. Fais ce que tu peux pour elle, et demande à Hicks de réparer cette fichue fenêtre.

— Très bien. Je passerai ce soir pour vérifier l'état de ton invité.

— Fais donc, et reste pour le dîner. Mme Nettles va préparer un ragoût de mouton.

— Encore ? Inutile de se pencher sur le genre de relations que cette femme entretient avec le boucher.

— Cette femme, comme tu dis, est un génie. D'ailleurs, bienheureux celui qui ne connaît pas la vérité.

Un petit rire.

— Est-ce le slogan de l'Église d'Angleterre de nos jours ?

— De nos jours, oui. Tu devras partager ton ragoût avec la vieille Lady Birch et les fermiers – le fermier Challen ne peut pas tous les nourrir. Oh, et Maria et la gamine, bien sûr.

— Tu es bien généreux avec tes gains mal acquis, je te l'accorde. À ce soir, alors. Garde ta taupe au frais, et assure-toi qu'il boive beaucoup.

— Maria lui a préparé un petit cadeau pour son réveil.

Une porte se ferma en douceur. Le bruit répara une connexion défaillante dans la tête de Rufus. Son monde devint davantage qu'une bande sonore.

Lui-même devint plus qu'un fantôme, libéré de son enveloppe charnelle pour se fondre sans douleur dans les murs de cette maison, son ouïe restant son unique sens. Des mots comme *ce soir*, *soirée* et *dîner*, lui firent remonter le temps, et avec eux, la conscience d'avoir changé de place. Pas de cuisine chaude, pas de carrelage ou de tapis dont le poil usé par les pas constituait son dernier souvenir. Il était allongé sur une surface matelassée. Quelqu'un avait posé un tissu froid sur son front.

Il ouvrit les yeux. Le révérend Thorne était assis sur une chaise droite devant le canapé, les coudes sur les genoux, l'air pensif. Son regard croisa celui de Rufus, comme s'ils poursuivaient une conversation qu'ils avaient commencée il y a longtemps, avant le carnage et les coups de feu. À côté de lui – sur sa propre chaise droite, comme si elle avait été mise en position pour l'occasion –, une petite fille le regardait aussi. Elle avait les cheveux noirs comme le jais, tirés en nattes si serrées qu'elles lui tenaient toutes droites au-dessus de ses oreilles, donnant une touche comique à un visage par ailleurs tout à fait solennel.

Rufus se redressa.

— Désolé, dit-il d'une voix râpeuse, en retirant le tissu de son visage. Je suis désolé. Que s'est-il passé ? Je suis désolé.

— Je pense que Winborn préfèrerait que vous laissiez le tissu en place. Elspeth, sers un verre de cordial à notre visiteur.

L'enfant glissa docilement sur le sol. Elle grimpa sur un tabouret près de la table et commença à verser le contenu d'une cruche à moitié aussi grande qu'elle dans un verre. Les glaçons se mirent à craquer et à éclabousser. Thorne prit le tissu et le lui rendit. Son regard était stoïque et aimable.

— Vous n'avez pas à vous excuser, vous savez. Vous n'avez rien fait de mal.

— Mais... où suis-je ?

— Toujours dans le presbytère de Droyton. Vous êtes venu me voir à propos de l'église. Puis vous avez fait un malaise, mais Winborn m'a assuré que vous n'aviez pas le choléra, ni la peste noire ou quoi que ce soit d'autre qui m'obligerait à évacuer le village.

— Winborn ?

— Notre médecin. Vous vous êtes évanoui, alors je l'ai appelé, et à deux, nous vous avons porté jusqu'à la bibliothèque, où il fait plus frais. J'espère que ça ne vous dérange pas.

— Me déranger ? Mon Dieu, non.

Rufus se frotta le front. Sa gorge était sèche et irritée. L'enfant revint, serrant le verre entre ses deux mains. Elle le lui tendit, son petit visage concentré.

— Merci, réussit-il à dire.

Il se mit à boire. La douce saveur de la fleur de sureau – le cœur de l'été distillé – lui monta à la gorge, remplissant ses sinus. Les larmes l'aveuglèrent. Il s'arrêta juste avant d'avaler un glaçon entier : il se pencha en avant et toussa.

— Merci. C'est... très bon.

— Je dirai à Mme Nettles que vous avez apprécié. À présent, vous devez manger un de ses scones.

— Non, merci. J'ai peur de ne pas avoir faim.

— Pour Winborn, avoir faim est le principal problème. Je comprends qu'il n'est pas toujours agréable de manger seul. Elspeth, apporte le plateau et trois petites assiettes, s'il te plaît.

La petite fille s'exécuta. Elle ressemblait à une poupée mécanique grandeur nature, et Rufus la regarda avec fascination pendant qu'elle distribuait les assiettes. Les scones étaient d'un brun doré sous leur glaçage, chacun coupé en deux et bien beurré. Elle en remit un à Thorne, puis à Rufus, et en prit un troisième pour elle.

Thorne et elle commencèrent à manger, et Rufus suivit le mouvement par réflexe de courtoisie. Une fois qu'il eut commencé – découvrant que les scones étaient parfumés, fourrés de raisins secs détrempés et tout juste sortis du four –, il eut peur de ne jamais pouvoir s'arrêter. La fillette lui en tendit un second avant qu'on le lui demande, et alors qu'il était en train de le dévorer, elle se tourna vers Thorne et lui demanda :

— Pourquoi n'est-il pas mort, Archibald ?

Thorne fit une grimace.

— Parce qu'il va bien. Il est jeune. Tout le monde ne meurt pas jeune, et ne m'appelle pas Archibald.

— Il va probablement devenir fou, alors.

— Elspeth, as-tu fini ton scone ? Tu n'as pas des choses à faire pour Mme Nettles ?

— Si, Archibald.

— Vas-y, alors.

Elle s'éloigna. Rufus l'observa, essuyant subrepticement le beurre sur son menton.

— Elle est très… euh, mignonne. Elle est à vous ?

— Qui ?

— La petite fille. Elspeth.

— À Dieu ne plaise. Elle ne s'appelle même pas Elspeth, mais Mme Nettles ne pouvait pas supporter le nom païen scandaleux qu'elle portait, alors elle lui en a attribué un nouveau.

Rufus se demanda quel était ce nom païen et s'il convenait à la petite créature surnaturelle qui venait de quitter la pièce. Il secoua la tête. Il n'avait pas à s'enquérir de la situation familiale de Thorne.

— Après tout, je ne pouvais même pas m'occuper de ma chienne.

— Pardon ?

— Rien. Ça avait un sens, dans ma tête.

— Votre chienne va bien. Elle a mangé et fait une sieste. Dois-je aller la chercher ?

— Elle n'a mordu personne ?

— Elle n'est pas méchante, Dr Denby. Elle est très nerveuse, cependant, et elle pensait que Mme Nettles voulait vous faire du mal quand elle s'est approchée pour prendre votre manteau. Restez là, s'il vous plaît, je n'en ai que pour un instant.

Dans la pièce silencieuse, Rufus essaya de se repérer. Il se trouvait à l'avant de la maison. Comme beaucoup de bâtiments anciens dont les occupants devaient cultiver leur propre nourriture, elle était orientée côté nord, laissant les jardins, le potager et le verger situés au sud, plus ensoleillés. Trois murs étaient tapissés de livres – une merveilleuse bibliothèque, c'était évident même avec un rapide coup d'œil, les dos usés offrant la promesse de sujets dépassant largement le cadre ecclésiastique.

Tout semblait fané, lavé par les eaux du temps jusqu'à ce que seules les meilleures fibres, les plus résistantes, subsistent. Le mur en face du canapé s'ouvrait sur une cheminée parfaitement propre, recouverte de cuivre et encadrée de carreaux bleus craquelés. Il y avait un tableau au-dessus, trop sombre pour qu'il puisse le distinguer. À travers les fenêtres à battants, il pouvait voir la tonnelle de roses, le portail en fer, l'allée qu'il avait suivie pour venir ici et s'évanouir sur le tapis de la cuisine.

Il gémit à ce souvenir. Il s'était complètement ridiculisé. Le révérend avait-il pris ses pieds ou ses épaules, tandis que lui et son ami le médecin l'avaient transporté ici comme un sac de pommes de terre ? Parfois, pendant ses absences, il criait, hurlait, proférait des obscénités. Avait-il fait tout cela, devant le vicaire et sa gouvernante ?

Peut-être pourrait-il s'échapper pour éviter d'avoir à le découvrir. Il essaya de démêler ses jambes de la couverture qui les entourait, mais cela souleva la question de savoir qui avait délacé et enlevé ses bottes poussiéreuses, et avant qu'il ne puisse résoudre l'un ou l'autre problème, Thorne fut de retour dans la pièce, la gouvernante à ses côtés.

Elle tenait sa chienne par un nouveau collier en cuir. Pippin avait les yeux grands ouverts mais était calme. Sa fourrure bouclait bizarrement par endroits. Mme Nettles jeta un coup d'œil au révérend, qui hocha la tête comme pour l'inviter à parler

— Je vous demande pardon, monsieur, mais je lui ai donné un peu de phénol. J'espère que ça ne vous dérange pas. Et...

Un autre regard vers Thorne, qui s'éclaircit la gorge.

— Allez-y, Mme Nettles. Je trouve qu'il est préférable de la laisser s'exprimer en certaines occasions, Dr Denby, surtout lorsque je partage ses préoccupations. J'espère que vous le prendrez bien.

Déconcerté, le regard de Rufus passa de l'un à l'autre.

— Je suis sûr que oui. Je vous en prie, Mme Nettles.

— Je pense qu'un homme qui a un animal, un chien par exemple, et qui ne peut pas le nourrir, le protéger de la vermine et autres... Peut-être que les circonstances de la vie de ce monsieur lui prouvent qu'il ne peut pas garder une telle créature. Dans ce cas, il pourrait la laisser ici, s'il le souhaitait. Juste pour s'assurer qu'elle est en sécurité.

Elspeth sentait aussi légèrement le désinfectant. Était-ce ainsi que Thorne s'était retrouvé avec une maison pleine de fermiers, de vieilles dames et d'enfants qui ne lui appartenaient pas ?

— Merci, dit-il maladroitement. Mais elle n'est pas à moi. Je ne laisserais jamais un animal se retrouver dans cet état, non. Je ne l'ai trouvée qu'hier, sur un lieu bombardé.

— Un lieu bombardé ! répéta Mme Nettles, comme si cela clarifiait complètement la question. Vous voyez, révérend. J'avais bien dit qu'il n'avait pas l'air du genre à négliger un animal.

— Je n'aurais pas dû l'emmener. Mais elle était affamée, et je...

Il ricana, et Thorne posa brièvement une main sur son épaule, comme s'il avait entendu la folie qui le guettait à travers ce bruit.

— Je ne pensais pas aggraver son cas.

— Eh bien, Mme Nettles a raison. Si vous voulez la laisser ici, on va la nourrir un peu, et je suis sûr qu'on pourra lui trouver un foyer dans une des fermes.

C'était une offre intéressante. Déjà, les espaces entre les côtes du chien semblaient moins profonds. Certaines des taches qu'il avait prises pour des croûtes n'étaient que des accumulations de saleté et de poils emmêlés.

— Désolé, Pippin, dit-il avec lassitude. C'est peut-être mieux ainsi.

Elle se libéra. Rufus n'avait pas réussi à démêler ses pieds de la couverture, mais il les balança néanmoins sur le sol, prêt à devoir la calmer. La chienne émit un petit gémissement anxieux, et s'appuya contre ses genoux comme elle l'avait fait dans les décombres.

— Pippin, répéta Mme Nettles, avec hésitation. C'est un joli nom pour un...

— Un petit épagneul doux et dodu, déclara le vicaire. Celle-ci a l'air d'avoir un peu de doberman en elle. Et une pincée de loup. Mais elle semble vous avoir choisi pour maître.

— Oui. Je ferais mieux de la garder avec moi, si ça ne vous dérange pas.

— En tout cas, elle peut rester pour dîner. Comme vous j'espère, bien que nous ayons une salle plutôt comble ce soir.

Rufus acquiesça, caressant la tête de Pippin.

— La vieille Birch et les fermiers de Challen. Et votre... Elspeth. Je vous ai entendu parler à votre ami le docteur, mais je n'arrivais pas à suffisamment me réveiller pour vous le faire savoir. Merci pour l'invitation, et pour tout ce que vous avez fait pour moi. J'ai déjà bien trop abusé de votre temps, alors...

— Eh bien, quel culot !

Rufus cligna des yeux. Mais Mme Nettles ne le regardait pas. Elle fixait la fenêtre. Elle s'empara d'un plumeau sur le buffet et s'enfuit, claquant la porte derrière elle. Sa voix se fit entendre dans le couloir.

— Des marques de doigts ! Partout sur ma vitre propre !

— Oh, Seigneur, dit Thorne, en mettant ses mains derrière son dos, ressemblant pour la première fois à l'idée préconçue que Rufus s'était faite d'un vicaire.

Il se dirigea vers la fenêtre.

— Un messager envoyé par l'ennemi.

Finalement, Rufus parvint à se dépêtrer. Il se redressa, et lorsque les merveilleux livres cessèrent de danser et de s'estomper, il se mit prudemment en marche pour le rejoindre. Thorne lui prit le coude, comme si lui aussi pouvait sentir le balancement de la pièce. Mme Nettles se trouvait sous le porche. À travers les châssis bleu et ambre, un étrange petit drame se déroulait. Elle se tenait bien droite, les mains sur les hanches. Devant elle, un enfant crasseux s'élançait d'un côté et de l'autre, tel un boxeur à la recherche d'un moyen de feinter son adversaire. Il tenait à la main ce qui semblait être une lettre.

Thorne se pencha légèrement par la fenêtre.

— Jebediah Trigg ! cria-t-il, faisant sursauter le garçon, comme s'il était électrifié. Arrête et donne-moi ça immédiatement.

Le garçon se dandinait d'un pied sur l'autre.

— Oui, mon révérend ! Je vous demande pardon, mon révérend, mais… quoi ?

— Sale gosse, soupira Thorne. J'aurais aimé qu'il ne soit grossier qu'avec moi, mais sa mère insiste pour que tout le monde, sauf elle, ait des manières irréprochables.

Il éleva de nouveau la voix.

— Donne-moi cette lettre.

— Tout de suite, mon révérend ! Mais non, mon révérend, car ma mère m'a dit qu'elle me giflerait si je ne la remettais pas en main propre au professeur.

— Oh, je vois.

Thorne lâcha Rufus, laissant une empreinte chaude là où sa main s'était posée.

— Heureusement pour toi, j'ai la main du professeur ici, avec le reste de son corps. Denby, voulez-vous aller chercher votre courrier ?

Rufus se pencha prudemment vers l'extérieur. Jebediah, le visage bouffi, serré dans son uniforme d'écolier, se précipita sur la pelouse. Il jeta un coup d'œil à Rufus.

— C'est lui ? Mon révérend ?

— Voici, mon enfant, le Dr Rufus Denby, un archéologue londonien très célèbre, comme, je suppose, ta mère vient de l'apprendre. Ne juge pas l'homme d'après son aspect extérieur, sinon on te jugera sur tes chaussettes qui glissent et ta chemise qui dépasse, Jebediah.

Le garçon tendit la lettre, essayant en même temps de rentrer sa chemise dans son pantalon trop court.

— Merci, professeur. Je vous demande pardon, professeur, mais maman dit que vous serez le bienvenu à la chapelle dimanche, car Hosea Evans est un prédicateur.

Il recula, ne se retournant pas avant d'avoir atteint la route en toute sécurité.

— Hosea Evans, répéta Rufus avec étonnement, en ouvrant l'enveloppe qui lui avait été donnée. Je n'ai jamais rêvé d'avoir cet honneur. Qui diable est-il ?

— Notre prédicateur local des feux de l'enfer. Les Trigg sont des dissidents, donc rien à voir avec moi.

Thorne fouilla dans sa poche, se pencha de nouveau par la fenêtre et laissa échapper un sifflement perçant.

— Tiens ! Tu as fait une sacrée course pour venir jusqu'ici. Passe par-derrière pour aller chercher un peu de cordial auprès de Mme Nettles.

La gouvernante lui lança un regard de reproche, mais d'un signe de la main, indiqua à l'enfant de faire ce qui lui était demandé.

Thorne se retourna vers Rufus, en souriant.

— Je lui aurais bien donné de l'argent, mais sa mère me déteste tellement qu'elle l'aurait probablement renvoyé enveloppé dans un tract. Je suppose que l'on ne vous a pas déroulé le tapis rouge lors de votre visite à l'auberge des Maidens.

— C'est à peine si j'ai eu le droit de marcher sur le tapis.

— Elle vous a envoyé sur les roses, n'est-ce pas ?

— Elle n'acceptait pas les chiens.

Thorne se frotta les mains avec une satisfaction non cléricale.

— Elle a dû défaillir quand elle a découvert qui vous étiez.

— Je ne sais pas comment elle l'a découvert. Le directeur adjoint a dit qu'elle écrirait, mais il est trop tôt pour qu'une lettre lui soit déjà parvenue.

— Peut-être que Winborn a fait passer le mot. Il est normalement d'une discrétion à toute épreuve, mais peut-être a-t-il voulu étouffer la rumeur au sujet du clochard. Puis-je voir la lettre ?

Il l'ôta doucement de la main de Rufus.

— « *Mme Trigg présente ses compliments au professeur et lui assure qu'elle ne voulait pas l'offenser lors de leur malheureuse rencontre* – rencontre ! Elle est retournée à ses romans français hier après-midi. *Si le professeur veut bien faire l'honneur à Mme Trigg de retourner dans son établissement*... et cetera, et cetera. Je n'ai jamais vu cette vieille diablesse aussi contrite. Elle se roule dans la boue pour vous.

Rufus reprit la lettre.

— Personne ne devrait avoir à faire ça. Elle a été effrayée par le chien, c'est tout.

— Croyez-moi, si Pippin était arrivée avec un bonnet et une lettre de recommandation d'une personne compétente de Bayswater, elle disposerait de sa propre chambre, à présent. Qui ne sont que de petites cellules froides et humides.

Il adressa à Rufus un regard chaleureux mais impersonnel, facile à soutenir.

— Le Dr Winborn a dit que vous étiez peut-être malade depuis un certain temps. Si vous préférez rester ici, nous avons beaucoup de place.

— Oh, je ne pourrais pas.

— Ne prenez pas ça pour une offre personnelle. Des orphelins et des vagabonds passent tout le temps par ici.

— Mais je ne suis ni un orphelin ni un vagabond, répondit Rufus en carrant les épaules, espérant que sa posture appuierait sa déclaration. Je ne suis pas non plus professeur, juste un simple docteur. C'est une offre généreuse, révérend Thorne, mais je ferais mieux de retourner au Maidens et de montrer à Mme Trigg que je ne suis pas rancunier.

Il sourit.

— Seigneur. Pas étonnant qu'elle ne vous aime pas, si vous donnez le gîte et le couvert gratuitement à de bons payeurs potentiels.

Les yeux de Thorne s'écarquillèrent.

— Vous pensez que c'est le cas ? Ça ne m'est jamais venu à l'esprit. Je suppose que je lui ai pris des clients.

— C'est une bonne chose – c'est très bien – pour les gens qui ne peuvent pas se payer une chambre. Mais moi, je peux. Le musée m'a expressément ordonné d'y rester.

— Qui ? Caroline ?

— Eh bien, pas *ordonné* en tant que tel. Mais elle l'a suggéré, et je ne peux pas vous déranger plus longtemps.

Rufus remarqua que sa veste avait été soigneusement repliée sur le dossier d'une chaise, son chapeau en équilibre sur le dessus. Sa sacoche l'attendait sur la table.

— Je me suis bien trop imposé. J'aimerais pouvoir vous remercier, ainsi que le Dr Winborn, pour tout ce que vous avez fait, mais... mais je suis à court de ressources en ce moment.

— C'est ce qu'il me semblait. Est-ce tout ce que vous avez amené avec vous ?

— Quoi, mon…

— Votre sacoche. Et les vêtements que vous portez actuellement.

— J'ai bien peur que oui.

Cela semblait pitoyable, suffisamment pour justifier un mensonge.

— Je suis arrivé avant mes bagages, c'est tout. Ma malle devrait arriver demain.

— Je vois. Attendez ici une minute. Servez-vous en cordial et en scones.

Rufus pouvait attendre, mais ne pouvait pas manger. Livré à lui-même, il regarda la porte pendant un moment, reconnaissant pour son énergie retrouvée grâce à la nourriture qu'il avait avalée, incapable d'en prendre plus. Il trouva ses bottes sous la table, vérifia que les semelles étaient propres et les enfila rapidement. Il mit sa veste et referma la courroie rassurante de sa sacoche sur sa poitrine. Il n'aurait jamais eu de ceinture Sam Browne, se souvint-il soudain, si son régiment n'avait pas été envoyé au front désespérément sous-équipé et en partie vêtu d'uniformes datant d'avant l'introduction de la Battledress[2] en 1939. Il avait aussi un étui Browne, conçu pour s'adapter à la ceinture et pour porter son revolver Webley. Ils avaient coupé la ceinture et la lui avaient ôtée à l'hôpital de campagne près de Fort Roche. Qu'est-il advenu de l'arme ?

Au retour de Thorne, il se tenait au garde-à-vous, calme et serein. Le révérend absorba les changements d'un seul coup d'œil.

— Voilà, dit-il, en posant une petite valise sur la table, sans s'approcher plus près. Mme Trigg et ses semblables vous jugent la respectabilité selon vos valises. Cela devrait vous aider un peu.

— Qu'y a-t-il à l'intérieur ?

— Juste un change de vêtements.

— Les vôtres ?

— Non. Il faudrait que vous remontiez votre pantalon, et nous voulons ajouter à votre dignité, pas vous en priver. Il y a une chemise et quelques affaires pour la nuit – jusqu'à ce que vos bagages arrivent. Ne vous inquiétez pas, il n'y a pas de triste histoire derrière tout ça.

C'était le cas dans bien des foyers. Un fils bien-aimé, un père ou un frère, dont les seules traces de présence sur terre étaient une armoire pleine de vêtements civils, accrochés en souvenir des hommes qui les avaient portés. Rufus prit la valise.

— Je ne sais pas comment vous remercier.

---

2 Battledress était le nom officiel de l'uniforme militaire adopté par l'armée britannique fin des années 30 et porté jusque dans les années 60.

— Revenez pour le dîner de ce soir. L'entrée est libre pour tous, mais nous aurons un peu de calme après, et vous pourrez me dire ce que vous pensez de mon église.

Rufus avait presque oublié. Il se raccrocha à sa tâche. Il avait été envoyé ici pour effectuer un travail.

— Bien sûr. J'ai déjà beaucoup de choses à vous dire, surtout à propos de vos peintures murales. C'est un endroit fascinant.

— Vous viendrez, alors ?

Un piège bien pensé. Rufus leva un sourcil en direction de Thorne en guise de remerciement. Il devait accepter l'hospitalité de la maison comme n'importe quel autre orphelin, qu'il le veuille ou non. Tout ce qu'il pouvait faire, c'était se rendre avec grâce.

— J'en serais ravi.

— Excellent. Amenez le chien. Vous pourrez me dire pourquoi, alors que j'ai demandé à Caroline un apprenti, elle m'a envoyé Arthur Evans à la place.

Rufus frissonna.

— Ne parlez pas d'Evans.

— Vous pourrez m'expliquer cela aussi après le dîner. Au fait, je n'ai eu qu'un bref aperçu de l'article dans la Revue. Ont-ils bien orthographié votre nom, Denby, ou est-ce avec I-G-H à la fin ?

— Non, avec un Y.

Encore une fois, ce regard évaluateur et impersonnel. Thorne tint la porte pour que Rufus puisse passer devant lui dans le couloir.

— D'accord.

Sous le porche, Rufus s'arrêta. La lumière bleue et dorée formait un patchwork sur le sol, qui même durant l'hiver devait donner l'effet d'un champ d'orge sous un ciel ensoleillé. La chienne lui tourna autour. Rufus attrapa son collier, et souleva sa sacoche.

— Pourquoi faites-vous tout cela ?

— Je suis le vicaire. Je suis censé faire preuve d'hospitalité envers les étrangers. On ne voudrait pas que vous vous enfuyiez pour rejoindre les dissidents, n'est-ce pas ?

Rufus secoua la tête. Quelle que soit la motivation de cet homme étrange et gentil, il était presque certain que ce n'était pas la religion.

— Ça vous dérangerait vraiment si je le faisais ?

— Grands dieux, non. Ils dansent et parlent en dialecte, et semblent généralement passer de bons moments, répondit Thorne avec une grimace. Meilleurs que ce que j'espérais leur offrir, apparemment. Ce fut un plaisir de vous rencontrer, Dr Denby. À ce soir.

Chapitre 6

Mme Trigg l'attendait sur le trottoir devant l'auberge Maidens pour le saluer.

Si Jebediah n'avait pas agrippé l'arrière de sa jupe, la tenant à l'écart des voitures qui passaient, elle aurait fini au milieu de la route.

— Professeur ! s'écria-t-elle dès qu'il apparut. Quel plaisir, Professeur Denby ! Entrez, entrez !

Rufus décida de ne pas la corriger concernant son titre, du moins pas avant qu'ils ne soient à l'intérieur. *Professeur* semblait plus impressionnant, crié dans la rue principale, et tout le monde méritait une seconde chance. Acceptant la sienne de bonne grâce, il se présenta devant elle : valise respectable, chien bien lavé avec un beau collier etc.

— Bonjour, Mme Trigg.

— Bonjour, cher professeur ! Je suis si heureuse que vous ayez reçu mon mot, et je dois dire que c'est digne d'un gentleman londonien de ne pas tenir rigueur à une pauvre femme de son erreur. Une veuve de guerre, vous comprenez, qui doit surveiller la fréquentation de son établissement… ?

— Je comprends. Mais j'ai bien peur d'avoir encore ma chienne. Je préfère la garder dans ma chambre avec moi, et si c'est contraire aux règles de la maison…

— Des règles ? Oh ! Non. C'est juste pour empêcher les fermiers d'amener leurs chiens de berger et leurs terriers à l'intérieur quand ils viennent boire une pinte. Ça ne s'applique pas à un...

Elle serra les mains et inclina sa tête sur le côté, et Pippin lui rendit son regard, comme pour la mettre au défi de trouver quelque chose de gentil à dire.

— … un animal de compagnie aussi charmant que celui-ci. Venez, venez. Votre chambre est prête. La meilleure que nous ayons, professeur, qui donne sur la cour intérieure. Vous ne serez pas dérangé par ces maudites voitures modernes.

Il la suivit dans le hall et dans les escaliers étroits. Cette maison aussi sentait l'humidité, et ici, il n'y avait ni roses ni scones pour en masquer l'odeur. Dieu seul connaissait l'âge de cet endroit et il craignait que Mme Trigg ne soit offensée par la question, venant d'un archéologue. Elle avançait rapidement devant lui, sa jupe fleurie se mouvant au gré de ses pas.

— C'est juste ici, Professeur. Je me doute que ce n'est pas ce à quoi vous êtes habitué, mais c'est le mieux qu'une veuve puisse faire.

Cela faisait deux fois qu'elle mentionnait son veuvage. Il y en avait tellement dans ce nouveau monde qu'il n'avait pas réagi la première fois. Il n'était pas le seul à avoir subi certains changements depuis leur dernière rencontre, pas vrai ? La jupe était neuve, les cheveux remontés en un chignon élaboré. Un parfum de *Soirée à Paris* – que Rufus avait souvent senti dans les bars et les cafés de la ville, offert en cadeau par de beaux soldats américains à une population féminine longtemps privée de ces délices – lui revint en mémoire. Il secoua la tête. Peut-être essayait-elle simplement de se rattraper pour son faux pas de la veille. Dans le cas contraire, elle n'aurait pas pu plus mal choisir, mais c'était quand même le devoir de Rufus d'être gentil.

Il pouvait y arriver. Il sourit en passant devant elle dans le minuscule couloir de l'étage.

— Merci. Quelle jolie chambre.

Pippin redressa les oreilles devant ce mensonge. La cour semblait n'avoir jamais vu la lumière du soleil, et le bruit des voitures qui passaient de temps en temps aurait été préférable au silence étouffant qui s'en dégageait. Mais en fait, c'était tout ce dont Rufus avait besoin à ce moment-là : quatre murs, une porte qu'il pouvait fermer derrière lui, si seulement Mme Trigg arrêtait de s'agiter autour de lui et s'en allait.

— C'est parfait. Quel est le tarif, s'il vous plaît ?

— Cinq shillings par nuit, ou une livre et quinze cents par semaine.

Elle semblait vraiment fière de son taux hebdomadaire, comme s'il ne s'agissait pas simplement de son tarif quotidien multiplié par sept.

— Quoique certains clients préfèrent régler à l'avance. Pour faciliter leur départ, vous comprenez.

— Oui, je comprends, répondit Rufus en sortant son portefeuille. Je vais probablement rester pour la semaine, mais je n'en suis pas encore sûr, alors puis-je déjà vous payer pour ce soir et demain ?

— Certainement, certainement.

— Tenez. C'est gentil de votre part d'avoir fait un effort pour le chien.

— Oh ! Tout le plaisir est pour moi.

Elle glissa les pièces dans la poche de son tablier avec un zèle qui laissait penser qu'elle n'avait pas l'habitude de toucher un acompte, ou du moins pas en espèces.

— Cela inclut votre petit déjeuner, bien sûr, professeur. Il n'y a pas d'extras cachés ici.

Mieux valait que ce soit le cas. Rufus était presque fauché.

— Eh bien, si ça ne vous dérange pas, je vais m'installer.

— Bien sûr ! Je vous laisse tranquille. Le dîner est à sept heures, si vous voulez. C'est, euh…

— En plus. Oui. Non, merci. Je dîne dehors ce soir.

— Au presbytère ?

Elle n'attendit pas sa réponse, mais avança un peu plus dans la pièce, les yeux grand ouverts, la bouche pincée.

— Ne le prenez pas mal, Professeur, mais si j'étais vous, je prendrais garde à ce que je fais avec le révérend. Je suis sûre que c'est un homme bien, mais cette maison cache des choses... Irrégulières. Très irrégulières.

— Je m'en souviendrai, Mme Trigg. Au fait, je suis le Dr Denby.

— Je vous demande pardon, monsieur ?

— Pas un professeur. Juste un docteur.

Son visage s'allongea, comme si elle avait mis son parfum *Soirée à Paris* pour rien.

— Et est-ce… très différent ?

— Oui. Un professeur est titulaire d'une chaire dans une université, et peut-être même d'un département à lui. Docteur est juste un titre académique.

— Oh, mon Dieu. Eh bien, peu importe. Vous allez peut-être rencontrer quelques snobs dans ce village, mais tout le monde est sur le même pied d'égalité ici. Pas de tiers dans la chambre, s'il vous plaît, et pas de nourriture qui n'a pas été achetée sur place.

Elle jeta un coup d'œil sur son tablier à la recherche de grains de poussière invisibles, offrit à Rufus ce qui devait probablement être un sourire charmeur, et disparut. Une fois seul, il s'appuya sur le bord de l'horrible chaise près de la fenêtre et mit ses doigts sur sa bouche pour retenir son rire, du moins jusqu'à ce qu'elle ne puisse plus l'entendre. Pas de snobisme ici. *Non, nous sommes le Liberty Hall, nous, Professeur.* Les sons qu'il émettait semblaient déranger Pippin, alors il se ressaisit et lui caressa la tête jusqu'à ce qu'elle s'installe à côté de lui. Le snobisme de Trigg était-il aussi naturel que celui de sa sœur Rosemary, fruit du mariage et de la peur ?

Il avait du mal à se souvenir de la raison pour laquelle elle avait voulu le voir. Oh, oui, Charles, qui était mort avec Rufus dans la plaine boueuse près de Fort Roche.

Non, c'était faux. Un seul d'entre eux était mort. Il s'assit et compta les battements de son cœur. Ils avaient capté un écho. Une gouttière cassée au-dessus de sa fenêtre laissait couler l'eau sur le rebord, dans un rythme lancinant. *Bang, bang, bang…*

Une planche grinça dans le couloir, brisant la réaction en chaîne du souvenir. Il écouta, intrigué. Pippin avait baissé la tête et levé une oreille. Elle ne grognait pas. Son expression exprimait une franche surprise, et quand la porte trembla très légèrement dans son cadre, elle leva les yeux vers Rufus comme pour lui demander de gérer cette situation absurde avant qu'elle ne doive le faire elle-même.

Il se leva très calmement et traversa la pièce. Il ouvrit brusquement la porte, et Jebediah Trigg bascula à l'intérieur, oreille en avant.

— Je n'ai rien fait ! cria-t-il avant que Rufus ne lui demande. Je ne voulais pas, mais elle m'y a forcé. Je n'aurais jamais fait ça !

Rufus l'aida à se relever.

— Bien. Tu n'écoutais pas à ma porte, mais si tu l'avais fait, c'est parce que ta mère t'oblige à garder un œil – ou une oreille – sur les invités, surtout les célibataires qui arrivent sans beaucoup de bagages.

— Oui, seulement elle ne ferait jamais ça ! Moi non plus !

— Je comprends l'idée générale. Jebediah, tu crois que tu peux rester là deux minutes pendant que j'écris une lettre ? Ou dois-je demander à ma chienne de te surveiller ?

Le garçon resta debout comme s'il était coulé dans le marbre tandis que Rufus arrachait une feuille de son carnet et se mettait à écrire, appuyé sur le rebord de la fenêtre. Il aurait aimé s'asseoir à la table du presbytère ce soir-là et écouter Archibald Thorne divertir ses invités. Il aurait un mot pour tout le monde, Rufus en était sûr, de la vieille dame aux fermiers, en passant par l'étrange petite fille qui n'était pas la sienne. Il aurait mis tout le monde à l'aise. Rufus aurait aimé voir le médecin aussi, pour le remercier et mettre un visage sur cette voix sèche mais agréable. Mais à quoi bon ? Il y avait des choses dans ses souvenirs de Charles et de la boue de Fort Roche, qui le rendaient inapte à la compagnie humaine. Quelque chose dans la goutte d'eau d'un tuyau – ou le clic des cailloux qui tombent dans une tombe, ou la menace d'un stupide vieil homme d'aligner des fichus indigènes contre un mur et de les abattre, bang, bang, bang, lui avait ôté toute force, le laissant tel un récipient vide.

Prêt à être rempli par un malade mental. Rufus avait oublié de prendre sa dose de Veronal la nuit précédente. Il plia la lettre et la remit à Jebediah.

— Peux-tu apporter ceci au révérend Thorne ? C'est simplement pour m'excuser de ne pas venir au dîner ce soir, pas la peine de la lire. J'ai cru comprendre que les messages sont facturés deux pences.

— Pence ? Ah, « penny ».

— Payable après livraison. Et comme je ne veux pas être dérangé plus longtemps ce soir, alors nous nous reverrons au petit déjeuner. D'accord ?

Le garçon hocha la tête à contrecœur.

— Bien. Et pourrais-tu demander à ta mère de me faire monter des sandwiches sur un plateau à l'heure du dîner, si ça ne te dérange pas trop ?

Jebediah déguerpit. Rufus décida qu'il l'aimait bien. Même si pour la plupart des gens, il passait pour un mauvais garçon, il n'était pas vraiment méchant. C'était rafraîchissant, après six ans de guerre. Brièvement distrait, Rufus posa sur le lit la valise que Thorne lui avait donnée et l'ouvrit.

Les vêtements à l'intérieur étaient soigneusement pliés et sentaient légèrement la lavande. Il en sortit une chemise blanche en coton, fraîchement repassée. En dessous, se trouvait un gilet et un pantalon en tweed vert mousse. Le tissu était léger, le dos du gilet en soie subtilement irisée. C'était une tenue d'avant-guerre, une tenue de gentleman pour un après-midi d'été, dégustant le thé sur l'herbe et peut-être jouant au croquet ou au cricket. La coupe de la veste était typiquement de l'époque édouardienne. Rufus prit les vêtements avec précaution. Il les suspendit dans la petite armoire sur les cintres antivol soudés au rail, puis fouilla de nouveau dans la valise. Le révérend Thorne avait également ajouté une robe de chambre en fine laine grise, et un pyjama rayé.

Rufus ne pouvait pas porter ces vêtements en étant si crasseux. Il avait dormi à la dure l'espace d'une nuit, mais le problème ne venait pas de la saleté accumulée. Piégée sous ses aisselles et dans les plis de son aine, il pouvait sentir l'odeur chimique d'une bête paniquée, celle que sa chair dégageait lorsqu'il était sous l'emprise de ses trous de mémoire. Livré à lui-même – sans toutes ces belles choses propres, cadeau du presbytère –, il se serait allongé dans son lit. Mais, à cause du pyjama rayé et de la senteur de lavande fraîche, il sortit sa trousse de toilette et son nécessaire de rasage de sa sacoche, mit la robe de chambre sur son bras et partit à la recherche de la salle de bains.

Elle était minuscule, équipée d'un petit bac à douche et d'une faible réserve d'eau chaude. Rufus remarqua à peine ces désagréments, se déshabilla et s'accroupit dans le bac. Il voulait ignorer son corps, épuisé par ses besoins et trahisons. Il n'en avait pas toujours été ainsi. Il avait permis à Henry de réveiller les terminaisons nerveuses allant de son cuir chevelu jusqu'au bout de ses orteils.

Il se lava rapidement, et se sécha à l'aide d'une serviette rêche qu'on lui avait fournie. Tout dans la valise semblait lui convenir parfaitement, mais les manches de la robe de chambre étaient plus longues que ses bras. Il les retroussa, se demandant si elle appartenait à Thorne. Cette pensée lui apporta un étrange réconfort alors qu'il retournait dans sa chambre.

Pippin leva les yeux, sa queue frappant doucement le sol lorsqu'il entra. Rufus dégagea le lit et s'assit. Il n'y avait rien de mal à fermer les yeux jusqu'à l'heure du dîner, surtout s'il prenait ses médicaments maintenant. Il serait assez alerte pour se réveiller à la livraison de ses sandwiches, et après cela, il pourrait dormir d'un sommeil sous barbituriques, sans rêves.

Mme Trigg prenait très au sérieux la politique de l'auberge, qui consistait à ne mettre que des lits simples à la disposition des clients. Rufus n'avait de toute façon pas l'intention d'inviter qui que ce soit à le rejoindre. Il se cogna le coude contre le mur alors qu'il s'étendait sur le couvre-lit. Il avala ses pilules avec une gorgée d'eau du verre posé sur la table de nuit et se demanda si un jour, quelqu'un finirait par trouver un remède à la solitude, dans une petite bouteille marron avec un bouchon fileté.

Le lit grinça, le matelas s'affaissant dangereusement.

— Pippin, non, dit-il, mais la chienne se contenta de le regarder depuis sa place sur le lit. Mme Trigg aura ta peau et la mienne.

Elle s'effondra à côté de lui. Il fit un maigre effort pour la repousser, mais elle posa sa tête sur ses côtes, et tandis qu'il essayait de trouver des moyens de la persuader de descendre – à l'aide d'une discipline rigoureuse, peut-être, ou en lui lançant une chaussette –, elle l'observa d'un regard insondable.

***

Dans le jardin du presbytère, quelqu'un taillait les roses. Déjà, un chemin dégagé était apparu entre le portail et la porte d'entrée. La pergola émergea devant ses yeux, les rayons du soleil filtrant à travers le bois moussu et les dalles de pierre humides. Avant que Rufus n'ait le temps de se demander s'il n'aurait pas préféré qu'elle reste comme avant – un bosquet de ronces qui gardait le château enchanté –, une silhouette élancée se redressa pour le saluer, un sécateur à la main.

— Bonjour ! Vous devez être notre archéologue.

Elle était parfaite. Elle correspondait à l'idée préconçue que Rufus se faisait de la femme d'un vicaire.

— Oui. Vous devez être Mme Thorne.

— Mme… Oh, la femme d'Archie ? Non. Je suis Alice Winborn. Je crois que vous avez rencontré mon oncle, hier.

— Le docteur ? demanda Rufus en lui rendant sa poignée de main.

Sa peau claire était parsemée de taches de rousseur sous son chapeau. Tout en elle exsudait la bonne santé et la fraîcheur.

— Je ne l'ai pas vraiment rencontré. Je ne me sentais pas bien, et il s'est occupé de moi. J'espère faire mieux aujourd'hui.

Elle sourit, timidement.

— Nous étions tous peinés de ne pas vous voir pour le dîner, hier soir. Comment vous sentez-vous aujourd'hui ?

— Beaucoup mieux, merci.

Rufus n'était pas insensible à la beauté féminine. Parfois, il la ressentait d'autant plus profondément qu'elle ne lui procurait aucune réaction physique.

— Vous semblez avoir du pain sur la planche ici.

— N'est-ce pas ? Je suis paysagiste de métier. Il n'y avait pas beaucoup de demandes pour cela pendant la guerre, alors je suis devenue une *Land Girl*[3]. Maintenant que les garçons sont de retour dans les champs, on ne veut pas de nous là-bas non plus, alors... me voilà, en train de rendre visite à mon oncle et de tailler les roses du vicaire.

---

3 Femmes qui remplaçaient les hommes dans les champs durant la guerre.

Elle replaça une mèche de cheveux derrière son oreille et rougit.

— Désolée. Je parle toujours trop quand je rencontre quelqu'un pour la première fois.

— Pas du tout.

Rufus savait reconnaître un orateur nerveux quand il en rencontrait un.

— Je fais le contraire et parle peu, et les gens pensent que je suis asocial.

— Vraiment ? Je ne pense pas que j'aurais fait cette erreur à votre sujet, répondit-elle, rougissant davantage. Ce doit être le chien que vous avez trouvé sur le site bombardé.

Elle ôta un gant de cuir et laissa Pippin renifler sa main.

— Pauvre vieille fille. Mais ça va aller maintenant, n'est-ce pas ? J'espère que Mme Trigg ne t'a pas fait dormir dans la cour.

— Non. Elle nous a finalement laissés tous les deux rentrer à l'intérieur.

Alice se mit à rire.

— Archie nous a raconté l'histoire. Comment a-t-elle pu vous prendre pour un sans-abri ? Vous êtes si chic, et c'est agréable de voir quelqu'un habillé à la mode d'avant…

Elle se tut et baissa la tête en soupirant.

— Et voilà que je recommence. Il semble que j'aie oublié comment mesurer mes paroles.

— Le révérend Thorne m'a prêté ces vêtements, dit Rufus avec douceur. Je n'étais pas très propre à mon arrivée, j'ai quitté Londres assez rapidement. L'erreur de Mme Trigg était peut-être pardonnable, et pour ce qui est de la mesure, je ne sais pas comment les femmes qui ont travaillé dans des fermes et des usines pendant six ans sont supposées... enfin, je ne sais pas. Rentrer chez elles et reprendre leur broderie.

— Ciel, Dr Denby ! Laissez Archie et mon oncle s'occuper de vous. Vous êtes peut-être l'un des derniers hommes au monde encore sensé.

Elle souriait véritablement désormais, sa nervosité envolée.

— Archie est impatient de vous ennuyer à mourir à propos de son église. Il est dans son hangar, si vous voulez faire le tour, il travaille sur son... Je crois qu'on doit dire son générateur. Ou le sermon de dimanche prochain. Je ne sais plus lequel.

— Merci.

Rufus précéda Pippin et battit en retraite. Un étroit chemin bordé d'herbe parsemée de pissenlits menait à l'arrière de la maison. Le lierre poussait en abondance sur les dépendances en ruine, et les parterres de fleurs abandonnés étaient envahis par la mauvaise herbe. Les parcelles de légumes étaient encore dégagées, les haricots d'Espagne grimpant sur leurs poteaux, les feuilles de pommes de terre d'un vert estival intense. Le verger, derrière, était également entretenu, les branches tombantes soutenues par des tuteurs. Rufus s'arrêta un moment, alors que la brise charriait le parfum des fleurs de pommiers ainsi qu'une fine pluie de confettis de pétales rose-blanc.

— Quel endroit magnifique, dit-il d'un air absent à sa chienne, ou peut-être à l'esprit du verger qui venait de l'engloutir.

Entre les pommiers et le mur du jardin couvert de mousse, se dressait une grande cabane en bois, dont les doubles portes étaient ouvertes. Des bruits de martelage métallique provenaient de l'intérieur, suivis d'un cliquetis et d'une volée de jurons. Pippin se mit à tirer sur sa laisse, et Rufus la détacha de son collier, en essayant de ne pas rire.

— Vas-y, ma fille. Va le prévenir que nous sommes là.

Elle disparut entre les portes. Lorsque Rufus entra, le révérend Thorne avait eu le temps de se lever et de dépoussiérer sa salopette.

— Ah, Denby, cria-t-il, en s'avançant pour lui serrer la main. Vous voilà. J'espère que vous ne m'avez pas entendu, juste quelques exercices vocaux, vous savez. Pour dimanche. Comment vous sentez-vous ce matin ?

— Bien. Je suis venu pour m'excuser encore une fois pour hier et vous dire que je descends pour commencer à travailler sur l'église.

Il inspecta l'intérieur de la remise, les rayons du soleil laissant apparaître la forme d'une magnifique moto Norton posée sur un support dans un coin.

— À moins que je puisse vous aider un peu avant.

Thorne rayonnait. Il semblait prêt pour une course d'athlétisme à Brands Hatch, pas pour l'office du dimanche matin, son col romain étonnamment visible sous l'échancrure de sa salopette. Ses manches étaient retroussées, découvrant la richesse des veines et la musculature d'un homme qui travaillait dur. Sa main bronzée tenait fermement une clé à molette.

— Le feriez-vous vraiment ? Ce n'est pas très religieux de ma part, mais j'aimerais bien que ce vieux truc refonctionne. Il y a une autre salopette sur le banc. Mettez-la, parce que…

Il se tut, mit une main en visière pour bien regarder Rufus.

— Bien. Je crois que Mme Nettles vous trouverait très élégant.

— Merci.

Rufus avait bien dormi. Il avait maladroitement revêtu ses nouveau vêtements, qui lui allaient à la perfection et lui donnaient presque un sentiment de temps retrouvé, comme s'il pouvait vraiment incarner la vision du passé dont lui avait parlé Alice. Il fit signe à Pippin de s'asseoir et alla récupérer la salopette tachée d'huile.

— Gardez-vous des vêtements prêts pour chacun de vos visiteurs ?

— Non, et je ferais mieux de vous raconter l'histoire de celui-ci, pour vous rassurer. Le précédent recteur était un type plutôt racé, semble-t-il. Il était très bien habillé et n'était pas très prudent dans ses relations avec ses paroissiennes. En fait, il a eu un enfant avec l'une d'entre elles et, lorsque le scandale a éclaté, il a quitté les lieux et a embarqué pour la Toscane plutôt que d'affronter les conséquences.

— Bon Dieu.

Rufus jeta un coup d'œil sur le costume, témoin de tant d'actions dans un village si paisible, et boutonna soigneusement sa salopette.

— Est-il jamais revenu ?

— Non, bien que Mme Nettles garde toutes ses affaires fraîches et propres, juste au cas où.

— Est-ce que c'est Mme Nettles qui...

— Oh ! Ciel, non. Mais elle est très fidèle à tous ceux dont elle tient la maison, qu'ils soient recteurs ou vicaires. À mon tour maintenant d'être bichonné.

Rufus absorba cette information, en jetant un regard expert sur la Norton. C'était une beauté, et bien qu'elles aient été fabriquées à la chaîne pendant la guerre, elle était entretenue avec amour. Le carter était placé à un angle légèrement étrange. Il se mit à genoux pour mieux voir, puis s'allongea en dessous, sur le dos.

— Je voulais vous questionner à ce sujet, en fait, à propos du recteur ou du vicaire. La maison est un presbytère, et le précédent titulaire était recteur, mais…

— Mais je ne suis qu'un vicaire. Oui. Cela arrive souvent dans les vieilles paroisses de campagne comme celle-ci. Matthew Gorringe était un homme riche, et en tant que recteur, il avait droit à la dîme de toutes les terres de la paroisse. Il a fait construire cette maison, et c'était un lieu de divertissement à son époque. Mais il a réussi à épuiser ses fonds. La maison est tombée en ruine, et quand la guerre a éclaté, la paroisse n'avait plus les moyens de le faire vivre.

— Alors, quand vous êtes venu prendre sa place…

— C'était en tant que vicaire. L'église est maintenant financée de l'extérieur, et je reçois mon salaire comme n'importe quel autre ouvrier agricole. Je suis un peu comme un bernard-l'ermite qui s'est glissé dans une énorme carapace et qui ne sait pas quoi faire de tout cet espace.

— Vous le remplissez d'enfants errants, de chiens et d'archéologues.

Thorne partit d'un grand rire désinhibé.

— Je suppose que oui. Je ne peux pas me permettre de faire des réparations, mais au moins je peux partager l'endroit en attendant qu'il s'écroule.

— Passez-moi ce tournevis, voulez-vous ? Que lui est-il arrivé – à la dame de la paroisse, je veux dire ?

— Celle qui a eu le bébé avec le recteur ? Ah, ce n'est pas à moi de raconter cette histoire. Bien que vous ayez l'air d'un type qui sait aussi garder un secret.

Rufus bougea de quelques centimètres pour pouvoir loucher sur Thorne. Il avait été confronté à une technique d'intimidation similaire dans la cour de récréation, qui avait commencé par ces mots – pardonnable de la part d'écoliers, mais pas venant de vicaires. Il en avait également été témoin dans des casernes. *Vous semblez être un type bien, alors ne dites rien sur l'acte odieux que je m'apprête à commettre.*

— Cela dépend de ce que c'est.

— Très sage. Cela vous dérangerait-il beaucoup si je fumais ?

— Pas du tout. Restez à l'écart du moteur. Oh, c'était ça le secret ?

— Je crains que oui. Mme Nettles, vous savez. Elle n'aime pas qu'on fume dans la maison.

Vous n'êtes pas dans la maison. Vous êtes dans votre propre abri de jardin. Rufus oublia de dire les mots à haute voix. Le câble électrique permettant à la batterie de mettre le moteur en marche s'était délogé et se déversait dans le tubage. Une odeur de bon tabac l'atteignit malgré l'odeur du carburant. Thorne alluma sa cigarette d'un air coupable, en jetant des petits coups d'œil par-dessus son épaule.

— Elle est responsable de cet endroit, dit Rufus en coinçant le tournevis dans sa bouche. Elle ne me semble guère tyrannique.

— Elle ne l'est pas. Mais mes poumons ne sont plus ce qu'ils étaient et elle s'inquiète, dit-il avant d'être pris d'une quinte de toux. À raison, semble-t-il. Oh, mon cher, excusez-moi un instant.

Rufus écouta avec inquiétude les sons venant de l'extérieur. Puis, de façon inattendue, ses efforts pour réparer le câble portèrent leurs fruits et la Norton grogna. Il se releva et pressa l'accélérateur sur le guidon. Le moteur répondit, remplissant la remise de gaz d'échappement bleu, avant de se stabiliser. Ce dont elle avait besoin maintenant, c'était de rouler, pour recharger une batterie presque morte après une longue période d'inutilisation. Il détacha les sangles qui la retenaient sur le support et la fit descendre. Sans réfléchir, il passa une jambe par-dessus la selle, trouva son équilibre et la conduisit jusque dans la cour, Pippin trottinant derrière.

Thorne émergea de derrière un arbre, pâle et s'essuyant les yeux.

— Bon sang, cria-t-il par-dessus le rugissement du moteur. Qu'est-ce que vous lui avez fait ?

— Câble déconnecté. Remis en place.

— Et où un archéologue aux manières douces a-t-il appris à faire cela ?

Rufus laissa le moteur tourner au ralenti. Ici, dans le jardin ensoleillé, avec un vicaire qui lui souriait et la chienne qui se promenait joyeusement, cela ne lui semblait pas si difficile à expliquer.

— J'étais avec la *British Response Force*[4] dans le nord de la France, le corps des motards. Nous avons appris à réparer les motos quand elles tombaient en panne.

4 Force de Reconnaissance Britannique.

L'expression de Thorne s'assombrit.

— La BRF ? Cette unité a été prise derrière la ligne Maginot avant la bataille de France, n'est-ce pas ?

— Comment un vicaire aux manières douces peut-il savoir cela ? dit Rufus en donnant un bon coup d'accélérateur à la moto. Elle aurait bien besoin d'une bonne balade, la prochaine fois que vous en aurez l'occasion.

— Je n'arrive pas à croire qu'elle fonctionne. Pourquoi ne pas la sortir maintenant ?

— Maintenant ? Je ne pourrai pas. Je dois vraiment aller à l'église et commencer à travailler.

— Nous irons tous les deux. Si nous prenons la moto, je peux vous montrer la route panoramique, déclara Thorne en ôtant sa salopette. Allons. Vous méritez au moins ça pour l'avoir réparée.

Son excitation était contagieuse. Rufus hésita encore un instant, puis il poussa la béquille et descendit.

— Je devrais peut-être garder ça. Je ne veux pas salir le costume du recteur.

— Si c'est le cas, je pourrai vous en donner un autre. Et Mme Nettles a dit qu'elle laverait les affaires que vous avez rapportées de Londres, parce que – je cite – si vous attendez l'offre de cette vieille chauve-souris des Maidens, vous irez à vos propres funérailles avec un costume sale.

— Mais je ne m'attends pas à ce que Mme Nettles nettoie mes affaires. Pas plus que Mme Trigg.

— Ne vous inquiétez pas, mon vieux. C'est juste en attendant que votre malle arrive.

— Il n'y a pas de malle. Je n'ai rien emporté. Je n'ai fait que... Je suis simplement venu.

Thorne posa sa salopette sur un banc en bois à l'extérieur de la remise. Il demeura immobile, observant Rufus. Les questions visibles dans ses yeux restèrent sans réponse, et après un moment, il vint se positionner derrière lui. Il ôta doucement le haut de la salopette de Rufus et la tira vers le bas.

— Venez, dit-il. Ça va être un après-midi chaud et agréable, une journée idéale pour faire un tour.

Rufus déglutit. Le fait d'admettre qu'il avait sauté dans un train depuis Londres sans trop réfléchir lui donna des tremblements.

— Je ne pense pas que je devrais conduire.

— Très bien. Vous monterez derrière.

— Et la chienne ?

— Elle peut rester ici, et Mme Nettles… Ah, Maria !

Thorne aida Rufus à ôter sa salopette et fit un signe de main en direction de la gouvernante, qui avait émergé dans le jardin au son du ronronnement de la Norton.

— Regardez ce que Denby a fait.

— Il a réparé votre veille bécane apparemment, révérend. Il était temps, si je puis me permettre.

Elle sourit largement et frappa ses genoux pour attirer Pippin vers elle, et la chienne bondit sur la pelouse, toutes traces des terreurs de la veille disparues.

— Bonjour, Dr Denby. Allez-y, vous deux, et sortez cette chose bruyante de mon verger.

Thorne grimpa sur la moto, remonta la béquille et s'assit. Il tapota le siège derrière lui en guise d'invitation.

— Vous venez, Denby ?

Rufus avança comme s'il était hypnotisé. Il monta derrière Thorne. Ne sachant que faire de ses mains, il s'accrocha au bord arrière du siège et tenta de maintenir un espace de quelques centimètres entre son entrejambe et le dos du vicaire. Thorne lui jeta un regard amusé par-dessus son épaule, mais ne fit aucune réflexion, et commença à avancer lentement le long de l'allée verdoyante en direction d'une porte que Rufus n'avait pas remarquée auparavant, une large clôture qui s'ouvrait sur la route.

Deux gardes se trouvaient à la porte. Alice Winborn était appuyée au-dessus de la barrière, et les regardait approcher en souriant. À côté d'elle se trouvait un homme d'une soixantaine d'années, aux cheveux couleur sable et désossé. Tous deux se ressemblaient suffisamment pour que Rufus devine qui il était, et la voix le confirma, hurlant pour se faire entendre par-dessus le grondement de la moto.

— Archie ! Que diable es-tu en train de faire ?

— Je vais me balader, cria aimablement Thorne, en s'arrêtant à la porte. Denby a réparé le moteur. Denby, voici mon ami, Paul Winborn. Vous l'avez rencontré hier, mais pas dans les meilleures circonstances.

— Ravi de vous rencontrer, Dr Winborn, dit Rufus.

Ses manières l'incitaient à descendre de la moto pour lui serrer la main, mais il avait le sentiment que quelque chose pourrait arriver et l'empêcher de remonter mais, à présent qu'ils étaient en route, le dos large de Thorne devant lui et le moteur ronronnant, il voulait rester.

— Je suis désolé de m'être ridiculisé.

— Pas du tout, pas du tout. C'est bon de vous voir… sur pied.

Rufus réprima un sourire. *Sur le siège arrière de la moto du révérend*, n'aurait pas résonné de la même manière. Le front de Winborn se fronça.

— Cette chose est-elle sûre ? demanda-t-il à Thorne, en gardant une main sur la chaîne qui gardait la barrière fermée.

— Je n'en sais rien. Le seul moyen de le découvrir, c'est de l'emmener faire un tour.

— Ne penses-tu pas que tu devrais d'abord ôter ton col romain ?

— Ne penses-tu pas que j'aurais l'air encore plus malhonnête si je le faisais ?

— Peut-être, en fin de compte, répondit Winborn en souriant. Écoute, Alice et moi espérions que tu viendrais déjeuner aujourd'hui. Le Dr Denby est le bienvenu, bien sûr. Nous aimerions connaître ses projets pour l'église.

— Le pauvre n'a pas encore eu l'occasion de la voir. C'est là que nous allons d'ailleurs.

— Sur la moto ? C'est à dix minutes de marche d'ici, et…

— Oncle Paul, l'interrompit soudainement Alice, en rougissant, comme si cette petite discussion l'avait embarrassée. Arrête de faire tant d'histoires. Archie et le Dr Denby sont toujours les bienvenus pour déjeuner.

Elle passa devant lui pour soulever la chaîne, mais Winborn ne flancha pas.

— Winborn, protesta Archie, en riant à son tour. Ouvre la porte.

— Sérieusement, Archie, je ne pense pas que faire le tour du quartier avec cette machine puante soit compatible avec...

— Ouvre cette foutue porte !

Tout le monde sursauta. Rufus regarda avec surprise les larges épaules de Thorne. Il ne l'aurait jamais cru capable d'un tel rugissement, pas face à une si légère provocation.

— Tout va bien, dit-il, trop doucement pour qu'Alice et Winborn puissent l'entendre, sans savoir pourquoi il pensait que Thorne avait besoin d'être rassuré.

Le docteur, un peu pâle, était en train de détacher la chaîne.

— C'est fait. On peut y aller.

— Vous feriez mieux de vous accrocher, dans ce cas.

La moto se mit à rugir et à trembler. Rufus s'agrippa à la taille de Thorne par réflexe. Winborn s'éloigna de la porte, tirant Alice derrière lui. Rufus capta le jeu d'ombre et de lumière tandis que Thorne s'engageait dans l'allée. Une fois le portail traversé, sous le regard étonné de Winborn, il se détendit et relâcha l'accélérateur.

— Désolé, Denby, si je me suis laissé emporter.

— Qu'est-ce qui s'est passé ?

— Oh, Winborn. C'est un bon gars, l'un des meilleurs. Mais je le connais depuis que je suis enfant et il pense toujours que j'en suis un. Le problème, c'est qu'il a probablement raison, à propos du fait de foncer à toute vitesse avec mon col romain, je veux dire. Je vais devoir m'excuser auprès de lui plus tard, et auprès de la pauvre Alice.

Il offrit à Rufus un regard rapide par-dessus son épaule.

— Et auprès de vous.

— Pourquoi moi ?

— Je suis désolé que vous ayez été témoin de ça.

— Inutile. Je n'aime pas non plus les portes fermées. Euh… ce n'est pas le chemin de l'église.

— Non. Nous allons traverser le village et prendre la route de la crête. Je veux vous montrer quelque chose. Et puis…

Il guida la moto entre deux ornières profondes et brûlées par le soleil.

— ... quitte à faire ça, autant scandaliser tout Droyton pendant que nous y sommes.

Rufus n'y vit aucune objection. Thorne atteignit la fin du chemin et tourna à gauche vers la route principale. Une fois sur le bitume, Rufus n'avait plus besoin de s'accrocher, alors il se redressa et garda un visage impassible tandis que le vicaire descendait la rue. Une mêlée de petits garçons cessa de se taper dessus dans la cour de l'école et ils se ruèrent contre la grille, pressant leur visage contre les barreaux. Thorne rit et leur fit un signe de la main. Mme Trigg émergea de l'intérieur sombre des Maidens et se tint comme paralysée sur le pas de sa porte, bouche ouverte. Ce fut au tour de Rufus de lui faire signe. Il le fit aussi solennellement que possible, d'une seule main, mais cela suffit à aggraver son air horrifié, et il soupira de soulagement lorsque Thorne avança suffisamment pour qu'ils soient hors de sa vue.

Ils sortirent du village et se dirigèrent vers le flanc de la colline qui s'élevait à l'ouest. La route se réduisit bientôt à un seul chemin entre d'énormes bancs d'aubépines en fleurs, mélange festif de blanc et de rose. L'odeur des fleurs – toujours étrange, la douceur du musc – se mêlait à celle de l'essence et de la poussière estivale et crayeuse de la campagne, faisant tourner la tête de Rufus. L'avant de la moto se leva pour appréhender la première partie de la montée, le moteur grondant. Elle était suffisamment grande pour prendre un passager, mais n'avait pas été conçue pour transporter le second en toute sécurité. Son pantalon commençait à glisser sur le cuir lisse.

— Tout va bien derrière ? cria joyeusement Thorne. Mettez vos bras autour de moi, mon vieux, ou vous allez tomber.

Il avait dit ça d'une manière si naturelle. Et ça l'était, entre un homme normal et un autre. Simple et naturel, comme partager une salle de douche ou un vestiaire de rugby, ou tout autre activité amicale masculine qui avait poussé à Rufus à souhaiter être aveugle au fil des ans, ou engourdi à partir de la taille. Il s'imagina dans la peau d'un homme normal et naturel. Il s'empara de la taille de Thorne, d'abord légèrement, puis il s'y agrippa fermement pour rester en selle lorsque la moto se mit à accélérer.

Ses bras lui entourèrent la taille, si bien qu'il agrippa son propre poignet. Le dos de Thorne n'avait rien d'érotique, décemment vêtu de noir clérical. Le problème, c'était qu'il était chaud et fort. Cela donnait envie à Rufus d'y appuyer son front et de fermer les yeux. Il résista à l'impulsion de se fondre en lui. Les aubépines au bord de la route se raréfiaient, laissant entrevoir la rivière au loin, puis, alors que la route tournait pour suivre la crête reliant deux collines, le village qu'ils avaient laissé derrière eux apparut, rien de plus qu'un carrefour avec un éparpillement de toits de tuiles rouges entrecoupées d'ardoises.

Ils atteignirent le haut de la crête, et un vent chaud souffla de la vallée, frappant la Norton telle une grande main plate. Thorne la redressa, son rire se répercutant le long du corps de Rufus.

— Voilà ! Que pensez-vous de la vue ?

— Incroyable.

Rufus dut reprendre son souffle contre le vent. De l'autre côté de la crête, les collines de craie s'étendaient dans un brouillard éternel, seuls le scintillement de ruisseaux et les lointains clochers des églises donnant une idée des proportions.

— Pouvez-vous vous arrêter un instant ? J'aimerais voir.

— Juste un peu plus loin. Accrochez-vous.

Thorne lança la moto à fond. Rufus avait bien fixé le câble : elle remonta les cent derniers mètres de la pente, plongeant de façon alarmante vers la gauche alors que Thorne négociait le virage. Rufus sursauta, mais l'élan et sa prise sur son poignet l'aidèrent à se maintenir en position, puis ils s'arrêtèrent sur une large bande herbeuse au bord de la route.

Rufus descendit à peine la moto arrêtée. Il essaya de faire en sorte que cela ne ressemble pas à une dérobade, mais il pouvait à peine se contenir. Son pouls était rapide, ses aisselles humides. Il avait l'impression de ne pouvoir s'éloigner suffisamment vite d'un contact qu'il voulait si douloureusement prolonger, terrifié à l'idée que Thorne puisse remarquer ses réactions. Il s'avança jusqu'au bord de l'escarpement, mit les mains dans ses poches et resta immobile.

Le vent sécha la sueur sur son front. Le monde s'ouvrit devant lui comme la paume de la main de Dieu. Des parfums d'ajoncs et d'herbes, portés par la brise, s'élevaient en spirale vers lui depuis l'espace infini. Il pouvait voir à des kilomètres à la ronde, le panorama clair comme l'eau turquoise de la Manche au sud. Thorne éteignit le moteur de la Norton. Dans le silence qui s'ensuivit, Rufus put suivre ses pas sur le gravier alors qu'il le rejoignait.

— Je me suis souvent demandé si c'était ce que le vieil homme voulait dire quand il parlait de vastes plateaux ensoleillés.

— Churchill ? demanda Rufus, soulagé que sa voix ne tremble pas. Je pense qu'il voulait dire un lieu hypothétique, un idéal de liberté et de paix. Mais cela ferait très bien l'affaire.

Ils se tenaient côte à côte, observant un faucon volant en cercles dans l'air brillant au-dessous. Thorne était aussi spontané et intrépide que Rufus était coincé. Comme ce contact amical pourrait rapidement changer – épaule contre épaule, une tape sur le poignet de Rufus pour attirer son attention – s'il apprenait la vérité ! Il l'avait vécu encore et encore. *Pas cette fois-ci*, se fit-il la promesse. Il regarda le vautour, flèche rousse planant au-dessus de la verdure. Les flancs des collines s'étendaient sous un ciel rendu indigo par le contraste avec la craie, des flancs verdoyants modelés comme des ailes de papillon par le passage des nuages.

De larges hautes terres ensoleillées... Une terre pour laquelle il valait la peine de se battre. Sa gorge se serra douloureusement. *Cette fois, je veux un ami. Aussi gentil et beau soit-il, je ne le trahirai pas, ni moi.*

— Denby, vous allez bien ?

— Oui, bien sûr. Pourquoi ?

— Je ne sais pas trop. Vous êtes tendu comme un arc, même si vous ne faites que regarder la vue. Si vous voulez me parler de quelque chose, vous savez, je suis le vicaire local, malgré la moto. Inutile de vous dire que tout ce que vous pourriez me dire resterait confidentiel.

Ne me faites pas craquer. Pas quand je viens de faire une promesse.

— Merci, répondit-il, se montrant froid et distant, incapable de s'en empêcher. Mais j'ai bien peur de ne pas être croyant.

— Oh, moi non plus.

Rufus crut avoir mal entendu. Il cligna des yeux vers Thorne, qui regardait toujours la crécerelle, le visage impassible. Le vent avait certainement déformé ses paroles.

— J'apprécie votre gentillesse, vraiment. Et je suis certain que mon comportement d'hier a dû vous amener à vous demander si j'avais besoin d'aide, mais ce n'est pas le cas. Je suis sujet à certains... troubles, c'est tout. J'ai des médicaments, et hier j'ai oublié de les prendre. Je vais assez bien maintenant.

— Bien, répondit Thorne d'un signe de tête. C'est bien, parce que dans un instant je vais vous remettre sur la moto et vous emmener jusqu'en bas dans la vallée à nouveau. Vous voyez l'église ?

Rufus mit sa main en visière. Au-delà des toits de Droyton et de la longue bande verdoyante de Pilgrim Lane, la rivière s'incurvait avec la grâce d'un bras protecteur. Au centre de la prairie délimitée par l'eau à l'ouest, il pouvait tout juste apercevoir les vieilles tuiles de pierre du toit sous lequel il avait passé une nuit si étrange. Un rire inattendu monta dans sa gorge et menaça de lui échapper.

— Drusilla n'est pas un chat.

— Je… vous demande pardon ?

— Je suis désolé. Oh, mon Dieu. Ma mémoire fonctionne bizarrement ces jours-ci, et il me faut parfois du temps pour relier les choses entre elles. Je peux voir l'église en bas, et ça m'a fait penser à... Eh bien... Laissez-moi vous montrer.

Il avait transféré la lettre de Thorne à sa cousine de sa sacoche à la poche de son pantalon, hésitant à en être séparé, comme si elle servait de passeport ou de laissez-passer dans ce nouveau monde.

— Le directeur adjoint Taylor m'a donné votre lettre, pour que j'aie votre adresse. Vous mentionnez une Drusilla dans le dernier paragraphe, et j'ai pensé que ce devait être un animal quelconque pour que le garde-chasse la ramène chez elle dans un sac en toile de jute.

— Ah. Oui, je vois d'où vient la confusion.

— C'est une personne, n'est-ce pas ? Je ne voulais pas écouter votre conversation avec le docteur, mais... Drusilla Hazelgrove. Elle a cassé le loquet de sa fenêtre et s'est échappée.

Thorne soupira.

— Oui. Toute nue, et comme d'habitude, elle se dirigeait vers la rivière. Je l'ai vue partir en courant le long de Pilgrim Lane à mon retour d'Ashfield, et je lui ai couru après. Quand vous avez dit que vous aviez passé la nuit dans l'église, j'ai eu peur que vous ayez vu quelque chose, et... on dirait que c'est le cas.

— La chienne m'a réveillé. Je suis sorti, et vous étiez là tous les deux.

— Mon Dieu, j'étais encore vêtu de noir avec mon col romain, n'est-ce pas ? Poursuivre une femme nue à travers le cimetière de l'église. Dieu seul sait ce que vous avez dû penser.

— Je pensais que je rêvais, pour vous dire la vérité. Pourquoi n'avez-vous pas prévenu le Dr Winborn ?

— Il pense que la pauvre femme a sa place dans un asile. Et il a probablement raison, mais je ne peux pas me résoudre à accélérer le processus. J'ai fini par la rattraper, et j'ai réussi à la ramener chez elle sans que personne d'autre ne la voie, alors... Je n'ai pas pensé à ses pieds boueux et au loquet de la fenêtre cassé.

Rufus se retint d'en demander plus. Un autre écho lui était venu de son demi-sommeil sur le canapé. *L'argent que le vieux Gorringe a laissé s'épuise*... Puis il se souvint de la réticence de Thorne à raconter une histoire qui ne le regardait pas. Rufus ne doutait pas que, s'il avait pu confesser ses propres secrets, Thorne les aurait gardés aussi religieusement que n'importe quel prêtre romain.

— Je suis content que vous l'ayez rattrapée, dit-il doucement. Oui, je peux voir l'église. Elle est sur un monticule au milieu de la plaine inondable.

Thorne lui jeta un regard satisfait.

— J'étais certain que vous le remarqueriez. C'est curieux, n'est-ce pas ?

— Très. La rivière a-t-elle déjà débordé depuis que vous êtes ici ?

— Non, et pas de mémoire des anciens du village non plus. J'ai tenu à poser la question, parce que…

— Parce que c'est important. Très. Le monticule doit ressembler à une île quand la plaine est inondée, comme un modèle réduit de Glastonbury Tor qui dominerait la plaine.

— Exactement. Si vous pouvez pratiquer l'archéologie à distance comme ça, j'ai hâte de voir de près ce que ça va donner. Avez-vous vu les peintures murales dont j'ai parlé dans ma lettre ?

— Oui. J'ai d'abord pensé que c'était une sorte de vestige médiéval, mais… certaines parties de l'église sont beaucoup plus anciennes que ça, n'est-ce pas ?

— Je pense que oui. Mais je n'ai pas de preuve, alors quand le diocèse a ordonné la restauration, j'ai voulu faire venir quelqu'un pour y jeter un coup d'œil avant qu'ils ne la transforment en une monstruosité néo-gothique. J'ai pensé que Caroline m'enverrait peut-être un apprenti, si vous en avez dans les musées. Pas Rufus Denby.

Celui-ci baissa la tête sur ses bottes. Elles commençaient à se voiler de craie. Celles de Thorne en étaient profondément recouvertes. Sur Sabros, la poussière était ocre et tout aussi pénétrante.

— La personne qui est devenue folle sur le site de fouilles de la Méditerranée et a attaqué un de ses collègues. C'était moi.

— Winborn n'aurait pas parlé ainsi s'il avait su que vous pouviez entendre.

— Il n'a rien dit de mal. C'est la vérité, et ça explique pourquoi vous m'avez eu, moi au lieu de l'apprenti.

— Et… *était-ce* une insolation ?

Thorne bougea légèrement. Rufus pensa qu'il s'éloignait, puis se rendit compte qu'il reculait juste assez pour lui lancer un regard ironique et amusé.

— Parce qu'il fait assez chaud ici, pas vrai ? On devrait peut-être vous mettre à l'abri.

CHAPITRE 7

Il faisait frais à l'intérieur de l'église. Le temps que Thorne descende la colline et roule à travers le long tunnel verdoyant d'arbres qui menait à la rivière et au monticule depuis la direction opposée, Rufus s'était presque habitué à sa proximité. Le révérend n'avait plus posé aucune question sur Sabros ni sur la raison pour laquelle on lui avait envoyé Rufus, comme si cela ne lui importait pas que l'archéologue dont il avait hérité soit sujet à des crises de folie.

Peut-être était-ce le cas. Rufus se tenait dans l'allée, se positionnant délibérément au même endroit d'où il avait remarqué les peintures murales la première fois. C'était important dans la plupart des recherches archéologiques – une astuce négligée par les spécialistes impatients de commencer les fouilles – pour avoir une vision du site tel que ses constructeurs l'avaient conçu, pour occuper l'espace de façon à voir ses caractéristiques les plus importantes. Le cycle jouait également un rôle. Lever, coucher du soleil, solstice et équinoxe, le milieu de l'été à midi, quand la lumière révélait la clé d'un mystère longtemps enfoui...

Pour lui, cela lui permettait de dompter son esprit. Vingt-quatre heures plus tôt, il s'était tenu là, ignorant l'existence d'un homme tel qu'Archibald Thorne, hormis son nom. Sa gentillesse, son humour, et son dos puissant : ces choses lui étaient inconnues, enveloppées dans les secrets de l'univers. Rufus était certain que quelques jours suffiraient pour explorer l'église et rédiger un rapport que Thorne présenterait à ses supérieurs du diocèse. Il souhaitait faire venir un photographe de Brighton ou de Lewes pour immortaliser les fresques, afin d'étayer les croquis qu'il avait prévu de réaliser lui-même. Trois jours donc, voire quatre. Quatre séries de vingt-quatre heures, compartimentées de façon à n'avoir aucune ingérence dans sa vie de tous les jours. Thorne, avec sa belle maison délabrée, sa moto, sa poigne puissante, allait se retirer, réabsorbé dans le continuum. Tout comme il cesserait d'avoir un impact sur le monde de Rufus, celui-ci serait oublié dans le sien dès qu'il aurait tourné les talons.

Soulagé, solitaire, il regarda autour de lui. Peut-être qu'on l'ignorait déjà. Il ne voyait Thorne nulle part, bien qu'ils soient entrés ensemble dans l'église, laissant la moto dans l'allée à l'extérieur. Il était seul avec le personnage peint en rouge, le doigt levé vers le haut, cherchant éternellement son homologue dans le jubé, au-dessus.

Quelque chose tomba sur le sol dans l'allée nord et explosa en un nuage de poussière blanche. Un autre suivit immédiatement dans son sillage. Des blocs de plâtre en train de se détacher... Rufus se faufila entre les bancs et commença à courir, juste à temps pour entendre Thorne crier son nom. Un escabeau se balançait dangereusement à côté de l'échafaudage en bois qui soutenait le toit. Rufus saisit l'échelle et la stabilisa. Thorne était perché tout en haut, luttant pour garder une poutre en place.

— Au secours, haleta-t-il, puis il eut le souffle coupé alors que le bois lui glissait des mains, faisant tomber une autre pluie de plâtre sur le sol.

Rufus grimpa rapidement de l'autre côté de l'échelle. Il saisit la poutre et se joignit aux efforts de Thorne pour la hisser sur le chevron.

— Bon sang. Que s'est-il passé ?

— J'ai remarqué qu'elle s'affaissait. J'ai cru que je pouvais...

La poutre se brisa. L'échelle se tordit et s'écrasa sur le côté. Rufus bondit pour se mettre à l'abri : le ciel apparut à travers un nouveau trou dans le toit, les vieilles dalles de pierre – des missiles mortels lors d'une telle avalanche – commençant à glisser. L'arche de pierre de la voûte s'était également fissurée, et un bloc de plâtre, puis un suivant, se délogèrent de leur place. Il sauta par-dessus l'échelle qui était tombée, saisit Thorne effondré sur le sol et, cahin-caha, réussit à le mettre à l'écart.

Ils heurtèrent un mur. Thorne saisit Rufus et ils s'agenouillèrent tous les deux, se protégeant tant bien que mal contre l'explosion de poussière.

Une fois que tout fut terminé – que la lumière du jour pénétra à travers la brèche, les premières hirondelles plongeant à l'intérieur pour voir ce qui se passait –, ils s'aidèrent mutuellement à se relever. L'expression de consternation de Thorne était comique, et Rufus se mordit la lèvre. Le pauvre vicaire venait de faire un trou dans l'aile nord de son église. Afin de cacher son visage et de contenir son hilarité, Rufus commença à l'épousseter.

— Est-ce que ça va ?

— Oui, répondit Thorne, distraitement.

Il ôta sa veste, la secoua, et s'en servit pour essuyer les fragments de plâtre dans les cheveux de Rufus. Soudain, il leva les yeux.

— Mon Dieu, l'article du *Times* avait raison. Vous êtes fou.

— Je… pardon ?

— Eh bien, soyons réalistes. Une personne saine d'esprit aurait sauté loin des éboulis, pas en plein milieu.

Rufus aboya un rire. Ça ressemblait à Pippin dans ses pires moments, et il saisit la veste de Thorne pour en étouffer le bruit. Ce dernier s'esclaffa également, d'un rire riche et profond. Il tenait Rufus maladroitement par les épaules, et ils se soutinrent l'un l'autre, leurs pas résonnant jusqu'au toit brisé de l'église. Une quinte de toux réduisit Thorne à un silence haletant, et il se redressa, s'essuyant les yeux.

— C'est très bien, Denby. Mais que vais-je faire maintenant ?

— Ce sont vos dalles de pierre. Elles sont d'origine, ce qui est une bonne chose, mais elles alourdissent la structure de l'église. C'est le premier point que je voulais souligner dans mon rapport.

— Mieux vaut tard que jamais, je suppose.

Thorne le libéra de sa prise, posa sa veste sur le dos du banc le plus proche et remonta les manches de sa chemise.

— Mon Dieu, je vais devoir essayer de nettoyer un peu tout ça. Comment suis-je censé tenir mon office du dimanche ici ?

— Je vous déconseille de le faire, ou alors bouclez le périmètre autour de cette aile avant de le faire.

— Le reste va-t-il tenir, pensez-vous ?

— Quelque temps, peut-être. À moins que les travaux de restauration ne vous permettent de remplacer vos pierres de Horsham par un toit en ardoise ou en terre cuite.

— Ah, ce sont des Horsham. C'est ce que je pensais. Devons-nous vraiment nous en débarrasser ?

Sa déception était visible sous la couche de poussière.

— Pour préserver autant que possible la structure du bâtiment, oui, déclara Rufus. Mais vous n'avez pas à les jeter. Le carrelage de l'allée principal est de style victorien. Je pourrais suggérer de recouvrir toute la partie centrale avec les Horsham.

— Ah, le pourriez-vous ? Ce serait splendide.

— Oui, je le pense. Vous en aurez plein, et vous pourriez vendre les autres pour aider à financer la restauration, si vous pouvez supporter de vous en séparer.

Rufus s'éloigna de quelques pas de la zone de danger. Des fragments de plâtre continuaient de se déloger et tombaient dans les décombres, leurs bruits amplifiés par des échos – *bang, bang, bang*. N'importe quel autre jour, cela aurait suffi à faire jaillir l'infernale tempête de souvenirs que son cerveau retenait. Aujourd'hui, ça n'avait pas d'importance. Il avait trop de choses à penser, et la présence de Thorne l'apaisait.

— Vous avez beaucoup travaillé ici, n'est-ce pas ? Tout seul, je veux dire.

— Ça a fait plus de mal que de bien, apparemment. Oui, j'ai essayé de commencer par étayer le mur sud et d'enlever le plâtre des fresques dès que je les remarquais. Pensez-vous que je les ai endommagées aussi ?

— Je ne pense pas. Elles ne sont pas médiévales, et le pigment dont elles sont faites semble profondément imprimé dans la pierre, pas seulement sur une couche supérieure.

Rufus se tut. C'était touchant et étrange que ce vicaire – qui était arrivé ici si récemment, et seulement en tant que fermier rémunéré, comme il l'avait dit lui-même – s'inquiète autant d'une église dont il avait la charge temporaire.

— Je veux les observer de plus près. Essayons de nettoyer un peu d'abord et voir si nous pouvons caler une autre poutre pour soutenir le reste du toit de l'allée sud.

— Vous n'êtes pas obligé de faire ça.

— Je sais. Un archéologue célèbre et tout ça. Si vous saviez comme je me suis senti inutile ces derniers temps… Allez, venez. On va ramasser des pierres.

Ils travaillèrent pendant une bonne heure, en dégageant suffisamment d'espace pour se déplacer, empilant soigneusement contre le mur les pierres tombées. Un travail pénible par un après-midi de mai : ils parlaient peu, la sueur humidifiant leurs sourcils poussiéreux, faisant glisser les blocs de leurs paumes boursouflées.

Thorne se débarrassa de son gilet, et Rufus s'efforça de ne pas remarquer le mouvement des muscles de son torse lorsqu'il se penchait et se redressait. L'échelle avait presque été réduite à un tas d'allumettes, alors ils fabriquèrent un échafaudage bas à l'aide de quelques bancs et du reste de bois resté intact. Cette fois, ce fut Rufus qui monta pour essayer de réparer la poutre. Thorne la souleva d'une poigne puissante, et tout ce qu'il eut à faire fut d'en saisir l'extrémité et de la guider vers l'emplacement désigné en haut du mur.

Le côté sud de l'église faisait partie de la construction médiévale, une couche extérieure en silex avec un remblai de gravats derrière. Rufus jeta un coup d'œil sur ce dernier pour s'assurer qu'il avait posé le bois sur une section assez ferme pour le maintenir. Avec automatisme, il jeta des morceaux de silex et des petites pierres brisées dans l'interstice. Il avait été formé pour trier des motifs aléatoires à partir du travail de la main de l'homme. Il y avait rarement quelque chose à découvrir.

Presque jamais. Une fois sur dix mille…

Il fouilla les ruines. Deux formes arrondies, probablement dues au hasard. En fait, il s'agissait de deux roches en silex. Non. Le silex contenait dans son noyau bleu-brun la chaleur d'une pierre de silicate. Cette chose était froide. Lourde aussi, quand il essaya de la dégager de son lit dans le mur.

— Thorne, appela-t-il, en se retournant à l'aveugle. Passez-moi quelque chose que je puisse utiliser comme cale. Une extrémité cassée de la poutre, n'importe quoi.

— Vous allez bien ?

— Oui. J'ai juste besoin… Oui, ça ira.

Il prit le morceau de bois que Thorne lui tendit, le coinça aussi fermement que possible derrière l'objet sans le toucher. S'il était encastré, il ne pouvait pas risquer de le déplacer, mais s'il était tombé dans les décombres, entraîné par la poutre...

— Je crois qu'on a trouvé quelque chose. Regardez.

Il extirpa soigneusement la petite forme solide du bout des doigts et la posa dans sa paume. Il ne pouvait en détacher le regard. De ce fait, il calcula mal son saut depuis le banc et fut reconnaissant quand Thorne le rattrapa.

— Bronze, réussit-il à dire, en regagnant la terre ferme. Une figurine de style néolithique tardif, à en juger par ses attributs féminins exagérés. Mais c'est impossible, tous les objets rituels de cette époque étaient en pierre.

— Et que fait-elle dans mon église ? demanda Thorne en se penchant sur la main de Rufus pour l'examiner. Bonté divine. Ce sont des attributs extraordinaires, n'est-ce pas ?

Rufus acquiesça, sa réserve concernant l'anatomie féminine disparue sous l'excitation de la découverte.

— Des seins énormes et lourds, comme la Vénus de Willendorf. Mais cette partie inférieure ressemble davantage à la Vénus de Laussel, ce grand triangle pubien… Magnifique. Regardez-moi ça !

— Vraiment, docteur. Je ne suis pas sûr que je devrais.

— Ne soyez pas absurde. Une jeune Lituanienne de vingt ans, Gimbutas, développe une théorie sur la symbolique de l'utérus, l'ancien signe de l'eau...

Rufus se rendit compte tardivement que Thorne le taquinait, et il secoua la tête en souriant.

— Je ne sais pas ce qu'elle fait dans votre église. Elle est en bronze, ce qui peut signifier deux choses. Soit elle forme un lien étonnant entre l'âge de pierre et l'âge du bronze, prouvant que les croyances étaient perpétuées, ce que nous n'aurions jamais soupçonné. Soit, et ça me parait plus vraisemblable, c'est un faux médiéval, placé ici Dieu sait pour quelle raison au XIVe siècle, prête à nous tomber sur la tête aujourd'hui.

— Puis-je la voir ?

Rufus se laissa tomber sur le bord d'un banc. Thorne s'assit à côté de lui et prit la statue avec précaution.

— Quelle chose extraordinaire. C'est une beauté, n'est-ce pas ? dit-il en laissant courir le bout de son doigt le long de la ligne entre son épaule et sa hanche. On dirait qu'elle dort.

— Oui. Plus comme la figurine qu'ils ont trouvée sur Hal-Saflieni à Malte que les Vénus.

— Selon Drusilla, elles ne devraient pas du tout s'appeler des « Vénus ».

— Elle marque un point. Quoi qu'elles représentent, c'est quelque chose de bien plus ancien que le concept romain d'une déesse de l'amour séduisante. Nomenclature trompeuse.

Rufus avait rédigé un article sur le sujet avant que les hostilités n'éclatent. Il lui fallut un moment pour que les mots de Thorne le rattrapent. Drusilla Hazelgrove... Elle n'était peut-être pas toujours folle. Peut-être que, comme Rufus, elle avait des moments de lucidité, et le beau vicaire, avec son mépris des barrières sociales et personnelles, s'était lié d'amitié avec elle aussi. Peut-être en faisait-il de même avec tout le monde.

— Quoi qu'elle soit, c'est une découverte inattendue. Peut-être importante. Je devrais la ramener à Londres, ou écrire à Taylor pour lui dire que vous avez besoin de plus qu'un apprenti ici.

— Eh bien, vous pourriez vous en occuper.

Thorne lui rendit la figurine. Elle sembla se blottir confortablement dans la paume de Rufus. Son visage finement travaillé était paisible.

— Faut-il que ce soit tout de suite ?

— Probablement, oui. La communication et un enregistrement rapide font partie d'une bonne conservation.

— Oh, je vois.

— Le fait est que je n'ai jamais rien trouvé avant.

— Quoi ? Le Dr Denby, golden boy des expéditions de Naxos et du Péloponnèse ?

— Ah, vous avez rattrapé votre retard dans la lecture de la *Revue Archéologique*.

— Eh bien, Winborn a raison. Je les achète par curiosité, puis je les laisse prendre la poussière. Vous avez fait quelques-unes des plus importantes découvertes de ces dix dernières années.

— J'ai accompagné des équipes dans leurs découvertes, oui. Cela peut sembler étrange, mais je n'ai jamais rien sorti de significatif du sol moi-même. Je n'ai jamais... posé ma main sur quoi que ce soit.

Thorne se pencha en avant et posa ses coudes sur ses genoux. C'était sa posture caractéristique lorsqu'il voulait réfléchir, ou intercepter les pensées de son interlocuteur avec un regard en biais.

— Je vous suggère de la garder. Juste un moment, jusqu'à ce que vous ayez eu le temps de réfléchir à ce qu'elle pourrait signifier.

Il prit sa veste et sortit un grand mouchoir blanc de la poche.

— Tenez, vous pouvez l'envelopper avec ça.

— C'est très contraire à l'éthique.

Tout comme le fait d'étrangler un professeur senior. Le Royal Museum était probablement prêt à faire fondre son golden boy pour le mettre à la casse. Il enveloppa la petite sculpture – déesse de la fertilité, de la maternité, d'une communion profonde et rêveuse plus ancienne que le temps – dans le mouchoir, et la rangea soigneusement dans son gilet d'emprunt.

— Très bien. Si jamais quelqu'un vous le demande, vous n'avez jamais vu Rufus Denby voler une relique sur un site de fouilles. Allons jeter un œil à vos peintures murales.

— Mmm. Au moins, elles sont trop grosses pour que vous puissiez les mettre dans votre poche et les emporter chez vous.

Rufus refusa d'éclater de rire. Il le précéda dans la nef. Il lui semblait essentiel de résister à l'espièglerie de Thorne, aux moqueries occasionnelles, comme si ni lui ni Rufus n'étaient les esprits sinistrement sages que leur milieu semblait dicter. Cet éclat lumineux était dangereux, capable de pénétrer la cuirasse de Rufus.

— Que savez-vous au sujet de votre jubé ?

— Pas grand-chose, si ce n'est qu'il est médiéval et que l'archidiacre veut le faire enlever. Il a dit à l'évêque qu'il ne pense pas qu'il soit approprié pour une congrégation de s'asseoir et de le regarder pendant qu'ils contemplent le destin ultime de leurs âmes. C'est en partie pour ça que j'étais à Ashfield quand vous êtes arrivés.

— Pensez-vous que ce soit approprié ?

— Quoi, toutes ces feuilles et ces fleurs ? Je peux penser à des destins ultimes bien plus funestes, pas vous ?

— Des centaines. Je me suis souvent demandé si c'était ce qui nous attend. Retourner à la terre, je veux dire, et si nous avons une sorte d'immortalité, si c'est ce genre de renaissance. Avec l'été, il suffit de sortir du sol.

Rufus s'arrêta dans le rayon de soleil devant l'autel. Son propre destin terrestre le conduisait sans cesse à cet endroit. Une vision l'effleura – la vie d'un homme normal, qui pourrait un jour espérer, avoir le droit, presque le droit – de se tenir ici avec le compagnon qu'il aurait choisi.

— Je ne devrais probablement pas partager de telles pensées avec un vicaire.

— Je ne devrais probablement pas apprécier que vous le fassiez.

Thorne se ressaisit, comme pour écarter le sujet de l'au-delà.

— Avez-vous vu la fresque de la tribune du chœur ?

— Oui. J'ai dormi là-haut. La première chose que j'ai remarquée, c'est la silhouette masculine qui descend vers la femme.

— Mais sans la toucher.

— Non. Plutôt comme si chacun voulait montrer ou comprendre quelque chose sur le monde de l'autre.

— Pourquoi l'artiste ne les a-t-il pas simplement peints sur le même mur ? Au même niveau, je veux dire, plutôt que l'un d'entre eux soit confiné dans le jubé ?

— Je ne sais pas. La première chose qui me vient à l'esprit est une question de perspective. Pas la perspective de l'artiste, mais la position et l'emplacement que nous devons adopter pour découvrir quelque chose.

Rufus rejeta légèrement la tête en arrière, en fermant les yeux sous la lumière.

— Ce que je dis n'a pas beaucoup de sens. J'ai d'autres idées sur la signification, mais elles sont bien trop archaïques pour convenir à un site chrétien. Si vous me permettez, révérend, vous semblez avoir des problèmes très peu orthodoxes. Des problèmes préchrétiens, en tout cas.

— En effet. Et je ne comprends pas, car même les parties les plus anciennes du bâtiment ne peuvent pas être antérieures à l'époque anglo-saxonne, n'est-ce pas ?

— Cela semble très peu probable.

— Et j'ai peur que des gens comme l'archidiacre viennent ici en masse avec une équipe de restauration, enlèvent tout ce qui date d'avant l'ère chrétienne et peignent par-dessus ce qu'ils estiment inconvenants. C'est pourquoi j'ai essayé d'en découvrir le plus possible par moi-même.

Rufus ouvrit les yeux. Il s'éloigna de Thorne et de la lumière du soleil afin de pouvoir réfléchir clairement.

— Voici ce que je propose. Je vais faire une évaluation pour essayer d'identifier et de dater les différentes phases de construction. Si je trouve quelque chose d'assez vieux pour être rare, cela jouera en notre faveur. En attendant, continuez à dévoiler vos peintures murales. Je les ferai photographier par des professionnels et je tirerai les ficelles qui me restent pour que nos conclusions soient publiées dans la prochaine revue. Je défie votre archidiacre de se précipiter ici avec sa chaux après ça.

— Grands dieux, s'exclama Thorne en se tournant vers lui, les yeux brillants d'intérêt. Je crois que je le mettrais aussi au défi, Denby.

— Rufus, s'il vous plaît. Tous ceux qui m'ont appelé Denby ces cinq dernières années ont fini par m'insulter.

— Dans ce cas, appelez-moi Archie. Et j'accepte votre proposition, à condition que ce soir, vous vous joigniez vraiment à nous pour le dîner.

— J'en serai ravi. En attendant, j'ai besoin de quelques outils. Juste quelques trucs de base. Y a-t-il une quincaillerie dans le village ?

— Non, mais le forgeron vend pas mal de choses dans son jardin en haut de Pilgrim Lane. Je peux vous y conduire, si vous voulez.

— Ça ira. Je m'y arrêterai sur le chemin du retour aux Maidens.

Ils quittèrent l'église ensemble. Des hirondelles tournoyaient dans les airs à quelques mètres au-dessus de leur tête, leurs cris rebondissant sur les murs du porche. Rufus suivit la trajectoire de deux oiseaux qui descendaient à travers la plaine inondable, puis réapparaissaient au-dessus des arbres au nord. Ils s'envolèrent en tournoyant, se fondant dans la distance.

— C'est la colline où nous nous sommes arrêtés, n'est-ce pas ? Où vous m'avez montré la vue de l'église.

— C'est exact. George Mount, ça s'appelle.

— George comme dans George et le dragon, ou…

— Malheureusement, non. Le Prince Régent. Il a honoré le village de sa présence dans les années 1820. Il a probablement fait venir une de ses maîtresses de Brighton pour une tasse de thé, et un public fidèle a décidé de donner son nom à notre plus haute colline.

— N'a-t-elle pas un nom plus ancien ? Je crois que je peux voir…, commença Rufus en mettant sa main en visière. Oui. Ce sont des ruines de l'âge du fer en haut de la colline ?

Thorne se tint près de son épaule.

— Je ne sais pas. Je ne les avais jamais remarquées.

— Elles sont discrètes. Elles ne font qu'effleurer le contour de la crête de chaque côté. Je ne sais pas encore comment j'ai fait pour ne pas les remarquer quand nous étions là-haut.

— C'est une chose curieuse que *j'ai* remarquée au fil des ans. On ne peut pas voir le sommet du mont pendant qu'on l'escalade, et toute la crête n'apparaît vraiment entre les collines de chaque côté que lorsqu'on est ici, sur les marches de l'église.

— Tout comme l'église n'est visible que d'un endroit particulier là-haut.

— Grands dieux. Vous allez me prendre pour un idiot, mais ça ne m'est jamais venu à l'esprit, bien au contraire. Comme nos deux personnages peints à l'intérieur, chacun montrant à l'autre un point de vue particulier.

Rufus ne pensait pas du tout que le vicaire fut un idiot. Combien de temps lui aurait-il fallu pour établir lui-même ce lien ? Il était doué pour cela, examiner non seulement le site proposé pour des fouilles mais aussi tout le paysage alentour. Rien n'existait isolément. Il avait découvert un temple en Grèce parce qu'une montagne à double arête avait projeté une ombre en forme de corne sur les décombres, à l'aube.

Il ne pouvait pas répondre. Le plaisir simple de la compagnie de Thorne, le sentiment de vivre un moment particulier qui subsistait depuis la chute du toit, tout cela s'écoulait comme l'eau se déversant sur le sable de Sabros. La petite déesse pesait lourdement dans sa poche. Il savait qu'il ne devait pas la sortir du site, mais il ne pouvait pas non plus l'abandonner, seule preuve tangible de ce qu'il était capable de faire. Ce qu'il avait été autrefois. Il ne pouvait même pas s'adresser à son nouvel ami par son prénom.

— Thorne, dit-il sèchement, le mot ressemblant à de la poussière dans sa bouche, je dois retourner à l'auberge.

— Vous allez bien ?

— Oui. Ce sont ces maudites pilules, elles me donnent envie de dormir à des moments inopportuns.

— Je comprends. Mme Trigg vous a-t-elle donné une chambre décente ?

— Sa meilleure, m'a-t-elle dit. Avec vue sur la cour.

À sa grande surprise, Thorne frissonna.

— Je suis sûr qu'elle pense que c'est grandiose. Quelque chose dans cette cour m'a toujours semblé assez sinistre, cependant. Venez, mon vieux, grimpez sur la moto et laissez-moi vous ramener. Vous pourrez récupérer votre chien en chemin.

CHAPITRE 8

À dix-neuf heures trente ce soir-là, Rufus se présenta à la porte du presbytère. Il s'était apprêté autant que ses ressources le lui permettaient. Son chien, qui le suivait maintenant sans avoir besoin de laisse, s'assit à ses pieds en attendant qu'on leur réponde.

La porte s'ouvrit, apparemment d'elle-même. Rufus hésita, mais Pippin mit le nez à l'intérieur, et un moment plus tard, il la trouva face à face avec l'étrange petite invitée du révérend, sa queue balayant lentement le sol. Son voisin à Londres avait des enfants, se souvint-il soudain. La chienne les adorait. Il referma rapidement le couvercle de ses souvenirs lorsqu'il vit Thorne apparaître dans l'entrée en souriant.

— Bonsoir, le salua Rufus. J'espère que je ne suis pas en retard.

— Pas du tout. Quand Mme Nettles fait son petit commerce illicite avec le boucher, la deuxième soirée, on a droit au bouillon. Prêt lorsque vous l'êtes. Entrez, entrez.

Elspeth le regarda d'un œil critique alors qu'il essuyait ses bottes.

— Il n'est pas mort, dit-elle à Thorne. Quand il n'est pas venu hier soir, j'ai pensé qu'il était peut-être mort. Il est peut-être encore fou.

Thorne l'attrapa et la coinça sur sa hanche.

— Désolé, dit-il à Rufus en grimaçant. Elle est un peu obsédée par la folie et la mort en ce moment. Tais-toi, petite. Venez à la bibliothèque, tout le monde est là.

La bibliothèque était différente la nuit. Les fenêtres étaient encore ouvertes pour laisser passer l'air du soir, mais Rufus eut du mal à reconnaître la pièce où il s'était senti flotter la veille. Elle semblait pleine de monde. Le Dr Winborn et sa nièce occupaient le canapé, Mme Nettles était dans un fauteuil près du feu. Elle avait mis de côté son tablier et était habillée d'une robe de velours noir avec un col en dentelle, rayonnante et bienveillante, un verre de sherry à la main. En face d'elle, dans l'autre meilleur siège de la maison, la plus petite et la plus fragile des vieilles dames que Rufus ait jamais vues était assise bien droite. Thorne posa Elspeth, et l'enfant courut vers elle, utilisant son pouf comme marchepied, tandis que la femme parcourait la pièce du regard, le dos raide. Pippin trottait derrière elle, et compléta cet étrange trio en s'installant avec vigilance à côté du bras de la chaise.

Sur le siège près de la fenêtre, deux jeunes gens bien habillés, à la fin de l'adolescence, se tenaient nerveusement sous le regard malicieux d'un vieil homme en guêtres et en tweed.

— Dr Denby, s'écria Mme Nettles, de son riche accent du Sussex, qui, de femme de ménage, s'était transformée en hôtesse aux manières courtoises. Nous sommes ravis que vous ayez pu venir.

Rufus réprima l'impulsion nerveuse de revenir sur ses pas pour s'en aller. Thorne se tenait derrière son épaule, une chaleur rassurante.

— Bonsoir. Merci de m'avoir invité.

— Vous connaissez certains d'entre nous, n'est-ce pas ? Le Dr Winborn et Alice sur le canapé, et le révérend Thorne et Elspeth, bien sûr. Voici Lady Birch de Birch Hall, et là-bas, le fermier Challen avec Toby et Giles, ses deux meilleurs garçons de ferme.

Challen rougit à ce compliment, qu'il jugeait clairement immérité. Toby et Giles ne firent pas mieux, dodelinant de la tête en essayant de tirer sur leurs cheveux trop courts. Rufus hocha la tête aussi poliment qu'il le put en réponse, saisi par un désarroi soudain : Toby était un fermier ordinaire et costaud, mais Giles, malgré sa coupe de cheveux, son pantalon et ses longues jambes, était clairement et visiblement une fille.

S'il s'agissait d'une plaisanterie, tout le monde s'y tenait avec un aplomb sans fard. Avant que Rufus ne puisse formuler une question, Alice poussa sans douceur son oncle pour faire une place entre eux sur le canapé.

— Venez vous asseoir ici, Dr Denby. Vous nous avez échappé tous les deux ce matin, mais je crains que vous ne puissiez plus vous enfuir.

Winborn aurait volontiers laissé Rufus s'échapper sans poser de questions, mais il fit de son mieux en se levant pour lui tendre la main.

— Denby. C'est un plaisir. Bien sûr, nous avons parcouru tous les magazines d'Archie après avoir découvert qui vous étiez. Nous espérons que vous n'aurez pas peur de parler boutique, si cela ne vous gêne pas de converser avec des gens mal informés.

— Je serais heureux de le faire, mais…

— Oh, oncle Paul, laisse-le tranquille. Archie, le Dr Denby n'a pas droit à un sherry ?

— Il commence à avoir l'air d'en avoir besoin.

Thorne jeta un regard sympathique à Rufus, mais ne put le sauver des griffes d'une jolie fille rayonnante dont l'un des objectifs semblait être de l'accueillir au mieux.

— Nous n'avons pas vraiment de cave, Rufus. Est-ce que l'Amontillado d'avant-guerre du recteur Gorringe vous conviendra ?

— Oui, merci. C'est très gentil.

Rufus se laissa tomber sur le canapé entre Alice et Winborn. Quelque chose dans sa situation semblait déranger le chien : elle se hérissa et se mit à gémir.

— Vous êtes sûr de ne pas vouloir que je l'emmène dans la cuisine, Thorne ? Elle va mieux, mais…

— Elle va bien, interrompit Mme Nettles. Je répondrai qu'il n'y a pas plus de puces sur ce chien que n'importe quelle créature naturelle ne devrait en avoir. Elle ne posera aucun problème non plus. N'est-ce pas, mademoiselle ?

Pippin se calma, comme si le fait que quelqu'un prenne se défense suffisait. Thorne versa à Rufus un verre de la carafe sur la table et le lui apporta, puis balaya la pièce pour s'assurer que tout le monde était servi.

— Lady Birch, vous en reprendrez bien un autre, n'est-ce pas ?

— Pourquoi pas, révérend Thorne. Pourquoi pas.

— Juste un petit. Eh bien, nous voilà tous réunis. Maria, c'est l'heure, vous croyez ?

— Oui, révérend, si vous le voulez bien.

— Excellent. Excusez-moi un instant, tout le monde.

Rufus le regarda partir, sa grande silhouette vigoureuse et déterminée. Mme Nettles se retourna dans son fauteuil, en souriant.

— C'est une de ses soirées de boucherie, dit-elle en guise d'explication, bien que j'aimerais qu'il songe à un autre nom pour les définir. Si je ramène quelque chose de particulièrement bon de chez Reg Varley, qui, je ne le nie pas, me doit une faveur ou deux, le révérend invite tout le monde à le manger. Il dit que c'est dommage pour nous tous de ne rien partager de plus qu'une épaule de mouton, alors il nous rassemble tous et nous dit d'oublier ce que nous sommes dans le monde extérieur. D'oublier notre soi-disant *statut.* C'est ce qu'il dit, Dr Denby, je ne me permettrais jamais.

— Je vois. Et est-il allé à...

— Oui, à la cuisine, pour finir le bouillon de ses propres mains. Une fois que j'ai mis ma belle robe, il refuse que je l'aide. C'est un homme rare, n'est-ce pas, Miss Winborn ?

Rufus commençait à s'en rendre compte. Il n'était pas sûr de savoir pourquoi Alice s'était recroquevillée dans son siège aux derniers mots de Mme Nettles.

— A-t-il commencé à faire cela pendant la guerre ? Pour aider au rationnement ?

— Oh, il n'était pas là pendant la guerre, Dr Denby. Il...

— Alors, Denby, parlez-nous de l'excavation de Sabros. Est-il vrai que vous espériez trouver le labyrinthe du Minotaure ?

Rufus se tourna vers Winborn, surpris.

— Euh... non. Je ne sais pas comment cette rumeur a commencé. Il y a quelques légendes qui relient la Crète et Sabros, mais tout ce que nous avons trouvé, ce sont des tombes, volées et profanées. Jusqu'à mon départ, en tout cas. Mon collègue, le professeur Hargreaves, a fait des découvertes bien plus importantes depuis.

Il fut surpris par la fermeté de sa voix. Il y avait quelque chose chez Paul Winborn qui exigeait des réponses directes et rapides. Ses yeux gris n'étaient pas froids, mais renvoyaient un défi, comme s'il se devait de lui barrer la route. Rufus ne pouvait pas l'en blâmer.

— Je sais que vous avez entendu parler de ma maladie. Je veux vous assurer que je suis de nouveau en bonne santé.

— Oncle *Paul*.

Rufus jeta un coup d'œil à Alice. Elle était assise sur le bord du canapé, se tenant le front des deux mains.

— Tout va bien, Miss Winborn.

— Ça ne va pas bien. Le Dr Denby a mené des dizaines de fouilles, Paul. Pourquoi parler de celle-ci ?

Winborn eut la grâce de paraître mal à l'aise.

— Je ne voulais rien sous-entendre. Et je n'ai pas demandé à Denby de...

— Que va-t-il vous répondre, quand vous lui poserez des questions sur Sabros et qu'il saura que vous savez ce qui s'est passé là-bas ?

Elle était saisissante lorsqu'elle était en colère. Son joli teint d'anglaise s'intensifiait et rosissait délicatement.

— Ne vous inquiétez pas, dit doucement Rufus.

Il leva les yeux et fit le tour de la pièce. Mme Nettles les regardait avec horreur, Challen et les valets de ferme d'un air ébahi. Il ferait mieux d'en finir maintenant, devant tout le monde.

— Le Dr Winborn veut être sûr que je ne représente pas un danger pour sa famille et ses amis. Il en a le droit. Je suis un étranger ici.

— Et nous devons offrir aux étrangers une meilleure hospitalité que celle-là, répondit Winborn en se rencognant dans son siège. Je devrais prendre exemple sur notre vicaire. Pardonnez-moi, Denby.

— Il n'y a rien à pardonner.

Lui et Winborn s'étaient déjà serré la main. Chacun étant ce qu'il était, il n'y avait rien de plus à faire pour signaler une amitié renouvelée, et un silence gênant s'installa, enfin rompu lorsque la porte de la bibliothèque s'ouvrit en grand.

— Venez tous, dit Thorne en faisant tournoyer un torchon comme une cape de matador devant lui.

Il avait retroussé ses manches et ses efforts dans la cuisine lui avaient laissé le visage cramoisi.

— Le dîner, ainsi nommé, est prêt.

Il prit Rufus à part dans le couloir.

— Comment vous sentez-vous, à présent ? Avez-vous dormi ?

— Merci, oui. Je ne pensais pas que j'y arriverais. Mais j'ai mis notre déesse endormie sur la table près de mon lit, et elle a semblé m'inspirer l'idée de faire de même, répondit-il en secouant la tête. Je suis conscient que j'aurais l'air d'un fou si…

— Si votre réputation de l'être ne vous avait pas déjà précédé.

— Quelque chose comme ça, oui. C'est assez libérateur.

— Je suis content qu'elle vous ait aidé. Que pensez-vous de mon expérience sociale ?

— Votre… Oh, vos soirées de boucherie ?

— Oui, je devrais trouver un nom plus élégant. Mais j'ai pensé que si je continuais à les organiser – en invitant le médecin, la gouvernante, Lady Birch, les garçons de ferme, et en les mélangeant tous ensemble –, je pourrais peut-être faire tomber certaines des ridicules barrières sociales que nous avons dans ce village. Je pensais que tout cela allait être balayé après la guerre. Vous pensez que ça marche ?

— Mme Nettles semble dans son élément. Je ne suis pas si sûr pour les garçons de ferme.

Rufus jeta un regard à Thorne, mais son visage était sérieux et ouvert.

— Cette expérience semble porter ses fruits. Mais... vous savez, vous n'avez pas besoin d'excuse pour être généreux et partager ce que vous avez avec vos voisins.

Thorne rougit, comme s'il avait été pris en flagrant délit.

— Peu importe. Vous voulez bien me rendre service, et escorter Alice et l'accompagner durant le dîner ? Winborn l'a traînée ici plus longtemps que d'habitude, et elle a perdu l'esprit d'ennui.

— Je ne suis pas sûr de pouvoir l'aider pour ça.

— Un bel archéologue de Londres ? Vous serez un cadeau du ciel pour elle.

— Eh bien, je ferai de mon mieux, mais…

— Ne vous inquiétez pas de faire la conversation. Elle le fera volontiers, avec la plus petite contribution de votre part. Et c'est la créature la plus douce et la plus délicate que vous puissiez imaginer. Tout ira bien.

Tant mieux. Rufus n'avait aucune objection à parler avec Alice Winborn. Son problème était la rougeur sous son col, car Thorne avait dit qu'il était beau. Pippin trottina dans le couloir, et il se pencha vers elle pour cacher sa réaction.

— Alice n'aime-t-elle pas rendre visite à son oncle ?

— Ce n'est pas ça. Mais elle allait se marier quand la guerre a éclaté, et... Eh bien... Le jeune homme n'est pas revenu. Sa vie est donc en lambeaux, comme tant d'autres, et Winborn pense que venir ici l'aidera à la reconstruire.

— Pauvre Alice. Bien sûr que je lui parlerai, mais je ne pense pas être d'une grande aide.

— Oh, vous seriez surpris. Vous me semblez être vous-même une créature plutôt douce et pleine de tact.

Cette fois, Rufus dut dissimuler entièrement son visage. Il s'accroupit à côté de Pippin et fit semblant d'examiner ses poils.

— Mme Nettles est très gentille, mais cette bête n'est pas encore présentable. Vous êtes sûr qu'elle ne vous dérange pas dans la salle à manger ?

— Pas du tout. Elspeth s'est attachée à elle, et elle donnera à l'enfant la possibilité de glisser son dîner sous la table sans déranger Maria.

— Elle fait des difficultés pour manger ?

Le moment semblait venu de s'interroger sur les autres préoccupations morbides de l'enfant, mais un mouvement dans la bibliothèque annonça l'arrivée de Lady Birch, qui se balançait dangereusement au bras du fermier Challen. Alice la suivait. Rufus n'eut pas conscience de lui offrir son bras, mais elle le prit comme si c'était la chose la plus gracieuse et la plus évidente. Thorne se mit à sourire à Mme Nettles, qui lui fit une révérence et l'attrapa par le coude. Elspeth avait Pippin pour partenaire, ce qui laissait Winborn et les fermiers livrés à eux-mêmes. Avec un dernier regard perplexe par-dessus son épaule en direction de Giles, Rufus laissa Alice le guider dans le couloir.

La salle à manger du presbytère devait être magnifique autrefois. Des panneaux de chêne foncé bordaient les murs, et un vaste lustre rococo dominait l'espace au-dessus de la table.

— C'est beau, n'est-ce pas ? dit Alice, en remarquant la direction de son regard. Le recteur Gorringe l'a fait équiper de câbles pour qu'il fonctionne à l'électricité. Le résultat était affreux, alors Archie l'a débranché et l'a remis comme il était. Bien sûr, la vieille poulie est cassée et on ne peut plus l'abaisser pour y mettre des bougies, mais...

Le lustre symbolisait l'ensemble de la maison que Rufus avait vue jusqu'alors : trop élégante pour un monde matérialiste d'après-guerre, trop coûteuse pour être restaurée comme à son origine. Sur toute la longueur de la table en noyer, des bougies dansaient sur des chandeliers en argent, fournissant la seule lumière de la pièce.

— C'est magnifique. Le révérend Thorne doit passer beaucoup de temps à entretenir cet endroit.

— C'est le cas. Il serait le premier à admettre qu'il préfère bricoler sa moto, mais il passe tout son temps libre à travailler ici ou à l'église. C'est un homme bon, ajouta Alice avec ferveur, comme si Rufus l'avait nié.

— Il n'a pas toujours besoin de raisons pour justifier les bonnes actions qu'il accomplit. Il pense simplement que c'est la chose à faire.

Il était clair qu'elle le pensait aussi. Elle serait une aide parfaite pour n'importe quel homme, et elle aimait de toute évidence Thorne. Rufus ralentit un peu pour qu'elle puisse le devancer et s'asseoir à côté du révérend en tête de table. Winborn s'y trouvait également, comme s'il l'attendait. Quand le fermier Challen vint vers lui, il l'arrêta poliment, tirant la chaise pour sa nièce. À la surprise de Rufus, elle l'ignora, choisissant elle-même sa place, trois sièges plus loin. Lady Birch lâcha le bras de Challen afin de s'approcher de Winborn, et s'installa à la place d'honneur comme si c'était son dû royal. Rufus prit la place vacante entre la vieille dame et Alice. Le fermier Challen fut invité à se rendre de l'autre côté de la table avec Toby et, après un bref froncement de sourcils, Winborn retrouva son attitude affable et alla s'asseoir à côté de sa nièce.

Thorne entra en dernier dans la pièce, faisant passer Giles devant lui. Il avait recruté le jeune fermier pour l'aider, et Rufus regarda avec amusement la petite silhouette vêtue de tweed poser la soupière et commencer à verser le bouillon avec grâce. Alice semblait être la dernière personne à ne pas remarquer les petites mains, l'absence de pomme d'Adam dans le col ouvert de la chemise de Giles, mais elle et les autres observèrent tranquillement jusqu'à ce que tout le monde fut servi. Thorne suivait Giles autour de la table, versant à chaque invité un généreux verre de vin couleur paille d'une bouteille étiquetée à la main. Un parfum savoureux de bonne viande et de pommes inonda la salle.

Quand il revint enfin à sa place entre Lady Birch et Mme Nettles, Thorne tapota son couteau sur son verre pour attirer l'attention de tous, et Rufus comprit, choqué, qu'il allait dire le bénédicité. Il n'aurait pas su dire pourquoi cela lui semblait étrange, de la part d'un vicaire lors d'un dîner au presbytère, sauf qu'il avait du mal à réconcilier le mécanicien travaillant sur sa moto avec l'homme de Dieu. Il regarda sa serviette de table, un linge blanc sur lequel était cousu le monogramme de l'ancien recteur.

— Bénissez tous ceux qui sont rassemblés ici ce soir, dit Thorne à voix basse. Remercions l'esprit des moutons qui nous ont donné ces deux repas, et l'esprit du verger pour le vin de pomme de Mme Nettles, dont je dois avertir notre nouveau venu qu'il est d'une force mortelle. Remercions Mme Nettles pour le bouillon, et pour l'amour de Dieu, mangeons-le avant qu'il ne refroidisse.

Une vague de rires traversa la pièce. Thorne leva son verre pour porter un bref toast, portant un regard indéchiffrable sur Rufus. Puis il s'assit et attrapa Elspeth, qui attendait près de sa chaise. Il la mit sur ses genoux et plaça un petit bol et un verre d'eau devant elle avant de commencer son propre repas. Pippin s'assit discrètement de l'autre côté, hors du champ de vision de Mme Nettles.

— Voulez-vous un petit pain, Dr Denby ?

Alice lui tendit un panier. Elle était rayonnante à la lumière des bougies. Il y avait sûrement peu de choses plus agréables à voir qu'une femme au visage aimable qui offre du pain. Des hommes comme Rufus étaient connus pour surmonter leurs penchants et mener une vie normale. Elle avait manœuvré deux fois pour s'asseoir à ses côtés : le moins qu'il puisse faire était d'être poli avec elle en retour.

— Oui, merci.

Après cette brillante réplique, sa bouche s'assécha. Il prit le panier à son tour et l'offrit à Lady Birch, qui l'ignorait impassiblement.

— Bonsoir. J'espère que vous allez bien ce soir ?

— Je souhaiterais mourir, mon cher. Mais bien sûr, les choses étant ce qu'elles sont, je ne peux pas.

Rufus se demanda s'il l'avait mal entendue. Elle n'avait pas l'air d'une femme malade en ouvrant son petit pain croustillant.

— Je suis désolé d'entendre ça.

— Ne vous occupez pas de moi, mon cher. Je ne devrais même pas être là.

Elle plongea sa cuillère avec enthousiasme dans son bouillon.

— Parlez à la charmante Alice. Elle est coincée entre vous et son oncle, et Winborn est un vieux con ennuyeux.

Rufus faillit recracher une gorgée de vin. Winborn était un peu trop loin pour l'entendre, contrairement à Alice.

— Tout va bien, Dr Denby, dit-elle en effleurant son bras. Lady Birch et Paul sont de vieux amis. Elle ne lui pardonne simplement pas de l'avoir soignée, c'est tout.

— Être soignée est une bonne chose, non ?

— On pourrait le croire.

Elle baissa la voix, si bien que Rufus dut se pencher plus près pour l'entendre. Il huma une once de parfum – pas *Soirée à Paris* mais quelque chose de plus désuet et de plus frais, peut-être juste l'odeur du jardin où elle avait travaillé qui l'avait imprégnée.

— Depuis plus d'un an, elle s'imagine qu'elle devrait être morte. Paul lui donne des vitamines et des toniques.

— Ah. Je vois.

Ce n'était pas le cas, mais comparé à la grande énigme de Giles et de la petite Elspeth, cette excentricité paraissait moindre.

— Le Dr Winborn vit-il ici depuis longtemps ?

— Oui, depuis qu'il est né. Il était médecin au Ashfield College, où Archie a étudié la théologie. Archie n'était pas bien après la mort de ses parents, et mon oncle s'est occupé de lui, lui a donné une chambre comme pensionnaire. Depuis, ils sont devenus très proches. Archie a rencontré sa femme dans la maison d'oncle Paul, en fait.

Ses dernières paroles eurent un effet inattendu sur Rufus.

— Sa femme ?

— Oui. Elle s'appelait Celia, et elle logeait aussi chez Paul pendant sa formation d'infirmière. Elle est morte de la tuberculose juste avant la guerre. Archie avait une paroisse près de Brighton à l'époque, et quand celle-ci est devenue vacante parce que le recteur Gorringe a abandonné son poste, Paul a demandé au conseil paroissial de Droyton de faire venir Archie ici, où il serait parmi ses amis.

— Bien sûr. Il a dû être dévasté – le révérend Thorne, je veux dire.

— Oh, je suis sûre qu'il vous a demandé de l'appeler Archie. Pour un vicaire, il n'aime pas vraiment son titre.

C'était un moyen étrange de dévier la conversation. Alice n'était pas du genre à esquiver une question directe, alors Rufus laissa tomber. Après cela, elle lui posa des questions sur son travail lors des fouilles de Naxos, et il s'avéra que Thorne avait raison : elle rebondissait sur ses réponses avec une intelligence si vive que la conversation entre eux devint facile. Un par un, les autres convives autour de la table se mirent à l'écouter. Thorne rayonnait de plaisir devant ce petit succès social, et si Rufus voyait clairement l'étrange lueur dans le regard de Winborn, il pouvait s'en accommoder. Peut-être que dans un autre monde, il aurait dit au médecin de ne pas s'inquiéter quant à ses intentions envers sa nièce, mais pour l'instant, il était agréable d'avoir son attention. Elle avait bu son premier verre de vin assez rapidement et avait les yeux brillants et les joues rouges. Rufus se mit à parler plus qu'il ne l'avait fait depuis qu'Henry l'avait quitté. Le temps sembla s'envoler, et Elspeth donna le plus gros de son dîner à Pippin sous la table sans être réprimandée.

***

Ce ne fut que tardivement que le petit groupe se sépara. Le fermier Challen et ses employés étaient partis environ une heure avant les autres, devant se lever à l'aube pour travailler. Alice et le Dr Winborn dirent bonsoir à Rufus dans la bibliothèque, et Winborn raccompagna la jeune femme, la laissant prendre appui sur son bras. Rufus avait rarement vu une femme qui semblait moins encline à l'excès, mais elle avait bu trois verres de ce vin puissant à table et en avait ensuite apporté un quatrième avec elle, refusant le café proposé par Mme Nettles.

Après tout, chacun avait ses secrets. Elspeth, qui n'avait apparemment pas d'heure pour aller se coucher, chuchotait le sien à Pippin sur le tapis devant la cheminée. La vieille Lady Birch, installée dans son fauteuil, observait le chien et la petite fille avec bienveillance. Thorne avait raccompagné Winborn et Alice jusqu'à la porte, et dans le silence uniquement perturbé par le crépitement du feu, Rufus pouvait presque entendre ce que cette curieuse enfant chuchotait. *Andrasta, Andrasta, Andrasta*, encore et encore dans une sorte de litanie. *Andrasta…*

Thorne revint dans la pièce, brisant le sort.

— Là, dit-il, en venant rejoindre Rufus à la fenêtre, où les parfums enivrants de la nuit d'été agitaient les rideaux, se joignant à la fumée du bois de la cheminée. Ça ne s'est pas trop mal passé, n'est-ce pas ?

— Votre expérience sociale ? De mon point de vue égoïste, je dirais qu'elle s'est très bien passée.

— Vous êtes d'excellente compagnie. C'est un art particulier de pouvoir parler de choses techniques sans perdre les gens ou les déconcerter. Vous devez avoir enseigné en plus d'avoir creusé.

— Oui, je… c'est le cas.

Creuser et enseigner en même temps, sauter dans et hors des tranchées pour exposer les mythes et les méthodes, et enflammer dans d'autres seins ma propre excitation...

— J'aimais cette partie.

— Même le vieux Challen semblait parti pour déterrer quelque chose dans sa ferme. J'attends de vous que vous m'appreniez tout sur mon église pendant que nous y travaillons, bien sûr.

— J'y veillerai. Je ferais mieux d'y aller, si nous voulons y passer la journée entière demain. Est-ce que Lady Birch habite loin d'ici ? Je peux la raccompagner, si vous voulez.

— C'est gentil, mais elle reste généralement avec nous pendant mes nuits de boucherie. Vous savez que vous seriez le bienvenu pour en faire autant ?

Involontairement, Rufus jeta un coup d'œil dans la pièce. Tout était suranné, propre et chaud. Le plafond était haut, l'espace généreux. Les dos de la merveilleuse collection de livres brillaient de façon intrigante dans les ombres changeantes du feu. Il pensa à sa chambre stérile à l'auberge, et faillit céder. Comme Alice, il esquiva la question.

— Le révérend Gorringe a-t-il laissé tous ces livres derrière lui, ou...

— Non. Ce sont les miens, j'en ai peur. La seule chose que j'ai accumulée au fil des ans. Vous aurez remarqué que nous ne nous sommes pas retirés dans le salon après le dîner. Il y en a un, mais il est à l'abandon. Il m'a semblé plus judicieux de m'occuper d'abord des endroits où nous cuisinons, mangeons et nous réchauffons.

— Et lire ?

— Ah, oui. C'est ma grande faiblesse. Mais comme la pièce sert à la fois de salon et de salle de séjour, je ne me sens pas trop coupable. Vous pouvez venir ici et lire à tout moment, ou travailler si vous voulez. N'hésitez pas à en emprunter aussi. Mes pénalités de retard sont très raisonnables.

La gentillesse de l'homme était comme une lame dans le cœur de Rufus. Il se détourna, ne se faisant pas suffisamment confiance pour répondre. Une fois sa voix maîtrisée, il alla s'accroupir à côté de Pippin sur le tapis.

— Viens, ma vieille. Il est temps de rentrer à la maison.

Elspeth se mit à genoux. Elle était tellement recroquevillée qu'elle était presque devenue invisible, dans sa petite robe noire et ses absurdes nattes. Elle jeta ses bras autour du cou de Pippin dans une soudaine détresse passionnée.

— Ne la faites pas mourir en partant.

Rufus s'empara prudemment du collier de Pippin. Elle était restée immobile face au câlin de la fillette, mais il n'était pas suffisamment sûr de son tempérament pour la laisser sans retenue avec une enfant bouleversée.

— Elle ne va pas mourir, Elspeth. Elle a survécu à toute une guerre à Londres, en trottinant toute seule. Elle va vivre très longtemps.

— Elle me disait son nom secret.

— C'est ce que vous vous chuchotiez toutes les deux ?

Rufus était peu enclin à avoir des enfants, mais il les aimait, et avait hâte de devenir l'oncle du fils de sa sœur.

— Est-ce quelque chose que tu peux me dire ?

— Non, ou cela perdra tous ses pouvoirs. Je ne peux le dire qu'à un vrai chercheur, dans les limites du cercle, correctement préparé.

— Bon sang, Elspeth.

Thorne s'approcha. Il souleva l'enfant et la prit dans ses bras, en posant doucement une main sur sa bouche.

— Chut. Que va penser le Dr Denby ?

Rufus sourit et fronça les sourcils en examinant le petit visage pâle.

— Je ne sais pas quoi penser. Pourquoi parle-t-elle comme ça ?

— Elle a lu quelque chose sur mes étagères, j'imagine. Je ne la surveille pas toujours comme je le devrais. Elspeth, si je retire ma main, peux-tu essayer de parler comme une enfant normale ?

Elle hocha la tête et Thorne baissa sa main.

— Mais Pippin, dit-elle aussitôt, comme si le problème aurait dû être évident. Pippin.

Rufus jeta un regard interrogateur sur Thorne.

— Je pense que le révérend a déjà une maison pleine de gens et de créatures dont il doit s'occuper. N'est-ce pas ?

— Probablement, approuva Thorne. Mais c'est la première fois que je la vois s'intéresser à un être vivant. N'est-ce pas, petit lutin ?

— Peut-être devrions-nous laisser le chien décider, suggéra Rufus. Pippin, viens ici.

Elle se dégagea de la cheminée et vint se placer entre eux en agitant la queue. Mme Nettles l'avait emmenée à la cuisine après le dîner et l'avait apparemment nourrie jusqu'à ce qu'elle ne puisse plus marcher. Une maison comme celle-ci était faite pour les chiens et les enfants.

— Qu'en penses-tu ? lui demanda Rufus. Tu préfères rester ici ou revenir manger tes repas dans la froide arrière-cuisine de Mme Trigg ?

Elle alla s'asseoir sur les pieds de Thorne. Elspeth laissa échapper un étrange cri de plaisir et se tortilla jusqu'à ce que Thorne la pose.

— Au temps pour la fidélité canine, observa-t-il, puis il regarda soudain Rufus. Peut-être qu'elle va là où on a le plus besoin d'elle. Ne puis-je pas persuader son maître de rester aussi ?

Rufus ne trouvait aucune raison de refuser. Que diable lisait-il dans le regard chaleureux de Thorne ? Il avait appris à analyser soigneusement le contact visuel. Sa dignité, sa sécurité et sa liberté dépendaient d'une estimation précise. Pour l'autre homme aussi.

Thorne avait été marié. Il était veuf depuis peu et probablement encore en deuil, bien que son apparence joyeuse dissimule efficacement son chagrin. Il était un peu naïf, rien de plus, et ne réalisait pas le charme et la puissance de son propre regard.

— Non, dit Rufus, et parce qu'il était à court de raisons, il n'essaya pas d'en donner une. Merci, mais vous ne pouvez pas. Je dois y aller maintenant. Bonne nuit, révérend Thorne.

— *S'il te plaît*, appelle-moi Archie.

— D'accord. Bonne nuit, Archie.

CHAPITRE 9

Quand Rufus retourna dans sa chambre à l'auberge, la figurine de la petite déesse avait disparu. Il fixa un instant l'éclat de la lune qui illuminait la cour. La table de nuit où il avait laissé la statue était vide, mis à part le coûteux réveil de voyage qu'il avait acheté pour Henry et qu'il avait sereinement récupéré quand il s'était avéré que celui-ci en avait déjà un plus beau, un cadeau d'un autre homme. Le reste de la chambre n'avait apparemment pas été fouillée.

Peut-être avait-il mis la statuette ailleurs et l'avait oublié. L'immense trou noir dans sa mémoire étendait parfois ses tentacules à de petits incidents du quotidien, comme l'endroit où il avait laissé sa sacoche ou son chapeau. Il enleva sa veste, l'accrocha soigneusement au dos de la porte, vérifia ses poches et celles de son gilet, et commença une fouille systématique de la pièce.

Cela ne prit pas beaucoup de temps. Il s'assit sur le lit. La présence de Pippin, sa maigre carcasse pesant contre son genou, lui manquait. Il ne se sentait pas très bien, son dîner se transformant en acide dans son intestin. Il ne voulait pas sonner l'alarme ni courir dans les rues de Droyton pour trouver un policier. Il ne voulait pas sortir Jebediah Trigg de son lit, le pendre par les chevilles et voir ce qui tombait de ses poches. Les ambitions de l'enfant étaient de gagner des shillings et de la limonade, et non de voler des foutues antiquités. L'unique coupable était Rufus lui-même, depuis qu'il avait mis de côté toute une vie de formation et d'éthique pour voler un objet sur un site.

Une profonde lassitude s'empara de lui, engourdissant ses membres. Il ôta ses chaussures et se coucha. On lui avait répété à maintes reprises qu'il était un survivant. Il avait lu l'article dans le *Times*. *Le D*[r] *Denby, survivant de la bataille de France*… Il avait été autorisé à voir les notes du compte-rendu le concernant. *Le capitaine Denby, qui, avec quelques autres, a survécu à l'assaut de Fort Roche*… Il n'avait jamais cherché consciemment à survivre à ses camarades, ni même ses ennemis. La chance qui l'avait accompagné toute sa vie semblait le lâcher, le laissant s'enfoncer en eaux profondes. Chaque erreur qu'il commettait l'éloignait du rivage. Il avait pris la figurine de la déesse simplement parce qu'elle lui avait plu. Il s'était permis de s'attarder dans la maison de Thorne parce qu'il l'aimait bien, qu'il l'aimait bien, *lui*… Les actes d'un homme au cœur léger, un étranger qui n'avait jamais fait la guerre.

Au bout d'un moment, un rugissement rauque se fit entendre. Il se tut presque aussitôt et Rufus se demanda s'il s'était endormi et avait commencé à rêver de son pasteur à moto. Il se frotta le front. Une nuit d'un bleu profond était tombée, l'éclat de la lune scintillant à présent sur le plafond au-dessus de son lit. Peut-être que le rêve continuerait, s'il pouvait à nouveau fermer les yeux et plonger...

Des bruits de pas retentirent brièvement dans la cour puis se changèrent en grattements, bruit caractéristique d'un homme faisant son possible pour rester silencieux. Rufus se leva du lit et se dirigea vers la fenêtre, son pouls s'accélérant. En effet Thorne... – Archie, se corrigea Rufus, se retenant d'exploser de rire –, se tenait sur les pavés dans la cour, s'apprêtant à balancer un caillou contre la vitre.

Rufus ouvrit la fenêtre à guillotine aussi silencieusement que possible. Archie se figea.

— Rufus ! murmura-t-il d'une voix rauque. Tu es réveillé.

— Puis-je t'aider ?

— S'il te plaît. Il n'y a personne d'autre en qui je puisse avoir confiance.

— Que dois-je faire ?

— C'est un peu difficile à expliquer d'ici.

Rufus referma la fenêtre. Il enfila ses bottes et les laça, même si cela lui faisait perdre du temps. Tomber dans les escaliers de Mme Trigg ne ferait que compliquer les choses. Il s'enfonça dans le couloir. Le plancher et les escaliers craquèrent alors qu'il se dirigeait vers la porte d'entrée. Sa logeuse n'était pas du genre à encourager les aventures nocturnes : la porte était verrouillée à l'aide d'une serrure à mortaise, de deux boulons et d'une chaîne. Se souvenant de l'air humide qui avait soufflé à travers la maison depuis l'arrière-cuisine où il avait été envoyé pour nourrir sa chienne, il avança dans l'ombre en direction de la cuisine. Oui, il y avait une porte arrière, moins férocement gardée. Plus lourde que prévu, aussi – à peine l'avait-il ouverte pour sortir que la porte se refermait derrière lui, comme si elle était heureuse d'être débarrassée de lui.

Ses chances de rentrer discrètement s'envolèrent. Cela n'avait pas d'importance. Rien n'en avait, face aux paroles d'Archie. *Il n'y a personne d'autre en qui je puisse avoir confiance…* Il se dirigea vers la ruelle à côté de l'auberge, et faillit heurter Archie, qui sortait de la cour.

— Me voici.

Archie le stabilisa.

— C'était rapide !

— J'étais encore habillé.

— C'est plus que ce que l'on peut dire de la pauvre Drusilla Hazelgrove. Elle s'est encore enfuie. Si je le dis à Winborn, il va vraiment la faire interner à l'asile cette fois.

— Où est-elle à présent ?

— Sur les rochers de l'autre côté de la rivière. Le garde-chasse est venu frapper à ma porte pour me dire qu'elle était sortie. J'ai essayé de la rattraper à moto, mais elle est partie à travers champs. Elle a traversé la rivière au niveau du gué, et je la voyais au loin, en train de commencer à grimper.

— Allons-y, dans ce cas. Est-ce la moto que j'ai entendue il y a quelques minutes ?

— Oui. Je l'ai laissée en haut de la ruelle pour ne pas réveiller tout le village. Par ici.

Il partit en courant. Rufus le suivit à travers la rue principale éclairée par la lune, passant devant les vitrines obscurcies et les façades des maisons aux rideaux tirés, jusqu'au coin de la rue et dans le silence de Pilgrim Lane. Lorsqu'ils arrivèrent près de la Norton, appuyée sur sa béquille sous un chêne, Archie était essoufflé, l'air sifflant de ses poumons. Il semblait trop mince et trop en forme pour être dans cet état après une si courte distance. Rufus n'eut pas le temps de s'en inquiéter : Archie grimpa sur la moto, et la conduisit au milieu de l'allée. Il tapota le siège derrière lui.

— Allez !

Cette fois, Rufus n'hésita pas avant d'entourer la taille d'Archie et de s'y accrocher. Sinon, l'accélération l'aurait fait tomber directement sur le dos. Thorne était un conducteur habile et sans peur lorsqu'il avait une mission à accomplir. La maison du forgeron apparut, suivie du verger et des jardins du presbytère. Rufus baissa la tête, s'autorisant à poser son front sur une épaule couverte de satin. Archie avait dû enfiler la chemise et le gilet qu'il portait la veille au soir. Dessous, il était osseux et chaud, son omoplate telle une aile contre la joue de Rufus. Il s'attendait à moitié à ce que la Norton s'envole. Sous le clair de lune, il vit la piste faite de boue séchée se rétrécir entre la verdure, la bande d'herbe en son centre s'étendant pour venir à leur rencontre. Ils passèrent la déviation menant à l'église. Des arbres surgirent autour d'eux lorsque le chemin commença à disparaître. Archie fit rugir la moto aussi fort qu'il le put dans l'enchevêtrement de broussailles et de rochers qui s'épaississait, puis l'immobilisa par à-coups avant que sa roue avant ne s'enfonce dans la boue.

— Je ne peux pas aller plus loin. Nous devons continuer à pied.

— Très bien. Où est le gué ?

— À huit cents mètres à travers les bois. Ensuite, nous devrons faire demi-tour le long de la rive opposée, et… Oh, non.

Son regard s'était fixé sur un point distant à travers les arbres. Le lâchant à contrecœur, Rufus descendit. Il mit sa main en visière pour se protéger de la lueur du clair de lune à travers les feuilles de chêne et se concentra sur les falaises qui s'élevaient au-delà de la rivière, où une silhouette féminine venait d'atteindre l'horizon. Tout ce qu'il pouvait distinguer était une peau pâle et un nuage de cheveux noirs.

— Est-ce que c'est elle ?

— Mon Dieu, je l'espère. Je ne peux pas faire face à plus d'un problème à la fois.

— Ces rochers sont-ils sûrs ? Ils semblent creusés en dessous, là où la rivière les érode.

— Ils le sont. Nous n'avons pas le temps de faire le tour par le gué.

Rufus lui tendit la main et l'aida à descendre de la moto.

— Qu'est-ce qu'on attend, alors ?

Ils se mirent en route rapidement à travers les arbres. Durant la première minute, Archie dépassa Rufus grâce à ses longues enjambées, mais sa respiration commença à se faire sifflante et Rufus le rattrapa. Ils continuèrent côte à côte. Malgré cela, Archie était un pisteur redoutable, choisissant sans hésiter le meilleur espace entre les rochers et à travers les ronces, sautant par-dessus les racines exposées avec grâce. Rufus dut donner tout ce qu'il avait pour le suivre. Où un vicaire avait-il appris à faire du cross-country avec autant de talent ? Ensemble, ils percèrent le bouquet de saules qui bordait la rivière et émergèrent sur la rive, leurs pieds glissant sur les rochers gorgés d'eau.

— Drusilla, appela Archie vers la femme qui se tenait sur les falaises au-dessus d'eux. Ce n'est que moi, le révérend Thorne. Vous savez que je ne vous ferai pas de mal.

Elle ne semblait pas inquiète. Ses pieds, largement écartés, étaient fermement plantés au sol, et elle tendait ses bras au-dessus de sa tête. Par un étrange effet de perspective, de l'endroit où se tenait Rufus, on aurait dit qu'elle tenait la lune entre ses mains, la tête inclinée vers l'arrière. Par-dessus le bruit de la rivière, il perçut un chant qui parlait de la beauté de la terre verte, des étoiles, du mystère des eaux, puis la brise emporta sa voix.

— Que fait-elle ?

— Je ne sais pas, mais elle est en avance ce mois-ci. D'habitude, elle attend la pleine lune. Elle est comme ça durant trois nuits, puis elle redevient pratiquement catatonique.

Archie se pencha, posa ses mains sur ses genoux, et toussa péniblement.

— Il faut la faire descendre de là. Drusilla ? Reculez, pour l'amour de Dieu, juste un peu. Vous êtes trop près du bord.

— Est-ce que je vais lui faire peur si je nage jusqu'à elle ?

— Je doute qu'elle le remarque. Mais tu ne peux pas, pas tout seul. Le courant est trop fort.

Oui. Rufus l'avait remarqué, tout comme il avait appris à calculer les risques selon les endroits où il se trouvait. Il se souvint des bois à l'extérieur de Fort Roche, où il essayait d'évaluer le terrain devant lui pour garantir la sécurité des hommes sous son commandement. Mais il n'avait pas réussi à atteindre les bois, pas vrai ? Comme il l'avait dit au brigadier à Londres, un éclat d'obus perdu l'avait mis hors d'état de nuire avant que la vraie bataille n'ait commencé. Il ne pouvait se fier aux réminiscences de ce marécage amnésique. Seule la rivière était importante : le courant de l'eau semblable à une anguille, déviant sous les falaises, ralentissant à l'approche d'un tourbillon entre un affleurement de rochers. Il se pencha et défit ses lacets, se mettant hors de portée d'Archie.

— Je dois essayer.

— Alors j'essaie avec toi.

— Non. Tu m'as dit toi-même que tes poumons étaient en mauvais état. Reste ici et...

— Mon père !

La voix de la femme mit fin à leur querelle. Ils levèrent tous les deux les yeux.

— Mon père, répéta-t-elle, clairement cette fois, en laissant retomber ses bras. Pourquoi ne puis-je pas la tirer vers moi ? L'avez-vous interdit ?

— Drusilla, je vous l'ai déjà dit, je ne suis qu'un vicaire. Et je n'interdis rien, sauf de se tenir sur des rochers en ruine. Descendez, s'il vous plaît.

L'espace d'un instant, Rufus crut qu'Archie avait réussi à la raisonner. La tension dans son corps sembla s'effacer, laissant apparaître une femme d'âge moyen, ordinaire. Puis un désespoir écrasant sembla l'envahir. Elle ferma les yeux, fit deux pas aveugles en avant et se laissa tomber.

Elle frappa l'eau comme une pierre et disparut. Archie cria, choqué. Il s'élança au bord de la rivière et, avant que Rufus ne puisse l'arrêter, il sauta dans l'eau.

Rufus ignora son instinct qui lui criait de plonger après lui. Parce qu'alors, trois personnes se seraient retrouvées à la merci du courant. Il ôta ses bottes et courut en aval, trébuchant sur les pierres arrondies. L'affleurement était plus loin qu'il ne l'avait cru. Lorsqu'il arriva sur la rive, là où les eaux ralentissaient, il était à bout de souffle, la plante de ses pieds meurtrie et à vif. La surface ondula et se brisa et Archie fut là, un bras autour de Drusilla, s'aidant de l'autre pour nager. Rufus avait dix secondes tout au plus pour les rejoindre. Un petit monticule boueux s'élevait de la berge de la rivière. Cela ferait l'affaire. Il prit une profonde inspiration, s'élança aussi vite qu'il le pouvait pour prendre de l'élan, leva les bras et plongea.

L'eau l'avala en une seule bouchée glaciale. Même en cette nuit de mai, elle bloqua l'air de ses poumons, gelant ses entrailles et sa moelle épinière. Ses premières tentatives de brasse furent convulsives, à peine volontaires. Des roseaux argentés et des bulles balayèrent son champ de vision. Il finit par trouver son rythme, nageant en s'aidant de ses épaules et de ses bras, se propulsant plus loin à l'aide de ses jambes. Le courant le frappa de plein fouet. Il s'en servit une fois au milieu, pour se diriger vers l'affleurement. Il tâtonna à la recherche d'une prise, referma ses doigts sur une crête déchiquetée et s'y accrocha.

— Archie ! Par ici !

La rivière les lui envoya tous les deux, avec tant de force qu'il faillit les perdre de nouveau une seconde plus tard. Archie fut le premier à atteindre son bras tendu. Rufus cria de peur et de soulagement et le serra contre lui, refusant de rendre son offrande à l'eau. Pas cet homme, non, pas ce miracle vivant fait de chair et d'os. Archie éclata d'un rire étranglé et s'accrocha à lui.

— Peux-tu... Peux-tu tenir Drusilla une seconde ?

Rufus passa un bras autour de sa taille. Elle était froide comme de l'argile, son visage pâle inconscient derrière ses cheveux ruisselants. Il se tourna de façon à ce que son dos soit contre le rocher, le courant le clouant sur place. Ainsi, il n'eut pas à lâcher la chemise d'Archie.

— Qu'est-ce que tu fais ?

— J'enlève ma ceinture. Dans une minute, je prendrai la tienne aussi, dit-il en tirant la bande de cuir brillante hors de l'eau. Laisse-moi mettre ça autour de son poignet. C'est bon. Tu peux me donner la tienne ?

L'idée était bonne. Rufus le savait, et il glissa rapidement sa ceinture hors des passants.

— Voilà, dit-il, en tendant la ceinture à Archie. Accroche-toi à ça, et essaie de faire en sorte que Drusilla puisse aller aussi loin que possible à l'aide de la tienne. Je ferai de même pour toi, et le courant devrait vous porter tous les deux…

— Oui, là où c'est peu profond. Mais je resterai ici et je serai l'ancre, pas toi.

— Non. Pourquoi ?

— La vérité, c'est que je suis un peu fatigué, mon vieux. Elle aura besoin d'aide pour sortir de l'eau.

— Toi aussi.

— Je sais. Tu trouveras une solution.

Avant que Rufus puisse de nouveau protester, Archie se laissa remonter vers lui. La force du courant de la rivière les pressa brièvement l'un contre l'autre contre le rocher, envoyant un frisson brûlant à Rufus en dépit de sa peur. Il essaya de garder sa prise sur l'affleurement, mais Archie le délogea, le soulevant à moitié dans le courant.

— Je te tiens, dit-il en haletant. Amène-la sur le rivage, Rufus. Je t'en prie !

Le courant entraîna Drusilla sous l'eau. Rufus plongea pour la sauver : il la tira par la ceinture enroulée autour de son poignet, la mit sur le dos, gardant son visage hors de l'eau. Les dés étaient désormais jetés. Pestant silencieusement contre le vicaire et son héroïsme, il s'accrocha à la ligne d'ancrage jusqu'à ce que l'emprise de la rivière se relâche autour de lui, puis lâcha la ceinture et se dirigea vers la rive à l'aide son bras libre. Le lit de pierre s'éleva comme pour répondre à ses efforts, heurtant douloureusement sa colonne vertébrale. Il se retourna, prit un appui précaire sur son pied et souleva la femme par les aisselles, soulagé lorsqu'elle commença à se débattre.

— C'est ça. Poussez sur vos pieds. Encore quelques pas.

Il la déposa sur la rive. Elle tremblait violemment, alors il retira sa chemise et l'enroula autour d'elle, sans savoir pourquoi il faisait ce geste, mais désireux de la mettre à l'abri par tous les moyens possibles. Puis il se mit à balayer du regard la surface de l'eau à la recherche d'Archie.

L'affleurement était vide. Une peur maladive serra la gorge de Rufus. Il courut jusqu'au bord de l'eau, s'y enfonça jusqu'aux cuisses et regarda à nouveau autour de lui. Cette fois-ci, il distingua une masse mouvante ballotée par les flots, disparaissant dans le creux des vagues sous la lune : Archie, faisant brièvement surface, les cheveux luisant comme la peau d'une loutre. Il avait presque atteint l'endroit où le courant se relâchait, mais il était visiblement épuisé et perdait le combat.

Rufus saisit la branche d'aulne au-dessus de sa tête. Il la baissa vers lui en s'aidant de ses deux mains et la maintint de tout son poids.

— Archie, cria-t-il, lorsque sa tête sombre refit surface. Par ici !

L'espace d'une seconde, il crut qu'il avait manqué son coup. La branche était longue, mais son extrémité était faite de brindilles qui n'offraient guère de prise. Le bras d'Archie sortit de l'eau : il tâtonna parmi les feuilles puis trouva à s'agripper. Une fois certain qu'il pouvait tenir, Rufus lâcha la branche et se lança à sa rencontre. Il l'attrapa par sa chemise et enroula son bras autour de lui.

— Viens. Accroche-toi à moi.

Archie hocha tête. Des spasmes de toux le déchirèrent. Tous deux fournirent un ultime effort, se faufilant à travers la boue et les pierres.

— Dieu tout-puissant, déclara le vicaire, tombant à genoux. Foutue Drusilla ! Je croyais en avoir fini pour de bon, cette fois.

Il jeta un coup d'œil à Rufus, qui avait encore du mal à respirer.

— Merci.

— Je t'en prie.

Rufus essaya de ne pas afficher un sourire radieux. Il se sentait extraordinaire. La rivière n'avait emporté aucune des deux vies qui avaient remis leur destin entre ses mains ce soir-là. L'allégresse s'élevait en lui, telles des lanternes de papier doré. Il tapota le dos d'Archie et se dirigea vers Drusilla, qui était recroquevillée, entonnant d'étranges syllabes fracturées.

— Peux-tu marcher ? lui demanda-t-il doucement. Archie, tu peux ? Il nous faut trouver un endroit chaud.

— Absolument. Je serai en pleine forme dans une minute.

Il essaya de se lever. Rufus allait l'aider, mais il s'arrêta à quelques mètres de lui. Quelque chose dans ses mouvements – la tête baissée, luttant pour avancer – permit à la dernière pièce du puzzle de se mettre en place. Le fait de ne jamais tenir en place, d'être prêt à courir, à nager, à affronter chaque situation de front... Rufus s'accroupit à sa hauteur.

— Tu y étais, pas vrai ?

Archie essuya l'eau de ses yeux.

— Où ça ?

— Pendant la guerre. Tu étais au cœur de l'action. Tu étais soldat ?

— Pas exactement. J'étais aumônier dans l'armée, mais… les rôles semblaient se confondre. Est-ce que c'est important là, tout de suite ?

C'était important pour Rufus. Une barricade s'était érigée entre lui et tous ceux qui n'avaient pas vu ce qui se trouvait au-delà des champs verdoyants et des vastes plateaux ensoleillés d'Angleterre. Il s'était attendu à ce qu'elle s'élève entre lui et ce vicaire, pensant qu'il avait sagement attendu la fin de la guerre à l'abri de son presbytère.

— Non, mentit-il facilement, les lanternes d'allégresse lumineuses s'élevant encore dans sa poitrine. Qu'allons-nous faire de Drusilla ?

— Elle vit dans un chalet à environ un kilomètre et demi d'ici. Dieu merci, nous n'aurons pas à passer par le village. Un vicaire à moto, c'est une chose, mais un vicaire avec une femme nue sur le siège passager…

Rufus l'aida à se mettre debout. Il avait presque oublié qu'il était lui-même à moitié nu, et il ne recula pas assez vite pour empêcher le regard d'Archie de s'arrêter sur son épaule, au niveau de son cou.

— Ne regarde pas ça.

— Je suis désolé. Je n'en avais pas l'intention. Ce sont des éclats d'obus ?

— Est-ce que…

La gorge de Rufus s'assécha et il dut réessayer.

— Est-ce que c'est important là, tout de suite ?

— Oui. Mon Dieu, ça a dû pratiquement te tuer.

Archie leva la main et tendit son doigt comme pour retracer la cicatrice à la racine des cheveux de Rufus, à l'endroit où son cuir chevelu ne serait plus jamais lisse.

— À bout portant ?

— Ça n'aurait pas pu être plus proche. Archie, s'il te plaît. Drusilla a froid.

CHAPITRE 10

La lumière du feu brillait à travers la chambre du cottage. Drusilla, pelotonnée dans son étroit lit à armature de fer sous une pile de couettes et de couvertures, avait enfin cessé de frissonner. Rufus lui mit une main prudente sur l'épaule.

— Je pense qu'elle va s'en sortir. Elle est en train de se réchauffer.

— Bien.

Archie lui jeta un coup d'œil en nourrissant le feu avec du bois d'allumage.

— Et toi ?

— Je vais bien. Courir à côté de ta moto m'a réchauffé, sans parler de l'escalade du treillis et du balcon pour arriver jusqu'ici. C'est comme ça qu'elle va et vient ?

— Oui. Je suis surpris qu'elle ne se soit pas cassé le cou. Heureusement, Hicks n'a pas eu le temps de remplacer le loquet de la fenêtre ce soir, mais je dois m'assurer qu'il le fera demain.

— Au moins, tu t'es souvenu de lui laver les pieds cette fois-ci. Elle pourrait s'en tirer si elle n'a pas attrapé la crève à cause du froid.

Rufus ôta les cheveux emmêlés du visage de la femme. Il regarda autour de la pièce mansardée et couverte de toiles d'araignée.

— Pauvre créature. Je ne voulais pas vous espionner, toi et le Dr Winborn, mais... vit-elle ainsi parce que l'argent du révérend Gorringe s'épuise ?

Archie soupira.

— Il n'y en a plus depuis des mois. Elle vit ainsi parce qu'au moins ici, elle est tranquille et en sécurité, et je ne peux pas me permettre mieux.

— Oh.

Archie et lui étaient tous deux enveloppés dans des couvertures et Rufus remonta la sienne, leurs vêtements trempés se trouvant sur la grille d'aération à côté du feu. Leur nudité n'avait pas d'importance, car, au moins pour ce soir, Rufus était un homme ordinaire, qui avait sauvé son ami du fleuve. Il traversa la pièce et s'assit dans un fauteuil en face de celui d'Archie.

— Tu payes pour elle ?

— Je n'en avais pas l'intention. Elle fait partie du lot dont j'ai hérité de Gorringe. Elspeth aussi.

— Comment Elspeth s'est-elle retrouvée là ?

Archie soupira.

— Ce n'est vraiment pas à moi de raconter cette histoire. Mais je t'ai fait participer en t'impliquant, donc…

Il se pencha en avant. Rufus remarqua que ses pieds nus étaient osseux et galbés, ses tibias maigres.

— Maria m'a dit que Drusilla était sortie de nulle part, quelques semaines avant le début des hostilités. Elle pouvait à peine parler ou se souvenir de son nom. Elle était tout habillée de noir et ses cheveux lui arrivaient à la taille, et quelques idiots superstitieux se sont mis à la traiter de sorcière et de présage de guerre. Je te laisse deviner qui en était l'instigatrice.

Rufus hocha la tête.

— Ma logeuse ?

— Elle-même. Alors Gorringe – pensant être gentil avec elle, je suppose – lui a trouvé un chalet en dehors du village, pour la tenir à l'écart. Mais ce n'était pas que de la charité. Ses visites là-bas étaient étrangement fréquentes et quand il s'est enfui et que je suis arrivé pour le remplacer, la folie de cette pauvre Drusilla s'était accentuée, et elle était enceinte jusqu'aux oreilles.

— Ah. Elspeth ?

— Oui, bien que Drusilla l'ait appelée Andrasta, pour une raison inconnue.

— C'est le mot qu'elle répétait sur la rive.

Rufus fit un effort de mémoire : le dîner au presbytère semblait avoir eu lieu des semaines plus tôt, pas des heures.

— Je crois qu'Elspeth le disait aussi à ma chienne.

— Oui. Peut-être qu'elles échangeaient des noms secrets.

— Quelqu'un sait d'où vient Drusilla, ou comment elle a atterri ici ?

— Pas du tout. J'ai engagé une infirmière pour elle et j'ai essayé d'étouffer l'affaire, mais le scandale était sans fin. Je ne sais pas si ce sont les agissements de Gorringe qui l'ont fait dérailler, ou si c'est parce qu'elle avait été traitée de sorcière et de pute par les gens de la bonne chapelle de Droyton, mais son comportement devenait de plus en plus étrange. Elle a commencé à croire que la pauvre vieille Lady Birch était sa mère, et à chaque pleine lune, on la retrouve sur une colline ou au milieu des champs, sans rien sur le dos, en train de chanter et de danser.

— Cela pourrait-il être vrai ? À propos de Lady Birch, je veux dire ?

— Cela expliquerait beaucoup de choses, mais Lady Birch est une vieille fille qui a vécu ici, sous le regard attentif de ses voisins, la majeure partie de sa vie. Tout cela a duré près de trois ans, et bien sûr, l'enfant a été terriblement négligée. Finalement, Winborn a décidé que Drusilla devait être internée, et Mme Nettles a insisté pour emmener la petite fille au presbytère.

— C'était gentil de sa part.

— Eh bien, c'était le mieux à faire. Mais Elspeth était déjà très intelligente à l'époque, et elle a fait tellement de caprices que Winborn, dans sa sagesse, lui a annoncé la mort de Drusilla.

— Quoi ? Pourquoi ?

— Il pensait que ce serait plus facile pour elle. J'étais en France à ce moment-là, sinon je ne l'aurais pas laissé faire.

Rufus récupéra les vêtements sur la grille. Même après tout ce qu'il avait vu et fait, sa gorge le brûlait de larmes d'une rage stupide devant la cruauté envers un enfant ou un animal. Mais il devenait doué dans son rôle d'homme ordinaire : il retourna les sous-vêtements d'Archie sans sourciller.

— Pauvre enfant. Personne ne lui a dit la vérité ?

— Mme Nettles voulait le faire, mais Elspeth est tombée gravement malade après cela, et elle et Winborn viennent à peine de la guérir. Lorsqu'elle est sortie de sa fièvre, elle a accepté la situation, Drusilla était elle aussi très malade, et il y avait de grandes chances qu'elle meure à l'asile, ou au mieux qu'elle soit enfermée pour toujours, alors...

— Mieux valait laisser les choses telles qu'elles étaient.

— Je pense que oui. Je ne sais pas. Ce qui est triste, c'est que Drusilla est revenue, mais elle semblait avoir oublié qu'elle avait eu un enfant. Elle aurait de toute façon été incapable de s'en occuper. Quand je suis rentré, je l'ai fait amener ici pour que les Hicks s'occupent d'elle, et Elspeth est restée avec Maria et moi.

— C'est une triste histoire. Pourtant, la petite fille semble assez heureuse, même si elle a l'air...

— Un peu déséquilibrée ? Et obsédée par la folie et la mort, ce qui n'est guère surprenant. Gorringe a dû ressentir un certain remords face à son rôle dans cette affaire, car bien qu'il n'ait pas laissé un centime pour le salaire de Mme Nettles ou l'entretien du presbytère, il a mis de côté une petite somme pour Drusilla.

— Mais c'est épuisé.

— Oui, et ce que je peux fournir est insuffisant. Hicks n'est qu'un homme à tout faire, et sa femme une sorte de gouvernante et d'infirmière. J'ai peur que Drusilla ne soit à nouveau jetée dans un asile de fous, même si elle est inoffensive, et..., s'interrompit-il pour jeter un coup d'œil dans la pièce. Je suppose qu'elle est mieux ici.

— Beaucoup mieux. Et au moins, avec toi, la petite fille est en sécurité.

— Je l'espère. Je ne sais pas.

Archie se leva, rattrapant juste à temps sa couverture alors qu'elle tombait. Il la noua autour de ses hanches et se dirigea vers la fenêtre.

— C'est un monde dangereux, mais parfois il semble sacrément petit et étouffant. Penses-tu que Drusilla serait d'accord si j'ouvrais ça ?

— Oui, je le pense.

Rufus ne voulait pas avoir l'air d'admirer le déplacement des muscles du dos d'Archie lorsqu'il ouvrit la porte vitrée, mais, s'il le regardait avec l'œil d'un artiste ou d'un sculpteur, peut-être pourrait-il se le permettre. Être ordinaire ne signifiait pas forcément qu'il était aveugle.

— Parfois, le monde me semble petit aussi, après… être parti.

— Oui !

Archie abattit sa paume sur le rebord de la fenêtre, si fort que Drusilla eut des spasmes dans son sommeil.

— C'est ça. Et j'ai essayé si fort de ne pas laisser les choses se passer ainsi. Cet endroit, le village, le presbytère, les collines, c'est tout ce pour quoi je pensais que nous nous battions. Pourquoi est-ce que j'ai l'impression d'étouffer à présent ?

Il avait du mal à respirer. Rufus se leva du fauteuil et alla se poster à côté de lui. Le chalet de Drusilla se trouvait à flanc de colline derrière le presbytère, et aucune autre maison n'était visible. La brise charriait des parfums de fleurs de pommiers venus du verger.

— Je pense, dit-il doucement, que parfois, les gens se retrouvent là où ils devraient être, même si c'est le dernier endroit au monde qu'ils avaient imaginé.

— Je suis vicaire, Rufus. Tu ne peux pas me dire que j'ai trouvé mon foyer sur le Front Ouest.

— C'est ce que *tu* me dis. Tout ce que je peux voir, c'est quelqu'un qui est rentré chez lui et qui a passé chaque heure éveillée à travailler, à rafistoler sa maison et son église, à aider tous les vagabonds et les égarés à sa portée. Quelqu'un qui a vraiment, vraiment aimé notre course à travers les bois ce soir, et même avoir bu la tasse. Même si on a failli se noyer.

Archie se mit à rire. Sa toux profonde le saisit de nouveau. Il posa ses coudes sur le rebord de la fenêtre et baissa la tête de frustration.

— Merde. Ce qui est vraiment tordu, c'est que... Je tuerais pour une cigarette. Ou même pour ma pipe. J'ai commencé à en fumer une quand je suis revenu. J'ai pensé que ça pourrait m'aider à retrouver qui j'étais, si tu vois ce que je veux dire. L'homme au col romain.

— Le respectable vicaire ?

— C'est ça. Un peu excentrique, peut-être. Est-ce que j'ai été convaincant ?

— Parfois. Parfois, tu en étais très loin. As-tu *beaucoup* apprécié ta guerre ?

— C'est une chose tellement épouvantable à dire. Tout était très… direct. J'ai essayé de répondre aux besoins spirituels des hommes blessés de mon unité, mais lorsque l'hôpital de campagne hors du Luxembourg a été attaqué, j'ai pris un de leurs canons et j'ai aidé à le défendre. Je n'ai même pas réfléchi. J'étais doué pour cela – bien plus que pour persuader des hommes mourants que Dieu avait programmé leurs souffrances.

Il se redressa, regardant le flanc de la colline brillant sous la lune.

— Au début, les officiers étaient scandalisés, mais au fur et à mesure que le temps passait et que nous perdions de plus en plus d'hommes, ils ont cessé de se plaindre. J'ai appris à rouler à moto et à prendre des messages derrière les lignes, avec mon col romain et mon manteau noir. Je crois que j'ai embobiné les tireurs d'élite allemands, car ils ne m'ont jamais pris pour cible. J'étais actif tout le temps, à chaque heure du jour, jusqu'à ce que...

Il se mit à tousser. Rufus écouta attentivement et, cette fois, il posa la main sur l'endroit où la respiration sifflante et douloureuse se faisait le plus distinctement entendre : le poumon gauche, sous la large cage thoracique. Il le fit sans appréhension, spontanément, et Archie resta immobile. Il se pencha un peu, comme si être touché le réconfortait ou lui plaisait.

Ce ne serait pas le cas, si tu savais ce que je suis. Pour une fois, Rufus repoussa cette idée.

— Jusqu'à ce que quelque chose abîme tes poumons. Si c'était la dernière guerre, je dirais du gaz. Mais...

— Mais cette fois-ci, tout le monde a obéi aux conventions de Genève à ce sujet, même s'ils ont développé la bombe atomique et s'en sont servi à la place. Mon unité s'est fait sauter lors d'une explosion soudaine d'un stock de chlore à la frontière franco-allemande, à Esmar. Personne ne sait encore aujourd'hui si c'était allemand ou allié. Cela aurait pu être spectaculaire. Je n'en ai pas trop reçu, et Winborn dit que tout ira bien si je reste loin des clopes, de ma pipe et de tous les autres plaisirs qui font que la vie vaut la peine d'être vécue, mais...

— Ils t'ont écarté des combats.

— Oui. Ils m'ont renvoyé chez moi en janvier dernier pour une durée d'un an. Ces mêmes officiers qui m'avaient d'abord regardé d'un mauvais œil ont été très gentils. Ils savaient que j'aimais cette Norton, alors ils l'ont embarquée avec moi sur le même bateau.

Rufus rit.

— Ton cheval de guerre.

— Oui. Tu sais, je n'ai jamais rien dit à personne de tout cela. Pas même à Winborn, au-delà des nécessités médicales. Pourquoi est-ce si facile de t'en parler ?

Rufus laissa retomber sa main. *Tu sens peut-être que je ne te jugerai jamais. Que j'aime l'idée d'un prêtre guerrier – et pas seulement l'idée, en fait. La réalité, tronquée, charmante et noble commence à me faire perdre la tête.* Il se pencha par la fenêtre, assez loin pour qu'Archie ne puisse pas voir son visage.

— C'est une belle nuit.

Archie avança ses coudes de quelques centimètres. La peau de son avant-bras frôla celle de Rufus, un rapide scintillement électrique. Il lança à ce dernier un regard en biais, comme pour lui dire que la tentative de distraction avait fonctionné pour l'instant.

— Très.

Ils se retournèrent tous deux en entendant le froissement des draps, leurs mains retenant leur couverture. Drusilla était assise bien droite, les regardant avec de grands yeux.

— Où suis-je ?

— Vous êtes chez vous, répondit Archie.

Il regarda Rufus avec émerveillement.

— Elle n'a pas parlé correctement depuis des mois. Drusilla, vous me comprenez ?

— Oui, dit-elle d'une voix rauque.

Ses cheveux humides tombaient sur ses seins, ne les dissimulant que partiellement. Elle ne semblait pas en avoir conscience, son regard fixé sur la lune.

— Vous êtes le révérend Thorne. Mais je ne connais pas l'autre homme.

— C'est un de mes amis, Rufus Denby. Vous étiez partie pour l'une de vos... expéditions. Vous êtes tombée dans la rivière, et il a m'aidé à vous sauver. Vous vous souvenez ?

— Un peu. Et vous avez fait la même chose, Thorne, plusieurs fois auparavant.

Elle tendit la main.

— S'il vous plaît, venez ici.

Elle était magnifique à regarder, même échevelée et confuse. Rufus regarda avec amusement Archie se diriger vers elle, le regard franc et direct digne du gentleman qu'il était. Il s'assit avec précaution sur le bord du lit. Lorsqu'il essaya de remonter la couverture, elle repoussa doucement sa main. Puis, soudain, elle leva les bras, et Rufus se demanda si, de là où elle était, elle embrassait la lune entre ses mains.

— *Moi qui suis la beauté de la verte Terre*, murmura-t-elle, *et la lune blanche parmi les étoiles, et...*

Sa voix s'éteignit. Elle poussa un cri de frustration et laissa retomber ses bras.

— Tout va bien, dit Archie, en ajustant la couette autour d'elle. Qu'est-ce que vous faisiez ?

— Je crois qu'elle essayait de te bénir.

Archie jeta un coup d'œil à Rufus, qui était venu se poster au bout du lit.

— Oh. Eh bien, elle ne doit pas faire ça.

— Pourquoi pas ?

— C'est mon travail. De la bénir, je veux dire. Ils doivent recevoir leur expérience de Dieu à travers moi.

Il se tut, pensif, lissant les draps.

— Apparemment. C'est l'une des choses que je n'ai jamais pu comprendre. Drusilla ?

Elle avait enfoui son visage entre ses genoux et n'avait pas réagi.

— Drusilla, ne nous échappez plus. Je dois vous dire quelque chose qui va vous faire plaisir. Le Dr Denby a fait une étrange découverte dans l'église : une figurine, une petite déesse endormie. Vous pourrez la voir, si vous restez calme.

Elle se déploya, telle une étrange fleur sombre.

— Vous l'avez *trouvée* ?

Rufus se figea. Mais ce n'était pas le moment de lui dire qu'il avait emporté le trésor et l'avait perdu de façon impardonnable.

— Nous avons trouvé quelque chose de très intéressant, oui. Qu'il s'agisse d'un objet ancien ou d'une sorte de reproduction, nous n'avons pas encore…

— Ancien ! le coupa-t-elle avec empressement, en hochant la tête. Et toujours nouveau. *Moi qui suis la beauté de la verte Terre, et la lune blanche parmi les étoiles, et le mystère des eaux, et le désir dans le cœur de l'homme, j'invoque ton âme…*

— Oh, Drusilla, gémit Archie, quand elle s'arrêta pour respirer. S'il vous plaît, essayez de ne pas faire ça. Ça ne me dérange pas, mais le Dr Winborn ne comprend pas, et… Je fais tout ce que je peux pour vous garder ici.

— Winborn ? dit-elle reniflant dédaigneusement. Un petit homme.

— Assez grand pour vous causer des problèmes, s'il décide de s'en prendre à nouveau à vous. Allongez-vous à présent, et essayez de dormir un peu. Rufus et moi devons partir. Mme Hicks sera bientôt là pour vous donner votre petit déjeuner. Mon Dieu, vos cheveux sont encore tout mouillés, n'est-ce pas ?

— Ne vous inquiétez pas, Thorne. Je dirai à Mme Hicks que j'ai essayé de les laver moi-même.

Archie se redressa, haussant les sourcils.

— Quelle bonne idée ! Continuez à penser de la sorte, et nous pourrions nous en sortir.

Elle lui offrit un sourire, puis posa une main sur son poignet.

— Andrasta ?

— Vous… vous souvenez d'elle ?

— Oui. Je n'ai jamais oublié. Mais les choses étaient mieux comme elles étaient, quand on m'a permis de revenir.

— Elle va bien. Mme Nettles s'occupe bien d'elle. Nous l'emmènerons à l'école quand le moment sera venu, et...

Il s'arrêta, jetant un regard interrogateur à Rufus.

— Je ne suis pas sûr, mais je pense qu'elle a peut-être un nouveau chien.

Rufus enveloppa plus étroitement sa couverture autour de lui. Il se sentait étrangement dépossédé, mais c'était pour le mieux. Des chiens, des enfants, des trésors archéologiques, des prêtres guerriers au grand cœur... Il n'était fait pour aucun d'entre eux. Mieux valait les laisser partir de leur propre chef que d'attendre qu'ils soient volés ou dépouillés.

— Oui, dit-il fermement. Elle a définitivement un nouveau chien.

— Votre gentillesse est sans limites, et le prix à payer est visible.

Drusilla se frotta les yeux et sembla soudain très lasse.

— Mais qu'est-ce que je faisais ? La lune n'est pas encore pleine.

— Non, répondit Archie avec gentillesse. Pas encore.

— J'ai dû penser qu'une demi-lune valait mieux qu'aucune.

***

À l'aube, Rufus et Archie roulèrent à travers les rues. Les ondes vertes et dorées promettaient une journée exceptionnelle. Il était cinq heures et demie du matin. Si quelqu'un était réveillé à Droyton Parva, ce ne pouvait être que le fermier Challen, Toby, et l'énigmatique fille qui s'habillait en culotte courte et se faisait appeler Giles.

Les oiseaux pépiaient depuis les haies chargées de rosée. La main d'Archie se referma sur celle de Rufus sur le guidon de la Norton, et parce qu'ils étaient très près du presbytère à présent – Archie ne l'avait probablement même pas remarqué –, Rufus ne le repoussa pas.

Il se sentait curieusement vide et en paix. Il n'avait rien contre le fait que ses vêtements encore humides le collent et le grattent. Même sa culpabilité à l'égard de la déesse perdue était momentanément effacée. Quand Archie arrêta la moto devant la porte du presbytère, il se mit debout, titubant de fatigue.

— Je crois que j'aurais dû te dire plus tôt que, dans les contes qu'Elspeth me fait lire, trois est un chiffre magique.

Rufus hocha la tête, sans se soucier de l'étrangeté de cette déclaration.

— Dans la mythologie aussi. Et dans l'archéologie, du coup. Un chien à trois têtes à l'entrée d'Hadès. Des triples spirales à l'entrée du passage de Newgrange[5], et des statuettes de trois déesses partout – en Irlande, en Grèce, et même sur le mur d'Hadrien au nord.

— C'est bien, mais je visais moins haut. Tu es dans un sale état, Dr Denby. J'espérais que tu accepterais mon offre de venir t'installer ici, et... eh bien. C'est la troisième fois que je te le demande.

C'était le cas. Il n'y en aurait probablement jamais de quatrième. Néanmoins, Rufus secoua la tête en souriant.

— Je ne peux pas. La règle de la maison de Mme Trigg est d'être là pour le petit déjeuner, sinon elle ne gardera pas la place le lendemain.

— D'après ce que j'ai entendu sur le petit déjeuner à l'auberge, ce n'est peut-être pas une mauvaise chose. Mme Nettles fait des scones à l'italienne le samedi matin.

---

5 Newgrange est l'un des plus célèbres sites archéologiques d'Irlande, situé dans le comté de Meath, au nord de Dublin. C'est un tumulus de 85 mètres de diamètre à l'intérieur duquel on atteint la chambre funéraire par un long passage couvert.

— On est samedi ? Pour l'amour de Dieu, je suis ici depuis trois jours et je n'ai pas encore travaillé sérieusement sur l'église. Je vais aller dormir quelques heures et je commencerai cet après-midi.

— Tu auras de la chance si ta propriétaire te laisse rentrer. Viens ici une seconde, tu as encore des roseaux dans les cheveux.

Rufus se pencha vers lui. Les cicatrices avaient laissé son cuir chevelu douloureusement sensible aux endroits où il n'était pas engourdi, et il dut faire un effort pour se tenir immobile tandis qu'Archie le rendait présentable.

— Suis-je digne de Mme Trigg ?

— Eh bien, tu ressemblais à un clochard la première fois qu'elle t'a vu…

— Et maintenant, je ressemble à un chat mouillé.

Ils se mirent à rire tous les deux, puis le silence revint, seulement perturbé par le chant des oiseaux. Aucune église n'aurait pu connaître une paix plus sacrée que celle que la nuit d'été avait laissée derrière elle, attrapée et retenue tendrement sous les chênes de Pilgrim Lane. La première lumière du soleil transformait les nouvelles feuilles en pièces de monnaie translucides.

— Je te rejoindrai plus tard à l'église, dit enfin Archie, si cela ne te dérange pas.

— Avec plaisir. J'aurai besoin de toute l'aide possible, et tu pourras continuer à t'occuper des fresques. Souhaites-tu y tenir le service de demain ?

— Le service ? Euh… oui, bien sûr. Un, en tout cas. Le dimanche après-midi, c'est thé sur l'herbe à Droyton Parva.

— Cela ne semble pas trop affreux.

— Une des choses pour laquelle tu as combattu afin de les préserver, n'est-ce pas ? La terre verdoyante.

— Ce que *nous* avons fait.

Rufus pensait à ces dimanches après-midi, et à la façon dont son vicaire aurait pu les passer avant que les lampes ne commencent à s'éteindre pour la deuxième fois à travers l'Europe.

— Archie, je… ne sais pas si je dois en parler. Alice... Miss Winborn, a dit que tu avais été marié. Que tu avais perdu ta femme avant la guerre. Je suis désolé.

— Oh.

Archie fronça les sourcils. Il ôta un autre brin de roseau à moitié sec des cheveux de Rufus.

— Oui. Celia a été une grande perte. C'était une femme bien. J'ai eu de la chance d'avoir une telle compagne.

C'est ainsi que l'on pouvait parler de la mort d'un bon ami, pas d'un conjoint. Rufus n'eut pas le temps de réfléchir à l'étrangeté de cette situation : Archie le prit soudainement par les épaules, en souriant.

— Tu m'as sauvé la vie deux fois maintenant, tu sais. Selon la règle dans les histoires qu'Elspeth lit avant de dormir, la troisième fois devrait être spectaculaire.

— Peut-être...

La bouche de Rufus devint sèche et il dut s'y prendre à deux fois.

— Peut-être que la prochaine fois, tu sauveras la mienne.

CHAPITRE 11

Dix minutes plus tard, il se tenait sur le trottoir devant l'auberge Maidens' Dance. Il n'était pas tout à fait six heures, si on en croyait l'horloge qui se trouvait au-dessus du bâtiment de brique rouge, étonnamment laid, juste en bas de la rue. Il se demanda s'il s'agissait de la Chapelle des Dissidents[6] où Mme Trigg et ses amis se rendaient pour écouter leur prédicateur cracheur de feu, pour danser et parler dans leur dialecte. La rue était calme, presque déserte. Une camionnette était garée devant la boulangerie. Le facteur passa sur sa bicyclette, en le saluant d'un hochement de tête comme si Rufus vivait là depuis des années.

Il envisagea de passer par l'arrière, comme il l'avait fait la veille. Mme Trigg employait une adolescente opprimée, timide au point de rester muette, pour s'occuper de la cuisine et du bar. Rufus ne connaissait pas ses horaires, mais il comptait sur un coup de chance. Peut-être reconnaîtrait-elle une autre victime et l'aiderait-elle à garder son aventure nocturne secrète.

Cela dit, Rufus payait pour séjourner ici. Se faufiler par derrière comme un chat coupable ne lui semblait pas très attrayant. Il avait sauvé la vie du vicaire la nuit dernière et, oui, pour la deuxième fois, si on comptait la chute du toit de l'église. Il monta les trois marches bien récurées de la porte d'entrée et fit sonner la cloche.

Après un bref délai, une silhouette apparut derrière la vitre. Rufus leva les yeux : sa logeuse était une vision matinale à effaroucher le locataire le plus courtois. Quoi qu'elle

6 Chapelle fréquentée par les non-anglicans.

ait pu espérer de Rufus avec sa précédente coiffure et son parfum *Soirée à Paris*, elle ne s'en inquiétait plus. Elle était vêtue d'une robe de chambre violette qui lui descendait jusqu'aux chevilles et boutonnée jusqu'à la gorge. Sa tête était couronnée de bigoudis. Elle ouvrit la porte, révélant des pantoufles vert citron.

Lui-même était loin d'être à la pointe de la mode. Rufus hocha la tête aussi agréablement que possible.

— Bonjour, Mme Trigg.

— Bonjour ?!

On pouvait penser qu'elle aurait aimé le contester, en faisant disparaître derrière l'horizon le soleil dansant de mai et le laisser revenir un peu plus tard.

— Puis-je vous demander si vous savez quelle heure il est ?

Il se tourna pour jeter un autre coup d'œil à l'horloge de la chapelle.

— Peu après six heures. Je suis désolé de vous avoir dérangée, je n'ai pas la clé de la porte extérieure.

— Non, monsieur ! Nous ne *donnons* pas de clés pour les portes extérieures. Je ne suis pas ce genre d'établissement.

Mais elle était pourtant *un genre* d'établissement. Elle était l'Angleterre d'avant-guerre, inchangée malgré les convulsions qui avaient transformé le reste du globe. Rufus l'admirait presque, arbitre et gardienne de la moralité rurale qu'elle était.

— Néanmoins, j'aimerais en avoir une. Mon travail pourrait m'obliger à sortir à des heures indues.

— Votre travail ? répéta-t-elle, prenant une teinte violacée qui s'harmonisait avec sa robe de chambre, la discrétion lui faisant défaut. Votre travail consistait à poursuivre cette traînée de Drusilla Hazelgrove à travers la campagne hier soir, d'après ce que j'ai entendu – non pas que j'approuve les ragots, je vous l'assure, mais est-ce ma faute si Mme Norrell s'est levée tôt, à cause de son époux, et est venue boire le thé avec moi ?

— Norrell étant…, commença Rufus avant de frapper son front de sa main. Ah. Le garde-chasse, bien sûr.

— Norrell fait son devoir en rapportant de tels faits. Lui et Susanna sont des gens de chapelle, comme moi. C'est un scandale que le vicaire Thorne fréquente cette femme ! Si j'avais imaginé qu'un de mes invités prendrait le même chemin…

Rufus écarta les mains. Il la laissa le scruter : ses cheveux ébouriffés, ses vêtements humides, autant de preuves d'une nuit atroce, loin de ce qu'elle aurait pu imaginer. Il la laissa prendre son temps pour peser le pour et le contre, si elle devait le garder ou non. Sa réputation, magnifiée sous l'objectif du village le transformant en une sorte de célébrité, l'argent qu'il lui ferait gagner en résidant ici. Il ne se souciait pas du tout du résultat. Il n'avait même plus à se soucier du bien-être d'un chien.

— Je suis assez fatigué, Mme Trigg. J'aimerais entrer, dit-il en redressant les épaules, décidant qu'il valait mieux aller au bout des choses. Je vais prendre mon petit déjeuner dans ma chambre, tout de suite, s'il vous plaît. Vous pouvez déposer la clé de la porte arrière en même temps.

Sa mâchoire se décrocha. L'espace d'un instant, il crut qu'elle allait l'attraper et le jeter à la rue, aux pieds du laitier qui sifflait en remontant l'allée, caisse à la main. Puis, à la presque déception de Rufus, elle s'écarta.

***

Rufus savait qu'il devait parler à Archie de la figurine disparue. Le lui dissimuler était puéril. Il avait l'impression d'être un gamin prétendant qu'il ne s'était rien passé parce qu'il n'avait rien dit. Mais la journée tenait toutes ses promesses. L'après-midi était chaud, l'intérieur de l'église délicieusement frais. Il travaillait, une douce brise lui effleurant la peau à travers les portes ouvertes, les hirondelles se précipitant vers leurs nids parmi les chevrons. Et surtout, il y avait Archie perché au sommet d'un escabeau qui chantonnait des mélodies sans paroles d'une voix de basse, juste assez fausse pour rester agréable, pendant qu'il ôtait le plâtre des fresques. Rufus refusait de s'attarder sur les raisons pour lesquelles la présence de cet homme rendait cette journée parfaite, lui donnait l'impression que ses pertes de mémoire n'importaient plus. Il ne pouvait pas supporter l'idée de le décevoir ou de l'ennuyer, même si son expression de consternation aurait été d'une gentillesse caractéristique. *Ciel, mon vieux. Tu aurais tout de même pu mieux t'occuper d'elle.*

Non. Rufus avait pris l'habitude de saisir les bons moments quand il le pouvait. Il examina le livre dans lequel il faisait des croquis et poursuivit sa tâche. L'église était une beauté médiévale. Il avait déjà réuni suffisamment de preuves pour la rendre unique, et un photographe était en route depuis Lewes pour immortaliser la piscine[7], les fonts baptismaux, les restes du magnifique jubé. Archie n'aurait plus à craindre l'invasion d'une équipe de restauration néo-gothique. Rufus enverrait son rapport et les clichés à Caroline, au musée, et elle aurait suffisamment de poids auprès des commissaires ecclésiastiques pour faire venir des spécialistes et faire effectuer les réparations.

Il s'arrêta pour dessiner le mur ouest. Ce mur, ainsi que l'allée sud où Archie travaillait, étaient les seuls éléments de la structure du bâtiment dont il ne parvenait pas vraiment à deviner l'ancienneté. Il s'agissait de pierres massives de Horsham, et non d'une construction en silex comme il en avait trouvé ailleurs, et, à l'exception des peintures murales, elles ne portaient aucun signe ou style qui trahirait leurs origines. Placer de si gros blocs de maçonnerie – les faire venir ici en premier lieu, dans ce pays de craie et de silex – avait dû poser d'énormes

7 Équipement lié au rituel de purification.

problèmes aux artisans qui avaient précédé leurs homologues médiévaux de plusieurs siècles au moins.

De plusieurs millénaires ? Rufus refusait cette possibilité. C'était une découverte trop excitante pour un archéologue déshonoré dans un village perdu comme Droyton.

Son dessin manquait de proportions. Il s'appuya sur un pilier et dessina Archie sur son escabeau, à pied d'œuvre. Il l'étoffa en quelques coups de crayon, souriant, puis traversa l'extrémité ouest pour obtenir une autre perspective. D'un air absent, il remarqua le bruit que ses pas faisaient sur les dalles, qui avaient survécu ici malgré le carrelage victorien de l'allée principale. Tous les deux pas, une embardée, comme s'il dansait au lieu de marcher. Deux pas normaux, puis un bruit sourd suivi d'un léger écho...

— Archie, cria-t-il, réprimant un sourire lorsque le vicaire se retourna si brusquement sur l'échelle qu'il faillit de nouveau tomber. Il n'y a pas de crypte en dessous, n'est-ce pas ?

— Une crypte ? Non. La nappe phréatique est trop élevée. On serait inondés à moins de deux mètres.

Cela expliquait le cimetière, situé loin de l'église, dans une prairie à flanc de colline au nord, bien que quelques enterrements au début aient été faits sur le monticule lui-même. Rufus repartit par le chemin qu'il avait emprunté. Un pas, un pas, boum... Les prémices d'un flash-back le tiraillaient, mais désormais il savait les reconnaître, les faire taire au profit du présent. Cependant, il était perplexe. Un espace creux sous l'église ferait résonner tout le sol. Un tunnel produirait une série d'échos, pas ce rythme-là.

À présent, la fresque féminine sur le mur était découverte jusqu'aux hanches. Une large ligne horizontale apparaissait à mi-chemin sur son ventre. Mentalement, Rufus compléta la forme, en s'inspirant des images de l'âge du bronze de Crète et de Malte, et du trésor qu'il avait tenu dans sa propre main dans cette même église. Un triangle pointant vers le bas, le symbole de l'eau, le ventre, le chaudron de la renaissance...

Mais la dame ocre tendait les bras vers le haut. Le monde d'en bas était indiqué par le personnage masculin dans le chœur, peut-être même littéralement son autre moitié. Rufus posa son carnet de croquis sur le dos d'un banc, se fraya un chemin dans l'allée nord et se glissa par la porte qui menait à l'étroit escalier. Il monta les marches raides en courant. Si la fresque en dessous avait eu des yeux, elle les aurait levés au ciel face à sa stupidité. Son propre geste pouvait paraître nébuleux – le soleil, le ciel, le grand au-delà – mais le mâle pointait vers le sol, peut-être vers quelque chose de terrestre et de spécifique. Rufus s'accroupit dans un coin du chœur, balayant des miettes de plâtre avec sa manche. Son cœur commença à battre plus fort lorsque la pointe d'un second triangle apparut sur la poitrine de l'homme. Pointant vers le haut, cette fois, le signe du feu. Si on joignait les deux triangles, ils formaient l'étoile de David, un symbole d'union et d'harmonie si ancien qu'il marquait les origines les plus profondes de la pensée abstraite humaine, un sanskrit de l'âme. Néanmoins, pour l'instant, l'intérêt n'était pas là. Un index ocre était enfoncé dans la jointure entre deux vastes blocs. Rufus était prêt à parier que cela marquait le centre de l'église sur son axe est-ouest, et directement sous ce point sur le sol en dessous...

— Archie, dit-il en haletant, penché sur la rambarde du chœur. Pouvons-nous déplacer l'autel ?

Archie le regardait du haut de l'échelle.

— Le déplacer ? Je ne pense pas, c'est…

— Je ne veux surtout pas être irrespectueux. Je ne suis pas un homme d'église, mais je ne profanerais jamais un lieu sacré dans lequel je travaille. Je sais que c'est beaucoup demander, mais…

— Non. Je veux dire que je ne suis pas sûr que nous puissions le faire physiquement. C'est très lourd.

Rufus ne l'avait vu que recouvert d'une nappe d'autel.

— N'est-ce pas juste une table ?

— Non, pas du tout. C'est de la pierre. Est-ce inhabituel ?

— Très, en fait. La Réforme s'est débarrassée de la plupart, ainsi que des vitraux et des statues. Ils étaient considérés comme très païens.

— Comme c'est troublant… Oui, bien sûr, on peut essayer de le déplacer, si c'est ce que tu veux.

Il s'immobilisa, burin à la main.

— Cette question va te paraître très étrange, Rufus, mais quel âge as-tu ?

Rufus était tellement excité qu'il ne vit même pas ce qu'il y avait d'étrange.

— J'ai trente-cinq ans. Pourquoi ?

— Quand je t'ai vu pour la première fois, j'ai pensé que tu étais plus âgé – mon âge, peut-être. En ce moment, tu as l'air d'un adolescent. C'est parce que tu es sur une piste ?

Le sang brûla les joues de Rufus. Il se sentait suffisamment jeune, sous le regard chaleureux d'Archie, pour déplacer les chênes de Pilgrim Lane.

— Peut-être, dit-il enfin.

— Alors, pour l'amour de Dieu, allons déplacer l'autel.

Plus facile à dire qu'à faire. Rufus sentit la solidité massive de l'autel dès qu'il eut rejoint Archie pour replier la nappe, un frisson sous ses doigts. Pas étonnant que les réformateurs du XVIe siècle avaient laissé celui-ci. C'était un monstre, taillé dans un bloc de la même belle pierre gris-vert de Horsham qui fonctionnait si bien pour les murs et si mal pour les tuiles. Il hésita, tendant la main vers les chandeliers en laiton, mais Archie les poussa vers lui.

— Vas-y. Quand j'étais enfant, je pensais que je m'enflammerais si je passais devant la grille de l'autel, sans parler de toucher l'autel lui-même. Prends la nappe aussi, si ça ne te dérange pas, et pose le tout là-bas.

— Tu en es sûr ?

— Tu sais, même si je suis le pire vicaire du monde à bien des égards, je ne laisserais pas n'importe qui le faire. Mais toi…

Il sourit, en soulevant la fine planche de bois qui se trouvait au-dessus.

— Certaines personnes profanent tout ce qu'elles touchent. Je pense que tu fais le contraire.

Il tourna le dos à l'autel avant même que Rufus ne puisse commencer à formuler une réponse.

— Essayons d'abord de le pousser de ce côté.

Rufus alla le rejoindre et se positionna, dos contre le bloc. Ils poussèrent de toutes leurs forces. Rien : la pierre était tellement compacte qu'il semblait impossible de la faire bouger, comme si le bloc avait fusionné avec le sol. Au signal de Rufus, ils essayèrent à nouveau, en y mettant tout leur poids.

Archie grogna de surprise lorsque l'un des coins pivota soudainement.

— C'est parti.

— Oui. Continue.

— Je ne peux pas. Il est à nouveau bloqué. J'ai une idée. Viens ici et pousse aussi fort que tu peux.

— Pourquoi ?

— Il semble vouloir pivoter, et non pas se déplacer en ligne droite.

Rufus se mit en position à ses côtés, maudissant les circonstances qui le poussaient à se rapprocher physiquement de cet homme. Ils étaient face à face, presque cuisse contre cuisse, alors que Rufus s'accrochait au coin du bloc. Archie commençait à sentir l'odeur de la sueur sur du linge frais, l'effluve des jours d'été, des terrains de rugby, des rencontres d'aviron et d'autres lieux où l'attirance interdite du mâle en bonne santé tiraillait allègrement l'imagination de Rufus. Il canalisa sa frustration dans une poussée qui fit se déplacer l'autel en diagonale, faisant presque tomber Archie sur le dos.

— Oh ! Désolé.

— Tout va bien, répondit Archie en retrouvant son équilibre. Cela a-t-il été utile ? Que cherches-tu ?

Pas une étendue de dalles vierges, manifestement intacte depuis des siècles, en tout cas. L'embarras commença à s'emparer de Rufus.

— Je ne sais pas. Je pensais que le personnage dans le chœur essayait de nous montrer quelque chose.

— Peut-être que c'est le cas.

— Oui, mais… dans un sens spirituel, je pense, pas comme dans une aventure de *Boy's Own*.

— N'abandonne pas l'aventure trop tôt. Nous n'en sommes qu'à la moitié, et je pense que cette dalle a un bord sculpté.

— Vraiment ? Où ?

Rufus s'accroupit pour regarder l'endroit indiqué par Archie. Une joie pure, celle de la découverte, lui embrasa les sangs.

— Oui, c'est le cas. Aide-moi à pousser encore.

Cette fois-ci, le bloc se déplaça plus facilement. Archie avait raison. La dernière pierre, plus petite de moitié que les autres, avait une entaille dans son coin nord-ouest et les restes usés d'une marque de maçon.

Non. Deux triangles imbriqués. Sans réfléchir, Rufus saisit le bras d'Archie et le tira vers le bas pour s'agenouiller à ses côtés.

— Regarde !

— Est-ce que c'est... Mon Dieu.

Archie se pencha, sortit un mouchoir et essuya le petit symbole pour le débarrasser de la poussière.

— Avons-nous trouvé une ancienne synagogue ?

— Les bons archéologues n'écartent aucune possibilité, mais… Je ne pense pas que ce soit le cas. Les fresques murales ont toutes deux une figure triangulaire peinte dans leur dessin.

— Vraiment ? Je n'avais pas vu ça.

— Je viens de le voir moi-même. La femme – la déesse – est dirigée vers le bas, symbole de l'eau. Et celle qui est sur la fresque du grenier est dirigée vers le haut, pour…

— Le feu ? J'ai lu des choses sur ces signes. Ça s'appelle des Tattva. J'ai un livre merveilleux sur ce genre de choses à la bibliothèque. De Mircea Eliade, je crois. Et les voici.

— Les voici, assemblés. C'est peut-être une coïncidence. Les maçons médiévaux utilisaient toutes sortes de marques ésotériques, dont certaines étaient loin d'être chrétiennes.

— Très bien. Ou cela peut signifier qu'il y a quelque chose de très intéressant sous cette dalle.

Rufus s'assit sur ses talons. Il avait déjà fait tant de dégâts par inadvertance lors des fouilles archéologiques de cette église.

— Archie, je pense que nous devrions nous arrêter ici. Ce n'est pas que je le veuille, mais il y a tellement plus que ce que j'avais imaginé sur ce site. Nous devons le faire savoir au musée, faire venir des gens qui savent ce qu'ils font.

— Tu es charmant et modeste, rit Archie. Mais je suis presque sûr que le Dr Denby de Naxos, Sabros et du Péloponnèse sait une chose ou deux.

— Merci. Les églises médiévales ne sont pas mon domaine, cependant, et...

Et j'ai perdu la petite déesse. Je l'ai perdue. Il ne pouvait pas le dire.

— Et je dois me documenter et faire un rapport avant d'aller plus loin. De plus, le photographe doit prendre des photos de cette pierre in situ avant que nous n'en fassions quoi que ce soit.

— Ou tu pourrais dessiner une autre de tes belles esquisses.

Rufus avait oublié son carnet de croquis. Il l'avait laissé ouvert sur le banc.

— Oh. Oui, je t'ai mis dedans. Juste pour les proportions.

— Je suis tout de même flatté. Allez, viens. Tu es le meilleur dans ton domaine, quoi qu'il te soit arrivé dernièrement qui te fasse penser autrement. Tu ne feras pas de mal à cette pierre en la soulevant et en la regardant.

— Eh bien, elle n'est pas mortaisée, donc ce n'est pas comme si j'allais commettre l'irréparable.

Il s'arrêta en secouant la tête.

— Révérend Thorne, je ne devrais pas avoir à te dire *arrière, Satan*, dans ta propre église.

Un grondement lointain interrompit la réponse d'Archie. Rufus se redressa, trouvant préférable de s'éloigner du sourire moqueur qui avait illuminé son nouvel ami de l'intérieur.

— Si c'est le photographe qui arrive, son timing est excellent.

— Oh. A-t-il dit qu'il venait en voiture ?

— Non, mais je suppose qu'il en aurait besoin, s'il avait beaucoup de matériel. Ça te plairait que ce soit le cas ?

— Beaucoup, admit Archie, en repoussant les cheveux de son front et en se levant. C'était une autre bonne chose à propos de la guerre horrible que nous avons tous les deux vécue – tous les moteurs. J'en vois un par semaine ici, si j'ai de la chance. Tu crois qu'il a quoi, une Wolseley ?

Rufus tendit l'oreille. Il n'avait jamais vraiment appris à aimer les voitures, les camions et les chars d'assaut qui l'entouraient en Belgique et en France, mais il connaissait certains de leurs moteurs.

— On dirait une Ford pour moi.

— Je parie que c'est une Wolseley.

— Je ne sais pas lequel d'entre nous ira en enfer en premier – toi pour faire un pari ici, ou…

— Toi pour m'avoir pris au mot ? On est d'accord.

Archie lui donna une tape sur l'épaule.

— Allez. Sortons jeter un coup d'œil.

Une Wolseley Hornet rutilante brillait dans l'allée, son propriétaire ayant décidé de ne pas risquer de conduire sur la piste herbeuse qui menait à l'église. Rufus n'avait pas un sou et espérait qu'Archie puisse attendre pour qu'il règle sa dette. Il avait donné son dernier shilling à la fille effrayée qui servait les petits déjeuners, et vivait maintenant sur un compte ouvert chez les « Maidens ». Deux personnes s'avançaient sur la piste : un étranger d'une cinquantaine d'années, chargé d'un trépied et d'un appareil photo, et, à la surprise de Rufus, Alice Winborn, ressemblant à une marguerite avec sa robe d'été citron pâle et son chapeau de paille blanc. Pippin avait aussi apparemment fait de l'auto-stop. Elle aperçut Rufus et s'élança, se souvenant au dernier moment des consignes et s'arrêtant pour s'asseoir à ses pieds.

— Bonjour, ma vieille, dit-il en grattouillant ses oreilles. Tu as l'air en forme aujourd'hui. Bonjour, Miss Winborn.

Elle fit un signe de la main, souriant vivement sous l'ombre de son chapeau.

— Bonjour, Dr Denby. Bonjour, Archie. J'emmenais juste Pippin en promenade – Elspeth me l'a prêtée – quand M. Phipps, ici présent, m'a dépassée dans la ruelle. Je lui ai indiqué le chemin de l'église, et il a eu la gentillesse de me conduire.

Archie et Rufus descendirent les marches pour les saluer. Rufus serra la main du photographe et le soulagea d'une partie de son fardeau. Archie commença à faire les présentations, et Alice se glissa devant eux et courut dans l'église.

— Dr Denby, appela-t-elle de l'intérieur du porche. Venez me dire ce que vous et Archie avez fait ici. Je meurs d'envie de le savoir.

Le ton de sa voix était bizarre. Rufus aurait pensé au désespoir, s'il ne savait pas ce que c'était vraiment... Il se souvint de ce qu'on lui avait dit sur son ennui, piégée dans la maison de son oncle, ici à Droyton, et il jeta un regard interrogateur à Archie.

— Vas-y, lui dit Archie. Alice n'a pas encore vu les fresques. Je vais aider M. Phipps à s'installer, et tu lui diras ce qu'il te faut.

Rufus suivit Alice dans l'église. Au début, il ne put la voir, puis elle surgit soudain de derrière un pilier, la lumière du soleil faisant briller ses cheveux blonds. Le mouvement était à la fois joueur et bizarre, comme si elle avait pensé à se cacher de lui puis avait changé d'avis. En tout cas, son attitude semblait étrange, sa façon de marcher inhabituelle, comme si elle se sentait perdue et vacillait...

Il sentit l'odeur du vin de pomme dans l'air et eut pitié.

— Miss Winborn, dit-il en lui tendant le bras. Me permettez-vous de vous faire visiter ?

Elle le suivit tranquillement. Une fois son bras arrimé au sien, elle retrouva son équilibre et sa capacité à cacher ce qui n'était peut-être qu'un verre de trop du puissant breuvage de Mme Nettles au déjeuner. Sa main sur le bras de Rufus était légère et chaude. Elle l'observa avec attention pendant qu'il lui décrivait les problèmes des tuiles de Horsham, les différentes époques que les matériaux de construction semblaient englober, les peintures murales et ce qu'elles pouvaient signifier. Leur visite de l'église les amena à l'endroit où Archie et lui s'étaient tenus ensemble, le meilleur endroit pour observer l'étrange fresque ocre sur le mur. Ils s'arrêtèrent. Rufus était à court de mots et elle lui agrippa le bras plus fermement dans ce soudain silence.

— C'est étrange, n'est-ce pas, dit-elle, sa voix légèrement tremblante. Nos vies nous semblent toutes tracées. Je pensais que la mienne m'amènerait ici, pas dans cette église, car David venait de Brighton et nous allions nous marier à St Paul, au bord de la mer.

— Archie m'a parlé de votre malheur. Je suis terriblement désolé.

— Merci.

Elle essaya de dissimuler sa tristesse, prit un air faussement enjoué et plaqua sur ses lèvres le même sourire trop vif qu'il avait vu après le dîner la veille.

— Mais ce n'est pas comme si nous avions été mariés, n'est-ce pas ? La vie doit continuer, et je suis bien décidée à ce que la mienne continue.

— C'est bien, mais…

— Oh, ciel. Qui a déplacé l'autel ?

— Archie et moi. Je voulais examiner les dalles en dessous. Vous n'êtes pas offensée, j'espère ?

— Pas du tout, même si c'est choquant en quelque sorte, de le voir de travers, comme ça. Avez-vous trouvé quelque chose ?

— Je ne suis pas encore sûr. Nous…

— Rufus ! Récupère ton misérable chien de chasse, veux-tu, mon vieux ?

La voix d'Archie était rieuse. Pippin s'était emparée d'une jambe du trépied sans surveillance et trottait fièrement dans l'allée avec. Rufus se mit à rire lui aussi, bien que le pauvre photographe ait l'air horrifié.

— Viens, vilaine fille, cria-t-il en se tapotant les cuisses. C'est pour moi, ça ? Donne-la-moi. Apporte-la ici.

Elle la déposa doucement à ses pieds. Il la ramassa et l'examina à la recherche de traces de crocs, mais elle semblait intacte.

— Je suis désolé, M. Phipps. Elle ne l'a pas abîmée, mais laissez-moi vous la ramener.

Il se dirigea à l'extrémité ouest de l'église, où Phipps disposait le reste de son équipement sur un banc. Archie dépliait les deux autres jambes du trépied, l'air préoccupé, comme si lui aussi avait capté l'odeur de l'alcool dans l'air. C'était totalement injuste, songea Rufus : aucun d'eux n'aurait ne serait-ce que cligné des yeux si le photographe ou tout autre homme était venu ici en sentant un peu la bière.

— C'est un plaisir de faire visiter Miss Winborn, dit-il, sans savoir pourquoi il la défendait. Elle semble beaucoup apprécier les sites historiques comme celui-ci.

— Oui, Alice est très soucieuse de leur préservation. Elle allait m'aider à préparer un article pour le journal local sur cet endroit, avant que Caroline ne t'envoie pour nous sauver.

Rufus acquiesça. À eux deux, ils avaient sûrement fait comprendre à M. Phipps que malgré le fait qu'une dame un peu éméchée l'avait alpagué dans la ruelle, elle n'en restait pas moins une dame, éduquée, raffinée, et…

— Oh, enfer et damnation !

Un bruit sourd retentit dans la nef. Archie et Rufus échangèrent un regard, puis coururent à la rencontre de la pauvre Alice, qui s'éloignait en titubant de l'autel avec un morceau de la dalle brisée, serré dans chacune de ses mains.

— Je l'ai fait tomber, dit-elle piteusement. J'ai vu qu'il y avait une pierre intéressante. Avec des petites marques sur les bords. On aurait dit qu'elle voulait être ramassée, et... et c'est ce que j'ai fait. Mais elle était plus lourde que je ne le pensais. Oh, merde !

— Ce n'est pas grave, dit Rufus en lui prenant les morceaux cassés. Juste une pierre.

— Non, ce n'est pas le cas. Et cette satanée Pippin est tombée dans ce foutu trou.

Rufus monta les marches de l'autel. Là où se s'était trouvée la dalle, un espace sombre s'était ouvert, au parfum de terre et de mousse. Il s'agenouilla au bord de la dalle, pas plus grande qu'une plaque d'égout, révélant un trou d'un noir absolu.

— Archie, tu as une torche ?

— Non. Je vais aller chercher des bougies dans la sacristie.

— Attendez, appela le photographe. Je crois que j'ai une torche quelque part dans mes affaires.

Ils rejoignirent Rufus. Il pouvait entendre la chienne gratter en bas, et elle aboyait en réponse à son nom.

Pourquoi ne sautait-il pas pour aller la chercher ? La hauteur ne devait pas être très importante, et si elle avait survécu sans dommage, ce serait également son cas. Cette réticence n'avait rien à voir avec l'horreur qui l'avait saisi dans la tombe de Sabros. C'était comme si la terre elle-même lui avait dit non, un rejet profond et sans appel. Le mot sabrien convenait bien à cette sensation : *agapomenu*, interdit…

Phipps lui mit la torche dans la main. Rufus déglutit, grinça des dents et surmonta suffisamment sa peur pour passer la tête et les épaules à travers le trou. Quelqu'un s'empara de sa ceinture… Archie, d'après la pression des articulations osseuses contre sa colonne vertébrale. Il se concentra sur cette prise solide venue du monde d'en haut et fit briller le faisceau autour de lui.

Rien d'autre qu'un trou. Une excavation en terre battue aurait pu révéler des restes humains, quelqu'un d'assez important pour avoir mérité d'être enterré dans l'église. Il s'agissait plus probablement d'une tentative avortée d'inhumation, interrompue par une inondation. Archie avait dit que la nappe phréatique n'était pas à plus de deux mètres de profondeur. Le sol et les murs semblaient cependant secs, propres et étrangement lisses.

Pippin grattait frénétiquement un coin, le seul endroit où l'on pouvait voir de la terre et des pierres cassées. Un glissement aurait pu arrêter l'ensevelissement, obligeant la famille du dignitaire concerné à le laisser reposer dans la prairie comme le commun des mortels.

— Pippin, dit Rufus.

Elle arrêta de creuser et le regarda par-dessus son épaule. Elle ne semblait pas avoir peur, au contraire, elle paraissait avoir envie qu'il la rejoigne pour jouer avec elle.

— Stupide chienne. Viens ici.

Docilement, elle fit demi-tour, s'assit, et essaya de s'étirer pour renifler sa main. Rufus ne pouvait pas l'atteindre. Il manquait quelques centimètres pour pouvoir l'agripper par la peau.

— Merde. Je vais devoir descendre.

Il recula et s'assit. Il n'allait pas y aller la tête la première. Descendre dans cette cavité était une perspective épouvantable, mais il ne voulait pas qu'Archie et Phipps voient sa peur irrationnelle. À sa grande surprise, il la vit se refléter sur leurs visages.

— Qu'est-ce qui vous arrive à tous les deux ?

— Je ne sais pas exactement, répondit Archie le premier. Mais tu ne peux pas entrer là-dedans, n'est-ce pas ? C'est une idée horrible.

Il était pâle. Tout comme le photographe. Avant que Rufus ne puisse leur demander pourquoi ils partageaient son instinct de recul, Alice se fraya un chemin entre eux. Elle était pieds nus, ses hautes sandales d'été abandonnées dans l'allée.

— Qu'est-ce qui vous arrive, à tous ? demanda-t-elle, accroupie au bord du trou. Quelqu'un doit aller chercher cette pauvre chienne.

— Je vais le faire, déclara Rufus. J'ai juste besoin…

— Quoi ? Ce n'est pas très profond, n'est-ce pas ? Soyez simplement prêts à me tirer de là.

Il l'attrapa, mais elle se tortilla comme un furet pour l'éviter, s'enfonça sans crainte et se laissa tomber. Archie dit quelque chose qui ressemblait beaucoup à *merde*. Il saisit la torche de Rufus et plongea sa tête dans le trou.

— Alice ! Que diable fais-tu ?

— Je récupère Pippin. C'est ma faute si elle est tombée. Viens ici, ma douce, c'est une bonne fille. Je la tiens. Je vais la soulever jusqu'à vous, d'accord ?

Les oreilles de Pippin apparurent à travers la cavité. Archie s'empara de sa peau, et Rufus l'attrapa derrière les pattes avant. À eux deux, ils la hissèrent à l'extérieur.

— Bien, dit Archie. C'est à toi, mademoiselle. As-tu la moindre idée de ce que ton oncle va me faire quand il apprendra ça ?

— Que mon oncle aille se faire foutre, dit-elle distinctement.

Sa voix était calme, presque musicale, comme si quelque chose dans l'acoustique du trou l'avait aidée à trouver le bon timbre et la bonne tonalité.

— Tu sais, j'aimerais presque que tu me laisses ici. Remets l'autel en place et oublie-moi.

— Alice, arrête de parler comme ça. Donne-moi tes mains.

Elle les leva avec lassitude. Archie prit un poignet, Rufus l'autre, la soulevant suffisamment pour la prendre sous les aisselles.

— C'est dommage, poursuivit-elle, alors que Phipps se joignit à l'effort pour la sortir de là, que je n'aie pas une peau comme celle de Pippin. Alors vous auriez pu me tirer de là. Vous pensez que je suis ivre, je sais, et le pire, c'est que vous avez raison. J'ai essayé d'aller me promener et de dessoûler, mais personne ne voulait m'accompagner, à part la chienne.

Elle commença à dépoussiérer sa robe.

— C'est triste, vous ne croyez pas, quand… de n'avoir personne pour venir avec toi à part un chien ?

Elle laissa échapper un sanglot. Le photographe avait les yeux grands ouverts. Archie la regardait fixement, et il recula d'un pas ou deux.

— Alice, laisse-moi te ramener à la maison.

— Je ne veux pas rentrer chez moi. Je te l'ai dit, je veux juste faire une foutue promenade.

— J'irai avec vous.

Rufus se surprit lui-même avec cette offre. Il se sentait horriblement désolé pour elle. Il avait apprécié le courage avec lequel elle avait sauvé la chienne, même si celui-ci avait été alimenté par le breuvage maison de Mme Nettles. Il voulait l'éloigner du regard curieux du photographe.

— C'est-à-dire, si vous le souhaitez. Et si tu acceptes de me libérer, Archie.

— Bien sûr, je te libère. Je suis censé t'aider, mais...

Les sourcils d'Archie se froncèrent, comme si une idée venait de le traverser. Puis vint un petit éclair de douleur : inexplicable, rapidement caché.

— Bien sûr. Il est temps que je commence à nettoyer pour demain. Que dois-je faire pour l'autel ?

— Je vais t'aider à le remettre en place. Je vais écrire à Caroline ce soir pour lui dire ce que nous avons trouvé ici. Peut-être que Miss Winborn me montrera le chemin qui monte à George Mount.

Elle hocha la tête, comme si on lui avait lancé une perche de survie qu'elle devait attraper au vol.

— Oui, c'est là où je voulais aller.

— Bien, dit Archie en se redressant. M. Phipps et moi allons rester ici jusqu'à ce qu'il ait pris autant de photos qu'il le souhaite. Et puis..., Phipps, mon vieux, me laisserez-vous jeter un œil à votre voiture ?

***

Alice marchait si rapidement que Rufus avait du mal à la suivre. La boue était dure et sèche à cet endroit du flanc de la colline, et elle progressait rapidement malgré ses talons. Elle avait l'air d'aller bien après son plongeon sous terre. Rufus comprenait pour quelle raison les hommes la trouvaient belle. Sa robe flottait autour d'elle. Elle était parfaite dans cet après-midi ensoleillé mais néanmoins nuageux. Elle finit par fatiguer. Elle ralentit jusqu'à ce que Rufus s'approche d'elle, et lui offrit un sourire piteux.

— Je vais mieux à présent.

— C'est bien.

— Mais je suis mortifiée. Que devez-vous penser de moi ?

— La plupart des gens ont des raisons pour agir comme ils le font.

Elle sembla se détendre quelque peu.

— Vous êtes un homme très différent, Dr Denby.

— Rufus, s'il vous plaît.

— Très bien. Alice, alors. Miss Winborn me donne l'impression d'être dans un roman de Jane Austen. Je doute qu'ils me toléreraient là-bas.

— Je ne sais pas. Ils ont bien toléré Lydia.

Elle se mit à rire à contrecœur. Il lui tendit un bras, et cette fois-ci, sa prise était légère.

— Je ne peux pas croire que j'ai cassé la pierre. Est-ce une catastrophe ?

Ce n'est rien comparé au vol et à la perte d'une figurine inestimable.

— Pas du tout. Nous avons les morceaux, et vous avez trouvé la caverne, qui peut s'avérer être du plus grand intérêt.

— Le pensez-vous ? C'est juste un trou dans le sol, à première vue. Mais c'est joli, d'une manière étrange. J'aurais vraiment aimé pouvoir rester.

— Et pourtant, Archie et moi avions hâte de nous en éloigner. Phipps également.

— Eh bien, peut-être que c'est interdit aux hommes. Vous pouvez tous partir et devenir papes, prêtres, vicaires et tout ce que vous voulez, et nous...

Elle s'arrêta et fut parcourue d'un petit frisson.

— Nous avons le monde souterrain.

— Je ne pense pas que cela puisse être encore ainsi. Plus maintenant, alors que tout le monde a été témoin de ce dont les femmes sont capables. Les choses pourraient changer à partir de maintenant.

Ses foulées se firent plus légères à côté de lui. Pippin vint trottiner sur leurs talons. Un groupe de randonneurs apparut sur la piste devant eux, lourdement armés de bâtons de prunellier et de cartes, et s'écarta pour les laisser passer, souriant et offrant de joyeuses observations sur la beauté de la journée. Rufus se demanda comment il se sentirait, s'il était ici avec Henry à son bras, ou – cette pensée l'emplit de nostalgie – avec Archie ? Des regards curieux, des yeux baissés. Probablement pas d'hostilité pure et simple, mais quel contraste avec la promenade en compagnie d'Alice ! Il faillit le lui dire à haute voix. *Nous pourrions presque être un couple normal.* Des choses plus étranges s'étaient produites.

Ils sortirent de la limite des arbres et se dirigèrent vers la colline. C'était le chemin qu'Archie et lui avaient pris la nuit dernière pour ramener Drusilla Hazelgrove chez elle. Il semblait si différent à la lumière du soleil qu'il l'avait à peine reconnu. Il vit le cottage, banal lui aussi lorsqu'il n'était pas nimbé par la lune, posé dans un jardin de campagne aussi normal que l'on puisse le souhaiter. Le jardinier – Hicks, devina Rufus – leva son chapeau en guise de salutation, puis, comme si tout le monde faisait un effort de normalité cet après-midi-là, Drusilla elle-même apparut à la fenêtre de la chambre et les salua. Elle était étonnamment vêtue d'une chemise de nuit blanche à volants, mais au moins elle était habillée.

Rufus lui fit signe en retour. Alice également, et au bout d'un moment, l'étrange silhouette disparut de la fenêtre.

— Bonté divine, dit Alice. C'est le plus long échange que j'ai eu avec Mlle Hazelgrove depuis que j'ai commencé à venir ici. Vous la connaissez ?

— Pas exactement. J'ai… eu la chance de faire sa connaissance.

— Pauvre femme. Je connais son histoire, bien qu'Archie ait fait de son mieux pour mettre un terme aux commérages.

Elle marcha en silence pendant près d'une minute, puis ajouta, comme par enchaînement naturel :

— Mon oncle veut que je l'épouse. Archie, je veux dire. Ne leur dites pas que je vous en ai parlé, Archie ne l'a même pas compris, et il serait très gêné.

Rufus digéra l'information. Il comprit soudain le comportement de Winborn lors de la nuit de la boucherie d'Archie, son malaise et son irritation.

— Qu'en pensez-vous ?

— Eh bien, pour l'amour de Dieu. Qui ne voudrait pas se marier avec Archie ? C'est l'homme le plus merveilleux du monde, même s'il passe la plupart de son temps avec de l'huile de moteur jusqu'au coude. Il n'a pas d'argent, mais l'oncle Paul s'occuperait de ce problème, du moins c'est ce que j'ai cru comprendre.

— Je vois.

Rufus donna un coup de main à Alice pour qu'elle puisse passer la haie dans le champ, puis regarda avec amusement Pippin gratter sous la haie pour les rejoindre.

— En fait, non. Pourquoi votre oncle se préoccupe-t-il de savoir qui Archie va épouser ?

— Je n'en suis pas sûre. Ce sont de très vieux amis, vous savez. La maladie d'Archie était plutôt une sorte de… dépression nerveuse, je suppose, et mon oncle est devenu très protecteur envers lui. Ma mère et moi habitions chez lui à l'époque, et alors que je n'étais qu'une gamine, et que je n'étais pas censée remarquer les choses, j'ai compris qu'il avait choisi Celia pour Archie. Il lui a choisi une femme.

— Et maintenant, il veut en choisir une autre ?

— C'est exact. Mais bonté divine, je ne suis pas une autre Celia.

Elle ôta son gilet, le tint par les manches et laissa le vent s'y engouffrer, comme si elle avait envie de s'envoler.

— Je veux juste…

— Quoi ?

— Certains jours, rien. Qu'on me laisse seule avec mon jardinage, ou au fond d'un trou. D'autres jours…

Elle laissa tomber le gilet sur le gazon et s'approcha soudain tout près de Rufus, si près qu'il pouvait sentir sa chaleur. Les promeneurs avaient disparu et ils étaient seuls, hors de vue des fenêtres de Drusilla, avec pour uniques témoins Pippin et le soleil de plomb.

— D'autres jours, je pense qu'il devrait se passer quelque chose. Vous êtes très gentil, n'est-ce pas ? Très aimable. Vous ne vouliez pas que le photographe me regarde, alors vous m'avez fait sortir.

— Il n'y a pas que ça. Je…

— Tout va bien. Vous êtes beau aussi, même si je ne le pensais pas quand vous êtes arrivé. C'est juste que mon David avait l'air si différent.

Rufus attendit d'avoir une révélation. C'était le moment : une belle femme, avec des manières et une éducation, tout ce qu'un homme pouvait désirer, lui demandait silencieusement un baiser. Même Henry s'était moqué de lui en raison de son manque d'expérience. *Comment peux-tu savoir ce que tu es si tu n'as jamais essayé avec une fille ?*

Rufus savait. Alice, fatiguée d'attendre qu'un monde masculin léthargique s'occupe d'elle, se pencha.

Son baiser dévia au dernier moment et atterrit au coin de la bouche de Rufus.

Rufus la tint doucement par les épaules. Elle tremblait.

— Je suis désolée, dit-elle au bout d'un moment. Me trouveriez-vous très impolie si je rentrais chez moi, maintenant ?

— Pas du tout. Puis-je vous y accompagner ?

— J'aimerais bien, mais je préférerais être seule. Je dois réfléchir. Est-ce que je vous verrai à l'église demain ?

— Oui. J'y serai.

Il ramassa son gilet, enleva l'herbe, et l'aida à l'enfiler. Elle lui offrit un sourire doux et dubitatif et s'éloigna le long du chemin, Pippin trottinant derrière elle.

Rufus les regarda partir. Puis il grimpa sur la barrière et s'assit pour écouter le chant des alouettes dans l'air chaud. L'étrange couronne du Mont était invisible sous cet angle, tous ses mystères s'envolaient. Ce n'était qu'une belle colline. Rufus ferma les yeux et offrit son visage au soleil.

CHAPITRE 12

L'office du dimanche matin du révérend Archie était l'événement de la semaine à Droyton Parva. Dans une église située à huit cents mètres du village, au bout d'un long chemin cahoteux, il avait réussi à attirer un certain nombre de fidèles parmi un peuple qui ne pouvait plus se tourner aveuglément vers Dieu pour la paix ou la sécurité de ses proches. Même Mme Trigg était là, vêtue d'un chapeau de soie et drapée dans son hypocrisie, Jebediah à ses côtés, si propre qu'il brillait presque. Rufus avait accepté avec un plaisir feint de les accompagner, escortés d'une amie couturière, de la fille effrayée qui servait les petits déjeuners et d'une poignée d'autres employés de maison. Mme Trigg avait expliqué avec beaucoup de dignité que, bien que son véritable cheminement spirituel se situe dans la chapelle – tout comme celui de Mme Pole –, toutes deux se sentaient obligées de se présenter dans le camp ennemi pour donner l'exemple. Le vicaire, aussi excentrique soit-il, se devait d'être honoré dans son village, et quelle que soit l'église, c'était mieux que rien.

Alice Winborn avait une meilleure explication, qu'elle chuchota à l'oreille de Rufus installé à ses côtés sur le banc. Mme Trigg et son amie venaient aux offices d'Archie parce que le pasteur Evans n'avait que faire de la mode, donc comment auraient-elles pu montrer leurs nouveaux chapeaux sinon ? Rufus s'était surpris lui-même – ainsi que le reste de la congrégation qui prenait place autour d'eux – en partant d'un grand éclat de rire. Alice, prise d'un fou rire inextinguible, venait à peine de se calmer, et pressait son mouchoir sur ses yeux.

L'église aussi était différente dans sa tenue du dimanche. L'autel était de nouveau en place, recouvert d'un tissu blanc propre qui reflétait les rayons du soleil filtrant à travers les vitraux, et décoré de roses jaunes cueillies dans le jardin du presbytère. Le plus gros des décombres de la chute du toit avait été dissimulé sous un sac, et un panneau «entrée interdite», inscrit à la main de l'écriture élégante et audacieuse d'Archie, était suspendu à une corde en haut de l'allée sud. Pour Rufus, l'église semblait plus respectable avant l'arrivée du boucher rayonnant de bonne fortune, des fermiers qui visiblement s'ennuyaient et du troupeau de dames clairement déterminées à ne pas laisser Mme Trigg évoluer seule dans ce défilé de mode. Certes, il était davantage habitué aux lieux de culte restés vacants pendant des siècles.

Il était installé au quatrième rang, essayant de voir l'endroit tel que les autres le voyaient. Il n'avait pas assisté à un service religieux depuis des années, pas depuis l'époque où Henry et lui essayaient encore de maintenir leur couverture en tant que gentlemen respectables à Londres. Il ne pouvait pas imaginer ce qu'un pasteur pouvait avoir à dire après l'embrasement qui venait de se produire. Il pouvait difficilement vendre l'idée d'un Dieu tout à fait bienveillant.

Archie émergea de la sacristie avec l'air d'un homme qui n'avait rien à vendre du tout. Les pensées agitées de Rufus cessèrent. Il oublia Alice, qui s'éventait avec sa feuille de cantiques, lui jetant de temps en temps un regard chaleureux. Oublia Winborn, clairement mécontent de ce rapprochement et fronçant les sourcils à leur intention depuis l'autre côté de l'allée, oublia Mme Nettles avec Elspeth sur ses genoux, échangeant des regards *je vous tiens à l'œil, madame* avec Mme Trigg. Il ne voyait qu'Archie, grand et sérieux dans son surplis[8] blanc, se frayer un chemin jusqu'à la chaire basse tel un archange au travail, et ouvrir la Bible qui s'y trouvait.

Il lut des extraits des Actes de la Pentecôte, en préparation de l'événement qui aurait lieu quelques semaines plus tard, et il faisait sonner les mots comme s'ils avaient été écrits la veille. Entre chaque passage, il marquait une pause, regardant la foule pour vérifier si son auditoire était avec lui, le suivait et acceptait les prémices de son sermon. Il avait l'air d'attendre une voix dissidente, mais aucune ne s'éleva : les bébés cessèrent de pleurer et les vieux messieurs cessèrent de froisser leurs sacs en papier remplis de bonbons pour l'écouter. Il semblait tester chaque mot, pour voir s'il sonnait vrai. Quand ce fut fini, il offrit à Rufus un petit signe de soulagement comique, referma le livre et posa ses paumes sur le pupitre.

— Bon, dit-il doucement. Toutes ces personnes sont soudain capables de comprendre le langage des autres, hein ? On pourrait penser que cela résoudrait beaucoup de problèmes, et que les gens utiliseraient un tel don pour arranger les choses. *Seigneur, fais de moi un instrument de ta paix*… Saint François fait paraître cela plutôt facile, n'est-ce pas ? Et si nous parlions simplement de la paix d'un après-midi ensoleillé à Droyton, je suppose que c'est le cas. Ou le genre de paix relative où l'on décide de *ne pas* faire quelque chose, de ne pas lancer une fourche au boucher lors d'une querelle sur le prix du bœuf, par exemple.

Sur le banc du fond, le fermier Challen émit un grognement offusqué, et quelques rires retentirent.

— Et puis il y a la paix, offerte à notre nation, qui nous a rendu nos larges plateaux ensoleillés.

Une fois de plus, il croisa le regard de Rufus, sans hâte cette fois, se souvenant d'une vision partagée.

8 Le surplis est un vêtement liturgique catholique de toile fine, dont les manches larges et la forme plus raccourcie le distinguent de l'aube.

— C'était la paix la plus difficile à obtenir de toutes. Cela me fait penser au poème de WH Auden. Nous étions comme ça autrefois – des gens qui *ne se soucient pas de savoir où se trouve la frontière est de la Pologne, ni quelles sont les violences commises, ni ne se demandent quel acte douteux nous permet d'être libres dans notre Angleterre et de pique-niquer au soleil.* Cela me fait penser à la paix avec une épée, qui est ce que nous avons maintenant dans notre île verdoyante, une épée terrible comme la bombe d'Hiroshima au-dessus de nos têtes.

Il laissa l'image s'installer dans le silence de l'église, à la dérive dans la poussière dorée, en tendant les mains. Puis il prit une profonde inspiration et continua :

— Et réfléchissez à ceci : l'autre jour, j'étais avec une vieille dame à l'hôpital d'Ashfield, une dame en fin de vie. Elle m'a dit qu'elle avait peur de mourir, car bien qu'elle ait essayé de faire la paix, elle détestait toujours son voisin qui avait volé un chapelet de saucisses fraîches dans sa cuisine en 1882.

Il secoua la tête.

— J'ai eu du mal à garder une expression neutre. Mais elle m'a fait comprendre que j'abritais aussi des haines comme celles-là dans mon cœur. Je ne peux pas pardonner – j'espère que je le ferai un jour – au petit morveux de ma classe de lycée qui m'a pris la boîte de crayons que mon grand-père m'avait faite, la seule chose qui me permettait de me souvenir de lui. Alors comment suis-je censé, en tant que vicaire, me tenir parmi vous et prêcher la paix ?

Ce n'était pas une question rhétorique. Rufus, écoutant désormais attentivement, souhaitait que quelqu'un se lève et lui dise que tout allait bien, que même s'il n'avait pas les réponses, aucun homme ne pouvait leur parler plus clairement ou avec plus d'humanité. Qu'aucun pasteur ne pouvait prendre soin de son troupeau plus sincèrement qu'en sortant les âmes égarées d'une rivière à minuit... Il était sur le point de se lever pour parler lorsqu'Archie reprit la parole :

— Je lui ai dit ce que je vous dis, ce que j'ai dû me dire à moi-même. Si nous attendons d'avoir la paix dans nos cœurs, l'amour et la bonne volonté pour tous les hommes, nous n'arriverons jamais à rien. La paix sur terre n'arrivera jamais. Je suggère donc que nous fassions de notre mieux pour réparer les torts, pardonner là où nous le pouvons et ne pas attendre. Travaillons comme pour n'importe quelle autre tâche. Car c'est une tâche, et elle est difficile. Comme l'a annoncé Gerard Manley Hopkins à propos de sa colombe de la paix, *elle vient avec du travail à effectuer*.

Il se tut. Une ombre avait obscurci l'allée. La porte de l'église était en plein soleil et laissait filtrer le bruissement des chênes de l'allée. Les gens assis dans les rangées du fond furent les premiers à remarquer la nouvelle venue, puis toutes les têtes se tournèrent. Un ou deux soupirs, une exclamation murmurée... Mme Trigg se retourna sur son banc, la bouche ouverte. Aucun son n'en sortit : le mince gémissement venait d'Elspeth, qui se débattait sur les genoux de Mme Nettles. Elle se faufila comme une anguille à travers la barricade de genoux, sauta dans l'allée et partit en courant.

Drusilla se pencha pour la rattraper. Elle était habillée de velours bleu foncé, ses cheveux épinglés sous un joli chapeau noir. Elle prit Elspeth dans ses bras et l'enveloppa, puis s'affaissa avec elle sur un banc vide. Les sanglots de l'enfant remplirent l'église.

Archie embrassa la pièce du regard pour évaluer les réactions.

— Cela suffira pour aujourd'hui. Faites en sorte de trouver la paix, même si c'est difficile, et vous la trouverez. Veuillez vous lever pour le dernier hymne.

L'orgue joua l'introduction de *Viens, Esprit du Dieu Vivant*. Dans la tribune, la demi-douzaine d'enfants de chœur d'Archie l'entonna, certains chantant juste, d'autres faux, chacun selon ses dons, l'aîné d'entre eux avec une tonalité de basse étonnante. Mme Nettles et Alice furent les premières à chanter parmi les bancs, toutes deux d'une voix claire et douce, puis Mme Trigg se joignit à elles, et le reste se mit chanter progressivement. Dans le fond, le fermier Challen chanta avec une grâce inattendue de sa belle voix de baryton.

Vers la fin du dernier couplet, Rufus se leva. Il était assis à l'extrémité et pouvait se glisser discrètement hors du banc dans l'allée nord. Sentant les ennuis s'élever comme de la poussière dans l'air, il se dirigea vers la porte. Distraitement, il remarqua que Giles, le fermier, s'aidait de la voix du vieux Challen pour s'aligner sur ses mots. L'hymne se termina aussi brutalement qu'il avait commencé, et un silence tendu s'installa.

Archie le traversa avec audace, remontant l'allée principale, son surplis volant derrière lui. Il se plaça près de la porte, comme si c'était un dimanche ordinaire, avec le rassemblement habituel des pécheurs sous le toit de son église. Il tendit la main à Drusilla, qui était restée recroquevillée contre son enfant.

— Miss Hazelgrove, dit-il gentiment. Cela fait plaisir de voir que vous allez beaucoup mieux. Vous êtes la bienvenue ici.

Elle lutta pour se mettre debout, Elspeth s'accrochant à elle comme une sangsue. Elle repoussa les mèches de cheveux que l'enfant avait tirées vers le bas. Son chapeau était joli et parfaitement adapté, mais pour Rufus – qui s'était arrêté de l'autre côté de la porte, formant un rempart de fortune entre lui et Archie –, il ressemblait à un déguisement, une guirlande de marguerites sur un loup. Elle lâcha Elspeth d'une main, et la posa franchement et avec reconnaissance dans celle d'Archie.

— Merci, Thorne. Maria Nettles, vous êtes là ?

Elle scruta la foule qui se rassemblait dans l'allée derrière elle : elle sourit quand Mme Nettles sortit des rangs.

— Maria, merci. Merci de vous occuper de ma fille.

C'en était trop pour la pauvre Mme Trigg. Elle s'accrochait à un banc pour se soutenir, son visage rouge brique, expirant bruyamment comme le soufflet d'un orgue.

— *Thorne ?!* s'exclama-t-elle, traînant Jebediah par la nuque comme si c'était sa faute. Maria ?! Votre *fille*, madame, comme vous osez le prétendre ici dans cette église, sans honte face à toute dame décente mariée aux yeux de Dieu ?

Archie et Rufus échangèrent un regard.

— Mme Trigg, commença Archie, dans un grondement dangereux qui ne ressemblait pas du tout à son ton habituel. Si vous voulez bien vous rappeler où vous êtes…

— C'est pour votre bien que je le fais ! Elle vous appelle *Thorne,* comme un homme le ferait, et un homme qui serait votre égal, en plus. Et vous avez terminé votre sermon il y a à peine cinq minutes ! C'est pour votre bien que je demande des comptes à cette Jézabel, pour les tentations dans lesquelles elle vous a entraîné, et le révérend Gorringe avant vous.

Rufus vint se placer de l'autre côté de Drusilla. Il n'avait aucune idée de ce qu'Archie voulait faire, mais quoi qu'il en soit, il avait l'intention de l'aider. Peut-être pourraient-ils plonger Mme Trigg dans les fonts baptismaux, ou bien la prendre par les bras et la faire rouler dans la rivière, où l'eau glacée lui refroidirait les idées rapidement...

Avant que l'un ou l'autre ne se mette à parler, Mme Nettles s'engagea dans la brèche.

— Pardonnez-moi, dit-elle, se plaçant carrément entre Mme Trigg et Drusilla. Pardonnez-moi, révérend Thorne et Dr Denby, mais l'ingérence de messieurs dans des moments comme celui-ci ne fait que compliquer les choses.

Elle se déplaça pour faire face à Mme Trigg.

— Hester, je te connais depuis l'école, tout comme ma mère connaissait ta mère, qui, si tu veux bien m'excuser de te le rappeler, n'était pas mieux que les autres. Je suis tout de même heureuse que ton père l'ait épousée juste à temps, parce que c'était un type bien, même s'il était un peu bête et qu'il était aussi excité qu'un lapin au printemps, d'après les histoires que ma mère m'a racontées.

Les enfants de chœur, qui étaient descendus et étaient jusqu'à présent restés bouche bée, comme figés au milieu du chœur, explosèrent de rire. Mme Trigg siffla avec indignation, mais Mme Nettles était lancée.

— Nous avons tous un cadavre dans le placard, Hester, et si les yeux de Dieu ne sont pas plus miséricordieux que les yeux de l'homme quand il regarde dans nos placards, j'appelle cela une honte. Je ne peux pas parler au nom de Gorringe, mais je vous dirai que *mon* vicaire n'a jamais levé la main sur une femme d'une manière qui ferait rougir un homme chrétien. Et quand bien même il l'aurait fait !

Elle leva la main pour couper court à la tentative suivante de Mme Trigg de parler.

— Drusilla Hazelgrove est sous la protection du presbytère de Droyton. Peu importe si elle se met en tête de courir nue sous la lune, que celui qui n'a jamais péché lui jette la première pierre.

Elle jeta un regard par-dessus son épaule.

— Cela dit, c'est un plaisir de vous voir telle que vous êtes aujourd'hui, Miss Hazelgrove, dans cette jolie robe, et je suis sûre que nous n'avons jamais vu un velours aussi beau que celui de la mercerie de Ruth Pole.

Ce fut le coup de grâce pour Mme Trigg, qui se retira dans la foule. Mme Nettles croisa les bras.

— Révérend, Dr Denby, souhaitez-vous ajouter quelque chose ?

Archie jeta un coup d'œil à la petite foule stupéfaite, figée dans les allées et les bancs de son église. Son visage resta de marbre.

— Non, Mme Nettles, répondit-il, juste avant que le silence ne s'installe pour de bon. Je crois que vous avez épuisé le sujet. Je dirais seulement que je considère Mlle Hazelgrove comme étant sous ma tutelle. Et, puisque ni elle ni sa fille n'ont jamais fait de mal à aucun d'entre vous, je demande qu'elle soit traitée avec civilité. Et avec gentillesse, si cela est possible.

Il attira l'attention de Rufus, et lui fit un clin d'œil.

— Dr Denby ? Quelque chose à ajouter ?

Rufus n'avait rien à rajouter. À un certain moment, il voudrait quitter l'église, marcher dans les bois, s'allonger et rire jusqu'à en pleurer, mais pour l'instant, il était aussi paralysé que le reste de la congrégation. Il sentait que Mme Trigg, bien que renvoyée dans ses buts, les oreilles bourdonnantes, était loin d'être hors de combat, et il grimaça alors qu'elle reprenait son souffle pour riposter.

Mais Drusilla lui coupa l'herbe sous le pied, d'une voix forte et claire.

— J'ai quelque chose à ajouter.

Elle posa Elspeth avec précaution, puis mit la main sur le bras d'Archie et attrapa Rufus par le poignet.

— Ces hommes sont mes amis. Je ne veux en aucun cas les offenser. Mais je sais que la déesse a été retrouvée, et je dois la voir. La déesse du mur.

Une pierre se logea dans le ventre de Rufus.

— Je suis désolé, dit-il d'un ton rauque, espérant que seuls elle et Archie l'entendraient. Je voulais te le dire. J'ai rapporté la statue à l'hôtel, mais...

— Oh, elle n'est pas avec vous, l'interrompit sereinement Drusilla. Elle est avec Jebediah. N'aie pas peur, mon enfant, je comprends qu'elle t'a appelé. Mais elle ne t'appartient pas.

Mme Trigg devint livide de peur.

— Que voulez-vous dire, espèce de folle ?

— Votre garçon. Pauvre garçon. Toujours effrayé, toujours affamé.

— Faim ? Comment osez-vous ? Personne dans ce village ne mange comme mon garçon. Même quand le rationnement était…

— Il pleurait parce qu'il avait à manger, alors que les autres enfants n'avaient rien et ils ne pouvaient pas lui pardonner. Il y a une fraternité dans la souffrance partagée. Un garçon solitaire. Si vide. Il prend ce qu'il peut.

Jebediah poussa un cri étouffé. Avant que Mme Trigg ne puisse l'arrêter, il descendit l'allée en direction de Drusilla. Il s'arrêta en dérapant, juste hors de portée de sa mère, sortit un objet de la poche de son short et le laissa tomber à ses pieds. Puis il plongea la tête en avant tel un petit taureau et fonça vers la porte, remontant son pantalon.

Rufus s'accroupit près de la petite figurine. Ses mains tremblaient. Il la prit entre ses doigts, et la berça dans sa paume. Elle était intacte, lourde, parfaite et réelle. Des larmes de soulagement étaient près de lui brûler les yeux. Archie le prit par l'épaule et le redressa, incapable de cacher un large sourire.

— Regarde. Elle est là.

— Je vois ça. Pourquoi ne m'as-tu pas dit qu'elle avait disparu ?

— Parce que j'étais…

Il regarda sa logeuse, qui essayait de battre en retraite, hors des projecteurs.

— J'avais tellement honte de l'avoir perdue. Mme Trigg, tout va bien. Je n'aurais pas dû la laisser dans ma chambre.

Elle lui jeta un regard noir. Elle n'avait pas réussi à se faire aimer à Droyton Parva, et désormais, son enfant se révélait être un vulgaire voleur parmi les gens qu'elle avait si longtemps méprisés.

— Jebediah, coassa-t-elle d'une voix râpeuse, bien que le garçon soit hors de portée de voix, probablement en train de courir vers le village.

Elle fit volte-face et descendit l'allée, serrant son sac à main contre sa poitrine comme un bouclier. Archie tendit la main pour essayer de l'arrêter alors qu'elle s'élançait vers la porte, mais elle l'esquiva, plongeant dans la lumière du jour.

Archie, Rufus et Drusilla la regardèrent partir. Le reste de la congrégation commença à se regrouper, bourdonnant de murmures et de spéculations. Mme Nettles sortit dans un silence digne avec Alice, qui semblait vouloir la porter sur ses épaules dans un défilé de la victoire. Winborn, immédiatement derrière eux, semblait beaucoup moins amusé. Il regarda Rufus en passant, comme s'il le tenait pour responsable du chaos qui avait envahi l'office du dimanche matin d'Archie.

Ce qui, d'une certaine manière, était le cas. Il attendit que les derniers retardataires soient partis, puis se tourna vers Drusilla.

— Comment le saviez-vous ? À propos de Jebediah, je veux dire ?

Elle était allée chercher Elspeth. L'enfant s'était endormie contre sa jupe, épuisée par l'émotion, et se cachait à présent le visage contre l'épaule de sa mère, ses nattes tombant dans son dos.

— Dès que j'ai su que la déesse avait été trouvée, dit Drusilla avec ferveur, mon esprit a commencé à s'éclaircir. Puis je l'ai sentie qui m'appelait de l'église. Je me suis donc habillée avec les vêtements que les femmes sont censées porter en ces jours étranges, parce que je ne voulais pas faire de scandale, et je suis venue ici. Pour la déesse et ma fille. Bien que…

Elle leva les yeux vers Archie, en fronçant les sourcils.

— Il semble que j'ai tout de même causé des problèmes.

— Ce n'est pas grave. De toute façon, Mme Trigg jette des pierres de sa maison de verre depuis bien trop longtemps. J'irai la voir plus tard, pour arranger les choses, si elle me le permet.

Archie s'arrêta, admirant la petite figurine.

— Je pense que ce que Rufus et moi aimerions savoir, c'est comment vous avez réussi à voir à travers le tissu très épais du short de Jebediah.

— Ce n'est pas le cas. Mais plus je m'approchais d'elle, plus mon esprit devenait clair, jusqu'à ce que je puisse tout voir, même les choses cachées à la vue ordinaire. Et j'ai su qu'elle était là, dissimulée par ce pauvre garçon qui voulait juste posséder des choses appartenant à quelqu'un d'autre. Oh, il a une boîte sous le plancher de sa chambre. Des montres de poche, un étui à cigare en argent. Que Mme Trigg en soit informée. Que le garçon restitue tout, discrètement, comme il les a pris, et personne n'aura besoin de le savoir.

Archie jeta un regard sur Rufus, les yeux écarquillés.

— Je… Je vais m'en occuper. Drusilla, vous vous souvenez de ce qui vous est arrivé depuis votre arrivée au village ?

— Oui, de tout. J'ai été victime de bien des malheurs. Je ne sais pas comment vous remercier, Thorne, et vous, Denby, de m'avoir sauvée.

Sa manière de parler *était* étrange. Comme si elle s'exprimait d'égal à égal, comme l'avait dit Mme Trigg, ou comme un homme… Non, Rufus s'en rendit soudain compte, en l'observant en compagnie d'Archie pris dans une colonne de lumière. *Comme une prêtresse à un prêtre.*

— Vous pouvez me remercier, répondait Archie, en allant mieux. Pas seulement pour vous, mais pour Elsp... heu, pour Andrasta.

Drusilla sourit faiblement.

— C'est un prénom singulier. Mais il a été choisi pour elle, pas par moi. Vous lui avez donné un foyer alors que je ne le pouvais pas. Soyez béni pour cela, toute votre vie.

— Ce n'était pas un problème. Elle mange moins que le chat de Mme Nettles, et… en fait… Nous l'aimons beaucoup, au presbytère. Alors j'espère que ça ne vous dérange pas si je vous demande de la laisser avec nous, jusqu'à...

— Ah, je l'ai négligée !

Drusilla berçait la petite fille endormie dans ses bras.

— Que lui serait-il arrivé si tu ne l'avais pas recueillie ? Vous n'avez pas confiance en moi pour m'en occuper. Je comprends.

— Ce n'est pas exactement cela. Mme Nettles a des idées assez rigides sur l'éducation des enfants, il serait donc préférable que cette petite fille ait quelques jours pour s'adapter. Vous lui avez beaucoup manqué, voyez-vous. J'ai une idée.

Il prit Drusilla par le bras et la guida sur les marches.

— Le dimanche après-midi, le presbytère est toujours ouvert. On y déjeune, on prend le thé sur la pelouse et on peut voir comment vit Andrasta. Passez un peu de temps avec elle, si vous vous sentez suffisamment en forme.

— C'est le cas. Je me sens bien. La déesse est retrouvée.

Rufus prit une décision. Elle défiait la rationalité, mais c'était le cas de beaucoup de bonnes choses à Droyton Parva. Il rejoignit Archie et Drusilla sur les marches, et lui tendit la figurine.

— Vous devriez la garder. J'ai le sentiment qu'elle vous appartient à juste titre.

Avec horreur, il vit ses yeux se remplir de larmes. Elles se déversèrent soudain sur son visage intact, comme une pluie de soulagement après une sécheresse.

— Vous êtes gentil, dit-elle doucement. Mais si étrange, de faire autant de cas des *choses*. Vous ne comprenez pas ? Il suffit de savoir qu'elle existe.

— Alors… que dois-je en faire ?

— Gardez-la. Vous êtes le célèbre Rufus Denby. Vous saurez quoi faire.

Elle se détacha d'Archie. Elle lui serra la main – droite, amicale et formelle – puis se tourna vers Rufus et fit de même. Mme Nettles et Alice attendaient près de la porte, à l'ombre des arbres. Mme Nettles leur fit signe de la main.

— Je vais aller au presbytère, dit Drusilla. Maria semble le souhaiter et je n'ai pas envie de me disputer avec quelqu'un qui m'a si bien défendue et...

Elle caressa les cheveux de l'enfant et jeta à Archie un regard mélancolique.

— Et qui fait des nattes comme celles-ci. Je vous remercie tous les deux.

Elle descendit les marches, entraînant la petite fille facilement. Archie et Rufus restèrent là où ils étaient jusqu'à ce qu'elle rejoigne les autres femmes. Mme Nettles ouvrit le portail, affichant un sourire triomphant par-dessus son épaule, et Alice leur souffla un baiser – enjoué mais sobre ce jour-là – qui aurait pu être pour Rufus, pour les deux, ou simplement pour la douce brise qui balançait les chênes. Elle et Mme Nettles emmenèrent Drusilla.

CHAPITRE 13

— Je te parie trois shillings que je la fais rester au presbytère d'ici ce soir.

Les dettes de Rufus s'accumulaient.

— Je te dois toujours de l'argent pour la voiture du photographe. En plus, la chance n'est pas avec moi.

— Ce serait beaucoup plus pratique. Je n'aurai plus à trouver de l'argent pour payer le loyer du chalet et Elspeth-Andrasta sera au paradis. Drôle de nom pour un enfant, n'est-ce pas ?

— Je me souviens où je l'ai entendu maintenant. Andrasta était la déesse à laquelle la reine Boadicea avait fait appel avant sa bataille contre les Romains. Les ragots ne t'inquiètent pas ?

Le vent emporta le surplis d'Archie. Rufus se demandait s'il avait oublié qu'il le portait. Ils descendirent lentement l'allée herbeuse jusqu'à la porte. Archie s'arrêta près du poteau de la porte, rejetant la tête en arrière comme si ses poumons avaient besoin d'air.

— Tu sais, je crois que j'ai dépassé le stade de l'attention. La seule personne qui aurait pu faire des histoires à ce sujet est Mme Trigg, et elle a eu son compte pour un certain temps. C'est une énorme maison. Elle doit être habitée.

Rufus commençait à reconnaître son expression malicieuse.

— Ah, je vois. Tu penses avoir *deux* nouveaux locataires d'ici la fin de la journée.

— Allez, Rufus. Viens avec nous. J'ai un enfant, un chien, une femme de ménage guerrière et une folle à temps partiel. J'ai juste besoin d'un archéologue pour compléter ma collection.

Une vague de plaisir traversa Rufus. C'était comme du champagne : difficile à mettre en bouteille, enivrant, dangereux. Des bulles remontèrent dans sa poitrine et se déversèrent dans ses veines. La déesse était en sécurité, un poids chaud dans la poche de son gilet. Il grimpa sur le muret de pierre sèche près de la porte.

— Tu ne comprends pas. Il est d'autant plus impératif que je reste avec Mme Trigg maintenant. Elle est horrible, mais si je pars pour rester avec toi, elle sera encore plus déshonorée.

— Son fils a volé ta statue, Rufus.

— Et est probablement en train de lui arracher la tête à l'instant même. Tu as entendu ce que Drusilla a dit. Il vole parce qu'il se sent vide. Tu peux le comprendre, pas vrai ?

Archie le regarda fixement d'un air insondable.

— Oui. Je peux.

— Et ce n'est pas ma statue. Demain, à la première heure, je rédige mon rapport dans la mesure du possible, puis je l'escorte à Londres en personne, comme j'aurais dû le faire depuis le début.

— Il me semble que Drusilla voulait que tu la gardes.

— Ce n'est pas un porte-bonheur ou une patte de lapin. C'est un objet d'une importance cruciale. Si son ancienneté peut être prouvée... Sais-tu combien de représentations préromaines de la divinité nous avons dans ce pays ? Il y a la figurine de Grimes Graves, mais elle pose problème, et la sculpture de Ballachulish… Rien de tel.

— Très bien, Dr Denby. Et… après avoir fait ton devoir archéologique…

Archie vint se poster devant lui. Il posa la main sur le genou de Rufus, comme si c'était la chose la plus naturelle et évidente à faire, comme s'ils étaient frères ou amis de longue date.

— Après cela, reviendras-tu à Droyton ?

— Oui, bien sûr. J'ai à peine commencé le travail que je suis censé effectuer dans l'église.

Rufus fut étonné par le calme de sa voix. La fraîcheur des pierres sous ses fesses, la caresse du lichen où sa paume reposait, la chaleur de la main d'Archie, il avait l'impression d'être dans un rêve.

— Ton sermon était très bon. Je n'ai pas pu m'empêcher de remarquer que tu n'as pas mentionné Dieu une seule fois.

— Ah. C'est vrai. Je ne crois plus en lui.

— N'est-ce pas là un problème pour un vicaire ?

— Tu n'imagines pas à quel point.

Rufus ôta sa main du muret. Lentement, comme un frère ou un ami, il la posa sur celle d'Archie. Des os solides, des tendons rigides : il enroula ses doigts autour de ceux d'Archie et les serra.

— Est-ce à cause de ce qui t'est arrivé en France ? De ce que tu as vu ?

— En partie, mais… Dis-moi, Rufus, *tu* crois toi ?

— Oui, répondit-il avec empressement, se surprenant lui-même.

Il ne s'en était jamais rendu compte.

— Pas nécessairement en un Dieu d'église, un Dieu de la Bible, mais en quelque chose. Les collines et les arbres, peut-être. Les larges plateaux ensoleillés. Toi.

— Moi ?

— Oui, tu fais partie de toute cette splendeur.

Archie déglutit. Son regard lucide s'était assombri, et Rufus pouvait sentir son pouls battre plus fort sous son poignet.

— Et pourtant, tu as vu des choses pires que moi. Et contrairement à moi, tu n'en parles pas.

— C'est parce que je ne me souviens pas de grand-chose.

— Ce dont tu te souviens, me le *diras-tu* un jour ?

Oui. À cet homme seulement.

— Un jour.

***

Les dimanches après-midi d'Archie étaient aussi variés et généreux que ses nuits de boucherie. La moitié de la congrégation s'était dirigée vers son verger et son jardin, apparemment. La vieille Lady Birch était assise dans un fauteuil en osier, avec l'air d'y être depuis un certain temps, au moins depuis que les chrétiens égarés essayent d'attirer l'attention de Dieu dans leur église. Alice avait apporté un vieux gramophone qu'elle avait sorti par les portes-fenêtres de la salle à manger et dansait un lindy hop[9] avec Giles. Le joli front d'Alice était froncé, comme si elle pouvait sentir quelque chose de pas *très* conventionnel chez son partenaire, mais Giles reflétait tout simplement l'admiration et la béatitude.

L'odeur de fleur de pommier dériva jusqu'à lui. En entrant par la porte du jardin, Rufus eut l'impression de prendre place dans un tableau : chaque détail était riche et réel, comme si l'on regardait la scène à travers un kaléidoscope qui la rendait magique. Archie et lui avaient remonté lentement Pilgrim Lane depuis l'église, en parlant à peine. Le révérend avait accroché son surplis dans la sacristie, mais n'était pas tout à fait revenu dans la peau de l'homme de tous les jours. Il était resté à côté de Rufus, ses articulations frôlant parfois le dos de la main de ce dernier. Il jeta un regard surpris à Winborn lorsque le médecin traversa la pelouse, puis cligna des yeux et repoussa sa frange de son front.

---

9 Danse sociale swing d'origine afro-américaine, très joyeuse et entraînante, pratiquée dans les bals swing à partir des années 1920 et qui gagne rapidement en popularité grâce à la multiplication des « Big Bands » dans les années 1930-1940.

— Qu'est-ce qu'il y a Paul ? Tout va bien ?

— Oui, très bien. J'ai juste une petite question. Peut-on parler seul à seul ?

Winborn avait l'air particulièrement agacé aujourd'hui, comme s'il trouvait la brise d'été abrasive. Archie l'accompagna, jetant à Rufus un regard comique de consternation par-dessus son épaule. Mme Nettles apparut rapidement pour combler le vide aux côtés de Rufus, en lui tendant un verre du cordial de sureau qui l'avait ranimé lors de sa première visite ici.

— Tenez, Dr Denby. Le déjeuner se compose de sandwiches sur le buffet à l'intérieur, alors servez-vous quand vous êtes prêt.

— Merci. Je le ferai. Vous avez terriblement bien défendu Mlle Hazelgrove.

— Je me suis surtout donnée en spectacle, répondit-elle. Je trouvais dommage qu'une personne aussi agréable soit tenue à l'écart de la compagnie de ses voisins, simplement parce qu'elle ne correspond pas à l'opinion que Hester Trigg se fait de la décence morale. Cela ne vous semble pas être le cas ?

— Oui, vous avez raison, répondit Rufus avant de la dévisager avec curiosité. Avez-vous vécu à Droyton toute votre vie, Mme Nettles ?

Il ne savait pas vraiment pourquoi il avait posé cette question. Elle sourit cependant, comme si la question était la suite naturelle de leur conversation.

— Toute ma vie, et mes parents et leurs parents avant moi. Il y a toujours eu un Nettles dans le registre paroissial, tout comme il y a toujours eu un Trigg. Il y a là une ancienne hostilité. Veuillez m'excuser, docteur. Andrasta est en haut pour aider Mlle Hazelgrove à choisir une pièce pour dormir, maintenant qu'elle est en sécurité ici, et le révérend voudra que je m'assure que les draps sont frais. Vous pourriez danser avec Miss Winborn, si vous le souhaitez, ou aller parler à la vieille Lady Birch.

Après avoir mis un terme à leur discussion de manière polie, elle commença à s'éloigner, puis se retourna pour regarder en arrière, les lèvres pincées.

— Andrasta ! Quel nom ! Et elle aussi a défait ses jolies nattes.

Rufus se fraya un chemin à travers la pelouse, essayant d'absorber encore un autre aspect explosif de cet étrange endroit. *Une ancienne hostilité !* Une telle dignité et une telle conviction dans la phrase, venant d'une femme de ménage grassouillette dans un tablier fleuri, comme si ses ancêtres et ceux de Mme Trigg s'étaient affrontés sur un champ de bataille, épées à la main, fanions au vent...

Alice attira son attention, et il se demanda s'il devait en profiter pour la séparer de Giles. Mais il fut alors submergé par sa propre iniquité. Il se souvint du baiser d'Alice et de la sensation très différente de la main d'Archie sur son genou : l'un avait été un doux plaisir, comme le soleil ou la caresse des feuilles sur son visage ; l'autre avait fait battre son cœur et l'avait consumé. Avait-il vraiment l'intention de profiter d'une pauvre femme et de l'utiliser comme un permis pour une vie ordinaire ? Alice Winborn méritait un dévouement sans faille, quelque chose qu'il ne pouvait pas lui donner, pas plus qu'il ne pouvait voler. Il avait honte. Lorsqu'elle arrêta de danser, elle rougit profondément elle aussi.

Un voile de tristesse s'abattit sur eux, soudain et vaste comme un nuage cachant le soleil de mai. Rufus se détourna, soulagé lorsque la chienne qui avait brièvement été sienne, bondit vers lui à travers les potagers.

— Pippin, sors de là. Viens ici.

Elle se précipita à ses côtés et commença à le renifler comme pour vérifier les changements opérés par cette maison et ses habitants. Les siens étaient considérables, même s'il l'avait vue la veille.

— Regarde-toi. Tu n'as presque plus de gale. Si nous restons avec Archie, finirons-nous tous heureux et gros ?

— Cela semble être le cas, en effet.

Il leva aussitôt les yeux. Drusilla se tenait devant lui, tenant Andrasta par la main. Elle avait enlevé son drôle de petit chapeau, et sa crinière sombre tombait sur ses épaules. L'enfant était son portrait craché, les nattes en tire-bouchon disparues, le visage pâle transformé par la joie.

— Bonjour, Miss Hazelgrove, dit-il maladroitement. Andrasta semble heureuse de vous avoir ici.

— Elle a une nature indulgente. Ma négligence l'a beaucoup affectée.

— Vous étiez malade, et non pas négligente, si j'ai bien compris.

— Merci d'avoir adopté un point de vue favorable. Mais l'effet sur mon enfant a été le même. Je dois parler à Lady Birch.

Ces idées semblaient en quelque sorte liées. La petite fille tendit sa main libre à Rufus.

— Mère, dit-elle clairement, en l'arrêtant. Le Dr Denby devrait venir aussi.

— Ah. Oui, c'est peut-être mieux ainsi. Cela vous dérangerait, Denby ?

— Pas le moins du monde, mais…

Drusilla hocha la tête et se mit en route, n'attendant pas qu'il ait fini sa phrase. Andrasta suivit, restant à côté de lui.

— Ma mère n'est pas morte, lui dit-elle placidement. Elle n'est pas folle non plus.

— Je vois ça. Alors tu peux oublier tout ça maintenant, n'est-ce pas, espèce de petit singe ?

— Oh, non. On ne peut jamais oublier *complètement.* Lady Birch va mourir maintenant.

Elle était si absurdement sérieuse. Rufus la souleva sur un coup de tête, se demandant s'il allait le regretter. Il la hissa sur ses épaules et, à son grand soulagement, elle éclata de rire.

— *Je suis l'âme de la nature,* cria-t-elle, *qui donne la vie à l'univers ! Devant moi, bien-aimée des dieux et des hommes, que ton âme intérieure soit enveloppée dans l'enlèvement de l'infini !*

Drusilla jeta un regard par-dessus son épaule.

— Vraiment, mon enfant, murmura-t-elle, non sans mécontentement.

Devant elle, dans l'écrin de feuilles où les pommiers se dressaient autour de son trône en osier, Lady Birch s'agita et s'assit, ouvrant grand les yeux. Au grand étonnement de Rufus, Drusilla se mit à genoux devant elle, dans l'herbe.

— Je suis là, dit-elle en souriant à la vieille dame. Là, enfin.

Lady Birch se tortilla jusqu'au bord de son siège.

— Est-ce vraiment toi ?

Elle tendit une main frêle et caressa le visage de Drusilla.

— Tu es venue à moi avant, mais ton esprit n'était pas en toi. Je ne te connaissais pas.

— Non. La route a été longue, et j'étais une étrangère pour moi-même. Mais on m'a retrouvée, ainsi que la déesse, et cet homme la garde. Denby, peut-elle voir ?

— Quoi ? Oh. Oui, bien sûr.

Rufus fit descendre Andrasta et extirpa la figurine de sa poche.

— L'une de vous peut-elle me dire ce qu'elle représente pour vous ? Ce que vous savez d'elle ?

— Il me faudrait une vie entière que je n'ai pas, dit la vieille dame pensivement, en passant sa main sur les courbes de la petite statue. Et vous ne me croiriez pas. Votre virilité vous condamne à chercher la vérité par la raison, bien que vous soyez mieux équipé que la plupart pour essayer.

Soudain, elle le regarda, les yeux brillants.

— Et Thorne vous aidera. Il vous retrouvera, quand vous serez plus perdu que Drusilla ne l'a été, et plus étranger face à vous-même. Je suis désolée qu'une telle douleur soit sur votre chemin. Comme tout cela semble dur ! Mais mon rôle est terminé à présent, il ne me reste plus qu'à mourir.

Elle se renfonça dans son fauteuil. Drusilla prit ses deux mains et elle hocha la tête tranquillement autour d'elle, comme si elle faisait ses adieux sans peine à un monde bien rempli et qui ne lui devait rien.

— De la terre à la terre, déclara-t-elle en fermant les yeux.

— De toi tout vient, et à toi tout doit retourner.

Drusilla baissa la tête. L'enfant commença à chantonner bizarrement, et Pippin, par nervosité ou par simple amitié, releva la tête et se joignit à elle.

— Pour l'amour de Dieu, respira Rufus. Lady Birch, vous n'êtes pas sur le point de mourir. Le Dr Winborn s'occupe de vous, et je sais que vous n'aimez pas ça, mais...

Il se tut. Un des traits de caractère qu'il avait acquis pendant son service militaire était une incapacité absolue à se faire des illusions sur la vie et la mort. Il se pencha par-dessus Drusilla et pressa prudemment le bout de ses doigts sur la gorge de la vieille femme.

— Pippin, arrête ça. Elspeth-Andrasta, toi aussi. Va chercher le Dr Winborn, tout de suite.

Elle arrêta de chanter et le regarda sereinement.

— Il ne peut rien faire. Mais si vous le souhaitez.

— Je le veux. Dépêche-toi.

Elle s'en alla en trottinant, le chien sur ses talons. Rufus se demandait pourquoi il ne leur avait pas attaché à toutes les deux des ailes magiques pour les laisser s'envoler. Il s'assit, chancelant, sur le banc à côté de la chaise de la vieille dame.

— Mlle Hazelgrove, je suis désolé. J'ai bien peur que votre amie ait eu raison.

Drusilla ne bougea pas. Le temps s'écoula, marqué seulement par la danse des fleurs de pommier qui tombaient, les pas d'Alice qui approchait lentement, la présence de Giles et des autres invités du révérend qui prenaient conscience de l'immobilité qui régnait parmi eux.

Winborn fit éclater les rangs. Archie était derrière lui, l'air sinistre à un point que Rufus ne l'avait jamais vu, le teint grisâtre et malade. Il attrapa Drusilla alors que Winborn la bousculait, et l'aida à se relever.

— Paul, fais attention.

— Pourquoi ? Lequel de ces idiots sans défense que tu tiens à rassembler autour de toi veux-tu que je surveille maintenant ? Drusilla Hazelgrove, qui aurait dû être enfermée depuis des mois, ou ton nouvel ami ici présent, tranquillement assis, qui a laissé mourir une vieille dame sans lever la main pour l'aider ?

— Oh, Paul, dit Alice. Elle parle de mourir depuis des mois.

— Parler est une chose. Le faire en est une autre.

Choqué, Rufus se rendit compte qu'il avait raison. Pourquoi n'avait-il pas essayé de la réanimer ? Son départ avait été si paisible, si absolu…

— Désolé, dit-il d'une voix râpeuse, en se redressant et en attirant l'attention. J'aurais dû faire quelque chose. Puis-je vous aider maintenant ?

Winborn abandonna sa recherche de pouls au niveau du poignet fragile et veiné de bleu.

— Non. Elle est partie. Si vous étiez venu me chercher, au lieu d'envoyer cette étrange enfant...

Drusilla, qui tenait toujours le bras d'Archie, se redressa, levant soudainement la tête.

— Quel énorme idiot vous êtes, Winborn, dit-elle, sa voix étant une réplique exacte de celle de la vieille dame, avec toute sa vigueur et toute sa raison retrouvée. Comme si ce pauvre soldat perdu pouvait affecter de tels événements ! Nous mourons lorsque nous trouvons notre véritable successeur, et pas une minute plus tôt. Cessez d'insulter mon enfant et mes amis, et prenez les dispositions nécessaires pour disposer dignement des restes de Lady Birch.

***

— Elle est morte au bon endroit, déclara Archie en allumant une cigarette avec un rapide sourire nerveux à Rufus. Avec un vicaire à portée de main, je veux dire. Son médecin aussi. Je pense que même son avocat se trouvait quelque part parmi la foule qui revenait de l'église. Le médecin légiste est arrivé d'Ashfield, et... et Mme Nettles a participé activement à l'organisation.

Il écarta la fumée de sa main. Rufus se dit que la quinte de toux était inévitable, après ce qu'il avait vécu durant la dernière heure environ, et il lui tapota doucement le dos alors qu'il était saisi de convulsions.

— Tu vas bien ?

— Je ne devrais vraiment pas m'imposer ça. Je veux dire… Je suis vraiment désolé de la façon dont Winborn t'a parlé. J'aurais dû lui dire de se taire.

Quelque chose au fond de Rufus, qui avait remarqué qu'il ne l'avait pas fait et en avait été peiné, arrêta de souffrir. Il scruta le jardin pour s'assurer que personne ne viendrait débusquer Archie dans son refuge secret de fumeur, derrière la cabane de la Norton. Il l'avait suivi jusqu'ici sans un mot, alors qu'il émergeait de la maison, le regard vide.

— Ne sois pas ridicule. Je peux dire aux gens de se taire tout seul s'il le faut. Mais aurais-je *pu* faire davantage pour elle ?

— Il n'y avait rien à faire. Son cœur était fragile, Paul le savait parfaitement. Je ne sais pas pourquoi il s'en est pris à toi.

Rufus le savait. Du moins, il commençait à le comprendre. Cela n'avait rien à voir avec le projet de Winborn de marier sa nièce au vicaire. Il leva les yeux vers le mur de la maison, éclairée par le soleil, dans laquelle Drusilla avait trouvé sa place. Dans laquelle il aurait laissé Archie lui en trouver une également, sans se soucier de Mme Trigg, pour le soir même. Il avait oublié la possibilité même de se sentir *chez lui*. Mais il faisait du mal à ces gens – il faisait du mal à Alice, il faisait du mal au seul homme dont le bien-être suffisait à le faire sortir de la transe qui l'enfermait depuis si longtemps – avec ses efforts pour rester.

— Cela n'a pas d'importance, dit-il et, parce qu'il avait pris sa décision, il décida courageusement de mettre un bras autour des épaules d'Archie, de manière amicale. Je ferais mieux de partir maintenant. Ne t'inquiète pas, mon vieux. D'accord ?

Archie se figea. Sa respiration s'accéléra. Puis il s'éloigna dans un sursaut, comme s'il s'était brûlé, et Rufus sut que le travail de Winborn avait porté ses fruits.

— Tu n'as pas à partir.

— C'est le cas, en fait. J'ai mon rapport à rédiger, et… c'est mieux comme ça.

— Laisse-moi au moins t'accompagner. J'ai fait tout ce que j'ai pu pour la vieille dame, et je finis toujours par me retrouver dans les pattes de Mme Nettles dans des moments comme celui-ci.

— Allons-y, dans ce cas. Éteins ta cigarette, au cas où elle regarderait par la fenêtre.

Dans la ruelle, marchant tranquillement aux côtés d'Archie, laissant une distance raisonnable entre eux – pas d'effleurement d'épaules, de main qui se frôlent comme durant leur retour de l'église –, Rufus se permit de laisser gambader son imagination. La scène qu'il imaginait n'aurait jamais pu prendre vie, mais il était certain que ses penchants avaient été évoqués par

Winborn. Ils étaient pareils au diable; plus son nom vous faisait peur, plus vite il arrivait. Dans son rêve, Mme Trigg n'était nulle part en vue, que ce soit à l'intérieur ou à l'extérieur de l'auberge. Le hall d'entrée était vide, personne dans les escaliers. Archie dit «laisse-moi voir ta chambre», et ils montèrent tranquillement, sans que personne ne les voie. Archie était fatigué après les bouleversements de la journée : il ôta ses chaussures, s'allongea sur le lit et déclara : «Je sais que c'est mal, Rufus, mais je te veux. Viens ici.»

Le sang s'échauffa dans l'aine de Rufus, semblable à un picotement. Les muscles de ses cuisses étaient contractés par le désir. La coupe de son pantalon ne pouvait cacher son érection. Horrifié, il quitta la route et appuya ses coudes sur la clôture.

— Qu'est-ce qui ne va pas ? demanda Archie, en venant se mettre à ses côtés. As-tu vu quelque chose ?

— Non. Euh, c'est-à-dire, oui, je crois. Un oiseau.

Mauvais choix, mauvais choix. Il ne connaissait rien aux oiseaux.

Il se dit que peut être, Archie non plus.

— Un marteau-piqueur moins pointu, je crois.

— Un quoi ? Tu veux peut-être dire un pic vert ? déclara Archie, le rire perceptible dans sa voix.

C'était mal. Érotique et délicieux. Dans une minute, le sol s'ouvrirait et engloutirait Rufus.

— Oui. C'est ce que je voulais dire.

— Intéressant. Je n'en ai jamais vu par ici.

Oh, qu'il aurait aimé pouvoir s'adosser contre un mur de pierre froid ! La clôture s'ouvrit sous la caresse de la brise estivale, et il se retrouva à genoux, entouré de l'odeur étrange et intrigante des fleurs de mai, qui se répandait chaleureusement autour de lui. Il avait oublié qui il était. Tout était parti en fumée en même temps que ses souvenirs de la bataille de Fort Roche : sa force, ses espoirs, sa jeunesse, le fait même de sa virilité, trente-cinq ans et toujours en proie à une puissance sexuelle non désirée. Winborn n'avait peut-être rien deviné, après tout. Archie tendit le bras vers lui d'un air inquiet. Rufus devait l'avertir.

Il essaya de se retourner et sa rotule buta contre une pierre.

— Regarde, dit-il en désespoir de cause. Je crois qu'il y a une sorte de balise ici.

— Tu es sûr que ce n'est pas un marteau-piqueur ?

— Tais-toi. Je suis archéologue, pas ornithologue.

À eux deux, ils dégagèrent suffisamment d'aubépine pour mettre à nu un rocher ovoïde, pareil à ceux que l'on trouvait près des rivières, brut, à l'exception d'une série de lettres érodées.

— As-tu déjà vu cela auparavant ?

Archie se pencha toujours plus près, ce qui n'aidait pas du tout Rufus.

— Non. Tu as le don de me montrer des parties de ma paroisse que je n'aurais jamais découvertes par moi-même. C'est un jalon ?

— Non, je ne pense pas. Ça dit…

Rufus passa ses doigts sur les empreintes moussues.

— Pilgrim Lane. Non. Pilgrim *Way*. C'est bizarre, le changement de nom, je veux dire. Tu sais si l'église était une destination de pèlerinage autrefois ?

— Comment ça ? Avec des reliques et tout ça ? Voici un crâne de Saint Jean, jeune, et…

— Voici son crâne quand il était vieux ?

Rufus laissa échapper un soupir, et rit. En s'attaquant à un problème archéologique, il permettait à son excitation de retomber. Dans une minute, il serait capable de se lever.

— Il a été peint en blanc à un moment donné, et le texte semble dater du XVIIe siècle, voire avant.

— C'est incroyable. Non, nous n'avons pas de reliques dans l'église, ni de crânes ni rien. Je me demande quand le chemin est devenu une ruelle.

— *Chemin* semble plus cérémonieux, pas vrai ? Des foules de dévots aux pieds poussiéreux en route vers Santiago, ce genre de choses. Quant à mon don, apparemment, je trébuche sur des fragments, ou ils tombent du plafond à chaque fois que tu abats des morceaux de ton église.

— Nous formons une bonne équipe, n'est-ce pas ? À notre façon.

Rufus déglutit difficilement, enfonçant ses ongles dans ses paumes. Il se redressa et fit face à Archie.

— À notre façon. Mais…

— Rufus ? Rufus, chéri, c'est toi ?

Le cri survint tel un pépiement d'oiseau dans l'air parfumé. Pas vraiment comme un marteau-piqueur – Rufus se demandait si Archie continuerait à se moquer de lui longtemps – mais plutôt comme un paon, aigu et étrange. Personne ne l'avait jamais appelé « chéri », sauf Henry, quand il était de mauvaise humeur, et transformait ce mot en une insulte amère, et...

Rosemary. Rufus s'extirpa du champ et se retrouva au bord de la route. Il avait presque oublié l'existence de sa sœur, dans le tourbillon de gens et d'événements de Droyton. Peut-être hallucinait-il. La folle pensée qu'elle venait pour les funérailles de Lady Birch lui traversa l'esprit : elle était habillée de noir de la tête aux pieds, et négociait les ornières de l'allée d'un pas pressé, perchée sur des talons. Elle avait presque l'air comique. Puis il vit la pâleur de son visage, marqué par le chagrin, et il alla à sa rencontre en lui tendant les mains.

— Rosie ! Que fais-tu ici ?

Elle était si spontanée, autrefois. Maintenant, c'était comme si elle avait été ligotée et bâillonnée derrière le rideau de ses nouveaux préjugés. Elle lui tint les mains pendant un bref instant, puis se dégagea et commença à ôter la poussière invisible de sa veste, redressant son chapeau à voilette.

— Le voyage a été horrible, s'écria-t-elle, tout simplement horrible, même en première classe. Le conducteur, ce rustre, n'a pas voulu me tenir la porte, et puis, ce soi-disant hôtel, tenu par la personne la plus *extraordinaire*, me parle comme si j'étais n'importe qui, me disant qu'elle n'est pas payée pour savoir où tu es à toute heure – ses propres mots ! – mais qu'il était probable que tu sois quelque part par ici en train de frayer – ses propres mots, encore une fois – avec un vicaire. Je lui ai répondu que c'était très improbable, puisque personne dans notre famille n'avait jamais eu l'occasion de *frayer* avec qui que ce soit, et…

Elle était à bout de souffle. Des larmes coulaient doucement sur son visage, laissant des traces dans son maquillage. Rufus souleva le petit demi-voile et essaya de les effacer, et Archie, qui l'avait rejoint d'un pas tranquille, sortit un autre de ses mouchoirs, blanc et propre.

— Bonjour, dit-il en lui tendant le morceau de tissu. Je suis Archie Thorne. J'espère que je peux vous aider.

Rosemary avisa le col romain d'Archie.

— Oh. Vous êtes le vicaire.

Elle regarda Rufus avec un respect nouveau, comme s'il se faisait enfin des amis décents. Elle se reprit.

— Bonjour, révérend. Je suis la sœur du Dr Denby. Rosemary Spence, épouse du Major Charles Spence de la British Response Force. Je veux dire, son ex-épouse.

Elle devint blême, craignant que Thorne puisse penser qu'une chose aussi inconvenante qu'un divorce ait pu affecter sa vie.

— Sa veuve, en fait, précisa-t-elle.

— Je suis vraiment désolé pour votre perte.

— Merci. Mais ce n'est pas… Je ne suis pas en deuil parce que…

Elle toussa, sanglota, et révéla enfin la raison de sa présence ici.

— Mon bébé est mort.

— Oh, bon sang.

Rufus se détourna. Ce pauvre petit bout, dans son berceau caverneux de Mayfair ! Son estomac se retourna sous la pitié. Il était à l'étranger quand l'enfant était né. Il était revenu pour revoir Rosie, nouvellement veuve et mère, lui tendant le garçon en pleurs comme s'il avait pu changer quelque chose, remonter le temps. Il n'avait pas su quoi faire.

Archie aurait su, lui. Honteux de sa réaction égoïste, Rufus se retourna. Rosie avait posé son front sur sa large épaule noire, et sanglotait. Elle était venue en train. Rufus imaginait le voyage d'une femme comme elle : assise bien droite dans son compartiment, les lèvres serrées, préférant s'étrangler intérieurement plutôt que de laisser une seule larme déshonorer sa dignité. Il avait fallu à Archie dix secondes et une douzaine de mots pour la faire craquer, la soulager, mettre fin à son attitude rigide.

— Rosie, je suis vraiment désolé, dit-il maladroitement. Quelle terrible nouvelle. Pourquoi le brigadier t'a-t-il laissée voyager seule ?

Elle leva la tête, se moucha abondamment dans le mouchoir d'Archie et, l'espace d'un instant, elle le regarda d'une manière qui rappela à Rufus la femme qu'il avait connue autrefois.

— Il ne sait pas que je suis là. Il ne m'aurait pas laissée faire. Il faut que je te parle, Rufus.

— Bien sûr. Retourne à...

— Au presbytère, s'il te plaît, interrompit doucement Archie. Ta sœur a besoin de repos, je pense. Une bonne tasse de thé, et...

Et le cordial de sureau, le vin de pommes, une invitation à une nuit de boucherie, et une immersion soudaine et subtile dans ce monde empli de vie, d'amour et de mort qui tourbillonnait au sein des murs miteux et magnifiques du presbytère. Rosie y survivrait peut-être, mais Rufus savait que lui non. Pas une fois de plus. Il finirait par attraper Archie par l'épaule, derrière l'abri de la moto ou dans la bibliothèque au parfum de cuir, l'embrasser, et faire exploser ce qui restait du monde autour d'eux.

Dieu merci, leur marche les avait menés presque au bout de la route. Le presbytère se trouvait à quatre cents mètres derrière eux, et l'auberge était juste de l'autre côté de la rue. Rosie se balançait sur ses pieds.

— Je pense qu'on devrait l'emmener à l'auberge. Elle est épuisée.

— Tu en es sûr ? Je pourrais courir chercher la Norton, et…

— Et quoi ? La mettre dessus ?

La Rosie de sa jeunesse aurait adoré une telle balade, mais ce jour-là, elle était entravée par une jupe moulante.

— Elle devra s'asseoir sur le côté.

— Ah. Oui, tu as peut-être raison.

— Pourrais-tu l'y conduire ? Je vais partir devant pour discuter avec Mme Trigg.

— Bien sûr. Venez, Mme Spence. Que de moments difficiles vous avez dû traverser ! Tout ira bien maintenant.

Rufus partit en courant. Il devait s'éloigner du halo lumineux d'Archie, de cette douce gravité qui attirait toutes les créatures fatiguées et tristes vers lui pour qu'il les aide et qu'elles se reposent. C'était juste après l'heure du déjeuner, un dimanche, et l'auberge, contrairement à d'habitude, ne ressemblait pas à un vaisseau fantôme. Une poignée de touristes et de locaux quittaient la salle à manger. Rufus se fraya un chemin entre eux jusqu'au hall d'entrée, puis trouva Mme Trigg derrière son bureau habituel, dépoussiérant sans douceur un abat-jour avec un plumeau.

Elle grimaça en découvrant sa présence.

— Dr Denby !

— Bonjour, Mme Trigg. Je me demandais si je pouvais…

— Est-ce à propos de la police ?

— Je vous demande pardon ?

— La police. Vous allez vouloir les faire venir ici. À cause de Jebediah.

— La police ? Non, pas du tout. Je voulais juste…

Elle laissa tomber son plumeau comme un chevalier qui rendrait sa lance.

— Si j'avais su, dit-elle en râlant, si j'avais su une seconde que cette petite brute volait…

— Ne vous en faites pas pour l'instant. Cela me rappelle que Miss Hazelgrove a dit qu'il avait caché d'autres choses sous le plancher dans sa chambre, et que si vous les rendiez à leurs propriétaires, il n'y aurait plus de problème.

La pauvre femme se signa d'une main tremblante. Elle avait vieilli de dix ans depuis la dernière fois que Rufus l'avait vue, et il avait deviné que la honte ressentie dans l'église à cause de son enfant avait été, d'une certaine manière, la pire chose qui lui soit arrivée.

— Comment cette sorcière le sait-elle ?

— Je ne pense pas qu'elle soit une sorcière, du moins pas dans le sens insultant qui sort de votre bouche.

— Ce n'était pas mon intention ! Je voulais seulement dire…

Elle semblait vraiment effrayée.

— S'il vous plaît, Mme Trigg. Il n'y aura pas de police, et Drusilla ne vous veut aucun mal non plus. Je voulais juste vous demander si vous aviez un salon, un endroit privé où je pourrais parler à ma sœur, qui est venue me rendre visite.

Ce n'était pas la journée de Mme Trigg. Sa bouche s'ouvrit.

— Une femme, une dame, tout en noir ? Votre sœur ?

Rufus lutta contre le découragement. Qu'est-ce qui avait mal tourné, dans ce petit monde anglais très uni, pour que des médecins et des propriétaires à l'œil acéré, des gardiens autoproclamés, attendent de se jeter sur chaque action humaine et la traînent dans la boue ? Un génocide avait eu lieu. La bombe H avait été lâchée, des nations étaient tombées, et pourtant ils étaient tous à l'affût, comme des crapauds dans des trous, à regarder, à attendre. La femme avait-elle vraiment pensé que la pauvre Rosie était une sorte de petite amie, une « chérie » louée à Londres pour la journée ?

— Oui, répondit-il d'un ton fatigué. Ma sœur. Elle est en deuil de son enfant.

Mme Trigg aurait été prête à vendre son propre fils au premier enchérisseur dans l'église ce matin-là. Néanmoins, elle semblait véritablement horrifiée à présent.

— Pauvre dame. Je vais préparer le salon des invités. Il donne sur la cour, tout comme votre chambre. Je vais faire apporter du thé.

— Merci.

Rufus hésita. Les blessures de Mme Trigg étaient pour la plupart auto-infligées, cependant il n'appréciait pas forcément d'y ajouter du sel.

— Le révérend Thorne l'amène ici en ce moment même.

Elle poussa une sorte de gémissement étranglé et se détourna. Rufus la regarda partir, puis courut aider Rosemary à monter les marches.

Elle et Archie avaient également récupéré le Dr Winborn en chemin. Celui-ci tenait l'un des bras de sa sœur, Archie l'autre, et à eux deux, ils la conduisirent à travers la salle à manger vide jusque dans le salon.

— Rebonjour, Denby, dit Winborn avec brusquerie, offrant à Rufus un regard faussement poli. Je suppose que cette dame est votre sœur.

— Oui, effectivement. Rosemary Spence. Rosie, voici Paul Winborn, le médecin du village.

— Oh, Docteur, dit Rosemary en haletant. Quelle chance que vous soyez arrivé. Je ne me sens vraiment pas bien du tout.

Winborn acquiesça aussitôt.

— Veuillez vous asseoir. Le révérend Thorne dit que vous avez fait un long voyage, et que vous n'avez pas beaucoup mangé. Je vais vous ausculter, si vous le permettez.

Archie l'aida à l'installer dans un fauteuil rose à dos raide, puis se retira vers la fenêtre, entraînant Rufus avec lui. Il observa la pièce sans air ni lumière, ses surfaces polies et les aspidistras fanées.

— Ciel, dit-il faiblement. As-tu passé tes soirées ici ?

— Tu ne m'en as pas vraiment donné l'occasion, dit-il en tirant un pan du rideau pour regarder dehors. Cet endroit est horrible, pas vrai ? Ça me donne la chair de poule.

— Moi aussi, encore plus que le trou de Pippin dans l'église. Mais pourquoi ?

— Je pense que c'est à cause de la cour.

— J'espère que Madame T ne t'entendra pas. C'est sa fierté et sa joie.

— Je pensais que Jebediah était sa fierté et sa joie.

La bouche d'Archie se retroussa en un sourire moqueur.

— Plus maintenant. Écoute, Rosemary est entre de bonnes mains avec Winborn, et elle veut te parler. Je ferais mieux de vous laisser.

— Ne pars pas.

Les mots sortirent avec une vivacité que Rufus n'avait pas prévue. Archie se redressa.

— Est-ce que ça va ?

— Elle veut me parler, oui. À quel sujet ?

Rien de bon. Le message passa silencieusement entre eux. Archie éleva la voix pour que Rosemary puisse entendre.

— Mme Spence, puis-je commander du thé pour tout le monde ? J'aimerais me joindre à vous, si vous le permettez.

— Je vous en prie, dit faiblement Rosemary. Je ne peux pas en parler devant n'importe qui, vous comprenez, mais… un médecin, et un homme de Dieu…

Winborn était en train de prendre son pouls.

— Vous voulez que je reste aussi ?

— Si vous le voulez bien. Je ne me sens pas très bien ces derniers temps, et mes nerfs...

— Comme vous voulez, répondit-il en haussant les épaules.

Rufus se sentit soudain mal. Il s'avachit sur le canapé trop rembourré et ne regarda pas Archie quand il vint s'asseoir à côté de lui.

— J'ai déjà demandé du thé. Qu'es-tu venue me dire, Rosie ? Il ne s'agit pas seulement du pauvre Charlie.

— Non, ce n'est pas le cas, bien que… bien que…

— Bien qu'il soit souvent plus facile de commencer par le début.

Archie se pencha en avant, tout ouïe. Il n'était peut-être pas un homme de Dieu au sens où l'entendait Rosie, mais pour un athée, Rufus ne pouvait s'empêcher de penser qu'il faisait un sacré bon vicaire.

— Qu'est-il arrivé à votre petit garçon ?

— Personne ne le sait vraiment. C'est ce qui rend les choses si difficiles. Il a toujours été chétif et faible, et une nuit, il s'est juste... endormi. Le brigadier était si déçu.

Rosie lissa ses cheveux et se redressa légèrement, comme si, même à présent, ses relations étaient une source de fierté.

— Le Brigadier Spence est mon beau-père, Dr Winborn. Il m'a accueillie, en fait, il m'a invitée à partager sa maison à Mayfair, après mon veuvage.

Winborn fronça les sourcils.

— Et il était... *déçu,* vous dites, par la mort de l'enfant, plutôt que...

— Oh, il était également affligé, bien sûr. Vous n'auriez pu imaginer de plus belles funérailles que celles qu'il a organisées. Je t'aurais bien dit de venir, Rufus, seulement...

Seulement, il m'aurait tiré dessus à vue.

— C'est bon. Je comprends.

— Mais Charlie était censé être son héritier, voyez-vous, puisque Charles est mort. Et je pense qu'il croyait que si le petit Charlie avait été un peu plus vigoureux, ou s'il avait fait un peu plus d'efforts, je suppose, ou si j'avais...

— Oh, Rosie. Tu as été une bonne mère. Personne n'aurait pu faire plus d'efforts.

— Oui, mais cela n'a pas été suffisant.

Elle pleura de nouveau, désespérée désormais, ne prenant pas la peine d'essuyer ses larmes.

— Je sais que le brigadier m'aime beaucoup à sa façon. Mais depuis que le bébé est mort, je...

Elle se tut lorsque la porte s'ouvrit en grinçant. Mme Trigg se glissa à l'intérieur, ployant sous le poids d'un plateau en bois. Elle faisait penser à Rufus à un coq de basse-cour qui se pavanait et qui était tombé dans la boue. Elle évita le regard d'Archie qui la débarrassa du plateau.

— Ce sera tout, messieurs ?

— Oui, répondit Archie. Merci. Écoutez, Mme Trigg, je suis sûr que le Dr Denby vous a déjà dit qu'il n'y avait pas besoin de…

— Oui, révérend, l'interrompit-elle lamentablement. Vous êtes très gentil. Très aimable, j'en suis sûre.

Rufus et Archie la regardèrent partir.

— Quelle personne étrange, dit Rosie, à peine la porte refermée.

L'interruption lui avait permis de se ressaisir et, depuis son mariage, elle prenait un malin plaisir à regarder les autres femmes de haut.

— Elle a été plutôt impolie avec moi quand je suis arrivée. Maintenant, elle semble s'être adoucie.

— Oui, dit Archie d'un air absent. Je pense qu'elle aurait préféré un combat à mains nues plutôt que cette scène ce matin.

— Pardon ?

— Oh, rien.

Archie posa le plateau, versa le thé et le distribua.

— Vous nous parliez de votre beau-père.

— Euh… oui. C'est un homme merveilleux, Vicaire. Il a combattu durant la première guerre, et a reçu de nombreuses médailles. Il croit, à juste titre, que tout le monde devrait faire un effort. C'est ainsi que *cette* guerre a été gagnée, dit-il.

— Intéressant ! déclara Archie en remuant son thé. Avez-vous lu *Dombey et Fils*, Mme Spence ?

— Eh bien… oui certainement à l'école, mais…

Rufus l'avait lu. Il se mit debout, incapable de contenir la montée de colère qui l'envahissait.

— Rosie, tu es en train de dire que le brigadier te reproche d'avoir perdu Charlie ? Comme si c'était ta faute ?

— Oh, non. Bien sûr que non.

Elle posa sa tasse d'une main tremblante. Lorsqu'elle reprit la parole, elle avait retrouvé l'accent simple du Sussex, celui qu'elle et Rufus avaient appris au coin du feu avec leurs parents, et dans leur école maternelle.

— Mais il faut voir les choses de son point de vue. Je vis dans sa maison. Tant que j'étais la femme de son fils, la mère de son petit-fils, ça allait. Mais avec Charles *et* le bébé partis, que suis-je désormais ?

Personne. Aucun lien, le dernier avait été rompu. Spence n'était pas homme à respecter les liens d'un mariage auquel il s'était violemment opposé. Si Rosie avait eu d'autres attraits pour ce vieux bouc, soit elle avait refusé ses avances, soit il avait perdu tout intérêt : elle avait l'air d'une femme en équilibre sur un fil. Rufus se mit à faire les cent pas.

— Tu n'es pas obligée de vivre là-bas. Je n'ai pas d'endroit à moi pour l'instant – pas beaucoup d'argent non plus – mais ça va changer. Tu peux rester avec moi. Je t'aiderai.

Elle pinça les lèvres. Peut-être n'offrait-il aucune perspective très intéressante, même pour une femme sans domicile fixe.

— C'est justement ça, Rufus. Tu peux m'aider maintenant, dit-elle, sa voix empreinte d'une certaine fermeté.

Du coin de l'œil, Rufus vit Archie se mettre en alerte, les muscles tendus par la tension.

— Que puis-je faire ?

— Tes nouveaux amis ici sont-ils au courant pour Charles, et les horribles allégations qui pèsent contre lui ?

— Bien sûr que non.

Rufus déglutit, se souvenant qu'Archie avait gardé le secret de Drusilla jusqu'à ce qu'ils soient tous deux plongés dans l'histoire.

— Ce n'était pas à moi de raconter ce secret.

— Si seulement c'était un secret. Ce misérable caporal qui est sorti du coma à Farley Cross ne veut pas se rétracter.

Le vernis de Mayfair revenait, les voyelles en verre taillé.

— Révérend Thorne, Dr Winborn, je déteste parler de cela, mais je sais que je peux compter sur votre discrétion, et peut-être pouvez-vous aider mon frère à y voir plus clair. Mon mari est mort au combat pour son pays. Il a reçu la Croix de Victoria pour ses actions héroïques à Fort Roche. Aujourd'hui, un petit sous-officier délirant qui a été blessé là-bas prétend que Charles a commis certains actes, non seulement de lâcheté, mais aussi des *atrocités*, contre ses propres hommes.

Dans sa ferveur, elle avait commencé à tapoter le bras de sa chaise de sa paume. Rufus, qui trouvait le rythme infernal, s'arrêta de faire les cent pas et s'assit sur le rebord de la fenêtre. *Pas seulement de la lâcheté, mais des atrocités. Bang, bang, bang...*

— Personne ne va écouter ce pauvre caporal, Rosie. Pas quand les officiers supérieurs nient l'histoire.

— Mais ils écoutent. Le caporal Berry est suffisamment en forme pour comparaître devant la commission d'enquête à présent, quant aux officiers supérieurs, il n'y en a pas. Il n'y avait que toi.

Peut-être que si Rufus le répétait assez souvent, cette vérité perdurerait. Peut-être qu'avec Archie pour l'entendre...

— Rosie, je ferais tout pour changer ça. Mais je ne... me... souviens pas.

— Je sais. Je sais. Mais je suis venue ici pour te parler – pas seulement de Charlie, mais de quelque chose d'intéressant que l'équipe de spécialistes du brigadier a mis en place dans son hôpital dans le Suffolk. C'est un nouvel endroit, Rufus, juste en bord de mer – oh, charmant, vraiment, plus comme un hôtel que comme une institution. Ils aident les soldats en état de choc – des hommes comme toi – à revenir à la normale. À leur faire retrouver la mémoire.

L'atmosphère de la pièce se transforma. Rufus, qui fixait le tapis, leva la tête pour trouver la source du crépitement dans l'air. Archie avait mis de côté son attitude d'écoute bienveillante ainsi que sa tasse à thé. Il était debout, attentif.

— Expliquez-moi s'il vous plaît, Mme Spence, dit-il, et son grognement était de retour, celui qu'il avait utilisé avec Winborn lorsque le médecin avait involontairement dépassé les limites. Quelle est la nature de cette... institution ? Que savez-vous de leurs méthodes ?

— Oh, peu de choses, bien sûr. Le brigadier a seulement mentionné à quel point c'était efficace. Quelque chose à propos du traitement par électrochocs, et beaucoup de calme et d'air pur. Il a dit que ça pourrait faire beaucoup de bien à Rufus.

Celui-ci croisa les bras.

— Rosie, dit-il. C'est le brigadier qui t'a envoyée ici ?

— Non ! Ne te l'ai-je pas dit ? Je devais t'annoncer la nouvelle à propos de Charlie en personne, et il ne m'aurait jamais laissée…

Elle se tut avec un soupir d'impatience. Quoi qu'elle soit devenue dans la maison de Mayfair, elle n'avait pas la carrure pour persister dans un mensonge éhonté.

— Bon sang. Quand Charlie est mort, il m'a dit de venir te parler de l'hôpital, parce que tu n'aurais jamais écouté s'il t'en avait parlé lui-même. Il a dit que la mort de Charlie t'aiderait peut-être à te rendre plus tolérant.

— Ah, Rosie, ai-je été *dur* à ce sujet ? Je jure que si j'avais eu le moindre souvenir de ce qui m'est arrivé entre Fort Roche et mon réveil en Angleterre…

— Tu ne vois donc pas ? C'est ta chance ! Pense au déshonneur – à moi, au brigadier, à…

Elle était sur le point d'ajouter son fils à la liste des victimes, et elle pâlit en se souvenant. Mais Rufus était un problème dont elle pouvait s'occuper, quelque chose qu'elle pouvait changer.

— Dis-moi que tu vas essayer.

Archie se redressa. C'était un homme imposant, dans les rares occasions où il souhaitait faire impression. Il observait Rufus avec une étrange intensité.

— Donc, Mme Spence... votre proposition est que votre frère devrait – je ne sais pas – vous accompagner à Londres, peut-être, et se remettre entre les mains de votre beau-père, qui organisera ensuite son admission à l'hôpital de Suffolk ?

À ce moment-là, Rufus voulut mourir. Cela semblait si naturel, venant d'Archie, si sacrément raisonnable, et pourquoi pas ? Les malades allaient à l'hôpital pour se soigner. Archie avait été son ami. Pourquoi ne voudrait-il pas que Rufus trouve un remède ? Le visage de Rosie s'éclaircit.

— Oui, dit-elle, essentiellement. Mais le brigadier est très généreux, vraiment. Il ne laisserait pas Rufus rentrer seul à Londres, il enverrait quelqu'un ici pour le récupérer.

— Il faudra me passer sur le corps, Mme Spence.

Winborn s'assit brusquement.

— Archie, ne sois pas idiot. C'est une excellente occasion pour le Dr Denby de…

— Taisez-vous, tous les deux.

Archie se leva. Il tourna le dos à Rufus, comme s'il ne faisait plus partie de la conversation.

— Pensez-y. Voici cet homme, un soldat revenu de la guerre. J'y suis resté assez longtemps pour savoir que les actions auxquelles il a participé, les batailles, étaient... inconcevablement barbares.

— Je suis au courant de cela, déclara Rosie. Mon mari est mort dans l'une d'elles.

— Vous ne devez pas utiliser votre perte comme manœuvre pour influencer votre frère. J'ai passé des jours intéressants depuis son arrivée. Il est du genre tranquille, n'est-ce pas ? Mais je l'ai vu sauter dans une rivière pour sauver une étrangère, puis dans des décombres pour me sauver. Et pourtant, il lui est arrivé quelque chose de si terrible pendant la bataille de Fort Roche que même ses nerfs ne l'ont pas supporté. Alors il a oublié.

Être assis derrière l'épaule droite d'Archie et s'entendre parler de lui à la troisième personne – comme s'il n'était pas là – était un luxe que Rufus ne pouvait pas se permettre.

— Archie, ne fais pas ça, dit-il, mal à l'aise. Rosie n'a pas besoin d'entendre tout ça.

— J'ai bien peur que si, et toi aussi. Imaginez, Mme Spence. Quelque chose de si terrible que même un soldat endurci, le genre d'homme qui saute dans les rivières, a préféré l'effacer. Et vous voulez le forcer à se souvenir.

Rosie avait son propre genre de courage. Elle prit en pleine figure la sévérité des mots d'Archie.

— Non, dit-elle péniblement. Je ne veux pas. Mais le brigadier dit…

— Votre frère se souviendra en temps voulu. Le forcer – le choquer avec de l'électricité – me semble si cruel que je suis stupéfait que vous y songiez ne serait-ce qu'une seconde. Et, avec tout le respect que je vous dois, j'encule le brigadier.

Winborn se releva d'un bond.

— Archie ! Ça suffit.

Ce dernier le regarda avec curiosité.

— Vraiment, Paul ? Je commence à croire que je n'ai pas vraiment commencé.

Un coup à la porte mit fin à leur confrontation. Jebediah, larmoyant, passa sa tête dans la pièce.

— Je vous demande pardon, docteur, dit-il d'un ton triste, mais maman m'a dit de vous prévenir que Mme Pole est dans un « état apologique ».

Winborn soupira d'exaspération.

— Je suppose que tu veux dire apoplectique. Bon sang, il serait grand temps qu'elle cesse de m'appeler nuit et jour pour ses maladies imaginaires. J'ai bien peur que vous deviez m'excuser, Mme Spence. Est-ce que ça va aller ?

— Oh, vous ne pouvez pas rester ? J'ai l'impression que vous me comprenez, alors que le révérend et mon frère…

Elle était sur le point de s'accrocher aux basques de Winborn. Rufus devait y mettre fin. Quelque chose en lui s'effondrait doucement de soulagement et de surprise de voir à quel point son nouvel ami prenait sa défense, mais il ne pouvait pas le permettre. Et bien que Rosie ait cessé de taper sur le bras de sa chaise, le rythme perdura, devenant de plus en plus fort. Il allait bientôt devoir s'enfuir. Il s'empara du bras d'Archie.

— *Enculer* le brigadier, Archie ?

Il n'arriva pas à dissimuler son ton amusé. Même Rosie aurait ri dans un autre monde. Mais Archie rougit jusqu'aux oreilles.

— Oui. Je suis vraiment désolé. C'est une façon impardonnable de parler devant ta sœur.

— Il est évident que je ne peux pas le permettre. Je ne peux pas non plus te laisser parler comme ça à cause de moi, même si...

Même si je t'aime pour cela.

— Winborn, vous n'avez pas besoin de rester. Ma discussion avec Mme Spence est terminée. Dès qu'elle aura mangé, je la ramènerai à son train.

Winborn le dévisagea froidement.

— Très bien. Mme Spence, ce fut un plaisir de vous rencontrer, même dans des circonstances aussi difficiles. Le révérend Thorne s'occupera de vous, n'est-ce pas, Archie ?

— Oui, oui, bien sûr.

La porte s'était à peine refermée derrière lui que Rosie se remit à pleurer.

— Terminé ? répéta-t-elle. Tu me remets dans le train ? Tu veux dire que tu ne vas même pas y *penser*, Rufus ?

— Tu peux dire au brigadier que je le ferai, si cela te permet de sécuriser ta position.

Il secoua la tête – c'est ainsi que l'on parlait à un lieutenant harcelé dans une tente de stratégie militaire.

— Rosie, tu es sûre de vouloir retourner chez lui ? Dois-je demander à Mme Trigg de te trouver une chambre ici pour la nuit, et demain nous pourrions…

Il se tut, essayant d'imaginer un lendemain à travers la douleur déchirante vrillant sa tête.

— Je partirai avec toi si tu veux. Je lui parlerai moi-même.

— Non, je ne veux pas rester dans cet épouvantable endroit. Tu crois que je me fiche de Charlie, n'est-ce pas ?

— Quoi ?

— Pour laisser le brigadier m'utiliser comme ça. Parce que je sais que c'est ce qu'il fait.

— Cela ne m'a jamais traversé l'esprit. Je sais que tu es dévastée, et je veux t'aider, seulement…

Il se tourna vers Archie, sentant monter une crise de panique.

— Archie, tu veux bien t'occuper d'elle ?

— Bien sûr. Mais qu'est-ce qui ne va pas ?

— Je ne me sens pas bien. C'est sans doute le petit déjeuner de Mme Trigg. Je dois juste me reposer un moment.

— Très bien. Je vais m'occuper de ta sœur. Laisse-moi faire.

Non. Trop dangereux.

— Tu n'as pas besoin de la ramener au presbytère. Si elle veut rester ici, je paierai d'une façon ou d'une autre. Je vais...

— Je peux très bien payer pour moi-même.

Rosie sauta sur ses pieds, en tenant son sac à main.

— Ne discutez pas de moi comme si j'étais un sac de pommes de terre, ou ce cabot que tu as ramassé à Londres. Au moins, tu sembles t'être débarrassé de lui. Ne t'inquiète pas, je ne resterai pas dans ce village d'arriérés, même si votre précieuse Mme Trigg devait *me* payer pour ça. J'ai une maison à Londres. À Mayfair, et laisse-moi te dire, Rufus Denby, ça ne sera pas en tant que belle-fille de qui que ce soit.

— Seigneur. Laisse Archie t'accompagner à la gare, alors.

— Je n'ai pas besoin de lui. Je peux marcher, tu sais. Je peux…

Le moment était venu pour Rufus. Il sentit l'apparition de la sueur moite sur son front, et se stabilisa grâce à la main tendue d'Archie.

— Je dois y aller.

— Oui. Vas-y mon vieux, tu as l'air miteux. Rien de grave, j'espère ? Pas comme ce qui t'es arrivé l'autre jour ?

— Non, pas du tout.

— Très bien. Je reviendrai plus tard pour voir comment tu vas.

Non, surtout pas. Pas ce soir. À cet instant, Rufus accepta le soutien gentiment offert sans se soucier de qui pouvait le voir ou l'entendre.

— Non. Si tu te soucies de moi, Archie, ne reviens pas. Je veux juste dormir. Occupe-toi de Rosie et… rentre chez toi.

***

La salle de bains se trouvait au bout du couloir. Les murs de sa chambre étaient si fins que Rufus entendait chaque pas des va-et-vient des locataires qui s'y rendaient pour faire leur toilette, mais au moins, une fois à l'intérieur, on était tranquille. Il s'assit sur le bord de la baignoire, se serrant les côtes. Lentement, ses nausées diminuèrent. Dans le silence de la céramique blanche, l'odeur de l'eau de Javel le faisant pleurer, il put revivre calmement sa dernière demi-heure.

Pour lui arracher le cœur, pur et battant encore. Rosie lui avait dit des choses terribles. Lorsqu'il pensa à son neveu, misérable petit bout dans le cercueil élaboré qu'était son berceau, le chagrin le submergea. Lorsqu'il pensa à l'hôpital du brigadier, avec ses jardins, ses employés souriants et ses circuits électriques sous tension, ses tripes se réveillèrent, irradiant la même douleur qui l'avait fait sortir en titubant du salon de Mme Trigg, dans les escaliers et le long du couloir menant à cet étrange refuge.

Mais il s'était enfui trop tôt. Il n'allait pas se mettre à vomir ou se désintégrer. La quintessence de sa dernière demi-heure était Archie, qui avait écouté attentivement la modeste proposition de Rosemary, et qui avait dit *il faudra me passer sur le corps.*

Rufus se mit à rire. Il enfonça sa serviette dans sa bouche : quel genre d'illuminé resterait assis à rire seul dans une salle de bains en plein milieu d'un dimanche après-midi ? Archie l'avait défendu de façon incontestable.

Oui, Rufus avait capitulé trop tôt, effrayé par les réactions de son corps, désireux de les cacher. Il pouvait encore arranger les choses. Il pouvait redescendre, rattraper Archie et Rosie, essayer de trouver une solution à sa situation. Après tout, il était son frère, et quels que soient les motifs du brigadier, elle était venue ici parce qu'elle avait perdu son enfant. Il pouvait retourner avec elle à Londres, affronter le monstre de Mayfair en personne et lui dire de les laisser tous les deux tranquilles.

Il se leva, s'éclaboussa le visage d'eau et se sécha. Il devait changer de vêtements. Il avait encore une chemise propre du recteur à disposition, et il pouvait remettre le costume dans lequel il avait voyagé, ses affaires de ville, prêt pour la bataille. Pour la première fois, il voulait se battre pour lui-même. Son devoir était de se plier aux plans du brigadier, mais Archie les avait défiés, et Archie n'était ni un lâche ni un imbécile. Peut-être, malgré tout, Rufus avait-il l'excuse de son amnésie.

De retour dans sa chambre, il enleva son gilet, défit ses bretelles et les laissa pendre. Il se tenait près de la fenêtre, se demandant ce qui, dans la cour, refroidissait tant l'âme. Les dimensions étaient étranges, comme si les bâtiments qui avaient empiété sur elle au fil des ans l'avaient fait à contrecœur. Au centre se trouvait une sorte d'échancrure, un endroit creux où les pavés s'arrêtaient. Mme Trigg avait essayé d'y planter des fleurs, mais elles s'étiolaient, faute de lumière, ou par manque de quelque chose, pendant lamentablement en dehors de leurs pots. La gouttière cassée dégoulinait encore. *Bang, bang, bang…*

Non, Rufus ne voyait aucune fuite. Avait-il regardé, la première fois qu'il l'avait entendue ? Non, et le temps avait été si chaud avant et depuis son arrivée que Mme Nettles s'était plaint que les citernes du presbytère étaient à sec.

Il tourna le dos à la fenêtre. Le bruit était dans sa tête. Il se dirigea à tâtons vers le lit et s'assit. La petite déesse était en sécurité dans sa poche, mais elle ne pouvait pas l'aider. Drusilla avait dit qu'en tant qu'homme, il devait résoudre les mystères de la vie par la raison. Que devait-il faire lorsque la raison échouait ?

Le tiroir de sa table de chevet était muni d'une serrure. Il ne l'avait pas remarqué au cours de ses trois premières nuits ici, ne pensant pas posséder quoi que ce soit qui vaille la peine d'être volé. À présent, il gardait la bouteille de Veronal sous clé. Il ne voulait pas empoisonner Jebediah, malgré son comportement insupportable. Il déposa soigneusement la déesse dans le tiroir, sortit le flacon et compta les pilules qui lui restaient. Comme il l'avait deviné, sous l'excitation et les distractions, il avait sauté au moins une dose.

Alors, pourquoi un archéologue avait-il besoin de Veronal ? Un travailleur, avec des amis et bien occupé, qui faisait des découvertes dans son domaine de prédilection… Il avait oublié ses médicaments simplement parce qu'il était trop affairé, trop étrangement *heureux*, pour se souvenir qu'il était fou.

Il se souvenait à présent. Le bruit sourd dans la cour le lui rappelait. Ce n'était pas l'eau qui frappait le bois, mais un pistolet que l'on arme.

Un pistolet, un Browning de l'armée. Rufus sursauta, se retournant sur le lit pour trouver son ennemi, le spectre qui l'avait suivi de Roche à Sabros jusqu'à ce havre de paix : qui l'avait trouvé ici, sur le cadavre d'Archie. « Archie est vivant », dit-il d'un ton suppliant à son adversaire dans la chambre, l'homme à tête de taureau du labyrinthe de boue. « Ne le tuez pas. Arrêtez de tirer. Pour l'amour de Dieu, baissez votre arme ! »

L'auberge était vide durant la journée, sinon on l'aurait entendu. Il était à genoux près du lit, une main levée pour se protéger. Il n'avait aucun souvenir d'être tombé. Il pouvait tomber beaucoup, beaucoup plus loin, crier beaucoup plus fort, sans souvenir ni maîtrise de lui.

Le Veronal l'arrêterait. Cela lui faisait l'effet d'un coup de pied au cul administré par le gardien d'un gros gibier dans la savane. Même le rhino-Rufus, que les flash-back avaient transformé en fou furieux, ne pouvait plus galoper que sur une courte distance après cela. Il se releva maladroitement, et se versa un verre d'eau de la carafe poussiéreuse sur la commode. Le médecin lui avait recommandé de ne pas doubler la dose s'il en oubliait une, mais qu'il aille au diable. Il en avait peut-être oublié trois. Et Dieu savait que quelque chose devait l'assommer.

CHAPITRE 14

Quelque part, quelqu'un pleurait. Rufus se dirigeait vers le bruit, à travers son esprit brumeux. Ce n'était pas une femme, bien que les sanglots terrifiés soient aigus. C'était peut-être Charlie. Rufus s'approcha. Quelque chose d'affreux allait se passer si personne ne s'occupait du bébé. Si Rufus pouvait arriver à temps, il pourrait peut-être l'empêcher.

— Oh, mon Dieu, révérend. Je ne vous aurais jamais appelé, mais...

— Tout va bien. Je suis content que tu l'aies fait.

La voix emplie de sanglots continuait à gémir. Rufus s'efforça de comprendre les sensations contradictoires de ses terminaisons nerveuses. Il y avait de la moquette sous son visage. Elle sentait la bière et la fumée, ce qui n'était pas totalement désagréable. Pauvre Archie, avec ses poumons pleins de gaz et ses cigarettes ! Mais le brigadier Spence n'avait jamais touché à cette herbe satanique, et aucune bouffée de pollution n'aurait jamais déshonoré le salon de Mayfair, pas tant que le petit Charlie, héritier, fils d'un père décédé, était là, dans son cercueil-berceau.

Oui. Charlie était mort. Rufus n'avait donc pas pu aller à Londres avec Rosie et s'endormir ou s'évanouir à Axminster. Le soulagement l'envahit. Il n'était pas en terrain ennemi.

Les pleurs semblaient feints et avaient un petit air théâtral. Rufus essaya de lever la tête, mais quelqu'un la maintenait au sol. Cela ressemblait à Jebediah Trigg, et peut-être était-ce le cas au début, mais le garçon qui le tenait désormais ne semblait pas du genre à abandonner juste parce que la menace était passée. Que faisait Jebediah ici ?

— Billy, je pense que tu pourrais le relâcher un peu. Il essaie d'ouvrir les yeux. Mme Trigg, vous ne pouvez pas faire sortir Jebediah d'ici ? Je sais qu'il a peur, mais on dirait la sirène qui annonce l'arrivée d'un raid aérien.

— Mildred ! cria Mme Trigg.

Mildred était la fille effrayée qui servait les petits déjeuners, se souvint Rufus, heureux d'avoir établi un lien.

— Mildred, emmène Jebediah.

— Nooon ! Maman !

— Mildred, tout de suite !

Une porte claqua. Les protestations de l'enfant s'estompèrent au fur et à mesure qu'il s'éloignait. Dans le calme qui s'ensuivit, Rufus tenta de nouveau de trouver des indices. Le tapis de l'auberge sous son visage. Jebediah et Mme Trigg. Cela signifiait les Maidens, et, Dieu merci, Archie quelque part à proximité, car Mme Trigg avait dit « révérend », et Rufus lui-même avait entendu sa voix, la seule source d'espoir ou de réconfort dans le monde. Il savait qui était Mildred. Maintenant qu'il y pensait, il connaissait aussi Billy. Billy était le frère lourdaud de Mildred, tellement différent d'elle par sa taille que des rumeurs sur sa filiation circulaient dans le village, mais il partageait le même caractère docile, si bien que Mme Trigg pouvait lui donner des ordres en toute sécurité. Billy faisait rouler des tonneaux de bière, déchargeait des fourgons. Apparemment, il s'asseyait aussi sur les invités indisciplinés, les immobilisant à l'aide de son poids et d'une prise d'étranglement efficace. Rufus s'empara d'un autre souvenir : sur le chemin de l'église ce matin-là, Mildred lui avait confié avec une timide fierté que Billy s'entraînait pour être dans la police.

Rufus pensait qu'il s'en sortirait très bien. Mais il étouffait. Il toussa, et le poids disparut de son dos.

— Je ne voulais pas lui faire de mal, révérend, déclara Billy, d'une voix inhabituellement douce. Mais il s'est jeté sur moi de nulle part.

— Et ses *hurlements* !

C'était Mme Trigg. Elle avait l'air profondément secouée. Rufus devait trouver quel monstre avait causé tous ces ennuis. Il banda les muscles – tout son corps semblait meurtri, tendu, comme s'il avait couru ou lutté pour sa vie – et se mit à genoux.

Mme Trigg cria. Même Billy, le costaud, poussa un cri. Quelqu'un était pourtant plus fort que lui : un bras chaud serrait la taille de Rufus, le soutenant et le retenant à la fois.

— Archie, dit-il, avec un profond soulagement. Tu *es* là.

— Oui, mon vieux. Mme Trigg m'a fait venir. Tu n'as donc plus à t'inquiéter.

— Tu sembles être destiné à ne jamais passer une nuit complète dans ce village.

— Oh, non. Tout va bien, c'est le matin.

— Le matin ?

Rufus se rassit, frotta ses yeux vitreux. Une lumière grise se répandait dans le bar des Maidens.

— Rosemary a-t-elle pris son train ?

— Oui, oui. Je l'y ai conduite avec des sandwiches du salon de thé et ai demandé au chef de cabine de la surveiller de temps en temps.

Rufus rit. Il avait du mal à imaginer Rosie en train de grignoter des sandwiches tirés d'un sac en papier. Mais Archie changeait tout le monde. Garder la tête droite demandait trop d'efforts, comme tenter de garder en équilibre un seau de charbons ardents. Il gémit, vacilla sur le côté. Quelqu'un le rattrapa.

— Attention. Laisse-moi t'aider. Mme Trigg, je crois que je devrais le ramener au presbytère. Cela vous dérange-t-il ?

— Me déranger ? Non. Pour l'amour de Dieu, emmenez-le.

— Il ne voulait pas faire de mal. Il ne va pas bien, c'est sans doute lié à la guerre. Un traumatisme, peut-être.

Mais il avait fait du *mal* à quelqu'un. Rufus était à la dérive. Les voix s'entremêlaient dans sa tête. Bravement, il se ressaisit, repoussa l'étreinte d'Archie et regarda autour de lui. Mme Trigg était dans le coin près de la porte, presque recroquevillée. Elle avait l'air indemne, Dieu merci, mais Billy avait la lèvre fendue et un œil au beurre noir.

— Bon sang, Billy. C'est moi qui ai fait ça ?

— Ce n'est pas grave, Dr Denby. J'ai vu que vous n'étiez pas vous-même.

— Qu'est-ce que j'ai fait ? Ai-je dit quelque chose ?

— Eh bien, vous avez descendu les escaliers, en criant à propos de quelqu'un que vous deviez arrêter. Votre ennemi.

Billy était un gentil garçon : son visage meurtri s'adoucit en un sourire.

— Personne n'est votre ennemi ici, monsieur. Nous serons vos amis, si vous nous laissez faire.

— Ai-je réveillé toute la maison ?

— Non, juste ceux qui dorment à cet étage, Mme Trigg, Mildred et moi-même. Nous pensions que vous étiez un cambrioleur, alors je suis venu, prêt à vous régler votre compte, mais vous avez eu raison de moi, expliqua-t-il en se frottant la lèvre. Puissant crochet du droit que vous avez, pour un universitaire. Mais, bizarrement, j'ai eu l'impression que vous étiez toujours endormi, et j'ai réussi à vous faire descendre, puis je me suis assis sur vous, jusqu'à ce que le révérend arrive avec sa moto. Sans rancune, j'espère, monsieur ?

— Moi non. C'est à vous que l'on devrait poser la question.

Rufus voulait se lever. Pour serrer la main de Billy, pour lui expliquer que la bête furieuse qu'il avait rencontrée dans l'escalier était exorcisée, morte et disparue.

Mais ses jambes étaient engourdies, et sans le chaleureux soutien derrière lui, il serait retombé sur le tapis, impuissant.

— Archie, dit-il désespérément. J'aurais dû l'accepter.

— Accepté quoi ?

— Ta troisième invitation. La magique, répondit-il en frissonnant. Mais alors, j'aurais été dans *ta* maison quand cela s'est produit, avec Drusilla et la petite fille.

— Ce n'est pas grave. Je me serais chargé de toi, comme Billy l'a fait. De toute façon, c'est passé maintenant, n'est-ce pas, ce mauvais rêve, ou quoi que ce soit d'autre ?

— Pour l'instant, mais…

— Et je ne t'invite pas cette fois-ci. Je te ramène avec moi de force, comme un sac de vieilles pommes de terre.

L'image fit rire Rufus malgré la terreur et les remords qu'il ressentait encore.

— Mais comment ? Je ne suis pas sûr de pouvoir marcher, et encore moins de monter sur la moto.

— Pas besoin de l'un ou l'autre. Winborn a une voiture, mais il est bien trop radin pour la sortir du garage et me laisser m'amuser avec. Il m'a dit qu'elle servait pour les urgences uniquement, et il semblerait que ce soit ton cas. Il est en route, et une fois que tu seras installé, il pourra t'examiner.

Rufus ne voulait pas que Winborn s'approche de lui. Il ne pouvait expliquer cette répulsion, n'osait pas non plus l'exprimer, alors que l'on cherchait à l'aider.

— Merci. Mme Trigg, je... Je suis vraiment désolé.

— Tout ira bien, j'en suis sûre, dit-t-elle. Une chose terrible, ces traumatismes. Je crois que j'entends la voiture du docteur, monsieur le vicaire. Dois-je...

— Oui, s'il vous plaît. Allez le chercher.

Elle s'éloigna, claquant la porte derrière elle.

— Dieu tout puissant, chuchota Rufus. Je l'ai à moitié fait mourir de peur.

— Dommage que ce ne soit qu'à moitié, dit Billy d'une voix rêveuse, puis il se mit à glousser. Désolé, révérend.

— Tu devrais l'être, jeune homme. Rufus, la porte de ta chambre est-elle ouverte ?

— J'ai bien peur de n'en avoir aucune idée.

— S'il te plaît, va voir, Billy. Si c'est le cas, emballe soigneusement les affaires du Dr Denby et descends-les.

— La statue de la déesse… Je devrais…

— Ah, oui. Nous devons prendre soin d'elle en particulier. Où est-elle ?

— Dans ma table de chevet, dans un tiroir censé fermer à clé. Mais je crois que je l'ai laissé ouvert. Je suis bon à rien, Archie, s'exclama-t-il péniblement. Je ne peux pas m'occuper d'elle. Je ne peux même pas m'occuper de moi !

— Aucun de nous ne peut tout le temps. C'est là que nos amis nous aident.

— Comment peux-tu être mon ami ? Je ne te connais que depuis trois jours et je n'ai fait que des bêtises.

— Rufus, chut. Voilà Winborn. Tu seras bientôt à la maison.

La maison. Un rêve, une idée qui s'était éteinte dans son combat pour vivre à Londres avec Henry. En essayant de se souvenir de ce qu'avait été sa maison, Rufus perdit son emprise sur le présent. Le temps et les événements s'écoulèrent de manière étrange, telles des créatures aquatiques dérivant devant les fenêtres d'une cloche de plongeur[10]. Billy était une otarie, le visage barbouillé d'inquiétude, alors qu'il revenait avec la sacoche de Rufus et la valise qu'Archie lui avait prêtée. Winborn allait et venait dans l'obscurité telle une tanche, les mains froides et dures. Rufus était debout, coincé

10 La cloche de plongée, ou plus exactement en français cloche à plongeur ou cloche de plongeur est l'un des plus anciens équipements permettant d'effectuer des travaux, des expériences ou des explorations sous l'eau.

entre lui et Archie. Puis il vit le couloir dans lequel Mme Trigg passait, puis les marches, puis la rue éclairée par l'aube, fraîche et brumeuse. Puis la grande voiture noire du docteur : le ventre de la baleine, et bien qu'il ait essayé de garder la tête droite, Archie était là, sur le siège arrière à côté de lui, son épaule chaude et accueillante. Rufus ferma les yeux.

***

Une fenêtre en demi-lune, un large arc et un large châssis. Au-delà, le ciel de cobalt de midi se découpait à travers les feuilles de chêne étincelantes de soleil. Des murs qui devaient autrefois être blancs, adoucis par le temps jusqu'à devenir ivoire, gris colombe sous le jeu d'ombres. Un grand espace carré qui sentait la pomme et le bon tabac.

La pièce que Rufus avait essayé d'éviter avant même son arrivée ici. Le ressenti de la lettre d'Archie à sa sœur avait déclenché une réaction en chaîne. Une maison à la campagne, un verger. De grandes pièces mansardées où l'on stockait les pommes, où vivait un homme qui aimait les bonnes choses même si elles n'étaient pas bonnes pour lui. Un homme qui ne comptait pas son labeur. Une sérénité profonde, soufflée par la brise, l'air frais d'une fenêtre ouverte qui remuait les toiles d'araignée et les rideaux de velours usés. Un plancher nu recouvert d'un tapis lumineux, la lueur d'un feu brûlant dans l'âtre, de l'eau fraîche et glacée dans une carafe sur une table. Un grand lit double.

Rufus s'assit sur le bord de celui-ci, aussi droit que possible, les pieds à plat sur le sol. La gueule de bois était horrible. Elle engourdissait ses veines, sapait sa force et sa volonté. Elle rendait même les actions les plus simples lourdes et compliquées. Il repoussa les draps et l'édredon en patchwork. À tout moment, il serait capable de se lever, enlever la chemise de nuit que quelqu'un lui avait mise, trouver ses vêtements et partir.

Sinon, c'est cette pièce qui le briserait. Tant qu'il était confiné dans les limites d'un Londres en ruine ou enfermé dans un cube chez Mme Trigg, il pouvait tenir bon. Il avait fait sienne la laideur fracturée de la ville, la petitesse de la chambre louée, et la douleur ainsi que le sentiment d'enfermement s'étaient installés en lui, en une sorte de barricade.

Un léger coup sur la porte le fit tressaillir. Mon Dieu, il était trop tard. Archie poussa la porte en grand. Il était plus élancé, plus absurdement beau et d'un noir clérical plus profond que Rufus ne l'avait jamais vu.

— Je suis monté pour savoir comment tu allais, mon vieux. Que fais-tu hors du lit ?

Rufus tendit la main en désespoir de cause.

— N'entre pas. S'il te plaît.

Archie se figea.

— Qu'est-ce qui ne va pas ?

— Je dois te dire quelque chose. Parce que je suis ici, dans ta maison, et il y a un enfant qui vit ici. Je suis homosexuel.

Archie recula. Il jeta un coup d'œil sur le palier, puis il entra, fermant la porte avec précaution derrière lui.

— Je suis désolé de t'avoir laissé seul si longtemps. Je m'occupais de l'enterrement de Lady Birch.

— Tu n'as pas…

Rufus serra les mains sur le bord du matelas. Il ne pouvait plus prononcer les mots.

— Tu n'as pas *entendu* ?

— Si.

Archie s'avança vers le lit et remit les oreillers en place.

— Je t'ai entendu. Mais il vaut mieux parler de choses ordinaires quand toutes les portes sont ouvertes. Winborn a gardé un œil sur toi pendant que j'étais sorti, et il est toujours dans la maison quelque part.

Il releva l'édredon et le tint ouvert.

— Allonge-toi.

— Archie, pour l'amour de Dieu…

— Il faut faire attention. Tu devrais savoir à quel point il est dangereux de parler.

Rufus s'affaissa sur les coussins. C'était un tel soulagement de reposer sa tête palpitante, d'étendre ses membres dans les draps frais. Il étendit les paumes de ses mains dans un semblant de haussement d'épaules.

— Bien sûr que je le sais.

— Quel est le rapport avec Elspeth ?

— Tu es son tuteur. La plupart des gens ne veulent pas d'hommes comme moi près de leurs enfants.

Archie s'assit sur le bord du lit. Une expression de mépris le fit soudain paraître beaucoup plus vieux. Il versa un verre d'eau et le donna à Rufus.

— Winborn dit que tu dois boire beaucoup. Tu sais, de tous les mensonges qui sont répandus sur des hommes comme... des hommes comme toi, c'est celui qui semble le plus abject.

Rufus lui jeta un regard en coin. Son cœur était en train de trembler.

— Que veux-tu dire ?

— Que parce que tu trouves les corps d'hommes adultes – et de peu d'entre eux, j'imagine – attirants –, tu serais capable de faire du mal à un enfant. Une petite fille, pour l'amour de Dieu. Je ne comprends pas.

— Je suppose que si on pense que l'on est un pervers, la perversion n'a pas de limite.

Rufus garda délibérément une voix stable et basse. Même dans son état actuel, il ne pouvait pas entendre Archie parler de corps d'hommes adultes sans frissonner.

— Tu es un loup dans un poulailler, un prédateur qui court après tout ce qui bouge.

Archie enfouit son visage dans ses mains.

— Mon Dieu.

— Je ne voulais pas te blesser. Je ne voulais pas te le *dire*.

— Tout va bien.

Il s'assit, arborant son sourire habituel et sa vivacité de caractère. Cette fois, il donnait l'impression que l'effort lui faisait mal.

— Tu sais, j'aurais dû le deviner. Un type aussi beau que toi arrive, ne parle pas de sa femme et de ses enfants, et de nos jours on n'ose pas demander, tu sais, avec...

— Avec les bombes et tout le reste, compléta Rufus. C'était gentil de ta part de ne pas l'avoir demandé. Je suis content d'avoir appris à te connaître un peu avant que tu ne le découvres.

— Cela ne fait aucune différence. Tu es un bon gars, Rufus, et quand je pense à la façon dont tu m'as aidé avec Drusilla...

— Merci. Mais cela doit faire une différence dans une certaine mesure. C'est pourquoi j'essayais de rester hors de ta maison, au moins en tant que...

Il s'arrêta, ironisant sur le choix des mots.

— … en tant que prisonnier. Tu dois me laisser faire mes bagages et partir.

— C'est exactement ce que je ne compte pas te laisser faire.

Archie se tourna vers lui. Ses mèches s'étaient une fois de plus échappées de ses cheveux coiffés vers l'arrière, et tombaient sur son front, formant une frange dorée. Rufus aurait tout donné pour y déposer un baiser. Son visage était pâle et tendu.

— Écoute-moi. Il y a quelque chose que je veux vraiment…

— Thorne ?

Lui et Rufus s'écartèrent. Et c'est là que le bât blesse, pensa Rufus, levant le menton aussi haut que possible pour rencontrer le regard de Winborn : parce que Rufus avait révélé son secret, parce qu'Archie le savait, ils ne pourraient jamais s'asseoir ensemble comme des amis ordinaires et insouciants. Une porte s'ouvrirait et Archie s'éloignerait en courant.

— Dr Winborn, dit Rufus, aussi calmement qu'il le put.

Un calme qu'il avait emprunté à Archie, qui n'avait pas l'habitude d'enterrer la souffrance, alors que Rufus était un expert en la matière, un vieil habitué des catastrophes.

— Merci de m'avoir aidé ce matin. Je suis désolé que vous ayez dû une nouvelle fois vous occuper de moi.

Winborn sourit faiblement.

— Je traite généralement les verrues et les infections de poux. Au moins, ça varie. Thorne, j'ai bien peur qu'on te demande en bas. Je dois aller à Ashfield, et je voulais vérifier l'état du Dr Denby avant de partir.

— Ce n'est pas la peine.

Une fois de plus, la peau de Rufus se hérissa à l'idée que Winborn le touche. De petites mains, dures et sèches... Il se retrouva à espérer que les enfants de Droyton aient un autre médecin, pour soigner leur rougeole et guérir leurs maux de dents et leur coqueluche.

— Je vais beaucoup mieux maintenant.

— C'est peut-être vrai, mais ce matin, votre pouls était suffisamment élevé pour déclencher une attaque ou une crise cardiaque. Et les médicaments que vous prenez ont des effets secondaires, alors tant que vous êtes là, je me sens obligé de prendre soin de vous.

— Il vaut mieux le laisser faire, déclara Archie avec ironie. C'est plus rapide comme ça. Je vais m'asseoir et discuter avec toi si tu veux, pendant que…

— Tu ferais mieux de descendre. Une douzaine de parents de Lady Birch viennent d'arriver en train, et ils se promènent maintenant dans la bibliothèque.

— La famille de Lady Birch ? Que diable font-ils ici ?

— Il y a eu une sorte de confusion sur le testament de la vieille dame, semble-t-il. L'avocat est en bas aussi, il essaie d'expliquer, mais c'est après Drusilla qu'ils en ont.

— Drusilla… Je ne comprends pas.

— Moi non plus, mais ils l'insultent, et Elspeth est hystérique et essaie de les poignarder avec des fourchettes à gâteaux.

— Oh, mon Dieu.

Archie se leva, en redressant son col romain.

— Excuse-moi, Rufus, je dois aller faire cesser la zizanie.

— Bien sûr. Bonne chance.

La porte se referma derrière lui et Rufus s'assit, rassemblant toute la dignité qu'il possédait encore dans sa chemise de nuit empruntée. Il sentait qu'il en aurait besoin. Il ne doutait pas du tout du récit de Winborn sur le scandale qui éclatait dans la bibliothèque, mais quelque chose allait se passer. Ce petit homme aride avait des choses à lui dire qu'Archie ne pouvait entendre. Maintenant que Rufus y pensait, il n'avait jamais dit à Winborn quels médicaments il prenait. Résigné, il remonta une manche.

— Par où allons-nous commencer, docteur ? La pression sanguine ?

— Euh… oui. Un endroit aussi bien qu'un autre.

Winborn posa son sac en cuir près du lit et en sortit un brassard et un tensiomètre. Il s'attela à sa tâche, son visage de faucon vide de toute expression : pression, pouls, et enfin cœur, ce qui semblait le répugner, comme si la peau de certains hommes pouvait entacher son stéthoscope.

— Comment vous sentez-vous ?

— Beaucoup mieux. C'est gentil à vous et au révérend Thorne de m'avoir aidé. Le médicament que je prends est censé arrêter mes cauchemars, mais parfois il ne fait que m'empêcher de me réveiller.

— Oui, c'est ainsi qu'agit le Veronal, surtout en cas d'overdose légère.

Winborn soupira et s'assit.

— Dr Denby, je vous prie de m'excuser. J'ai pris la liberté de téléphoner au Royal Museum pendant que vous dormiez. J'y ai appris le nom de votre supérieur immédiat, et elle et moi avons eu une conversation.

— Vous avez parlé à Caroline Taylor ?

— Oui, c'est la cousine d'Archie, comme vous le savez, et elle a peut-être été plus franche avec moi qu'elle ne l'aurait été envers un étranger. En tout cas, elle m'a donné le nom et le numéro du médecin qui vous a soigné à l'hôpital de Londres à votre retour de Sabros. J'avais besoin de savoir – car vous m'êtes tombé dans les bras, en quelque sorte – quels médicaments vous avaient été prescrits, et si...

— Si j'étais dangereux.

Rufus voulait l'aider. Il voulait en finir le plus vite possible.

— Je le suis. J'ai eu suffisamment d'absences pour savoir que je peux m'attaquer à l'homme le plus fort que je puisse trouver. Je ne sais pas pourquoi, mais je n'ai pas l'intention de rester ici et de causer d'autres problèmes.

— Vous allez partir ?

— Dès que je serai assez fort pour aller à la gare. Aujourd'hui, si c'est possible.

— Et votre travail à l'église ?

— C'est plus intéressant que je ne l'aurais pensé, mais Taylor enverra quelqu'un d'autre pour terminer les recherches. C'est une femme bien. Quand j'ai été incapable de retourner à Sabros, elle m'a envoyé ici. C'était pour m'occuper et pas du tout par ruse, mais…

Il se gratta l'épaule et essaya de sourire.

— Cela ne semble pas avoir marché. Si ?

Winborn se leva. Il fit les cent pas dans la pièce. Rufus devinait qu'il en fallait beaucoup pour le déstabiliser, mais son front était soucieux lorsqu'il se tourna vers lui.

— Prévoyez-vous de rester en contact avec Archie ?

— J'aurais aimé. On ne se fait pas des amis – surtout à mon âge – pour finir par les ignorer.

Il coinça un oreiller derrière son dos. Il pouvait difficilement garder cette conversation sur un plan strictement professionnel, mais il ne voulait pas la poursuivre en restant allongé.

— Mais vous préféreriez que je ne le fasse pas. Peut-être que si vous me disiez pourquoi, on se comprendrait mieux.

— J'en doute. Caroline Taylor est aussi l'une de vos amies, et elle est très inquiète pour vous. Quand je lui ai demandé si elle savait si quelque chose pouvait affecter votre état mental, elle m'a parlé d'un certain Henry.

Rufus avait du mal à y croire. Caroline, si discrète qu'elle n'osait même pas ouvrir la bouche, lui avait parlé de la perte d'Henry…

— Que vous a-t-elle dit, Dr Winborn ?

— Très peu. Ne lui en voulez pas, j'ai bien peur de lui avoir présenté la situation d'un ton plutôt intime et invoquant une urgence qui n'existe pas. Il fallait que je sois sûr de vos penchants pour justifier que je vous parle de quelque chose à propos d'Archie.

— Oh, mon Dieu. Je ne veux pas connaître ses secrets.

— Mais vous le devez, Denby. Je n'ai pas pour habitude de tourner le dos aux étrangers ou de m'acharner à séparer des hommes qui pourraient éventuellement être de bons amis. Écoutez-moi, et vous pourrez alors décider par vous-même si votre présence ici – si garder contact – est bon pour lui. Peu importe ce que je pense personnellement des hommes de votre genre, vous semblez assez convenable à d'autres égards. Je m'en remets à vous.

Rufus embrassa du regard la pièce ensoleillée. Pendant cinq minutes, avec Archie près de son lit, il s'était senti comme dans un refuge absolu, un lieu situé en dehors de l'espace et du temps. Le monde réel avait repris ses droits.

— D'accord, dit-il d'un ton rauque. Je vous écoute.

— Les parents d'Archie sont morts quand il était très jeune. Il était très proche d'eux, et leur perte l'a poussé à la dérive. Il était mon élève à Ashfield à l'époque, et je me suis efforcé de les remplacer le mieux possible. Mais Archie n'est pas un homme qui peut exister sans amour, Dr Denby, et je n'étais que son professeur. Il ne m'aimait pas.

— Quelqu'un d'autre, alors.

— Oui. Un garçon nommé Richard Simms, un étudiant en théologie, prometteur également. Ils avaient à peine dix-huit ans. Vous devez penser que je suis un vieux perturbateur, Denby, mais dans leur cas, je ne suis pas intervenu assez tôt. Le doyen les a surpris un jour, et le jeune Simms n'a pas pu supporter ce déshonneur. Avant la tombée de la nuit, il s'était donné la mort.

— Seigneur. Comment ?

— Il a rempli ses poches de pierres et a sauté du pont d'Ashfield. Le médecin légiste a conclu au suicide, déclarant que l'équilibre de son esprit était perturbé. C'est ce qu'ils font généralement, dans des cas comme celui-ci, pour qu'il y ait un enterrement décent.

Rufus s'assit avec un effort qui lui donna la nausée. Il leva ses genoux et enroula ses bras autour.

— Qu'est-il arrivé à Archie ?

— L'incident a été couvert pour le bien de l'université. Archie était malade de honte et de chagrin. Je l'ai amené vivre avec moi. Ses parents venaient de mourir, mais cela n'avait pas grand-chose à voir avec sa maladie. En fait, il m'a dit qu'il était content qu'ils soient partis, pour qu'ils n'aient jamais à découvrir ce qu'il était.

Winborn repoussa sa chaise. Il replia son stéthoscope et le remit dans son sac.

— Vous voyez, Dr Denby, je suis aussi franc et juste que possible avec vous. J'ai trouvé une femme pour Archie. Ils étaient heureux ensemble, et j'en suis venu à croire que le pauvre Simms avait été une aberration, une folie de jeunesse. Maintenant, je le vois avec vous, et je n'en suis pas si sûr.

— Il n'a rien fait, répondit hâtivement Rufus. Jusqu'à aujourd'hui, il ne savait même pas que j'étais… ce que je suis.

— Vous lui avez dit ?

— Il voulait que je reste dans sa maison. Je devais le faire. Vous l'avez mis en garde, et je comprends pourquoi, mais vous n'avez rien à faire ou à dire de plus. Archie s'est simplement montré serviable envers moi. Je sais qu'il n'y a rien d'autre à en conclure.

Winborn avait l'air stupéfait, comme s'il s'attendait à devoir lutter.

— Vous avez vraiment l'intention de ne pas lui courir après ?

— *Lui courir après…* Mon Dieu, vous croyez que j'entraînerais délibérément un autre homme dans mon style de vie ?

— Alors vous devrez pardonner mon indiscrétion. Je l'ai fait pour le bien de mon ami.

— Vous le sous-estimez.

Rufus avala une gorgée d'eau pour combattre la sécheresse des barbituriques dans sa gorge.

— Sauf votre respect, vous sous-estimez aussi Alice. Ils choisiront tous les deux qui ils veulent dans cette vie sans l'interférence de l'un de nous.

Winborn se hérissa.

— Veuillez laisser le nom de ma nièce en dehors de ça.

— Comme vous le souhaitez.

Winborn s'assit. Il observa Rufus froidement pendant un moment, puis fit un effort visible pour retrouver son calme.

— L'homosexualité n'est pas une condamnation à perpétuité, vous savez. Si vous ne supportez pas les choix qu'on vous impose – l'exposition au danger, à la maladie, au déshonneur –, je pourrais vous donner quelques conseils. J'ai fait partie d'un des conseils médicaux civils pendant la conscription. J'ai apporté des conseils avisés à des douzaines de recrues potentiellement concernées. À moins qu'il n'y ait une sorte de déformation physique, si la perversion est seulement mentale, il n'y a aucune raison pour que vous ne meniez pas une vie normale et saine. J'ai aidé Archie, il y a des années de cela. Je pourrais peut-être vous aider.

Rufus laissa échapper un soupir. Il desserra les mains. Il voulait les enrouler autour de la gorge de Winborn et les serrer jusqu'à ce que ses yeux sains et normaux sortent de leurs orbites.

— Je vous suis reconnaissant de m'avoir amené ici, déclara-t-il d'une voix forte. Mais pour l'instant, vous pouvez m'aider en sortant de ma chambre.

— Au revoir, Dr Denby. Je vais faire préparer une ordonnance pour un puissant sédatif, et je la laisserai à Archie. Si vous vous souciez vraiment de lui ou de la sécurité des autres personnes dans cette maison, vous le prendrez.

CHAPITRE 15

— La vieille Lady Birch n'a pas fait les choses à moitié en jetant un pavé dans la mare.

La lumière dans la pièce avait changé. À présent, les arbres au-delà de la fenêtre en demi-lune tissaient des ombres sombres, et l'air était rempli des parfums de la rivière du soir. Rufus cligna des yeux et tourna la tête sur l'oreiller.

— Étais-je endormi ?

— Je n'étais pas sûr. J'ai continué à lire et à te parler quand même.

Archie mit le livre de côté et se pencha en avant sur son fauteuil à côté du lit. Il sourit : une douce lueur dans la pénombre.

— Les pasteurs de la campagne ne s'attendent pas forcément à ce que leurs auditeurs soient éveillés.

— Mais je... Winborn était ici. Je pense que j'ai été impoli avec lui.

— Je suis sûr qu'il l'avait bien cherché. C'est un vieux bâton sec parfois, et il oublie ses manières au chevet des malades.

— Il s'inquiète pour toi, c'est tout. Et pour tout le monde ici.

— À cause de toi, espèce de sauvage ? Je suis certain que Drusilla, Mme Nettles et moi pouvons parfaitement nous occuper de ça.

— Non. Pas à cause de ça.

L'expression d'Archie s'assombrit.

— Ce n'est pas son affaire. Tu n'avais pas besoin de lui dire.

— Je ne l'ai pas fait. Il a été en contact avec ta cousine au musée. Je l'ai dit à Caroline, il y a quelques années, à cause de…

— À cause de ce qu'*elle* est ?

— Oui. Je pensais que le secret était bien gardé.

— Il aurait dû l'être. Caroline a passé toute sa vie d'adulte avec une amie fidèle. Je ne peux pas croire qu'elle ait été si indiscrète.

— Ne lui en veux pas. Il semble que Winborn se soit montré insistant afin de découvrir ma maladie. Et bien sûr, elle connaissait mon… elle connaissait Henry.

— Henry ? C'est le nom de ton…

Il se tut, rougissant légèrement. Rufus eut pitié. Il n'y avait pas de mots gentils ou appropriés, et toutes les étiquettes étaient cruelles.

— *Mon* fidèle ami. Oui. Maintenant, dis-moi ce qui s'est passé avec Drusilla.

Archie se leva. Il commença à faire un pas dans la pièce, nerveux.

— Elle s'est transformée en châtelaine, voilà ce qui s'est passé. Lady Birch lui a tout légué. Sa maison, sa terre, et une somme d'argent plutôt étonnante.

— Mon Dieu.

— La nouvelle s'est vite répandue et une demi-douzaine de proches pleins d'espoir, qui n'avaient pas vu la vieille Birch depuis des années, se sont soudain présentés au salon.

— Il ne faut pas qu'il y ait une homologation ou quelque chose comme ça ?

— Si, mais Lady Birch avait tout préparé. Son avocat était là, et il a passé tout l'après-midi à essayer de calmer les choses. La pauvre Drusilla s'est fait insulter, mais elle semble ne pas en faire cas.

Soudain, Archie cessa de faire les cent pas. Il retourna près du lit et s'assit avec précaution sur le bord du matelas. Il saisit le poignet de Rufus, en une prise chaude et électrique.

— Peu importe Drusilla. Parle-moi d'Henry. Je t'en prie.

Rufus déglutit.

— La partie la plus facile à dire, c'est qu'il est mort.

— Oh, mon Dieu.

— Tout va bien. Je vais bien. Nous étions... Notre amitié, notre liaison... C'était fini avant ça. La vérité, Archie, c'est que je n'ai jamais voulu faire cette stupide guerre. Je ne connaissais pas les camps de la mort à l'époque, les Juifs, et je me voulais pacifiste. J'allais me déclarer objecteur de conscience.

— Quoi ? Le Capitaine Denby, la terreur du front occidental ?

— Oui. Mais à l'époque, je ne croyais pas à la violence, quelle qu'elle soit. J'étais un universitaire – je ne voyais pas en quoi j'étais concerné. Bien sûr que si. Étoile jaune, triangle rose…

Il retourna sa main pour rencontrer celle d'Archie. Pourquoi pas ? Son pitoyable secret était maintenant connu, et Archie en avait un aussi, confié à Rufus par une personne aussi indiscrète que la pauvre Caroline Taylor. Une fois, il y a longtemps de cela, Archie avait lui aussi embrassé un autre homme, l'avait tenu dans ses bras et l'avait aimé.

— C'était pour nous tous.

— Qu'est-ce qui t'a fait changer d'avis ?

— J'aimerais que ce soit une bonne et noble raison. J'ai dit à Henry ce que je voulais faire. Il était très jeune, très beau, et je suppose que j'étais... très épris de lui. Il m'a demandé ce que je ferais si l'Allemagne nous envahissait, si un gros officier SS frappait à notre porte d'entrée avec un fusil à la main.

— Je me suis posé des questions similaires. Qu'as-tu répondu ?

— J'ai dit que je mourrais pour lui, bien sûr. Et il a répondu qu'il ne voulait pas que je meure. Si cela arrivait, il s'attendait à ce que je prenne un fusil, une brique ou un tisonnier et que je me batte pour lui. Puis il m'a quitté et est allé vivre avec un riche lieutenant de la marine qu'il voyait depuis des semaines dans mon dos. Et j'ai décidé qu'il avait raison, alors je me suis enrôlé.

— Oh, Rufus.

— C'est bon, vraiment. Ce qui est ironique, c'est qu'Henry a finalement été tué chez nous, lors d'un des derniers raids. Il était retourné à notre appartement pour récupérer des affaires, et tout le quartier a été détruit par un V2. J'étais au front. Je n'en ai rien su pendant des semaines.

Rufus n'aurait pas pu supporter les mots doux et plein d'émotions qu'Archie allait lui murmurer : il leva sa main libre pour l'inciter à se taire.

— Que penses-tu de tout cela, révérend ? L'objection de conscience, le pacifisme et tout ça ?

Archie s'éclaircit la gorge.

— En tant qu'homme de Dieu, je suis censé être en faveur de la paix.

— Oh, nous le sommes tous, n'est-ce pas ? Même Oppenheimer et sa satanée bombe. Nous avons juste des moyens différents d'y parvenir.

— Et ce n'est pas ce que tu demandais, je sais. J'y ai beaucoup réfléchi. J'allais faire un sermon sur le sujet à un moment donné, mais ils me pendraient à l'arbre le plus proche, tous ces paisibles villageois, si je montais en chaire et prêchais en faveur de l'objection maintenant.

Archie serra la main de Rufus, presque distraitement, alors qu'il essayait de rassembler ses pensées.

— Il me semble que le dernier choix laissé à un pacifiste serait un choix négatif. Tu aurais pu refuser de t'engager. Tu aurais pu rester à Londres, défendre Henry en chair et en os en dernier recours.

— C'est ce que je voulais, je suppose. Pour le protéger d'une balle. Et... ils auraient enjambé mon cadavre et l'auraient tué de toute façon. Je suppose qu'il le savait.

— C'est ce que j'entends par *ultime recours*, non pas de mourir pour, mais de mourir *avec* son bien-aimé. Si tu étais resté à Londres, tu aurais pu mourir avec Henry lors du raid. Cela aurait-il servi à quelque chose ?

Rufus ôta sa main. Il se pencha vers l'avant, cachant son visage.

— Je ne sais pas, dit-il misérablement. Tout ça me semble être un jeu de merde maintenant.

— Eh bien, n'effraye pas ta chienne.

Il jeta un coup d'œil sur le sol. Pippin était assise à côté du lit et le regardait anxieusement. La porte était légèrement entrouverte, comme si elle s'était faufilée à l'intérieur.

— Mme Nettles autorise-t-elle les chiens dans les chambres ?

— Non.

— Et sur…

Il s'interrompit lorsque la chienne monta sur le lit, passant son museau mouillé sur son visage.

— Et sur les lits ?

— En aucun cas un chien ne doit monter sur un lit dans cette maison.

Les règles de Mme Nettles étaient faites pour être brisées par amour. Rufus caressa les oreilles de Pippin, repoussant son assaut, et elle s'affaissa sur ses genoux, la queue battant la chamade. L'immense douleur qu'il ressentait en pensant à Henry – les petites trahisons constantes, la peur d'être exposé, la mort choquante du jeune homme – le terrassa comme une vague s'écrasant sur un rocher. Il s'affaissa contre les oreillers.

— Je n'aurais jamais cru que je parlerais de lui à qui que ce soit.

— Je suis content que tu l'aies fait.

Archie caressa les côtes de Pippin, qui tressaillit de plaisir.

— Pour ce que ça vaut, je ne pense pas que tu te sois trompé dans les idéaux que tu avais autrefois.

— Vraiment ? N'étais-tu pas toi-même une sorte de terreur, là-bas en France ?

Archie rit.

— Les soldats me surnommaient le Christ à moto. Mais… ne penses-tu pas que mourir pour quelqu'un, ou avec quelqu'un, est finalement le choix le plus courageux qu'un homme puisse faire ?

— Le plus solitaire aussi.

— Oui. Mon Église dit que le Christ est mort pour nos péchés – et nous avons enjambé son cadavre et continué à pécher quand même. Nous sommes censés l'imiter. Mais c'est un rôle profondément passif, et cela ne me convient pas très bien.

Rufus ferma les yeux. Il avait besoin de se cacher un instant de la présence ardente de son ami, de la lumière qui émanait de lui lorsque son cœur et son esprit étaient pleinement engagés. Comment cela aurait-il été, en vieillissant, d'avoir un tel compagnon ? D'être rentré à la maison avec un tel homme au lieu de ce pauvre Henry qui se pavanait, avec sa vanité et sa faim insatiable de cadeaux et d'adulation…

Puis, impuissant, dans l'obscurité derrière ses paupières, Rufus pensa au mot *passif.* Rien à voir avec ce dont parlait Archie, mais Rufus s'était penché sur des textes médicaux pour essayer de découvrir pourquoi il était tel qu'il était. Il s'était entretenu avec d'autres hommes de l'armée, des garçons joyeux et mondains qui avaient une vision étendue des plaisirs à prendre dans des régions étrangères. Un bougre passif. Un pédé actif... Il n'avait jamais compris comment ces mots pouvaient décrire son propre cas, mais entendre Archie en prononcer un, provoqua en lui une excitation imprévue. Pour l'éviter, il ouvrit les yeux, revenant maladroitement sur le dernier point d'Archie.

— Ton Église dit que le Christ est mort pour nos péchés… Je sais que tu ne crois pas en Dieu. Crois-tu en ces mots ?

— Eh bien, ça ne me semble pas dénué de sens, n'est-ce pas ? Mais en dehors de la croyance, il y a la question pour moi, personnellement, de savoir si je voulais qu'il le fasse.

Archie se releva, les muscles tendus. Il alla se placer près de la fenêtre en demi-lune.

— Ne crois-tu pas qu'un homme devrait assumer ses propres satanés péchés ? Ne crois-tu pas qu'il devrait être suffisamment fort pour les commettre et les accepter, et les expier comme il peut – dans ce monde, je veux dire, pas dans un purgatoire accommodant ?

Archie parlait de ses propres péchés avec Richard. Rufus en était certain et n'osait pas le dire, même si cela aurait pu briser la glace d'un océan de chagrin retenu, le libérer et le racheter, tout comme son propre chagrin à propos d'Henry avait été assimilé jusqu'à devenir supportable.

— Un purgatoire accommodant, répéta-t-il. Tu ne ressembles plus beaucoup à un pasteur, là, tout de suite.

— Je sais, bon sang.

Archie ouvrit la fenêtre en grand. Rufus entendit de nouveau le sifflement dans ses poumons et commença à sortir du lit, mais Archie se retourna rapidement et vint le retenir, ses grandes mains sur ses épaules.

— Non. Tu dois rester là.

— J'ai promis à Winborn que j'essaierais de partir.

— Qu'est-ce que le diable a à voir avec ça ?

— C'est ton ami, Archie. J'admets que c'est un vieux schnock aigri, mais il a tes intérêts à cœur.

— Son idée de mes intérêts, peut-être. Je n'ai jamais remis cela en question. Mais à présent, je regarde en arrière, je...

Il était au bord du gouffre. Rufus tenait les bras d'Archie, ses doigts agrippés au coton noir de sa chemise. Mais au bout d'un moment, le vicaire se libéra.

— Tu dois te reposer, dit-il d'un ton sévère. Et tu dois rester ici.

— Dans ce cas, tu ferais mieux de me donner le sédatif qu'il a prescrit.

— Non. Je ne vais pas te droguer comme une bête de somme. Je ne te laisserai faire de mal à personne, et je ne laisserai aucun mal t'arriver.

— Comment peux-tu me promettre ça ?

— Fais-moi confiance.

Il se redressa.

— Je dois aller vérifier qu'il n'y a pas de parents de Lady Birch mécontents encore cachés sous les buffets, et je vais te chercher à manger pendant que je suis en bas. Tout à l'heure, je te lisais ceci. Tu semblais l'apprécier, d'une manière inconsciente.

Rufus prit le livre relié en cuir qu'il tenait à la main.

— Oh. Merci, mais…

— Quoi, tu n'apprécies pas Trollope ?

Le visage d'Archie était solennel, alors Rufus l'imita.

— Je ne l'ai jamais lu, vraiment. Des mélodrames victoriens, pas vrai ? Ils n'ont pas grand-chose à voir avec notre mode de vie actuel.

— Oh, *Notre mode de vie actuel* est probablement son meilleur. Celui-ci est le dernier de sa série sur le Barsetshire. Je l'aime beaucoup parce qu'il me montre le genre de pasteur de campagne que je ne devrais pas être, et le genre que je pensais pouvoir devenir un jour. Tu devrais le lire.

Rufus n'avait guère le choix. Archie ferma doucement la porte de la chambre derrière lui, et il se retrouva seul. Il pouvait soit se perdre dans ses pensées et ses souvenirs, soit emprunter ceux qui se trouvaient à l'intérieur de la couverture parfumée et usée du livre d'Archie, qui devait être intéressant s'il était devenu l'un de ses préférés. Rufus regarda la porte pendant un moment, se laissant aller au plaisir douloureux d'être un invité dans la maison de ce brave homme. D'avoir une place sous son aile. Il fallait que ce soit bref ; l'honneur et le bon sens le poussant à tenir sa promesse faite à Winborn. Les yeux de Rufus le piquèrent, et il se concentra sur le titre lorsqu'il ouvrit le livre.

Les goûts d'Archie étaient démodés. Les deux premiers chapitres rappelèrent à Rufus les raisons pour lesquelles le monde victorien, si douillet et si confortable, l'ennuyait lorsqu'il était étudiant. Le snobisme, les distinctions de classe impitoyables, l'ostracisme du brillant et ascétique révérend Crawley pour aucune autre raison que la pauvreté... Se souvenant de son expérience de quelques jours de Droyton avec Mme Trigg, Rufus revit son opinion sur la pertinence du livre en ces temps modernes.

Puis il sourit. Josiah Crawley était le vicaire idéal d'Archie. Ignorant les règles et les apparences sociales, il partageait ses maigres ressources avec les misérables briquetiers de sa paroisse. Il enseignait à sa fille le grec et l'hébreu sans se soucier de son sexe, considérant seulement qu'elle était humaine, et que l'éducation était bonne pour tous les êtres humains. Aimé jusqu'à la mort et au-delà par une femme qui voyait ses imperfections et s'accrochait à l'esprit irréprochable qui se trouvait en lui... Si Archie avait été là, Rufus lui aurait dit qu'il était heureux qu'il ne ressemble pas de trop près à son idéal.

La volonté de donner jusqu'à sa chemise, et la douce et noble impatience envers les convenances. Mais Crawley méprisait le monde matériel, et Archie en était amoureux. Il suffisait de penser à lui debout face au soleil, sur Pilgrim Way, tournant son visage vers la danse des ombres des feuilles, pour s'en rendre compte. Rufus continua de lire, tournant les pages plus rapidement alors que l'histoire s'emparait doucement de lui. Crawley, accusé d'un petit larcin qu'il n'aurait pu commettre, pas plus qu'il n'aurait pu voler, commença une désintégration mentale dont Rufus ne connaissait que trop bien les étapes. Mark Robarts entra en scène, avec ses efforts maladroits pour l'aider, et Rufus reconnut immédiatement le revers de la médaille d'Archie, l'homme qu'il craignait de devenir : le pasteur confortable, sensuel, chasseur-tireur, trop profondément plongé dans la richesse et le confort pour se souvenir de sa vocation spirituelle.

Il n'y avait pas beaucoup de ressemblance non plus. Rufus le lui dirait dès son retour. C'était le meilleur des deux mondes, une âme vivante qui avait traversé la guerre avec son humanité intacte, même s'il avait laissé sa foi derrière lui, dans la boue. C'était malheureux que le pauvre Crawley ait eu à souffrir ainsi. Le commandant Grantly avait rompu ses fiançailles avec la fille de Crawley. Il n'était qu'un lâche qui méritait d'être piétiné, et Rufus aurait aimé le faire lui-même. Il était absurde que Mme Robarts doive faire passer clandestinement de la confiture et du poulet aux enfants malades de Crawley à cause de la fierté de leur père. Quant à l'archidiacre, s'il ne reconnaissait pas à temps en Crawley un noble frère spirituel pour empêcher la disgrâce catastrophique du pauvre vicaire...

Rufus tournait les pages de plus en plus vite dans son anxiété grandissante pour ces personnages sortis tout droit de l'imagination depuis longtemps éteinte de Trollope. Il s'allongea et lut comme il le faisait dans son enfance, le livre juste devant son nez, les orteils recroquevillés au pied de lit comme pour l'empêcher de flotter dans l'espace. Dans la maison du révérend Thorne, il se sentait comme enveloppé dans un hamac ou une chrysalide, dans une profonde étreinte de robustes bras masculins. La nuit tombait, et au moment où le ciel d'été fut d'une noirceur chatoyante, une main attentive ôta le livre ouvert de son visage.

***

Il se réveilla dans les tranchées, son ennemi à ses côtés. Cette fois, l'hallucination ne le dévora pas tout entier : il avait vaguement conscience que son corps restait dans un endroit magnifique, gardé, soigné et sûr. Une profonde tristesse s'empara de lui. Peu importait où il allait, il finirait ici. Peu importait qui il cherchait en amitié et en amour, l'ombre tomberait : un taureau dans un labyrinthe, un Minotaure sans visage, gémissant et reniflant dans le noir, un démon avec le pouvoir d'envahir une pièce éclairée par le feu et de la remplir de boue, de sang et d'horreur.

Rufus déchira le drap et se mit à genoux. Il allait tuer ce salaud cette fois-ci, point à la ligne. Il aplatit ses mains sur le matelas et laissa échapper un long hurlement de désespoir. C'était insupportable que toute la beauté, la sécurité, la douceur dont il était entouré soient gâchées et réduites en poussière. Il éclata en sanglots.

La porte de la chambre s'ouvrit. Rufus saisit sa chance. Il ne pouvait pas voir, mais cela n'avait pas d'importance. Qui d'autre que son ennemi oserait le retrouver ici dans la tranchée éclairée par le feu ?

— Charles, rugit-il, se précipitant au bout du lit et dans l'enfer des terrassements derrière Fort Roche. Arrête, bon sang ! Je ne te laisserai pas faire cette fois-ci !

Il entra en collision avec de la chair et des os. Le pire, c'est qu'il reconnut Archie d'emblée, par son odeur et sa chaleur, et par la maîtrise avec laquelle il le retenait et le contrôlait.

— Rufus, lui murmura Archie à l'oreille d'une voix haletante.

Mais cela ne servit à rien. La force du flash-back les anéantit tous les deux.

Ils s'écrasèrent ensemble sur le sol de la chambre. Rufus chercha à s'emparer de l'arme à la ceinture de Charles, mais ce lâche l'avait cachée quelque part, prête pour la scène atroce qui suivait toujours cette bagarre.

— Donne-la-moi, grogna-t-il, en faisant rouler Charles, et il cria lorsqu'il fut soulevé par une force colossale qui le fit rouler à son tour, le jetant contre l'armoire, dont Rufus ne pouvait pas expliquer les pieds griffus, à moins que le Minotaure n'ait appris à danser.

La violence s'empara de lui. Le coup qu'il asséna se répercuta dans tout son corps. Il pouvait goûter le sang de son ennemi. Des connexions se formèrent dans son esprit : Charles était l'ennemi, le monstre qu'il cherchait dans les tunnels boueux de ses rêves depuis son retour du front. Charles, son commandant. Son beau-frère, le garçon au doux caractère avec lequel il avait couru avec Rosie dans les prés de son enfance...

— Charles, arrête, supplia-t-il, en donnant un autre coup de poing à ce visage qu'il aimait tant. Arrête. S'il te plaît.

— Je le ferai si tu le fais.

Il ne pouvait pas. Où qu'il aille, quelle que soit la distance parcourue, ce rêve l'obligeait à traquer tout ce qui ressemblait à la bête, la plus grande menace. Il se tortilla pour se libérer du poids de la bête – si chaude, cette bête, qui sentait l'amour et non la mort – et se remit debout. La bête aussi s'était relevée.

— Rufus, arrête-toi, ordonna-t-elle, et cette fois, il retint son poing avant qu'il ne frappe. Tu cherches l'homme le plus fort ? Tu l'as trouvé. Je suis là.

CHAPITRE 16

Rufus se réveilla. La boue et le sang avaient séché, formant sur sa peau une croûte fine et fragile qui se craquela et tomba. La tranchée s'ouvrit sur la lumière de l'aube. Ce n'était pas Charles qui le tenait dans ses bras, mais Archie. Archie et sa robe de chambre froissée, son pyjama à motifs brillants, son regard brûlant de passion et de pitié. Rufus serait tombé amoureux de lui à cet instant, s'il n'avait pas déjà plongé et perdu cette bataille quelque part dans les ruelles de Droyton.

— Archie, murmura-t-il, en levant une main tremblante pour caresser le visage qu'il avait meurtri. Archie !

— Oui. Tu dois arrêter ça à présent.

Rufus ne le pouvait pas. Il glissa une main autour de la nuque d'Archie, le tira vers lui et l'embrassa : brièvement, fort, sur la bouche. Il le libéra aussitôt et recula, le repoussant presque. Il était plus facile de faire cela que d'être rejeté, de voir le choc, le dégoût... Mais Archie se contenta de froncer les sourcils. Il toucha sa lèvre avec étonnement, comme s'il se souvenait. Puis il tendit le bras et agrippa Rufus par le devant de son pyjama.

— Viens ici.

— Archie…

— Viens ici. Pour l'amour de Dieu.

Rufus trébucha vers lui. Archie ne lâcha pas sa prise : il s'en servit pour le hisser et, au dernier moment, l'attrapa tendrement de sa main libre, prenant sa mâchoire en coupe. Il baissa la tête. Un faible bruit lui échappa, un sanglot de désir étouffé. Il ferma les yeux et pressa sa bouche contre celle de Rufus.

C'était étrange, maladroit. Il avait dû recevoir au moins un coup de poing, parce que la lèvre de Rufus pulsait d'une douleur délicieuse et sauvage. Archie l'embrassait comme un homme à qui on avait attaché les mains et les pieds pendant que d'autres personnes baisaient, dansaient et s'aimaient autour de lui, à quelques centimètres, intouchables. Bon sang, Rufus savait ce que ça faisait. Il passa ses bras autour de lui, essayant de cacher son érection. Archie gémit et le repoussa, le déséquilibrant. Ils s'écrasèrent contre l'armoire.

— Cher Archie. Laisse-moi au moins t'emmener au lit.

— Je ne peux pas. Je… Oh, oui.

— Assure-toi que la porte est fermée.

— Elle l'est.

— Tu ferais mieux de fermer la fenêtre. Tire aussi les rideaux, dit Rufus en agrippant ses épaules. Les fenêtres ont-elles des volets ?

— Euh… oui, mais…

— Mieux vaut les fermer.

— Rufus, c'est ma maison. Nous sommes au grenier. Je ne vais pas nous enfermer dans le noir.

— Il le faut. Tu ne comprends pas. Tu pourrais être emprisonné et disgracié pour ce que tu viens de me faire, sans parler…

Rufus prit une profonde inspiration.

— Sans parler de ce que je vais te faire.

— Seuls les oiseaux nous verront. Les papillons de nuit et les chauves-souris qui rentrent chez eux.

Rufus rendit les armes. Quand Archie le poussa vers le lit, il se laissa faire. Le Veronal avait à présent été évacué de son système, il n'y avait plus rien pour émousser ses réactions. Il grimpa sur le matelas, Archie derrière lui, et c'était comme se faire tacler par un ours. Ils s'effondrèrent sur les draps. Rufus s'écrasa sur le dos. Il ouvrit les jambes et Archie se faufila entre elles, sa queue dure s'enfonçant dans le ventre de Rufus. Il aurait tout donné pour arracher son pyjama, écarter les cuisses et laisser l'homme le baiser à sec dans le feu de l'action… Des mois qu'il n'avait pas connu ça : se tenir à plat ventre, les dents serrées, un marin grec bien musclé tenant un oreiller sur sa bouche pour le faire taire dans une chambre d'auberge...

Pas ainsi, pas avec Archie. Rufus s'en remettrait, mais pas le vicaire au cœur pur qui n'avait pas porté la main sur un homme depuis plus de vingt ans.

— Ralentis.

— Dis-moi quoi faire.

— Je suis en train. Reste allongé. Respire.

— Mais je veux…

Oh, le pauvre ne pouvait même pas s'exprimer, il rougissait plus fort que l'aube qui s'élevait sur les collines. Ses cheveux tombaient sur son front, des frissons brûlants courant le long de sa peau.

— Je veux t'*aimer*. Je ne sais pas comment.

— Tu le fais depuis que nous nous sommes rencontrés. Si tu me demandes comment faire l'amour avec moi, tu ne le peux pas, pas encore, pas de la façon dont tu l'imagines. C'est trop tôt.

— Tu ne peux pas savoir ce que j'imagine.

— Je pense que je peux. Archie, écoute, avant de faire quoi que ce soit, tu dois savoir pourquoi le médecin a essayé de te détourner de cette situation. Ta vie entière, ta réputation ici, Alice Winborn...

— Mais qu'est-ce qu'Alice a à voir avec ça ?

Rufus observa son visage. Malgré les manœuvres peu subtiles du médecin et l'humiliation de la jeune fille, Archie n'avait rien deviné. Comment Winborn avait-il réussi à l'inciter à se marier ? Archie devait alors ne pas être tout à fait lui-même, assommé par le chagrin à cause de Richard. Rufus embrassa son front humide, ses lèvres entrouvertes.

— Peu importe. Mais même si je sais que tu ne crois pas en lui, tu es censé être un homme de Dieu.

Archie déglutit.

— En te regardant, dit-il d'une voix rauque, je pense que j'ai peut-être eu tort. À propos de Dieu, je veux dire. Et de la foi.

La lumière du soleil se déversait dans la pièce. Rufus tressaillit alors que sa pupille se contractait sous la luminosité. Peut-être qu'Archie penserait qu'elle était la cause de ses larmes.

— Ne t'inquiète pas. Pas maintenant. Est-ce que le cordon de ton pyjama est détaché ?

— Oui, je ne l'ai pas noué… Qu'est-ce que tu vas faire ?

— Baisse ton pantalon. Appuie ton sexe contre le mien.

Les mots frappèrent Archie de plein fouet. Rufus le sentit se cambrer sous l'impact.

— Tout va bien. On peut dire des choses, les faire. Si Dieu nous a créés, c'est pour que nous nous aimions les uns les autres.

— J'aurais aimé qu'il soit un peu plus clair. Dans les instructions, je veux dire, la Bible et l'Église, et...

— Je ne suis pas sûr que ce soit Dieu. Je pense que c'est juste nous.

— Espèce de magnifique hérétique. Et *ton* Dieu ?

— Le mien ?

— Tu m'as parlé de lui. Dieu des collines et des arbres. Des larges plateaux ensoleillés.

— Et toi.

— Oh mon Dieu, oui. Et toi.

Rufus défit le nœud.

— Je ne pense pas que mon Dieu ait un problème avec ça.

— La lumière du soleil devrait brûler notre peau.

— Mais ce n'est pas le cas, n'est-ce pas ? Enlève ta robe de chambre.

Rufus l'aida à l'ôter, déboutonna rapidement sa veste de pyjama et l'enleva aussi. Malgré les poils couleur sable d'Archie et le bronzage de ses mains, les larges épaules étaient pâles. Rufus les recouvrit de baisers puis trouva le creux à la base de sa gorge où son pouls battait rapidement. Il mordit doucement une clavicule, et Archie gémit et, frémissant, poussa avec force entre ses cuisses.

Cela suffirait. Ah, pour l'instant, quel que soit le temps que leurs dieux respectifs leur accordaient, quand bien même Archie continuait à nier l'existence du sien, et même si c'était peu... oui, ça suffirait, et Rufus baissa le bas du pyjama d'Archie sous ses fesses. Il frémit et agrippa ses hanches jusqu'à ce que la queue chaude d'Archie se retrouve collée contre la sienne, et il rua pour le sentir encore plus près.

— Oui, dit Rufus contre son cou, la respiration hachée. Comme ça, oui. Encore.

— Mais est-ce… est-ce suffisant ?

C'était sur le point de devenir bien plus que ça. Rufus saisit le cul d'Archie. Puis il se cambra une nouvelle fois à sa rencontre, le serrant plus près. Le vent soufflait, faisant onduler dans la pièce les rideaux délavés par le soleil, telles des ailes en plein vol.

— Encore, haleta-t-il, puis il reposa sa tête sur l'oreiller, fermant les yeux, l'orgasme grimpant sans qu'il puisse l'arrêter. Archie tomba vers l'avant et enfouit son visage contre son épaule. Ses cris désespérés, étouffés pour le salut du monde au-delà de la fenêtre, vibraient dans le cœur de Rufus. Son dos puissant s'arqua, une fois, deux fois, jusqu'à la délivrance. Son sperme gicla, fort, chaud, ses spasmes tendant ses muscles sous les mains de Rufus.

Rufus le garda près de lui quand il eut fini. Il profita de l'étreinte de ses cuisses pour le serrer plus fort et le berça doucement, juste un peu, d'avant en arrière. Désormais, les tremblements qui le traversaient étaient tout autres. Archie ne serait jamais un homme à crier haut et fort. Rufus saisit la couette et la tira le plus haut possible pour le protéger.

— Tout va bien. Tu vas bien.

Un sanglot écrasé.

— Je suis vraiment désolé.

Rufus cessa de respirer. Le dieu d'Archie avait peut-être gagné finalement. Il gagnait tout le temps.

— Désolé d'avoir fait ça ?

— Non. Non ! Désolé de l'avoir fait comme ça. Je voulais être meilleur.

Tu le seras la prochaine fois. Rufus n'osa pas le dire. Les hommes fraîchement baisés, surtout les hétéros, n'aimaient pas entendre parler de prochaine fois, comme si une aventure pouvait devenir une habitude. Un besoin.

— Tu étais parfait, dit-il sincèrement. Parfait pour moi.

— Peut-être que je ferai mieux la prochaine fois. Mais je n'ai jamais été très bon, même pas avec...

Sa voix trembla et mourut. Rufus le fit rouler dans l'enchevêtrement des draps, en gardant l'édredon en place. Cela rendrait-il les choses plus faciles pour lui, ou pires, de savoir à quel point Rufus comprenait ?

— Écoute, commença-t-il, et Archie vit aussitôt où il voulait en venir.

Il le regarda, les yeux grands ouverts.

— Oh. Winborn t'a raconté. L'histoire de Richard.

Rufus aurait aimé croire que toute l'histoire n'était qu'une fiction. Et ça aurait été possible, en y réfléchissant : ce serait bien le style de Winborn de garder un petit ami tragique dans le placard d'Archie, prêt à se jeter sur tout nouveau prétendant.

— C'est tout ce que c'était ? Juste une histoire ?

— Non. J'aurais aimé que ce soit le cas, plus que tout, dit-il en affichant un sourire timide qui fit mal au cœur de Rufus. Au fait, nos amis seraient-ils indiscrets ?

— Ils pourraient tout aussi bien utiliser des porte-voix.

— Richard était réel. Et je suis sûr que le docteur ne t'a pas menti, mais…

Il caressa le visage de Rufus, tira sur l'édredon jusqu'à ce qu'il soit lui aussi protégé et au chaud.

— C'était il y a très longtemps. Je l'aimais. Et depuis, j'ai fait mon deuil et me suis confessé, de toutes les manières possibles, presque tous les jours, mais cela ne change rien. Cela ne me change pas.

— Que veux-tu dire ? chuchota Rufus.

Il savait ce que cela signifiait. Mais la vie ne pouvait pas être si douce envers lui, ni si paralysante et compliquée pour le pauvre Archie.

— Ça ne te change pas ?

— Je tenais à Richard bien plus que je n'aurais jamais pu tenir à ma femme, même si j'avais compris – tout comme elle – ce que Winborn avait essayé de faire pour moi, et elle et moi étions devenus de bons amis. J'ai rempli mes devoirs conjugaux minimaux et, heureusement, elle n'en a jamais voulu davantage. Avec Richard, c'était comme voler, ou s'enflammer, ou mourir de la meilleure façon qu'on puisse imaginer, bien que j'aie toujours...

Il se tut, secoua la tête.

— J'ai toujours volé, je me suis toujours enflammé et je suis mort trop tôt. Ce que je veux dire par « ça ne me change pas », c'est que je suis homosexuel, tout comme toi, bien que toute ma vie, j'ai fait en sorte d'éviter que ce soit le cas.

— Il le fallait. Même si tu n'avais pas été vicaire, crois-moi, je sais ce que c'est. Mais tu *l'es.*

— Un vicaire impie. Qui se réchauffait chaque nuit au feu de ses souvenirs d'un autre homme.

— Oh, Archie. Comment était-il ?

— Magnifique. Des yeux sombres, mince. Intelligent, il posait déjà des questions auxquelles nos professeurs de théologie ne pouvaient répondre. Nous avions l'habitude de descendre au hangar à bateaux le dimanche après-midi quand le terrain de l'université était désert, et… Peux-tu supporter d'entendre ça ?

— Je veux l'entendre. Archie, pardonne-moi. Je le veux sûrement pour les mauvaises raisons.

Archie fronça les sourcils. Mais il ne pouvait pas rester longtemps dans l'expectative, pas alors qu'ils étaient enchevêtrés dans les draps humides. Il pinça les lèvres, une étincelle de malice inopportune s'allumant pour faire la lumière sur cette triste histoire.

— Oh. D'une manière *sexy*, Dr Denby ?

Ce n'était pas un mot que Rufus utilisait. Trop nouveau, trop étrange. Et il y avait encore le poème d'Auden, mais pas la partie que le révérend Thorne avait citée à l'église : *les airs sexy de l'été, les heures de baignade et les bras nus, les promenades en voiture dans un pays de fermes, sont bons pour un nouveau venu…*

— Je suppose que oui, que Dieu me vienne en aide.

— Eh bien, je te dis la partie sexy. Il y a assez de raisons pour être tristes, mon vieux, et nous faire pleurer à jamais, alors profitons-en aussi. Nous allions au hangar à bateaux le dimanche après-midi, et nous fermions les portes côté champ pour ouvrir celles de la rivière.

Archie bougea légèrement et posa une main maladroite sur la verge de Rufus.

— De cette façon, nous ne pensions plus au monde qui nous entourait, tu comprends. Nous nous embrassions jusqu'à ce que nous soyons tous les deux frustrés et aussi durs que tu l'es à présent, et nous avions une... discussion théologique sur la question de savoir si nous irions en enfer ou si nous irions simplement faire de la prison au purgatoire. Nous nous demandions quelle différence cela ferait si nous allions jusqu'au bout, bien que je sois sûr qu'aucun de nous ne savait ce que nous voulions dire par là.

— Ce n'était pas le cas ?

— Aller jusqu'au bout… Non, pas comme je le comprends maintenant. Je ne l'ai jamais fait à un homme, personne ne me l'a jamais fait non plus, bien que j'aie passé un temps absurde à y penser.

— Dans ton abri de jardin ?

— Oui, souvent. Pas étonnant que cette satanée moto soit aussi cabossée.

Rufus fut secoué d'un rire silencieux, et son sexe durcit toujours plus. D'un instinct aveugle et passionné, il roula sur le côté, se pelotonnant.

— Viens et allonge-toi contre mon dos. Est-ce que tu deviens dur aussi ?

— Oui. Je ne pensais pas que ça pourrait se reproduire si vite.

— Cela dépend du temps que tu as attendu. Mets-le entre mes cuisses. Ne pousse pas à l'intérieur, parce que ça ne me dérange pas d'avoir un peu mal, mais toi si. Ça te dérangerait de me faire mal, je veux dire.

— Je ne pourrais pas le supporter.

— Tu ne le feras pas. Juste… Oh, oui. Glisse-le entre mes fesses.

Levant une jambe, Rufus écarta les cuisses, sa main humide et maladroite sur sa peau. Juste assez pour faire de la place. Il resta allongé, immobile, respirant doucement, tandis qu'Archie obéissait.

— Raconte-moi la suite.

— À propos de Richard et moi ?

Que de douleur dans sa voix profonde !

— À présent, c'est moi qui te fais *mal.*

— Pas autant que vingt ans d'un silence bienveillant et suffoquant. Il était *vivant*, Rufus. Il a existé. Il était réel.

— Je sais. Raconte-moi pendant que tu… Ah, oui.

La prochaine fois, je te laisserai pousser ton érection jusqu'au bout. La prochaine fois, nous trouverons ce que les gens utilisent comme lubrifiant dans cette région sauvage. Comme si nous allions avoir des prochaines fois.

— Le hangar à bateaux. Un après-midi ensoleillé.

— Il faisait beau, cette ultime fois. Les baisers devenaient trop fiévreux. Je voulais me mettre à genoux et le sucer, tu sais, pour relâcher un peu la pression. On s'était déjà fait ça tous les deux. Mais même cela lui faisait peur, alors on s'est déshabillés et on a sauté dans l'eau.

— Pour que personne ne puisse voir.

— Pour que nous ne puissions pas nous voir l'un l'autre. C'était profond, comme la rivière ici. Le courant nous a emportés jusqu'au pont.

Il a rempli ses poches de pierres et a sauté. Rufus ferma les yeux, laissa Archie le soulever et le tourner à moitié comme l'amant parfait qu'il aurait été, dans un monde où les beaux garçons n'avaient pas à mourir. Ils commencèrent à bouger ensemble, dans un ample mouvement de balancement.

— Que s'est-il passé ? Au pont ?

— Le courant était fort. Il nous a maintenus tous les deux contre un des piliers. Il a commencé à me faire… exactement ce que je te fais maintenant, et peut-être que nous aurions même réussi, avec l'eau pour nous aider. Nous étions tous les deux tellement, tellement excités.

— Archie…

— Oui.

Archie enroula un bras autour de lui. Il plongea sa main libre vers le bas et saisit timidement le sexe de Rufus.

— Est-ce que je le fais bien ?

— Très bien. Oui.

— Je l'ai senti, tu sais ? Je le sentais prêt à entrer en moi. Mais nous étions en train de crier à ce moment-là. On avait tout oublié. On s'est juste accrochés l'un à l'autre dans l'eau et on a joui, et joui encore.

Rufus se retourna sur le ventre. Il écarta les jambes, poussant de toutes ses forces contre la main d'Archie. Cette fois, l'embrasement démarra au niveau de ses orteils puis le traversa de part en part avec une lente puissance qui le consuma. Il grogna, se tortilla, mais fit taire ses cris de plaisir en enfonçant son visage dans l'oreiller. L'érection d'Archie glissa et le pénétra légèrement malgré toute leur prudence – un retour naturel à la maison, la meilleure des conclusions –, mais ils étaient tous les deux partis, aussi perdus maintenant que l'avaient été les adolescents à moitié noyés. Il enfouit sa tête dans l'oreiller à côté de Rufus et ne bougea plus.

***

— Raconte-moi la suite.

— Ah, non, Rufus. Personne ne veut entendre la suite.

— Moi, si.

— Très bien. Le doyen de l'université était en train de traverser le pont avec son caniche et sa salope d'épouse bien-pensante, si tu veux bien excuser mon langage. Le chien a aboyé, la femme a crié et s'est évanouie, et le doyen nous a fait rentrer nus, Richard et moi, au hangar à bateaux. Nous ne pouvions pas nager à contre-courant, tu vois.

Rufus se mit sur le dos. Il étendit les bras, et Archie, le regardant les yeux écarquillés, comme si c'était la partie la plus surprenante de ce qu'ils venaient de vivre, posa sa tête sur son épaule.

— Oui, je vois.

— Je pense que c'est vraiment le cas.

— Je vois la rivière, et toi et ce pauvre garçon marchant pieds nus le long de la rive. Il ne pouvait même pas te toucher, pas vrai ?

— Non, pas à ce moment-là, bien que j'aie essayé de lui prendre la main et de l'aider à surmonter les difficultés. Il était parti.

— Qu'a-t-il fait ?

— Winborn ne te l'a pas dit ?

— Si. Mais il n'allait pas me raconter les bons côtés, pas vrai ? Seulement la terreur et la douleur.

— Mmmm. À titre d'avertissement, pour s'assurer que rien de tout cela ne se reproduise jamais.

Archie leva un peu la tête, examinant le désordre houleux du lit.

— Tant pis pour ça. Quand nous sommes revenus, Richard s'est rhabillé, est sorti directement par la porte d'entrée du hangar à bateaux et a disparu. Je voulais le poursuivre, mais le doyen ne m'a pas laissé faire. Ce que je n'ai jamais vraiment pu me pardonner. C'était un petit homme si insignifiant, et pourtant...

— Quel âge avais-tu, Archie ? Dix-huit ans ?

— À peine. Et tout nu devant le doyen de mon université, et son foutu caniche. Mais quand même. Si je l'avais renversé, assommé avant de courir après Richard à temps…

Il aurait trouvé un autre moyen. Ce n'était pas ta faute. Des banalités réconfortantes traversèrent l'esprit de Rufus. Il les garda pour lui : Archie avait déjà dû les entendre, et aucune d'entre elles ne pouvait l'absoudre.

— Il y a des choses avec lesquelles nous devons vivre, répondit-il à la place, la gorge serrée par des sanglots refoulés. Je sais que parfois les gens n'y arrivent pas. Je suis heureux que tu aies pu.

Archie ferma les yeux. Ses muscles se relâchèrent, la tension se libérant tels des serpents chauds que Rufus pouvait sentir onduler à travers sa propre peau. Quelque part au fond de la maison, une porte claqua, Mme Nettles s'était levée et s'apprêtait à commencer sa journée. Ce fut certainement le signal pour Archie de commencer la sienne. Pour se rappeler qui il était et se retirer de ce lit de péché. C'était un homme trop bon pour en vouloir à Rufus qui l'avait corrompu, mais d'autres types bien avant lui s'étaient tenus debout, frissonnant dans la lumière froide du matin, en boutonnant leurs chemises et en suppliant Rufus d'oublier.

Au lieu de cela, il enroula un bras autour de la taille de Rufus. Il étendit sa main sur ses côtes, les pressant et les caressant. Rufus déglutit. Ils en avaient fini tous les deux, n'est-ce pas ? Les hommes se caressaient avant que la passion ne les consume, pas après. Henry avait détesté les conséquences de leurs actes, la viscosité et le désordre. Sa flamboyance reposait sur les bases chancelantes de la honte.

— Cher Archie, chuchota Rufus. Je ne pense pas pouvoir le faire à nouveau. Pas si vite.

— Mon Dieu, non. Tu ne veux pas te reposer un peu avec moi ?

Rufus embrassa son front.

— La lumière du jour nous a rattrapés, mon vieux. La maison s'agite. Et tu ne veux pas… aller te laver ?

— C'est ce que tu veux ?

— Oh, non.

— Tant mieux, répondit Archie en resserrant son étreinte. Ne t'inquiète pas. Maria ne m'apporte pas le petit déjeuner au lit et elle me voit rarement dehors avant sept heures. Il nous reste environ une heure. Je crois que je devrais me lever et m'occuper de toi, mais je ne veux pas perdre un instant de cette odeur, de cette sensation de te tenir dans mes bras. D'être dans les tiens.

— Oh, mon Dieu. S'il te plaît, arrête.

— Qu'est-ce qui ne va pas ?

— Tu me tues. Et… et les *draps*…

— Je dirai que tu as eu des sueurs nocturnes. Je vais défaire le lit et tout mettre dans la machine à laver moi-même. Elle vit avec un célibataire solitaire, Rufus, elle n'examine pas les draps. Serre-moi plus fort, tu veux bien ?

Assez fort pour lui faire sauter les vertèbres, pour lui arracher un petit rire de soulagement. Malgré tout, Rufus pensa un instant qu'il allait de nouveau avoir une érection, rouler au-dessus d'Archie et jouir sous la pure joie de partager la lumière de l'aube avec un amant. Mais Archie remonta la couverture, crocheta une jambe autour de ses cuisses, pressa un baiser endormi sur sa gorge et les roses de chintz fanées sur les murs commencèrent à bruisser et à se balancer dans la première brise de ses rêves.

CHAPITRE 17

— Le problème avec le fait que je t'ai tout dévoilé au sujet de Richard, dit Archie, s'installant confortablement dans un fauteuil près du feu, c'est que maintenant tu dois me parler de Charles.

Rufus fixa le tapis. De toutes les jolies choses dans la bibliothèque, c'était presque la plus belle, avec ses motifs de fleur de lys. Il décida de rester focalisé dessus, de suivre le fil tissé au lieu de réfléchir aux mots d'Archie. Il ne voulait pas y penser. Archie et Mme Nettles l'avaient aidé à descendre. Elle lui avait apporté son petit déjeuner sur un plateau et Archie l'avait installé sur le canapé avec une force tranquille, le recouvrant d'une couverture, allumant un feu malgré la chaleur du matin – pour la gaieté, avait-il dit, et pour aider à éloigner le chagrin. Le chemin des lys se refermait sur lui-même, si bien que Rufus reporta plutôt son attention sur le livre sur ses genoux.

— Tu avais raison pour le roman du Barsetshire. Je l'ai presque fini. C'était le dernier de la série ?

— Oui.

— Tu as les autres ? Je veux tous les lire.

Patiemment, Archie se leva. Il se posta devant l'étagère, derrière Rufus, et prit cinq autres volumes reliés de cuir de veau. Penché sur le dossier du canapé, il les posa un par un sur les genoux de Rufus.

— Et voilà. Maintenant, avant de commencer. Charles.

Rufus lui jeta un regard presque amer. Archie aurait dû être mal à l'aise avec lui ce matin. Même des amants qui se seraient retrouvés pour le petit déjeuner auraient été nerveux, renversant leur thé et bavardant de tout et de rien. Archie semblait être resté le même, sauf que ses yeux se posaient plus longuement sur ceux de Rufus lorsque leurs regards se croisaient, et d'une certaine manière, tous ses mouvements évoquaient une conscience de sa présence, une grâce tranquille qui ne les forçait pas à rentrer chez eux ni ne les privait de leur nouvelle position. C'était aussi un sacré casse-pieds.

— Je crois que je me suis souvenu de quelque chose. Une partie de ce qui s'est passé à Fort Roche.

— Est-ce que c'est une bonne chose ?

— Je ne sais pas.

Rufus attendit, retenant son souffle en caressant la feuille d'or au dos du livre *Le directeur*, jusqu'à ce qu'Archie ait repris sa place.

— La personne que je cherche toujours, l'homme le plus fort, je pense que c'est lui. Charles.

— Et tu ne le savais pas avant.

— Non. C'était mon beau-frère, mon plus vieil ami d'enfance. Je pensais que je cherchais quelqu'un d'autre, *pas* lui.

— Dans ton cauchemar, tu as dit que tu allais l'arrêter cette fois-ci. Te souviens-tu de ce qu'il a fait ?

— Non.

Rufus se redressa, rassemblant les livres contre sa poitrine et les berçant.

— Mais… le truc, c'est que si je peux me souvenir de tout ça, tu ne penses pas que je devrais pouvoir me souvenir du reste ?

— Je suis certain que ça viendra, en temps voulu.

— Mais supposons qu'il y ait des moyens de m'aider à me souvenir maintenant ?

— Tu parles du maudit hôpital du brigadier.

— Peut-être. Je commence à penser que je n'ai pas le droit de ne pas y aller.

Archie pressa ses articulations contre sa bouche.

— Très bien, dit-il au bout d'un moment, la voix mesurée, presque distante. Essaie quelque chose pour moi. Imagine-toi là-bas, de retour à Roche.

— Je… ne pense pas que je le veuille. Pas maintenant.

— Les médecins du brigadier t'obligeront à le faire, avant de s'attaquer à toi avec des médicaments et des électrodes. Je ne pense pas non plus qu'ils te laisseront choisir le moment qui te convient.

— Archie, pourquoi fais-tu cela ?

— Essaie juste de te souvenir. Essaie.

À contrecœur, Rufus obéit. Il se pencha en avant, posant son front sur le haut de la pile de livres, comme si, au contact de ce monde victorien ordonné, il pouvait donner un sens à son propre nouveau monde. Il rassembla ses pensées et les entraîna sur la piste bien usée de ses mauvais rêves. De plus en plus profondément, jusqu'à l'endroit où le tunnel dans son esprit devenait un labyrinthe, et Charles, le Minotaure. Il comprenait assez bien ses propres images. Il était archéologue, et sa première fouille après la guerre avait été à Sabros, avec tous ses liens avec la Crète et le royaume de Minos. Sabros avait placé un masque sur le visage de son ennemi, lui donnant une structure pour contenir la bête. C'était assez simple. Il s'enfonça plus loin dans ses souvenirs, et sa gorge se serra.

— Archie, s'étouffa-t-il. Je ne peux pas respirer.

Celui-ci se leva et se posta à ses côtés.

— Je suis désolé, dit-il en enlevant les livres des genoux de Rufus. Je suis vraiment désolé. Allonge-toi.

Il détacha le col du pyjama propre qu'il avait donné à Rufus en échange de celui qui était froissé et taché. Des glaçons cliquetèrent dans un verre, et un chaud parfum d'eau-de-vie supplanta la puanteur de la boue et de la mort.

— Bois ça.

Il rejeta la tête de Rufus vers l'arrière, l'aidant à porter le verre à ses lèvres.

— Écoute. Je me fiche de savoir qui est ton ennemi ou ce qu'il a fait. Tu n'iras nulle part.

— Mais ma sœur…

— Je sais que tu veux l'aider. Mais Rosemary se soucie d'elle-même, pas de toi. Elle te détruirait sans hésiter pour protéger sa position.

Archie le laissa s'affaler contre les coussins.

— De plus, si Charles est vraiment ton monstre, tout ce dont tu te souviendras lui sera insupportable à entendre.

— Et si je me trompais ? Et si ce n'était pas vrai ? Qu'en est-il du pauvre caporal Berry, allongé à l'hôpital sans que personne ne le croie ?

— Rufus. Tu vas devoir faire face à d'autres flash-back, et c'est ma faute. Mais je ne veux pas avoir à me battre avec toi à nouveau, tu m'as déjà fait un coquard.

Rufus examina le visage anxieux qui le regardait. Une tache bleu-violet commençait à apparaitre sur une pommette.

— Mon Dieu, c'est vrai.

— Cela n'a pas d'importance. Tout ce qui compte, c'est que tu te reposes et que tu arrêtes de dire des bêtises sur le fait que tu veuilles t'en aller.

— Eh bien, si tu insistes pour héberger un fou dangereux...

— J'insiste. Pousse-toi un peu et laisse-moi m'asseoir. Je vais te faire la lecture.

— Tu n'as pas de devoirs pastoraux à accomplir ?

— Pas tout de suite.

Archie s'installa sur le bord du canapé, sa hanche confortablement calée contre celle de Rufus.

— Ne t'inquiète pas, je saurai bientôt si quelqu'un doit être baptisé, marié ou enterré. Où en étais-tu avec Trollope ?

— John Eames vient de partir à la recherche d'Eleanor Arabin pour qu'elle puisse témoigner de l'innocence du pauvre Crawley. Je te préviens, Archie, s'il n'arrive pas à temps, je vais devoir arrêter de lire.

— Ah, aie foi dans la dynamique du romantisme victorien. Crawley doit être considéré comme innocent, mais le major Grantly doit tenir sa promesse envers Grace avant de le découvrir.

— Tout cela est plutôt tortueux, n'est-ce pas ?

— Que ferais-tu si je te disais que le livre s'arrête là, ou que tu ne puisses jamais le découvrir ?

Rufus lui fit la grimace. Il savait qu'il devait se lever, s'habiller, tenir sa parole envers Winborn et laisser Droyton derrière lui dans la poussière. Mais ce matin, le presbytère ressemblait tellement à l'idée qu'il se faisait du paradis, Archie un archange suivant de nouveaux ordres, l'empêchant de s'éloigner à l'aide d'une épée de feu.

— Alors je devrais peut-être te montrer ce qu'un fou violent peut vraiment faire.

— Je te reconnais bien là. Installe-toi, alors, et écoute.

Peut-être qu'Archie était le serpent, pas l'ange. Un candidat improbable pour ce rôle, en tenue de pasteur, noire et propre, mais les deux premiers boutons de sa chemise étaient ouverts et le col romain n'était pas visible. Et quoi qu'il arrive aujourd'hui, demain ou dans les jours et les années à venir, il avait été l'amant de Rufus. Son amant ! Une impulsion d'émotion sans nom le traversa et il lui tendit la main.

Archie l'attrapa à l'aveuglette, sans lever les yeux du livre.

— Ne fais pas ça, dit-il, les mots se brisant sous ses larmes contenues. Cher Rufus, quelle nuit nous avons passée !

— On ne peut pas en parler. Je sais. On ne peut pas… Ça ne peut pas se reproduire.

— Chut. S'il te plaît, laisse-moi lire.

Il le fit magnifiquement. Personne n'avait fait la lecture à Rufus depuis sa plus tendre enfance, à l'exception d'Henry en train de parcourir sarcastiquement les colonnes de ragots à la table du petit déjeuner. La voix d'Archie évoquait sans effort Grantly, Robarts, le pauvre Crawley assiégé, les contrastes entre l'existence de l'archidiacre, gros propriétaire terrien, et la pauvreté du pasteur. Il avait eu raison d'insister pour que Rufus ait confiance : le récit se concluait par la justice et l'amour. Cela finissait bien pour les bons, et les mauvais – même si aucun n'était vraiment épouvantable – étaient mis à l'écart, punis pour leurs crimes.

Parfait, crédible, merveilleux. Tellement loin de la réalité que Rufus avait envie de déterrer Trollope et le secouer.

— Archie, dit-il avec inquiétude, dans le silence qui suivit la fin de l'histoire. Tu n'as pas à t'inquiéter, tu sais. Tu es le meilleur des deux mondes, celui de Robarts *et* celui de Crawley. Il est possible de profiter des bonnes choses de ce monde avec un cœur pur.

— C'est comme ça que tu me vois ? Pur de cœur ?

— Je le parierais sur ma vie. Si tu penses que désirer d'autres hommes te corrompt…

— Ce n'est pas le cas. Mais regarde-moi. Je suis un vicaire athée. Un drôle de vicaire. Je ne pense pas être le meilleur des clercs du monde. À vrai dire, je ne suis pas sûr de pouvoir continuer dans cette voie.

Rufus se redressa. Il était courbaturé à cause de ses efforts de la nuit précédente, de son combat avec Archie et de tout ce qui s'était ensuivi.

— C'est ma faute. Raison de plus pour que je parte.

— Tu ne m'as apporté que de la compagnie et un plaisir que je pensais ne jamais connaître à nouveau. Écoute, si je ne peux pas faire en sorte que mes désirs soient en accord avec mon ministère ici, peut-être est-il temps que je...

— Archie, non.

Rufus pressa le bout de ses doigts contre sa bouche pour le faire taire.

— On ne pense pas à bouleverser sa vie à cause d'une personne qu'on vient de rencontrer.

— Pourquoi pas, si cette personne me fait chavirer le cœur à chaque fois que je la regarde ? Si je ne pense qu'à la toucher à nouveau, et qu'elle me touche ?

— Oh, mon Dieu. Où est Mme Nettles ce matin ?

— Elle est partie avec Drusilla et Elspeth pour visiter le manoir. Leur nouvelle maison.

— C'est vraiment à elle maintenant ?

— L'avocat de la vieille dame est venu me voir ce matin, avant que tu te lèves. Elle avait tout prévu pour que Drusilla hérite, et Carson ne peut même pas envisager une contestation de l'homologation par la famille.

— Je ne comprends pas. Elles semblaient à peine se connaître, sauf à la toute dernière minute où Lady Birch était en train de mourir ici dans ton jardin, et qu'elle a dit...

— Qu'a-t-elle dit ? J'étais dans la maison avec Winborn qui me mettait en garde contre tes tendances homosexuelles.

— Pour le bien que cela a fait.

Il tendit la main, et cette fois-ci, Archie se déplaça pour l'étreindre.

— Elle a dit que Drusilla était déjà venue la voir, mais qu'elle n'avait pas pu la reconnaître. Son esprit n'était pas en elle. Quelque chose comme ça.

— Cela a autant de sens que tout ce qui se passe ici. Oh, Rufus. Si tu t'inquiètes de savoir si la maison est vide, elle l'est. Même ton chien est sorti avec les filles.

Néanmoins, Rufus se leva et ferma la porte de la bibliothèque. Il n'y avait pas de clé dans la serrure, et il était prêt à parier qu'il en trouverait très peu dans la maison trop libre d'accès du vicaire. Il s'arrêta un instant, luttant contre une vague de vertiges. Puis il souleva soigneusement une chaise de la table et la coinça sous la poignée de la porte.

— Voilà, dit-il. Qu'est-ce que tu en penses ?

— Je pense que tu n'es pas suffisamment en forme. Tu ne devrais même pas être debout.

— Ce ne sera pas le cas. Je serai sur le sol entre tes jambes.

Un halètement s'échappa d'Archie. Il semblait prêt à se sauver, à sauter par la fenêtre ouverte et à s'enfuir à travers le jardin jusqu'à Pilgrim Way, ou par n'importe quelle autre route qui, selon lui, pourrait le conduire au salut. Puis un profond rougissement envahit son visage, et il déclara :

— Ferme ce battant, alors. Tire le rideau un peu plus loin, sans que personne ne le remarque depuis l'allée. Les roses cacheront le reste.

Rufus fit ce qui lui était demandé. Il tremblait lorsqu'il revint sur le canapé, rongé par l'incrédulité, l'excitation, l'épuisement physique. Archie le vit : il se mit debout avec grâce et l'attrapa.

— Laisse-moi être celui qui est à genoux pour cette fois.

— Quoi ?

— Laisse-moi faire. Je n'étais pas doué pour le reste, mais Richard disait que je… je…

— Tu taillais de super pipes ? Oh… une expression horrible, mais j'ai entendu les troupes américaines l'utiliser, et elle est plus agréable que certaines autres.

— Eh bien, je ne l'aurais pas dit comme ça, mais oui. C'était la seule façon de le forcer à passer outre ses scrupules.

L'emprise d'Archie sur les épaules de Rufus se fit presque douloureuse.

— C'était très mal de ma part.

— Richard n'était qu'un gamin, et toi aussi. Montre-moi comment un homme fait ça pour un autre homme.

Archie le fit asseoir sur le canapé, puis s'agenouilla comme s'il était prêt à s'effondrer. Rufus écarta les cuisses pour lui, mortifié de voir à quel point il était devenu dur, rien qu'en mettant des mots sur cet acte, et la perspective de ce qui était sur le point de se produire. Ses mains étaient trop fébriles pour gérer le cordon de son pyjama, mais cela n'avait pas d'importance : Archie le défit avec précision.

— Regarde-toi, s'étonna-t-il. Je n'ai pas eu l'occasion de bien voir, alors qu'on roulait l'un sur l'autre là-haut. Elle est si grosse.

— Je ne crois pas battre un record.

— Tu ne dois pas recevoir beaucoup de plaintes non plus. Oh, Rufus. Je peux vraiment faire ça pour toi ?

— Ne m'oblige pas à te supplier.

Rufus se tortilla de façon inconfortable.

— Je ne comprends pas comment le reste de mon corps peut se sentir si épuisé, alors que…

— Alors que cette bête fait toujours rage ?

— Mmm. Je pense que ce sera la dernière partie de moi à abandonner, avec toi dans les environs.

Rufus pencha un peu la tête en arrière, incapable de supporter plus longtemps le regard enflammé d'Archie sur lui. Les rideaux à moitié tirés avaient atténué la luminosité de la pièce, exposant ses lignes et ses formes dans une clarté feutrée. Il y avait cette étrange peinture sur le mur du fond, la patine sombre du temps semblant se dissoudre alors qu'Archie se penchait. La distraction était tout juste suffisante pour l'empêcher de jouir lorsque des lèvres chaudes effleurèrent son gland.

— Archie. Ton tableau, celui sur la cheminée…

Celui-ci leva les yeux, une expression d'incrédulité comique sur ses traits.

— Oui ?

— La colline en arrière-plan, c'est le Mont George, n'est-ce pas ? Celui avec la colline de l'âge du fer au sommet.

— Je ne suis pas sûr. C'est un vieux barbouillage sinistre, c'est tout ce que je sais. Mais Maria a montré des signes d'apoplexie quand j'ai proposé de l'enlever, alors...

— Je pense que ça doit être cette colline. Je reconnais les pentes de chaque côté. Elle a dû être peinte juste devant l'église, pour avoir cette vue.

— Fascinant. En parlant de collines, tu sais que tu es sur le point de la dégringoler, n'est-ce pas ?

— Retiens-moi, dans ce cas. Agrippe-toi autour de ma base.

Rufus lui montra à l'aide de sa propre main, puis prit celle d'Archie et la plaça au bon endroit.

— Ça me ralentira et m'empêchera de m'enfoncer trop profondément dans ta gorge. Ce ne sont pas des ruines au sommet. Il y a comme un motif dessiné dans la craie.

— Rufus, tu es un homme plus expérimenté que moi. Vais-je être accusé de manquer au protocole sexuel si je commence sans toi ?

Rufus fut secoué par un rire. Il pouvait voir la forme de la queue d'Archie sous le tissu de son pantalon.

— Tiens, utilise ça, dit-il en lui donnant la serviette abandonnée suite à son petit déjeuner. Nous pouvons la rincer et la mettre sur la corde à linge. Une marque sur ton pantalon noir, par contre...

— Et nous sommes fichus. Je sais.

Il prit la serviette, déboutonna sa braguette et Rufus oublia la peinture et le motif dans la craie. Archie tendit la main vers son pantalon. Il allait sucer Rufus jusqu'à l'orgasme. Ils étaient en sécurité et enfermés dans cette belle pièce, et rien ne pouvait les en empêcher. Rufus étala ses pieds nus sur le tapis. Il avait des lys sous la plante de ses pieds, un homme fort et noble entre les cuisses. Il poussa ses hanches vers le haut, en gémissant, et sentit la réponse d'Archie vibrer sur son gland. Sa belle bouche l'avait englouti. Il le regarda fixement pendant un instant : les mouvements explicites de cette tête sombre, d'abord timide, puis plus audacieuse, les lèvres se refermant autour de lui. Sa prise à la base de la queue de Rufus était toujours aussi ferme, retenant son envie de ruer...

Rufus ne pouvait plus regarder. Il renversa la tête pour s'appuyer sur le dossier du canapé, mit un bras en travers de sa bouche pour pouvoir grogner et crier dans la laine épaisse de sa robe de chambre. Il manqua cette seconde sur laquelle il comptait normalement pour avertir son partenaire de l'imminence d'un orgasme, mais Archie ne rata aucune pulsation. Il se contenta de relâcher sa prise et plongea pour l'aspirer tout entier. Rufus serra les cuisses, des courants de plaisir électriques contractant chaque muscle. Il jouit avec une douceur déchirante qu'il ignorait pouvoir atteindre, une longue torsion qui laissa son sexe flasque, glissant entre les lèvres d'Archie.

— Tu y es ? dit-il en se penchant sur lui. Archie ?

— Oh, presque… Presque…

Rufus le tint fermement. Il l'embrassa sur le crâne, frémissant en sentant les mouvements du bras fort d'Archie allant et venant. Ce dernier posa son front sur le genou de Rufus : il émit un son de soulagement et de libération absolus, et après de longues secondes, lorsque Rufus comprit qu'il se déversait dans la serviette, dans le tunnel fermé de son propre poing, il tomba dans ses bras.

— Rufus. Oh, mon Dieu…

— Viens ici. Viens vers moi.

Rufus l'aida à remonter sur le canapé. Son grand corps était difficile à soulever, mais Rufus le hissa néanmoins à demi sur ses genoux.

— Je t'ai.

— Oui…

Ils s'accrochèrent l'un à l'autre, leurs souffles hachés se stabilisant.

— Tu m'as, Rufus. Pour tout ce que tu veux ou ce dont tu as besoin.

— Ne fais pas de promesses, mon ami.

— Mais je le veux. Je vais tenir Winborn loin de toi. Je lui tiendrai tête moi-même. J'aurais dû le faire depuis longtemps. Tu peux rester ici, et...

— Archie, chut. Assieds-toi à côté de moi.

— On ne pourrait pas attendre un peu, et recommencer ?

— Tu essaies de rattraper le temps perdu, révérend Thorne ?

Archie le fixa du regard. Son expression devint tout à fait sérieuse.

— J'aimerais, dit-il. Je voudrais t'allonger et rattraper vingt ans de temps perdu avec toi.

— Bien.

Rufus déglutit face à la douleur qu'il ressentait.

— Et quelle heure penses-tu qu'il soit maintenant ?

— Je n'en ai aucune idée.

— Je dois donc être prudent pour nous deux. Des rideaux à moitié tirés et une chaise coincée sous la poignée de la porte ne nous sauveront pas si Mme Nettles revient. Va régler ça.

— Oh, Rufus. C'est ce que tu as toujours dû faire, n'est-ce pas ?

— Oui, c'est mon monde et je sais comment naviguer. Allez.

Il attendit qu'Archie ait tiré les rideaux, remis la chaise à sa place et laissé la porte telle qu'elle était, innocemment entrouverte. Puis il attrapa sa main et le tira vers lui.

— Lisse tes cheveux. Où est cette serviette ?

— En sécurité dans ma poche.

— Eh bien, ça fera l'affaire. Tu feras l'affaire. Maintenant, viens t'asseoir à côté de moi, soyons juste deux amis qui discutent d'un tableau.

— Oh, on se fout de ce fichu tableau.

— Archie.

— Oui.

Il s'effondra sur le canapé, le visage enfoui dans ses mains.

— Je suis vraiment désolé.

Rufus écouta attentivement le silence de la maison, puis il passa brièvement un bras autour de lui et déposa un baiser sur son front.

— Ce n'est pas nécessaire. Il fut un temps où je voulais le crier sur les toits aussi, mais ce monde nous détruirait tous les deux si on en découvrait ne serait-ce que la moitié. C'est pourquoi nous ne donnons pas de spectacles gratuits. Tu comprends ?

— Oui. Je déteste ça, mais je comprends.

— Bien. Et moi ? Suis-je présentable ?

Archie se redressa.

— Un peu ébouriffé.

Doucement, il répara les dégâts, en coiffant les cheveux de Rufus en arrière, et en redressant le col de sa robe de chambre.

— Parfait, dit-il enfin, avec une ferveur débordante qui donna envie à Rufus d'oublier toutes ses précautions et de s'allonger pour lui au soleil, sur la pelouse du village, si tel était son bon plaisir.

— Très bien. Et ce satané tableau ?

— Regarde-le.

Archie obéit, mécaniquement d'abord, puis avec un intérêt naissant.

— C'est le Mont George, pas vrai ? Comme c'est étrange que je ne l'aie jamais remarqué.

— La pénombre l'a fait ressortir. Tu vois les marques ?

— Oui. Elles ressemblent à des anneaux concentriques découpés dans la craie.

— Quel est l'âge du tableau ? Le sais-tu ?

— Il faudrait demander à Mme Nettles. Il lui appartient en fait, comme je l'ai découvert lorsque j'ai essayé de le remplacer par une belle aquarelle moderne. Elle en a hérité de sa grand-mère, qui l'avait hérité de sa mère avant elle – le conte habituel, chaque fois que je veux introduire des innovations par ici. Ce sont les raisons pour lesquelles l'endroit a l'air de s'effondrer : ma pauvreté et sa nostalgie.

— Elle m'a dit que sa famille avait une longue histoire ici.

— Oui, et tout tourne autour du presbytère. Les hommes Nettles étaient gardiens et majordomes, et les femmes de fidèles gouvernantes.

— Mais Nettles n'est-il pas son nom de femme mariée ?

— Ah, si seulement elle avait été mariée.

Archie afficha un sourire peu convaincant.

— Ce n'est pas seulement le vicaire qui a des secrets à Droyton, vois-tu. Elle a eu quelqu'un autrefois, je crois, et elle garde le portrait d'un homme très fringant dans sa chambre. Mais cela n'a pas marché, et tu sais qu'il y a une pratique – bénigne, je pense – qui consiste à transformer une demoiselle en épouse, pour les femmes d'un certain âge dans des petits endroits comme celui-ci.

— Donc, toujours une Nettles au presbytère, et toujours une Trigg à l'auberge.

— C'est vrai, et Maria ne plaisantait pas à propos de leur ancienne inimitié. Ces lignées familiales remontent au moins jusqu'à Henri VIII, et je pense que les Nettles étaient alors d'ardents catholiques.

— Et les Trigg des puritains lanceurs de pierres. Je peux imaginer ça.

— Je le peux aussi. Les Parlementaires Trigg face aux Cavaliers Nettles.

— Toujours dans des camps opposés. Même maintenant, la bonne femme d'église contre la dissidente. Quel endroit !

— Tu sais, dit Archie après réflexion, bien que je sois certain que Maria et Hester Trigg sont parfaitement sincères dans leurs convictions, j'ai parfois l'impression que leurs croyances respectives sont moins importantes que…

— Que quoi ?

— Eh bien, que leur opposition. Je ne peux pas tout à fait l'expliquer, mais quand je pense à elles, je les vois presque comme des blasons de chaque côté d'un bouclier.

Rufus acquiesça. L'image lui apparut clairement aussi.

— Y a-t-il quelque chose au milieu du bouclier, à ton avis ?

— Avec l'une d'entre elles qui garde le bouclier et l'autre qui essaie toujours de le démolir ? Je ne sais pas, mais voici une idée farfelue pour toi : ne penses-tu pas que Drusilla s'intègre bien entre les deux ?

— Si. Mais elle est nouvelle ici.

— Ce qui est drôle, c'est que Lady Birch l'était aussi, il y a soixante ans. La dame du manoir qui l'a précédée est morte sans testament, et l'endroit est resté vide pendant un an. Alors – c'est une légende du village, rien de plus –, une jeune femme énergique a surgi de nulle part, a emménagé et a revendiqué l'endroit comme étant le sien. À l'époque, nous n'avions pas beaucoup de moyens de faire respecter les lois, et personne ne s'est soucié de la défier. La vieille maison s'appelait Birch Hall, et c'est ainsi qu'elle est devenue Lady Birch, au fil du temps. Les noms ont un pouvoir incroyable.

— C'est vrai. Et maintenant, l'endroit appartient à Drusilla Hazelgrove. Je ne prétends pas comprendre, mais l'ensemble a un charme bien particulier, tu ne trouves pas ?

— Si, répondit Archie, son attention se fixant soudainement, avec nostalgie, sur Rufus. Tu le comprends bien.

Oh, il aurait pu fondre dans la chaleur de cette bienveillance. S'oublier, voler un baiser, mais avec les rideaux tirés et la porte ouverte, ils seraient irrémédiablement perdus tous les deux pour un instant d'égarement.

— Ne le fais pas, dit-il désespérément.

Il n'avait pas la force de s'enfuir maintenant, mais il le devrait, bientôt.

— Écoute. J'ai ma propre théorie sur les noms par ici. Tu veux l'entendre ?

— Je veux entendre toutes tes folles théories.

— Eh bien, va t'asseoir de ton côté du canapé comme un bon gentleman, et je te le dirai. C'est en rapport avec ce tableau, et un endroit appelé Caer Droea.

— Caer Droea… J'en ai entendu parler, non ?

— Je pense que oui, à en juger par ta belle bibliothèque. Droea est l'ancien nom gallois de l'ancienne Troie, ou Troea. Tu peux entendre que la consonance est la même.

— Oui, effectivement. Et la partie *Caer* signifie forteresse ou château.

— C'est ça. Nous obtenons donc la forteresse ou le château de Troie. Mais *droea* était souvent interprété comme une version ancienne du *troeau* gallois, une forme plurielle de *tro*.

— Tu m'as perdu.

— Très bien. Sais-tu ce qu'est une ville de Troie ?

— Oui. Il y avait un site magnifique dans les Downs près de Brighton – mon père m'a emmené la visiter quand je n'étais pas plus vieux qu'Elspeth. D'énormes murs de gazon. J'ai couru autour pendant des heures, complètement intrigué par l'idée d'un labyrinthe dans lequel on ne pouvait pas se perdre.

— Exactement.

Ayant persuadé Archie de garder ses distances, Rufus dut résister à l'impulsion de saisir son épaule sous le plaisir d'une idée partagée.

— Donc pas du tout un labyrinthe, mais…

— Oh. Si. Un labyrinthe. Pas du tout une forteresse de Troie, mais une forteresse *changeante*.

— C'est ça. Un château changeant.

— Une description parfaite. Celle qui se trouve près de Brighton est située au sommet d'une colline, là où l'on s'attendrait à trouver une forteresse de l'âge du fer ou des travaux de terrassement. Attends, j'ai un livre quelque part ici.

Archie se leva et alla examiner les étagères, passant une main enthousiaste et affectueuse sur les dos bien usés des livres.

— C'est ça. *Mazes and Labyrinths*, de WH Matthews. Regarde.

Le volume était une belle première édition. Rufus le prit avec respect, et Archie s'installa à côté de lui, s'affairant à ouvrir la couverture.

— Les illustrations sont ici. Celle-ci est de Visby en Suède, et celle-là est gravée sur un rocher ici en Angleterre.

— Oui, dans les landes de Derby. Vieux de trois mille ans au moins.

— Et voici une représentation, une sorte de schéma idéalisé, je suppose, tiré de tous ces exemples réels.

Rufus retraça de son doigt les lignes imprimées, en prenant soin de ne pas les toucher. Sa peau était moite comme du raisin mouillé par la rosée après sa bagarre contre Archie. Elle était juste là, l'arabesque qui le hantait depuis les fouilles de Sabros, un labyrinthe en forme de cercles concentriques imbriqués les uns dans les autres, traversés par deux lignes droites, de l'extérieur vers le centre. Les indications d'entrée et de sortie effacées, comme si leur concept n'avait plus d'importance ni de sens.

— Lorsque nous avons fait des fouilles en Grèce, mon collègue, le professeur Hargreaves – le pauvre gars que j'ai attaqué – espérait trouver quelque chose de ce genre. Ce motif est également appelé « clé crétoise », bien qu'aucun labyrinthe n'ait jamais été trouvé à Cnossos. Je commence à me demander si nous aurions pu en trouver un ici.

— Quoi, à Droyton ?

Les sourcils d'Archie se froncèrent alors que sa question restait suspendue dans l'air.

— Oh. Attends. *Droyton.*

À cet instant, Rufus eut envie de l'embrasser. Il se retint, se demandant si Archie pouvait déceler les étincelles qui semblaient remplir l'espace entre eux.

— Exactement. Droyton. *Troy Town.* Et comme si cela ne suffisait pas, c'est Droyton Parva.

— La *petite* ville de Troie. Pourquoi se donneraient-ils la peine d'ajouter cela, à moins qu'il y en ait une plus grande quelque part, une Droyton Magna ? Je me suis souvent posé la question. Et il n'y a pas de tel endroit, pour autant que je sache.

— Peut-être sommes-nous en train de le regarder.

Rufus indiqua le tableau. Il traça dans l'air la forme du sommet de la colline, les étranges marques blanches qui entouraient sa crête.

— Droyton Magna, le grand labyrinthe. Il faut que je monte là-haut, Archie.

— Dès que tu seras suffisamment en forme pour t'accrocher à l'arrière de ma moto. Ce qui n'est pas le cas aujourd'hui, alors ne me regarde pas comme ça. Mais à quoi servent ces labyrinthes ? Est-ce que quelqu'un le sait ?

— Seulement en théorie. Pas à mettre le Minotaure en cage, c'est sûr – s'il avait eu le bon sens d'avancer toujours dans la même direction, il se serait échappé en un rien de temps. C'est un symbole, un concept, qu'on retrouve partout dans le monde, depuis des milliers d'années. Il est à la fois simple et très complexe.

— Il y en a un dans la cathédrale de Chartres, n'est-ce pas ?

— Oui, et cela nous donne un indice d'une pratique moderne – postmédiévale, en tout cas. Si on ne pouvait pas se permettre de faire un pèlerinage à Saint-Jacques, à Fatima ou ailleurs, on pouvait tirer le même bénéfice en se promenant rituellement dans le labyrinthe de Chartres. Je suppose donc qu'il s'agit de faire un voyage – à travers la vie, ou d'un plan spirituel à un autre, ou tout ce dont on pouvait avoir besoin. Tu vois comment les voies d'entrée et de sortie plongent à travers les anneaux ?

Archie hocha la tête, puis se pencha pour examiner le schéma de la page.

— Ça semble escarpé. Mais ce n'est pas le cas, en fait. Je me souviens d'avoir couru entre les haies de verdure, en pensant que j'étais sur le point de trouver la sortie, mais ensuite, le chemin m'a fait repartir en arrière, et j'ai découvert que j'avais encore un long chemin à parcourir.

— Et plus tard, quand tu as cru que tu resterais là indéfiniment...

— J'ai été délivré assez soudainement, et je me suis retrouvé propulsé dans la lumière. C'est de ça dont il s'agit, à ton avis ? Accepter que nous ne sachions jamais vraiment combien de temps il nous reste, ni jusqu'où nous devrons aller ?

— Je crois que cela en fait partie.

Ils relevèrent tous les deux la tête en entendant le grincement de la porte d'entrée. Un instant plus tard, Mme Nettles et Drusilla apparurent sur le seuil de la bibliothèque.

— Ah, dit la cuisinière, en souriant gentiment devant la scène qui se trouvait devant elle. C'est bien, Dr Denby. Vous avez déjà l'air d'aller mieux. Si vous restez tranquillement sur le canapé, vous serez bientôt rétabli. Et le révérend a enfin quelqu'un avec qui partager ses horribles, poussiéreux et ennuyeux vieux livres. Il en sera heureux.

— J'en suis heureux, Maria.

— Et vous avez tous les deux bonne mine. C'est agréable à voir, mais vous devez faire attention où vous allez, révérend, avec cette ecchymose causée par une porte.

— Tout va bien. Ne vous inquiétez pas.

Archie adressa un avertissement discret au pied de Rufus.

— Comment vont les choses au manoir ?

— Pas terrible, pour être franche. Je suis heureuse que Miss Hazelgrove ait accepté de rester avec nous un moment, le temps d'effectuer les réparations nécessaires.

— Avec votre permission, Thorne, bien sûr.

Drusilla s'avança, l'allure plus royale que jamais ce matin-là, moins comme la dame du manoir que comme une reine guerrière celte.

— S'il vous plaît, ne croyez pas que je considère votre hospitalité comme acquise.

— Je sais que ce n'est pas le cas. Vous êtes les bienvenues. Est-ce que mon petit singe aime ses nouveaux quartiers ?

— Je suis sûre qu'elle prendra plaisir à vous le dire elle-même. Andrasta ?

L'enfant se cachait entre la jupe de Mme Nettles et celle de Drusilla. Elle se dirigea vers le canapé, puis, à la surprise de Rufus, s'éloigna d'Archie et vint se placer devant lui. Les deux femmes étaient parvenues à un compromis sur sa coiffure, qui était soigneusement tressée dans le dos, et n'atténuait en rien sa ressemblance avec une étrange poupée mécanique.

— Que dois-je faire ? demanda Rufus, la question s'échappant de ses lèvres.

Son expérience avec les enfants se limitait à regarder anxieusement le pauvre petit Charlie dans son berceau.

— Prends-la et fais-la asseoir sur tes genoux, dit doucement Archie. C'est ce qu'elle veut.

Rougissant, Rufus la porta. Sa cage thoracique ressemblait à celle d'un oiseau sous ses mains. Elle émit un ronronnement de plaisir, puis s'appuya soudain contre son torse comme s'ils étaient de vieux amis.

— Bonté divine, dit-il, espérant que les larmes au fond de sa gorge n'allaient pas s'entendre dans sa voix. Bonjour, ma chérie. Tu vas bientôt vivre dans la grande maison, et…

Il se creusa la tête pour trouver quelque chose qu'une fillette de cinq ans pourrait aimer entendre.

— … et devenir une princesse ?

— Non, répondit-elle, ressemblant beaucoup à sa mère – comme si elle appréciait l'idée, mais se sentait obligée de mettre les choses au clair. Je vais vivre là-bas. Mais je vais devenir *prêtresse*.

Mme Nettles sourit.

— Elle est mignonne, n'est-ce pas ? Nous vous la laissons pour le moment, messieurs, mais vous pouvez la renvoyer si elle vous dérange. Nous serons dans la cuisine, Miss Hazelgrove ayant gentiment proposé de nous aider à faire du chutney avec les pommes de l'année dernière.

Sa tête sombre s'inclina gracieusement.

— Avec plaisir. Je tiens à vous remercier pour l'amitié que vous me témoignez.

À peine Drusilla et Mme Nettles eurent-elles tourné le dos que la porte de la bibliothèque s'ouvrit en grand, cette fois sous l'impact de la chienne de Rufus, clairement à la recherche de sa nouvelle maîtresse. Elle aboya de satisfaction en trouvant l'enfant et Rufus au même endroit, s'assit à leurs pieds et posa son affreux museau sur les genoux de l'archéologue.

Archie se leva et alla à la fenêtre. Puis il se retourna et regarda Rufus en silence pendant quelques instants.

— Eh bien, cela complète le tableau.

— Pardon ?

— Tu sembles très à l'aise. Tu vois, tout le monde t'aime : les enfants, les chiens. Le vicaire.

— Oh, Archie.

Rufus ne savait pas comment exprimer l'élan de douleur, de peur et de joie qu'une observation aussi innocente et inimaginable provoquait en lui. Il fut un temps où il considérait les enfants et les chiens, l'amour d'un autre être humain, comme une sorte de droit de naissance. Il saisissait à présent. Il jeta un regard à Elspeth, craignant qu'elle ne comprenne, mais elle semblait vivre dans une sorte de rêve heureux depuis le retour de sa mère. Ses yeux étaient fermés et elle avait enroulé ses doigts dans le pelage rugueux de Pippin. Il baissa la voix, conscient que la porte était encore ouverte.

— S'il te plaît, écoute. Tu dois faire attention à tout ce que tu dis, à tout ce que tu fais. Même à la façon dont tu me regardes. Ça me tuerait de te voir apprendre cette leçon à la dure.

Archie croisa les bras.

— Désolé, dit-il d'un ton bourru. Je vais faire mieux, je te le promets.

— C'est bien, sois raisonnable. À présent, fais marcher ton cerveau. Nous avons notre théorie fumeuse sur la localisation de Droyton Magna, le grand labyrinthe. Comme tu l'as dit, la *parva* implique un *magna*, et vice versa. Donc…

— Où est le petit labyrinthe de Droyton Parva ?

— Précisément.

— Je n'en ai vraiment aucune idée. Mais j'ai l'impression que tous nos mystères commencent et se terminent dans l'église. Peut-être devrions-nous démarrer par là.

Il tendit la main pour freiner la première réaction de Rufus, qui menaçait de déloger Elspeth et le chien.

— Demain.

CHAPITRE 18

Rufus avait un devoir à remplir avant de pouvoir se permettre de plonger avec Archie dans les mystères alléchants de l'église de Droyton Parva. Il était mortifié d'avoir à le faire, alors il s'y attaqua immédiatement, avant que sa honte ou le charme d'Archie ne le poussent à éviter cette corvée. Il prit le petit déjeuner avec son étrange famille du presbytère : Elspeth, Drusilla, la chienne sur son coussin attitré à côté de la petite fille, Archie et Mme Nettles présidant avec satisfaction le repas. Puis, ignorant les recommandations d'Archie de s'asseoir dans le jardin et de regarder les pommes pousser, il attendit que le vicaire soit parti pour sa tournée pastorale, se lava, s'habilla et se mit en route en direction du Maiden's Dance.

Mme Trigg n'était nulle part en vue. Mildred, la jeune fille peureuse, avait pris place derrière la réception et semblait moins oppressée que Rufus ne l'aurait cru par cet honneur. En fait, elle avait l'air joyeuse, son maigre visage affichant une pointe d'intérêt alors qu'elle jetait un coup d'œil au nouvel arrivant.

— Bonjour Mildred, la salua Rufus, sans pouvoir s'empêcher de rougir.

La dernière fois que la fille l'avait vu, il était à plat ventre sur la moquette du bar après avoir tenté de tuer son frère.

— Comment allez-vous aujourd'hui ?

Elle ne semblait pas lui en tenir rigueur. Elle lui offrit un sourire radieux.

— Bonjour, Dr Denby ! Je suis la *responsable.*

— C'est ce que je vois. Mme Trigg est-elle partie ?

— Non, monsieur.

Elle regarda derrière elle, puis se pencha par-dessus le bureau pour chuchoter.

— Elle n'est pas descendue depuis ce camouflet reçu à l'église, c'est la vérité ! Elle n'est pas bien du tout, expliqua-t-elle. Elle a honte, et c'est mérité.

La pauvre Mildred avait été bâillonnée trop longtemps. Ses paroles se bousculaient sous le plaisir de se libérer.

— Avec ses airs dédaigneux et supérieurs ! Quant à son fils, rien qu'un vulgaire voleur. Il avait une *montre* dans sa chambre, m'a dit le jardinier de Mme Ribble, et le collier de Mme Jessop. Elle ne le trouvait plus depuis des mois, et elle a renvoyé sa bonne à l'époque, parce qu'elle l'avait soupçonnée ! Maître Jebediah est enfermé dans sa chambre, et Madame ma patronne est si remontée que je doute qu'il revoie la lumière du jour.

— Mildred...

Elle dut faire un effort pour se contenir.

— Euh, je suis désolée, Dr Denby, de bavasser sans vous demander si vous allez mieux aujourd'hui.

— Bien mieux, merci. Je suis venu vous dire combien je suis désolé d'avoir effrayé tout le monde, et j'aimerais voir votre frère, si possible.

— Ne vous inquiétez pas, monsieur. Vous étiez mal en point. Comme l'a dit le révérend Thorne, c'est le cas de beaucoup de ceux qui sont allés à la guerre et ont vécu des moments difficiles. Il me semble que votre venue ici a secoué ce village de bien des façons, et pas des pires. Billy est au bar. Il est responsable là-bas, tout comme je le suis ici, et quand j'ai demandé à madame un salaire et demi pour nous deux – compte tenu des tâches supplémentaires –, elle a accepté, douce comme un agneau. Attendez ici, monsieur, je vais aller le chercher.

— Attendez un instant, Mildred. J'ai dit à Mme Trigg que je resterais une semaine et elle m'a peut-être gardé ma chambre alors qu'elle aurait pu la louer à quelqu'un d'autre.

— Sauf votre respect, monsieur, non. Il y a peu d'activité au Maiden's, alors elle ne manque jamais de chambres. Personne ne resterait dans ce vieux trou lugubre s'il avait le choix, c'est *mon* opinion.

Rufus se dit qu'elle n'avait pas tort.

— Néanmoins, je n'avais pas le choix quand je suis arrivé, et elle m'a accueilli à sa façon, répondit-il en sortant son portefeuille. Voilà de quoi couvrir mon séjour jusqu'à ce matin.

— C'est plus que ce que la plupart des messieurs auraient fait, puisque vous n'êtes pas venu ces deux dernières nuits.

Elle avait l'étoffe d'une bonne propriétaire, n'attendant pas que Rufus change d'avis avant de verser l'argent dans la caisse.

— Vous allez rester au presbytère maintenant, sans aucun doute. Bien, bien. Le vicaire s'occupera de vous, comme il le fait pour tous nos orphelins et nos vagabonds. Sans vouloir vous offenser, monsieur.

— Vous ne m'offensez pas, lui assura Rufus, luttant pour ne pas éclater de rire. Écoutez, Mildred, je suis mal placé pour vous faire la morale, et je n'en ai pas l'intention. Mais quand des gens très fiers et autoritaires comme Mme Trigg se retrouvent dans cette position, surtout devant tous leurs voisins et amis... Ça peut leur faire très mal. Je sais qu'elle ne vous a pas rendu la vie facile, à vous et à votre frère. Mais Billy sera bientôt policier et vous ne serez pas non plus coincée ici toute votre vie, j'en suis sûr. Pouvez-vous essayer d'être un peu gentille avec elle, maintenant qu'elle est à terre ?

— Oh, Dr Denby. Si seulement vous saviez…

— Ce n'est pas le cas, j'en ai conscience, alors je n'ai pas le droit de vous parler comme ça. Je vous le demande comme une faveur pour moi, pas pour Mme Trigg. Elle pourrait vraiment se sentir mal, après tant de honte. Pourriez-vous monter et lui demander si elle veut une tasse de thé, quelque chose comme ça ? Et allez voir Jebediah aussi. Elle ne doit pas enfermer le pauvre garçon pour toujours à cause de ça.

Mildred se mordit la lèvre inférieure.

— Eh bien, puisque c'est vous qui le demandez, monsieur, et que vous êtes un professeur célèbre, vous devez connaître le fonctionnement des choses...

Ce n'était pas le moment de la corriger sur sa fonction.

— Merci, Mildred.

— Je vous envoie Billy. Et j'irai voir le dragon tout de suite après, puisque vous le souhaitez.

Rufus ignorait s'il avait eu raison de faire appel à son indulgence. Elle semblait différente suite à la chute de son tyran, sa démarche plus légère lorsqu'elle disparut par la porte du bar. Il n'eut pas le temps d'y réfléchir. Billy fit son entrée, l'air encore plus heureux que sa sœur, si c'était possible, des nouvelles dispositions. Il ferait un excellent policier s'il pouvait conserver son don de ne pas prendre personnellement les attaques des malhonnêtes et des fous : il traversait le couloir à grands pas, une main tendue pour serrer celle de Rufus.

— Eh bien, docteur ! Vous avez l'air mieux aujourd'hui.

— J'aimerais pouvoir vous dire la même chose. Cette coupure sur votre lèvre, c'est ma faute, n'est-ce pas ?

— Ce n'est rien. Vous faisiez un cauchemar et vous ne saviez pas que vous étiez entouré de vos amis.

— Puis-je encore vous considérer comme mon ami ? demanda Rufus, luttant pour garder une voix stable.

Il avait laissé deux hommes blessés et ensanglantés dans ce village.

— Je suis venu m'excuser. Et, bien que j'aie peur d'ajouter l'insulte à la blessure, vous demander si vous accepteriez que je vous offre le montant d'une tournée de boissons, pour trinquer avec vos amis et montrer qu'il n'y a pas de rancune.

Billy fronça les sourcils. C'était un homme doux, avec un sens de l'honneur et une gentillesse innés.

— Je me permets de refuser, monsieur. Vous n'avez rien fait de mal, et mes amis et moi lèverons notre verre à votre santé sans être payés pour le faire.

— Très bien. Merci, alors. Je ferais mieux d'y aller, j'ai beaucoup de travail à faire à l'église.

— Ah, c'est génial. Nous sommes tous impatients de savoir ce que vous y trouverez. Quand vous aurez fini, vous nous ferez peut-être une présentation à la salle des fêtes du village ou d'une autre manière ? Je suis sûr que les gens adoreront écouter.

— Je le ferai, oui.

Rufus lui serra à nouveau la main et tourna les talons. Il avait besoin d'air frais. Il se remettait rapidement, mais la fatigue le tenaillait encore et il ne pouvait supporter le contact avec des étrangers sans avoir envie de se terrer à nouveau dans les bras d'Archie. Les images du presbytère, d'Archie ouvrant la porte du jardin pour l'accueillir, l'attiraient comme une oasis dans le désert. Il ouvrit la porte d'entrée et se tint debout, respirant profondément, en rangeant son portefeuille. Mon Dieu, c'était une bonne chose que le pauvre Billy n'ait pas accepté son cadeau. Il n'était pas sûr d'avoir assez d'argent pour payer son billet de train pour Londres, et il avait dû demander à Archie de régler sa pension...

— Tu aurais dû me laisser venir avec toi, tu sais.

Il se retourna brusquement. Archie se tenait là, penché à l'ombre du magasin d'à côté, l'air paisible et frais comme la lumière du jour.

— Oh. Tu m'as suivi ?

— Pas du tout, mon vieux, mais dans une ville de cette taille, je n'ai pas eu à chercher bien loin.

Rufus alla le rejoindre. Tant de choses avaient changé entre eux qu'il devait à présent réfléchir à la façon de se comporter ensemble, et il pouvait sentir l'effort d'Archie faisant de même.

— Je vais beaucoup mieux aujourd'hui. Tu n'as pas à t'inquiéter pour moi.

— Ça n'a pas dû être facile de retourner là-bas.

— Eh bien, non. Mais je devais payer ma note, et je voulais voir Billy et arranger les choses avec lui.

— Les deux missions ont-elles été accomplies en toute sécurité ?

— Oui, je le pense.

Rufus vérifia que l'épicier n'était pas à portée de voix, occupé à empiler des choux-fleurs sur ses étagères extérieures.

— Il y a une petite révolution en cours. Mme Trigg s'est enfermée dans sa chambre après la débâcle de dimanche, et Mildred a pris les rênes.

— Tant mieux pour elle. Cette vieille diablesse la brutalisait. Pourtant, te connaissant, je suppose que tu lui as gentiment fait des reproches et lui as conseillé d'être humble dans la victoire.

— Mon Dieu. Je ne sais pas si c'est gênant que tu me connaisses aussi bien ou...

Il se tut, la gorge nouée.

— ... ou charmant. Puisque je suis en train de régler mes dettes, c'est à ton tour. J'aimerais rester et examiner l'église et le sommet de la colline, Winborn ou pas Winborn, et...

— Tu es sur le point de me parler du prix de la pension.

— Apparemment, mes pensées sont transparentes aujourd'hui.

— Avant de t'inquiéter de ça, tu ne crois pas...

Archie posa une main sur son épaule et indiqua la boutique du tailleur de l'autre côté de la route.

— Tu ne crois pas que Dawkins a de belles chemises en vitrine ? Je ne dis pas que tu ne corresponds pas au style du recteur, mais si tu restes – et Winborn n'a *absolument* pas son mot à dire –, tu vas peut-être vouloir acheter de nouveaux vêtements.

— Oh. Oui, peut-être que je le ferai. Mais pas aujourd'hui. Il est temps que j'aille travailler.

— Tu n'as plus un sou, n'est-ce pas, Dr Denby ?

Rufus se figea. Archie le regardait avec douceur et gentillesse. C'était plus que Rufus ne pouvait en supporter.

— Marche avec moi, grogna-t-il, et il se dirigea vers l'ombre de Pilgrim Way.

Archie suivit son rythme. Il laissa Rufus abandonner le plus gros de sa contrariété dans la poussière, puis dit, de manière détachée :

— Je pensais que tu serais venu me voir hier soir. J'ai laissé discrètement ma porte ouverte.

— Chut, Archie. Même les rosiers ont des oreilles dans des endroits comme celui-ci.

Mais il y avait de longs espaces dégagés entre les maisons sur cette partie de l'allée, et après un moment, il déclara :

— J'y ai pensé. Mais tu as omis de me donner un plan de ta maison délabrée, et j'ai eu peur de me perdre en partant à ta recherche.

— Je m'en suis rendu compte au bout d'un moment, et je suis parti à *ta* recherche.

— Dans ce cas, tu devrais savoir que j'avais laissé ma porte ouverte moi aussi.

— Oui, mais je suis arrivé trop tard. Tu dormais comme un ange déchu sur le ventre, sans chemise de nuit. Je n'aurais pas supporté de te réveiller, dit-il, d'une voix instable. Ce qui ne veut pas dire que je ne suis pas retourné dans ma chambre et que je n'ai pas fait des choses innommables tout seul.

Une vague de chaleur envahit Rufus malgré son embarras.

— J'aimerais savoir ce qu'un vicaire de l'Église d'Angleterre considère comme innommable.

— Et il pourrait te le dire, si tu lui racontais comment un célèbre docteur en archéologie en arrive à être complètement fauché.

— Oh, mon Dieu.

— Passe ta main sous mon bras. Nous sommes dans un endroit désuet où les hommes se promènent tout le temps comme ça. En plus, tu es invalide.

Courtoisement, il tendit un coude et attendit que Rufus accepte timidement le soutien offert.

— J'ai le sentiment, et pardonne-moi si je me trompe, qu'Henry a peut-être quelque chose à voir avec cette histoire.

Il ne servait à rien de nier, pas alors que ses pensées étaient transparentes. Et Rufus ne voulait même plus garder le secret sur ce triste épisode.

— Henry a décrété qu'il ne m'aimait pas. Mais il avait pris goût à mes revenus, au fait de ne pas avoir à travailler, à l'appartement de Piccadilly et à tout le reste. Il a donc décidé qu'il garderait l'argent, à défaut de l'homme.

Le bras d'Archie se resserra.

— Chantage ?

— Oui. Il était très jeune. Et il pouvait très bien jouer la carte de l'innocence abusée. Tu dois me trouver tout à fait pathétique.

Ils passèrent la porte du presbytère. Archie se retourna brusquement, ferma la porte branlante et entraîna Rufus dans l'enchevêtrement vert et parfumé de la pergola. Il s'améliorait : il s'assura qu'ils étaient bien cachés parmi les roses jaunes avant de l'attirer dans ses bras.

— Pauvre Rufus, chuchota-t-il. Quel enfoiré.

— Je lui ai permis de l'être.

Rufus abandonna toute résistance, enveloppa Archie de ses bras et s'accrocha à lui aussi fermement que ce dernier le tenait.

— J'aurais dû lui dire de tout raconter et d'aller au diable. Il ne m'aurait jamais laissé aller en prison.

— Pas tant que sa poule aux œufs d'or en avait à pondre, non. Mais ton travail, ta réputation...

— J'aurais laissé le poste en suspens, s'il n'avait été question que de cela. Mais mes parents... Nous ne sommes pas très proches, mais ils vivent dans un village comme celui-ci, et ils ne se seraient jamais remis de cette disgrâce.

Il laissa échapper un sanglot involontaire et poussa un gémissement de dégoût étouffé, mais Archie avait un autre de ses mouchoirs en lin propre à disposition. Il le prit à l'aveuglette.

— La guerre a résolu mon problème en réduisant le pauvre Henry en poussière de brique, mais…

— Dieu seul sait combien de temps cela aurait duré autrement. T'a-t-il laissé le moindre sou ?

— Assez pour me débrouiller. Il n'était pas stupide. Mais je m'étais endetté, j'avais meublé l'appartement comme il le souhaitait, je l'emmenais dîner dehors, je lui faisais des cadeaux. Je l'aimais, Archie. Même quand il est parti, et que j'ai reçu la première lettre de chantage de sa part par la poste, je n'arrivais toujours pas à croire ce qu'il avait fait.

— Donc tu étais fauché.

— Oui. Quand j'ai été démobilisé, j'étais sur le point d'utiliser ma première paye du musée pour l'expédition afin de régler mes dettes, mais...

— Tu as été viré.

Archie agrippa ses épaules, essayant de regarder son visage.

— Attends. Je sais que c'est minable, mais pourquoi diable n'as-tu pas reçu ton salaire de Caroline pour ton travail à l'église ?

Après un long et douloureux moment – Rufus ne pouvait toujours pas supporter de le lui dire – il se tapa le front de sa main.

— Oh, non. C'était à *nous* de le payer, n'est-ce pas ?

— Pas toi personnellement.

— Non, bien sûr. Le diocèse. Pour l'amour du ciel, pourquoi n'as-tu rien dit ?

— Aurais-*tu* pu, à ma place ?

— Je pense que si j'avais eu à choisir entre l'arrière-salle de Mme Trigg et le caniveau, j'aurais peut-être ravalé ma fierté, oui.

— Mais je n'ai jamais eu à faire ce choix.

Rufus leva la tête, et adressa à Archie un regard passionné.

— *Tu* m'as trouvé.

— Eh bien, Dieu merci. Dieu merci.

— Oui, et contrairement à ce que tu penses, je crois qu'il y a quelqu'un ou quelque chose à remercier. Mais je me suis creusé la tête pour trouver un moyen de te payer mon gîte et mon couvert, et...

— Rufus, je ne veux pas en entendre parler. En vérité, tu m'insultes. Je ne fais pas payer sa pension à Drusilla, et elle est aussi riche que Crésus à présent.

— Je suis désolé.

— De plus, si ça t'inquiète, la paroisse est débitrice. Tu as déjà creusé la moitié de l'église par bonté de cœur.

Rufus rit à contrecœur.

— Je ne suis pas sûr que trouver un trou sous l'autel compte.

— Sans parler des peintures murales et de la petite déesse. Tout est pour le mieux.

Rufus avait attendu toute sa vie que quelqu'un lui dise cela. Il se demandait si de nombreux adultes soi-disant responsables nourrissaient secrètement un tel rêve. Quand

Archie le disait, il le croyait. Il frotta son front contre l'épaule revêtue de noir cachée sous son beau gilet.

— Dieu me vienne en aide, tu es parfait. Je dois aller chercher ma trousse et mes torches. Je donnerais n'importe quoi pour t'emmener au lit tout de suite.

— Pourquoi pas ? Je sais que tu as beaucoup à faire, mais nous pourrions être rapides.

— Non. Jamais pendant la journée, pas avec d'autres personnes dans la maison. Et si nous le faisons, ce sera tout sauf rapide.

Rufus ne parvint pas à intercepter la main d'Archie qui plongea entre ses jambes. Impuissant, il se poussa contre la pression délicieuse qui s'exerçait sur son aine.

— Maudit sois-tu. J'ai peut-être dormi comme un ange la nuit dernière, mais je n'ai pas fait de rêves angéliques, je peux te l'assurer.

— Ce soir, alors.

— Oui. Si tu peux tenir jusque-là, je te le promets. Tout ce que tu voudras.

***

Alice Winborn était assise sur une pierre tombale à l'extérieur de l'église, ressemblant à l'un des anges du cimetière. Elle portait une salopette, des bottes robustes et une chemise blanche impeccable. Giles, le fermier, se tenait en tailleur sur l'herbe à ses pieds, la regardant avec une adoration non dissimulée.

Elle se leva tranquillement lorsque Rufus et Archie s'approchèrent. Elle était absolument sobre aujourd'hui, Rufus le voyait. Une étrange réticence la retenait alors qu'elle cherchait son regard, et il se souvint de leur séparation sur le flanc de la colline : son baiser audacieux et galant. Puis son regard s'élargit pour inclure Archie – la main de Rufus avait retrouvé son coude pour le reste de leur promenade dans l'allée – et elle sourit, dans un mélange parfait de compréhension, de déception et de soulagement.

— Bon après-midi, messieurs. Je suis allée au presbytère, mais Mme Nettles m'a dit que vous étiez tous les deux en route pour venir travailler à l'église. J'aimerais vous aider, si je le peux, et j'espère faire moins de dégâts que l'autre jour.

Elle étendit ses mains.

— Je me suis même habillée pour l'occasion.

— Et c'est très seyant, déclara Archie avant de faire un signe de tête en direction de Giles.

— Je vois qu'on t'a tenu compagnie.

— Oui. M. Giles a eu la gentillesse de s'asseoir et de me parler. Vous alliez vérifier que les bois étaient exempts de pièges, n'est-ce pas, Giles ?

Le fermier se releva et recula dans l'ombre. Rufus avait suffisamment confiance en Archie – et en Alice également – pour être sûr qu'aucun d'eux n'aurait délibérément prolongé un canular ou une blague insensée. Ils étaient tous les deux, pour une raison quelconque, aveugles quant au sexe de Giles, malgré la délicatesse du rougissement sur les joues de la pauvre enfant. Peut-être que Rufus aurait été également trompé s'il n'avait pas eu un regard extérieur.

— Désolé de vous voler Alice, dit-il, espérant que Giles comprendrait, mais il sembla aggraver la situation : Giles se retourna et s'enfuit, disparaissant dans les sous-bois au-delà du cimetière. Oh, mon Dieu.

— Ne t'inquiète pas, dit Archie, avec bienveillance. Le pauvre garçon a un peu le béguin, je crois. Je suis certain qu'Alice est habituée à ce genre de choses.

— Oh, oui, cher Archie. Je suis constamment assiégée par de jeunes hommes épris, bien évidemment.

Elle saisit gaiement la main libre de Rufus.

— Venez, tous les deux. Je parie que vous voulez retourner dans ce trou fascinant sous l'autel. Il n'aime pas les hommes, alors je veux y aller en premier, comme un canari dans une mine.

Elle suivit le chemin herbeux vers l'église. En compagnie d'Alice et d'Archie, Rufus retombait en enfance, se souvenant de la compagnie peu exigeante de Charlie et Rosemary avant que le monde des adultes ne s'écrase sur eux. Si la perspicacité d'Alice avait échoué en ce qui concernait Giles, elle avait certainement capté un nouveau signal entre le vicaire et son compagnon, et cette constatation semblait lui avoir ôté un poids. L'espace d'un instant, Rufus souhaita pouvoir arrêter le temps, tenir cet instant ensoleillé ici, tous les trois dans leur étrange équilibre. Il la suivit sur les marches de l'église, souriant à son tour.

— Vous semblez de très bonne humeur aujourd'hui, Miss Winborn.

— *Alice,* pour l'amour de Dieu. Si vous saviez combien je déteste mon nom de famille... J'allais le changer avant la guerre, et ça a mal tourné. Et récemment, j'ai eu toutes sortes d'idées stupides pour le changer à nouveau, surtout parce que mon oncle considère une femme non mariée comme une horreur et une abomination. Et, bien que ce ne soit qu'une épingle sur la carte, Droyton Parva abrite des hommes si gentils !

Elle ouvrit la porte, en souriant par-dessus son épaule.

— Mais je les ai abandonnées.

— Les hommes ? demanda Rufus en riant.

Peut-être que Giles avait une chance après tout.

— Non, pas encore. Les idées stupides. Oh, et j'essaie d'être sobre, au cas où ce ne serait pas évident. Et je me sens beaucoup mieux...

Elle se tut brusquement. Rufus tira sur le bras d'Archie pour les empêcher de lui rentrer dedans.

— Oh, dit-elle platement, sa voix résonnant bizarrement dans l'espace faiblement éclairé. Quelque chose d'horrible est arrivé ici.

Chapitre 19

Archie se plaça devant Alice. Il avait fait mine également de protéger Rufus, un luxe que ce dernier ne pouvait pas se permettre, bien que ce geste l'ait touché en plein cœur. Il rejoignit Archie en haut de l'allée, scrutant les ombres.

— Qu'est-ce qui ne va pas ? Je ne vois rien qui ne soit à sa place.

— C'est pourtant le cas. Regarde l'autel.

La nappe et les bougies n'avaient pas bougé. Les fleurs de la messe du dimanche d'Archie étaient encore fraîches et disposes dans leur vase. Dans ce lieu aux symétries soignées, tout ce qui déviait attirait le regard, et c'était le cas de l'autel.

— Tu l'avais remis en place, n'est-ce pas ? demanda-t-il à Archie. Pour dimanche.

— Le photographe et moi, oui. Quelqu'un l'a de nouveau bougé.

Archie et Rufus se mirent à courir. Alice restait figée, agrippée à l'arrière du banc le plus proche de la porte. Rufus était perplexe : il l'aurait plutôt imaginée saisir la moindre opportunité de se jeter aveuglément vers l'inconnu. Puis il entendit des bruits de frottement et de grattement sous le sol de l'église et faillit s'enfuir en courant.

— Qu'est-ce que c'est que ça ?

— On dirait une sorte d'animal.

Archie avança jusque derrière l'autel.

— Je me demande si ta chienne est revenue ? Elle avait envie de descendre dans le trou l'autre jour.

— L'autel n'a été que légèrement déplacé.

À genoux, Rufus sortit une torche de sa sacoche.

— Pippin ? C'est toi en bas ?

Il ne s'attendait guère à une réponse. Lorsqu'il entendit une voix, aiguë et frénétique, une onde de choc glaciale le traversa.

— Non !

— Bon sang, dit Archie, sinistre. On dirait un enfant. Aide-moi à repousser ça jusqu'au bout.

Rufus posa son épaule contre le grand bloc de pierre. Alice, encore pâle, apparut à ses côtés, prêtant main forte. Archie poussa à l'autre bout, et à eux trois, ils déplacèrent l'autel pour mettre à jour l'embouchure du trou situé en dessous.

— Je pense savoir qui c'est, déclara Rufus, tâtonnant vers sa torche. Mais...

— Mais aucun enfant qui se trouverait déjà dans de beaux draps comme l'est Jebediah Trigg, ne ferait quoi que ce soit pour aggraver la situation.

Archie s'agenouilla à côté de lui.

— Et pourtant. Montre-toi tout de suite, jeune homme.

Les bruits de frottement se firent plus bruyants. De la terre et des cailloux tombèrent en cascade du haut d'un nouveau tunnel à l'intérieur de la cavité. Craignant un effondrement, Rufus se prépara à sauter, mais Archie l'attrapa par la manche. Quelque chose émergeait à la lumière de la torche, non pas un visage, mais un fessier rebondi, revêtu d'un short d'école. Rufus aurait ri, si le sentiment d'horreur qui avait envahi Alice dans l'embrasure de la porte ne s'était pas aussi emparé de lui.

— Jebediah, parvint-il à dire, alors que l'enfant se tortillait jusqu'à l'extérieur. Mais qu'est-ce que tu fous là-dedans, putain ?

Jebediah leva un doigt en signe d'avertissement.

— On ne jure pas !

— Euh… très bien. Je suis désolé. Qu'est-ce que tu fais ?

— J'ai creusé !

C'était évident. Le visage joufflu de l'enfant était à peine reconnaissable sous toute cette saleté. Ses mains ressemblaient à des pattes de taupe, recouvertes de terre du poignet au bout des ongles. Rufus essaya de faire preuve de tact.

— Tu devais être à la recherche de quelque chose de très excitant, pour travailler comme ça tout seul. Qu'est-ce que tu cherchais ?

Jebediah se renfrogna.

— Je peux pas le dire.

— Parce que tu as promis à quelqu'un de te taire ? Tu as dû avoir de l'aide pour déplacer l'autel et descendre dans le trou.

— Je dirai *rien*.

— Tu sais quoi ? interrompit Archie d'une voix douce, en prenant la torche des mains de Rufus et en dirigeant le faisceau dans les yeux du garçon. Puisque tu sembles si heureux ici, à creuser dans l'obscurité, le Dr Denby et moi-même pouvons repousser l'autel et te laisser continuer. Personne ne saura jamais où tu es allé.

— Archie, l'admonesta Rufus, sans grande ferveur.

Le pauvre Jebediah était le genre de gamin qui faisait ressortir le pire de chacun.

— Personne ne te laissera seul dans le noir en bas. Pas si tu nous dis la vérité, en tout cas.

Jebediah craqua.

— Elle a pris toutes les choses de ma chambre, toutes mes affaires ! Et elle m'a enfermé. Mais je suis sorti par la fenêtre. Bobby Jakes m'a dit que ce prof de Londres avait trouvé un trésor dans l'église. Le vieux Jakes passait devant la porte l'autre jour et a vu l'autel déplacé. Il m'a dit qu'il m'aiderait et qu'on partagerait ce qu'on trouverait.

Un sanglot de rage le traversa.

— Je veux *trouver* quelque chose. Je veux quelque chose qui soit à *moi.*

— Oui, tu es un sacré collectionneur, dit Archie, sans méchanceté. As-tu déjà pensé à livrer les journaux pour acheter tes propres affaires ?

Alice les rejoignit au bord du trou. Elle semblait encore mal à l'aise, mais elle tendit la main à Jebediah.

— Ah, ce n'est pas si excitant, n'est-ce pas ? Viens ici, petit morveux. J'avais l'habitude de chaparder des trucs tout le temps quand j'avais son âge. Une fois, je me suis fait choper chez Woolworth avec mes poches pleines de rouges à lèvres et de broches en bakélite. Je ne les voulais pas vraiment, mais je me sentais vide et je voulais *quelque chose.*

— Je parie que l'oncle Paul a adoré ça.

— Je n'ai pas pu m'assoir pendant une semaine. Je peux donc comprendre une partie de ce qui se passe dans ta petite tête d'écervelé, Jebediah, bien que je n'aie jamais commis de vol à grande échelle comme toi.

L'enfant lui tira la langue pour cette tentative de sympathie, et elle le tira vers le haut par le poignet, sans douceur, avec l'aide de Rufus et Archie.

— Une chose me laisse perplexe, dit Archie à Jebediah une fois celui-ci en sécurité sur les dalles, en train de se remettre debout. Les gens ici gardent leurs objets de valeur enfermés comme les joyaux de la couronne. Comment as-tu réussi à voler la vieille montre de poche du marquis ? C'est le plus grand avare de tous.

— Facile. Clé magique.

— Tu n'as sûrement pas besoin d'ajouter l'insolence au reste de tes problèmes, Jebediah. Ni davantage de mensonges.

Jebediah se hérissa. Il y avait de l'honneur chez les voleurs, supposait Rufus. L'enfant sortit un cylindre métallique de sa poche et le tendit à Archie, d'un geste ressemblant à un doigt d'honneur.

— Ça ouvre n'importe quoi, c'est vrai ! Envoyé par *Super Spy for Boys*. Vous pressez le tube jusqu'à ce qu'il s'adapte, vous voyez, puis vous faites pivoter vers la droite…

— N'importe quoi, l'interrompit Archie.

Néanmoins, il prit la clé de la main de Jebediah et la glissa dans la poche de son pantalon.

— Je vais la garder, au cas où. Bon, je vais venir avec toi. Je vais devoir te raccompagner chez toi et essayer d'expliquer ton état.

— Non ! cria Jebediah en reculant.

— On peut dire que tu es tombé dans la boue si tu veux. Mais tu dois promettre de rester loin d'ici. Comment comptais-tu sortir d'ici tout seul ? Bobby Jakes n'est nulle part en vue.

— Bobby Jakes est un imbécile ! Il est parti. Il a dit qu'il me retrouverait ici. Vous et le prof pouvez creuser autant que vous voulez, vous ne trouverez que des sorcières mortes, c'est ce que dit ma mère. Des tas et des tas de sorcières mortes ! Puis elle pleure, ma mère, et elle monte à l'étage et s'enferme dans sa chambre. Alors elle se fiche que je sois dans un putain de trou ou dans un arbre !

— On ne jure pas, Jebediah. Que veut-elle dire à propos des sorcières ?

— Je ne peux pas le dire. Ne veux pas le dire. Putain, putain, merde, merde, merde, amen !

Sur ce, le garçon fit volte-face et s'enfuit vers la porte comme s'il avait le diable aux trousses. Archie le poursuivit sur quelques mètres, puis abandonna, incitant Rufus et Alice à faire de même.

— Mieux vaut le laisser tranquille. Chasser Drusilla est une chose, mais je ne peux pas être vu en train de traquer des enfants dans les ruelles.

— Est-ce que ça ira pour lui ? demanda Rufus, qui devait se contrôler face à l'aversion qu'il ressentait pour cet horrible trou noir. Il semblait à moitié fou.

— Oui, et Bobby Jakes a aussi une araignée au plafond. Mais le fils de notre braconnier local est un grand garçon. Je suppose qu'il était le cerveau de l'opération. Que Dieu aide Droyton si ces deux-là unissent leurs forces.

Il dépoussiéra la chemise d'Alice, aussi distraitement que si elle avait été une statue.

— Ne t'inquiète pas pour Jebediah. J'appellerai plus tard pour m'assurer qu'il est en sécurité.

— Mais de quoi parlait-il donc, Archie ?

Alice frissonna, jetant un regard autour de l'église qui semblait blottie dans l'obscurité malgré la lumière dorée de l'après-midi.

— Des sorcières mortes ?

— Dieu seul le sait. J'ai l'impression que ce trou – quoi qu'il soit – ne devrait pas rester ouvert une seconde de plus qu'il ne le faut. Peut-être que nous percevons tous une sorte d'odeur.

— C'est plus que ça.

Elle retourna devant l'ouverture et s'accroupit à côté de Rufus, qui dirigeait le faisceau de la torche sur le mur de terre nouvellement exposé.

— Ce qui se trouve en bas ne veut pas être dérangé. Cependant...

— Cependant, poursuivit Rufus en lui lançant un sourire rapide, puisque Jebediah l'a déjà dérangé, autant continuer. Il a dû rester enterré ici pendant des heures. Regardez, il a utilisé un os de crâne de cervidé. C'est très néolithique de sa part.

Archie posa une main sur son épaule pour s'y appuyer et regarda devant lui.

— Est-ce que c'est ça ?

— Je pense que oui.

— Où aurait-il pu trouver une telle chose ?

— Certainement ici. Ce qui, si c'est vraiment le cas, ajoute beaucoup à l'intérêt du site. Des outils comme ceux-là ont été utilisés pour construire les bancs de terre à Avebury et Stonehenge.

Rufus fouilla dans sa sacoche.

— Je n'ai rien de plus sophistiqué, mais j'ai au moins une truelle. Je crois qu'il n'y a pas de mal à faire un examen approfondi des murs et du sol aussi loin que l'on puisse les voir. Mais pas plus loin.

— J'ai presque honte, alors que Jebediah nous a mâché le travail.

— Il n'a peut-être fait que fragiliser la voûte. Je ne peux pas risquer de mettre quelqu'un dans un tunnel tant que les murs et le plafond n'ont pas été étayés.

Il posa une main sur les dalles et sauta en bas, faisant attention à ne pas atterrir sur le morceau d'os.

— Je sais que ça va être un grand bouleversement, Archie, mais j'aimerais écrire mon rapport complet à Caroline ce soir. Je vais demander à une équipe de descendre avec du matériel d'échafaudage et de commencer l'excavation à partir de là. Qu'est-ce que tu en penses ?

— Tout ce qui peut maintenir l'endroit hors de portée de l'archidiacre est le bienvenu.

Archie offrit à Alice une main ferme pour qu'elle descende elle aussi dans la caverne.

— Mais tu serais toujours responsable, n'est-ce pas ?

— J'en doute, car je ne suis plus officiellement employé par le musée. De toute façon, tu as besoin d'un expert en antiquités d'église.

Rufus détourna le regard avant de découvrir la réaction d'Archie.

— Je ne pense pas qu'il soit très pratique pour nous trois de descendre sans pouvoir ressortir facilement. Peux-tu récupérer une des échelles et l'apporter ici ?

— Bonne idée.

Ses longues enjambées l'amenèrent de l'autre côté de l'allée. Une fois de plus, Rufus entendit l'alternance des sons et des échos sur les dalles, et l'excitation monta en lui malgré le poids oppressant de l'air, le plaisir – qu'il avait cru perdu dans le sable de Sabros – de voir ses idées fuser de nouveau. Il se tourna vers Alice, qui faisait courir ses doigts sur l'arche du tunnel de Jebediah, l'air ravie.

— Vous avez toujours peur ?

— Oh, non. Pas du tout.

— C'est étrange. J'ai la chair de poule

— Je me demande… si la petite Elspeth avait décidé de venir ici et de commencer à creuser à la place de Jebediah…

— Les esprits gardiens seraient-ils moins perturbés ? Des superstitions absurdes, aurait dit mon partenaire de fouilles.

— C'était l'homme avec qui vous travailliez sur Sabros ?

— Professeur Hargreaves, oui.

— Le professeur Hargreaves ne savait rien. *Rien.*

Sa voix était étouffée par la crainte. Rufus n'eut pas le temps de regarder dans sa direction : Archie était réapparu au bord de la fosse, en faisant descendre l'échelle.

— Merci. C'est ça, pousse-la contre le côté. Le sol semble assez ferme sous cette couche de terre, presque comme s'il y avait un autre sol en pierre en dessous. Je suppose que s'il y a une sorte de structure en bas…

— Rufus ? Où est Alice ?

Il se retourna. L'espace derrière lui était vide. Il cligna des yeux, prit une torche et éclaira la poutre du passage que Jebediah s'était créé. Malgré tout le travail du garçon, il faisait à peine un mètre de profondeur et se terminait aveuglément sur un autre mur de boue.

— Elle était juste là. Alice !

Archie se dépêcha de le rejoindre.

— Y a-t-il un autre moyen de sortir d'ici ?

— Non, à moins qu'elle ait trouvé un moyen de sortir toute seule. Mais elle se tenait juste ici, regardant dans le tunnel.

— Il n'y a pas de passage par là. Comment aurait-elle pu ...

Un cri s'éleva dans l'air. Il venait à la fois des fondations et de dehors, songea Rufus, en se précipitant vers sa source. Un cri ressemblant moins à de la peur qu'à de l'étonnement, qui s'évanouit rapidement.

— Mon Dieu, chuchota Archie. C'était elle. Où est-elle ?

Et avant que Rufus n'ait eu le temps de répondre, Archie s'élança dans le tunnel incroyablement court et disparut à son tour.

CHAPITRE 20

Ce n'était pas un tunnel mais un virage. Rufus le suivit à l'aveuglette, en tâtonnant les murs. Les flash-back l'envahirent. *Pas cette fois*, pesta-t-il en silence à l'animal terrifié en lui. Pas de boue, pas de sang, pas de poursuite désespérée à la recherche de son ennemi. Ce n'était pas un tunnel mais un virage, une grande brèche béante dans le mur, à un mètre du trou, sur la gauche. Là où Alice avait disparu, et où Archie l'avait poursuivie.

Rufus appréciait Alice, mais Archie était le cœur de son monde. Il ne savait pas comment c'était arrivé, comment, en l'espace de six jours, le vide dans son cœur avait été remplacé par un trésor inestimable, une rose, une étoile flamboyante. Les raisons n'avaient pas d'importance. Rufus devait le trouver.

Sans savoir comment, il était parvenu à garder sa torche. L'air était humide mais respirable. Il se força à inspirer, fit en sorte que le faisceau cesse de sauter de mur en mur et du sol au plafond, et se stabilise devant lui. Ce n'était pas un tunnel, mais un virage, et les théories s'enchaînaient rapidement dans son esprit d'archéologue. *Caer Droea,* la forteresse changeante. Droyton Magna, les grandes spirales sculptées sur la colline. Droyton Parva... Ici. Ici. Il força sa mémoire à se rappeler le schéma pour le visualiser.

Archie l'avait dit lui-même : à la fin du voyage, nous sommes toujours soit beaucoup plus loin que ce que l'on pensait, soit beaucoup plus près de chez soi. Un virage serré sur la gauche nous ramenait sur nos pas. Oui, à partir de là, soit nous plongions dans le noyau du labyrinthe, soit...

Il revint en titubant dans la fosse. Alice était là, blottie contre le mur du fond. Ses mains étaient pressées contre sa bouche et sa respiration était haletante.

— Je l'ai vu, coassa-t-elle. Je l'ai vu.

— Archie ?

— Non.

Si ce n'était pas Archie, Rufus s'en fichait.

— Grimpez à l'échelle et sortez, ordonna-t-il, et pour la première fois depuis la bataille de Roche, sa voix était semblable à celle du capitaine d'armée qu'il avait été. Si je ne suis pas de retour dans cinq minutes, courez au village et allez chercher Billy au Maidens. Demandez-lui d'apporter de la corde, de la ficelle, tout ce que qu'il pourra trouver. Et des torches, et tous les hommes qui peuvent venir. C'est compris ?

Elle leva de grands yeux vides vers lui. Il attendit qu'elle hoche la tête, puis se retourna pour faire face à la deuxième sortie, cachée jusqu'à présent par les ombres et le bord. Si les tunnels avaient été percés ainsi, le labyrinthe aurait perdu son intégrité, l'ordre interne sacré qui permettait de ramener les voyageurs perdus à la maison en toute sécurité.

— Archie, dit-il en fendant l'obscurité. Archie, reste où tu es. Ne va pas plus loin.

Comment avait-il pu si rapidement se retrouver hors de portée des voix ? Les murs de boue étaient étouffants, l'obscurité qu'ils renfermaient était incroyablement épaisse, comme un brouillard huileux, aspirant la lumière du faisceau de la torche à peine quelques centimètres devant lui.

— Archie ! Reste où tu es. Je te trouverai.

Aucune réponse ne sortit du tunnel. Rufus étouffa sa panique, parce qu'elle l'aurait envoyé à la catastrophe, et ni lui ni Archie n'aurait plus eu aucune chance. Mû par une nouvelle volonté, il s'arrêta, posant son front sur ses articulations, et ferma les yeux. Il écouta.

Au début, il ne put entendre que son rythme cardiaque, la peur qui s'infiltrait dans ses poumons. Puis quelque chose de plus. Il retint sa respiration. Des scènes récentes lui apparurent telles des bobines de cinéma. Archie, essoufflé après avoir traversé la route en courant. Ouvrant la fenêtre de la maison de Drusilla, car le monde était petit et étouffant. Toussant et riant de lui-même, mortifié, après avoir allumé une cigarette interdite. Le sifflement dans la poitrine, la cicatrice invisible du prêtre guerrier... Rufus pouvait l'entendre à présent, rythmée mais haletante.

— Archie, chuchota-t-il, en balayant le faisceau de la lampe.

Il avança de quelques pas dans le noir et le trouva.

Archie était recroquevillé sur le sol du tunnel, comme un ours qui aurait rampé dans une tanière pour dormir. Rufus se mit à genoux à côté de lui, cherchant un signe de vie quelconque : un pouls battant dans sa gorge, un soulèvement de sa cage thoracique. Il ne trouva ni l'un ni l'autre, et le sifflement râpeux avait cessé.

Rufus s'assit sur ses talons. L'espace de quelques secondes cauchemardesques, il ne parvint pas à parler. Le tunnel se transforma en une tranchée de Fort Roche, et l'ombre imposante du Minotaure, la bête ennemie, traversa sa santé mentale. Puis il prit une profonde inspiration.

— Alice ! cria-t-il, en posant la tête d'Archie sur ses genoux. Alice, vous êtes toujours là ?

Il obtint pour toute réponse le bruit de semelles bottées sur la terre dure et la lumière d'une torche. Elle était vive et calme et était tout ce dont Rufus avait besoin à ce moment-là : une paire de mains supplémentaire et une détermination à lui venir en aide.

— Que lui est-il arrivé ? demanda-t-elle, en s'accroupissant en face de Rufus dans l'espace étroit. Est-ce qu'il respire ?

— Je ne sais pas. Nous devons le faire sortir d'ici. Si je le porte par les épaules, pouvez-vous prendre ses pieds ?

— Oui. Mais vite, avant que ce petit tunnel ne devienne plus long.

— C'est ce qui vous est arrivé ?

— Je pense que oui. Je ne peux pas l'expliquer.

Elle se mit à la tâche, et Rufus se releva, passant ses bras sous les aisselles d'Archie. À eux deux, ils le ramenèrent dans le trou. Bien qu'il n'y ait qu'une courte distance à parcourir, Rufus avait l'impression de ramper en plein cauchemar. Peut-être était-ce ainsi que le labyrinthe fonctionnait, s'étendant et se contractant selon la peur ou le désir... Il posa Archie avec précaution, et chercha une fois de plus son pouls sur sa gorge. Il était là, mais vacillant et incertain, et sa poitrine ne se soulevait toujours pas.

— Qu'est-ce qui ne va pas chez lui ? demanda-t-il à la pauvre Alice, les yeux toujours dans le vide. Pourquoi ne respire-t-il pas ?

— Il a des problèmes avec ses poumons. Il a été gazé.

— Je le sais, mais…

— Peut-être qu'il a vu quelque chose qui l'a mis dans cet état.

Elle avait l'air perdue. Elle avait fait ce qu'elle pouvait. Elle se précipita dans le coin le plus éloigné de la fosse et se recroquevilla en mettant ses mains sur ses yeux. Il n'y avait personne d'autre que Rufus pour dénouer le mystère du labyrinthe.

— Archie, dit-il passionnément, en se penchant sur lui. Je vais respirer pour toi, d'accord ? Tiens bon.

Il avait appris à faire cela dès les premiers jours de sa formation d'officier. Même si cela semblait tristement inutile, d'apporter un souffle de vie dans cette arène de mort par balles, ou comme s'il allait sauver des nageurs noyés ! La pratique lui revint. Une vérification rapide des voies respiratoires. Couvrir le nez avec une main et maintenir les narines fermées. Basculer un peu la tête en arrière. Respirer.

Archie avait encore le goût du bon tabac et de la terre chauffée par le soleil. Celui de la confiture de fraises qu'ils avaient partagée au petit déjeuner ce matin-là. Le chagrin s'empara de Rufus, la terreur d'une perte qu'il n'avait pas encore subie, suffisamment puissante pour lui couper le souffle. Il la contrôla tant bien que mal. Il souffla, attendit que le plexus solaire d'Archie se lève sous sa main, se redressa un peu et attendit qu'il retombe. Il pressa sa bouche chaude sur la bouche froide et souffla à nouveau. Encore une fois. Encore une fois.

Archie eut des spasmes, toussa, ouvrit les yeux. Son regard se fixa.

— Rufus ?

— Dieu merci. Est-ce que ça va ?

— Je pense que oui.

Il essaya de lever la tête, regardant les murs de terre autour de lui.

— C'est bien agréable de revoir la lumière du jour, mon amour. C'est bon de te voir.

Rufus le prit dans ses bras. Il ne voyait rien d'autre que le visage souriant qui le regardait, rien d'autre n'importait : ni les bruits de pas sur le sol de l'église, ni les pépiements d'hirondelles effrayées, ni le cri d'avertissement d'Alice, qu'Archie qui s'approchait pour l'embrasser. Il se recula.

Deux ombres s'abattirent sur la fosse. Les doigts d'Archie effleurèrent les cicatrices du cuir chevelu de Rufus. Ils s'embrassèrent avec une urgence frémissante, chacun s'assurant que l'autre était vivant en cherchant sa chaleur.

— Je te croyais mort, chuchota Rufus quand ils se séparèrent.

— Et je pensais t'avoir perdu. C'est ce que le tunnel m'a dit. Il est parti, il n'y a plus de raison de respirer. Alors je me suis arrêté.

— Oh, Archie. Qu'allons-nous faire ?

Quelque chose atterrit sur le sol en terre battue à côté de lui. Le timing semblait mauvais, mais Giles n'était là que pour Alice.

— Miss Winborn ! J'étais dans les bois, et je vous ai entendue crier.

Giles s'approcha doucement d'elle, puis s'agenouilla à ses pieds.

— Je suis venu en courant. Je viendrai toujours en courant quand vous aurez besoin de moi. Et je... J'ai amené le docteur.

Alice poussa Giles. Son geste n'était pas brutal, mais déterminé, toute son attention fixée sur la silhouette noire et raide au bord du trou.

— Paul, dit-elle en guise d'avertissement. Ne fais pas ça.

— Pas quoi ?

Winborn avait posé la question de manière égale. Sa mince silhouette sembla se figer lorsqu'il découvrit avec horreur la scène devant lui : Archie, retenant Rufus en tendant un bras protecteur devant ce dernier ; sa nièce, tel un ange gardien ou Jeanne d'Arc, formant une barrière pour l'empêcher de voir les deux hommes

— Ne me dites pas que ce malade a répandu sa perversion, comme je le craignais.

— Winborn, tais-toi, gronda Archie en se remettant debout en tremblant. Ne t'avise pas de l'insulter.

— On ne peut pas insulter ce genre d'homme. Ils sont déjà perdus par leur propre déchéance. Quel que soit le nom qu'on leur donne, ils ne décrivent que ce qu'ils sont. Plus le langage est exécrable, plus ils aiment...

— Je t'ai dit de la *fermer*.

Archie se libéra de l'étreinte de Rufus. Il gravit l'échelle à une vitesse effrayante, et Rufus, qui ne l'avait jamais vu en colère, le rattrapa aussi vite qu'il put. Vicaire ou pas, c'était un homme qui avait bravé les snipers allemands avec rien de plus que son casque de motard et un col romain pour le protéger. Winborn ne bougea pas, bien que ses yeux se soient élargis de peur. Rufus rattrapa Archie par la ceinture alors qu'il se ruait sur le médecin.

— Archie, pour l'amour du ciel, arrête.

— Non. Pourquoi le ferais-je ?

— Parce qu'il a raison. Je me *fiche* de savoir comment il m'appelle. Je ne peux juste pas supporter que tu l'entendes.

Winborn éclata d'un rire amer.

— Si vous vous intéressiez vraiment à Archie, vous auriez quitté ce village sans poser la main sur lui. Vous seriez parti quand vous l'avez dit. Je vous croyais au moins un homme de parole, pédé ou…

— Silence !

Rufus fut surpris lui-même par la fermeté de sa réponse qui effraya un couple de colombes dans leur nid dans les chevrons. Il ne se souciait pas du nom qu'on lui donnait, mais il n'avait pas besoin de rester là à le réentendre. Il n'était plus un pédé perdu et malade. C'était un homme qui avait une place dans le monde, et Archie l'avait appelé *mon amour*.

— Vous m'avez posé des questions sacrément inconvenantes, et je vous ai dit ce qui était vrai à l'époque.

— Vous êtes incapables de franchise. Je vous ai dit pourquoi vous deviez laisser Archie tranquille, et vous vous êtes quand même attaqué à lui. Vous avez exploité sa faiblesse, après toutes les années que j'ai passées à le protéger, à lui donner…

— Quoi ?

Winborn fit volte-face. Alice se tenait au bord de la fosse, ses bras s'enroulant désespérément autour d'elle. Des larmes coulaient sur son visage.

— Une *femme*, ma chère fille, dit Winborn, d'une voix douce et, pour la première fois vacillante. Une compagne. Un amour qu'il pouvait célébrer devant Dieu et devant les hommes, et non pas cacher dans des arrière-cours. Ne peux-tu comprendre ?

— Dieu et la société ? Ce sont là les choses pour lesquelles vous m'auriez sacrifiée ?

— Sacrifiée ? Oh, Alice, quelle absurdité. Archie est un homme bien, et il a toujours été ton ami. Tu pourrais avoir une belle vie ici, à Droyton.

C'est alors qu'Archie sembla ouvrir les yeux. Il jeta un coup d'œil à Winborn et Alice.

— Mon Dieu. Tu voulais que je l'*épouse* ?

— Oui, et tu n'as jamais été réceptif à ce sujet !

— Pourquoi diable la lierais-tu à quelqu'un comme moi ?

— J'ai lié Celia à toi, n'est-ce pas ? Et vous avez tous les deux prospéré.

— Celia était une enfant qui faisait ce qu'on lui disait. Tout comme moi, d'ailleurs. J'aime beaucoup Alice, mais…

— Taisez-vous, tous les deux !

Alice agrippa ses cheveux et les tira en signe de frustration.

— Je t'aime aussi, Archie, mais ne… ne parlez pas de moi comme ça. Ni l'un ni l'autre. Plus jamais.

— J'ai essayé de t'aider, déclara Winborn avec dignité. J'ai toujours eu tes intérêts à cœur.

— Je sais. C'est pourquoi je me suis tenue tranquille. Mais *penses-y*, oncle Paul. J'ai perdu mon David il y a à peine dix-huit mois. Si nous avions été mariés, je serais encore habillée de noir. Je serais encore en train de faire mon deuil.

— Dieu merci, vous n'étiez pas mariés. Tu es jeune et belle. Tu...

— Comment oses-tu dire cela ? À part le nom, c'est comme si nous étions mariés. Je partageais son lit lorsqu'il était à la maison. Quand j'ai appris qu'il était parti, j'ai prié Dieu tous les jours pour qu'il m'ait laissé un enfant.

— Alice !

— C'est la vérité. Et quand mes menstruations sont arrivées, j'ai maudit Dieu.

Un sanglot brutal lui échappa.

— Tout le monde s'en foutait, n'est-ce pas ? Je ne pouvais pas dire *mon mari est mort*, afin que les gens soient gentils avec moi et me laissent en paix. Je n'étais pas veuve. Je n'étais qu'une fichue chose encombrante dont on devait se débarrasser.

Elle se tut, reprit son souffle, et commença à gesticuler.

— J'ai même commencé à me tourner vers la boisson. Moi ! Et quand le Dr Denby est arrivé – si calme et gentil, et ne s'intéressant pas à moi –, je me suis ridiculisée en me jetant sur lui.

— Non, protesta Rufus. Vous ne vous êtes pas du tout ridiculisée.

— Mais vous êtes avec Archie, n'est-ce pas ? Et il est avec vous, comme il devrait l'être.

Elle se retourna vers Winborn.

— Ne fais pas cette tête, comme si tu venais de sucer un citron ! On ne peut pas forcer les gens à aimer ou à ne pas aimer. Je commençais à te croire, à croire que je devrais arrêter d'aimer David. Que c'était morbide de ma part, que je n'en avais pas le droit. Et puis, à l'instant même, dans le tunnel, j'ai...

Elle tituba, et Rufus relâcha sa prise sur la ceinture d'Archie pour la tenir par le bras. Elle tourna vers lui un visage barbouillé de larmes.

— J'ai vu David dans le tunnel, Rufus. Il était aussi réel que vous. Je ne veux pas d'un nouveau mari, ni d'une nouvelle vie. Je le veux. Je ne voudrai jamais que lui.

Elle se libéra et s'élança dans l'allée, en courant maladroitement. Ses sanglots résonnaient sur les murs et le toit, faisant à nouveau sursauter les colombes, jusqu'à ce que toute l'église semble frémir sous son chagrin. Winborn jeta un regard de désarroi furieux à Rufus et Archie, puis se retourna et courut après elle.

— Alice. Alice !

Ils étaient partis. Engloutis dans un bruissement de feuilles par le soleil et les bois. Leurs mots restaient suspendus dans l'air. Rufus pouvait presque les voir : ceux d'Alice glissant telles les plumes d'une colombe, ceux de Winborn, dressés comme une épée de Damoclès, brillante et prête à tomber. Il se retourna, consterné, pour faire face à son nouvel amant, l'ami parfait dont il avait exposé le cou à la lame.

— Oh, Archie.

— Oui. Pauvre Alice ! J'ai été stupide.

— Pas ça, idiot. Je veux dire, oui, pauvre Alice. Mais toi, alors ?

— Moi ? Oh, à présent que Winborn connaît l'odieuse vérité, tu veux dire ?

Il souriait. Il ne comprenait pas. Rufus l'attrapa par les épaules et le secoua légèrement.

— C'est sérieux. Qu'est-ce qu'on va faire ?

— Je ne sais pas. Mais quoi qu'il en soit, tu seras là pour m'aider. N'est-ce pas ?

C'était vraiment là toute l'étendue de ses préoccupations. Les larmes montèrent aux yeux de Rufus, et son nez le grattait.

— Oui, dit-il. Bien sûr.

Il s'affaissa contre la large poitrine d'Archie, s'y appuyant pour entendre le bruit de son cœur vivant.

— J'ai cru que tu étais mort.

— Moi aussi, répondit Archie en l'agrippant fermement. Qu'est-ce qu'il y a en bas, Rufus ? Pourquoi me suis-je perdu à moins de cinq mètres de l'entrée, et pourquoi Alice a-t-elle vu ce qu'elle a vu ?

— Je ne sais pas. Je suppose qu'il y a une possible émission de gaz toxiques, mais dans une région aussi stable géologiquement, c'est peu probable. Peut-être juste la désorientation d'être soudainement dans le noir…

— C'est un labyrinthe, alors ?

— Je pense que oui. Je n'ai aucune idée de comment il a été construit et par qui, mais…

Il s'agrippa au gilet d'Archie.

— … pour l'instant, je veux juste qu'il soit fermé.

— D'accord. Allez, remettons l'autel en place.

À contrecœur, ils se séparèrent. Rien n'allait, Rufus le savait. Archie avait été démasqué devant son plus vieil ami, exposé au jugement et au mépris de Winborn. Il aurait dû tenir Rufus à distance, au lieu de garder sa main dans la sienne jusqu'au dernier moment et embrasser rapidement ses doigts avant de les lâcher pour saisir l'échelle.

— Archie, attends une seconde. Laisse ça là.

— Qu'est-ce qui ne va pas ?

— Où diable est Giles ?

— Oh. Oui, il était là, n'est-ce pas ? Il s'est précipité à la rescousse d'Alice, le pauvre. Est-il parti en même temps qu'elle ?

— Je ne l'ai pas vu. Je ne l'ai même pas vu sortir du trou.

— Vraiment ? Oh, merde.

Archie s'empara de l'échelle et s'apprêta à redescendre.

— Je ferais mieux de le suivre. Dieu seul sait ce qui pourrait lui arriver en bas.

— Tu n'iras nulle part sans moi.

— Je devrais essayer de t'en dissuader. Mais c'est trop agréable d'entendre ça. Allez, viens.

Avant qu'Archie ne commence à descendre dans la fosse, des bruits de grattement se firent entendre. Rufus refoula un frisson de peur. L'atmosphère pesante et lourde de l'église ne s'était pas allégée. C'était même pire, comme si les tunnels avaient encore de terribles secrets à révéler. D*es sorcières mortes*, avait dit Jebediah. *Des tas et des tas de sorcières mortes.* Qu'est-ce qui avait mis cette idée dans sa petite tête torturée ? Rufus posa une main sur l'épaule d'Archie.

— Attends une seconde.

Le bruit de grattement se transforma en pas. Au bout d'un moment, Giles émergea calmement du passage qui se refermait sous le bord du trou, avec de grands yeux clairs et un visage serein dans la lumière poussiéreuse.

La mâchoire bien droite et ferme, marquée par une ligne de chaume. La pomme d'Adam s'agitant dans le col ouvert de la chemise.

— Ne descendez pas, révérend. Je vais bien.

Archie tendit la main.

— Tant mieux. Qu'est-ce qui vous a pris de partir dans le tunnel tout seul ?

— Je ne saurais le dire. La même chose qui vous y a poussé, peut-être. Et Miss Winborn.

— Peut-être. Mais remontez, s'il vous plaît. Rapidement.

Giles accepta leur aide pour gravir l'échelle, et se plaça entre eux sur les marches de l'autel, se tortillant comme s'il cherchait un nouveau centre de gravité.

— Merci. Révérend. Ce n'était pas mon intention de me montrer irrévérencieux. Pouvez-vous me pardonner ?

Archie leva un sourcil.

— Ce sont les intentions qui comptent, Giles, mais nous devons penser aux effets de…

Il se tut. Giles déboutonnait sa chemise. Sous celle-ci, il portait un étrange vêtement – pas un gilet mais une sorte de bandage épais et élastique, qui pendait maintenant sur sa poitrine. Il défit les attaches à crochets et à œillets, ôta le vêtement et le tint à bout de bras.

— Voilà. C'était si inconfortable.

— Ça a dû être le cas, surtout par cette chaleur. Pourquoi diable portiez-vous ça ?

— Il le fallait. J'avais des seins, vous comprenez.

Il effleura l'endroit lisse et plat où ils auraient dû se trouver.

— J'étais une Fille de Ferme pendant la guerre. Je portais un pantalon, conduisais un tracteur, me coupais les cheveux. C'est là que j'ai réalisé que je n'étais pas née dans le bon corps.

— Giles, mon vieux, il fait *vraiment* très chaud. Voulez-vous vous asseoir ?

Giles se mit à rire.

— Mon vieux ! J'aime bien quand vous dites ça. J'aimais bien quand quelqu'un disait *lui* ou *il*, ou m'appelait Giles au lieu de Gillian. Quand je suis venu chez le fermier Challen pour un travail, je suis arrivé avec mon bandage et tout le monde n'y a vu que du feu. Sauf le Dr Denby.

— Le Dr Denby ?

Archie promena son regard de Giles à Rufus, perplexe.

— Attendez. Essayez-vous de me dire que vous étiez une fille autrefois ?

— Jusqu'à il y a dix minutes, oui. J'étais une fille.

— C'est impossible. Nous l'aurions remarqué.

— Je pensais que ce serait le cas. Je n'ai pas été très convaincant. Mais…

Archie secoua la tête.

— Les gens voient ce qu'ils s'attendent à voir. À moins qu'ils s'appellent Dr Denby, apparemment.

— Rufus, tu veux bien m'expliquer ça ?

— Je ne peux pas. Pas cette dernière partie, en tout cas.

Rufus haussa les épaules.

— J'avais vu que Giles était une femme, oui.

— Je savais que vous aviez vu, dit Giles avec ferveur. J'avais tellement peur, j'attendais que vous disiez quelque chose. Pourquoi vous ne l'avez pas fait ?

— Mon Dieu, pourquoi l'aurais-je fait ? Vous ne faisiez rien de mal.

— Ah, vous faites partie de ces gens qui habitent des maisons de verre et ont appris à ne pas jeter de pierres aux autres. Ils sont peu nombreux et isolés.

De manière inattendue, Giles s'avança et prit Rufus par la main.

— Oh, non. Pas ça, exactement. Pas né dans le mauvais corps, juste…

— Ça suffit Giles, dit Archie en s'interposant entre eux, détachant doucement la main de Giles. Je ne comprends pas, mais ça n'a rien à voir avec le Dr Denby, n'est-ce pas ?

— Non, pas du tout. C'était en rapport avec Alice. C'était stupide de ma part, parce que si elle ne s'intéressait pas à moi quand j'étais une fille, pourquoi s'intéresserait-elle à moi maintenant ? Elle est toujours amoureuse de David.

Giles boutonna sa chemise, puis s'arrêta et regarda Rufus et Archie avec émerveillement.

— C'est vraiment arrivé, n'est-ce pas ? Je suis comme vous deux. Je suis un homme.

Il posa une main sur la ceinture de son pantalon, puis commença à la faire descendre.

— Giles, s'il vous plaît. J'ai essayé d'être un vicaire indulgent, mais souvenez-vous où vous vous trouvez.

— Je suis désolé, révérend.

Il sourit, releva la tête, la clarté soulignant les nouveaux traits masculins de son visage.

— J'aimais Alice. Mais je pense qu'elle était plus un symbole qu'autre chose, une combinaison de toutes les femmes que j'ai désirées. Je ne sais pas si je pourrai un jour faire en sorte que l'une d'elles me désire en retour, mais je suppose que ce sera plus facile dans ce corps.

Il se tourna soudain vers Rufus.

— Vous ne pensez pas, Dr Denby ?

— Eh bien, j'ai… rencontré quelques femmes qui auraient aimé Gillian telle qu'elle était, dans son costume de Fille de Ferme. Mais cela élargit certainement votre champ d'action.

— Oui. Et maintenant, c'est à moi – Giles ou Gillian – d'en tirer le meilleur parti.

Rufus et Archie le regardèrent partir. Il avait glissé le bandage dans une grande poche et sortit en toute décontraction. La brise renvoya les bribes de sifflement d'une mélodie. Il commença à ouvrir la porte de l'église, puis s'arrêta, fit quelques pas en arrière et leur adressa un signe de la main.

Archie se frotta l'arrière du crâne avec stupéfaction.

— Il a l'air différent.

— Tu n'avais vraiment pas remarqué que c'était une fille ?

— Non. Et toi, si ?

— Je pensais que c'était une sorte de blague de village.

— Non. Je suis sincère, je l'ignorais.

Archie porta son attention sur la fosse à ciel ouvert.

— Quelle est la vieille traduction de Caer Droea, as-tu dit ? Le château changeant ?

— Oui, mais c'est absurde. Il était peut-être si convaincu qu'il était une femme qu'il a réussi à me convaincre.

— Et puis l'illusion s'est juste… arrêtée ?

— Je ne sais pas.

Rufus regarda par-dessus son épaule et frissonna. Où était Winborn désormais ? Il avait eu le temps de retourner au village. En tant que médecin, il avait probablement pensé qu'il valait la peine d'équiper sa maison d'un téléphone privé. Jusqu'où irait-il ? Un appel à la police locale, une accusation d'indécence publique…

— On a de plus gros problèmes, Archie.

Celui-ci passa un bras autour de lui. Il embrassa sans crainte la cicatrice sous les cheveux de la tempe de Rufus.

— Ça a dû te faire mal quand c'est arrivé.

— Je ne sais pas. Tout cela fait partie de ce dont je ne me souviens pas. Tu ne m'as pas entendu ?

— Si.

Archie jeta un dernier regard sur Giles, désormais à peine une tache brillante dans le lointain.

— Oui, nous avons de plus gros problèmes. Mais sûrement pas d'aussi étranges.

CHAPITRE 21

Cette nuit-là, pour la première fois depuis de nombreux mois, Rufus se souvint d'un rêve. Il devait y en avoir d'autres, bien sûr, mais seuls des cauchemars l'habitaient depuis Fort Roche.

Il se promenait sur une plage avec Archie. L'air était chaud, et les lumières des bateaux de pêche qui flottaient scintillaient au large. Archie était vêtu d'une djellaba sabrienne, qui lui allait très bien. *La tienne aussi te va bien*, disait-il, sans avoir besoin d'ouvrir la bouche pour que Rufus l'entende. Ils étaient pieds nus, se déplaçant aisément sur le sable au clair de lune.

Le neveu du ministre, le beau Zadi, se tenait sur une dune. Il fit un geste, et soudain Rufus et Archie se trouvèrent à côté de lui, observant les fouilles. Quelqu'un – pas le professeur Hargreaves, mais une équipe aux ressources et à l'expertise infinies – avait ouvert et restauré l'ensemble du site. Rufus en comprit le sens en un clin d'œil. Toutes ces petites tombes tronquées, les passages qui s'étaient effondrés... les tombes n'avaient pas été placées de façon aléatoire. Elles formaient les bribes d'un motif si vaste que ni lui ni Hargreaves ne l'avaient vu. Il aurait fallu un avion pour ça, ou avoir la perspective d'un aigle. *Les civilisations ultérieures utilisaient les vieux morceaux intacts d'un labyrinthe enterré,* souffla-t-il, et Zadi se retourna et sourit. *Toute l'île est un labyrinthe.*

Toute l'île, sayyid. Zadi fit un autre geste, et le motif ondula et se transforma. Les dunes disparurent lorsqu'il fit un mouvement du bras. Rufus s'agrippa à Archie pour ne pas s'effondrer, et Archie l'attrapa, se mettant à rire. *Reste avec nous, Dr Denby. Ce serait dommage que tu aies une crise cardiaque maintenant.*

Mais regarde ça ! Tous les murs sont peints, comme cette partie que j'ai vue dans la tombe. Des danseurs, des papillons et des petites haches. Les tunnels sont couverts de beaux encorbellements, comme à Skara Brae. Un endroit comme celui-ci pourrait exister éternellement, s'il n'était pas délibérément détruit.

Personne ne le détruira, sayyid. Pas tant qu'il y aura du monde ici.

Zadi frappa dans ses mains, et les murs devinrent transparents. Au milieu, se déplaçant lentement au milieu des papillons, se trouvaient des dizaines d'hommes et de femmes.

Des hommes et des femmes, et d'autres qui passaient d'un genre à l'autre, ou qui n'étaient ni l'un ni l'autre, ou les deux à la fois. Chacun était, en fonction de son choix, nu ou drapé d'une djellaba vaporeuse. Giles était là, et bien qu'il n'ait pas pu avoir Alice, qui marchait paisiblement dans son tunnel, main dans la main avec son bien-aimé disparu, David, de temps en temps il scintillait et se transformait en une forme que Rufus reconnaissait comme étant Gillian. Les deux apparences étaient souriantes, se contentant de leur union intérieure de leur compagnie mutuelle. Les hommes marchaient avec les hommes, les femmes avec les femmes. Des gens en couple, à trois, ou plus, et des gens sereinement seuls. Même Henry était là, nu comme le jour, déambulant au bras d'un très bel homme habillé d'une robe, assez vieux, assez riche et assez sûr de lui pour faire disparaître à jamais les peurs et les vanités cruelles du pauvre garçon. *Ce doit être un foutu ange*, dit Archie sèchement, et Rufus leva les yeux pour se moquer de lui, puis la scène commença à s'évaporer.

Il se réveilla dans le verger du presbytère. Il avait de la boue sur les mains, mais pour une fois, il n'était pas inquiet. Il se disait qu'il avait certainement descendu les marches, s'était rendu dans le jardin, et s'était peut-être pris les pieds dans le bas de son pantalon de pyjama, qui était celui d'Archie, un peu trop long pour lui. Heureusement qu'il avait pris le temps de le mettre. Unique rempart contre sa nudité. Peut-être le clair de lune l'avait-il appelé, ou la logique toute relative de son rêve. Il s'assit sur le banc où la vieille Lady Birch était morte, et regarda le ciel nocturne.

La lune était presque pleine, baignant dans la lumière des étoiles, mais il pouvait encore distinguer suffisamment la Grande Ourse pour y laisser dériver ses pensées, Arcturus et la Couronne du Nord les effaçant doucement. Il se souvint de son après-midi : s'assurer que la fosse était bien refermée, persuader pour une fois Archie de fermer l'église. Marcher avec lui le long de Pilgrim Way. Croiser Mme Nettles sous le porche du presbytère, qui, par instinct de protection, leur avait interdit de se rendre à la cuisine où Alice Winborn s'était réfugiée et dormait profondément dans un fauteuil, leur disant « aucune aide n'est nécessaire de votre part ou de celle d'autres messieurs pour le moment, merci, révérend. »

S'asseoir dans la bibliothèque pour rédiger son rapport, Archie non loin, apportant le thé, lisant chaque feuille au fur et à mesure qu'il les écrivait. Attendre un coup frappé sur la porte à tout moment, sans que rien ne se passe.

Aucune visite, et à la lumière de la lampe et à travers le parfum des roses, il avait commencé à comprendre que personne ne viendrait. À minuit moins le quart, il était allé se coucher avec Archie, l'entraînant par la main jusqu'à la chambre du grenier, car il lui avait promis quelque chose, à condition qu'il puisse tenir jusqu'au soir. Ils s'étaient déshabillés l'un l'autre, s'étaient écroulés ensemble dans le merveilleux lit, et...

Le visage d'Archie s'était étrangement adouci, la luxure se transformant en une immense et affectueuse bienveillance. Et Rufus, qui était depuis si longtemps plongé dans une lassitude si profonde qu'il en avait oublié l'existence, s'était endormi dans ses bras.

Étrangement, il n'y avait eu aucune trace de Winborn dans son rêve, comme si même la grande forteresse changeante de Sabros ne pouvait trouver de place pour un homme tel que lui. Rufus comptait les étoiles. Là non plus, aucun signe du petit docteur. Peut-être avait-il eu tort de lui attribuer autant de pouvoir. À lui et à tous les curieux qu'il avait évités au fil des ans. Le chèvrefeuille bruissa sur le treillis près de la maison, et Archie l'appela doucement :

— Rufus, mon amour ?

Il n'essaya pas de le faire taire, car qui était là pour l'entendre ?

Il se leva et se dirigea vers lui, pieds nus, non pas sur le sable blanc et propre, mais sur la pelouse parfumée.

— Archie !

Ils s'étreignirent sous l'ombre du plus vieil arbre du verger, qui les cachait de la lune, et dont le tronc enveloppé de lichen avait basculé de près de quarante-cinq degrés. Archie l'attira doucement contre lui.

— Que fais-tu ici ? Est-ce que ça va ?

— Je vais bien. J'ai fait un rêve, un beau rêve, et j'ai dû marcher dans mon sommeil. Mes pas m'ont amené jusqu'ici.

— C'est du sang sur ton visage ?

— Je suis tombé, je crois. Regarde, mes mains sont éraflées.

— Oui, je vois.

Archie retourna les paumes de ses mains sous la faible lumière, comme pour y lire un avenir incertain.

— Entre, je vais sortir la trousse de secours de Maria.

— Pas encore. C'est une nuit si parfaite.

L'arbre était comme un berceau tentant : il avait tiré Archie juste au-delà de son centre de gravité, de sorte que la majeure partie de son poids s'appuyait sur Rufus. Un précédent recteur l'avait soutenu avec de solides poteaux de fer. Archie avait dit que le fruit qu'il donnait était le plus sucré. Pour l'instant, il ne produisait que des fleurs.

— On peut retourner à la cuisine à présent ?

— Oui, la voie est libre. Maria a annoncé avant le souper qu'Alice allait vivre avec nous aussi.

Rufus se mit à rire.

— C'est ridicule, Archie. Ta situation ici, ta maison, ta vie, tout ça est…

Il agrippa la chemise d'Archie, le tirant doucement à lui.

— … ridicule. Et beau. Quels sont ces vers du poème d'Auden, ceux qui viennent après les airs sexy ?

— *Égal à mes collègues sur un ring, je suis assis chaque soir, calme, enchanté comme les fleurs* ?

— Oui, c'est ce que l'on ressent. J'aimerais que ça dure pour toujours.

— Peut-être que c'est possible. Reste avec moi, cher Rufus.

Oh, il le voulait. Il pouvait oublier le reste du poème et son message sur le prix d'une paix si durement gagnée. Mais voilà qu'Archie, toute prudence jetée à la brise étoilée, commença à se balancer de manière suggestive contre l'arbre, embrassant Rufus, commençant à bouger ses hanches.

— Attends. Pas ici.

— Est-ce que c'est inconfortable ?

— Non, mais on ne peut pas, pas à l'air libre.

— Personne ne viendra.

— Winborn ne donne pas de préavis lors de ses visites. Et il sera encore plus en colère si Alice a emménagé ici.

— Winborn a réussi l'exploit extraordinaire de se rendre indésirable chez moi. Tu sais que ce n'est pas facile à accomplir.

— Oui, je sais, mais…

— Je ne le laisserai plus jamais s'approcher de toi.

— Archie, tu ne pourras pas l'arrêter, pas s'il se présente avec un policier… Pas *ici*.

— Où donc ?

— L'arrière de la remise à vélos me semble parfait.

— Oh, non. Je vais te ramener à l'intérieur, au lit, plutôt que ça. Je comprends les dangers – vraiment – mais il n'y aura plus de hangars, plus de ruelles, pour aucun de nous.

Non. Il y aurait des arbres sous le clair de lune, ou l'intimité aimante de leur chambre commune fermée à clé. La gorge serrée, Rufus céda. Son sexe était érigé, et la perspective de défaire le pantalon d'Archie, trouver sa peau chaude et nue en dessous, finit de l'exciter.

— Pourquoi t'es-tu habillé ?

— L'habitude, à cause des nuits à courir après Drusilla. J'ai pensé que je devrais peut-être te poursuivre nu à travers les champs.

La vision traversa l'esprit de Rufus.

— Un jour, c'est promis. Vite, enlève le nœud du cordon de mon pyjama.

— Pourquoi se presser ?

— C'est ta faute. Tu m'ôtes tout contrôle. Je vais…

— Oh.

Des doigts forts dénouèrent rapidement le cordon avant de le relâcher pour libérer sa verge.

— Pas sans moi, tu ne peux pas.

Un poids chaud le poussa et l'écrasa contre l'écorce. La sensation de l'arbre contre lui remonta le long de sa colonne vertébrale. Il leva une jambe, la passa autour d'Archie et le tira vers lui.

— C'est ça. Plus fort.

— Je vais te faire mal.

— Pas du tout.

Ses épaules étaient douloureuses par endroits, comme s'il s'était fait des bleus quelque part sans s'en rendre compte, mais la douleur se répandait telle une myriade d'empreintes de mains brûlantes.

— Les pommes les plus sucrées tombent de cet arbre, Archie. Les plus sucrées... Ah. Oh, mon *Dieu*.

Un frisson le traversa. Archie passa un bras autour de son dos et le souleva, en s'agrippant au tronc de sa main libre pour ne pas tomber. Il poussa ses hanches contre celles de Rufus, broyant son sexe contre le sien le temps de plusieurs va-et-vient, puis l'attrapa, haletant, sa prise ferme l'empêchant de tomber.

— Rufus ! Est-ce que ça va ?

— Oui. Mon Dieu, je vais bien. Je suis…

Mais Rufus ne trouvait pas les mots pour décrire l'état dans lequel le réduisait Archie. Il avait l'impression de renaître par cet acte sexuel miraculeux, si différent de ses rencontres solitaires avec Henry et tous les étrangers. Il avait du mal à croire que l'acte était le même. Il laissa Archie le reposer sur l'herbe au pied de l'arbre, et l'agrippa pour le faire asseoir à côté de lui.

— Je t'aime. Donne-moi une minute, puis nous irons à l'intérieur et... ferons ce que j'ai promis. L'huile de cuisine n'est pas un mauvais lubrifiant, si Mme Nettles en a dans son garde-manger.

— C'est charmant, mais…

Archie examina son visage, le sien se voilant d'inquiétude.

— Tu sais, je ne crois pas que je vais te prendre au mot.

— Pourquoi ? Qu'est-ce qui ne va pas ?

— Je crois que ce soir, je vais simplement t'emmener au lit.

Il prit une inspiration, effleura la lèvre inférieure de Rufus de son pouce et le regarda avec un émerveillement absolu.

— Je t'aime aussi.

CHAPITRE 22

Il y avait sept personnes au petit déjeuner au presbytère ce matin-là. Huit, en comptant la chienne, et elle semblait déterminée à ne pas être exclue du compte, sautillant le long du couloir, aboyant et courant autour d'Elspeth, qui se tenait au milieu du chaos, riant comme si elle l'avait personnellement provoquée.

Rufus aussi souriait en descendant les escaliers. Il avait retroussé les manches de sa chemise blanche et propre. C'était agréable de se réveiller dans cette maison, de se joindre au flux de sa vie. Il espérait avoir l'air décent. Peut-être pourrait-il trouver du travail, ici ou à Ashfield. Rien d'extraordinaire, juste le quotidien d'un homme ordinaire. Gagner un salaire et rentrer à la maison pour être avec Archie, qui l'aimait.

Il s'agrippa à la rampe, traversé par une onde de joie pure. Archie avait eu raison de lui ordonner de retourner au lit. Il se sentait étrange, affaibli. Peut-être n'était-il pas encore complètement remis de son overdose de Veronal, bien qu'il n'ait pas touché aux pilules ces deux dernières nuits. Quoi qu'il en soit, son rapport était fait, ses papiers prêts et pliés dans leur enveloppe pour le courrier du matin. Si éventuellement des travaux archéologiques importants étaient entrepris ici à Droyton, le musée le laisserait diriger les opérations.

Il commençait à penser à l'avenir, à avoir de nouveau de l'espoir. Il se recentra. Il devait prendre les choses l'une après l'autre. La rivière de vie dans la maison d'Archie pouvait tourbillonner et heurter des rochers à tout moment. Une voix masculine énervée s'éleva de la cuisine, plus forte que les aboiements de Pippin, dont elle était d'ailleurs certainement la cause.

Elle n'avait pas l'air d'avoir peur. Si un chien pouvait rire, Rufus se dit que c'est ce qu'elle serait en train de faire, sa longue langue pendant d'amusement. Ce n'était donc pas Winborn dans la cuisine. Rufus croyait fermement aux menaces d'Archie de faire sortir le médecin des lieux. Il descendit les dernières marches en courant et se retrouva à fixer le fermier Challen, dont la carrure dans l'entrée de la cuisine éclipsait presque la lumière du jardin ensoleillé qui se trouvait au-delà.

— Parti ! déclara Monsieur Challen, en soulignant le mot d'un coup de se canne dès qu'il se rendit compte qu'il avait un nouvel auditeur. Parti, professeur ! Il a laissé les cochons s'occuper de leur propre petit déjeuner, et les vaches se crever le pis dans les champs, et il est parti !

Rufus n'avait pas besoin de demander de qui il parlait. Mais la question semblait inévitable, alors il s'approcha prudemment dans le couloir, apercevant Archie dans la cuisine de l'autre côté, appuyé avec lassitude contre le dossier d'une chaise.

— Qui est, euh… parti, M. Challen ?

— Mon garçon, Professeur ! Ce garçon au corps mince que j'ai accueilli sans poser de questions, bien qu'il semble incapable de soulever une fourche, encore moins une botte de foin. Il est parti hier, sans prévenir. Il est monté dans une voiture avec une Madame très maquillée de Londres ou ses environs, et une belle traînée qu'elle doit être, conduisant elle-même alors que tout le monde pouvait la voir, et il est *parti !*

Rufus imagina la scène. Le jeune et beau Giles, se promenant sur le bord de la route avec son sac sur le dos. Une élégante dame dans une type E peut-être, l'aperçoit, s'arrête et l'attend en se penchant par la vitre, avec un sourire séducteur et une écharpe de soie autour de son cou.

— Je suis désolé d'entendre cela. Cela doit être un grand désagrément.

Un éclat de rire étouffé provint de la cuisine. Rufus aperçut des cheveux blonds alors qu'Alice Winborn s'asseyait dans le fauteuil près du feu. Le fermier Challen commença à enfler comme une dinde enragée, mais avant qu'il ne puisse exploser, elle sauta sur ses pieds et se précipita vers la porte.

— Je suis désolée, Monsieur Challen. C'était juste mon rhume des foins. Si vous le souhaitez, je peux venir avec vous maintenant, donner leur petit déjeuner aux cochons et aider ces pauvres vaches avec leur pis ? Je ne suis pas aussi inutile que vous le pensez, vous savez. J'étais une Fille de Ferme pendant la guerre.

Tout comme Giles. Puis ce fut au tour de Rufus de retenir un fou rire. Le fermier Challen était passé de la colère à la gratitude en l'espace d'une seconde, et Rufus ne voulait pas tout gâcher. À présent, Challen tapait sa canne sur le sol avec un pur plaisir.

— Eh bien, voilà qui est civilisé, annonça-t-il, si fort que Pippin se remit à aboyer. Je trouve ça civilisé, Miss Winborn ! Une dame comme vous ! C'est très aimable à vous, madame, très aimable en effet.

Il tendit son coude recouvert de tweed, et Alice passa la main sous son bras, aussi sérieuse qu'une jeune mariée en route vers l'autel. Challen lui fit faire demi-tour et ensemble, ils se dirigèrent vers la porte du jardin, Alice s'arrêtant pour faire un énorme clin d'œil à Rufus.

Rufus s'avança dans la cuisine. Archie se releva de la chaise, s'accrochant pour ne pas vaciller. Il regarda Rufus, des larmes de bonne humeur brillant encore dans les yeux.

— Tu as entendu tout ça ?

— Oui. Giles s'est enfui avec une Londonienne.

— Penses-tu qu'elle était jolie ?

— Connaissant les goûts de Giles, je suis sûr que c'est une beauté.

— Eh bien, dit Mme Nettles en se retournant pour soulever la bouilloire du poêle, les choses s'améliorent en fin de compte, n'est-ce pas ? Giles était bien trop charmante pour cette sale vieille ferme.

Archie fronça les sourcils.

— Charmante, Mme Nettles ?

— Charmant, je veux dire, révérend, bien sûr. Du thé pour vous, Dr Denby ? Des œufs brouillés ?

— Ce serait bien aimable.

— Allez dans la salle à manger tous les deux, alors. Miss Hazelgrove, la nouvelle Lady Birch, sera là dans quelques instants pour s'occuper de son étrange enfant. Pensez-vous qu'elle ait jamais été baptisée, révérend Thorne ?

— Si c'est le cas, ce n'est pas moi qui m'en suis occupé. Je vous laisse le demander à Drusilla.

— Ah. Je ne pense pas le faire, finalement. Il y a tellement de choses dans le ciel et sur la terre, n'est-ce pas ? Qui peut dire laquelle est sacrée ou profane ?

Elle s'éloigna. Archie, imitant gentiment le geste courtois de Challen, tendit le coude et Rufus le prit, le cœur encore gonflé de rire et d'un bonheur qu'il n'était pas sûr de pouvoir contenir. Pippin se précipita autour d'eux, tissant un de ses signes magiques de l'infini, puis s'arrêta brusquement et s'assit, les poils hérissés, les oreilles tombantes.

Elle se trouvait en plein milieu du couloir, exactement à mi-chemin.

— Mais qu'est-ce qui ne va pas chez toi ? dit Archie en riant, puis il lâcha soudainement le bras de Rufus.

Il fit une longue enjambée et l'attrapa par le collier.

— Winborn. Comment diable oses-tu venir ici ?

Rufus ne l'avait pas vu arriver. Il était mince et de petite taille sous le porche à vitres bleues. Il serait toujours là, Rufus le savait, sous une forme ou une autre, obscurcissant les portes, regardant par les fenêtres, vigilant, chevalier de la morale et d'une vision étroite de l'amour. Rufus l'aurait presque oublié. Il retint son envie de s'emparer du col d'Archie, pour les mêmes raisons que ce dernier avait saisi le collier du chien.

— Ne fais pas ça, Archie. Tout va bien.

— Bien sûr que non. Sors d'ici, Winborn.

— Archie, s'il te plaît.

Winborn fit un pas en avant, nerveux, suscitant un grognement de la part de Pippin.

— Tiens-la bien, veux-tu ? Je ne suis pas ici pour… pour toi et Denby, ou quoi que ce soit d'autre.

— Quoi donc alors ? Juste pour faire cailler le lait de notre petit déjeuner ?

— Je me souviens d'une époque où tu m'aurais invité à le partager avec toi. Je comprends toutes tes raisons pour ne pas le faire, mais il faut que je te parle.

— Parle, alors.

— En privé, pour l'amour du ciel.

— Il n'y a rien que tu puisses me dire que Rufus ne doive pas entendre.

— Pour *son* bien, aurais-je dû préciser. Très bien.

Winborn se pinça les lèvres, et carra les épaules

— Billy des Maidens a été agressé la nuit dernière. Brutalement. Il est à l'hôpital à Brighton.

— Billy Prescott ?

Archie secoua la tête, puis répondit, avec l'illogisme rationnel du choc :

— Ce n'est pas possible. Je l'ai vu hier matin au village.

— Il avait travaillé tard dans les caves pour une livraison. Il rentrait chez lui à pied par les ruelles quand c'est arrivé.

— Est-ce qu'il… Est-ce qu'il va s'en sortir ?

— Il a une grave blessure à la tête. Personne ne le sait.

— Dieu tout-puissant. Je vais aller le voir. Je vais…

Archie leva un visage pâle vers Rufus, les liens se formant dans son esprit.

— Rufus, quoi que tu penses, non. Ce n'est pas possible.

Celui-ci ne pouvait pas parler. Winborn répondit pour lui.

— Pourquoi pas, Archie ? Denby lui-même a confessé sa détermination à s'attaquer à l'homme le plus fort près de lui. Il avait déjà choisi Billy.

— Tais-toi. Rufus était ici, au presbytère.

— Toute la soirée, sans doute. Mais cela s'est passé aux petites heures du matin.

Rufus avait serré les mains en poings. La peau éraflée, qu'Archie avait tendrement lavée et séchée dans la cuisine au clair de lune, le piquait et se rouvrit, des perles de sang se formant sur ses articulations.

— Archie, dit-il d'un ton rauque. S'il te plaît, ne dis plus rien.

Parce que c'était sur le point d'arriver. C'était le moment où Archie allait tout envoyer valser. Un baiser au réveil était une chose, le geste passionné d'un homme à un autre qui venait de redonner vie à ses poumons défaillants.

— Pourquoi ? répondit Archie, les yeux brillants. C'est absurde, Winborn. Il était avec moi tout le temps…

Rufus passa devant lui.

— Laisse-moi partir.

— Non ! C'est ta maison maintenant. Tu n'as pas à fuir pour quelque raison que ce soit.

— Ce n'est pas ça. C'est juste que je ne me sens pas très bien.

Rufus s'arrêta au pied de l'escalier, à quelques mètres de Winborn, qui simula un sursaut.

— Je reviens dans une minute et je vous accompagne au bureau de police. N'écoutez pas ce qu'Archie dit pour me défendre.

Il monta les marches deux par deux, arrachant sa main de celle d'Archie qui tentait de le retenir. Il traversa rapidement le palier, avec ses ombres légères, sa moquette fanée et douce sous ses pieds, puis monta deux étages supplémentaires, jusqu'à la chambre mansardée où il avait trouvé un refuge si parfait. Il se cramponna au cadre de la porte et s'immobilisa un instant, interdisant à sa respiration de se transformer en sanglots ou en de terribles nausées. Ses mains tachées de sang, la douleur dans son dos et ses épaules... Il pouvait imaginer comment Billy aurait essayé de le repousser, le laissant donner coup sur coup jusqu'à ce que ses jointures soient égratignées. Billy l'aurait jeté par terre, essayant d'utiliser son poids pour l'immobiliser, comme le bon flic en devenir qu'il était. La bête malsaine à l'intérieur de Rufus avait dû se déchainer pour gagner un combat contre un tel homme. Comment cela s'était-il terminé ? Avait-il fracassé le crâne de Billy avec une pierre ?

Il trébucha à travers la pièce et alla vomir dans le lavabo. Il avait été trop occupé par la rédaction de son rapport pour manger autre chose que les sandwiches que Mme Nettles lui avait apportés pour le dîner la veille, et nettoyer derrière lui fut heureusement chose facile. Il essuya le rebord du lavabo avec un gant de toilette et le sécha avec une serviette. Ces deux linges étaient déposés, frais et propres, dans sa chambre tous les jours, comme s'il était un invité d'honneur. Mme Nettles, qui ne s'occupait pas des draps de son pasteur célibataire mais de tout le reste, s'était glissée discrètement dans la chambre ce matin-même pour poser un vase de roses près du lit.

C'étaient les jaunes qui poussaient à profusion autour de la fenêtre de la bibliothèque. Leur parfum avait attiré Rufus ici alors que le presbytère n'était encore pour lui qu'une adresse sur un papier à en-tête. Les lourdes têtes ployaient sous le poids de leur propre générosité, éparpillant les pétales. Rufus s'assit avec lassitude sur le lit.

Il en ramassa quelques-uns dans sa paume, et les déposa entre les feuilles de l'exemplaire du *Gardien* qu'Archie avait insisté pour lui donner, écrivant quelques mots pour clore leur chamaillerie. *Mon cher Rufus. Avec toute mon affection et mon respect.* Pas *amour*, car Rufus lui avait appris le danger d'écrire ce mot, mais il avait alors tout foutu en l'air avec un grand X dont le sens était évident.

Doucement, Rufus rendit le baiser, effleurant le papier de ses lèvres. Puis il referma le livre et le mit dans sa sacoche. Il avait, pensait-il, peut-être encore trois minutes avant que Winborn ne devienne méfiant et lui force la main. Et comment la police locale – deux pièces dans une grange probablement aménagée, avec un sergent bénévole à temps partiel d'une soixantaine d'années – pourrait-elle contenir la bête ?

Rufus connaissait une bien meilleure cage. Il sortit son portefeuille du sac. Il avait besoin de payer son billet de train, et les quelques pièces qui lui restaient, il les laissait pour...

Le portefeuille se mit à bruisser. En l'ouvrant, Rufus découvrit que sa poche intérieure était remplie de billets. Avec un haut-le-cœur, il se demanda s'il avait volé Billy Prescott en plus de le frapper. Puis, le montant et le soin avec lequel l'argent avait été mis en place lui apportèrent la réponse évidente.

C'était son allocation de la paroisse, antidatée au jour – presque à l'heure – de son arrivée. C'était bien le style d'Archie d'user de diplomatie en ne laissant pas plus. Qui d'autre aurait pris la peine de prendre en compte les lambeaux de sa fierté ?

Rapidement, Rufus posa l'argent sur le lit. Il trouva un morceau de papier et son stylo plume dans la sacoche. *Cher Archie*, écrivit-il, luttant contre les tremblements pour que les mots restent lisibles. *S'il te plaît, donne l'argent à la famille de Billy.* Une douce brise provenant de la fenêtre menaçait de disperser les feuilles. Il ouvrit le tiroir de la table de chevet et en sortit la lourde figurine de la petite déesse endormie. *Envoie mon rapport, s'il te plaît, et donne-le à l'équipe de fouilles à son arrivée. Ne viens pas me chercher. Winborn avait raison, j'aurais dû partir plus tôt.* Il fit une pause, assez longue pour qu'une goutte d'encre se forme à la pointe de la plume du stylo et éclabousse le papier comme une larme noire. Comment pouvait-il terminer cette lettre, alors que le mot *amour* était interdit, et qu'à ce moment de la séparation il n'avait rien d'autre que de l'amour à transmettre ? *Avec toute mon affection et mon respect* – Non, sa main tremblait autour du stylo, il n'arriverait jamais à écrire ces mots. Au lieu de cela, il risqua le tout pour le tout avec juste un X tremblant.

Il plaça la déesse sur les papiers, puis se leva et regarda autour de lui. Il était arrivé avec rien d'autre que sa sacoche et les vêtements qu'il avait sur le dos. Les mêmes vêtements qu'il portait à présent, propres et repassés par Mme Nettles. Il essaya de graver dans sa mémoire la fenêtre en arche, les lumières changeantes au plafond. La façon dont les rideaux ondulaient dans la brise, une danse qu'il avait regardée, les yeux écarquillés, extatique, pendant qu'Archie l'avait fait jouir.

Frissonnant, il ferma sa sacoche. Il lança la courroie sur son épaule, sentant pour la première fois depuis son arrivée ici la prise de cuir Sam Browne, l'emprise du champ de bataille. Ces pièces mansardées, aussi belles soient-elles, avaient autrefois été des quartiers de domestiques. Les idées modernes d'Archie sur l'égalité ne pouvaient pas réparer toutes les injustices du passé en même temps, et Rufus était prêt à parier qu'il y avait aussi un escalier réservé aux domestiques, de sorte qu'aucune personne civilisée n'aurait à rencontrer quelque chose d'aussi terrible qu'une servante avec un seau de cendres en descendant l'escalier principal. Il se glissa dans le couloir.

Pile à temps. La voix d'Archie avait été une sorte de musique de fond durant les dernières minutes, déchirant de manière vibrante la bande sonore de Winborn dans le couloir. À présent, elle s'était tue. Il y avait maintenant des pas dans les escaliers. La mélodie éclatait derrière lui, avec des répétitions anxieuses de son nom.

— Rufus ? Rufus, tu vas bien ?

Toutes les portes des chambres étaient ouvertes. Mme Nettles aimait garder une maison bien aérée. Au bout du couloir, une seule restait pourtant fermée, le cadre poussiéreux d'être resté à l'abandon. Des toiles d'araignée s'étendaient et se déchirèrent lorsque Rufus l'ouvrit, juste assez pour se faufiler dans l'espace sombre qui se trouvait au-delà. Sans bruit, il la referma derrière lui.

Les escaliers étaient en pierre calcaire, polis au fil des ans par les pas pressés des travailleurs. Tout en tenant la rampe pour garder l'équilibre, ses yeux s'adaptant à la lumière grise qui filtrait à travers une unique fenêtre, il se demanda si ses propres pas ajouteraient une brillance supplémentaire à leur patine. Il prit une profonde inspiration, tel un nageur qui se prépare à plonger, et courut.

L'escalier débouchait, comme il s'y attendait, dans la cuisine du presbytère. Non, cela aurait été trop pratique pour la bonne avec son seau de cendres, mais dans l'arrière-cuisine, afin de ne pas déranger le cuisinier, le majordome et la gouvernante. Une question de hiérarchie, tels étaient les rouages de la société. À l'époque, comme maintenant, le médecin et le vicaire dans le hall, la tapette déshonorée se glissant comme un rat dans le jardin. Le monde de Trollope, bien vivant, barricadé pour l'éternité sur le sol britannique. Rufus baissa la tête pour ne pas avoir à regarder le verger où lui et Archie s'étaient aimés la veille.

Drusilla était assise là, sur le banc de la vieille Lady Birch. L'avait-elle vu ? Si c'était le cas, elle ne le montra pas. Ses longs cheveux noirs étaient détachés et voletaient sous la brise. Pippin et la petite fille jouaient à ses pieds. L'espace d'un instant, Rufus espéra et craignit que la chienne ne le poursuive, qu'elle vienne aboyer et sauter pour lui gâcher sa fuite. Elle arrêta de jouer au lancer de bâton avec Elspeth, mais son regard était aussi large et insondable que celui de Drusilla, et elle ne bougea pas.

***

La gare était déserte à cette heure, les travailleurs de Droyton étant partis à l'aube. Le train de 9 h 15 en provenance de Londres était arrivé et en train de se préparer pour le retour. Rufus avait choisi le bon moment pour un trajet anonyme et sans escale : le garde vérifiait les attelages et ne lui jeta pas un regard lorsqu'il monta dans le compartiment le plus proche. Il s'affaissa avec lassitude sur la banquette, essayant de reprendre son souffle. C'était fait. Les portes claqueraient, l'assemblage de vieilles voitures se mettrait en branle et se traînerait comme des boules de billard, et il serait parti.

— Hum. Bonjour.

Rufus leva tout à coup la tête. L'espace d'un instant, il crut voir un fantôme, ou alors, il avait remonté le temps jusqu'au départ des trains de troupes de Victoria. Un jeune homme était assis en face de lui, pâle et beau, vêtu d'un uniforme de capitaine de l'armée.

— Bonjour, répondit prudemment Rufus.

Il semblait peu probable que Winborn ait fait appel à des renforts militaires, mais il ne pouvait pas en être sûr. Quoi qu'il en soit, il devait mettre fin rapidement à cette conversation, s'échapper dès qu'il le pourrait dans un compartiment vide. Il n'avait même plus de chien, pour l'aider à combattre les signes de solitude et de misère.

— Puis-je vous aider ?

— Eh bien, c'est… Je ne sais pas. Peut-être. Je suppose que vous ne vivez pas ici ?

— Non. Je suis juste venu en visite.

— Je cherche quelqu'un. Une dame que je connaissais. J'ai entendu dire qu'elle était descendue ici, mais cela semble tellement stupide de se promener dans les rues dans l'espoir de la retrouver, n'est-ce pas ?

Rufus aurait pu errer avec lui. Il aurait peut-être pu recommencer sa découverte de Droyton, et déambuler jusqu'à ce qu'il voie Archie, et alors tous deux se seraient souvenus.

— Il n'y a vraiment qu'une seule rue, donc votre mission n'est pas sans espoir. Comment s'appelait cette dame ?

— Winborn. Alice Winborn.

Rufus fit tomber sa sacoche sur le plancher du train. Sa tristesse s'évapora.

— Vous n'êtes pas… Vous ne vous appelez pas David, n'est-ce pas ?

Le jeune homme se pencha en avant, devenant encore plus pâle.

— En fait, c'est David Meredith. C'est un peu gênant. J'étais dans un camp de prisonniers de guerre, et j'ai mis du temps à rentrer chez moi. Je ne suis arrivé qu'hier.

Un peu gênant. Rufus avait déjà rencontré ce genre de jeune homme auparavant. Ils se tenaient sur les champs de bataille, fronçant un peu les sourcils lorsque les obus ennemis éclataient tout autour d'eux. Ils rentraient chez eux et se retrouvaient perdus et à la dérive, tout comme les jeunes hommes timides et gentils qu'ils étaient auparavant, portant en eux une expérience indescriptible. Il était probablement assis dans ce wagon depuis l'arrivée du train et se serait laissé remorquer jusqu'à Londres en temps voulu. Rufus se leva. Il tendit la main à Meredith qui eut le réflexe de se lever et se mit également debout.

— David Meredith !

— Oui, c'est cela. Est-ce que je vous connais ?

— Pas du tout, répondit Rufus en lui serrant la main. Écoutez-moi. Allez au village. Prenez la ruelle en face du pub et marchez pendant environ un quart de mile. Vous verrez une grande maison sur votre droite, avec des roses jaunes à l'extérieur. C'est le presbytère.

— Miss Winborn est-elle là ?

— Si ce n'est pas le cas, continuez sur la route et prenez la bifurcation de droite vers un endroit appelé La ferme Challen Allez-y et trouvez-la.

— Mais va-t-elle... J'ai été absent pendant si longtemps. Et elle est très belle. J'avais peur qu'elle ait trouvé...

— Capitaine Meredith. Promettez-moi quelque chose. Ne quittez pas ce village sans avoir vu Alice Winborn. Vous comprenez ?

— Je… Oui, monsieur. C'est-à-dire, non. Ce que je veux dire, c'est que je ne le ferai pas. C'est-à-dire que je ne partirai pas.

Rufus retint un rire. Il tapota la joue de Meredith, se retenant tout juste de l'embrasser.

— Vous êtes un bon gars. Et si vous avez besoin d'aide, demandez à Archie.

— Archie ?

— Le vicaire. Le révérend Archibald Thorne.

LIVRE 2

Sous le soleil

CHAPITRE 1

Rufus avait laissé ses médailles de guerre derrière lui. Archie les avait découvertes une heure plus tard, abandonnées dans le fond d'un tiroir. La déesse endormie était sur le lit, tenant une lettre et l'argent qu'Archie avait essayé de lui donner. Il lut le mot et s'assit sur l'édredon, la petite boîte noire à la main.

Elle contenait une médaille pour services distingués et une Croix de Victoria. Il avait fini par comprendre que Rufus était venu ici alors qu'il n'avait aucun domicile, que le contenu de sa sacoche en cuir usé contenait tout ce qu'il possédait. Il y avait des traces de sable dans la boîte. Peut-être l'avait-il emportée avec lui à Sabros, en souvenir désespéré d'une guerre qu'il ne pouvait ni se rappeler ni oublier.

Avait-il déposé son fardeau ici pour s'en débarrasser ? Archie pria le dieu de Rufus – le dieu du ciel et des arbres – pour que ce soit le cas.

Il était plus probable qu'il avait simplement omis de les emporter. Archie embrassa la pièce du regard. Les portes des armoires étaient ouvertes, ainsi que tous les tiroirs de la commode et des placards. Il avait honte d'avoir violé l'intimité de son ami, mais il devait y avoir quelque chose, une trace ou un indice sur l'endroit où il était allé.

— Londres, dit-il soudain en se levant, en renversant les médailles sur le sol.

Winborn venait d'apparaître sur le seuil de la chambre. Il avait l'air d'avoir pris dix ans et il tremblait.

— Londres, répéta Archie. Je suis un imbécile. Il est allé voir sa sœur et s'est fait interner dans l'asile de fous du brigadier. L'homme que le capitaine Meredith a rencontré dans le train, ça devait être lui.

— Le capitaine Meredith était dans un état de grande excitation, et n'était pas le moins du monde en capacité de décrire la personne qui l'a aidé. Cela aurait pu être n'importe qui.

Un état de grande excitation. Deux voix s'élevèrent depuis la chambre du dessous, celle où Alice s'était réfugiée la nuit précédente. Des bribes de conversation et des rires interrompaient leur musique, puis elles se turent en un long cri commun.

— Archie, grinça Winborn, ce qui le fit paraître encore plus vieux. C'est ta maison. Un presbytère, pour l'amour du ciel. Tu devrais intervenir.

Archie observa le visage familier, dont chaque ligne lui rappelait son enfance.

— Intervenir ? répéta-t-il. Sais-tu d'où vient Meredith ? Les Japonais ont abandonné le camp, et lui et les autres hommes ont dû s'aventurer à travers la jungle jusqu'à la côte avant d'être retrouvés et ramenés chez eux. Ils étaient affamés avant de partir. Les deux tiers d'entre eux sont morts en chemin.

— Je suis conscient de sa souffrance. Devons-nous abandonner toute bienséance, cependant, parce que...

— Pense à ce qu'Alice a vécu. Ce que nous avons tous vécu, d'une manière ou d'une autre. Ne peux-tu pas laisser l'amour s'épanouir ?

— Pas celui qui provoque des bruits bestiaux en plein jour. Pas le tien pour Denby, si c'est ainsi que tu le décris.

Archie fit un effort pour se contrôler.

— Tu as été un père pour moi, dit-il férocement. C'est pourquoi je ne t'ai jamais contredit. Mais je crois que le moment arrivera – peut-être maintenant, à la suite de cette terrible guerre – où nous commencerons tous à remettre en question nos pères, nos *terres* paternelles.

Et alors, la bienséance va disparaître par la fenêtre d'une manière que tu n'imagines même pas.

— Alors j'espère que je ne vivrai pas assez longtemps pour voir ça. C'est tout.

Winborn se posta au bout du lit.

— À qui sont ces médailles ?

— Elles appartiennent à Rufus. Il les a laissées en partant.

— Pourquoi ?

— N'as-tu pas remarqué que depuis l'année dernière, depuis que tout est fini, certains hommes n'arrêtent pas d'en parler, et d'autres...

— D'autres cachent leurs distinctions honorifiques et se taisent.

Winborn prit la boîte et regarda son contenu. Un étrange frisson le traversa.

— Oui, j'ai remarqué. Ce sont quelques-unes des plus hautes décorations militaires que ce pays puisse décerner.

— C'est vrai.

— Pourquoi est-il parti d'ici comme un lâche ?

— Parce que je suis sûr qu'il a imaginé une manière de se punir bien pire que tout ce que nous aurions pu lui infliger ici. C'est pour ça que je dois le retrouver.

— Non. Tu dois aller à Brighton et voir Billy Prescott. Maintenant.

Archie poussa un soupir tremblant.

— Comment va-t-il ?

— Assez mal pour qu'il ait besoin de son conseiller spirituel. Es-tu toujours capable de jouer ce rôle, Archie ?

— Je peux le *jouer*, oui. Ce n'est plus réel depuis des années. Mais je suppose qu'il n'est pas nécessaire que ça le soit pour que ça fonctionne, pas vrai ?

— Qu'es-tu es en train de dire ?

— Que je ne crois plus. Et à présent, ce que je crois encore moins, c'est que Rufus ait pu s'en prendre à Billy.

— On n'a pas le temps d'en discuter. Viens. Je t'y conduis.

D'un geste mécanique, Archie ramassa l'argent sur le lit. La lettre de Rufus était à l'abri dans la poche de son gilet, ses trois lignes rigides ayant été rachetées par une empreinte de baiser faite à l'encre. De la chambre du dessous, un autre cri s'éleva, celui d'Alice, explicite et empli de joie.

— Eh bien, qu'aurais-tu voulu que je fasse ? demanda Archie. Les envoyer chez toi, pour qu'ils s'assoient et se tiennent la main sur le canapé ?

— Je voulais que ma nièce soit mariée et respectable. Je voulais la même chose pour toi.

— Bien sûr, j'aurais pu les envoyer dans les champs, pour rire et crier comme ils le font, sans toit pour les protéger. Peut-être que dans un autre monde, cela aurait été mieux, mais...

Archie se leva d'un bond, ses muscles endoloris d'avoir maintenu Rufus contre le tronc du pommier la nuit précédente.

— Pas dans celui-là. Dans ce monde, l'amour a besoin d'un abri. Et tant que le presbytère sera debout, j'y pourvoirai.

Il suivit Winborn dans les escaliers. Il allait accomplir son devoir envers Billy, réel ou feint, au mieux de ses capacités. Ensuite, la ligne directe de Brighton l'emmènerait là où il devait aller, plus vite que le train à vapeur de Droyton. Peut-être même qu'il trouverait Rufus quelque part en cours de route, l'attraperait par le col de son manteau à la gare Victoria et l'empêcherait d'accomplir le projet diabolique qu'il avait en tête. Archie était certain que Rufus n'avait pas levé la main sur Billy Prescott la nuit précédente, mais en vérité, il se fichait de savoir s'il l'avait fait, s'il s'était frayé un chemin à travers toute la population masculine du village à la poursuite de son ennemi depuis les tranchées de Fort Roche.

À moitié aveuglé par l'anxiété, il faillit percuter Mme Trigg au pied des marches. Il fut si surpris qu'il vacilla, se retenant à la rampe de l'escalier.

— Hester, lâcha-t-il, le prénom lui échappant face au changement de son apparence. Mon Dieu, qu'est-ce qui ne va pas ? Êtes-vous malade ?

— Non, révérend, répondit-elle, tortillant son foulard de ses mains. Maria Nettles et la nouvelle Lady Birch, enfin, Miss Hazelgrove, m'ont amenée ici. Pour vous parler.

Elles se trouvaient toutes deux dans son dos, une derrière chaque épaule. Elles ne semblaient pas l'avoir fait venir sous la menace, plutôt de l'avoir escortée. Archie n'aurait su dire pourquoi, mais elles formaient un trio agréablement insolite, comme si quelque chose de cassé avait été recollé pour reformer un tout.

— Je suis un peu pressé. Est-ce que ça peut attendre ?

Drusilla posa une main sur l'épaule de Mme Trigg.

— N'ayez pas peur, dit-elle gentiment. N'ayez pas peur de parler et de témoigner.

— Si c'est à propos de Jebediah… Il ne faut plus vous en faire. Vous avez perdu du poids, et vous ne semblez pas du tout en forme.

— Ce n'est pas ça !

Mme Trigg saisit son long collier de perles et tira si fort dessus qu'Archie s'attendit à devoir attraper des perles au vol.

— Ce n'est pas ça qui me rend malade, révérend. Mais je ne peux pas vous le dire. C'est horrible… Oh, horrible.

— Pourquoi êtes-vous ici, alors ? Vous avez vu Billy ?

— Oui ! Je suis montée avec lui dans l'ambulance pour aller à l'hôpital, mais il a dit que je n'avais pas à m'inquiéter. C'est un bon garçon, bien qu'il soit un peu arrogant et qu'il ait besoin d'être recadré, comme sa sœur.

— Attendez. Il vous a parlé ?

— Oui, oui. Il ne pouvait pas au début, raison pour laquelle le Dr Winborn a appelé une ambulance ; il saignait beaucoup. L'urgentiste a dit que c'était souvent le cas des blessures à la tête, et avant que nous ayons dépassé Lewes, il était assis et demandait à être ramené à la maison. Mais ils n'ont pas accepté et ils l'ont gardé pour la nuit, et je suis restée aussi longtemps que j'ai pu avant de prendre le premier bus pour rentrer à la maison, parce que je devais ouvrir le Maidens, que le sol sur lequel il se trouve soit maudit. Oh, c'est horrible !

Archie essaya de dénouer les fils de son monologue.

— Vous voulez dire que Billy n'est pas en danger ?

— En danger ? Oh, non. Je l'ai laissé à son petit déjeuner, frais comme un gardon, à raconter des bêtises aux infirmières qui n'avaient pas l'air de s'en soucier, dévergondées comme elles le sont de nos jours. Il croit savoir qui l'a attaqué, et c'est pourquoi, lorsque j'ai rencontré Mme Nettles et Mlle Hazelgrove dans la rue, elles ont jugé important que je vienne ici tout de suite pour vous le dire. Me voici donc, bien que l'hôpital ne m'ait pas donné de petit déjeuner, mais juste une tasse de thé.

Archie dut faire un effort pour ne pas perdre son calme.

— Mme Nettles va vous donner du thé dans une minute, et tout ce que vous souhaiterez pour le petit déjeuner. Qui a attaqué Billy ?

— Le braconnier Jakes, celui avec qui mon Jebediah s'est mis à comploter, à ma grande honte. Il portait un foulard autour du visage, mais le pauvre nigaud ne l'a pas noué correctement. Billy le lui a arraché et l'a vu aussi clairement que je vous vois.

— Pas le Dr Denby. Bobby Jakes.

— Bobby Jakes, révérend. Billy craignait que ce soit le Dr Denby, après l'autre nuit, mais c'est le jeune Jakes qui l'a attaqué, sans aucun doute, et leur cottage est vide ce matin, il n'y a plus rien. Ce qu'aucun d'entre nous ne peut comprendre, c'est pourquoi.

— Je ne comprends pas non plus. Mais Dieu merci, Billy va bien. Je vais demander à l'agent Pennick à Ashfield de commencer à enquêter sur ce qui est arrivé à Bobby et à son père. Bien que, dit-il, ajustant rapidement ses priorités suite à cette révélation, peut-être pourriez-vous faire cela pour moi, Winborn. Je dois vraiment...

Il se tut face au silence soudain. Lorsqu'il se retourna, Winborn avait disparu.

— On dirait que le docteur a dû nous quitter, fit remarquer Mme Nettles, si gravement que l'air autour d'elle devint abrasif, et la prise de conscience frappa Archie de plein fouet.

Drusilla l'arrêta dans l'embrasure de la porte. Elle le retint, et quelque chose de fort et d'amical dans son étreinte obligea Archie à cesser de se débattre. Avait-elle aussi été transformée après avoir traversé la forteresse changeante sous l'église ? Non, c'était simplement sa nature, qui refusait d'être cachée à jamais ou d'être subornée. Tout comme celle de Rufus. Tout comme la sienne.

— Ne faites pas ça, dit-elle. C'est un vieil homme.

— Mais pourquoi ferait-il une telle chose ? Est-ce qu'il… il aurait *payé* le fils Jakes pour faire du mal à Billy ?

— Denby ne vous aurait jamais quitté sinon. Winborn a compté sur sa dignité.

— Je vais le tuer, je le jure, vieil homme ou…

— Est-il important pour vous à cet instant, Thorne ?

Archie se tenait debout, haletant. Il devait se calmer, ou la douleur dans ses poumons surgirait. Il était surpris de ne pas avoir senti son poing se serrer.

— Non.

— Vous auriez dû vérifier les pieds de Denby.

— Ses quoi ?

— Vous avez toujours soigné les coupures et les bleus des miens après m'avoir ramenée à la maison. Vous auriez vu que les siens n'étaient pas marqués. Il s'est blessé en tombant des marches du jardin dans le verger.

— Tu l'as vu ?

— Oui. Je communiais avec la lune.

— Pourquoi n'es-tu pas venue me chercher ?

— Il s'est relevé, et vous étiez déjà en route. Vous vous êtes senti obligé de m'interrompre durant *mes* rendez-vous galants, mais je comprends pourquoi. Je ne voyais aucune raison de vous déranger durant les vôtres.

Archie rougit. Il n'avait jamais été taquiné à propos d'une relation romantique.

— Merci, mais… je dois y aller.

— Bien sûr.

— Si je pars maintenant, je devrais attraper le… En fait, laissons tomber le train. Je vais prendre la moto.

— C'est une bonne idée. N'oubliez pas de faire vos valises, vous risquez de partir pour un moment. Et passez dans ma chambre avant de partir. Je veux vous donner quelque chose.

Archie recula. Il observa le couloir de sa maison, l'étrange confluent de tant de vies. Il était absurde pour lui de penser qu'il pouvait simplement abandonner son monde ici, sa paroisse, son devoir. Mais l'homme qui lui avait le plus fermement vendu ce monde, qui insistait pour qu'il en respecte les limites, l'avait trahi pour qu'il y reste prisonnier. Et Drusilla et Maria étaient tout à fait capables de faire face à toute crise qui pourrait survenir en son absence. Même Elspeth et le chien avaient compris la gravité de la situation et attendaient, telle une étrange garde d'honneur, de part et d'autre de la porte ouverte de la cuisine.

Seule Mme Trigg semblait perdue. Elle s'affala en bas de l'escalier et enfouit son visage dans ses mains. Archie l'entendit murmurer une fois de plus à une divinité qui la jugeait, qu'elle seule pouvait percevoir.

— Horrible. Oh, mon Dieu, horrible.

Il secoua la tête, ahuri.

— Maria, voulez-vous bien vous occuper d'Hester ? De Jebediah aussi, s'il vient la chercher ? Et…

Il jeta un coup d'œil à l'étage, où un silence troublant avait succédé aux cris d'amour.

— Alice et le capitaine, aussi. Certains dénouements sont presque trop heureux pour être supportables.

— Bien sûr, révérend, dit sereinement Mme Nettles. Ne nous occupons-nous pas toujours de tout le monde ? Si vous me permettez de le dire, vous devriez aller retrouver votre ami.

CHAPITRE 2

Ce que Drusilla avait voulu lui donner était une herbe qu'elle appelait « réveiller les morts ». Assis dans le bureau de sa cousine Caroline, baigné par le soleil de l'après-midi, Archie sortit le sac en papier de sa poche et le renifla avec précaution. Il recula sa tête, en clignant des yeux.

— Bon sang !

Des talons cliquetèrent sur le parquet lustré.

— Bonjour, révérend, le salua Caroline en entrant dans la pièce.

Elle ferma la porte derrière elle et s'assit à son bureau.

— Je t'en prie, dis-moi que cette odeur n'est pas celle de ton tabac. Ton médecin ne t'a pas recommandé d'arrêter de fumer ?

— C'est le cas, répondit Archie, se surprenant lui-même.

La veille, il avait laissé ses feuilles à rouler sur son bureau dans la bibliothèque, sans y penser ni se sentir en manque.

— Non, ce n'est pas du tabac. Comment vas-tu, Caroline ?

— Je vais très bien. J'ai décidé de prendre une retraite anticipée. Matilda et moi avons acheté une petite villa à Lesvos, et avons l'intention d'y passer beaucoup de temps.

Un aveu dangereux, mais elle pouvait se permettre de le lui dire. Elle devait être au courant, malgré son mariage et la dissimulation qui les avait étouffés tous les deux depuis l'enfance.

— C'est bien. Écoute, je viens te déranger pour...

— J'ai demandé qu'on m'apporte du thé dès que j'ai appris que tu étais ici. Tu es venu à moto, n'est-ce pas ? Tu dois être assoiffé.

— Merci.

— Et enlève cette veste en cuir. Il fait très chaud.

Archie lui obéit à contrecœur. Il avait besoin d'un verre après ses quatre heures de route, et il devait lui parler, mais cela voulait dire retarder son départ, ce qu'il pouvait difficilement supporter.

— Je suis désolé d'interrompre ta journée de travail. C'est à propos de mon… eh bien, je pense que nous étions convenus de l'appeler une taupe, pas vrai ?

— Celle que je t'ai envoyée ? Combien de temps t'a-t-il fallu pour découvrir qu'il était plutôt bon ?

— Pas longtemps, mais pas parce qu'il me l'a dit. Le Dr Winborn l'a reconnu.

— Ah. Winborn. Il était ton tuteur, n'est-ce pas ? Après la mort de tante Sybil et d'oncle Joseph, pendant que tu étais à l'université. Je ne savais pas qu'il vivait à Droyton.

— Eh bien, il y vit. Qu'il soit damné.

Archie serra les poings, frustré.

— Rufus… Le Dr Denby et moi, sommes… devenus amis. Tu connais ses états de service, ses problèmes depuis son retour ?

— Je les connais très bien.

— C'est la raison pour laquelle je pense que tu pourrais m'aider. Sa sœur lui a dit que son beau-père, une sorte de colonel Blimp[11] avec un diplôme de médecine, a ouvert un hôpital pour les vétérans traumatisés, pour les aider à retrouver la mémoire. Le Dr Denby a eu quelques... épisodes amnésiques alors qu'il était avec nous à Droyton, et se croit responsable d'un incident

11 Personnage d'un film britannique de Michael Powell et Emeric Pressburger, sorti en 1943.

pour lequel il est innocent. Il a disparu, et j'ai peur qu'il soit parti se jeter entre les griffes de cet hôpital.

Caroline l'écouta, le visage inexpressif. Lorsque son assistante arriva avec un plateau de thé, elle se leva calmement et le récupéra, puis le posa sur son bureau et attendit que la porte soit refermée.

— Oh, mon Dieu.

— C'est tout, Caroline ? Oh, mon Dieu ?

— Pardonne-moi. Les démonstrations sentimentales ne m'ont jamais vraiment servie. En fait, étant donné ma position, mon sexe et mes tendances, j'ai appris à les éviter.

Elle n'avait jamais mentionné ses penchants à Archie de sa vie. Seuls Matilda et ses chats lui avaient mis la puce à l'oreille.

— Je suis désolé.

— Ce n'est pas grave. Le fait est que j'aime beaucoup le Dr Denby, et je pensais que l'église de Droyton l'intéresserait, bien que ce soit largement en dessous de ses capacités.

— Quoi qu'il en soit, il y a trouvé des choses étonnantes. Il t'a écrit un rapport complet – il allait le publier, mais comme je venais ici, je l'ai apporté en personne.

— Je te remercie.

Caroline prit l'enveloppe de la main d'Archie.

— Je vais lui accorder mon attention immédiate. J'espérais qu'un bon changement de décor serait profitable à Denby, tu vois. Ainsi qu'un homme bien.

— Un homme… Je te demande pardon ?

— Tu m'as parfaitement entendue. Je savais que tu ne laisserais aucun étranger dans le village le rester longtemps. Celia est morte depuis huit ans, Archie, et le pauvre Richard Simms depuis plus de vingt ans.

Archie s'assit au bord de son fauteuil. Elle ôta toute velléité de réponse en se posant devant lui pour lui tendre une tasse de thé. Lorsqu'il la dévisagea, elle saisit son poignet et posa doucement la soucoupe dans sa main.

— Je suis désolé, finit-il par répondre. Tu es en train de me dire que tu as *poussé* Rufus Denby vers moi ?

Elle sourit.

— Comment ça ? Pousser un bel homme homosexuel, intelligent et solitaire à en rencontrer un autre ? Pourquoi diable ferais-je une chose pareille ?

— Oh, Caroline. Mon Dieu.

— Et ce n'est pas tout à fait vrai. Quand le Dr Denby est revenu de Sabros avec sa carrière en ruine, je l'ai d'abord dirigé vers l'église. Mais tu arrivais juste après.

Elle retourna s'asseoir derrière son bureau. Archie s'empara de sa tasse de thé et de ses pensées fantasques.

— Je n'étais même pas sûr que tu étais au courant à propos de *moi*.

— Tu le savais pour moi, n'est-ce pas ? À présent, raconte-moi pourquoi le Dr Winborn devrait être damné et pourquoi le Brigadier Spence – un médecin réputé, bien que je ne le connaisse pas personnellement – est-il comparé au Colonel Blimp avec un diplôme de médecine ? demanda-t-elle en appuyant son menton sur son poing. Un séjour dans ce genre d'hôpital pourrait être justement ce dont Rufus a besoin.

— Non. Il n'y a pas que ça. Le fils de Spence a été accusé de lâcheté sur le champ de bataille, et menacé... d'une cour martiale posthume, ou de ce que les militaires se font entre eux dans ces situations. Selon Spence, Rufus était là quand c'est arrivé. Rufus a oublié, et Spence est déterminé à lui faire retrouver la mémoire par tous les moyens, même s'il doit user de la manière forte. Et par manière forte, j'entends la thérapie de choc. Il ne propose pas une simple cure de repos. Je dois le trouver, Caroline, et je ne sais pas où se trouve ce nouvel endroit.

— J'ai bien peur de ne pas savoir non plus. Je suis désolée, Archie, tu t'es rapidement laissé entrainer par Denby et ses problèmes, pas vrai ?

— N'est-ce pas ce que tu voulais ?

— Pas du tout. Je voulais juste que tu aies un ami.

— C'est ce que font les amis.

L'ignorait-elle ? Il l'observa sous la lumière impitoyable ; calme, inexpressive, les lèvres pincées. Autrefois, il l'avait trouvée froide, vide, d'une certaine façon. À présent, il comprenait qu'elle avait appris à gérer sa plénitude à sa façon. La réflexion d'Archie l'avait profondément blessée.

— J'espérais que tu pourrais m'aider à trouver sa sœur, ou le brigadier. C'est tout.

— Non. Rufus m'a seulement dit qu'ils vivaient à Mayfair. Je... Attends un instant.

Elle prit le combiné du téléphone sur son bureau, se tapota la lèvre avec un stylo, puis tourna le cadran.

— Opérateur ? Finchley 5632, s'il vous plaît. Clinique Murray, bureau du Dr Green. Merci.

Elle couvrit le récepteur avec sa main.

— Nous voulions aider Rufus à son retour de Sabros, alors le musée a pris en charge son séjour dans une clinique privée à… oui, je vous remercie. J'attends.

— C'est gentil de la part du musée de faire ça. La prochaine fois, il pourrait envisager de payer son salaire aussi, ou au moins me faire savoir que la paroisse était censée s'en charger.

Elle fronça les sourcils.

— Oh, bonté divine. J'allais t'écrire pour te le dire, mais Matilda a attrapé la grippe.

— Est-ce qu'elle va mieux maintenant ?

— Oui, beaucoup mieux.

— C'est bien. Mais notre taupe est en liberté avec à peine plus que son manteau sur le dos, et j'ignore où il se trouve.

— C'est ce que j'essaie de découvrir pour toi, Archie. Ai-je visé juste, au fait ?

Archie acquiesça. Les secrets étaient devenus inutiles, supposa-t-il.

— Tout à fait. Même s'il est davantage un missile qu'une taupe.

Elle réprima un rire.

— Ah, Dr Green. Caroline Taylor du musée. Nous avons parlé une ou deux fois de Rufus Denby. Non, pas du tout aussi bien qu'on aurait pu l'espérer. C'est plutôt une rechute, d'après ce que je viens d'apprendre. Le fait est que le Dr Denby est le beau-frère du brigadier Charles Spence, dont vous avez peut-être entendu dire qu'il avait ouvert un nouveau centre pour les victimes de traumatismes, à... oh, j'avais le nom de cet endroit sur le bout de ma langue... Oui, c'est bien cela. Je suis désolée, Docteur, la ligne est très mauvaise. Je ne vous entends plus.

Elle raccrocha, pencha la tête sur le côté et regarda son cousin.

— Où diable se trouve Colditch ?

— Quelque part sur la côte du Suffolk, je pense. C'était très habile de ta part, Caroline.

— Merci. Il n'y avait probablement pas besoin de la cape ni de l'épée, mais je suppose que tu ne souhaites pas les prévenir que tu es en route.

— Non, en effet. J'ai vu jusqu'où mes amis étaient capables d'aller pour l'obliger à se rendre là-bas. Dieu seul sait ce que les siens feraient pour l'y garder.

— Veux-tu que je tente de me renseigner tout aussi sournoisement, directement auprès de l'hôpital ?

— Il ne vaut mieux pas, Mata Hari. Je ne vois pas comment tu pourrais le faire sans les alerter.

Il se frotta le front avec lassitude.

— Rufus n'est peut-être même pas là-bas.

— Je parie que si. Il n'a nulle part ailleurs où aller à Londres, et s'il est aussi fauché que tu le dis...

Elle frappa la pile de papiers sur son bureau.

— Trouve-le, Archie. J'ai vécu seule de nombreuses années, à regarder ma génération s'accoupler autour de moi. Il n'y a rien de mal à une telle solitude si elle est choisie, mais ce n'était pas mon cas. Je ne crois pas t'avoir raconté comment j'ai rencontré Matilda.

— Ce n'est pas le genre de sujet que nous avons abordé.

— Elle avait fait un discours en faveur de l'objection de conscience[12] pour la Peace Pledge Union[13]. C'était une vraie bombe à retardement à l'époque, même si elle n'est pas sûre de toujours partager cette vision à présent.

— Elle et Rufus auraient beaucoup de choses à se dire.

— Alors ils le feront. Vous viendrez à l'un de nos bruyants petits dîners de Bloomsbury, et tout le monde parlera jusqu'à l'aube. Quoi qu'il en soit, certains journalistes avaient été envoyés au PPU, et ils étaient très hostiles, des voyous de la presse à scandale. Ils avaient été payés pour effrayer Matilda et la ridiculiser, j'imagine, et ils l'avaient coincée dans une ruelle derrière le bâtiment. Je leur ai foncé dessus avec mon vélo. Par accident, bien sûr.

Archie aurait voulu sauter par-dessus le bureau et la serrer dans ses bras.

— Bien sûr.

— Dieu sait combien de voyous tu vas devoir renverser avec ta Norton pour aider Rufus. Je sais que tu es sur le point de le faire. Ne fais pas l'erreur de comparer ta situation à la mienne.

— Qu'est-ce que tu veux dire ?

— Matilda et moi n'existons pas, pas aux yeux de la loi. C'est le seul avantage que les femmes ont récolté depuis des millénaires et qui n'équivaut à rien : rien,

12 L'objection de conscience est une attitude individuelle de refus d'accomplir certains actes requis par une autorité lorsqu'ils sont jugés en contradiction avec des convictions intimes de nature religieuse, philosophique, politique ou sentimentale.

13 Organisation pacifiste britannique.

zéro plus zéro égal zéro. Il n'en va pas de même pour les hommes. Vous êtes terriblement visibles.

— Rufus a essayé de m'apprendre la même chose.

— Ça vous a fait beaucoup de bien, à tous deux. Aie confiance Archie. Il y a beaucoup de satisfaction à avoir trouvé sa propre Matilda.

***

Archie quitta le musée armé des herbes de Drusilla dans une poche et, dans l'autre, la lettre de recommandation de Caroline à une propriétaire grandement respectable de Colchester, à peu près à mi-chemin entre Londres et sa destination. Elle était allée à l'université avec Caroline et n'accueillait normalement pas d'hommes célibataires, mais ferait exception pour un vicaire.

Se sentant plus que jamais comme un loup en vêtements noirs, Archie récupéra sa Norton auprès du groupe de bagagistes admiratifs qui l'avaient surveillée et s'en fut dans les rues de Bloomsbury. Bien qu'il ait laissé Maria et Drusilla loin derrière lui, il sentait – malgré l'atmosphère poussiéreuse de la ville qui aurait dû le faire tousser mais qui ne le fit pas – la présence d'un nouveau réseau chaleureux. Caroline en faisait partie. Les femmes du presbytère aussi, tout comme Giles. La guerre avait donné vie à ce réseau. Conducteurs de tracteurs, métallurgistes, mères intrépides d'enfants illégitimes, bas-bleus à l'air sévère tissant leur toile à l'abri dans les bureaux des musées...

En contournant un bus, Archie se demanda si le génie était sorti de la bouteille pour des hommes comme lui et Rufus, aussi. Si les lois changeraient, et si un jour Winborn et ses semblables fulmineraient en vain. Archie eut une sorte de vision – insensée, car même dans un avenir de femmes émancipées et de pédés, un vicaire serait toujours un vicaire – d'être en train de marcher sur une plage dorée avec Rufus. Il serait stupide de porter des vêtements noirs dans un tel endroit, ou même l'uniforme en tweed et coton que portaient les Anglais à l'étranger. Non, ils seraient tous deux vêtus de longues robes fluides, pieds nus, main dans la main…

Il faillit percuter un taxi noir à un carrefour. Des klaxons retentirent derrière lui. Troublé, il tourna sur une route adjacente et laissa la Norton ralentir jusqu'à s'arrêter brutalement à côté d'un bâtiment bombardé.

Il ne connaissait pas très bien Londres. Il avait traversé Piccadilly Circus quelques minutes auparavant, l'immuable et prometteur Éros – le sobre Antéros en réalité, mais adopté comme le dieu de l'Amour par une population londonienne qui avait désespérément besoin de sa protection – toujours caché dans son refuge depuis la guerre. Rufus avait dit que lui et Henry avaient partagé un appartement dans un immeuble de Piccadilly. Il semblait peu probable qu'Archie soit tombé sur le lieu en question.

Et pourtant, il savait que c'était le cas. Le sentiment était si fort qu'il mit la béquille, ôta son casque et ses lunettes, et descendit de la moto. Il observa le mur encore debout du bâtiment, mais ouvert tel un cadavre pour dévoiler l'intimité de sa vie intérieure. Des papiers peints en chintz, des cheminées béantes. Au-dessus d'un âtre au dernier étage, un tableau était toujours suspendu de travers. Archie regarda autour de lui, s'attendant à voir Rufus quelque part dans les environs, écorché lui aussi par les souvenirs et leur absence, attiré comme un aimant vers ce lieu de bombardement.

Non. Il n'était pas là, bien qu'il soit peut-être venu ici d'abord, faisant une halte dans le cadre d'un horrible pèlerinage. Archie agrippa le guidon de la Norton pour garder l'équilibre, frissonnant sous la conviction qu'il avait raison. S'il était arrivé quelques heures plus tôt, il l'aurait trouvé parmi les décombres, tout comme Rufus avait trouvé son chien errant.

Même Pippin avait été sauvé. Colditch était à deux cent quarante kilomètres de là. Ce serait une épreuve pour la Norton, mais Archie n'avait pas l'intention de s'arrêter où que ce soit ce soir. La moto avait été modifiée pour transporter illégalement un bidon d'essence supplémentaire sur un support à l'arrière, utile, mais susceptible de se transformer en une bombe incendiaire en cas d'accident. Il n'y aurait pas beaucoup de stations-service ouvertes durant la nuit sur les petites routes des marais salants du Suffolk. Tout ce qu'Archie devait faire était de rester éveillé et alerte. C'est peut-être pour cela que Drusilla lui avait donné l'herbe. Il avait de la nourriture dans ses sacoches, une fournée de sandwiches que Maria lui avait préparés ainsi qu'un Thermos de thé aux dimensions proches de celles d'une ogive, rempli par le directeur adjoint du Royal Museum dans la cuisine de ce noble institut.

Il remonta sur la moto. Il se souvint de la façon dont Rufus montait derrière lui : ses bras chauds et fort enroulés timidement autour de sa taille. *Tiens bon Rufus. J'arrive. Tiens bon.*

CHAPITRE 3

Les mouettes planaient, immobiles face au vent de Colditch Sands. Le long des dunes, des herbes aplaties bordaient l'étroite route. Archie avait du mal à croire que la verdure et les oiseaux puissent appartenir au même monde que Droyton. Les dunes et les silhouettes des bâtiments bombardés scintillaient tels des négatifs de films devant lui. Les grands chênes de Droyton, l'étendue plate et sombre du ciel gris, le parfum ensoleillé des roses jaunes – un parfum qu'il n'avait jamais remarqué avant que Rufus ne lui dise que toute sa maison en était imprégnée – vibraient dans sa mémoire, se mêlant à l'odeur iodée. À quel moment le presbytère était-il devenu sa maison ? Il avait vécu dans le petit presbytère de Brighton avec Celia pendant treize ans sans ressentir une seule fois ce besoin écrasant d'y retourner. Il n'y avait qu'une seule chose qu'il désirait davantage.

Le vrombissement de la moto se répercuta jusque dans ses os. Ses poignets ainsi que ses testicules étaient douloureux, mais il ne pouvait s'arrêter maintenant. Enfin, après avoir suivi pendant près de deux heures cette côte morne et traversé des villages endormis, il vit apparaître au loin un ensemble de blocs modernes et bas. Avec l'étrange sensation que la Norton se déplaçait seule sur cette dernière ligne droite, il se concentra sur sa destination.

Les architectes du brigadier semblaient s'être inspirés du style brutaliste[14] des constructions londoniennes

14 Le brutalisme désigne un style architectural issu du mouvement moderne, qui connaît une grande popularité entre les années 1950 et 1970 avant de décliner peu à peu, bien que divers architectes s'inspirent encore des principes de ce courant.

servant à reloger la population victime de bombardements, ou des cubes de béton éparpillés sur les plages, derniers remparts contre une attaque de chars qui n'avait jamais eu lieu. Des parpaings et des vitres aux cadres blancs entouraient une cour de graviers sur trois côtés. Les fenêtres semblaient teintées. En s'arrêtant dans l'allée, Archie se rendit compte qu'elles étaient placées trop haut pour que l'on puisse voir à travers de l'extérieur, et pour être atteintes de l'intérieur. Son moteur résonnait étrangement, le grondement et le cliquetis semblant continuer de vibrer même après qu'il l'ait éteint. L'endroit avait été érigé de manière assez maladroite, et les fondations peu profondes semblaient indiquer que cette construction était éphémère.

Oubliant sa lassitude, Archie descendit de la moto et se dirigea vers l'entrée vitrée. Il poussa une large porte, puis une autre, et se heurta à une troisième, vitrée comme les deux premières mais fermée à l'aide de serrures invisibles. Il se retint de taper du poing contre la vitre épaisse. Il y avait un interphone : il ôta un de ses gants et appuya dessus, telle une personne normale et calme, et non comme un vicaire renégat à moto sur le point de briser toutes les portes et fenêtres de cet endroit jusqu'à ce que son amant lui soit rendu. Il avait une histoire toute prête, et il prit une grande inspiration, prêt à la débiter, lorsqu'une silhouette en blouse blanche apparut derrière le carreau.

Colonel Blimp avec un diplôme de médecine. Archie retint son souffle. Il n'y avait aucune raison pour que le directeur réponde à la porte à cette heure matinale, mais c'était lui, Archie en était persuadé. L'espoir enfla en lui jusqu'à l'étouffer, et il expira, carra les épaules et ouvrit sa veste pour montrer son col romain.

— Bonjour, dit-il, dès que l'interphone résonna. Je suis désolé de vous déranger si tôt. Je m'appelle Archibald Thorne et je cherche un de mes paroissiens, qui a quitté mon village dans un état de crise spirituelle. J'ai des raisons de croire qu'il a peut-être été admis ici.

Le visage derrière la vitre était inexpressif. Archie n'arrivait pas à comprendre comment un tel masque parvenait à exprimer la peur et la rage. L'interphone retentit de nouveau et la force invisible qui maintenait la porte disparut.

— Sécurité électronique, dit le nouveau venu, alors que la porte se refermait silencieusement derrière Archie après qu'il fut rentré. Actionnée à partir d'un clavier. L'absence de serrure et de clé traditionnelles donne à nos résidents un sentiment de liberté. En effet, le Dr Denby est ici.

Un sentiment de liberté illusoire. Tous les bruits du monde extérieur avaient disparu, tombés raides morts en heurtant la vitre.

— Puis-je le voir ?

— Je souhaiterais d'abord vous parler.

Son compagnon avança à travers le hall, un immense bureau qui devait être l'accueil s'étendant sur toute la longueur.

— Vous n'avez tout de même pas conduit depuis Londres ?

— Si, répondit-il d'une voix râpeuse, pratiquement incapable de parler. J'ai roulé toute la nuit. Son voyage a dû être pire que le mien.

— Oh, non. Non, pas du tout.

Une pièce blanche et nue se trouvait de l'autre côté d'un couloir blanc et nu. Dans sa longue blouse blanche, l'hôte d'Archie ressemblait à un pilier de marbre en train de tomber, une structure imposante qui aurait dépassé son point d'équilibre.

— Le Dr Denby n'est pas venu ici de son propre chef. Il est venu chez moi à Mayfair, et sa sœur m'a téléphoné. J'ai organisé son transport en ambulance, expliqua-t-il en l'invitant à prendre place sur une chaise. Je ne savais pas qu'il avait une paroisse, encore moins un vicaire, révérend Thorne. Asseyez-vous, je vous en prie.

— Il travaillait dans mon village. Tous ceux qui y viennent peuvent bénéficier de mon temps et de mes ressources, s'ils le souhaitent, Brigadier…

— Spence. Tant mieux. Et le Dr Denby le souhaitait-il ?

La froideur de l'insinuation effleura à peine l'esprit d'Archie.

— Il était profondément troublé par certains épisodes de comportement violent qu'il avait vécus. Mais il allait mieux, et une des choses que je suis venu lui dire – vous dire – est qu'il n'est pas responsable de l'attaque contre un jeune homme à Droyton l'autre jour.

— Droyton ?

Spence s'assit en face de lui. Ses yeux étaient bizarrement vitreux.

— Sa sœur m'a dit qu'il était allé là-bas. Mais cela se trouve dans l'arrière-pays du Sussex, n'est-ce pas ? Vous n'avez sûrement pas fait tout ce chemin pour…

— Si, c'est le cas. Parce que cette agression l'a poussé à se faire interner ici, et…

— Bonté divine, révérend. Personne ne se fait interner ici. Nous ne sommes pas un asile.

— Un hôpital avec des portes closes alors. Il n'est pas à sa place, ici. Je pense que ses épisodes violents ont été causés par certaines expériences de guerre qu'il a oubliées pour sauver sa santé mentale. Je ne pense pas qu'il faille le forcer à se souvenir.

— Nous n'avons pas l'air de nous comprendre, révérend Thorne.

Archie l'observa. Il avait rencontré des hommes tels que lui pendant la guerre. Ils étaient faits pour ce métier. Il était impossible de les imaginer en tant que civils, leurs uniformes leur seyant mieux que leur propre peau.

— Peut-être pas, dit-il prudemment. Cependant, c'est le message qui doit être transmis au Dr Denby. J'aimerais beaucoup le lui délivrer moi-même.

— Le Dr Denby est un homme très courageux.

Je le sais. Il a laissé sa Croix de Victoria dans le tiroir de ma chambre.

— Je ne pense pas qu'il puisse y avoir le moindre doute à ce sujet.

— Je ne suis pas qualifié pour dire à quel point ses expériences de guerre l'ont affecté mentalement. Pardonnez-moi de vous dire que ça ne m'intéresse pas. Cet hôpital est pour les hommes blessés, pas pour les névrosés et les lâches.

— Par névrosés lâches, vous voulez dire...

— Les soi-disant neurasthéniques, les cas de stress post-traumatique. Cette nation n'a pas les ressources nécessaires pour soigner des imbéciles pitoyables qui n'auraient jamais dû être autorisés près d'un champ de bataille. Cette guerre a été gagnée par des *hommes*, révérend, et le Dr Denby était l'un d'entre eux, comme en témoignent ses blessures.

— Ses blessures ? Je sais qu'il a été touché par des éclats d'obus, mais…

— Il s'est laissé pousser les cheveux pour cacher le plus gros des dégâts. En laissant de côté les craintes et les fantaisies, je suis certain que la cause de ses cauchemars et de ses accès de violence n'est rien d'autre qu'une pression exercée sur son cerveau, et nous pouvons y remédier. J'ai un chirurgien qui vient demain, un spécialiste. Et c'est pour cette raison que le Dr Denby est ici.

Archie s'assit. Depuis la visite de Rosemary à Droyton, il n'avait jamais considéré ses motivations comme autrement qu'insensées au mieux, au pire nuisibles et destructrices. Le brigadier avait pris les proportions d'un Minotaure pour lui aussi. Peut-être qu'Archie l'avait mal jugé, et que la peur de Rufus s'était répercutée sur lui.

— Peut-il être... Est-ce si simple ? Peut-il être guéri ?

— J'espère qu'il y a au moins une chance, ou M. Wilson-Grey viendra ici à grands frais pour rien.

— Mais Rufus… le Dr Denby ne peut pas se permettre une opération coûteuse. Moi non plus, bien que…

Archie réfléchit à des solutions pour récolter de l'agent : vendre sa moto, sa collection de premières éditions de Trollope.

— Je l'aiderai si je peux. Si c'est pour son bien.

— Vous prenez vos devoirs pastoraux au sérieux. Mais ce ne sera pas nécessaire. Les frais médicaux du Dr Denby seront couverts par la nouvelle législation sur le service national de santé. En avez-vous entendu parler ?

— Le programme de soins de santé gratuits de Bevan ? Bien sûr. Je trouve cela merveilleux. Mais pardonnez-moi, Brigadier. Rosemary m'a dit que votre principal objectif était de vaincre l'amnésie du Dr Denby. Je ne crois pas que cela puisse être bon pour lui. C'est la raison pour laquelle je suis ici, pour le dissuader, ou vous dissuader.

Spence redressa sa cravate. Il était l'image parfaite du médecin militaire, à l'exception de la sueur visible à la racine de ses cheveux et de cette lueur insondable dans ses yeux.

— Rosemary voit les choses de son propre point de vue. Ce n'est pas contre nature. Nous voulons tous les deux préserver la mémoire de notre garçon.

Le commandant avait été le mari de Rosemary, pas son fils. Le lapsus était étrange.

— Je suis désolé pour votre perte, dit Archie sans ambages. Mais je ne crois pas que l'on puisse sacrifier la santé mentale d'un homme pour épargner la réputation de quelqu'un qui est passé bien au-delà de ces préoccupations.

— Sa mère et moi n'avons pas dépassé ce stade !

Le brigadier se calma et sourit.

— Ce que je veux dire, c'est que ni Rosemary ni moi ne l'avons fait. Mais je vous assure que le seul but du traitement du Dr Denby est de soulager la pression sur son cerveau. Si sa mémoire lui revient, alors tant mieux pour nous.

— Puis-je le voir, Brigadier ?

— Ce n'est pas un hôpital qui permet les visites. Et il est à peine plus de neuf heures du matin.

— Je peux revenir plus tard.

— Non, non. Venez avec moi tout de suite, cela vous permettra de vous assurer qu'il est là pour son bien. Après cela, vous ne pourrez plus le voir avant son opération. Restez près de moi et assurez-vous que les portes soient bien refermées derrière vous. Certains cas très extrêmes sont envoyés ici.

Archie se leva et suivit le brigadier. Le couloir blanc s'étendait devant lui comme dans un rêve, lui donnant envie de retourner dans les tunnels sous l'église de Droyton, où il avait perdu son souffle et où Rufus le lui avait rendu. Malgré son anxiété, il ne ressentait toujours pas le besoin de fumer. Un jour et demi depuis sa dernière cigarette... Il aurait normalement dû être prêt à vendre son âme à Satan pour une bouffée. Il laissa ses pensées le distraire des portes fermées qu'ils passaient, des bruits qui provenaient de derrière certaines d'entre elles, des grognements et des rugissements et, brièvement, des pleurs d'un adulte au cœur brisé. Mon Dieu, si Rufus était enfermé dans l'une de ces petites cellules...

Il déglutit avec soulagement lorsque Spence le conduisit dans une salle ouverte. Au premier coup d'œil, il vit une vingtaine de lits disposés le long des murs. C'était le côté mer, à en juger par la lumière froide, mais les hautes fenêtres dissimulaient leurs secrets. Seuls quelques lits étaient occupés. Spence s'éclipsa lorsqu'une infirmière l'intercepta pour une urgence, laissant Archie trouver Rufus par lui-même.

Cela aurait dû être facile. Il était le seul homme parmi tous les autres qui était entré dans le monde d'Archie et l'avait douloureusement, délicieusement bouleversé : Archie aurait pu le trouver parmi des milliers d'autres, pensait-il, rien qu'à l'odeur, s'il l'avait fallu.

Mais cet endroit puait le Lysol, et Rufus, avec sa tête rasée, son costume élégant remplacé par un pyjama d'hôpital, s'était mêlé à tous les autres corps sous des couvertures dans la lumière changeante de la mer.

— Seigneur, chuchota Archie, en l'apercevant enfin et en se précipitant à son chevet. Je pensais t'avoir perdu. Tout va bien. Je suis là maintenant.

Ses yeux avaient la couleur des nuages au-dessus de Colditch Sands. Le crâne rasé se retourna sur l'oreiller. Archie devinait qu'il faisait un effort pour se concentrer, pour répondre à cette voix humaine qui lui parlait.

— Pourriez-vous… me passer un peu d'eau, s'il vous plaît ? J'ai la gorge sèche.

— Bien sûr.

Archie se percha sur le bord du matelas. Le brigadier était à présent en grande discussion avec deux autres blouses blanches, et Archie n'en avait que faire de toute façon : il se pencha et effleura le front de Rufus d'un baiser.

— Pourquoi ne m'as-tu pas dit que ces cicatrices étaient si graves ? Laisse-moi te redresser un peu. Voilà ton eau.

Rufus s'appuya sur l'oreiller qu'Archie avait calé derrière lui. En tenant le verre maladroitement, comme un homme portant d'épaisses mitaines en peau de mouton, il but une ou deux gorgées puis relâcha sa prise. Rapidement, Archie s'approcha, essuya le liquide renversé avec une serviette, puis tint de nouveau le verre contre ses lèvres.

Les yeux embués qui l'observaient semblaient lointains et perdus.

— Ça suffit. Merci.

— Pourquoi tu ne peux pas te débrouiller tout seul ?

— Je ne sais pas trop. C'est très ennuyeux. Ils m'ont drogué, comme toujours, je suppose, ici.

— Tu n'es jamais venu ici avant.

— Pas dans cet endroit, non. Mais c'est partout pareil, pas vrai ? J'espère juste que celui-là…

Il se tut et lutta pour se redresser un peu plus.

— ... est un peu plus près de la maison.

— Tu n'es pas dans un hôpital de campagne, Rufus. Tout ça est terminé.

— Oh, je sais que ce sera bientôt fini. Avec toutes les capitulations sur le front de l'Est, les choses ne peuvent plus durer. N'ayez pas l'air si inquiet.

Il tendit la main et tapota brièvement celle d'Archie.

—Il ne faut pas *pleurer*, mon vieux.

— Ce n'est pas le cas, répondit Archie en se frottant le visage avec sa serviette. D'accord, ça l'est. Désolé. C'est juste que je t'ai cherché toute la nuit, et… ils t'ont coupé les cheveux.

— Est-ce que je suis affreux ?

— Non. Tu ressembles à un ange déchu.

Archie passa doucement la main sur son cuir chevelu, évitant prudemment les cicatrices.

— Un ange qui est tombé sur la tête, par contre. Ils vont faire en sorte que ça aille mieux.

— Ce serait bien. Mais écoutez, révérend. C'est gentil de venir me voir, mais je ne suis pas un homme croyant, pas... pas de cette façon. Vous devriez aller voir le caporal Berry. Son frère aîné allait entrer dans les ordres, à ce qu'il m'a dit. Avant qu'il ne soit appelé.

Ce fut au tour d'Archie de renverser le verre d'eau. Il le posa sur la table de chevet.

— Tu ne sais pas qui je suis, n'est-ce pas ?

— Je suis désolé. Vous êtes déjà venu me voir ? On pourrait penser que je me souviendrais d'un aumônier assez courageux pour venir si près du front. Surtout quelqu'un d'aussi beau.

Son visage prit une teinte douloureusement rouge.

— Pardonnez-moi. Je *suis* drogué.

— Oh, Rufus.

— S'il vous plaît, ne dites à personne que j'ai dit une telle chose.

— Je ne dirai rien.

Archie lutta contre la terreur qui l'envahissait.

— Écoute. Tu te souviens d'un village, d'une église avec d'étranges tunnels en dessous ? Tu te souviens…

Il se tut. Impossible de trouver les mots pour décrire ce qui était toujours frais et clair dans son esprit.

— … d'avoir été avec moi dans le verger la nuit ?

— Non.

Son visage fatigué affichait un air mélancolique.

— Ça a l'air charmant, j'aimerais que ce soit le cas.

Archie dut faire une pause avant de pouvoir parler à nouveau. Le sentiment d'anéantissement qui se répandait en lui était plus grand, plus douloureux, que la tristesse qu'il avait ressentie au lendemain du suicide de Richard. Un cliché réconfortant : *les gens que nous aimons ne sont jamais vraiment partis tant que nous nous souvenons d'eux…* Voir son souvenir effacé dans l'esprit de cet homme semblait la pire des morts.

— Ne t'inquiète pas, dit-il d'un ton rauque. Tout va bien se passer.

— Et cette église, et le verger ?

— Ils t'attendront.

— Je ne comprends pas.

— Ça n'a pas d'importance.

— Je dois être plus mal en point que je ne le pensais, murmura Rufus d'une voix épuisée.

— Quoi ? Pourquoi ?

— Parce que vous me tenez la main, M. le vicaire. Ils ne le font généralement que lorsqu'on est sur le point de s'éteindre.

C'était une vérité amère. Le semblant de formation qu'Archie avait reçu pour son rôle de première ligne lui avait appris à éviter le contact physique, qui poussait les soldats à lâcher prise et à pleurer pour rentrer à la maison retrouver leur mère. Il resserra son emprise.

— Tu ne vas pas t'éteindre. Tu ne t'en souviens pas, Rufus, mais je suis ton ami. Et dès que tu iras mieux, je te ramènerai à la maison.

L'assurance avec laquelle il avait prononcé ces paroles sembla convaincre Rufus. Il hocha la tête, les traits plus détendus. Puis il s'allongea sur les oreillers, et ferma les yeux.

Le brigadier était désormais en pleine discussion avec un médecin à l'autre bout de la pièce. Archie avait toujours été conscient de sa présence non loin. Il n'y avait pas grand-chose à dire ou à faire dans cet espace blanc impitoyable, mais néanmoins il avait toujours été dans les parages, ne laissant jamais Rufus hors de vue. Soudain, il tendit un doigt péremptoire en direction de son confrère, levant la tête.

— Silence, s'il vous plaît !

Archie n'entendait rien de plus que les bruits de fond de la salle. Puis il perçut un léger tapotement. Certaines parties de ce bâtiment en forme de champignon angulaire devaient encore être en travaux. Quelque part dans les étages supérieurs, quelqu'un frappait contre un chevron ou un mur. Le brigadier pointa un doigt en direction du bruit.

— N'ai-je pas donné l'ordre d'arrêter ce vacarme ?

Le jeune médecin à côté de lui dansa d'un pied sur l'autre.

— Oui, monsieur, mais c'est compliqué. Les hommes ont prévenu qu'une tempête approchait, et que la partie du toit située vers la mer…

— Au diable le toit !

Le martèlement était plus fort désormais, plus rythmé. *Bang, bang, bang.* Cela devait évoquer plus que le bruit des travaux, parce que la main de Rufus devint froide dans celle d'Archie, ses doigts tendus.

— Envoyez quelqu'un là-haut. C'est inacceptable durant les visites et les consultations. Ils pourront continuer après, quand...

Rufus libéra sa main et s'assit avec raideur dans le lit. Il passa les paumes de ses deux mains sur son crâne rasé, le bout des doigts effleurant le motif déchiqueté de ses cicatrices comme si les réponses qu'il cherchait s'y trouvaient.

— Le Minotaure, s'étouffa-t-il. Mon ennemi. Je me souviens…

Le brigadier alpagua une infirmière.

— Équipe de maîtrise pour le lit cinq.

— Cinq, monsieur ? Dr Denby ?

— Êtes-vous sourde et désobéissante, femme ?

L'infirmière s'éloigna. Archie se leva pour se positionner au bout du lit de Rufus.

— Il n'a pas besoin d'être maîtrisé. Il est tellement drogué qu'il n'a plus aucun souvenir de la veille, sans parler de ses blessures.

Mais les ordres se transmettaient rapidement dans l'hôpital du brigadier : la porte du service s'ouvrit pour laisser apparaître quatre aides-soignants costauds, dont l'un poussait un chariot. D'instinct, Archie se plaça devant celui-ci, en grognant lorsque le métal heurta ses cuisses.

— Stop.

Il aurait tout aussi bien pu être invisible. Les aides-soignants le contournèrent. Deux des hommes plongèrent vers le lit. Un troisième évita la prise d'Archie pour obliger Rufus à s'allonger et appuya son genou sur son bras. Le quatrième, occupé avec une seringue – une cible facile – se plia en deux en haletant lorsque le vicaire de Droyton lui enfonça son poing dans le ventre.

— Mais qu'est-ce que vous faites, bon sang ? cria Archie, en cherchant à s'emparer d'un autre homme tout en hurlant à l'intention du brigadier. Rufus n'a pas besoin de ça. Dites-leur d'arrêter !

— Vous savez aussi bien que moi que les cauchemars de Denby le rendent violent.

— Ce n'est pas un cauchemar. Il est tout à fait réveillé.

Le visage du brigadier demeurait impassible.

— Il est temps pour vous de partir, révérend Thorne.

Archie se détourna de lui. Il aperçut Rufus entre les épaules des aides-soignants. Il vit son visage, ses yeux fermés. Il luttait, mais sa rage avait disparu, ses mouvements devenant faibles et lents avant même que le troisième homme ne ramasse la seringue sur le sol et ne la plonge dans sa peau.

Dès que cela fut fait, ils disparurent. Ils étaient de vrais professionnels, Archie pouvait leur accorder ça – ils retrouvèrent leur position autour du chariot, le quatrième s'étant relevé sans afficher aucune trace d'animosité. Archie se jeta au chevet du malade. Il prit le bras inerte de Rufus pour le remettre dans le lit, puis essuya le visage inconscient, ravalant des larmes de colère.

— Dieu tout-puissant. Ce n'était pas nécessaire. Le Dr Denby a des amis, Spence, et je vais leur parler de la manière dont il est traité ici. Je vais le faire sortir, et...

Spence était parti. Il avait disparu entre le moment où Rufus avait crié et celui où ses yeux s'étaient fermés, comme si le compte à rebours d'une bombe avait été arrêté et qu'une explosion n'était plus à craindre. L'infirmière que le brigadier avait rudoyée réapparut près d'Archie.

— Il vaut mieux ne pas faire d'histoires, révérend, dit-elle doucement. Il dort à présent, et il est bien installé.

— Que diable lui ont-ils donné ?

— Un puissant sédatif.

Ensemble, ils repositionnèrent Rufus sur les oreillers.

— Il a une opération importante demain, et il vaut mieux qu'il reste calme.

— Je ne comprends pas. Pourquoi est-il amnésique ?

— C'est un symptôme courant des blessures à la tête. C'est ce que le brigadier espère traiter.

— Mais ces cicatrices, aussi terribles soient-elles, ne le dérangeaient pas quand on s'est rencontrés.

Archie retint son souffle lorsque Rufus tourna la tête sur le côté.

— Quelle est cette marque rouge ? On dirait une brûlure.

— *Révérend.*

L'infirmière baissa toujours plus la voix et jeta un coup d'œil furtif par-dessus son épaule.

— Vous avez attaqué un aide-soignant. Le brigadier Spence n'a pas l'habitude d'ignorer ce genre de choses. Si j'étais vous, je ferais en sorte de disparaître.

— Je me fous de Spence.

— Vous ne devriez pas. C'est une installation sécurisée. S'il vous interdit d'entrer, vous ne pourrez pas revenir, dit-elle en lissant la couverture. Le Dr Denby va dormir quelques heures à présent. Vous pouvez attendre à la réception si vous le souhaitez, mais je ne peux pas vous laisser rester dans ce service.

CHAPITRE 4

Elle avait trouvé le seul argument qui pouvait le faire capituler. Si Archie n'avait plus accès à ce cube hermétique, Rufus se retrouverait vraiment seul. Il tituba le long du couloir et s'installa dans la salle d'attente vide.

Nous ne sommes pas un hôpital qui permet les visites. La réception semblait n'être jamais utilisée. Peut-être était-elle réservée aux clients et invités importants, le brigadier choisissant les infirmières les plus présentables et les plus coopératives pour ce travail. Archie regarda fixement par-delà le chemin de gravier. Rufus l'avait oublié. Archie avait survécu à la perte de sa foi, mais il n'était pas certain de pouvoir survivre si Rufus ne se souvenait plus jamais de lui.

Le monde serait creux. Le ciel serait vide. Il regarda l'horizon pâle. Au loin, sur la mer, des cumulus s'amoncelaient, s'empilant les uns sur les autres telles des montagnes. Ils étaient l'unique forme de vie dans ce paysage sombre. L'été parfait de Droyton s'était transformé ici en un bourgeon d'hiver flétri. Il était difficile de croire que le village existait encore, avec son verger éclairé par la lune.

La tristesse qui s'empara d'Archie lui fit l'effet d'un coup de poing à l'estomac. Il serra ses doigts sur le bras de la chaise. Il n'avait pas menti lorsqu'il avait dit que le Dr Denby avait des amis, même s'ils n'étaient pas du genre de ceux qu'un docteur en archéologie sain d'esprit et hétérosexuel aurait pu avoir un jour. L'armée de Rufus se composait aujourd'hui d'un vicaire parjure, d'une gouvernante en tablier et d'une personne qui, autrefois, aurait sans doute été considérée comme la sorcière du village. Peut-être aussi une intellectuelle lesbienne. Alice se précipiterait certainement à la rescousse, et si elle venait, Giles suivrait sûrement, ou Gillian, deux pour le prix d'un. Ainsi qu'Elspeth et le chien. Archie se dit que Mme Trigg se déplacerait en personne...

Il était en train de s'endormir. Pire encore, sa nuque était raide, comme s'il dormait déjà et avait commencé à rêver. Le grincement de semelles en caoutchouc sur des carreaux blancs le fit sursauter et il s'essuya discrètement le coin de sa bouche. L'infirmière rencontrée précédemment se tenait devant lui, les bras croisés sur sa poitrine. Archie se dit qu'elle ne serait jamais sélectionnée lors des visites d'inspection. La ligne de sa bouche était trop sensible.

— Je ne peux pas vous apporter de thé, dit-elle sinistrement, comme s'il en avait demandé. Nous ne sommes pas ce genre d'endroit. Mais le café du village de Colditch devrait être ouvert à l'heure qu'il est. Il se trouve à environ trois kilomètres d'ici.

— Si je pars, est-ce que je pourrai revenir ?

— Rien n'est sûr en ce monde, révérend, mais si vous sonnez deux fois à la porte, Son Excellence pensera qu'il s'agit d'une livraison. Il y a des toilettes au bout du couloir, si vous voulez vous rendre présentable.

N'était-ce pas le cas ? Archie se redressa, notant avec embarras que ses lunettes de protection étaient toujours accrochées à leur sangle en cuir autour de son cou, ce qui détonnait avec son col romain. Un coup d'œil à son reflet à travers les portes vitrées lui indiqua que ses cheveux étaient hirsutes suite à sa bagarre avec l'aide-soignant. Son corps choisit ce moment pour lui rappeler qu'il ne s'était même pas arrêté pour aller aux toilettes depuis Ipswich, et il ravala un gémissement.

— Très bien. Merci, répondit-il en la fixant du regard. Infirmière, d'après votre expérience, les pertes de mémoire soudaines comme celles du Dr Denby disparaissent-elles ?

Elle haussa les épaules.

— Il y a des hommes dans cet hôpital qui ne se souviennent plus à quoi servent un couteau et une fourchette. Certains ne se souviennent que d'une chose, la bombe qui les a mis à terre, alors ils restent focalisés là-dessus, en général. Comme je l'ai dit, rien n'est sûr dans ce monde.

— Mais le Dr Denby n'avait pas de problème de mémoire à court terme. Je pense que quelque chose lui est arrivé. Pouvez-vous me dire...

— Sonnez deux fois, révérend. Si vous avez de la chance, quelqu'un viendra.

— Très bien. S'il se réveille, dites-lui que Billy Prescott va bien. Ça signifiera beaucoup pour lui s'il s'en souvient, et s'il ne s'en souvient pas…

Archie secoua la tête.

— Peu importe. S'il vous plaît, faites-le lui savoir.

***

Trois kilomètres, c'était trop loin. Archie conduisit la moto dans un espace entre les dunes, hors de vue de l'hôpital au cas où la preuve de sa présence continue pourrait d'une certaine façon faire plus de tort à Rufus. Il se gara et avança le long de la piste, sachant à peine où il allait, attiré par le murmure de la mer.

La tempête apportait désormais de l'ombre aux promontoires. L'écume se formait lugubrement à la surface de l'eau d'un bleu métallique. Le vent ne soufflait pas encore suffisamment pour former de hautes vagues, seulement une légère ondulation, rendant Archie impatient de voir le temps virer à la tempête.

Il prit un passage entre les dunes et arriva sur la plage. Des galets plus que du sable, une bande tachetée en forme d'œufs qui courait le long de la plage, puis disparaissait dans les deux directions... Maladroitement, il se fraya un chemin à travers les pierres. Une fois sur le sable, il ôta ses chaussures et ses chaussettes et remonta les jambes de son pantalon. Il avança dans l'eau et se tint debout, étourdi, les chevilles enfoncées, laissant la brise et les vagues venir jusqu'à lui. Il n'y avait personne en vue le long du rivage désolé. Il aurait pu être la dernière âme vivante de ce monde.

Sans Rufus, il le serait de toute façon. Archie était assez vieux maintenant pour se connaitre. Richard avait été une passion adolescente, mais si Rufus l'oubliait, Archie ne serait plus qu'un gribouillis à la craie sur une ardoise exposée à la pluie.

Le vent faisait voleter quelque chose en haut des dunes qui surplombaient la mer. Il était difficile de calculer la distance dans ce paysage et, au début, il pensa qu'un corbeau ou une corneille avait dû s'écraser sur le sable. Le scintillement des plumes noires attirait fortement son attention. Il loucha sur le jeu de lumière causé par les nuages annonciateurs de l'orage, à l'est, et distingua progressivement un visage humain.

La petite silhouette recroquevillée ne bougea pas lorsqu'il approcha. Une aura de défi l'entourait malgré l'absurdité de sa présence à cet endroit, habillée de la tête aux pieds d'une tenue de deuil. Chaussures à talons aiguilles, jambes serrées inconfortablement par une jupe moulante, veste cintrée et, pour couronner le tout, un chapeau pillbox[15], dont l'unique plume noire avait été emportée par le vent.

— Rosemary, s'étonna Archie en s'approchant. Que diable faites-vous ici ?

Elle le regarda d'un air insondable. Ils ne s'étaient rencontrés qu'une seule fois, et hors de son village, et il aurait tout aussi bien pu passer pour un corbeau noir, comme elle avait semblé l'être pour lui un peu plus tôt.

---

15 Chapeau sans bord, avec des côtés plutôt droits et un fond plat ressemblant à une petite boîte ronde peu haute. Il est généralement porté sur le haut du crâne et incliné sur un côté ou sur l'arrière.

— En quoi cela vous concerne-t-il ?

— En rien, je suppose. Mais vous devez être gelée.

Il enleva son manteau en cuir et le posa autour de ses épaules. Voyant qu'elle ne bougeait ni ne protestait, il s'assit à côté d'elle et ils contemplèrent la mer grisâtre.

— Je crois qu'il va pleuvoir. Je suis Archie Thorne, de Droyton. Vous vous souvenez de moi ?

— Bien sûr que je me souviens de vous.

Elle leva les genoux aussi haut qu'elle put. Avec colère, comme si elle avait honte de rechercher la chaleur, elle se pelotonna dans le manteau.

— Je suppose qu'en qualité de vicaire, dit-elle, vous savez qu'une femme ne peut pas épouser le père de son défunt mari.

— Euh… Je le sais, oui.

— Et je suppose que c'est de notoriété publique, n'est-ce pas ? Je dois être vraiment très stupide.

— En fait, les changements de lois sur le mariage après la Grande Guerre ont créé une certaine confusion. Mais permettre à une veuve d'épouser son beau-frère était logique, au lendemain du conflit. En ce qui concerne les beaux-pères, c'est une question plus délicate car la frontière entre les générations serait franchie. Pourquoi me demandez-vous cela ?

— Je n'étais plus rien pour lui après la mort de mon bébé. Rien. Il s'apprêtait à me jeter à la rue.

— Le brigadier ?

— Oui. Et je ne voulais pas être rien.

— Oh, Rosemary, ce n'est pas le cas. Et votre frère ?

— Rufus me fait peur, répondit-elle en frissonnant. De vouloir rester comme il est, alors qu'il est pédé et jette le discrédit sur la famille.

— Je suis sûr qu'il ne vous a jamais déshonorée. Il est douloureusement discret.

— Ah, mais pas parce qu'il a honte de lui. Juste parce qu'il ne voulait pas se faire pincer. Ce qu'il est ne le dérange pas, pas vraiment. Ce n'est pas juste.

Elle se mit à pleurer.

— Pourquoi ce n'est pas juste ? lui demanda Archie d'une voix douce. Préféreriez-vous qu'il se sente coupable et soit tourmenté ?

— Non, non. C'est mon frère. Mais pourquoi peut-il continuer à aimer celui qu'il croit juste d'aimer, comme ce petit enfoiré d'Henry, alors que je n'ai pas le choix ?

Archie prit le temps de la réflexion.

— Ce n'est pas une question facile. Je dirais que jusqu'à présent, il a été plus facile pour un homme – même un homosexuel honteux – de vivre dans ce monde de façon indépendante que pour une femme. Mais quand il s'agit d'amour… pourquoi pensez-vous que vous n'avez pas le choix ?

— Je me suis mariée en sortant de l'école, et j'ai quitté directement la maison de mon père. Je n'ai pas travaillé un seul jour de ma vie et je n'ai jamais vécu seule. Quand Charles est mort, tout ce que j'avais, c'était... lui. Et il commençait à s'intéresser à une riche veuve, l'une de ses patientes. Je me trouvais sur son chemin.

Elle enfouit ses hauts talons dans le sable, comme si elle s'enfonçait dans sa conception du déshonneur.

— Mais c'est un vieux bouc, alors je lui ai donné ce qu'il voulait. Vous comprenez ?

— Oui, je comprends.

— Je lui ai dit que s'il ne m'épousait pas, je ferais un esclandre. Je me soûlerais à son prochain cocktail, et je dirais à tous les nouveaux médecins et spécialistes de son hôpital qu'il avait fait de moi sa… sa salope.

— Oh, Rosemary.

— Et ça l'a fait rire. Il a accepté, bien plus facilement que je ne l'aurais cru, mais il s'est moqué de moi et m'a dit qu'il m'emmènerait au bureau d'état civil. Il devait être au courant, pas vrai ? À propos de la loi ?

— Je dirais qu'un homme comme le brigadier devait l'être, oui.

— Alors je suis allée avec lui dans ce misérable petit bureau à Clerkenwell. Il y avait un homme qui prétendait être le témoin, et un autre qui disait être le greffier, mais le vieux bouc n'a pas été suffisamment discret, parce que je l'ai vu les payer tous les deux par la suite. Je suppose qu'à ce moment-là, nous étions l'un et l'autre enfoncés dans la boue. Il n'avait pas l'impression d'avoir à me cacher quoi que ce soit. Il n'a certainement rien caché depuis.

Elle avait l'air amère et écœurée. Archie fut traversé par un sentiment de pitié.

— Et vous vivez avec lui en tant que sa femme désormais ?

— Oui.

— Vous n'avez pas à le faire. Vous n'êtes pas mariée légalement.

— Je le sais. Je me suis renseignée à ce propos à la bibliothèque dès que nous sommes rentrés.

— Dans ce cas…

— Pourquoi je continue comme ça ? Je ne savais pas comment arrêter, et je me fiche de savoir à quel point ça me rend pathétique. Au moins, j'avais un toit sur la tête et, avant que je ne commence à me préoccuper de ce que les fichus voisins de Mayfair allaient penser, il m'a traînée ici et m'a installée dans ses appartements à l'hôpital, au dernier étage, où personne ne peut me voir, dit-elle en laissant échapper un rire amer. Il me permet d'utiliser sa voiture, alors je n'ai pas à me plaindre. Je suis autorisée à aller à Londres pour acheter des vêtements, ou tout ce que les poules de luxe sont censées faire. Je suis supposée y être aujourd'hui. Mais je n'ai pas pu m'y résoudre, alors je suis venue m'asseoir ici à la place.

— Écoutez-moi. Prenez sa voiture et conduisez jusqu'à Droyton Parva. Retournez au presbytère et dites à Mme Nettles que je vous envoie. Elle vous donnera une chambre, et vous n'aurez plus rien à craindre.

— N'y a-t-il pas déjà une centaine de personnes qui y vivent ?

— Si tel est le cas, une de plus ne fera aucune différence.

Elle leva la tête, l'expression indéchiffrable. Lentement, les doigts tremblants, elle enleva son chapeau. Ses cheveux tombèrent en une cascade blond foncé. Sa ressemblance avec son frère n'était pas frappante, mais Archie la devinait désormais, dans son air déterminé et le gris nuageux de ses yeux.

— Quand il est venu à moi, dit-elle lentement, il pleurait.

— Rufus ?

— Oui. Je n'étais à la maison que par hasard. J'étais allée chercher les dernières affaires de mon bébé, car je savais que le brigadier avait ordonné à la bonne de les jeter pendant mon absence. Je ne l'avais jamais vu pleurer, même quand nous étions enfants.

Archie aurait voulu la secouer. Elle avait quelque chose à dire au sujet de Rufus, quelque chose de crucial, devinait-il, et il ne pouvait la faire parler qu'en passant par cette voie torturée. Elle avait vécu l'enfer, et le fait que ce soit de sa seule volonté ne la rendait pas moins pitoyable pour Archie. Il avait quand même envie de la tuer.

— Racontez-moi, dit-il, aussi patiemment que possible. Que s'est-il passé après ça ?

— Il s'est assis et s'est mis à pleurer. Il a dit qu'il avait tué un jeune homme à Droyton, qu'il était une bête et qu'il fallait l'arrêter.

— Eh bien, il n'a tué personne. Quelqu'un à Droyton, quelqu'un d'autre qui pense que les hommes comme nous sont une honte, l'a piégé.

— Oh. Et comme je pensais que je pourrais faire quelque chose pour plaire au brigadier, du moins essayer, alors je lui ai téléphoné à l'hôpital et lui ai raconté. Mais vous savez quoi ? Au diable le brigadier.

Archie cligna des yeux.

— Pardon ?

— N'ayez pas l'air si choqué. C'est ce que vous avez dit à Droyton, et vous aviez raison. Qu'il aille se faire foutre, lui, sa maison, son rang et ses mensonges.

Difficilement, à cause de sa jupe moulante, elle leva une jambe, ôta une de ses chaussures qu'elle lança aussi loin qu'elle le put en direction de la plage. Elle aurait été douée au bowling. Rufus avait dit qu'elle et Charles avaient partagé une passion pour le cricket. Puis elle le fixa, les yeux écarquillés.

— Des hommes comme *nous*, révérend ?

— Oui, dit-il sèchement. Pardonnez ma grammaire. Des hommes tels que nous, aurais-je dû dire. Votre frère est mon… ami, mon amant, quel que soit le nom que vous lui donnez.

Il s'attendait à ce que sa mâchoire se décroche. Mais elle ressemblait moins à un modèle de décence outrée qu'à une petite fille dans une cour de récréation qui avait découvert un secret scandaleux. Les coins de sa bouche se relevèrent.

— *Non.*

— Si.

— Mais vous êtes...

— Un vicaire, oui. Et je ne peux pas concilier ma nature avec ma position dans la vie, alors…

Il ôta son col romain éclaboussé par la boue durant son long voyage. Aussitôt, le vent l'attrapa. Il le lâcha, et le col vola et roula sur la plage, touchant brièvement la chaussure de Rosemary, tel un signe de bénédiction. Archie prit une grande inspiration. Une inspiration saine et profonde comme ses poumons ne lui avaient jamais permis de le faire.

— Et voilà.

— Ça ne peut pas être aussi simple que ça.

— Non, ça ne le sera pas. Dieu merci, je ne suis pas catholique. Qu'est-il arrivé à Rufus après qu'il a été amené ici, Rosemary ? Je sais qu'il y a quelque chose. Je sais que vous voulez me le dire.

Elle regarda le col romain d'Archie s'envoler et rejoindre les mouettes avant de disparaître dans le ciel agité.

— Une tempête arrive.

— Oui, je sais.

— Je m'en fiche. Je me fiche de me noyer ou de mourir, personne ne s'en souciera.

— Ce n'est pas vrai. Votre frère…

— S'il s'en soucie, c'est qu'il est stupide. Je l'ai trahi.

Archie se figea.

— Quoi ?

— Le brigadier voulait que la réputation de Charles soit blanchie. C'est pour ça que je suis venue à Droyton, et que je me suis empressée de contacter l'hôpital hier, quand Rufus est arrivé à la maison. Parce que la mémoire de Rufus était la clé, et que je me fichais autant que le brigadier de ce qu'il lui ferait subir pour qu'il la retrouve. Je voulais être la veuve d'un héros de guerre.

— Je le savais déjà. Je pense que Rufus le savait aussi.

— Ce que j'ignorais, c'était la manière dont le vieux bouc allait s'y prendre pour la faire ressurgir. Mon Dieu, aurais-je agi différemment si je l'avais su ? Puis-je vous le confesser, révérend, même si vous n'êtes plus vicaire ? Pouvez-vous m'absoudre ?

— Vous avez besoin d'un catholique pour ça, répondit sinistrement Archie. Tout ce que nous pouvons faire, c'est essayer d'arranger les choses, quelles qu'elles soient. Que diable s'est-il passé, Rosemary ?

— Quand Rufus est arrivé, il était si bouleversé par ce Billy qu'il avait arrêté de parler. Il était dans ce que le brigadier appelle une fugue dépressive, et nous n'avons pas le temps de nous occuper de ce genre de cas ici, à Colditch. Quand les hommes sont dans un tel état, on les choque pour les sortir de là.

— Bon Dieu.

— Je sais que cela fonctionne parfois, sinon, je jure que je ne l'aurais pas laissé... C'est pour ça qu'ils lui ont coupé les cheveux, pour pouvoir fixer les électrodes. Je suis allée dans la chambre avec lui. Je voulais qu'il sache qu'il n'était pas seul, et le brigadier m'y a autorisée parce que je le calmais. Ils ont installé l'équipement et lui ont donné le premier choc, juste au niveau habituel, et Rufus s'est redressé d'un coup en disant qu'il se souvenait.

— C'est bien, n'est-ce pas ? C'est ce que vous et le brigadier attendiez.

— Non. Le brigadier voulait que Rufus se souvienne des bonnes choses sur son fils.

— Et ce n'était pas le cas ?

— Charles et lui s'occupaient des travaux de terrassement près de Fort Roche. Leurs unités s'y étaient regroupées pour tenter de consolider la ligne Maginot. Les combats étaient violents, mais les renforts arrivaient. Il y avait des troupes alliées toujours coincées dans le fort. Rufus voulait y aller et les sauver, mais Charles...

Elle regarda ses pieds, l'un recouvert de nylon, l'autre toujours chaussé.

— Le brigadier dit que les traumatismes de guerre n'existent pas. Vous croyez que c'est vrai ?

— Non, répondit Archie avec ferveur. Je ne pense pas que ce soit uniquement à cause des bombardements. Certains hommes ont été témoins de trop de choses. Leurs nerfs peuvent lâcher.

— Mon Charles était major. On n'atteint pas ce rang si on est lâche, même si on est le fils d'un brigadier.

— Non, j'en suis certain.

Archie lui prit la main qu'elle avait tendue à l'aveugle entre eux.

— Qu'a dit Rufus ?

— Charles a dû... Comme vous dites, il a dû être témoin de trop de choses. Il a dû perdre son sang-froid.

— Il voulait que l'unité batte en retraite ?

— Oui. Et Rufus a insisté, ce qu'il n'avait pas le droit de faire. Il n'était que capitaine.

— Mais vous savez pourquoi il l'a fait, Rosemary ? Vous comprenez sûrement pourquoi.

— Oui, qu'il soit maudit. Quand Rufus a insisté, Charles… Oh, mon Dieu, dit-elle tout bas, au bout d'un moment. Allez-vous m'obliger à le dire ?

— Pas si vous ne le pouvez pas. Rufus me le dira un jour.

— Je n'en ai entendu qu'une petite partie. Quand le brigadier a compris ce que Rufus disait – que cela correspondait exactement à l'histoire que ce stupide petit caporal ne cessait de raconter –, il m'a attrapée et m'a poussée dans le couloir. Après cela, ils ont mis Rufus dans une pièce sécurisée, et je n'ai plus eu le droit de le voir.

— Mais... quand je suis arrivé ici, il était dans une salle. Ils ont été impitoyables avec lui quand il a eu un flash-back, mais il n'était pas enfermé.

— Le brigadier m'a dit que si je voulais faire quelque chose de vraiment utile, je pouvais aider à garder Rufus ici. Il m'a demandé si quelqu'un était susceptible de venir le chercher, et j'ai dit non, puis je me suis souvenue de vous. La manière dont vous m'avez brisée en mille morceaux à Droyton.

— Oui. Je suis désolé.

— Oh, j'ai compris. Alors j'ai prévenu le brigadier que vous étiez susceptible de venir. Il a demandé comment il vous reconnaîtrait, et j'ai répondu que ce serait évident. Il a posté quelqu'un devant une fenêtre du dernier étage pour surveiller, et ce matin, vous vous êtes présenté.

Un vicaire à moto, visible à plusieurs kilomètres de distance sur la longue route droite. Maudissant en silence son manque de subtilité, Archie serra sa main.

— Vous me dites qu'il a attendu, et…

— L'infirmière qu'il avait postée est venue frapper à la porte de nos appartements. Puis il lui a donné l'ordre de transférer Rufus hors de sa chambre et dans le service, où il ne serait qu'un héros blessé de plus, recevant l'aide du brigadier Spence dans son merveilleux nouvel hôpital. Donc vous voyez, je vous ai trahi autant que Rufus, vraiment. N'est-ce pas ?

Archie ne pouvait plus lui trouver d'excuses. La compassion lui laissait un goût amer au fond de la gorge.

— Peu importe. Pourquoi toute cette mise en scène ?

— Si vous aviez vu Rufus attaché dans une de ces pièces, vous auriez réagi, non ? Vous auriez créé des problèmes. Vous auriez fait venir des gens ici, auriez essayé de le libérer.

J'aurais mis le feu à l'hôpital.

— Oui. J'aurais agi.

— Et il est vital qu'il garde Rufus ici jusqu'à ce que M. Wilson-Grey arrive demain.

— Le chirurgien ?

— Oui. Savez-vous ce qu'est une lobotomie, révérend Thorne ?

Archie se leva d'un coup. Il avait oublié qu'il lui tenait la main. L'espace de quelques instants, il ne put la libérer et la traîna involontairement avec lui sur le sable, sur près d'un mètre. Elle se mit à genoux et le dévisagea d'un air étonné.

— Oui, je sais, déclara-t-il. Et *vous* ?

— Ça va l'aider. Il sera plus à l'aise.

— Il n'aura plus de connexion entre les lobes frontaux de son cerveau et le reste.

Il libéra sa main.

— Je sais tout sur les lobotomies. En tant que pédé honteux, je connais bien ce remède, tout comme la castration chimique. Rosemary, comment avez-vous pu ? C'est votre frère !

— Mais le brigadier ne s'attend pas à guérir Rufus de cette façon. Il veut simplement…

— Le faire taire, oui. Il sera au mieux l'ombre enfantine de lui-même, au pire, un légume. Et aucun tribunal du pays ne l'écoutera s'il essaie de parler de Fort Roche. C'est le but, je suppose.

La voix d'Archie se brisa. Rufus, avec son intelligence brillante, son sourire timide, la joie dans ses yeux lorsqu'il s'était réveillé pour la première fois dans la chambre mansardée à côté d'Archie ce matin-là...

— Je ne le permettrai pas. Cela ne peut pas être légal. Je vais appeler la police, et…

— Rufus est détenu pour sa propre sécurité. Ils ne seront d'aucune aide.

— Alors *vous* le serez.

Il la remit debout.

— Vous le voulez, n'est-ce pas ? Je peux le voir dans vos yeux Vous n'avez simplement pas encore assez peur.

— Je ne sais pas de quoi vous parlez.

— Vous êtes dans une position malheureuse, Rosemary. Le brigadier vous tuera si vous aidez à sauver votre frère, et je vous tuerai si vous ne le faites pas. Choisissez.

— Vous ne me ferez jamais de mal.

Quelque chose dans l'expression d'Archie la fit tressaillir et déglutir.

— Très bien. Oui, j'ai décidé de le faire, dès que je vous ai vu au bord de l'eau.

— Je sais que vous brûleriez des ponts en faisant ça. Je vous aiderai à en construire de nouveaux.

— Il est si fier de ses serrures électroniques. Il est stupide. On peut dissimuler une clé à une femme en colère, mais on ne peut pas toujours l'empêcher de regarder par-dessus son épaule. La combinaison pour l'aile sécurisée est deux-cinq-zéro-cinq. Il change parfois les autres, mais pas celle-là, c'est l'anniversaire de Charles.

— Deux-cinq-zéro-cinq.

Archie grava les chiffres dans son cœur, plus profondément qu'il n'avait jamais gravé un verset lors de ses études bibliques.

— Très bien. Quelle est la chambre de Rufus ?

— Je ne sais pas. Personne n'est autorisé dans cette partie de l'hôpital à part le personnel. Si vous voulez tenter quoi que ce soit, vous devrez attendre la nuit et je… J'ai demandé aux aides-soignants de laisser une lumière allumée dans sa chambre pendant la nuit. Ça l'aidait quand il faisait de mauvais rêves quand il était enfant.

— Ça me permettra de le voir de l'extérieur.

— S'ils le font. Et le service est au deuxième étage, avec des fenêtres trop hautes pour faire sortir quelqu'un.

— Laissez-moi m'occuper de tout ça. Il y a une porte arrière pour les livraisons, elle s'ouvre aussi avec une combinaison ?

— Non, ils n'ont pas encore fini les travaux là-bas. C'est une serrure Yale temporaire. Même si vous passez par-là, je ne sais pas comment vous allez le déplacer. Il sera sous sédatif et le brigadier a continué l'ECT après qu'il a commencé à parler, peut-être pour l'interrompre.

Elle s'essuya les yeux.

— Un petit choc peut aider les gens. Plusieurs peuvent les rendre extrêmement…

— Influençables.

— Oui. Je suis surprise qu'il n'ait pas essayé avec moi.

— Il n'en avait pas vraiment besoin, pas vrai ?

— Oh, mon Dieu, dit-elle en sanglotant.

Il boutonna rapidement le manteau qu'elle portait.

— Je suis désolé. Écoutez, tout ce que vous avez à faire, c'est de partir d'ici. Voulez-vous enlever votre autre chaussure, ou préférez-vous que j'aille chercher celle que vous avez jetée ?

— Pourquoi ?

— Parce que vous devez être capable de marcher jusqu'à la voiture.

Elle ôta la chaussure qui lui restait et se tint devant lui avec juste ses bas noirs. La manière dont elle levait le menton, l'air déterminé, lui rappelait si douloureusement Rufus que son cœur se serra.

— C'est un beau geste, dit-il doucement, mais n'en aurez-vous pas besoin ? Dans les stations-service, ou…

— J'en ai d'autres dans la voiture. Je les ai achetées parce qu'il aime que ses putes portent des talons hauts.

— Dieu tout puissant. Des jours meilleurs nous attendent, Rosemary, je le jure.

Il l'observa, remarquant tardivement qu'elle était en deuil de la tête aux pieds. Même les épingles qui retenaient ses cheveux étaient ornées de perles de jais. Elle n'arborait pas autant de noir lorsqu'il l'avait rencontrée à Droyton. Il récupéra son chapeau et le lui rendit, en secouant la voilette pour en chasser le sable.

— Êtes-vous habillée comme ça pour votre bébé, ou...

— Oui. Mais également pour Charles.

Elle regarda Archie en face, les larmes aux yeux, mais soudain, elle sembla sereine.

— Ne pensez-vous pas qu'il est temps que je pleure mon mari ?

CHAPITRE 5

Si trois kilomètres lui avaient semblé être trop éloignés, Archie devait à présent se rendre encore plus loin. Le village de Colditch était trop petit pour répondre à ses besoins, alors il conduisit sa Norton fatiguée à travers les marais jusqu'à Flincham, qui, non seulement disposait d'un entrepôt de surplus de l'armée, mais aussi d'une quincaillerie.

Au premier, il acheta deux maillots kaki avec des insignes, deux casquettes en laine et une paire de cabans foncés. Les vêtements avaient beau être bon marché, il se serait quand même ruiné s'il n'avait pas pris le salaire de Rufus pour Droyton avec lui. Il était certain que son ami approuverait cette dépense. De retour à la moto dissimulée dans une petite rue, il enfila l'une des vestes – il avait eu froid en roulant avec rien que sa chemise sur le dos – et glissa l'autre, ainsi que les casquettes et les maillots, dans la sacoche.

Délesté de son col romain et de sa tenue de pasteur, il ressemblait aux dizaines d'hommes ordinaires qui déambulaient dans la rue principale. Le vendeur de la quincaillerie ne sourcilla même pas lorsqu'il posa une torche et des pinces coupantes sur le comptoir, ainsi qu'une petite plaque de métal servant à accrocher un tableau ou un miroir. Il était presque déçu de ne pas avoir à utiliser l'histoire qu'il avait concoctée en route, à propos de son patron de chantier qui s'était enfermé hors de l'enceinte. Mais le sentiment de liberté était enivrant. Depuis son ordination, il avait été un homme vers qui les yeux se tournaient. Il n'avait plus qu'à ramasser ses affaires, faire un signe de tête amical à l'employé et partir. S'il ne ressemblait plus à un vicaire, il ne ressemblait pas non plus à un cambrioleur.

Ce qui était très pratique. Sur le chemin du retour, il fit une halte par le marchand de journaux pour acheter la dernière édition du *Nursing Times*, qu'il enroula et rangea avec les cutters et la lampe de poche, dans les sacoches. Il fit le plein du réservoir de la Norton et de son dangereux jerrican à la station-service située à la périphérie de la ville, puis reprit le chemin du retour.

Cette fois-ci, il choisit un autre itinéraire, prenant des chemins de traverse accidentés et parsemés de nids-de-poule plutôt que de longer la route côtière. Il dut tout de même y passer en approchant de Colditch, mais sur une courte distance, et il se trouvait encore loin de l'hôpital. Il ne croisa personne et fut content d'avoir fait l'aller-retour sans se faire remarquer.

Car Archie n'aurait droit qu'à une chance. Il en était conscient. Le Brigadier Spence était prêt à détruire Rufus afin de préserver le secret de Charles. Spence et Winborn avaient tous deux refermé un filet autour de Rufus qu'Archie n'aurait qu'une seule chance de déchirer. Billy Prescott dirait la vérité assez facilement, mais le mensonge avait donné à Spence l'excuse dont il avait besoin pour garder Rufus captif jusqu'à ce qu'il soit trop tard. Les couches de naïveté et d'apathie tombaient d'Archie telles des peaux mortes. Il ne pouvait pas compter sur les institutions de son pays pour que justice soit rendue, pas plus qu'il ne pourrait demander à ce que lui et ses semblables soient protégés. Il devrait vivre sa vie dans la clandestinité, en déjouant les pièges des conventions. Il avait essayé de se rattraper avec bienveillance auprès de ceux qui, autour de lui, avaient été exclus de la société, mais cela n'avait jamais suffi. Il s'était caché, et Rufus lui avait été enlevé. Il devait désormais se battre.

Il laissa la moto à l'abri d'une dune au nord de l'hôpital, la faisant rouler aussi loin qu'il le put dans une allée d'ajoncs avant de l'éteindre. Il arracha une branche et s'en servit comme balai, ôtant les traces de pneus jusqu'à la route. Il voulait laisser Spence croire qu'il avait abandonné et qu'il était parti, que Rufus n'était pas protégé.

En montant au sommet des dunes, il se permit de réfléchir pour la première fois à ce que cela signifiait. Rufus seul, attaché dans une des cellules que Spence réservait aux cas extrêmes. Coupé du monde, même des souvenirs abîmés qu'on lui avait laissés, effrayé, brûlé et abandonné.

— Non, chuchota Archie, la frustration montant en lui.

Il s'arrêta avant de percevoir l'horizon. Comment était-il censé attendre la tombée de la nuit ?

Une forte grêle s'abattit sur lui depuis la mer, ce qui mit un frein à son impatience, comme si, peut-être à Droyton, Drusilla avait convoqué les éléments pour l'avertir. Il avait fait du chemin. Il s'accroupit derrière le rebord de la dune creusée par le vent, et remonta le col de sa veste. Les longues tiges d'ammophiles qui poussaient sur le sol sablonneux offraient une sorte d'abri. Il s'assit, les genoux contre sa poitrine pour se réchauffer, et les efforts de ses deux derniers jours commencèrent à le rattraper. Malgré ses craintes, il s'endormit.

***

Juste avant la nuit, un livreur frappa à deux reprises à la porte de l'hôpital. Elle était constituée d'une couche d'acier gris et n'avait rien à voir avec la spacieuse façade vitrée. Il était tard pour les livraisons, mais Archie avait dû attendre que le bus de l'équipe de nuit soit arrivé et que le personnel de jour soit parti. Même maintenant, il ne pouvait compter que sur la chance, et sur l'absence d'autres accès d'entrée et de sortie. Archie pria sans foi ni honte pour avoir la chance de son côté. L'hôpital du brigadier n'était pas le genre d'endroit où l'on encourageait les tapettes à s'échapper par l'arrière.

— Bon sang, dit le livreur, sa casquette de laine enfoncée si bas sur sa tête qu'il ne fut pas étonnant qu'il trébuche en sortant. Vous deviez faire examiner cette marche, vous savez.

— Ce n'est pas mon problème, dit le portier qui était venu répondre à la porte, ôtant de ses dents les restes du sandwich qu'il avait mangé.

De l'autre main, il soupesa le magazine enroulé qu'Archie lui avait donné contre signature.

— C'est ce que les Yankees appellent du courrier indésirable, vous savez. Il n'y a même pas de nom dessus. Pas besoin de le faire livrer par coursier, encore moins de demander une signature.

— Ce n'est pas mon problème. C'est une nuit affreuse, pas vrai ?

Le portier jeta un coup d'œil par-dessus son épaule et répondit par un grognement d'assentiment. La grêle commençait à rebondir sur le revêtement inachevé de la cour.

— La tempête a duré toute la journée. Son Altesse regrettera d'avoir interrompu les travaux sur le toit. Mais bon…

— Ce n'est pas votre problème, hein ?

— Exactement, mon pote.

La porte en acier claqua. Archie jeta un coup d'œil en arrière en se dirigeant vers la moto. La plaque métallique qu'il avait réussi à caler contre la dent de la serrure Yale était toujours en place, une de ses extrémités dépassant suffisamment pour être saisie de l'extérieur. C'était visible, et la plaque tomberait dès que la porte s'ouvrirait, mais il n'y avait aucun moyen d'y remédier. Il grimpa sur la Norton, fit demi-tour et repartit avec toute la désinvolture liée à son rôle. Si l'un des espions du brigadier était de garde, tout ce qu'il verrait serait une personne anonyme qui s'éloignait sous la tempête.

Une belle nuit crasseuse pour organiser une évasion. Archie tourna au premier virage et ralentit à côté d'une grange en ruine. La ferme dont elle faisait partie était abandonnée depuis longtemps, mais elle disposait d'un énorme avantage : un appentis au toit ondulé, à peine visible depuis la route. Avec soulagement, Archie fit rouler la moto dans son abri envahi de toiles d'araignées, éteignit le moteur et descendit.

Il avait toujours aimé les soirées de mai. Même par mauvais temps, la lumière persistante du ciel le réjouissait, rappelant des portes ouvertes, l'expansion du train-train de la vie quotidienne dans les vastes plateaux ensoleillés de Churchill. Il n'avait souhaité qu'une seule fois que l'obscurité s'abatte sur les jours aussi longs : alors qu'il était assis à la table à manger dans la maison de Winborn, durant les semaines qui avaient suivi la mort de Richard, la mâchoire serrée pour contenir le chagrin dévastateur qu'il lui avait été interdit d'exprimer.

À cette époque, et ce soir. Il descendit la béquille de la Norton et s'appuya doucement contre elle, fixant la permanente lumière froide. C'était dans ce genre de moment – avec la pluie qui crépitait sur le toit d'un hangar, une fois ses tâches accomplies, les mains oisives – qu'il aurait aimé une cigarette.

Il n'en voulait toujours pas. Ce manque lui manquait presque, ce qui était absurde. Si cela continuait, il devrait trouver une autre mauvaise habitude. S'il n'était plus vicaire, il supposait qu'il disposerait d'un plus large choix.

Tout ce qu'il voulait, c'était Rufus. En termes de mauvaises habitudes, celle-ci lui suffirait toute sa vie : coucher avec cet homme comme avec une femme, dans une dépravation heureuse. Il savait que Rufus avait raison avec ses avertissements, son expérience durement acquise par sa vie d'homme homosexuel. Archie, lui, n'en avait aucune idée. Il était entré dans le placard que Winborn avait façonné pour lui et n'en était jamais sorti. Il devrait le découvrir. Rufus et lui auraient à naviguer dans un monde hostile, jour après jour, pour le reste de leur vie.

Il donnerait n'importe quoi pour en avoir l'occasion. Il ne pouvait pas voir l'hôpital d'ici, mais il croisa les bras sur sa poitrine, baissa la tête et pria pour que la pluie qui frappait la tôle ondulée au-dessus de sa tête imprime son message sur la fenêtre de la chambre solitaire de son amant. *Patience et espoir, et peu de temps à tenir bon désormais, cher Rufus. Il ne nous reste plus qu'à attendre la nuit.*

***

La clôture du brigadier était faite de grillage. Elle allait sûrement être remplacée par un matériau plus solide, mais pour l'instant, elle avait été conçue pour empêcher des enfants malicieux de pénétrer sur le chantier, et non pour déjouer une tentative déterminée d'effraction. Archie avait choisi son point d'entrée avec soin, derrière un tas de décombres dans le coin le plus éloigné de la cour. Il avait prévu de faire sortir Rufus de la même manière, en couvrant le moins de terrain possible.

Son manteau devenait lourd à mesure que le tissu absorbait la pluie. Le vent s'était levé à l'est, alors que la nuit tombait. Il travailla aussi vite qu'il le put, coupant un hexagone de fil puis un autre, le vent essayant d'arracher toutes les mailles. Heureusement que les sacoches de la moto étaient imperméables : il en avait pris une comme fourre-tout, l'avait passée autour de son épaule et remplie de vêtements. Ne s'arrêtant que pour repousser les cheveux mouillés tombant sur son front afin de mieux voir, il découpa soigneusement un morceau de clôture suffisant pour pouvoir s'y glisser.

Aucune fenêtre ne surplombait cet endroit. Et Rosemary n'avait pas fait appel aux aides-soignants en vain : il avait compté, en rampant le long de la clôture qui délimitait les dunes balayées par le vent, six vitres sombres à l'extrémité sud du bâtiment avant la septième, qui brillait faiblement de l'intérieur. Soit six portes à l'intérieur, une fois qu'il y serait. Retenant son souffle, Archie se faufila à travers la brèche et courut à travers les ombres de la cour.

Son morceau de métal était encore bien coincé. Il retint une nouvelle fois son souffle jusqu'à ce qu'il ait passé ses doigts suffisamment loin derrière la plaque pour repousser la serrure Yale, puis laissa échapper un soupir de soulagement. La porte bougea. Deux centimètres, puis quatre. Il glissa une main à l'intérieur, suivie de son bras, puis de son épaule. Il avança dans l'espace sombre qui se trouvait au-delà et referma la porte derrière lui.

Tout n'était que silence, excepté pour les gouttes qui tombaient de ses vêtements et s'écrasaient sur le lino. En découvrant la pièce, il comprit qu'il s'agissait d'une sorte de conciergerie, et avait eu raison de penser qu'elle ne serait utilisée que durant la journée. Il sortit sa torche de sa poche intérieure et l'alluma avec prudence.

Il n'y avait qu'une porte, juste en face de lui. Si le système de sécurité du brigadier commençait ici, il était foutu. Mais comme l'avait dit Rosie, cette partie du bâtiment était la plus récente et, bien qu'un clavier brille sur le mur près du cadre, la poignée s'abaissa facilement lorsqu'il la saisit.

L'espace d'un instant, il fut soulagé de ne plus se trouver dans la nuit fouettée par la grêle. Le couloir au-delà de la loge était chauffé et silencieux, et Archie devina que, à l'image de la réception vide, cette partie de l'hôpital attendait d'être inspectée. La moquette était épaisse, les murs fraîchement peints d'un ivoire apaisant.

Quelques plantes d'intérieur, qui regardaient avec étonnement les mensonges qu'on leur avait demandé de soutenir, garnissaient d'élégants pots entre des bancs joliment rembourrés. C'était là que les malades du brigadier traités avec succès venaient jouer aux échecs et lire leurs journaux, tandis que les autres – les cas désespérés, les mal-aimés, les malheureux simples d'esprit – étaient dissimulés derrière des murs insonorisés, pour ne déranger personne. *Je vais vous faire fermer,* pensa Archie, en rangeant sa torche. S'il avait eu une bombe de peinture, il aurait placardé le message sur les murs ivoire.

En fait, il n'osait même pas laisser de traces de pas humides derrière lui. Il délaça ses chaussures, les ôta et les attacha à la bandoulière de son sac à dos pour garder les deux mains libres. Le couloir était vide. Il le remonta en chaussettes. La porte du fond s'ouvrit facilement à son contact, et il se retrouva au pied d'une cage d'escalier très éclairée qui ne pouvait que mener à l'aile sécurisée à l'étage supérieur.

Il avait espéré s'introduire dans le bâtiment après la dernière ronde de nuit. C'était pratiquement le cas, mais pas tout à fait : un cadenas s'enclencha au-dessus de lui et des pas rapides descendant les marches se firent entendre. Archie jeta un regard paniqué autour de lui. Il n'y avait nulle part où se cacher, sauf sous les escaliers, ouverts des deux côtés et douloureusement exposés pour quiconque montait ou descendait...

Il n'avait pas le choix. Se sentant ridicule, comme un enfant sur le point de perdre une partie de cache-cache, il se glissa dans l'espace restreint, se tassant le plus possible contre le mur. Il reconnut l'aide-soignant qui apparut un instant plus tard, portant un plateau chargé de pots de médicaments vides. S'ils venaient à se battre, Archie en serait presque désolé, ayant déjà renversé ce type une fois auparavant, mais c'était la seule issue. En silence, il s'apprêta à bondir.

Arrivé en bas de l'escalier, alors que son regard aurait dû se tourner vers Archie, l'aide-soignant leva la tête. Une énorme rafale de vent secoua l'hôpital. Sur le toit, un cliquetis se fit entendre, comme si un morceau de la toiture était tombé. L'aide-soignant secoua la tête avec inquiétude, équilibra son plateau d'une main et sortit dans le couloir.

L'une des neuf vies d'Archie venait de disparaître. Il se remit debout et monta les escaliers en courant avant de devoir une nouvelle fois tenter le sort. Devant lui se trouvait le genre de porte que les dignitaires en visite ne verraient probablement jamais : en acier, avec seulement une fente à hauteur des yeux, composée d'un épais vitrage. Une porte de prison, digne d'un asile de fous victorien, puant la captivité et la menace. Verrouillée à l'aide d'un code représentant la date d'anniversaire d'un soldat mort, enregistrée par son père fou dans une serrure à combinaison. En grinçant des dents sous l'espoir que Rosie ait eu raison à propos de l'obsession du vieux, Archie tapa les quatre chiffres sur le clavier fixé au mur.

Derrière la plaque métallique, un mécanisme s'enclencha. Un profond bourdonnement électrique se fit entendre, mais impossible à arrêter. Comme Macbeth, Archie était arrivé à un point de son voyage où il était plus logique de continuer à avancer que de revenir en arrière, même s'il espérait qu'il y aurait moins de sang. Il saisit la poignée de la porte et l'ouvrit en grand.

Oui, c'était bien là. Il était entré par le nord, mais ce n'était pas un problème. Il pouvait voir jusqu'au bout du couloir, et tout ce qu'il avait à faire était de compter six portes anonymes.

— Rufus, chuchota-t-il, en commençant à courir, s'arrêtant devant la septième.

Il l'avait fait. Il y était.

Six portes *verrouillées*. Archie fixa bêtement le rectangle de bois devant lui. Il essaya la poignée, juste au cas où quelqu'un dans cet hôpital aurait été tout aussi idiot que lui et n'aurait pas pensé à tourner la clé.

Évidemment que non. Archie recula d'un pas, puis de deux, puis soudain, s'avachit contre le mur du couloir. Il n'avait rien mangé depuis que les sandwiches de Mme Nettles avaient été digérés. Dans l'excitation de planifier et d'exécuter sa mission de sauvetage, il n'avait pas remarqué sa faim ou sa lassitude. À eux deux, Rosie et lui avaient tout couvert : la clôture, la loge du gardien, les codes d'entrée, le timing.

Mais pas cette dernière foutue porte verrouillée. Il frappa sa main sur son front de frustration. Comme si le brigadier allait laisser les chambres de ses victimes ouvertes, afin que leurs occupants puissent errer à leur guise dans le couloir ! La gorge d'Archie fut nouée par des lames de douleur qui semblaient plonger en lui, mais il s'interdit de se laisser aller. Il devait réfléchir.

Il pouvait essayer d'enfoncer la porte, bien qu'elle ait l'air robuste, et le bruit allait inévitablement déclencher l'alarme. Comment diable avait-il pu être aussi stupide ? Sa trahison avait été totale, pire encore que celle de Winborn. Winborn n'aimait pas Rufus, et cela aurait pu l'excuser d'avoir tout fait foirer à la dernière minute comme Archie venait de le faire.

Peut-être que défoncer la porte était la meilleure chose à faire, après tout. Archie aurait au moins eu la satisfaction de ne pas abandonner sans se battre. Rufus, s'il était conscient, aurait été réconforté de savoir que quelqu'un était venu ici et s'était battu pour lui jusqu'au bout. Archie commença à se redresser et grimaça en sentant un objet pointu contre sa cuisse.

Il sortit un court tube de métal de la poche de son pantalon. Il lui fallut un moment pour reconnaître l'objet, et il ne put réprimer un rire lorsque ce fut le cas. Ce n'était ni plus ni moins que la clé magique de Jebediah Trigg, confisquée dans l'église de Droyton. Archie avait alors dit que c'était absurde. Et c'était certainement le cas, un gadget destiné à voler aux petits garçons leurs six pence durement gagnés. Qu'est-ce que Jebediah avait dit ? Qu'elle pouvait ouvrir n'importe quelle serrure, en pressant le tube jusqu'à ce qu'il s'emboîte, et en faisant pivoter les ressorts dans le bon angle...

Cela valait le coup d'essayer. Archie s'accroupit devant la septième porte. Le vent hurlait à nouveau, et il aurait juré avoir entendu le rire de Drusilla. C'était grotesque : un vicaire défroqué à genoux dans un asile de fous, essayant d'ouvrir une porte avec une clé magique... La serrure était assez large. Il enfonça le tube suffisamment loin pour qu'il s'adapte au trou, et facilite l'entrée de la clé. Il put sentir une résistance lorsque la serrure s'enclencha à droite. Très bien, Jebediah – il devrait donc tourner la clé dans cette direction.

Le pêne s'enclencha. Archie fit tourner la clé, et la serrure s'ouvrit, ronronnant comme un chaton.

CHAPITRE 6

Quelqu'un avait jugé bon d'attacher Rufus. Archie ne ralentit pas, ne battit pas des paupières, mais il se jura tout de même de retrouver celui qui avait serré les épaisses bandes de cuir qui maintenaient les poignets fins au cadre du lit, et avait écarté ses pauvres pieds nus tel un oiseau sans défense pour immobiliser également ses chevilles. Une courroie autour de sa poitrine achevait le tableau, comme si être attaché par les mains et les pieds ne suffisait pas.

Rufus n'avait pas conscience de ce traitement indigne, mais sa peau était rugueuse autour de ses liens, comme s'il avait lutté jusqu'à ce qu'il soit terrassé par les sédatifs. Son épaule était osseuse et fragile sous le mince pyjama d'hôpital. Archie le secoua doucement.

— Rufus, mon vieux. Allez, viens. Tu peux te réveiller ?

Aucun changement sur le visage endormi, tourné de côté sur l'oreiller. Archie se mit à détacher les sangles. Ce n'étaient que de simples boucles, Dieu merci, faciles à défaire par n'importe qui, mais impossibles à enlever pour l'homme sur le lit. Il s'arrêta un moment pour frotter les chevilles de Rufus et tenter de rétablir la circulation sanguine de ses pieds bleuis. Il n'avait pas d'hématomes, mais il avait perdu du poids depuis la dernière fois qu'Archie l'avait vu à Droyton. Le porter serait sacrément délicat, comme un sac de farine sur l'épaule, mais si le pire devait arriver...

— Rufus ! Réveille-toi. C'est Archie. On rentre à la maison.

Rien. Archie s'assit sur le bord du lit pour reprendre des forces. Avant tout autre chose, il devait habiller Rufus plus chaudement. L'orage grondait dehors désormais, prêt à réveiller les…

À réveiller les morts. Archie glissa une main dans la poche de son manteau. Par habitude, il avait transféré tout le contenu de son ancienne veste dans celle-ci : couteau suisse, portefeuille, boîte d'allumettes. Le petit sac d'herbes nauséabondes de Drusilla. Il le sortit, clignant des yeux face à l'odeur piquante qui se répandit dans la pièce.

Il avait bien trouvé une clé magique dans une poche. Cela valait la peine d'essayer. Il posa une main sous la nuque de Rufus, lui releva légèrement la tête et tint le paquet ouvert sous son nez.

Pas de réaction. Archie se sentit stupide d'avoir essayé.

— Désolé, murmura-t-il, en le calant à nouveau sur l'oreiller. On va y aller, mais je vais devoir te porter. On doit d'abord t'habiller. Tiens bon.

Il se pencha pour détacher la sacoche, où il avait rangé la veste et le pull supplémentaires. Il aurait dû penser au pantalon, mais tant pis. Et puis il y avait le problème des chaussures...

— Oh, bon sang, maugréa-t-il en sortant les vêtements.

Il devrait planifier sa prochaine évasion de manière plus étudiée. Au moins, il pourrait fournir des chaussettes à Rufus, s'il enlevait les siennes. Il commença à les ôter.

Rufus se redressa brusquement sur le lit. Archie fit un bond effrayé. Il se retint contre le mur puis se retourna, les yeux écarquillés, le cœur battant.

— Mon Dieu. Tu es réveillé !

— Bien sûr que je suis réveillé.

Rufus toussa, se frotta les yeux.

— Où suis-je ? Attends, je me souviens. Je me souviens de tout.

Archie osait à peine espérer.

— Tu te souviens ?

— De tout, oui. Je me souviens de Fort Roche, de tout ce qui s'y est passé. Je me souviens… d'avoir été perdu dans le noir dans ma propre tête, et d'être allé à Droyton, et…

Il jeta ses jambes hors du lit, en regardant Archie avec intensité.

— Et *toi.* Toi, me trouvant. Apportant la lumière. Oh, mon Dieu. *Archie* !

Il se leva et s'élança dans la pièce. Archie l'attrapa : il le prit dans ses bras avant qu'il ne prenne conscience de sa faiblesse et son épuisement, et le tira contre lui.

— Je suis là. Tu te souviens de moi ?

— Comment pourrais-je oublier ?

Ses mains étaient agrippées à la veste d'Archie. Il y enfouit son visage pendant un long moment, puis releva la tête.

— Que fais-tu ici ? Il faut qu'on sorte.

— C'est ce que j'essaie de faire.

Archie ne pouvait ôter le sourire radieux visible sur ses lèvres et perceptible dans sa voix. Les pans de sa vie qui avaient disparu dans l'amnésie de Rufus étaient en train d'être restaurés. C'était presque douloureux, comme la contraction d'un muscle lors d'une crampe.

— Je t'ai apporté des vêtements. Tu dois t'habiller, et ensuite nous sortirons par où je suis entré, aussi vite que possible.

— Tu es venu me sauver.

— Essayer. Dépêche-toi, Rufus !

Il n'eut pas besoin de le dire deux fois. Rufus se libéra de l'étreinte d'Archie, attrapa le pull et l'enfila par-dessus son pyjama, puis passa la veste autour de ses épaules pour l'enfiler. Ses mouvements étaient rapides et féroces, comme s'ils provenaient d'une force extérieure qui n'avait rien à voir avec sa propre volonté.

— Je me souviens de *tout*, dit-il, alors qu'Archie tenait la veste pour l'aider. Mon Dieu, Fort Roche, et Charles, et ce qu'il a fait. Et Droyton, et la déesse, et les tunnels sous l'église, et...

Il se retourna soudainement pour faire face à Archie.

— As-tu envoyé mon rapport ?

— Je l'ai remis à Caroline.

— Tu l'as vue ? A-t-elle dit qu'elle le lirait ? Ah, j'ai oublié d'inclure mes déductions concernant les peintures murales. Tout est si clair pour moi désormais : un chiffre indique Droyton Magna, le labyrinthe au sommet de la colline, et l'autre indique les tunnels. Comme ci-dessus, donc ci-dessous comme dit la géométrie sacrée. Macrocosme et microcosme.

Il chercha le regard d'Archie, ses yeux brillant d'un feu sauvage.

— Tout est si *clair* pour moi. Merde !

— Ne t'inquiète pas de ça maintenant. Seigneur, c'est la dernière fois que j'utilise une des potions de Drusilla sur toi.

— Une quoi ? Écoute, nous devons trouver le caporal Berry. Il est à l'hôpital de Farley Cross, probablement plus drogué et plus grillé que moi. Chaque mot qu'il a dit était vrai.

— Nous le trouverons, je te le promets.

— Merci. Tu es venu me *sauver* !

Il attrapa le pull d'Archie et le tira vers lui pour l'embrasser férocement. Puis il le lâcha, et soudain, tous deux se mirent en action.

— La porte de cette aile est verrouillée par un code. Comment allons-nous sortir ?

— De la même façon que je suis entré. Je connais le code.

— Comment...

— C'est une longue histoire, mais tu l'apprécieras quand je te la raconterai. Pour l'instant, il suffit de mettre ces chaussettes. Elles protégeront un peu tes pieds.

— Oh, Archie. Jusqu'où as-tu voyagé avec ça ?

— Ne sois pas si insolent.

Archie le poussa légèrement pour le faire asseoir, puis s'agenouilla à ses pieds.

— Voilà. Pied.

Rufus se raidit.

— On n'a pas le temps.

— Quoi ?

— Je viens d'entendre la porte du bas s'ouvrir. Les rondes sont terminées pour ce soir.

— Alors la fête est finie, dit sinistrement Archie.

À travers le fracas de la tempête, il commença à entendre des bruits de pas. Plus d'une paire, en train de courir.

— Merde. Tu restes ici. Je ne les laisserai pas t'approcher.

Archie s'élança vers la porte. Il n'avait aucun plan face à la tournure que venaient de prendre les événements : seulement sa détermination absolue à défendre Rufus ou à mourir en essayant. Il sortit dans le couloir.

— Bonsoir, messieurs, dit-il gentiment aux quatre silhouettes imposantes qui s'avançaient vers lui – les troupes de choc du brigadier, devinait-il, qui même en uniforme, avaient l'air de voyous. Je serais vous, je n'irais pas plus loin.

Le premier officier s'arrêta net, comme si Archie avait pointé une arme sur lui. Cela ne dura pas longtemps.

— Hors de mon chemin, grogna-t-il, demandant aux hommes derrière lui d'entrer dans la pièce.

— Vous vous croyez malin, n'est-ce pas ? Vous avez laissé la cale dans la serrure dans la loge du concierge.

Archie grimaça. C'était vrai. Il se déplaça pour bloquer la porte.

— Au contraire, je crois que je suis idiot… Mais vous arrivez trop tard, Denby est parti.

— Foutaises. Il n'y a pas d'issue…

La porte s'ouvrit en grand. Avant qu'Archie ne puisse réagir, Rufus s'était glissé sous son bras et avait plongé de l'autre côté du couloir.

— Oh, c'est ce que vous pensez ? cria-t-il, se tournant vers les aides-soignants stupéfaits.

Ses cheveux coupés étaient hérissés, ses yeux en feu. Avec son pyjama d'hôpital et son manteau surdimensionné, il offrait un curieux spectacle. Il s'empara de l'extincteur qu'il détacha de son socle et pointa la lance en direction de l'ennemi.

— Qu'est-ce que vous pensez de ça, bande de salauds ?

Il tira la goupille de sécurité. De la mousse jaillit, projetant un arc blanc dans le couloir. Les hommes du brigadier reculèrent par réflexe, et Archie profita de cet instant pour sortir la clé de la serrure. Il saisit Rufus, l'extincteur et le reste, les repoussa dans la pièce et claqua la porte derrière eux.

— Tiens-la fermée ! ordonna-t-il, et, pendant que Rufus coinçait son épaule contre le bois, il verrouilla de l'intérieur.

— Voilà. Je n'arrive pas à croire que ce truc fonctionne.

— Qu'est-ce que c'est ?

— La clé magique de Jebediah. Ne pose pas de question.

Il se redressa en tremblant, ôtant la mousse de sa veste. La porte résonna sous le premier impact d'un coup de pied.

— Nous avons gagné une minute, tout au plus. Et maintenant ?

— Tu crois qu'il n'y a pas d'issue non plus, n'est-ce pas ?

Archie jeta un coup d'œil à la fenêtre étroite de la pièce, un long et mince rectangle à un mètre cinquante du sol.

— On dirait bien que c'est le cas.

— C'est là que tu te trompes, bon sang.

Rufus souleva de nouveau l'extincteur.

— Cet endroit est construit avec de la merde et de la sciure de bois. Recule et protège tes yeux.

— Quoi ? Tu ne peux pas…

Mais Rufus, réveillé d'entre les morts, n'était pas d'humeur à entendre ce qu'il ne pouvait pas faire. Il poussa une sorte de rugissement, prit l'extincteur par la poignée et le tint comme un lanceur de poids visant l'or olympique. La vitre se brisa, et une nuée d'étoiles de verre scintillèrent avant de s'évanouir dans la tempête. Il laissa le rebond alimenter son effort suivant comme un lance-pierre, cette fois en dirigeant l'extincteur contre la base du cadre. Il se déforma sous le coup. Les deux extrémités furent arrachées du mur, les boulons et les vis volèrent.

Archie vit leur chance. Il s'empara du bord supérieur du cadre, désormais desserré. Il avait été fabriqué avec le nouvel aluminium qui était censé faire du bois un matériau dépassé, et il se plia et se tordit lorsque Rufus tira.

— Frappe le mur à cet endroit. C'est ça ! Encore une fois.

Le cadre avait été scellé dans du ciment. Archie arracha les bandes de métal, et Rufus suivit avec son bélier, pulvérisant le mortier. Le bruit sourd à la porte devint plus pressant, mais aucun des deux n'y prêta attention. Le dernier élément du cadre tomba. Rufus lâcha l'extincteur, soudain épuisé, et Archie prit le relais, faisant claquer la base de l'extincteur contre le mur en ruine, en haut et en bas jusqu'à ce qu'il y ait assez de place pour qu'un homme puisse passer.

— Voilà, dit-il en haletant.

Il jeta l'extincteur et se pencha, formant une courte échelle de ses mains.

— Sors. Je vais te donner un coup de main.

— Non. On doit faire l'inverse, Archie. Je suis plus léger, je peux grimper tout seul.

Ça ne plaisait pas à Archie. Mais le temps leur manquait, et les choix s'amenuisèrent lorsque la porte commença à trembler et à se fendre sous l'assaut de l'extérieur.

— Tu es sûr ?

— Oui ! Dépêche-toi.

— Es-tu assez fort ?

— Pour l'instant. Je ne pense pas que ce soit réel, mais pour l'instant je me sens comme Captain Marvel. Profites-en.

Archie obéit. Il saisit fermement le bord inférieur de la fenêtre et mit son pied dans la prise offerte par Rufus. Ce dernier lui donna une impulsion d'une puissance inattendue, et il échoua sur les briques démolies. Il n'avait pas pensé à vérifier s'il y avait une corniche à l'extérieur mais il la trouva, soulagé, lorsqu'il tendit les jambes. Aussitôt, le vent essaya de le faire tomber de son perchoir fragile.

— À toi maintenant ! ordonna-t-il, en tendant les deux bras vers l'intérieur. Et pour l'amour de Dieu, sois prudent. Il fait un temps à décorner les bœufs.

— Ils arrivent. Tu devrais sauter tant que tu le peux encore.

— Pas sans toi, répondit Archie, agrippant le pull de Rufus. Jamais sans toi. Allez !

La porte s'ouvrit. Rufus bondit tel un chat. Archie l'attrapa par le col de sa veste et le bas de son pyjama et le tira dehors, dans la nuit. Ils n'eurent pas l'occasion de se poser de questions au sujet du saut : leurs poids combinés sur le rebord brisa l'ardoise sur laquelle ils avaient atterri, et ils tombèrent dans l'obscurité.

***

Archie fut le premier à sentir le vent souffler dans ses poumons. Il se leva du goudron humide sur lequel il s'était effondré, hissant Rufus par réflexe.

— Tu peux marcher ?

Rufus secoua la tête.

— Mais je peux… courir par contre, siffla-t-il au bout d'un moment.

Il se retourna avec crainte vers la fenêtre, où se trouvaient quatre horribles têtes enragées.

— Il faut qu'on s'enfuie, Archie. Cours !

— Par ici, alors.

— Nous allons retourner vers le bâtiment principal. S'ils sortent par la porte latérale...

— Je voulais te faire sortir par là. C'est l'endroit où j'ai fait un trou dans la clôture. C'est notre seule chance, mon cher.

— Alors, pour l'amour de Dieu, saisissons-la.

Rufus joignit le geste à la parole en attrapant la main d'Archie. Il enroula ses doigts aux siens et courut.

Les lumières extérieures s'allumèrent, les éblouissant tous les deux, perçant la nuit, illuminant les hexagones blancs de la clôture de fer, les pyramides de dunes surréalistes au-delà. La pluie, poussée par le vent, se transforma en météorites, chaque goutte laissant une trace sur la rétine. Rufus continua sa course, ne montrant aucun signe de douleur en foulant le gravier avec ses pieds. Il vira vers le trou dans la clôture avant qu'Archie n'ait besoin de le lui montrer, poussant ce dernier devant lui à l'abri du tas de décombres.

— Passe, vite. Il arrive.

— De qui parles-tu ?

— Le foutu brigadier. Et il a une arme.

Archie jeta un bref coup d'œil vers l'arrière. Il écarta la clôture pour laisser Rufus plonger devant lui, et vit, tel un spectacle d'ombres chinoises cauchemardesques, la large silhouette de Spence se découper à travers la lumière de la porte ouverte de la loge. Il se tenait droit, les pieds écartés, les mains refermées autour d'un revolver.

— À terre, haleta Archie qui s'esquiva par la brèche et se jeta sur Rufus.

Ils heurtèrent le sol ensemble lorsque le premier coup de feu retentit.

— Seigneur ! Tu l'as vraiment énervé, pas vrai ?

— Tu n'as pas idée. Il préférera me tuer que me laisser partir.

— Ne lui laissons pas le choix, dans ce cas.

Le tacle d'Archie, digne d'un rugbyman, les avait projetés dans l'herbe haute et les ombres de la première dune.

— Ma moto est juste en bas de la route, à quelques centaines de mètres. Tu peux y arriver ?

— S'il ne me fait pas sauter la tête, oui.

Une fois de plus, Rufus fut le premier à s'élancer, saisissant douloureusement le bras d'Archie pour l'aider à se relever.

— Allez !

Il était plus rapide qu'Archie sur le plat. Ils longèrent l'herbe sablonneuse, en suivant la ligne des dunes pour rester à l'abri. L'air au-dessus d'eux se fendit de trois coups de feu, puis la piste brillante de la route devint visible au-delà des murs de l'hôpital. Rufus s'y dirigea, entraînant toujours Archie à sa suite.

— Est-ce que ça va ?

— La tête est toujours attachée au reste du corps. Je n'ai jamais été aussi bien.

— Je parlais de tes poumons.

Archie n'y avait pas pensé. Il aurait déjà dû être en train de se débattre, de se sentir handicapé. Chaque fois qu'il respirait l'air humide de la nuit, ses membres s'enflammaient et vivaient.

— Je vais bien. N'est-ce pas surprenant ?

— C'est la forteresse changeante.

— Quoi ?

— Peu importe. J'entends les moteurs.

Archie aussi. Des phares s'allumèrent dans l'allée de l'hôpital. Il pointa le doigt vers la brèche dans la haie au-delà de la grange.

— Là, dans la remise sous ces arbres.

Il avait laissé sa sacoche vide sur le sol de la cellule de Rufus, mais avait gardé la torche. En la sortant de sa poche intérieure, il dirigea le faisceau vers la moto, et Rufus et lui couvrirent les derniers mètres dans une gerbe de boue.

— Grimpe derrière moi.

— Y a-t-il une chance qu'ils ne nous aient pas vus nous diriger ici ?

— Peut-être, mais je ne peux pas prendre de risque. Je vais devoir rouler comme si j'avais le diable aux trousses. Tu peux t'accrocher ?

— Essaye donc de te débarrasser de moi.

La Norton rugit en reprenant vie. Archie ôta la béquille, souriant sous l'étreinte passionnée de Rufus. Plus ils étaient proches, mieux c'était : ils formaient une seule entité sur la moto, un seul poids, une seule masse, et elle les porterait dans les virages, quel que soit l'angle fou que la route exigerait…

Il démarra en trombe. Archie fit vrombir le moteur. Le faisceau des phares fit un bond en avant, et il le pourchassa, envoyant un jet d'eau et de boue sur leur gauche alors qu'ils rejoignirent la route. Les véhicules de l'hôpital étaient également en mouvement, leurs phares allumés. Ils étaient toujours hors de leur champ de vision immédiat, et le resteraient encore l'espace de dix secondes.

Pas une de plus. Archie poussa la moto jusqu'à ses limites, accélérant aussi fort qu'il le put. La moto rua brièvement, puis fit une embardée dans un chemin à ornière. Il ne se souciait de savoir où cela les menait. Il éteignit le phare et roula presque à l'aveugle, simplement éclairé par la lune lavée par la tempête, qui lui révélait la route à suivre. Un nouveau chemin étroit apparut devant eux. Parfait. Il s'arrêta à la jonction pour vérifier s'il y avait des véhicules en sens inverse. Puis il se mit en route aussi vite que la Norton le pouvait, fit demi-tour en direction de l'hôpital et le dépassa à toute allure, dans la nuit balayée par la pluie.

CHAPITRE 7

Huit kilomètres après Kempsmead, alors qu'ils se trouvaient pratiquement à mi-chemin de Farley Cross – une destination qu'Archie avait choisie malgré l'heure tardive, contraint par l'urgence de son compagnon –, il sentit un changement dans la posture du corps derrière lui. La tension électrique qui avait maintenu Rufus contre lui s'évanouit. Cela fut si soudain qu'il eut à peine le temps de garer la Norton au bord de la route.

— Oh, mon Dieu. Rufus ?

Les herbes de Drusilla ne faisaient plus effet. Le pauvre Rufus était à bout, affalé sur la selle alors qu'Archie en descendait. Il éteignit le moteur, mit la béquille et attrapa le corps éreinté avant qu'il ne tombe.

Ils se trouvaient à l'orée de la forêt de Borough. La route était calme, densément boisée des deux côtés de grands hêtres touffus dont le feuillage, peut-être, avait gardé le sol sec près de leurs troncs. N'importe quel abri valait mieux qu'aucun. Archie fit donc descendre Rufus de la moto, le souleva maladroitement et trébucha avec lui dans le noir.

Il le posa là où un géant vieux de plusieurs siècles avait tendu une branche tel un bras protecteur. Le sol était sec et bruissait sous ses pieds, les feuilles couleur cuivre mettant beaucoup de temps à se décomposer. Archie ôta sa veste. Le tissu épais n'était pas encore tout à fait imprégné, alors il la posa, doublure au-dessus, puis attrapa Rufus par les épaules.

— Voilà. Attends quelques instants, le temps que j'éloigne la moto de la route.

Lorsqu'il revint, Rufus se tenait assis tout droit, l'air hébété. Son visage se transforma en voyant Archie, sa crainte se transformant en joie.

— Je ne t'ai pas rêvé.

— Non.

Archie s'agenouilla à côté de lui.

— Mais tu t'es endormi sur la moto.

— Je suis désolé. Quelqu'un vient d'éteindre toutes les lumières. Comment tu as-tu réussi à me réveiller ? À l'hôpital, je veux dire.

— Drusilla m'a donné des herbes. Elle n'a rien voulu me dire, à part qu'elles s'appellent « réveiller les morts » et que je saurais quand les utiliser.

— Je suis content de ne pas avoir imaginé à quel point Droyton et ses habitants sont étranges.

— Oh, pas le moins du monde.

Archie tendit un bras et frissonna de plaisir quand Rufus se coula avidement dans son étreinte.

— La première chose que tu dois savoir, c'est que Billy Prescott va bien. Ce n'est pas toi qui lui as fait du mal.

— Quoi ?

— Les petites villes comme Droyton ne sont pas toujours bizarres dans le bon sens. Elles abritent des esprits étriqués et tourmentés. Winborn a payé le voyou de fils du braconnier Jakes, pour qu'il attaque le pauvre Billy, et il t'a piégé.

Rufus leva un visage pâle et étonné vers Archie, comme pour s'assurer qu'il disait la vérité.

— Merci mon Dieu. À propos de Billy. Où est-il ?

— Probablement chez lui, à l'heure qu'il est. Bobby n'a pas causé trop de dégâts.

— Pas comme Winborn, Seigneur. Je suis désolé, Archie. Il est toujours à Droyton ? Comment tu m'as trouvé ?

Ses doigts effleurèrent le col du pull d'Archie.

— Oh. Où est ton col romain ?

— Ce sont toutes de bonnes questions, et je vais y répondre.

Archie effleura les rides de fatigue sur son front. Il savait que le temps qui leur était imparti serait bientôt écoulé, et que son pauvre amant pouvait sombrer d'un moment à l'autre.

— Mais tu dois d'abord dormir. On peut rester un peu ici.

— Je ne peux pas avoir d'autres herbes de Drusilla ?

— Non, pas si tu veux rester sain d'esprit, j'en ai peur.

— D'accord. Mais je dois te dire quelque chose... J'ai besoin d'en parler à quelqu'un qui n'essaiera pas de me faire griller la cervelle...

— À propos de Fort Roche. Des choses dont tu te souviens.

— Oui. Oh, Archie, ça semble terrible d'en parler. De détruire ta tranquillité d'esprit avec une telle histoire.

— Ce ne sera pas le cas. Et même si ça l'était, cela fait partie de mon travail, désormais, de partager tes combats et ton apaisement.

Rufus s'effondra contre lui. Ils s'allongèrent tous les deux sur le tas de feuilles qui dégageaient une odeur sèche de soleil malgré les sifflements incessants de la pluie dans les branches, telle de l'électricité statique.

— Tu dois te reposer aussi, dit-il brutalement. Je n'arrive pas à croire que tu aies fait tout ce chemin à moto.

— Je ne suis pas vraiment un chevalier en armure brillante, pas vrai ?

— Oh, au contraire.

Rufus l'entoura d'un bras, comme si sa présence était un rempart contre le passé, le seul endroit où il pouvait parler.

— Très bien. Voici l'histoire. Nous avons perdu la bataille pour le fort, quoi qu'en disent les rapports. Toute cette journée a été un vrai désastre. Mon unité et celle du Major Spence ont été coupées des lignes défendant la ligne Maginot à l'est. Des renforts étaient en route, et il y avait encore quelques soldats alliés...

Sa voix faiblit et il se tut.

— Je suis un peu au courant, dit Archie. Ils étaient piégés dans le fort, et tu voulais les sauver.

— Oui. Nous n'avions aucune chance de battre en retraite, alors pourquoi pas ? Au moins, on serait morts en faisant quelque chose d'utile. Comment le sais-tu ?

— Rosemary me l'a raconté. Rien ne va plus entre elle et le vieux Spence, mais ne t'inquiète pas, je l'ai envoyée à Droyton.

Rufus émit un gloussement ironique.

— Une autre réfugiée ?

— Mme Nettles s'occupera d'elle. Continue si tu peux, mon vieux.

— Essayer de retourner au fort ne tenait pas seulement d'un héroïsme mal placé. Cela avait un sens stratégique. Nous aurions pu rejoindre les soldats et essayer de tenir jusqu'à l'arrivée des secours. Mais Charles… C'était comme s'il s'était senti en sécurité dans la boue, et il ne laissait personne partir.

— Combien d'entre vous étiez là ?

— Tout ce qui restait de son unité et de la mienne. Moi, Berry, une douzaine d'autres. Ils avaient peur, mais ils refusaient d'abondonner. Ils voulaient tous tenter de s'emparer du fort.

Rufus posa sa main sur la poitrine d'Archie face au souvenir de sa frustration.

— Il fallait tenter notre chance.

— Mais Charles s'était planqué.

— Oui, et plus littéralement que tu ne le penses. Il avait ordonné aux caporaux de commencer à creuser derrière les talus, comme s'ils pouvaient construire un tunnel pour sortir, ou pour se cacher. Cela me semblait insensé – nous étions sous le feu nourri des chars allemands à l'orée de la forêt – alors j'ai dit aux gars de s'arrêter.

— Charles était leur commandant, pas vrai ?

— Le mien aussi, dans cette situation. Il était plus gradé que moi. C'est peut-être mon insubordination qui l'a poussé à bout.

Insupportable pour Rufus, si c'est le cas. La désolation se devinait dans ses paroles, et emplissait le gouffre que son amnésie avait caché.

— Non, dit Archie, heureux d'être convaincu de ce qu'il allait affirmer. Charles était déjà à bout à ce moment-là.

— Je ne sais pas.

— Si, tu le sais, parce qu'en y repensant, si tu pouvais retourner en arrière, tu ferais la même chose.

— Oui ! C'est ce qui est le plus impardonnable. Ces pauvres garçons… Je leur ai ordonné de ne pas tenir compte du major Spence et de se diriger vers l'abri offert par les travaux de terrassement les plus proches du fort. C'était trop tard. Un obus nous a touchés à bout portant, à peine dix secondes après.

— Celui qui t'a infligé tes cicatrices.

— Sans doute, mais je ne me souviens pas d'avoir été touché. J'étais allongé dans la boue, sourd comme un pot, et tout ce qui m'entourait se passait au ralenti.

— Ça devait être pire que tout, non ? Quoi qu'il se soit passé ensuite.

Rufus hocha la tête, un faible mouvement empli de tension contre l'épaule d'Archie. Il avait fermé les yeux.

— Les autres hommes étaient encore en vie. Mais ils étaient comme moi, ils se relevaient lentement, saignant à cause des blessures d'éclats d'obus. Charles avait dû être assommé, car il allait bien. Il se tenait sur le bord du cratère, en train de les fixer, et il tenait son revolver à la main. Alors j'ai essayé de trouver le mien.

— Parce que tu savais ce qu'il allait faire.

— Il était devenu fou, Archie. Je pouvais le voir sur son visage. Il était à peine humain, et il rugissait et gémissait comme un taureau. Avec le soleil qui se couchait derrière lui, et la lumière à travers la fumée qui l'entourait d'une sorte de halo de cornes, il me faisait penser au Minotaure.

— Bon sang.

— J'ai perdu mon fusil durant l'explosion. J'étais en train de ramper pour le retrouver quand j'ai entendu le premier coup de feu, mais j'étais encore si sourd que ça ressemblait plus à un pop. Un bruit inoffensif, comme un bouchon de champagne ou quelque chose comme ça. Mais il avait tiré dans la tête du caporal Jenson. Et puis – bang, bang, bang – il a commencé à tirer sur les autres, l'un après l'autre. J'ai crié, lui ai hurlé d'arrêter, mais c'était à peine si j'entendais le son de ma propre voix. J'avais l'impression d'être dans un rêve.

La pluie commença à se calmer, puis cessa. Un long silence s'installa sous les arbres. Rufus resta immobile, sans parler, puis, comme si l'esprit du lieu où ils se trouvaient lui avait donné sa bénédiction, il continua, la gorge sèche.

— Il ne restait plus que le caporal Berry. Je l'ai trouvé dans la boue, recroquevillé, en train de pleurer. Je me suis allongé sur lui, car je pensais que Charles ne me tuerait pas et que je pourrais le garder en sécurité. Mais j'ai levé les yeux et Charles se tenait au-dessus de nous, le canon de son arme fixé sur moi. Alors, je... j'ai pris le pistolet de Berry et je l'ai tué. Je l'ai touché entre les deux yeux.

Archie lutta contre son envie d'applaudir comme un enfant lors d'un match de football. Cela n'aurait été que pour le soulager. Il y avait trop d'horreur pour se sentir exalté. Mais au bout du compte, son doux Rufus, sur le front malgré ce que sa conscience lui dictait, avait choisi de survivre.

— Tu as survécu, fut tout ce qu'il put dire. Dieu merci.

— Tu ne crois pas en Dieu, répondit Rufus en ricanant, et je ne crois pas à la guerre.

— C’était sa vie ou la tienne, Rufus. Tu le sais bien.

— Ça se résume toujours à ça, pas vrai ? Sa vie ou la mienne ? C’est pour cette raison que je voulais devenir objecteur, je ne voyais pas comment prendre cette décision. Je ne voyais pas comment on en avait le droit.

Rufus s’assit, s’échappant de l’étreinte d’Archie jusqu’à appuyer sa tête sur la racine du hêtre.

— Charles n’était pas l’ennemi. Ce n’était même pas un homme mauvais, c’était un combattant, tout comme moi. Alors qui étais-je pour choisir lequel d’entre nous méritait de vivre ?

— Ce n’était pas le choix qui t’était donné.

— Quoi ?

— Ta décision. Ce n’était pas le Major Spence ou toi. C’était Spence ou le caporal Berry. Sinon, j’ai bien peur que tu n’aies pas fait le même choix.

— Je ne sais pas, chuchota-t-il, en le fixant du regard.

— Je pense que si. N’importe qui aurait agi pour sauver sa peau dans de telles circonstances. Dieu ou pas Dieu, guerre ou pas guerre, tu as le droit de vouloir rester en vie si quelqu’un essaie de te l’arracher. Mais je ne pense pas que ce soit la raison pour laquelle tu l’*as* fait.

— C’était juste un gamin. Ils l’étaient tous, et Berry était le dernier survivant. Je... Je me souviens de lui, Archie. Je l’aidais en épelant les mots lorsqu’il écrivait à sa mère.

Des larmes, enfin. Le chagrin sortait du cœur de cet homme courageux, les vannes étaient ouvertes. Archie rampa jusqu’à lui. Il n’avait plus son grand mouchoir pastoral avec lui, alors il essuya le visage froissé de ses mains nues. Il ouvrit les bras et laissa Rufus s’y pelotonner, aveugle et sanglotant.

— C’est fini, dit-il d’une voix rauque contre son oreille en le berçant. Plus de dieux, plus de guerre. Je ne suis pas vicaire, et toi... tu n’es pas soldat. Plus jamais. Il n’y a que nous, cher ami... Nous sommes ensemble.

CHAPITRE 8

Le lendemain matin, à huit heures, Rufus pénétra dans l'hôpital de Farley Cross. Archie s'était arrêté dans un magasin au bord de la route, où il s'était procuré une tasse de thé, une salopette et des bottes, les seules chaussures disponibles. Il se sentait plus élégant dans cette tenue qu'avec celle en tweed édouardien du recteur. Il carra les épaules, la tête haute. Archie resta près de lui tandis qu'ils traversaient le hall d'entrée, mais il ne le toucha pas, ne chercha pas non plus à le retenir. C'était la mission de Rufus, un voyage qui avait débuté dans la terreur et la boue du front ouest. Archie n'était là que pour s'assurer que personne n'interfère avec son dénouement.

Farley Cross était bien moins sinistre que l'enfer créé par le brigadier à Colditch – construit en brique rouge ordinaire et brillante, grouillant de visiteurs et de vie quotidienne –, mais quelque chose d'affreux était en train de se produire. Des cris et des sanglots résonnaient dans la cage d'escalier depuis l'étage supérieur. Rufus dévia de sa route vers le bureau principal, poussa la porte de l'escalier et commença à monter les marches. Son visage était à la fois ravagé et livide, comme s'il se réveillait enfin après une vie de somnambulisme, et Archie se remémora la leçon du labyrinthe : on peut errer, mais jamais vraiment se perdre. Les sons s'intensifièrent et ils se mirent tous deux à courir.

Dans le couloir, trois femmes à l'air épuisé tentaient de bloquer la progression d'un brancard entouré d'infirmières et de médecins en blouse blanche. La silhouette attachée sur la civière était à peine visible par-delà ce mur humain. L'une des femmes était âgée, une autre à peine plus qu'une enfant. La troisième, corpulente et d'âge moyen, se débattait sous la poigne d'un aide-soignant.

— Ne l'emmenez pas, se lamenta-t-elle, en s'emparant d'un filet à provisions rempli de raisins et d'oranges. Il n'a rien fait de mal. Vous avez dit qu'il pouvait rester ici jusqu'à ce qu'il aille mieux, et non pas être jeté dans un maudit asile à des kilomètres d'ici, où nous ne pourrons pas aller le voir ! Arrêtez !

Rufus se jeta dans la foule. Le personnel hospitalier recula sous la surprise. Ils devaient être habitués à la présence des trois femmes, supposa Archie, qui menaient leur combat depuis un certain temps. Rufus, en revanche, était un visage inconnu, et un visage pur, ses yeux gris fixés sur le jeune homme sur la civière, qu'il arrêta de force.

— Caporal Thomas Berry ?

Le garçon fit un effort désespéré pour se soulever malgré ses entraves.

— Oui, monsieur !

Sa voix était râpeuse, puis il cria lorsqu'il le reconnut.

— Capitaine Denby ? Capitaine Denby !

— Oui, Berry. Je suis désolé d'avoir mis tant de temps à venir.

Une main fixée sur le montant du chariot, il se retourna pour scruter la foule.

— Je m'appelle Rufus Denby, ancien capitaine de la British Response Force. Je dois parler au responsable de cet hôpital, tout de suite.

Le silence tomba. Rufus se tenait là, avec ses cheveux coupés courts, ses cicatrices, ses bottes et son manteau mal ajusté. Il ressemblait vraiment à un commandant, sans aucun doute. L'un des médecins s'avança en titubant, évitant un autre coup du sac de fruits.

— Euh... ça doit être moi, je suppose. Sur le plan médical, en tout cas. Si cela concerne l'aspect administratif...

— Ce n'est pas le cas. Votre nom, monsieur ?

— Mackenzie.

Rufus lui avait fait oublier ses qualifications : il essaya de rependre une contenance, et précisa :

— James Mackenzie, officier d'état-major. Puis-je vous demander ce que vous faites ici ?

— Ce garçon – Thomas Berry – ne doit pas quitter cet hôpital, à moins que ce soit pour être confié à la garde de sa mère et de sa grand-mère. Et de sa jeune sœur Ruth, qui nourrit son élevage de pigeons depuis trois ans et qui aimerait beaucoup être relevée de son poste.

La jeune fille éclata en sanglots. Mackenzie ébouriffa ce qui lui restait de cheveux couleur sable en signe d'ahurissement. Il était jeune pour son rang, comme tant d'autres hommes dans ce nouveau monde en ruine.

— C'est n'importe quoi, dit-il, essayant de garder son calme. Berry s'est vu offrir une place vacante dans un excellent établissement du Suffolk, le seul qui offre un traitement contre la neurasthénie persistante. L'appel a été reçu la nuit dernière. Il doit être transféré immédiatement.

— Il n'est pas neurasthénique. Je vais corroborer chaque détail du témoignage qu'il a essayé de donner concernant la bataille de Fort Roche. C'est la raison pour laquelle je suis là.

— Pour l'amour du ciel, capitaine Denby, vous ne pouvez pas…

Berry se redressa de nouveau. Les liens de Mackenzie n'étaient pas aussi efficaces que ceux du brigadier, et la bande autour de la poitrine du garçon se déchira et se défit.

— Maman ! cria-t-il, pointant Rufus avec triomphe. C'est lui, le capitaine, celui dont je t'ai parlé ! C'est lui qui m'a sauvé quand le major est devenu fou et a tiré sur mon sergent et tous mes camarades à Fort Roche.

Son visage se crispa.

— Pourquoi n'êtes-vous pas venu plus tôt ? Je leur ai dit, à tous les gradés qui sont venus me crier dessus pour me faire changer d'avis, que vous connaissiez la vérité. Pourquoi n'êtes-vous pas venu ?

— J'étais amnésique. Je ne me souvenais plus de rien. Je suis vraiment désolé.

La colère quitta le garçon aussi vite qu'elle était apparue. La sincérité des paroles de Rufus l'avait chamboulé, même après tant de souffrance. Archie se demandait amèrement combien d'enfants tel que lui avaient été envoyés au front, aussi peu préparés à ce violent métier que Rufus l'avait été, tout aussi piégés et dépouillés.

— C'est vrai, déclara Berry d'une voix râpeuse.

Il effleura sa tempe, au même endroit où Rufus portait ses cicatrices, tendrement, comme s'il ressentait la douleur comme sienne.

— Vous avez été touché. Un éclat d'obus dans la tête. Votre visage était tout ensanglanté, et vous vous êtes évanoui après avoir tiré sur le major. Nos gars du BRF sont arrivés juste après – ont sorti les chars d'assaut, et ont dégagé une ligne vers le fort. J'ai couru chercher de l'aide pour vous à ce moment-là, monsieur. J'étais le seul survivant.

— Ce qui explique – enfin – comment je suis sorti de là. Merci, Berry. Ah, mais vous n'avez plus à vous en faire désormais, fiston. C'est fini, c'est fini.

Il percuta la courageuse maman en pleurs en essayant d'attraper Berry avant qu'il ne tombe du brancard. Il essaya de le déplacer dans les bras de sa mère, mais Berry le saisit et s'accrocha à lui comme une moule à son rocher. Rufus croisa le regard d'Archie par-dessus l'épaule maigre du garçon. Archie pouvait désormais deviner ses pensées avec une précision douloureuse : mortifié, désireux de s'échapper, mais son honneur le poussant à ne pas reculer. À ne pas alimenter cette idée préconçue selon laquelle un homme ne pouvait en toucher un autre, même dans ces conditions. Il grimaça et resta immobile tandis que les mains de Berry se serraient autour de ses épaules, et il caressa la tête du garçon en la reposant doucement sur l'oreiller.

La fillette et la vieille dame étaient là aussi, se pressant autour de lui. Archie saisit l'occasion pour rejoindre Rufus.

— Allez, dit-il, en l'attrapant par le bras pour le tirer hors de la mêlée. Il est temps pour nous de rentrer à la maison.

— Je ne peux pas. Je dois faire mon rapport officiel à Mackenzie, m'assurer que personne n'ait de raison ou d'excuse pour traîner ce pauvre garçon à Colditch.

— D'accord. Mais après ça, on trouvera un garage qui pourra remorquer la moto à Droyton, et je te paye un voyage en train jusqu'à la maison.

— Je dois d'abord aller à Londres. Je dois corriger le rapport que j'ai déposé sur Fort Roche, et peut-être aussi…

Il frissonna, ce qui permit à Archie de l'escorter vers les escaliers.

— Peut-être que je dois me rendre. J'ai tué un collègue officier.

— Ne sois pas absurde. Tu as arrêté un monstre.

— Je le sais, Archie, mais il me faut mettre les choses au clair. Le brigadier ne laissera rien passer tant que les enquêteurs militaires ne l'auront pas gravé dans la pierre. S'il arrête de me poursuivre, il va certainement essayer de discréditer Berry, et...

La porte de la cage d'escalier s'ouvrit. Archie écarta Rufus du chemin juste à temps. Un jeune médecin essoufflé se précipita dans le couloir. Il jeta un regard perplexe sur la scène autour de la civière, puis se dirigea vers Mackenzie.

— Dr Mackenzie, monsieur ? J'ai besoin de vous parler.

— Ça ne peut pas attendre, Saunders ? Il y a eu une complication avec l'affaire Berry, comme vous pouvez le voir, et je suis occupé.

— C'est en rapport avec Berry, monsieur. Nous avons reçu un appel téléphonique de Colditch.

— Je le sais, Saunders ! Le brigadier Spence a trouvé une place pour Berry. C'est pourquoi je tente – et jusqu'à présent, sans succès – d'organiser le transfert.

— Pas cet appel. Un autre, il y a à peine cinq minutes. Il y a eu une étrange tempête sur la côte du Suffolk la nuit dernière, un coup de vent qui a atteint la force d'un ouragan aux petites heures du matin. Il a arraché tout le toit de l'hôpital, l'a ouvert comme un...

Saunders agita les mains, à la recherche d'une image.

— Comme une boîte de sardines.

— Bonté divine. Quelqu'un a été blessé ?

— Aucun des patients. Mais le brigadier a insisté pour monter sur le toit quand il a commencé à s'arracher. Il a entrainé avec lui le contremaître de l'équipe chargée des travaux, en lui reprochant la mauvaise qualité de la construction. Il a essayé de maintenir le bord du toit à mains nues lorsque le pire des coups de vent a frappé, selon ce même contremaître, et... des recherches à grande échelle sont en cours, mais le brigadier n'a pas été revu depuis.

***

— Comme la méchante sorcière de l'Ouest, dit Rufus en souriant, le regard fixé sur le sol du wagon.

Il n'y avait qu'eux dans le compartiment, et le train pour Droyton avançait rapidement à travers les prairies et les fermes gorgées d'eau.

Archie mit son journal de côté. Il n'y avait pas prêté beaucoup d'attention. Il était assis en face de Rufus, leurs chevilles entrelacées. De temps en temps, l'une des bottes de caoutchouc se pressait timidement contre son mollet.

— Je te demande pardon ?

— Dans *Le Magicien d'Oz*. Le brigadier. Je me demande s'ils n'ont pas retrouvé une paire de chaussures abandonnée derrière lui.

Il avait reporté son regard sur le monde extérieur, et son expression était innocente. Mais une nouvelle lueur subtile brillait en lui. Archie secoua la tête.

— C'est horrible, Rufus.

— Je sais.

Il suivit la trace d'une goutte de pluie du bout des doigts.

— N'est-ce pas étrange ? Tout le temps que j'ai passé loin de Droyton, je n'ai pas cessé de penser à ce village, tel qu'il était quand je suis parti, inondé de soleil, un jour d'été parfait après l'autre. J'ai eu mes sept nuits d'été parfaites. Mais je suppose que la tempête a dû faire des dégâts là-bas aussi.

— Mmm. Le journal dit que des rivières ont débordé dans tout le Sussex, ainsi que sur la côte est.

Archie se pencha pour regarder par la fenêtre à son tour.

— J'espère que tout le monde va bien. J'ai aussi l'impression que cet endroit est en quelque sorte coupé du reste du monde. Il semble que nous ayons toujours de beaux étés.

— Penses-tu que nous pourrons y retourner ?

Archie fronça les sourcils d'inquiétude. Rufus était resté lucide depuis leur départ de Farley Cross, son aisance et sa confiance grandissant à chaque kilomètre parcouru, mais le mal avait été fait, incontestablement inscrit dans les cicatrices sur son front.

— Nous sommes en route. Tu n'as plus à t'inquiéter.

— Non ce n'est pas ce que je voulais dire… Si tu avais été dans un endroit parfait pendant un temps parfait, peux-tu retrouver cette perfection ? Ou est-ce que ce sera différent, comme deux photographies de la même vue ?

— Je ne sais pas.

Archie y réfléchit. La pluie continuait de fouetter les vitres des voitures, le ciel gris était menaçant. Il se déplaça pour que son genou appuie contre celui de Rufus.

— Toutes sortes de choses seront différentes une fois que j'aurai officiellement démissionné.

— Es-tu sûr que c'est ce que tu veux faire ?

— Je dois le faire. Droyton mérite mieux qu'un vicaire sans foi.

— Je crois qu'ils n'auraient pas pu rêver mieux qu'un homme tel que toi, infidèle ou non.

— Merci, répondit Archie en souriant. Mais peut-être que je pourrais être utile quelque part en dehors de ma paroisse. Je n'ai jamais eu la chance de le découvrir.

— Quoi qu'il en soit, je t'aiderai. Je vais prendre un nouveau départ, moi aussi.

— Le monde est grand, vaste. Mais si une partie de cette perfection dont tu te souviens dans notre petit monde nous concernait, toi et moi, ainsi que tout ce que nous avons fait là-bas, je recréerais cette perfection pour toi à nouveau, je le jure. Je t'emmènerais dans ta chambre au grenier, je t'allongerais au soleil et…

Le train fut violemment secoué. Les freins crissèrent. L'impact de la décélération soudaine traversa les wagons comme s'il s'agissait de boules de billard, catapultant Rufus, qui était assis dos à la locomotive, sur les genoux d'Archie. Ce dernier lâcha un cri de surprise, et ils se serrèrent l'un contre l'autre tandis que le train s'arrêtait dans un tremblement.

— Au temps pour la discrétion, dit Rufus en riant, une fois le danger passé, Archie ne montrant aucun signe de vouloir le libérer.

Il lui vola un baiser à haut risque.

— Laisse-moi partir, espèce d'idiot. Allons voir ce qui se passe.

Archie étouffa une érection naissante en repensant au médecin lobotomiseur du brigadier – *la méchante sorcière de l'Ouest, en effet, et il se peut que la tornade ait emporté le vieux diable* – puis il se leva, lissa sa veste et rejoignit Rufus dans le couloir.

— Nous sommes plus proches de Droyton que je ne le pensais. C'est la crête qui cache le sommet du Mont George.

— Oui, je vois ça. On peut y aller, maintenant que je ne suis plus un dangereux cinglé ? Je meurs d'envie de savoir si c'est vraiment Droyton Magna.

— Dès que tu te seras reposé, nourri et habillé autrement qu'en pyjama et en bottes.

Archie ouvrit une fenêtre et se pencha vers l'extérieur.

— Oh. Je pense comprendre pourquoi nous nous sommes arrêtés.

Avant que Rufus ne puisse lui poser la question, un garde à l'air pressé ouvrit la porte entre les voitures.

— Vous allez bien, messieurs ? s'enquit-il. Personne n'est blessé ?

— Pas que je sache, dit Rufus. Que s'est-il passé ?

— Les rails devant nous sont complètement sous l'eau, d'ici jusqu'à Droyton, on dirait. La rivière a dû sortir de son lit. On ne peut pas continuer, et on va devoir attendre une locomotive de Hassocks pour remorquer les voitures là-bas. Vous allez devoir attendre longtemps, j'en ai peur, et le chauffage est en panne. On va essayer de vous faire apporter du thé depuis la cabine du contrôleur.

Il retourna dans l'autre voiture. Archie émit un sifflement.

— De mémoire d'homme, la rivière n'a jamais débordé. Si c'est si catastrophique ici, Droyton doit être inondée.

— Peut-on marcher à partir d'ici ?

— Oui, si on retourne un peu sur les rails et qu'on prend la route principale par la chaussée depuis le nord. On va faire une randonnée sous la pluie, et tu es épuisé.

Tu es sûr que tu ne veux pas rester ici et attendre le thé proposé par la compagnie de chemin de fer ?

Rufus avait déjà passé la main par la fenêtre pour ouvrir la porte de la voiture depuis l'extérieur.

— Viens. Vicaire ou pas, ils vont te crier dessus.

Il jeta un regard ironique à Archie, toujours resplendissant dans son manteau d'ouvrier et ses chaussures cléricales.

— Tu vas devoir remonter tes jambes de pantalon, j'en ai peur. Au moins, je suis bien chaussé.

CHAPITRE 9

Le village était inondé. Archie retint Rufus sur le dernier talus des champs boueux. Il se tenait sur le bord de la route, protégeant ses yeux du soleil qui commençait à percer à travers les nuages, essayant de se repérer dans le paysage qui se trouvait devant lui. Le carrefour où Pilgrim Way et Station Road rejoignaient la rue principale s'était transformé en un lac paisible à quatre bras, dont la surface ondulait à peine. Près de son centre, la façade du Maidens' Dance contemplait sinistrement sa propre image dans un mètre ou deux d'eau, l'enseigne peinte étrangement sinistre dans le reflet.

Aucun signe de vie. Archie tendit instinctivement la main, attirant Rufus à ses côtés.

— Mon Dieu. Où est passé tout le monde ?

— Où vont-ils quand il y a des problèmes dans ce village ?

— Oh.

Au-delà du carrefour, il pouvait à peine distinguer la route qui menait au presbytère, à quelques centimètres de l'inondation. Le chemin suivait la lisière de la plaine inondée, et avait peut-être échappé au pire.

— Seigneur ! Pauvre Maria.

— Oui. Nous ferions mieux d'aller la secourir – pas littéralement, j'espère.

Ils s'enfoncèrent dans l'eau jusqu'à mi-cuisse. Il n'y avait pas de courant, mais la rivière avait balayé des nuages de terre dans les rues avant de reculer, et Rufus gardait une main ferme sur le bras d'Archie pendant qu'ils avançaient.

— C’est assez différent de ma première visite à Droyton, dit-il, alors qu’ils arrivaient au niveau des portes de la gare. Et de ma dernière. Archie, j’avais presque oublié. Est-ce qu’un jeune capitaine de l’armée nommé David Meredith est venu te voir il y a quelques jours ?

— Ah. Oui, je suis heureux de t’annoncer que c’est le cas.

— S’il te plaît, dis-moi qu’il a trouvé Alice.

— Oh, oui.

— Comment ça s’est passé ? Ils vont bien ?

— Disons simplement que je doute qu’ils aient remarqué l’inondation. Attention, il y a une bordure un peu raide en bas de la route. Je ne sais pas, mon vieux mais tu n’as pas l’air très contrarié que j’aie perdu ma future épouse.

— Je suis sûr que le Dr Winborn était assez contrarié pour deux, ricana Rufus.

— Je ne te le fais pas dire. Aucun de ses plans n’a fonctionné, pas vrai ? Il a disparu après que Mme Trigg est venue nous voir pour nous expliquer la situation avec Billy. Je crains que la rivière ait omis de l’emporter, comme le vent l’a fait avec notre brigadier.

— C’est trop demander à Mère Nature, même dans ses bons jours. Ni…

Rufus hésita, évitant un nid-de-poule. Il jeta un regard étrange à Archie.

— Ni à Drusilla.

— Drusilla ?

— J’ai fait plusieurs rêves plutôt réalistes dans lesquels elle se trouvait, avant que tu ne viennes à mon secours. J’ai cru l’entendre rire dans la tempête.

— Eh bien, c’était une nuit étrange.

Un frisson s’empara d’Archie, mais l’apparition soudaine de Jebediah Trigg lui évita d’avoir à continuer cette discussion. Il était en train de dévaler Pilgrim Way dans leur direction comme s’il avait le diable à ses trousses. Il découvrit qu'Elspeth le suivait tranquillement, Pippin trottinant fidèlement à ses côtés. Son attachement était désormais entièrement réservé à la petite fille. Elle offrit à Rufus une sorte d'aboiement de reconnaissance avant de retourner le regard vers sa nouvelle maîtresse. Les deux enfants étaient partiellement vêtus de serviettes, bien qu'Elspeth ait réussi à transformer la sienne en une sorte de robe, et elle avait manifestement gagné la bataille des nattes, ses cheveux noirs humides cascadant autour de son visage. C'était une copie minuscule et majestueuse de sa mère. Archie lui fit un signe de la main et se pencha pour arrêter Jebediah avant qu'il ne puisse les dépasser dans l'inondation.

— Bonsoir, jeune homme. Où vas-tu ?

— C'est maman qui m'envoie.

— Pour quoi faire, pour l'amour du ciel ?

— Je ne dois pas le dire. C'est à cause des archinologues.

— Les archinologues… Ils sont là pour nous construire une arche ? Dieu sait que nous pourrions en avoir besoin.

— Non. Ils sont là pour les sorcières mortes.

— C'est trop énigmatique pour moi, dit Archie, attrapant le garçon pour lui faire faire demi-tour en pataugeant dans la vase.

Il le déposa sur le sol sec et intercepta Elspeth, qui se jeta dans ses bras avec un gloussement de plaisir.

— Eh bien, si ce n'est pas mon petit singe… Que se passe-t-il, mademoiselle ? Pourquoi cours-tu dans les rues en serviette et qu'est-ce qu'un archinologue ?

Elle sembla déçue par son ignorance.

— Un comme *lui*, Archibald, dit-elle en pointant Rufus du doigt. Mais beaucoup d'entre eux.

— Ne dis pas *lui* de cette manière. Ce n'est pas poli. Dis *Dr Denby*, et ne m'appelle pas Archibald. Tu veux dire que des archéologues sont arrivés ?

— C'est ce que j'ai dit, Archibald. Puis la rivière est montée, et ils sont tous sortis du Maidens' Dance, et maintenant ils vivent avec vous, tout comme moi, Alice et le capitaine Meredith. Oh, et Hester Trigg et Jebediah aussi.

Archie jeta un regard horrifié à Rufus par-dessus son épaule.

— On dirait que tu avais raison. Pourquoi moi ?

— Tu es le port d'attache pour tout le monde dans la tempête, Archie.

Rufus avança à grands pas pour combler son retard. Jebediah, pris entre l'agitation et une jalousie sauvage et ardente envers Elspeth, s'empara soudain de sa main. Rufus, maladroitement, le laissa s'y accrocher.

— Caroline n'a sûrement pas encore eu le temps d'envoyer quelqu'un du musée.

— Je ne sais pas. Elle n'est pas du genre à laisser les choses traîner.

— Je ne pensais pas qu'elle serait aussi excitée par ce genre de trucs.

Il ôta un peu d'eau de ses bottes.

— Pourquoi Jebediah me tient-il la main ?

— Tu peux toujours lui demander toi-même, dit Archie d'une voix amusée. Ce n'est qu'un petit garçon, malgré sa cleptomanie et ses tendances à la délinquance, et je suppose qu'il vient de vivre plusieurs heures effrayantes. Pas vrai, Jebediah ?

Ce dernier hocha la tête si fort qu'il faillit perdre l'équilibre.

— Il faisait nuit, il y avait du tonnerre et de la pluie. Et l'eau est entrée par la porte. Et ma mère, elle ne voulait pas partir. Elle était dans sa chambre, elle pleurait et répétait *terrible, terrible*, comme elle le fait tout le temps à présent. Mais Mme Nettles et l'autre sorcière, qui n'est pas morte, sont venues avec Billy Prescott et l'ont forcée à sortir. Billy et Mildred vivent aussi avec vous désormais.

— Par tous les foutus dieux de l'enfer !

— C'est mauvais de jurer, vicaire !

— Je m'excuse. Maintenant, explique-moi pourquoi ta mère t'a renvoyé malgré l'inondation ? Tu ne peux pas aller à l'auberge, le rez-de-chaussée est encore inondé.

— Elle m'a dit d'essayer d'y aller quand même, et de me débarrasser des papiers qu'elle avait pris sur le plancher de ma chambre.

— Quels papiers ? Pourquoi ?

— Je sais pas. À cause des archinologues !

— Bon sang. Ce n'est pas avec vous deux qu'on va démêler le problème.

Archie libéra sa main à laquelle la petite fille s'accrochait et ouvrit la porte du presbytère. La lumière s'échappait de la maison par toutes les fenêtres et la porte ouverte. Il fit passer Rufus et Jebediah devant lui, frôlant les roses jaunes qui s'affaissaient, les inondant de pétales mouillés, et son cœur bondit de joie à l'idée de rentrer à la maison avec son amant, même dans ces circonstances. On se serait cru à Noël.

— Je pense que c'est la seule chose que je vais regretter, dit-il, posant Elspeth par terre. Que des hommes comme nous ne puissent pas avoir d'enfants.

Rufus se tourna vers lui, silhouette émouvante nimbée de lumière. Jebediah était toujours attaché à lui comme une moule à son rocher.

— Toi et Celia n'avez jamais…

— Nous le voulions. Je pense que c'était la seule raison de tous ces devoirs conjugaux. Celia n'en a jamais parlé, mais je sais qu'elle regrettait de ne pas en avoir eu.

— Je suis désolé. N'abandonne pas, Archie. Je connais des femmes qui pourraient... nous aider, si jamais on en arrivait là.

Archie leva les sourcils en signe d'émerveillement.

— Vraiment ?

— Oui, vraiment. Tu es fait pour être père.

— Tu es un tout nouveau monde pour moi, tu sais.

Il poussa les deux enfants à l'intérieur, puis porta son regard au-delà. Une silhouette avait émergé de la foule grouillante dans le couloir. Il lui fallut un moment pour reconnaître Rosemary, pieds nus et souriante, vêtue d'une culotte de Fille de Ferme qu'elle avait dû emprunter à Alice.

— Oh, bonjour. Vous êtes venus jusqu'à nous, alors ?

— Juste à temps.

Elle s'arrêta timidement devant lui, puis offrit à son frère une accolade embarrassée.

— J'ai utilisé la voiture pour aider à évacuer les maisons les plus proches de la rivière. J'ai eu peur de tomber en panne pendant l'opération. Dieu seul sait ce que le brigadier dira.

— Je pense que tu n'as plus à t'inquiéter du brigadier. Je t'expliquerai plus tard. Qui diable sont tous ces gens ?

— Ils sont du Royal Museum. Rufus, ta patronne les a envoyés aussitôt après avoir lu ton rapport.

Elle avait été humiliée, mais pas dépouillée de ses ambitions : ses yeux brillaient de fierté.

— Je me doutais que tu ne travaillais pas sur une église ordinaire. Il y a quatre hommes d'expérience, et ils sont très enthousiastes. Ils devaient rester à l'auberge en haut de la route, mais ils y sont arrivés juste avant l'inondation et je les ai amenés ici. J'espère que ça ne vous dérange pas, révérend... M. Thorne.

— Appelez-moi Archie. Et non, évidemment. Mais je ferais mieux d'aller voir Mme Nettles, Dieu sait comment elle arrive à nourrir tout le monde.

— Oh, tout a été organisé.

Rosemary était à nouveau en pleine forme, ravie de sa promotion sociale à Droyton.

— Lady Birch a tout réglé, et elle m'a demandé de l'aider *personnellement*, d'une manière si naturelle. Elle m'a envoyée à Brighton pour obtenir des tonnes de nourriture pour tout le monde, l'argent n'étant pas un problème. N'est-elle pas merveilleuse ?

Rufus grimaça, reflétant la perplexité d'Archie sur le fait que Rosemary aurait trouvé Drusilla merveilleuse en chemise de nuit, avec des brins d'herbe encore emmêlés dans ses cheveux.

— Elle est merveilleuse, oui. Je suis content que tu sois là, Rosie.

— Oh, moi aussi. C'était le révérend... C'était l'idée du révérend Archie.

Son visage s'assombrit.

— Je me sens si coupable d'avoir essayé de t'envoyer à Colditch, Rufus. J'admets que je l'ai fait à cause du brigadier, mais j'ignorais ce qu'il comptait t'infliger jusqu'à ce qu'il soit trop tard. S'il te plaît, crois-moi.

Rufus était doué pour cacher son ressentiment, ce qui n'était pas le cas d'Archie : l'aimer était une chose, mais impossible de lui faire confiance.

— Votre frère a vécu des moments difficiles, dit-il, d'un ton de reproche. Je sais que vous avez beaucoup de choses à vous dire, mais il doit d'abord ôter ses habits trempés. Prends un bain chaud pendant que tu es là-haut, Rufus, et choisis dans les vêtements du recteur ce dont tu as besoin.

— Ne devrais-je pas d'abord aller parler à mes archinologues ?

— Ils peuvent attendre.

Archie lui indiqua les escaliers, appréciant le fait de pouvoir user de son autorité avec son amant, et s'amusant de la réaction de Rufus : une gêne feinte et un plaisir tout à fait réel. Rosemary le vit aussi et regarda fixement le tapis. Elle allait devoir s'y habituer.

— Allez, Dr Denby. Plus vite. Rosemary, vous feriez mieux de me montrer ce qui se passe dans cette maison. Je vais commencer par la cuisine.

Soulagée, elle le devança dans le couloir. Ils passèrent devant deux messieurs vêtus de tweed, discutant avec sérieux dans l'étroit corridor – les experts de Caroline, sans doute, passant d'une page à l'autre d'un rapport qu'Archie reconnut comme étant celui de Rufus. Ils firent un signe de tête à Rosemary, mais ignorèrent totalement Archie, le prenant probablement pour un plombier dans son manteau d'ouvrier, le cou effrontément, glorieusement dégagé. Mme Nettles poussa un cri de joie lorsqu'il ouvrit la porte de la cuisine, et elle se précipita à travers un nuage de vapeur parfumée pour le saluer.

— Vous êtes de retour ! Vous avez récupéré le Dr Denby ?

— Je l'ai récupéré, Maria.

— Merci mon Dieu. Ne me dites pas que vous avez traversé cette inondation à moto.

— Non. On est descendus en train et on a pataugé jusqu'ici. Quel chaos je vous ai laissé !

— Oh, ne dites pas de bêtises. Tout ce qu'il faut, c'est un peu d'organisation et d'argent.

— Je vois que tout cela a été géré. Mais d'où vient cet argent ?

— Miss Hazelgrove-Lady Birch – ne veut pas qu'on en parle, mais ensemble, nous arrivons à nous en sortir. J'espère que ça ne vous dérange pas qu'on tienne une journée portes ouvertes.

— Je l'aurais fait moi-même, si j'avais été là.

— C'est ce que je pensais, révérend.

Elle tendit la main vers le col ouvert de son maillot et effleura sa gorge.

— Est-ce... à cause des nécessités de votre voyage ? Une sorte de déguisement ?

— Non, Maria. C'est un peu plus que ça.

— Ah. Il va y avoir du changement à Droyton, et certaines personnes qui n'ont jamais apprécié la chance d'avoir un bon vicaire pourraient *bien* se souvenir du passé avec tristesse et regret.

— Merci.

Il essaya de sourire, bien que l'endroit que le col romain avait autrefois protégé lui semble trop exposé.

— J'espère que tous ces changements ne seront pas trop durs. Quoi qu'il arrive, je suis certain que mon successeur aura besoin de vous et vous appréciera.

— Nous verrons cela, révérend... monsieur. Pour l'instant, je dois continuer de m'occuper de tout ça.

— Vous avez déjà largement assez à faire. Puis-je vous aider ?

— Seulement en restant hors de mon chemin. J'ai Billy et Mildred, tous deux habitués à diriger un établissement, et… pouvez-vous le croire, Mme Spence ? Lady Birch elle-même fait la vaisselle à ma place.

Elle avait déjà bien cerné Rosemary : cette pauvre petite snob se réjouit de se retrouver avec une vraie dame, et malgré la perspective de se retrouver avec du savon jusqu'aux coudes, et se précipita pour l'aider.

— Environ deux douzaines de maisons ont été inondées, monsieur. Nous allons héberger autant de monde que possible ici, et une aile de Birch Hall est suffisamment décente pour accueillir les autres, bien qu'ils doivent s'attendre à camper, les pauvres.

— Je suis sûr qu'ils iront bien.

Archie leva la main et rendit son salut savonneux à Drusilla.

— Merci beaucoup à toutes les deux. Le Dr Winborn ne se trouve pas parmi vos réfugiés, n'est-ce pas ?

— Certainement pas, répondit Mme Nettles avec colère. La nouvelle de son infamie s'est répandue – pas par moi, car je savais que vous n'aimeriez pas ça, malgré tout – et il a disparu.

— Oh, mon Dieu, répondit Archie en se frottant le front. J'ai toujours trouvé difficile d'apprendre à tendre l'autre joue, même à titre professionnel. Mais je ferais mieux de découvrir ce qui lui est arrivé.

— Ce n'est pas la peine. Il est parti avant que la tempête n'arrive. Sa maison est vide, comme celle de Jakes et Bobby, les braconniers.

— Bon débarras pour tous les trois, je suppose, bien que cela me semble étrange et triste de penser ainsi. La méchanceté des hommes ne cesse de me surprendre.

— Même après la guerre, monsieur ?

— Ah, nous étions tous là-bas dans le but de nous entre-tuer. Tout cela me semblait… impersonnel, en quelque sorte. Sinistre, mais pas sordide.

— Oui. Je comprends.

— Au fait, en parlant d'ennemi, qu'en est-il de Mme Trigg ? J'ai croisé Jebediah sur le sentier, et il n'a pas réussi à me dire comment elle allait.

— J'ignore ce qui lui arrive. Elle n'a pas bougé de sa chambre, et j'aurais pensé qu'elle serait dans son élément ici, à aboyer des ordres à tout le monde et à fourrer son nez dans vos arrangements domestiques.

— Je vais aller lui parler. Où l'avez-vous installée ?

— Hors de danger, au bout du couloir sud. Où elle ne sera pas offensée par Alice et le capitaine.

— Oh, oui. J'avais presque oublié nos tourtereaux. Devrai-je encore couvrir les oreilles d'Elspeth quand elle montera ?

— Comme si la pauvre enfant pouvait entendre quoi que ce soit, échevelée comme elle est ! Non, les oiseaux ont quitté le nid depuis un certain temps. Ils sont partis aider à creuser un fossé et à drainer une partie de l'eau.

Elle s'efforça d'afficher une moue désapprobatrice, mais ne put s'empêcher de sourire.

— Il était temps. C'est honteux !

***

Le trajet d'Archie vers le couloir sud le conduisit au pied des escaliers du grenier. Il s'arrêta, s'accrochant à la rampe. Quelque chose avait attiré son attention : l'éclat d'un tissu blanc sur le palier au-dessus de lui. Il leva la tête pour voir ce que c'était.

Un instant plus tard, la tête de Rufus apparut au bord de la cage d'escalier. Une main, un bras, une épaule nue. Il n'était vêtu que d'une serviette. Sa coupe de cheveux héritée de Colditch était hérissée et dégoulinante d'eau. Il ne dit rien, mais son expression s'adoucit, et Archie oublia totalement Mme Trigg.

Dans la chambre mansardée, il trouva Rufus en train d'attendre près du lit. La déesse endormie et la boîte contenant les médailles de guerre se trouvaient sur le comptoir où Archie les avait laissées. Rufus regarda ce dernier alors qu'il ouvrait la porte en grand.

— Est-ce que tout va bien en bas ?

— Oui. Maria et Drusilla dirigent la cuisine comme une opération de la Croix-Rouge. J'ai presque peur pour elles. Pour les femmes comme elles, je veux dire, et Alice aussi. La plupart des hommes que je connais n'ont pas la moindre idée de la façon de s'y prendre avec des femmes fortes et indépendantes.

— Ils les traiteront comme des monstres, ou comme des concurrentes, je suppose, répondit-il en souriant faiblement. Ou peut-être que nous apprendrons à être amis. Cela me fait penser aux fresques de l'église, où l'homme et la femme se tendent la main, sans se toucher. Trouver une sorte d'équilibre.

— C'est une belle façon de voir les choses. Est-ce que tu vas bien ?

Rufus effleura la boîte.

— Je ne m'étais pas rendu compte que je les avais laissées ici, dit-il. La déesse, oui. Je savais que tu prendrais soin d'elle. Mais ça… Je suppose que j'essayais de m'en débarrasser.

Archie ferma la porte. Maintenant qu'il était là, il se sentait intimidé. Il avait peut-être mal interprété le regard gris en haut des escaliers. Rufus et lui ne s'étaient jamais retrouvés en sécurité entre quatre murs depuis leur dernière nuit ici, et entre-temps Rufus avait été jusqu'en enfer et en était revenu.

— Je suis désolé d'avoir fouillé dans tes affaires. Ça m'a pris beaucoup de temps pour comprendre où tu avais dû aller, et je cherchais un indice.

— Je t'ai fui. J'avais peur que tu ne me laisses pas partir, et j'étais persuadé de devoir le faire. Ou alors, que tu me suivrais et me récupérerais, ce qui...

— Est exactement ce qui s'est passé.

— Oui. J'aurais dû savoir que ce ne serait pas facile de me débarrasser de toi.

Il sourit, mal à l'aise, frôlant la boîte noire.

— Je me souviens les avoir eues, à présent. Ça ne m'en semble pas moins irréel.

Archie vint le rejoindre près du lit. Il prit la boîte et l'ouvrit.

— Je sais que tu ne voulais pas faire la guerre. Mais une fois là-bas, tu t'es conduit comme l'honorable gentleman que tu es. Veux-tu que je les garde ?

— S'il te plaît. Sachant que tu les as, je pourrais peut-être les oublier à nouveau, mais dans le bon sens.

Archie glissa la boîte dans la poche intérieure de sa veste.

— C'est fait. Pour ce qui est de te débarrasser de moi, c'*est* facile. Tout ce que tu as à faire, c'est le dire. Je m'apprêtais à découvrir pour quelle raison la pauvre Mme Trigg est dans cet état. Dois-je le faire et te laisser t'habiller ?

Rufus jeta un coup d'œil à la fenêtre. Le ciel s'éclaircissait, le soleil de l'après-midi brisant les nuages, comme une promesse d'un retour de l'été, d'après-midi interminables sur l'herbe à l'ombre des tilleuls. Malgré cette beauté, il alla tirer les rideaux.

— Je serai toujours comme ça, dit-il en se tournant vers Archie. Si je ne te fais pas fuir, tu devras être comme ça aussi. Pour toujours et à jamais.

Archie retint sons souffle.

— Pour toujours et à jamais, Rufus ?

— Tu m'as entendu.

Archie se dirigea vers la porte. Le fait que le presbytère n'ait pas de clé ne l'avait jamais inquiété. Il n'avait jamais rien eu à cacher. Il comprenait désormais la différence entre vouloir protéger jalousement ses affaires personnelles et la nécessité de préserver un immense trésor, un diamant qui pourrait être réduit en poussière de charbon par le poids du monde. Se cacher était condamnable, mais cacher Rufus – se cacher *avec* Rufus, au cœur du monde – allait devenir sa raison de vivre. Pour toujours et à jamais, si Rufus le voulait ainsi. Il prit la chaise près du bureau et la coinça sous la poignée de la porte.

— Voilà.

— Tu ne te sens pas pris au piège ?

— Pas avec toi. Avec toi, c'est la liberté la plus pure que j'aie jamais connu.

Rufus fit tomber la serviette nouée autour de sa taille. Archie put presque entendre la peur et l'inhibition se fracasser sur le sol en même temps, tout ce que Rufus avait dû apprendre pour lui-même et transmettre à son amant avant qu'ils ne se lancent dans une vie à deux. Les fragments se brisèrent sous l'impact, envoyant des étincelles de feu d'artifice. Rufus traversa la pièce et rencontra Archie à mi-chemin. Il fondit dans ses bras, se mettant à rire quand celui-ci l'agrippa par les fesses pour le soulever.

— Je te veux, murmura-t-il d'une voix rauque contre son oreille. Tu m'as tellement manqué, même quand je ne me souvenais pas de qui tu étais.

Il était encore humide suite à son bain, sa peau chaude comme une nectarine et tout aussi fine. Archie aurait voulu le mordre pour goûter son jus. Il était si vivant, malgré toutes les horreurs qu'il avait traversées ! Ses os étaient trop près de la peau, ses côtes saillant sous les mains d'Archie.

— Tu m'as manqué aussi, cher Rufus. Je peux t'emmener au lit ? On a le temps ?

— Viens avec moi à la fenêtre. Je sais ce que j'ai dit, mais…

Il se libéra, prit Archie par la main et l'entraîna. Il tira sur le rideau, libérant un nuage de poussière du velours ancien, puis l'écarta d'un coup sec.

— La lumière du soleil est si belle. Et qui va nous voir ici ?

— Personne, sauf si Mme T. décide de voler à califourchon sur son balai.

Un mauvais moment pour une blague. Rufus émit un ricanement.

— Idiot, dit-il d'un air réprobateur.

— Maintenant, tu m'as distrait. Et je ne plaisanterais pas à propos des sorcières de Droyton, pas avec Drusilla Hazelgrove dans ta cuisine.

— Tu as raison. Je m'excuse auprès de toutes les belles sorcières de Droyton. S'il te plaît, dis-moi que nous pouvons reprendre où nous en étions.

— Oh, oui. Serre-moi comme ça, et...

Il prit une profonde inspiration et s'immobilisa brusquement.

— Archie, attends.

— Qu'est-ce qu'il y a ? Je t'ai fait mal ?

— Non, juste… Attends. Toutes les sorcières de Droyton.

Il s'agita et se retint au rebord de la fenêtre, une vision totalement distrayante pour Archie, qui le tint par les épaules et l'écouta du mieux qu'il put.

— Pense aux déclarations de Jebediah. Des piles de sorcières mortes sous l'église.

— Jebediah a entendu la rhétorique de la chapelle de sa mère. Toute femme de ce village qui ne se présente pas à Hosea Evans un dimanche risque d'être traitée de sorcière.

— Et depuis combien de temps crois-tu que cela dure ? Tu l'as dit toi-même, une ancienne inimitié.

— J'ai dit ça ?

— Oui. Ton cerveau est embrumé par la luxure, espèce d'adorable dépravé, mais écoute-moi encore une minute. Des Trigg d'un côté et des Nettles de l'autre, comme des blasons sur un bouclier.

— Je me souviens. Drusilla entre eux, ou quelqu'un comme elle.

— Et je n'arrête pas de songer au Maidens depuis que je suis arrivé ici.

— L'auberge ?

— Le Maidens' *Dance*, Archie. La danse. Je dois aller à l'église.

— Quoi ? Pourquoi ?

— Je ne peux pas t'expliquer. Je dois juste… La rivière a débordé ici. L'église est sur la plaine inondable, n'est-ce pas ?

— Oui, mais elle se trouve sur un monticule. Elle devrait être en sécurité.

— Pas les tunnels en dessous. Je dois prendre l'équipe que Caroline a envoyée et y aller tout de suite.

Archie l'observa. Rufus était venu à lui meurtri, s'était jeté dans ses bras, sorti d'un monde fait d'hostilité et de douleur. Mais il avait autrefois dirigé les plus grands esprits de son pays dans les entreprises archéologiques les plus passionnantes et les plus difficiles de l'époque.

— Auras-tu encore besoin de moi, se demanda Archie à haute voix, incapable de s'en empêcher, quand tu iras mieux ? Quand tu seras à nouveau le Dr Denby du Royal Museum ?

— Je ne suis pas sûr que ce brave homme ait jamais existé.

Les larmes brouillèrent la lumière qui était apparue dans les yeux de Rufus.

— En ce qui concerne l'autre chose… Je commence à me sentir mieux. Et je ne pourrais pas avoir plus besoin de toi.

Il mit ses bras autour du cou d'Archie, et écarta les cuisses.

— Mon ami qui est venu me sortir de l'enfer. Je ne savais pas vraiment ce que ça voulait dire d'avoir un amant avant de te rencontrer. Avoir un amant ou en être un.

— Oh, mon Dieu. Tu es sûr qu'on doit filer ?

— Oui, mais j'y pense, je n'ai pas de préservatifs, alors je dois reporter notre lente et délicieuse baise sur ce rebord de fenêtre. Mais ne crois-tu pas qu'après avoir parcouru un certain chemin, il est assez difficile de s'arrêter ?

Archie frissonna sous l'emprise d'une faim si vive qu'il en aurait hurlé.

— Très difficile, mais je peux y arriver.

— Bien sûr, mon parfait gentleman. Mais tu n'es pas obligé. Laisse-toi aller avec moi.

Archie se pencha au-dessus de lui. Il se reconnaissait à peine lui-même : l'homme audacieux qu'il était devenu, ondulant pour frotter son sexe contre celui de Rufus. Il émit un grognement de joie tandis que Rufus levait les cuisses pour l'enserrer et l'embrasser. Il s'étouffa de plaisir en sentant des doigts en quête de l'entrée de son corps, qu'ils pressèrent et frottèrent.

— Oui. C'est ça.

— Juste un peu. Pour plus, nous aurons besoin d'huile.

— Mais j'aime ça. Je crois que je le veux.

— Il n'y a aucune raison biologique de ne pas le faire, à part... la lubrification.

Rufus tendit le bras vers l'arrière pour s'appuyer contre le rebord, levant les hanches pour se caler sur le rythme d'Archie.

— Oh mon Dieu, j'ai l'impression que je vais mourir à cause de toi. Je vais te baiser, je le jure, et tu peux me baiser, et le monde peut aller…

— Se faire foutre ? proposa Archie, goûtant le nouveau mot comme un fruit sale et délicieux.

La sueur rendait sa verge glissante et il la poussa contre l'entrée plissée derrière les couilles de son amant.

— Ah. Je ne *peux* pas m'arrêter maintenant. J'y suis.

— Ne t'arrête pas. Ne t'arrête pas...

Rufus se redressa et s'accrocha à lui. Il posa son front contre l'épaule d'Archie, qui embrassa son cuir chevelu, retraçant les cicatrices. L'extase les percuta tous les deux, impuissants : une jouissance qui aurait pu les emporter pour toujours, du moins était-ce le cas d'Archie.

— S'il te plaît, chuchota-t-il après coup, en caressant la colonne vertébrale de Rufus, trempée de sueur, retenant l'envie de se laisser tomber sur le sol avec lui. S'il te plaît, dis-moi qu'il y aura du temps pour nous. Pour *cela*.

Rufus posa une main contre sa poitrine et leva les yeux. Il hocha la tête, épuisé.

— Mon Dieu, je t'en supplie. Beaucoup de ça. En plein soleil, avec les fenêtres grandes ouvertes.

— Dans un lit, peut-être ?

— Oui. Et au bord d'une rivière, ou dans le verger, et…

— Sur une plage, c'est certain.

Archie y réfléchit.

— Peut-être pas Cleethorpes.

— Non, espèce de clown, rétorqua Rufus en riant.

— Sabros, peut-être, bien que je n'aie jamais pensé à y retourner. Il y a une crique au pied des falaises, complètement déserte. L'eau est chaude et si claire qu'on peut y voir des petits poissons colorés nager. J'aimerais t'y emmener.

Son visage s'éclaira, empli d'amour absolu.

— Oh, Archie. Nous savons tous les deux – tous ceux qui ont fait la guerre le savent – que la seule chose dont aucun de nous ne peut être sûr, c'est le temps. Mais peu importe combien il dure, il est à toi.

Archie retint son souffle. Il posa une main sur la joue de Rufus.

— C'est peut-être... la chose la plus belle que j'aie jamais entendue.

— Plutôt romantique, hein ?

— Extrêmement.

— Tant mieux, répondit Rufus en souriant tandis qu'il attrapait sa chemise, ayant l'air d'avoir dix ans de moins. Parce que le devoir nous appelle. On doit y aller.

Chapitre 10

Trop tard. Malgré la course dans les escaliers, malgré la promptitude des archéologues de Rufus à s'avancer rapidement à sa rencontre dans la bibliothèque tandis qu'il les reconnaissait et les appelait par leur nom. Archie s'émerveilla alors qu'ils se regroupaient autour de lui. Son autorité naturelle était amicale, facile, et il lui fallut à peine cinq minutes pour leur parler de ses théories concernant l'église, les Droyton, grand et petit. Il avait sorti la déesse de sa poche et leur avait fait passer, balayant en douceur leurs questions et leurs exclamations. *Pas maintenant*, disait-il, et il se tourna vers Drusilla, qui semblait l'attendre dans le couloir par lequel Archie et lui étaient arrivés, tenant Elspeth par la main, toutes deux habillées d'étranges imperméables, Pippin à leurs côtés. *Pas maintenant. Nous devons partir.*

Malgré cela, il était trop tard. Archie se tenait avec lui au bout de Pilgrim Way, tenant légèrement son bras. Il ne savait pas lequel d'entre eux avait le plus besoin du réconfort de ce toucher. Les archéologues avaient le regard morose. La pluie tombait sur les hêtres ainsi que les chênes et rebondissait sur les flaques d'eau, et par-delà la plaine inondée, la lumière du soleil illuminait chaque détail de l'église de Droyton, détruite.

— C'est à cause des Horsham, n'est-ce pas ? dit enfin Archie avec tristesse. Ces fichues tuiles.

Rufus sembla sortir de sa transe.

— Pas uniquement. Les tunnels ont dû fragiliser l'endroit depuis longtemps. Quand elles se sont effondrées à cause de l'inondation, le poids a dû être trop important.

L'église se tenait désormais au centre d'une île. La prairie basse qui l'entourait était devenue un fossé luisant, la piste du chemin une chaussée. L'archéologue le plus proche de Rufus – un homme maigre aux cheveux gris, dont Archie reconnut le visage grâce à la revue – leva les yeux, visiblement affligé.

— Je suis terriblement désolé, Denby. Quelle perte inestimable.

— Merci, professeur Wright. J'aurais dû penser que cela pourrait arriver.

— Comme n'importe lequel d'entre nous.

Il tenait une poignée de feuilles polycopiées dont Archie reconnut également le contenu. D'un air malheureux, il retraça la forme du croquis que Rufus avait fait du mur qui s'était effondré et avait disparu dans l'inondation.

— Nous avons tous eu accès à votre rapport. J'aurais tout donné pour voir ces peintures.

— N'oubliez pas les photos, déclara Archie.

Ce qui était manifestement le cas de Rufus : Wright et lui se tournèrent vers Archie, leur visage s'éclairant.

— Nous avons fait venir un professionnel de Lewes. Je n'ai pas encore vu les photos, mais il est resté ici des heures.

— Oui, et je lui ai demandé personnellement de capturer autant de détails que possible des fresques. Rien ne remplace la réalité, mais...

— Non, non. C'est magnifique qu'il y ait des photos, répondit Wright en se frottant les mains. Vu l'ampleur de la destruction, je me demande si nous ne devrions pas nous fier à celles-ci, plutôt que de nous aventurer sur le site lui-même.

— Effectivement, ça peut être dangereux. Mais je...

Rufus enfouit les mains dans ses poches.

— Il faut que j'y aille. Je pense que Drusilla aussi.

Elle s'était tenue à l'écart du groupe. Elspeth était toujours à ses côtés. L'enfant avait perdu son air désespéré, ainsi que la peur qui l'avait conduite à courir parmi les adultes, cherchant anxieusement des signes de folie ou de mort imminente. Elle s'avança en même temps que sa mère, les doigts agrippés aux poils de Pippin, et sourit à Rufus et Archie.

— Je dois venir avec vous.

— Je n'en sais rien.

Archie avisa soudain Maria, qui avait dû suivre le groupe dans un silence inhabituel, et regardait solennellement l'église en ruine.

— Tu ferais mieux de rester avec Mme Nettles, petit singe.

— Non, dit Drusilla. Andrasta doit venir. Maria Nettles aussi, et vous, Thorne et Denby. Tous ceux qui ont été des amis pour nous.

— Des amis, Drusilla, vraiment ?

— Inconsciemment, parfois, mais fidèlement. Oui.

Elle leva la tête en entendant des bruits de pas dans la ruelle.

— Ah, et Alice Winborn, qui a retrouvé le chemin de l'amour. C'était écrit, ma chère. Venez ici.

Alice tenait David Meredith par la main. Ils étaient tous deux vêtus d'imperméables et de cuissardes boueuses, et Archie ne sut dire lequel d'entre eux rougit le plus à l'accueil de Drusilla.

— Drusilla, haleta Alice. Nous venons de rentrer à la maison, et Rosemary nous a raconté ce qui est arrivé à l'église. On peut faire quelque chose ?

— Oui, bien sûr. Vous, en tout cas, mais le capitaine peut vous accompagner. Notre tâche est ardue, et nous ne refusons aucun encouragement.

— Je ne comprends pas.

Elle n'avait pas l'air d'en avoir besoin : elle rayonnait. Elle planta un baiser sur la joue de Drusilla, puis, à la stupéfaction d'Archie, se retourna et en fit de même pour lui.

— Peu importe. Archie, je suis si heureuse de vous voir. Et quant à vous...

Elle lâcha la main de Meredith et entoura Rufus de ses bras.

— Je vous bénis à jamais. Vous me l'avez ramené.

— Quoi ? répondit Rufus en lui tapotant le dos, avec un rire étonné. Non, non. Je suis juste tombé sur lui à la gare.

— Peut-être, mais il m'a dit – l'*imbécile* – qu'il aurait fait demi-tour et serait reparti aussitôt si vous ne lui aviez pas dit que j'étais ici, et de me retrouver quoi qu'il en coûte.

Elle baissa la voix.

— Vous avez votre propre magie, et j'espère qu'un jour vous pardonnerez ce que ma famille vous a fait. Je ne sais pas comment vous remercier, mais... un jour, vous et Archie viendrez nous voir, David et moi, dans notre nid d'amour, si jamais nous pouvons trouver du travail et nous permettre d'en acheter un.

— Je suis sûr que ce sera le cas.

— Et nous viendrons vous rendre visite à tous les deux dans le vôtre.

— Seigneur, Alice.

— Désolée. Et ça m'a pris tellement de temps pour comprendre ! Pas étonnant qu'Archie n'ait pas voulu m'épouser, comment aurais-je pu rivaliser ?

Elle caressa le visage de Rufus et recula. Sa beauté était extraordinaire, songea Archie, comme le passage du printemps à l'été, une promesse tenue.

— Pouvons-nous aider de quelque façon que ce soit ? Y a-t-il quelque chose à sauver ?

— J'en doute, mais nous allons y jeter un coup d'œil. Ça pourrait être dangereux, alors…

— Nous en profiterons d'autant plus. N'est-ce pas ?

Elle appuya son épaule contre celle du capitaine Meredith, les yeux brillants de compassion pour tous les hommes qui avaient survécu et qui devaient essayer de reprendre une vie normale, que ce soit dans les champs ou dans les bureaux. Archie était conscient que la promesse d'un danger physique avait été un signal d'alarme. Il n'aurait pas pu rester le vicaire de Droyton Parva. S'il avait persisté, il se serait noyé dans ses propres poumons endommagés.

Ils semblaient en parfait état à cet instant, lui donnant l'impression d'être capable de respirer pour le monde entier, mais le haut de la chaussée était à peine à quelques centimètres au-dessus de la ligne de flottaison, et l'inondation allait sûrement encore empirer avant de refluer.

— Très bien, dit-il. Comme le souligne le Dr Denby, cela pourrait être dangereux. Vous, messieurs du musée, êtes ici pour une mission, et l'église est sous ma responsabilité, donc je dois y aller. Drusilla, Maria, Alice, Capitaine Meredith, pourriez-vous envisager de rester en retrait ?

Avisant les visages obstinés autour de lui, il haussa les épaules.

— Suivez-moi, si nous sommes prêts. Drusilla ?

Elle hocha la tête.

— Nous ne sommes pas encore tous là, Thorne, mais très bien. Allez-y.

Il se demandait qui d'autre elle attendait. Ce que Rufus attendait d'ailleurs, dans les vestiges de cette église détruite, car toutes ses théories avaient sûrement sombré en même temps que l'édifice. Ce n'était pas le moment de poser la question. Comme Archie s'y était attendu, Rufus avança à ses côtés sur la chaussée, refusant de le laisser affronter seul le danger, mais il resta concentré sur ses pas jusqu'à ce qu'il atteigne l'autre côté. La chienne les dépassa et se précipita dans les ruines. Puis il offrit à

Archie un sourire étrange, monta les marches en courant et s'arrêta à l'endroit où s'était trouvé le porche sud.

— Il y avait deux très belles portes en chêne, datant du début du Moyen Âge, expliqua Rufus, s'adressant à ses archéologues qui s'étaient rassemblés sur la marche inférieure pour l'écouter, buvant ses paroles. Leur perte serait inestimable, mais peut-être réapparaîtront-elles dans un fossé quelque part. C'est beaucoup moins important que... Eh bien... Venez voir.

Il attendit que Wright et les autres l'aient rejoint, puis il fit un geste en direction du sud, vers l'étrange sommet du Mont George.

— Le révérend Thorne me l'a montré. On ne peut voir cette étrange crête qu'à partir de cet endroit. Et une fois là-haut, on ne peut voir l'église que d'un endroit précis également.

Le professeur Wright rayonnait.

— Ah, l'intervisibilité, hein ? Un peu plus convaincant que vos absurdes théories sur la ligne de Ley, Ramsey, mais…

— Je dois vous arrêter, mon vieux, interrompit Ramsey. Watkins a été mal interprété. Ce n'est pas sa faute – ni la mienne – si ses disciples ont attribué des origines mystiques au système parfaitement raisonnable d'alignement des paysages qu'il proposait. Ne pensez-vous pas...

— Messieurs, intervint Rufus à contrecœur. L'un d'entre vous a-t-il eu l'occasion de regarder le tableau dans la bibliothèque du presbytère ?

— Certainement. Wright et moi nous sommes disputés à ce sujet tout à l'heure. Je dirais bien qu'il s'agit de l'âge du fer, mais il est d'accord avec vous concernant votre idée d'une sorte de sculpture labyrinthique qui se reflète dans le nom du village. Nous sommes tous les deux d'accord que c'était un coup de génie étymologique de votre part, Denby, de faire le lien.

Wright acquiesça avec enthousiasme.

— Et je dois avouer que je ne suis pas totalement opposé à cette idée. C'est une belle notion, le lien entre un petit labyrinthe de Droyton ici et un grand sur la colline. Mais quoi que nous trouvions là-haut, j'ai bien peur que votre preuve ici au niveau du sol – les tunnels que vous avez décrits – n'ait disparu.

Rufus se retourna pour examiner les ruines effondrées derrière lui. Archie monta les marches et prit position à ses côtés, heureux de l'avoir fait lorsque Rufus se déplaça pour s'appuyer imperceptiblement contre lui.

— Oui, complètement disparu, dit-il en croisant ses bras sur sa poitrine. En tant que professionnel, je suis profondément désolé. Mais même cela a moins d'importance que… Drusilla, vous êtes là ?

Elle monta majestueusement les marches, suivie d'Elspeth.

— Nous sommes là, Denby.

— Il m'est difficile d'expliquer cela. Il n'y a littéralement plus rien de gravé dans la pierre, et tout ce que j'ai, c'est une théorie. Que seriez-vous prête à nous dire sur votre lien avec cet endroit, et sur l'histoire de l'autre – les femmes qui vous ont précédée ?

Elle posa une main en visière sur son front. Une brise chaude faisait voleter ses cheveux, ridait la surface de l'eau, et laissait s'élever la poussière provenant des formes étranges dans la boue au centre de l'église de Droyton.

— Je vais tout vous raconter, à présent que les autres arrivent. La rivière nous transporte tous au même endroit – vous voyez ?

Archie regarda autour de lui. Sa passion insolite pour les machines le poussa à se concentrer d'abord sur la voiture qui s'arrêtait sur la chaussée, et non sur les personnes qu'elle contenait. Une Hillman, âgée mais en bon état… Caroline ne lui avait-elle pas dit dans une de ses récentes lettres qu'elle allait en acheter une, pour emmener Mildred en week-end ?

— Rufus, dit-il, alors que la porte du conducteur s'ouvrait. Je crois que c'est ma cousine.

— Je crois que tu as raison. Avec…

Rufus loucha également à cause du soleil.

— Avec ma sœur. Et pour compléter le tout, voilà Mme Trigg qui sort de l'arrière. Votre rivière est étrange, Drusilla.

Celle-ci enleva son chapeau et l'agita comme un drapeau.

— En effet. Pauvre Hester.

Dans la ruelle, Rosemary le pointa du doigt, et elle et Caroline cherchèrent la route la plus prudente pour rejoindre l'église. Mme Trigg resta un moment à côté de la voiture, puis les suivit lentement, comme si elle était retenue par une lourde chaîne. Archie et Rufus allèrent à leur rencontre, brisant le groupe de spectateurs perplexes.

— Caroline, s'exclama Archie, en tendant la main pour l'aider à traverser la dernière partie boueuse de la chaussée.

Elle était habillée de son habituel tailleur, avec la veste et la jupe qu'elle arborait toujours au travail.

— Quelle belle surprise. Bienvenue à Droyton.

— Ou ce qu'il en reste. Oh, mon cher Archie, qu'est-il arrivé à ton église ?

— Je suis persuadé que certains diraient qu'il s'agit de la vengeance d'un Dieu apocalyptique. Un déluge, en d'autres termes.

— L'endroit a pratiquement disparu. Est-ce que tout le monde va bien ?

— Aucune victime n'a été signalée. Ça a dû être le chaos pour arriver à la maison.

— En effet. J'ai pensé à te demander de m'héberger, mais tu semblais déjà suffisamment occupé. J'ai eu un jour de congé, et j'ai pensé que je pourrais descendre et voir ce qui se passe, sans oublier que...

Ce fut avec un soulagement évident qu'elle posa le pied sur le sol de pierre.

— Sans oublier que je voulais connaître le dénouement de ta mission.

— Oui. J'allais t'écrire ce soir.

— Ce n'est plus la peine.

Elle sourit à Rufus.

— Ravie de vous revoir, Dr Denby. Votre travail ici a été splendide, bien que j'aurais souhaité que tout n'ait pas été effacé. Votre sœur a eu la gentillesse de m'indiquer la direction.

Rosemary la rattrapa et s'arrêta net. Archie pouvait lire en elle comme dans un livre ouvert désormais, et elle était visiblement stupéfaite par le rang de Caroline – une directrice adjointe – et choquée de découvrir une femme dans ce rôle. Elle avait cerné Mme Trigg bien plus facilement et l'avait laissée seule, en train de se frayer un chemin dans la boue du mieux qu'elle pouvait.

— C'était un plaisir, madame – Mlle Taylor –, déclara Rosemary en jetant un regard fier sur les experts vêtus de tweed réunis autour de Rufus. Cette autre personne – la propriétaire de l'auberge, je m'en souviens de ma dernière visite – a insisté pour venir avec nous, mais j'ignore pourquoi – plus nous nous rapprochions, plus elle pleurait. Elle pleure toujours, d'ailleurs.

Quelqu'un a certainement secoué le coude de Dieu quand Il a versé le lait de la bonté humaine entre vous et votre frère. Archie reprit son observation. Rufus et Drusilla s'étaient séparés du groupe et se précipitaient pour aider la pauvre propriétaire, dont le monde avait si mystérieusement pris fin avec la disgrâce de son fils. En parlant de lui...

— Mme Trigg, déclara Archie, en l'aidant à se mettre à l'abri, Je suis heureux que vous soyez venue nous rejoindre, mais où est Jebediah ?

Elle leva un visage triste.

— Je lui ai demandé d'aller les chercher. Les papiers.

— Quoi ? Oh, oui, il nous en a informés quand on l'a trouvé dans la ruelle. Mais c'est toujours inondé là-haut. Il va bien ?

— Oh, oui. Il s'en tirera toujours.

— Pas s'il se noie.

Archie échangea un regard inquiet avec Rufus.

— Nous ferions mieux d'aller le trouver.

— Non, non.

Tristement, Mme Trigg posa la main sur sa poitrine, où quelque chose bruissait.

— Il est bien revenu, et Mildred et Billy sont en train de le sécher près du feu. Il a apporté les papiers, il l'a fait. C'est horrible. Oh, horrible.

— Seigneur, Mme Trigg. *Qu'est-ce* qui est si horrible ?

Rufus et lui l'aidèrent à monter jusqu'en haut des marches, où elle semblait vouloir se diriger malgré les frissons qui parcouraient son corps imposant.

— Personne ne blâme vraiment votre pauvre garçon pour ce qu'il a fait, vous savez. Et si quelque chose d'autre vous préoccupe, ne serait-il pas préférable que vous le disiez ? Ou peut-être que cela vous aiderait de m'en parler en privé…

— Vous le feriez, n'est-ce pas ?

Elle se précipita vers lui, faisant tressaillir Rufus qui posa une main ferme sur son bras.

— Vous êtes un vicaire de la haute Église, comme le dit Hosea Evans, et vous ne valez guère mieux qu'un prêtre papiste, vous entendriez ma confession, femme de chapelle que je suis. Vous *m'absoudriez*.

— Non. J'essaierais de vous aider à trouver des moyens de faire amende honorable, pour que vous puissiez vous absoudre vous-même.

— Je ne peux pas. C'est trop horrible.

— Venez me parler, alors. En tant qu'ami, pas en tant que vicaire. Quand vous voudrez.

Drusilla la dépassa et saisit Mme Trigg par la main.

— Non. Hester, j'ai bien peur que vous ne deviez le faire tout de suite.

Rufus et Archie firent volte-face. Drusilla regardait l'autre femme avec une intensité douloureuse. L'espace d'un instant, Mme Trigg se retint, comme si elle allait malgré tout reprendre son ancien territoire, le petit bout de terrain où elle avait installé son château et sa maison. Puis toute l'arrogance dont elle avait fait preuve sa vie entière fondit. Ses épaules s'affaissèrent et elle permit à Drusilla de la conduire dans les ruines de l'église.

Rosemary s'apprêta à les suivre, puis hésita, fronçant les sourcils en découvrant la propriétaire de l'auberge au bras de l'aristocrate. Elspeth trottina pour lui tirer la manche.

— Viens, sœur Rose.

— Eh bien, drôle de petite chose. Je suis la sœur du Dr Denby, pas la tienne.

Sur un coup de tête, Rosemary se pencha et prit Elspeth dans ses bras.

— Regarde ces cheveux emmêles ! Et que diable portes-tu sous ton imperméable ? Est-ce une sorte de robe ?

— Ma plus belle.

— Ta maman te laisse jouer dans sa malle à vêtements, à ce que je vois.

— Est-ce que tu vas laisser *ton* petit bébé faire ça ?

Rosemary frissonna.

— Mon bébé était un petit garçon. Les garçons ne jouent pas avec les vêtements de leur maman.

— Pas ce petit bébé, sœur Rose.

Alice Winborn arriva avant que Rosemary ne puisse déposer l'enfant. Elle prit Elspeth par les aisselles pour la poser à terre.

— Tu es un lutin contre nature, dit-elle sans animosité. Ne faites pas attention à elle, Mme Spence.

— Non. Non, bien sûr que non.

Rosemary continua à marcher, mais son visage était d'une pâleur indéchiffrable, et lorsque Mme Nettles arriva près d'elle, elle saisit sa main tendue.

— Mais ce n'est pas possible. Ce n'est pas possible.

— Ah, parfois, ils arrivent sans qu'on le veuille. Ils peuvent être un grand bonheur, et parfois, une catastrophe. Alors il y a des moyens – anciens moyens et bons moyens – de changer la destinée.

— Ne dites pas ça, s'il vous plaît.

— Non. Je ne devrais pas, pas en présence d'hommes qui ont créé des lois pour mettre les femmes en prison pour de si bonnes vieilles méthodes.

Elle regarda les archéologues alentour qui les observaient avec plus ou moins d'incompréhension.

— Je vous demande pardon, messieurs, cela n'a rien de personnel, mais telle est la nature actuelle du monde. Accrochez-vous à moi, Mme Spence, et n'ayez pas peur. À présent, Drusilla – ma chère dame –, est-ce le moment propice ?

— Le moment, l'endroit, sept sœurs viennent témoigner.

Drusilla s'était arrêtée à l'endroit où se trouvait l'allée, comme si elle attendait, et une par une, elles se regroupèrent autour d'elle : Alice, Mme Trigg, Maria, Rosemary, l'enfant.

— Caroline Thorne, qui a envoyé Denby ici pour commencer ce qui est en train de se terminer. Venez, s'il vous plaît. Rejoignez-nous.

Caroline s'éclaircit la gorge. Archie savait qu'elle était un modèle de rationalité et préférait les mystères archéologiques servis sur un plateau de preuves solides.

— J'ai envoyé le Dr Denby pour travailler sur l'église, c'est tout. La plupart de ses preuves ont disparu, mais s'il reste quelque chose, je pense que lui et ses collègues devraient passer avant tout le monde pour en juger.

Elle se retourna, les mains sur les hanches, fronçant les sourcils vers son équipe.

— Je ne sais pas du tout pourquoi ils n'ont pas commencé. Messieurs ?

Archie le savait. Il tint sa langue. Lui et Rufus s'étaient arrêtés près du mur extérieur de l'église en ruine, et aucun des archéologues n'avait fait un pas de plus. Il savait que la peur était contagieuse, alors il garda le silence. Ce fut finalement Wright qui prit la parole : il dansa d'un pied sur l'autre, se grattant le front.

— C'est une chose bien étrange à admettre, Mlle Taylor, mais je ne pense pas en être capable. Et vous, Ramsey ?

— Même chose, mon vieux, bien que nous soyons rarement d'accord sur quoi que ce soit. Ce qui est d'autant plus effrayant.

— Que diable voulez-vous dire ? demanda Caroline en haussant les sourcils.

— Regardez le chien, Mlle Taylor. Regardez.

Pippin avait cessé de tourner autour des ruines et s'était arrêtée à l'endroit exact où l'autel avait été recouvert. Il n'y avait plus aucun signe du trou en dessous, mais elle s'assit, baissa la tête et leva une de ses pattes. Ses griffes sortirent. Un bruit lugubre lui échappa, un mélange de hurlement et de gémissement.

— Grands dieux, s'exclama Wright avec inquiétude. J'ai vu des chiens faire ça à Londres, après un raid, vous savez. Les équipes de secours amenaient les animaux pour voir si elles devaient continuer à creuser. Après avoir sortis tous les survivants, il ne restait que…

— Les cadavres, termina Rufus pour lui, avec un bref sourire rassurant. La chienne m'appartenait. C'est juste un clébard, elle n'est pas entraînée pour quoi que ce soit, mais c'est une femelle. C'est ça, n'est-ce pas, Drusilla ? La raison pour laquelle on ne peut pas s'approcher, contrairement à vous ?

— Oui, répondit Drusilla.

Pour la première fois depuis qu'elle était redevenue elle-même, sa voix était instable, et elle posa une main sur la tête du chien et l'autre sur celle d'Elspeth, les caressant toutes les deux. Des larmes coulèrent soudain sur ses joues.

— À cause des jeunes filles[16]. Les pauvres jeunes filles. Oh, Hester, s'il vous plaît, racontez leur histoire.

16 Jeune fille se rapporte ici à « Maidens », le nom de l'auberge de Mme Trigg.

Chapitre 11

— C'étaient des papiers, vous voyez. Des papiers, dans la chambre de Jebediah. Quand Lady Birch – Miss Hazelgrove – m'a dit d'aller chercher les autres choses que mon misérable garçon avait volées, j'ai soulevé les lattes du plancher, et ils étaient là, dans une pochette en peau de mouton à moitié usée par le temps et les rats. Des papiers oubliés, et j'aurais voulu que les rats les aient mangés en entier.

Archie avait pris place sur ce qui restait du mur ouest. Il avait ressenti un fort désir de s'asseoir lorsque Mme Trigg avait commencé à raconter son histoire, comme si la terre recouvrait déjà ses os. Il était profondément heureux de la présence de Rufus à ses côtés, sa main sur son épaule, sans s'inquiéter de dissimuler ce contact.

— Qui les a laissés là, Mme Trigg ? Le savez-vous ?

— Je le sais. Je le sais. Mon grand-père racontait l'histoire de son grand-père avant lui, et ça le faisait rire lui aussi, le vieux bouc qu'il était. Je pensais qu'il s'agissait de l'une de ces histoires de feu de camp, révérend Thorne – celles que l'on raconte pour effrayer les enfants. Je pensais que l'homme de l'histoire était un croque-mitaine, comme Hob le Diable ou Le Petit Poucet. Vous savez comment fonctionne l'esprit des enfants. Mais le nom de cet homme était Hopkins.

— Hopkins ? Qu'a-t-il fait ?

— Ma famille est propriétaire de l'auberge de Droyton depuis des siècles. Je suis née Trigg, et je me suis bêtement mariée à un Trigg, mon cousin. Je ne suis pas une veuve de guerre, Dr Denby, et je suis désolée pour le mensonge. Zachariah est mort à cause de l'alcool, tout comme le reste de sa famille. Je voulais seulement que vous pensiez du bien de moi, quand vous êtes arrivé, vous comprenez ?

— Je pense du bien de vous, répondit Rufus. Vous n'êtes pas comme votre famille. Aucun d'entre eux ne serait venu ici et n'aurait dit la vérité.

— Non. J'ai toujours connu l'histoire. Mais l'histoire est une chose, et les preuves en sont une autre, et les preuves ont…

Elle enfouit la main dans la poche de son manteau et en sortit une pochette abîmée.

— Les preuves m'ont anéantie. L'auberge ne s'est pas toujours appelée Maidens' Dance. Elle s'appelait Troy Town, et notre enseigne – mystérieuse, que j'ai toujours voulu enlever – avait quelque chose à voir avec ça. Les gens venaient ici, il y a des centaines d'années, pour voir cette colline appelée Mont George de nos jours, et pour voir l'église, et… ce qui se trouve en dessous.

— Qu'est-ce qui se trouvait là ? Le savez-vous ?

— Seulement d'après l'histoire. Je ne me suis jamais aventurée dans un endroit aussi païen. Mais ces gens – je suppose qu'on pourrait les appeler des pèlerins – venaient par centaines, parce que sous l'église se trouvait un labyrinthe dans lequel on ne pouvait pas se perdre, et...

Elle s'arrêta pour reprendre son souffle, frissonnante.

— Et des miracles s'y produisaient.

Archie jeta un coup d'œil à Rufus, qui lui donna sa permission d'un signe de tête.

— Des miracles, Mme Trigg ?

— Toutes sortes de saletés de superstitions, révérend. Des guérisons, des transformations. Ils disaient que lorsque vous sortiez de cet endroit, tout ce qui devait changer chez vous le serait. Que cela vous… transformait.

— Caer Droea, dit doucement Archie. Très bien. Que s'est-il passé ensuite ?

— Je ne peux pas vous le dire. Je peux seulement le lire.

— D'après les papiers que vous avez là ?

— C'est le journal que je tenais, alors que je m'asseyais nuit après nuit pour écrire, pour que les mots deviennent clairs et que je puisse comprendre. Pour que je puisse essayer de ne *pas* comprendre, de faire en sorte que ce ne soit pas vrai.

— Voulez-vous que je le lise, Hester ?

— Non. Je dois le faire moi-même.

Elle se redressa, dépliant une feuille de papier d'écolier moderne. Drusilla vint se poster derrière son épaule, et elle commença péniblement la lecture.

— E*n l'an de grâce 1639, l'histoire suivante s'est déroulée dans le village de Droytown-La-Petite.* Est-ce exact, Lady Birch ? Les anciens mots sont difficiles à déchiffrer.

— Oui, c'est exact. Continuez.

— *Moi, Joshua Revelation Trigg, gardien de l'auberge de Troy Town, je le consigne sur ordre du pasteur Gorringe, gardien des âmes pures de Droytown, et du fléau des non convertis. Je l'écris pour servir de preuve contre les mauvaises femmes en procès pour le crime ignoble de sorcellerie, leur véritable nature révélée grâce au zèle et à l'énergie de notre invité d'honneur, le révérend Maître Hopkins, nommé par Dieu et par le Parlement pour les chasser.*

— Oh, Seigneur, souffla Archie, faisant sursauter les archéologues réunis. M*atthew* Hopkins.

Le Dr Ramsey se tourna vers lui, blanc comme un linge.

— Hopkins, le chasseur de sorcières ?

— L'autoproclamé Général chasseur de sorcières. Rien à voir avec le Parlement, ni avec Dieu d'ailleurs. Que faisait-il ici ?

— Eh bien, il y a une théorie selon laquelle il a passé du temps avec la colonie puritaine de Salem dans le Massachusetts. S'il est venu dans l'Essex depuis là-bas…

— N'importe quoi, Ramsey, le coupa Wright. Il aurait débarqué à Bristol. Pourquoi aurait-il fait un détour par ce petit point sur la carte ?

— Ah, mais s'il avait débarqué à Southampton ? Brighton et Lewes se trouvaient sur sa route. C'était à ses débuts – il n'a pas coincé ces trois cents pauvres vieilles filles en Est-Anglie avant les années 1640 – mais tout de même, s'il avait eu vent d'un quelconque acte répréhensible à Droyton...

— C'était le cas. Il en a eu vent.

Dans son agitation, Mme Trigg avait enroulé sa feuille en un tube froissé. Elle le pointa d'abord vers Ramsey, puis vers Wright, et tous deux restèrent silencieux, mal à l'aise

— Il est venu ici. Je n'arrive plus à lire ma propre écriture, mais l'Apocalypse selon Josué dit ceci. Allez-vous écouter ?

— Ils écouteront, dit Archie fermement, levant la main pour mettre fin à la prochaine interruption de Wright. Continuez, s'il vous plaît, Hester.

— *Durant de nombreuses années, le mal et la corruption ont sévi dans ces régions, l'autorité de certaines femmes impies et débridées n'étant pas remise en question, en particulier la créature appelée Lady de Birch. Elle n'était pas une femme mais plusieurs, transmettant ses biens et son nom par des moyens des plus anormaux, chacune choisissant son successeur comme elle l'entendait, sans bénéfice de la loi, de Dieu ou du mari. Aucune d'entre elles n'avait jamais assisté à l'office du sabbat dans notre église, mais avait déclaré comme siens certains vestiges antiques qui se trouvent en dessous, des tunnels curieusement creusés dans la terre, et qui de par leur forme, correspondaient aux signes fabriqués par le diable sur le sommet de la colline appelée Droytown-La-Grande. Dans ces lieux profanes, des troupeaux d'imprudents se rassemblaient, au péril de leur âme, aidés et guidés par Lady Birch, et par les femmes du village qu'elle avait séduites, désormais à son service, et qu'elle appelait de façon obscène ses servantes, comme on l'appelait prêtresse.*

La brise changea de direction, rapprochant la voix du fleuve. Il y avait une nouvelle note, une urgence pressante, et Pippin commença à donner des coups de patte dans la terre. Rufus scruta l'eau qui entourait l'église.

— Vous feriez mieux de lire la suite rapidement, Mme Trigg. Hopkins a eu vent de cette malfaisance et il est venu ici, n'est-ce pas ? Il ne devait être qu'un jeune homme à l'époque.

— Oui, monsieur. C'est ce que dit l'Apocalypse. Lui et le pasteur Gorringe – qui devait être l'ancêtre de notre vieux bouc de recteur –, admiré pour sa jeunesse et sa force de caractère.

Son visage devint gris, comme si tous les fantômes la rattrapaient d'un seul coup.

— Je continue. Je vais le dire rapidement, avec mes propres mots, ancrés dans mon esprit, si profondément que je n'en serai jamais débarrassée. Il est venu ici, Matthew Hopkins, et il a dit aux villageois de Droyton que Lady Birch et ses jeunes filles étaient dépravées. Les temps étaient durs et moches – la guerre civile arrivait, la famine et la maladie sévissaient partout. Il est facile de faire croire n'importe quoi aux gens pendant les jours sombres, n'est-ce pas ? Comme c'était le cas il y a quelques années.

— Oui. Comme à l'époque.

— Et ce Hopkins, il facturait vingt shillings pour chaque pauvre créature qu'il condamnait pour sorcellerie. Et la paroisse ici lui a donné de l'argent, parce qu'il disait aux hommes qui l'aidaient qu'ils pouvaient saisir les biens de toute personne qu'il tuerait, et il avait juré de tout partager avec eux. Et la Lady Birch de cette époque...

— Elle était riche. Une cible facile, déclara Rufus en se frottant les yeux. À cette époque, le salaire moyen était de quelques centimes par jour, messieurs, et plus que ce que la plupart des gens valaient pour tenir tête à un tel homme. Il a balayé comme il l'aurait fait avec une faux l'Est-Anglie. Et je pense qu'il a commencé sa carrière ici même.

— Savais-tu que c'était lui ? demanda Archie, en tendant la main pour effleurer celle de Rufus.

— Non. J'étais juste certain que quelqu'un ou quelque chose était venu ici et avait transformé un lieu sacré en un lieu impie, un ossuaire. C'est ce qui s'est passé, n'est-ce pas, Mme Trigg ? C'est ce qui est si horrible.

Elle hocha misérablement la tête.

— Cet homme, Hopkins, a créé ce qu'il a appelé un tribunal, avec Gorringe et Revelation Trigg à sa tête. Ils ont traîné Lady Birch devant tous les villageois, et aucun d'eux n'a levé le petit doigt pour l'aider – à l'exception d'une femme appelée Sairey Nettles, qui s'est jetée devant la Dame et a dit qu'il était de son devoir de la protéger, elle et tous ceux qui lui appartenaient. Et Sairey Nettles fut à son tour arrêtée, accusée et jugée pour sorcellerie. Ah, et la façon dont ils ont procédé. Torturer les pauvres âmes pour qu'elles se condamnent elles-mêmes, qu'elles crient ou se taisent – en les piquant avec des épingles – en faisant bouillir de l'eau, ou du plomb, et en les versant dans leur…

— Hester, arrête !

Maria courut vers elle, la prit par les épaules et la secoua doucement.

— Ces chagrins datent d'il y a tant d'années. Pourtant, je les ressens comme si c'était hier. Laisse-les être emportés avec la crue de la rivière.

Mme Trigg sanglota.

— De tout mon cœur ! Pardonne-moi et les miens pour notre rôle dans tout ça.

— Ce n'était pas *toi*. Tout comme ce n'était pas moi.

— Et pourtant, c'est comme si c'était hier, comme tu le disais. Le sang dans mes veines est celui de Revelation Trigg, qui a dit à ce Hopkins d'utiliser l'auberge pour exécuter la sentence qu'il avait prononcée sur Lady Birch et toutes ses servantes. Mon Dieu, il a pris près de trente d'entre elles et les a pendues l'une après l'autre sur un gibet installé dans la cour. Et le vieux Revelation prenait ça pour une vaste plaisanterie, car à partir de ce jour, il a appelé l'auberge de Troy Town, «Maidens' Dance». Oh, comme elles dansaient, Maria ! Comme elles dansaient !

Elle tomba à genoux dans la boue. Maria l'imita, la serrant dans ses bras du mieux qu'elle le put. Drusilla Hazelgrove se tenait au-dessus d'elles, étendant ses robes et son imperméable pour les protéger du vent. Le silence se répandit en ondes de choc à travers la petite foule, et même les hirondelles – qui faisaient des allers et retours, à la recherche de leurs nids perdus parmi les chevrons – cessèrent de crier.

— C'est ainsi, dit lentement Drusilla, se tournant vers Rufus et Archie. C'est ainsi qu'un lieu sacré est devenu un ossuaire, Denby, où aucun homme ne peut entrer sans crainte. Le chasseur de sorcières Hopkins a enterré la prêtresse et les jeunes filles dans les tunnels sous l'église, pour polluer la terre qu'elles adoraient.

— Toutes, Drusilla ? Ici ?

— Ici. Hopkins a brisé la chaîne des gardiennes des prêtresses qui avaient trouvé leur chemin jusqu'ici pour servir le labyrinthe. Celles qui sont venues par la suite étaient affaiblies et déconcertées. L'une d'entre elle a peint les fresques murales, pour essayer de réparer les torts – l'homme s'adressant à la femme, et la femme à l'homme – et une autre a placé la déesse endormie dans le mur de l'église, pour garder les jeunes filles assassinées en paix.

Soudain, elle leva la tête. Ses yeux brillaient de férocité.

— Imaginez ce qu'ils auraient pu faire, autrement ! Avancez, sœur Caroline, qui comprenez la nature des ossements humains. Venez, Alice, au cœur sincère. Venez, Rosemary, car la vie dans votre ventre n'appartient qu'à vous. Venez, vous tous, et regardez la boue à vos pieds, et témoignez.

Caroline fut la première à lui obéir. Elle trébucha et s'agenouilla, et à la stupéfaction d'Archie, elle commença à retourner la terre avec ses mains.

— Caroline, cria-t-il, en essayant de se remettre debout, mais Rufus le retint. Qu'est-ce qu'elle fait ?

— Elle cherche les sorcières. Reste ici.

— Mais elle va se faire mal ou… Tu n'es pas inquiet pour le site ? Le plus proche qu'elle a jamais été d'une vraie fouille est son bureau à Bloomsbury.

— Rosie et Alice vont l'aider, répondit Rufus avant de baisser la voix. Laisse les choses se faire, Archie, mon amour. Laisse aller.

Les trois femmes étaient désormais à genoux dans la boue au centre de l'église. Alice semblait forte et apte à la tâche. Rosemary paraissait désorientée, mais elle fut néanmoins la première à soulever une grande touffe d'herbe et de racines enchevêtrées et à la mettre de côté comme si elle ne pesait rien.

— Regardez, souffla-t-elle, davantage émerveillée qu'horrifiée. Oh, regardez !

Caroline se leva d'un coup.

— Il y a des restes humains ici, dit-elle, sèche et calme comme toujours.

Des larmes coulaient sur son visage.

— La tempête a causé beaucoup de décompositions, mais je vois plusieurs crânes, et l'assemblage d'autres os indiquerait un enterrement massif. Deux douzaines d'inhumations au moins. Mon Dieu. Que pouvons-nous faire ?

Le professeur Wright, qui était resté bouche bée durant les dernières minutes, revint soudain à la vie.

— Pourquoi, les pauvres âmes devraient rester enterrées, déclara-t-il. Quelle histoire infernale. Ne pourriez-vous pas organiser leur enterrement chrétien, Thorne ?

— Non. Non, je ne pense pas que je puisse.

Archie se remit debout. La rivière avait trouvé une nouvelle voie en amont. Les douves autour de l'église grouillaient de boue, les courants fléchissaient comme des muscles sous la surface. De l'autre côté de la plaine inondable, parmi l'enchevêtrement de saules et de chênes tombés, une vague se formait.

— Drusilla, Maria, vous tous, revenez ici. Sur la chaussée, vite.

Mme Trigg leva la tête.

— On ne peut pas les laisser, se lamenta-t-elle. Les pauvres filles !

— Nous *pouvons* les laisser, dit calmement Drusilla, en se penchant pour aider Maria à se relever. Leur histoire a été racontée, chère Hester. Nous pouvons les offrir à la rivière.

Et juste comme ça, l'onde d'horreur et de répulsion qui retenait Archie disparut. Il prit une profonde inspiration. Les autres hommes s'animaient aussi, se secouant, se frottant les yeux. Alice Winborn entendit le nouveau chant de la rivière et lança un cri d'avertissement. Elle prit Elspeth d'une main et Rosemary de l'autre.

— Allez, tout le monde ! On doit y aller.

Archie courut à leur rencontre. Il vit Rufus s'occuper de Mme Trigg, les archéologues offrant à qui voulait leurs mains et leurs coudes recouverts de tweed. Ensemble, ils se dirigèrent vers la chaussée. Archie se tenait en retrait et comptait un par un ceux qui passaient devant lui, jusqu'à la chienne qui escortait Alice avec une vigilance féroce.

— Continuez d'avancer, cria-t-il en entendant le grondement croissant de l'eau. Sur la rive, vite. Tout est sur le point d'être emporté.

Ils étaient à mi-chemin de la côte de la plaine quand la vague frappa. Alice, alourdie par la petite fille, prit du retard : Archie récupéra l'enfant et la jeta dans les bras de Maria, qui l'attendait. Il poussa Alice devant lui sur la rive et sentit la terre glisser et s'effriter sous sa dernière foulée.

La douce odeur sauvage de l'eau boueuse remplit ses poumons. Le courant l'arracha du sol. Il mesura la profondeur du cloaque, essaya d'en sortir mais se retrouva soudain enfoncé jusqu'à la taille.

Un bras tomba du ciel. C'est ce que ressentait toujours Archie lorsque son amant cherchait à l'attraper.

— Ici, dit Rufus en haletant, réussissant à agripper son bras et son manteau. Accroche-toi à moi.

Les archéologues avaient combiné leurs forces pour ancrer Rufus sur la rive. Alice et Rosemary s'approchèrent pour le tirer, et Archie, riant nerveusement pour une raison quelconque, sous le coup de la douleur et du danger, tomba à genoux dans l'herbe trempée, où Rufus le rattrapa et le tint dans ses bras.

— Est-ce que tout le monde va bien ?

— Oui, répondit Rufus d'un ton tremblant. Y compris toi, de justesse.

— Y compris moi.

Archie se retourna, heureux de l'étreinte de Rufus. Les exigences du moment l'excusèrent, et si certains avaient un problème avec ça – eh bien, la rivière était profonde, et des accidents pouvaient arriver. Archie se reprit. C'était l'euphorie, les joies du sauvetage et d'avoir été sauvé. Il devrait apprendre à vivre comme Rufus le lui avait appris, à l'abri de leurs chaînes et dissimulés, mais au moins il vivrait. Oh, comme il vivrait, aux côtés d'un tel homme...

— Rufus, que fait Drusilla ?

— Je n'en ai aucune idée.

Elle avait pris position sur un promontoire de la rive, un monticule de boue et de racines embroussaillées, épargné par l'inondation. Elle avait repoussé la capuche de son imperméable, et ses cheveux volaient au vent.

— Ainsi meurt Caer Droea, dit-elle, et bien qu'elle ait à peine élevé la voix, les mots se propageaient étrangement, faisant vibrer les tympans d'Archie. Ainsi meurt la forteresse changeante, la maison de la transformation, où les poumons sont guéris, les vraies natures révélées, les morts ramenés à la vie, et toutes choses emportées à la phase suivante de leur existence. Ainsi meurent les jeunes filles et la dame de Droyton Parva – au revoir et adieu, mes sœurs. Au revoir et adieu.

Rufus libéra Archie. Lentement, regardant l'eau, où l'île et la chaussée avaient maintenant toutes deux disparu, se dissolvant dans l'inondation, il alla rejoindre Drusilla. Il fouilla dans sa veste et posa la statue de la déesse dans sa main.

— Ceci leur appartient.

Le professeur Wright sursauta comme s'il venait d'être électrocuté.

— Denby, non ! cria-t-il, et Archie se redressa à temps pour l'arrêter de force. Que diable faites-vous ?

— La seule chose que je puisse faire, Wright. Je suis désolé.

— Vous ne pouvez pas, s'insurgea Caroline, en s'agrippant à Maria pour la soutenir. Cet objet est inestimable.

— Je sais. Tout comme les femmes qui sont mortes ici. Pour votre information, madame, je crois que l'île de Sabros est un labyrinthe cérémoniel. Cela pourrait justifier une enquête.

— Quel est le rapport avec...

— Certaines choses sont perdues, d'autres sont retrouvées. C'est tout.

Drusilla berça la petite figurine dans sa paume. Elle la porta à ses lèvres, puis la jeta de toutes ses forces dans l'eau.

CHAPITRE 12

C'était une belle matinée de début juin. Dimanche, la cloche de la chapelle de Droyton avait sonné avec toute sa vigueur habituelle, même si aucun appel rival aux fidèles ne sonnerait plus jamais de l'église sur la plaine inondable. Hosea Evans avait attiré une congrégation plus petite que d'habitude, certains habitués manquant à l'appel. La nouvelle église anglicane – dans le village, cette fois-ci, bien loin de la rivière – était encore en cours de planification, son pasteur n'ayant pas encore été désigné.

Un matin d'été, à midi. Les fidèles d'Archie se trouvaient sur la colline. Une chaleur poussiéreuse se dégageait de la craie, et à l'ombre des chênes qui entouraient la crête, Mme Nettles et Drusilla déballaient un pique-nique de grande envergure. Des paniers étaient éparpillés autour d'elles, portés depuis le presbytère par de nombreuses paires de mains volontaires. Le Mont George, désormais connu sous le nom de Droyton Magna, avait été autorisé par le Royal Museum à être restauré, et les travaux étaient en cours, sous l'étroite surveillance des archéologues de Caroline Taylor.

De fines bandes de gazon étaient déjà visibles à la périphérie des cercles. Les vastes rives et la périphérie, nouvellement exposées, brillaient au soleil. Deux douzaines d'âmes du village avaient renoncé à leur repos dominical et venaient réclamer leur labyrinthe.

— Là, déclara Mme Nettles, en secouant un torchon pour protéger des mouches sa multitude de sandwiches. Cela devrait suffire à nourrir tout le monde, à peu près.

Drusilla regardait le festin d'un air méfiant. Deux grandes tables sur tréteaux avaient été installées, toutes deux recouvertes de toutes sortes de gâteaux et de scones que la cuisine du presbytère avait fournis, ainsi que d'un grand choix de viandes froides digne d'une des soirées boucherie d'Archie.

— Je suis d'accord, Maria, dit-elle, mais ces choses-là sont coûteuses. Pourquoi n'êtes-vous pas venue me voir, comme vous avez eu l'amabilité de le faire auparavant, pour discuter du prix et de la façon dont je pourrais vous aider ?

— Si j'avais été plus aimable, je vous aurais ruinée, Madame. De plus, je…

Elle se tut et tapota la poche de son tablier fleuri.

— Je peux me le permettre.

Le tablier était neuf. Drusilla haussa un sourcil. Sans demander sa permission, elle tendit la main et sortit une enveloppe de la poche décorée d'une rose. Mme Nettles se tenait là, l'observant avec bienveillance, pendant qu'elle extrayait les papiers et lisait.

— Le révérend Gorringe semble être mort en Italie, et vous a laissé le presbytère et toute sa fortune personnelle considérable, Maria.

— En effet. Ce qui me surprend, c'est que s'il avait tant de richesses personnelles, pourquoi n'en a-t-il pas dépensé une partie pour rafistoler sa misérable maison ?

— Je ne prétends pas comprendre tout le langage juridique dans lequel cette lettre est rédigée, mais il semblerait que ses biens personnels aient été placés sous forme de fiducie pour éviter qu'il ne les dilapide. Ce qui, étant donné sa nature, semble avoir été une précaution judicieuse. Félicitations, mon amie. Il me semble que justice a été rendue.

— Dieu sait quelles rumeurs cela va faire courir. Les ragots sur moi et le boucher étaient déjà assez pénibles. C'était un mythe, vous savez.

— Je sais. Mais si cela a apporté de la viande aux âmes affamées de ce village pendant les années de guerre, qui se soucie que ce soit le cas ou non ?

Drusilla posa un pichet de bière en grès sur la table.

— Les ragots concernant le révérend Gorringe et moi n'étaient *pas* un mythe, malheureusement.

— Je me suis posé la question. Je trouvais méprisable qu'il s'en prenne ainsi à une femme malade.

— Vous devez garder à l'esprit que, dans une certaine mesure, je le lui ai permis, malade comme je l'étais. Je pensais que j'allais mourir, et il n'y avait pas de successeur à la tutelle de Caer Droea. Dans mon esprit confus, j'avais l'impression de devoir en créer un, et je ne voyais qu'une seule façon de le faire.

— Alors vous avez créé Andrasta.

— Avec l'aide involontaire de Gorringe. Continuez à appeler l'enfant Elspeth, Maria. Elle a besoin de comprendre le monde réel ainsi que son étrange héritage.

Drusilla sourit en retirant le bouchon du pichet.

— En parlant de cela, que ferez-vous du vôtre ? J'espère que vous aurez encore besoin de moi.

Mme Nettles se mit à l'ombre pour regarder les ouvriers sur la colline. Une nuée de minuscules papillons bleus scintillait vers le ciel sur un courant d'air ascendant, si nombreux qu'ils dissimulèrent brièvement le soleil.

— Je crois que je vais restaurer la misérable maison. Le révérend – notre propre révérend, je veux dire – disait qu'il y aura toujours des orphelins et des vagabonds. La sœur du Dr Denby veut rester avec nous pour l'instant, et Dieu sait qu'elle aura besoin d'aide quand son bébé arrivera – elle n'a pas encore tout à fait conscience de la façon dont elle l'a conçu.

— Peut-être pourra-t-elle apprendre à l'accepter, comme je l'ai fait, et à aimer son enfant tout simplement. Elle en voulait désespérément un.

— Oui, mais ce n’est pas très correct, n’est-ce pas ? Elle peut difficilement s’asseoir avec les dames de Mayfair et en parler.

Un rire franc échappa à la grande prêtresse.

— Arrêtez, Maria. Vous avez toujours Miss Winborn et le capitaine sur les bras, n’est-ce pas ?

— Oui, jusqu’à ce qu’elle et David trouvent un endroit pour vivre. Et Alice veut se marier chez elle.

— Je ne peux pas lui en vouloir, vu l’ombre qui plane sur son oncle.

— Elle a ce pittoresque désir de ne pas être vue par le marié la veille, alors vous pouvez m’aider en la débarrassant de David et en l’hébergeant à Birch Hall.

Elle secoua la tête, prit le pichet et commença à verser la bière fraîche dans les carafes qui l’attendaient à l’ombre.

— Je crois que je vais transformer mon presbytère en un foyer permanent pour les canards boiteux, les femmes déshonorées et les orphelins Et j’aurai toujours besoin de votre aide, ma dame. Qui sait qui d’autre pourrait venir ?

Comme un écho à ses paroles, un moteur se mit à rugir. Drusilla et Mme Nettles tournèrent la tête pour découvrir une élégante voiture à moteur, rendue minuscule par la distance, rutilante, parcourant le long de la route du Mont George, avant de s’arrêter.

— C’est une belle voiture, dit Mme Nettles en riant. Je parie qu’il aurait su quelle est la marque.

Drusilla hocha la tête, sachant de qui elle parlait, le seul homme ayant une place unique dans l’esprit de la gouvernante. *Notre propre révérend.*

— Je n’y connais pas grand-chose, dit-elle, mais il me semble que la voiture n’est rien à côté de la dame qui en sort.

Mme Nettles mit ses mains sur ses hanches et émit un sifflement.

— Elle surpasse Rita Hayworth ! Le jeune homme qui l'accompagne n'est pas mal non plus… Seigneur. C'est Giles !

Le jeune couple se mit à marcher. Il était aussi bien habillé que sa compagne, les cheveux raides, la chemise immaculée. Il lui tendit courtoisement la main pour l'aider à franchir le monticule et elle sauta joyeusement dans ses bras, l'écharpe de soie volant autour d'elle. Quelques mètres plus loin sur la piste, ils s'arrêtèrent tous deux et firent des signes frénétiques.

— Je ne serais pas surprise que Giles ait lu l'article dans le *Times* et soit revenu pour nous aider, déclara Drusilla en lui faisant sereinement signe de la main.

— Ils ont besoin de toute la main-d'œuvre possible, là-haut. Pensez-vous que ce grand labyrinthe fonctionnera comme le petit ?

— Je ne sais pas, Maria. Mais si c'est le cas…

Elle s'arrêta et son expression s'assombrit. Elle avait cessé de regarder la progression du couple hollywoodien et se concentrait sur le sentier qui remontait le flanc de la colline depuis Ashfield. À cette hauteur, c'était à peine plus qu'une piste. Une silhouette poussiéreuse s'approcha du cercle extérieur fait de craie. Sa tête était baissée, sa silhouette semblait écrasée et fatiguée.

— S'il fait des merveilles comme le petit, peut-être que les miracles seront plus grands. C'est le Dr Winborn, Maria. S'il vous plaît, apportez-lui une carafe de bière froide.

— Lui apporter une..., commença Mme Nettles. Je vais surtout le gifler. Il a le culot de se montrer à Droyton à nouveau !

— Certes. Regardez-le.

Winborn s'arrêta à la base du mur incurvé, la vaste forme qui gardait l'intérieur. Billy Prescott venait d'apparaître au sommet de celui-ci. Son visage joyeux se fit sinistre, mais il prit sa sœur par le bras avant qu'elle ne puisse se jeter sur le nouvel arrivant. Billy et elle travaillaient sur la colline depuis l'aube. Non seulement Mme Trigg leur avait donné congé mais elle les accompagnait. L'auberge était fermée afin de réparer les dégâts causés par l'inondation et pour démolir les vieux pavés de la cour afin d'en faire un jardin. Personne n'avait soulevé le gazon plus tendrement qu'Hester Trigg. Elle rejoignit Billy et Mildred pour toiser Winborn, puis baissa les yeux.

Alice et le capitaine émergèrent des serpentins du labyrinthe. Tous deux avaient le visage rouge. Alice, trop occupée à ôter la poussière de craie du dos de Meredith, ne remarqua pas tout de suite son oncle.

Lorsque ce fut finalement le cas, elle demeura aussi immobile qu'une statue. Un mélange de dégoût et de pitié tordit ses traits. Meredith enveloppa son épaule d'un bras protecteur. Winborn traversa péniblement l'espace qui les séparait, comme s'il avait épuisé ses dernières forces. Son regard alla de l'un à l'autre. Il observa la belle femme et l'amant qu'elle n'avait jamais cessé d'aimer, même mort. Winborn s'assit sur la pelouse et se mit à pleurer.

Mme Nettles versa de la bière dans le plus grand pichet qu'elle avait. Elle était sur le point de le rejoindre lorsqu'Elspeth et Jebediah sortirent des murs de craie. Ils se tenaient la main, criant et riant, la chienne à leurs trousses. Le cri extatique de Jebediah s'éleva dans l'air.

— Ma ! Maman, on l'a fait, et on ne s'est jamais perdus, on a fait le dédale !

— Techniquement, c'est un labyrinthe, murmura Drusilla, regardant avec amusement les enfants remonter la route jusqu'à Mme Trigg, qui les souleva du sol par réflexe et se mit à tanguer sous leur poids, son visage affichant un air étonné. Mais je dirais qu'il fait son travail. Un instant, Maria, avant que vous n'apportiez cela au médecin. J'ai quelque chose à vous dire.

Elle entraîna Mme Nettles dans l'ombre. Elles se tenaient côte à côte, regardant les merveilles ordinaires de la vie se dérouler sur le flanc de la colline devant eux.

— Quand je suis arrivée ici, dit Drusilla, j'étais la plus désespérée de toutes les gardiennes de Caer Droea. Il y avait un dédale en moi, pas un labyrinthe, et j'aurais erré pour toujours, si Thorne et Denby ne m'avaient pas trouvée. La nuit dernière, j'ai rêvé que Denby était l'homme de la fresque murale de l'église, et qu'il me tendait la main.

Ses yeux s'emplirent de larmes. Mme Nettles caressa son bras d'une main réconfortante.

— Vous n'êtes plus perdue, désormais. Vous êtes belle dans votre velours bleu nuit, ma dame, et l'agrémenter avec votre grand chapeau de paille garni de rubans et de marguerites était une très bonne idée. Où pensez-vous qu'ils soient en ce moment, le docteur Denby et le révérend ?

— Cela fait plus d'une semaine, n'est-ce pas ?

Elle sourit et se tamponna les yeux avec le mouchoir que Mme Nettles lui avait tendu.

— Ils doivent se trouver à Sabros à présent.

CHAPITRE 13

Le grondement d'un moteur de moto couvrit le murmure constant de la mer. Rufus ne leva pas les yeux de son croquis. Beaucoup d'ouvriers sabriens se déplaçaient à moto. Ils se débrouillaient bien, manœuvrant dans les petites rues de l'île conçues pour les charrettes à ânes. Le convoi royal de six camions s'était difficilement traîné hors du port, les enfants et les vendeurs de rue l'acclamant alors que les rétroviseurs frôlaient les murs de stuc blanc.

La soirée était délicieusement chaude. Un vent venu de la côte nord de l'Afrique agita la moustiquaire au-dessus du lit et fit claquer doucement les volets peints en bleu. Rufus pouvait sentir le poisson fraîchement pêché sur les braseros installés sur le toit, les huiles aromatiques de la myrte poussant en bas des appartements, et les indéfinissables saveurs de l'excitation s'élevant de la poussière sableuse. Les notes d'un bouzouki s'infiltraient par les fenêtres, accompagnées d'un léger battement de tambour.

Un autre rugissement, plus proche cette fois. Rufus ferma les yeux et s'accorda un moment d'espoir. L'espoir se transforma en une racine qui s'éleva vers le ciel, sema ses graines et devint une plante florissante. Abandonnant son esquisse, il la posa sur la grande table de travail en bois d'olivier, en coinçant ses quatre coins avec des pierres.

Après une longue journée de travail, du sable fin s'était infiltré dans tous les plis de sa peau. Il descendit en courant dans le cube au carrelage brillant qui servait de salle de bains, ôta ses vêtements de travail et actionna la pompe rouillée jusqu'à ce que l'eau commence à éclabousser l'évier, qui était grand comme une auge et en avait probablement été une autrefois. Il mit sa tête sous le robinet et se redressa, haletant. Le seul luxe qu'il avait rapporté d'Angleterre était un pain de savon qu'il avait récupéré au presbytère – l'odeur matinale d'Archie, qui, avec les pommes séchées et le tabac frais, le ferait frissonner à jamais. Il se lava du mieux qu'il put et se releva. Il lui semblait ridicule de remettre sa chemise et son pantalon par une telle chaleur, alors il enfila la longue djellaba blanche que Zadi lui avait rapportée du marché.

Il n'y avait pas de miroir. Seule son ombre sur le mur lui permettait de juger s'il avait l'air ridicule ou non. Il pouvait deviner sa silhouette, la longue robe droite ne révélant ni ne dissimulant rien. Cela n'avait pas d'importance. Ce vêtement était simplement quelque chose de confortable à porter dans un climat chaud.

Il n'eut pas grand-chose d'autre à faire pour se préparer. Un signal vers les toits ferait venir un membre de l'équipe de Zadi avec une panière à pain et la pêche du jour protégée dans de la glace. Le vin refroidissait dans la cave. Rufus prit une inspiration. Le bruit de la moto était désormais clair, distinct, se trouvant quelque part entre la route du village et le bâtiment où le ministère sabrien accueillait ses visiteurs. Elle ralentit jusqu'à s'arrêter.

Rufus ouvrit la porte d'entrée. Au pied des marches, Archie était en train de descendre de la Norton. Rufus et lui avaient voulu voyager ensemble, mais les obligations d'Archie l'avaient retenu en Angleterre pendant une semaine, à faire la navette entre Droyton et Londres. Rufus avait essayé de l'attendre, mais Caroline Taylor – récemment promue directrice du musée, et s'y consacrant de toute son âme – n'avait pas voulu en entendre parler. Si le Dr Denby souhaitait diriger la plus grande expédition étrangère de la décennie, il devrait se trouver à bord du navire spécialement commissionné qui partirait de Portsmouth trois jours après l'ouverture de la colline de Droyton Magna, et ce, sans poser de questions.

Rufus n'en avait posé aucune. Il était parti, porteur de toutes ses anciennes gloires royales et plus encore – le Dr Denby de Sabros, salué par un gros titre dans le *Times*. Il avait travaillé d'arrache-pied pendant la plus grande partie de la deuxième semaine, et avait dormi seul dans le grand lit à moustiquaire, fixant le reflet de ses rêves dans les motifs océaniques du plafond éclairés par la lune. Son cœur battait la chamade, sa vision rendue floue par les larmes et la poussière. Archie portait uniquement un sac à dos sur l'épaule et gravissait les marches pour le rejoindre. Il scruta son visage avec anxiété.

— Est-ce que ça va ?

— Oui. Je n'étais pas sûr que tu viendrais aujourd'hui, c'est tout. Tu m'as manqué et...

— Cher ami. Pour l'amour de Dieu, rentre à l'intérieur.

Archie claqua la porte derrière eux. Il regarda la grande pièce du premier étage qui servait de cuisine, de salon et de chambre à coucher.

— C'est merveilleux.

— Pas vraiment. Du moins selon les normes locales, c'est pas mal, mais…

— C'est parfait. Un lit, une vue sur le ciel, et…

Il s'arrêta, assez longtemps pour que Rufus ait le temps de le soulager de son sac à dos et il le regarda avec un désir et un amour ardent.

— Et une caractéristique unique à cette partie du monde, pour autant que je sache.

Rufus était lent. Sa semaine de solitude avait été remplie d'artefacts, de stratification du sol et des trésors des morts.

— Qu'est-ce que c'est ?

— Toi, bien sûr. Si beau dans ton… Comment s'appelle cette chose ?

— Une djellaba, répliqua joyeusement Rufus en se glissant dans ses bras. Ça s'appelle une djellaba. J'ai demandé à Zadi d'en prendre une pour toi aussi.

— Tu as fait ça ?

— Mmmm. La tienne a de longues rayures noires. Je me suis dit qu'elle t'irait bien. Oh, mon Dieu, c'est si bon de te voir.

Rufus lui arracha un rire et le laissa partir à contrecœur : il n'y avait pas de vue sublime sur la mer car la fenêtre donnait sur une rue banale, animée à cette heure par les passants et les chariots.

— Tu as récupéré ta moto sans problème ?

— Elle m'attendait sur le port, nettoyée et avec le plein. Merci de l'avoir fait sortir en douce pour moi.

— Pas en douce, je l'ai listée comme kit d'expédition vital. Elle sera très utile pour se déplacer sur le site. Comment s'est passé ton voyage ?

— C'était long. J'ai rêvé toutes les nuits que tu étais là. Je crois bien que mon compagnon de cabine en savait long sur toi au moment où nous avons accosté en Crète – long sur moi aussi.

— Tu aurais pu avoir ta propre cabine. Je te l'ai dit.

— C'est vrai. Mais je ne peux rien *accepter* de ta part. Je dois…

— Chut, murmura Rufus en lui prenant la main. Tout ce que tu dois accepter pour l'instant, c'est ta nouvelle djellaba.

— J'admets que je tuerais pour changer de vêtements. Je suis en train de bouillir là-dedans. Où est ce merveilleux vêtement ?

— Dans l'armoire, près du lit.

Rufus le laissa tranquille le temps de fermer les volets donnant sur la rue, puis lui fit traverser la pièce. Ensemble, ils débarrassèrent Archie de sa lourde veste et de son pantalon – noir classique, car après vingt ans de métier, il ne possédait tout simplement rien d'autre que ses vêtements de vicaire.

Une lettre tomba de sa poche sur le sol carrelé.

— Ah. Ça aussi, ça m'attendait au port.

— Tu ne l'as pas ouverte ?

— Je n'ai pas eu le temps. Je voulais juste rentrer à la maison et te retrouver.

Maison. Rufus frissonna sous ce mot. Voilà la raison de la tristesse qui l'avait tenu éveillé sous la moustiquaire : le mal du pays, guéri instantanément et complètement par l'arrivée de son amant. Sa place était avec Archie ; il était son foyer.

— Maintenant que tu es là, dit-il doucement, essayant de garder une voix ferme, veux-tu y jeter un œil ? Nous pouvons la lire ensemble.

— Tu sais de qui ça vient, pas vrai ?

— De ton évêque à Ashfield.

— Je ne mérite pas une telle sommité. L'archidiacre. De toute façon, il s'exprimera *ex cathedra.*

— Il est venu te voir au presbytère le mardi après mon départ, n'est-ce pas ? Comment ça s'est passé ?

— Eh bien, j'ai essayé la tactique civile au début. Je lui ai dit que j'avais perdu la foi et que je ne me considérais plus comme étant apte à m'occuper du bien-être spirituel de mon troupeau à Droyton. Je pensais que cela allait résoudre le problème. Qui voudrait d'un vicaire impie ?

— Je ne sais pas. J'ai rencontré beaucoup de pieux qui étaient bien moins qualifiés que toi. A-t-il essayé de te retenir ?

— Il m'a dit que techniquement parlant, je ne pouvais pas démissionner, que j'étais un ecclésiastique pour toujours, même si je choisissais de ne pas remplir ce rôle. Je le savais déjà, même si cela semble stupide, comme d'insister pour qualifier un homme de maçon alors qu'il a juré de ne jamais monter de murs de briques.

— C'est ce que tu lui as dit ?

— Plus ou moins en ces termes.

Archie s'assit, nu, sur le lit. Il prit la robe que Rufus lui tendait et l'étendit sur ses genoux. Il passa une main admirative sur les longues rayures noires.

— C'est très joli. Ton premier cadeau pour moi.

— Le premier d'une longue série. Qu'a dit l'archidiacre ?

— Il a dit, *n'importe quoi ! C'est à vous de propager la foi au sein de votre congrégation, quels que soient les problèmes qui vous arrivent dans votre propre existence.*

— Oh, mon Dieu.

— Alors je lui ai écrit ce soir-là, lui disant que j'avais des raisons personnelles plus convaincantes pour lesquelles je ne devais plus diriger un ministère de l'Église d'Angleterre. J'imagine que cette lettre est sa réponse.

Il brisa le sceau et commença à lire. Rufus s'assit à côté de lui, passant un bras autour des larges épaules pâles qui brûleraient si facilement au soleil s'il n'y prenait pas garde. Rufus avait l'intention de prendre le plus grand soin de lui.

— Est-ce que c'est très grave ?

— Eh bien, je suis viré, répondit-il, avec un sourire en biais. Je n'aurais jamais cru voir les cheveux d'un homme se dresser sur sa tête à travers son écriture. C'est un grand gaillard, cet archidiacre… au temps pour le christianisme musclé.

— Quoi d'autre ?

— L'évêque est d'accord pour que je démissionne de mon poste, plutôt que de rester et être un exemple du mal et de… corruption pour la jeunesse.

Son sourire s'effaça.

— L'exemple du mal ne me dérange pas tant que ça. Cela semble plutôt amusant. Mais l'autre… Il veut dire les enfants de chœur, pas vrai ? Il pense que je pourrais faire du mal aux enfants.

— Je ne sais ni ne me soucie de ce que ce salaud entend par là.

Rufus l'attrapa et le poussa sur le lit, avec la djellaba, la moustiquaire et tout. Il le recouvrit de son corps, le seul bouclier qu'il pouvait lui offrir. C'était insuffisant, mais Archie l'agrippa comme si c'était le cas.

— Ils pensent tous que tous les pédés veulent s'en prendre aux enfants. C'est ce qu'on leur enseigne, et ils n'essaient jamais de réfuter cette théorie. Oh, Archie, c'est dans ce monde que je t'ai jeté. Peux-tu supporter d'y vivre ?

— Tu as *créé* mon monde, répondit Archie en caressant son visage. Tu es mon monde, si je veux me monter sentimental. Je ne m'attends pas à ce qu'il soit parfait.

— Mais il le sera, autant que je le peux.

— Je sais. Je sais. Mais je dois aussi y travailler. Suis-je un kit d'expédition vital, Rufus ? Qu'est-ce que je peux faire ?

— Beaucoup de choses, répondit Rufus après l'avoir embrassé. Je te veux à mes côtés chaque minute que tu peux m'accorder. Mais même si ce n'était pas le cas, ce n'est pas grave si l'avenir est incertain, mon amour. Quand as-tu pris des vacances pour la dernière fois ?

— Jamais, je crois. Celia et moi avions l'habitude de participer à des retraites au monastère d'Anglesey, mais… Je suis passé directement de l'université à l'ordination et à ma paroisse de Brighton.

— Il était temps, alors. Je suis à nouveau employé par le musée, et je pense que ta cousine est embarrassée par la confusion concernant mon salaire à la paroisse. J'ai plus qu'assez pour nous deux.

— Quel luxe. Mon beau diable, je comprends pourquoi le monde conventionnel voit les hommes tels que toi comme une tentation et une menace.

Il attendit que Rufus cesse de rire.

— Mais je ne peux pas.

— Quoi ?

— Je ne peux rester là sans rien faire et profiter de ta générosité. Je ne suis pas comme… Je vais devoir travailler.

— Tu le feras. Et si tu essaies de ne pas parler d'Henry, ne t'en fais pas. Je l'aimais, même s'il n'était pas fiable, mais il n'est plus là. Et j'aime couvrir mes hommes de cadeaux, les gâter et les retenir quand ils en ont besoin, alors tu vas devoir t'y habituer.

Archie s'affaissa sur les oreillers comme s'il avait l'intention de s'y essayer. Mais des bruits de pas rapides se firent entendre sur les marches extérieures, et Rufus se redressa, tirant la djellaba d'Archie hors du désordre.

— Cette porte n'a pas de serrure, l'avertit-il en souriant. Tu ferais mieux de vérifier si ta nouvelle tenue te va, *pronto*.

Archie enfila le vêtement par-dessus sa tête.

— Qu'est-ce que tu en penses ?

Rufus prit le temps de l'admirer et émit un petit sifflement.

— C'est parfait.

— Noir et blanc. Ça me rappellerait presque ma tenue ecclésiastique. C'est vraiment un nouveau monde.

Rufus se dirigea vers la porte en riant. Avant qu'il ne l'ouvre, le professeur Hargreaves fit irruption dans la pièce, talonné par Zadi, le neveu du ministre, désormais responsable de l'hébergement et de la logistique pour toutes les fouilles de Sabros.

— Professeur, s'exclama Zadi, s'agrippant à la ceinture de Hargreaves pour le ralentir. Il faut frapper à la porte du Dr Denby.

Hargreaves se tourna vers lui.

— Je vous demande pardon ?

— Vous auriez dû frapper, monsieur. Les manières anglaises.

— Comment osez-vous me faire la leçon sur les manières anglaises, vous...

— Quentin, s'il vous plaît, s'interposa Rufus. Zadi a tout à fait raison. Frapper à la porte n'est que de la simple courtoisie.

Hargreaves passa par ses changements de couleur habituels, des coups de soleil au cramoisi et vice-versa. Mais les choses avaient changé durant les fouilles de Sabros, et après un moment, il fit mine de reculer devant Rufus, en levant les mains pour protéger son visage.

— Oh, si Denby le boxeur le dit, la terreur du Royal Museum…

Par jeu, Rufus simula un coup de poing en réponse à sa blague, comme il l'avait fait vingt fois depuis son arrivée. C'était la façon qu'avait son collègue de gérer ce qui s'était passé entre eux, et Rufus lui devait de faire preuve de patience.

— Zadi ne fait que suivre les règles que nous avons nous-mêmes établies. Aucune des portes des quartiers privés ne possède de serrure.

— De mon temps, les archéologues n'en avaient pas besoin. De mon temps, nous nous considérions déjà chanceux d'avoir une tente qui se fermait, et...

Hargreaves cligna des yeux, s'adaptant à la lumière qui filtrait à travers la fenêtre.

— Mon Dieu, Rufus, c'est l'ami dont vous m'avez parlé ? Vous êtes tous les deux devenus indigènes ?

À en juger par l'expression de Zadi, Rufus et Archie avaient fière allure dans leurs robes.

— Oui, c'est mon ami, répondit Rufus d'une voix tranquille. Archibald Thorne, de Droyton Parva dans le Sussex. Il va rester avec moi.

— Un des Thorne d'Alfriston ?

— J'ai bien peur que non, dit Archie en tendant la main. Juste de Brighton.

— Eh bien, je suis heureux de faire votre connaissance. En vérité, j'aurais espéré qu'un Anglais en visite contribuerait à maintenir nos normes vestimentaires civilisées, plutôt que de laisser les coutumes locales laxistes...

— *Quentin.*

Oui, les temps avaient changé. Hargreaves et Denby étaient désormais Quentin et Rufus l'un pour l'autre. Mais c'était les fouilles de Rufus, et il tenait les rênes. Il se leva. D'un regard, il rappela à Hargreaves qu'il était l'archéologue qui avait fait jeter un objet d'une valeur inestimable dans une rivière, et avait tout de même le commandement de la plus prestigieuse des missions.

— Ce que mes amis et moi choisissons de porter vous préoccupe-t-il vraiment ?

— Non, bien sûr que non. Mais ces choses sont pratiquement des robes, vous savez. Totalement inappropriées.

Zadi sourit. Le pauvre Hargreaves étouffait à moitié dans ses vêtements de tweed, la sueur collant sa chemise à sa peau.

— Très inapproprié, *sayyid* Hargreaves.

— Personne ne vous a demandé votre avis !

— S'il vous plaît, parlez gentiment aux ouvriers sabriens, Quentin, dit Rufus en croisant les bras. En parlant de ça, notre nouvelle archéologue est-elle arrivée ?

— Notre nouvelle quoi ?

— La dame sabrienne du collège de Chania en Crète.

— Vous ne pouvez pas l'appeler archéologue. Elle vient à peine d'être diplômée, et elle…

Il se tut, comme s'il venait tout juste de se rendre compte de l'horreur de la situation.

— C'est une *femme.*

— Notre patron à Londres est une femme.

— C'est une chose quand elles se trouvent à quatre mille kilomètres, derrière un bureau. C'en est une autre quand elles sont sur le site avec nous. Un homme ne peut pas se soulager contre un mur et regarder dans vingt directions à la fois.

Rufus lutta pour ne pas éclater de rire. Archie n'était d'aucune aide, appuyé contre l'armoire, observant Hargreaves avec un amusement non dissimulé.

— Eh bien, vous devrez faire au mieux avec elle. Une archéologue fraîchement diplômée est tout aussi archéologue que nous deux, et elle en sait plus que nous n'en saurons jamais sur cette île. Son sexe importe peu. La seule question qui importe est : est-elle heureuse ?

— Est-ce qu'elle est quoi ? demanda Hargreaves en fronçant les sourcils.

— Est-elle installée dans ses quartiers, dotée de tout l'équipement nécessaire ? A-t-elle été accueillie par les autres ?

— N'est-ce pas le travail de Zadi de veiller à tout cela ?

— Zadi a déjà plus qu'assez à faire. J'aimerais m'assurer qu'il est heureux, lui aussi. Es-tu heureux, Zadi ?

Le jeune homme s'illumina comme un lever de soleil méditerranéen.

— Oui, je suis heureux. Et vous ?

— Tout à fait, merci. Ton oncle est-il arrivé ?

— Oui, *sayyid* Denby.

— Parfait. Archie, l'oncle de Zadi est le ministre Belesh, le représentant des Sabriens à Athènes. Je crains qu'il ne soit très contrarié car personne n'a encore pris la peine de lui assurer que toute nouvelle découverte sur ce site lui sera présentée, ainsi qu'à son équipe d'experts, et ne sera en aucun cas arrachée à Sabros, sauf accord mutuel. Pourriez-vous vous charger de lui dire cela, Quentin ?

— Je le ferai, mais…

Le pauvre Hargreaves frissonna.

— C'est une sacrée absurdité, vous savez. Ces îles reculées ne peuvent pas garder en sécurité leurs propres trésors.

— Peut-être pas, mais Athènes le peut. Pourquoi leur prendrait-on ce qui leur appartient ? C'est comme si on avait amené Stonehenge ici parce que des Anglais stupides l'auraient laissé sur une plaine pour qu'il s'érode sous la pluie. Dieu merci, l'immense trésor qui se trouve ici ne peut pas être soulevé pour être emporté avec nous.

— C'est pour ça que je voulais vous voir. Je suis désolé d'avoir fait irruption chez vous, mais j'ai peur que cela ne puisse attendre. Une bande d'indigènes, des ouvriers sabriens, a une nouvelle fois cessé le travail quand nous sommes allés ouvrir la tombe au-delà de celle où vous...

— Où je suis devenu fou et où je vous ai attaqué, termina Rufus en lui tendant la main.

Hargreaves la prit avec gentillesse, comme s'il avait attendu la première occasion pour lui pardonner.

— Laissez-moi deviner. Il y a une sorte de structure cachée dans le sable au-delà de la tombe, et ils ne veulent pas qu'on la touche.

— C'est cela. Ils criaient encore leur fameux mot.

— *Agapomenu* ? suggéra Zadi. C'était le mot, *sayyid* ?

Hargreaves le dévisagea, mais il attira l'attention de Rufus en se raclant la gorge.

— Oui, merci, M. Zadi. Et ce qui est terrible, c'est qu'il y a quelque chose, une muraille en terre ou un grand mur courbe en quelque sorte. Il semble trop grand pour avoir été construit par l'homme, du moins à cette époque. S'il se trouve à la base des tombes, il doit avoir quatre mille ans. Rufus, Caroline Taylor a dit que vous aviez eu un aperçu de cet endroit, quelque chose en rapport avec l'église du Sussex. J'aimerais que vous me disiez de quoi il s'agit.

— Oui. Il est temps que je le fasse. Pardonnez-moi de vous avoir laissé dans l'ignorance, mais je devais revenir ici et tester ma théorie avant d'en être sûr.

— Et c'est ce que vous avez fait cette semaine, vous avez testé votre théorie ? Parce que les autres gars ne comprenaient pas pourquoi vous vous promeniez sur le site dans votre djellaba, sans même une truelle à la main.

— Parfois, ce que nous cherchons n'est pas là, dans le sol. C'est dans les collines autour de nous, à l'horizon, ou... Ici, sur Sabros, c'est tout. Venez voir.

Il mena Hargreaves près de la table où il avait étalé son croquis. Il avait dû coller une douzaine de feuilles de papier de son carnet pour rassembler ses observations de sa semaine sur l'île, ses heures passées à marcher dans les dunes et sur le rivage. Archie suivit avec enthousiasme, s'assurant qu'il y avait de la place pour Zadi autour la table.

— C'est un beau dessin, Rufus.

— Merci. Je faisais tout le temps des croquis sur les sites, mais je suis devenu trop occupé, et j'ai commencé à me fier aux photos. Travailler à Droyton m'a aidé à me souvenir de la qualité de la connexion avec un lieu lorsqu'on le dessine – on voit les choses différemment.

J'aimerais te dessiner. Oh, les choses que je verrais alors !

Le message passa entre eux, et Rufus dut détourner le regard.

— Cela dit, je t'en supplie, dis-moi que les photos de l'église sont réussies.

— Parfaitement. Je les ai transmises à Caroline au musée.

— Bien, bien. Ceci est un croquis de toute la zone de fouille. C'est aussi, comme vous pouvez le voir, un croquis de l'île, ou de la plus grande partie de l'île. J'ai inclus le littoral, qui entre et sort du cercle extérieur au fur et à mesure que la terre est rongée par l'eau.

Hargreaves parcourut du bout des doigts une partie intacte de la courbe.

— Comment ça, le cercle extérieur ?

— Ne le voyez-vous pas ? Des murailles l'une à l'intérieur de l'autre, formant des cercles concentriques. Certaines sont intactes, et la civilisation de l'âge du bronze a compris leur caractère sacré sans savoir ce qu'elles étaient. Ils ont construit leurs tombes dans les espaces qui les séparaient.

— Dans les tunnels ?

— C'est exact. C'étaient déjà des tunnels à l'époque – le sable avait soufflé et des couches de terre s'étaient formées au-dessus. Peut-être que certains d'entre eux ont été délibérément remplis pour protéger ou cacher les tombes. Mais, dans l'ensemble, il reste suffisamment de vestiges visibles – et les gens d'ici les vénèrent tellement – que je crois que nous les avons découverts.

— *Tir* !

Zadi poussa un cri de joie et donna à Hargreaves une tape dans le dos.

— *Lavyrinthos* ! Est-ce possible, *sayyid* Denby ?

— Les fouilles prendront des années, mais je le crois. Oui.

— Le labyrinthe, souffla Hargreaves.

Il ne semblait pas avoir remarqué le geste de Zadi : il regardait la carte comme si les dunes s'étaient transformées en or mycénien, la mer en lapis-lazuli. Il chancela, et Zadi prit une chaise pour qu'il s'y assoie.

— Je n'y crois pas. Je n'y crois pas.

— Vous êtes le premier à l'avoir suggéré, Quentin. Vous ne vous en souvenez pas ? Je ne vous ai pas écouté, et j'en suis désolé. Quoi qu'Evans ait découvert à Cnossos, je suppose que le phénomène a ses racines et sa source ici même, comme un modèle de sanctuaire antique qui se serait répandu dans toute l'Europe.

— Mais quel en était le but ?

— Des miracles. La régénération.

Rufus hésita, se rappelant son retour à la vie dans la prison infernale du brigadier.

— Réveiller les morts. La magie, peut-être, ou peut-être rien de plus que les choses que nous avons en nous de toute façon.

— Il a sûrement été construit pour dissimuler un grand trésor.

— Ça n'aurait pas servi à grand-chose, ni à garder un Minotaure à l'intérieur ni à empêcher les chasseurs de trésors d'entrer. Oh, je suis sûr que nous trouverons suffisamment de richesses en creusant d'autres tombes dans les tunnels, mais ce n'est plus de l'archéologie d'objets précieux. Le trésor ici, c'est l'île, la terre elle-même. Pouvons-nous la restaurer, pensez-vous, sans trahir les gens qui vivent ici ou la détruire ?

Hargreaves prit son menton en coupe dans ses mains. Lorsqu'il leva les yeux, son visage ne montrait rien d'autre qu'un émerveillement enfantin.

— Je vais essayer, dit-il avec mélancolie. Mais pour l'amour du ciel, Rufus, comment avez-vous *su* ?

CHAPITRE 14

La vue s'étendait jusqu'au ciel, majestueuse. La chaleur féroce de la journée sur l'île s'était dissipée, et le crépuscule était tout aussi parfumé et délicat que les ombres des feuilles d'amaryllis sur le mur. Alors que Rufus tendait l'oreille, des cris et des rires lui parvinrent, charriés par la brise venue du large, au rythme de la musique : la rumeur s'était répandue que tout Sabros était une terre sacrée, l'occasion pour une célébration enflammée, de chants et de danses jusqu'à l'aube.

L'appartement des archéologues occupait un promontoire, et la fenêtre sud n'encadrait que la mer et le ciel. Pas même un morceau de plage en contrebas. Les volets qui donnaient côté rue étaient restés fermés. Rufus était certain que Zadi apprendrait bientôt à ses invités indisciplinés l'art de frapper, mais en attendant, une chaise avait été coincée sous la poignée de la porte, telle une amie protectrice, et le dossier, peint de couleur vive, semblait être à sa place, tel un étrange ange gardien.

— J'aurais voulu que tu me fasses ça avant, dit-il, la gorge serrée. Devant une fenêtre à l'autre bout du monde, avec l'odeur des pommes séchées et du tabac.

— Et des toiles d'araignée et des rideaux poussiéreux sur ton visage.

Archie vint se poster à côté de lui.

— Est-ce que c'est mieux ?

— C'est beau, mais en ce qui me concerne, j'emmènerais n'importe quelle fenêtre avec toi n'importe où. S'il te plaît, fais-le, Archie. Je veux te sentir en moi.

— Bon sang, j'ai presque peur. Et si je ne suis pas doué pour ça ?

— Chut.

Rufus l'embrassa, se mettant sur la pointe des pieds pour que ses lèvres atteignent le front plissé par l'inquiétude de son amant.

— Ce n'est pas la fin du monde, malgré ce que l'on peut entendre dans certains lieux réservés aux hommes, à Londres. Si on n'aime pas ça, ce n'est pas grave. Henry et moi n'avons jamais fait ça de cette manière.

— Vraiment ?

— Vraiment. Il trouvait que ce n'était pas hygiénique. Indigne. Et Dieu sait que ça peut être les deux, et les hommes peuvent se transmettre des maladies, tout comme les hommes et les femmes, alors…

Rufus ôta le couvercle d'une jarre en terre cuite posée sur le rebord de la fenêtre. Ses mains tremblaient. Il avait prononcé le nom d'Henry pour le rassurer, mais en le disant, il avait soudainement invoqué une centaine de nuits misérables à essayer de l'aimer. À regarder ses désirs se transformer en dégoût, alors qu'Henry se précipitait dans la salle de bains pour se laver de ses péchés.

— Zadi est vraiment inestimable, tu sais. Je lui ai dit que j'avais un ami qui arrivait, et une demi-heure plus tard, il était de retour sur le pas de la porte avec ça, discrètement emballé. Les préservatifs nous protégeront tous les deux, et le lubrifiant – meilleur que l'huile de cuisine de Maria, j'espère – rendra les choses plus faciles.

Archie lui prit le pot et le paquet des mains. Il les mit de côté, prit le visage de Rufus entre ses mains et lui lança un regard que Rufus ressentit comme des rayons X bienveillants, jusqu'à l'arrière de son crâne.

— Tout va bien, dit-il doucement. Je te veux au moins autant que tu me veux. Je veux apprendre à baiser, même si ce n'est pas la finalité.

— Pour l'ajouter à ton répertoire ?

— C'est ça. Et tu vas penser que je suis le plus grand des idiots, mais je n'ai jamais utilisé un de ces petits trucs en caoutchouc.

— Tu étais avec Celia, et vous vouliez tous les deux un enfant. Tu dois en porter un désormais, à cause de moi, pas de toi. Je n'ai pas toujours fait attention avec qui j'allais après Henry.

— Ah, Rufus, je porterais n'importe quoi pour toi. Tu dois juste me montrer comment ça marche.

Le passé disparut. Rufus vivait un moment de bonheur pur et intense.

— Oui, je vais le faire. On devrait d'abord enlever ce que Quentin appelle ta robe.

— Ça fera deux fois que je suis défroqué.

Ensemble, ils le déshabillèrent. Puis ce fut au tour de Rufus, et quand Archie souleva la djellaba de coton blanc par-dessus sa tête, ils étaient tous deux en érection, impatients. Rapidement, Rufus déballa l'un des préservatifs.

— Tu le mets sur le gland, comme ceci, puis tu le fais rouler.

Il lui montra. Archie se retint contre le rebord de la fenêtre, haletant.

— Ah, je comprends comment ça marche. C'est tellement agréable quand ton amant te le met que tu jouis avant même de t'être approché de lui.

— Oh, non. Ne t'avise pas de faire ça.

Rufus attrapa le tube et tortura de nouveau brièvement Archie en étalant le lubrifiant de haut en bas, sur toute la longueur de son sexe protégé.

— Attends, ou j'appelle Zadi pour qu'il apporte de la glace.

— Il te veut, ce garçon. Ça se voit.

— Il aurait pu m'avoir une fois. Plus maintenant. Je suis à toi.

Archie le fit se tourner vers la fenêtre. La force du mouvement fit craquer les articulations de Rufus. Il appuya ses coudes sur le rebord. L'ozone et la fumée de pin lui emplissaient les narines. La lumière fauve baignait la peau de ses mains et de ses avant-bras, sa poitrine et son ventre, et il se redressa en gémissant, le bras d'Archie enroulé autour de sa taille. La bouche chaude de son amant descendit le long de sa gorge – ses baisers, d'abord légers, se firent plus appuyés, lui offrant une distraction tandis que sa verge s'enfonçait en lui.

— Suis-je au bon endroit ?

Rufus pouvait à peine parler.

— Parfaitement. Oui.

Il se cambra pour répondre à la pénétration.

— Prends-moi plus profondément. Je veux te sentir entièrement.

Il saisit le poignet d'Archie, le scintillement de la mer à travers la fenêtre obscurcissant sa vision. Le membre épais l'emplissait profondément, l'amenant au bord d'un gouffre dont il ne pouvait s'éloigner, ses muscles se contractant sans pouvoir s'en empêcher autour du sexe chaud enfoui en lui. Ses halètements rythmés se joignirent à ceux d'Archie.

— Plus fort, pour l'amour de Dieu. Je ne vais pas le supporter davantage.

— Est-ce que je… te fais mal ?

— Non, mais je vais mourir si ça dure encore longtemps. Oh, je ne peux pas. Je ne peux pas.

Archie s'enfonça de nouveau en lui. Rufus aurait tout donné pour le regarder, pour admirer les muscles de son dos et de ses fesses onduler tandis qu'il le prenait. Les sensations que lui procuraient chaque coup de reins se transformèrent bientôt en une pression insupportable. Il voulait se tortiller pour se libérer, mais il se contenta d'onduler son bassin, de plus en plus vite sous le plaisir qui ne cessait de grimper. C'est alors qu'il s'embrasa, un incendie qui commença dans ses couilles et se répercuta jusque dans sa colonne vertébrale et son estomac. Il laissa échapper un cri rauque, puis un autre, et un autre encore, jusqu'à ce qu'Archie le penche sur le rebord et qu'il enfouisse son visage entre ses bras.

Son amant s'affaissa de tout son poids sur lui. Il l'enveloppa dans une étreinte qui renvoya en enfer tous les démons de la vie de Rufus. Peu importait ce que ce monde lui infligerait à partir de maintenant, rien ne romprait cette étreinte, le cercle sacré de ses bras autour de lui. Lentement, aveuglé par les larmes, il se redressa. La verge d'Archie glissa hors de son corps, et Rufus se retourna pour la saisir, pour atténuer le choc de cette séparation, lui rendre l'abri qu'il lui avait offert, pour ne pas rompre ce cercle, leurs murs en labyrinthe sans fin.

— Archie, mon Dieu. Est-ce que ça va ?

— Oui. Mais je comprends pourquoi ils appellent ça la petite mort. Je l'ignorais jusqu'à maintenant.

— Viens ici. Viens vers moi.

Rufus l'aida à enlever le préservatif, lourd de sa semence. Ils s'affalèrent ensemble sur le large rebord, dans un enchevêtrement de membres chauds et épuisés. Rufus regarda avec émerveillement l'ancien vicaire de Droyton, nu et défait, ses cheveux en bataille sur son front. L'éclat étourdissant de son regard aurait pu rivaliser avec les lumières du Triangle d'été, du Cygne et de l'Aigle et de la Lyre, qui venaient d'apparaître à l'horizon dans le crépuscule soudain.

— Respire, lui intima Rufus, tout en caressant les mèches humides sur son front. Il est vraiment conseillé de respirer.

Archie poussa un énorme soupir.

— J'ai failli oublier.

— Le plus étrange, c'est que j'aurais juré que tu mourrais d'envie d'une cigarette là, tout de suite.

— C'est vrai. Si jamais l'occasion s'y prêtait... Mais je n'en ai pas ressenti le besoin, Rufus, pas depuis que nous sommes entrés dans les tunnels de Droyton et que tu m'as offert le baiser de la vie.

Il leva soudain les yeux.

— Est-il possible que le labyrinthe là-bas m'ait vraiment sauvé ? Que tu aies soufflé en moi, et que d'une manière ou d'une autre… tu aies guéri mes poumons ?

— Ce sont deux questions différentes, lui répondit Rufus avec ironie. Le labyrinthe t'a-t-il sauvé, ou c'était moi ?

— Crois-tu ce que tu as dit au professeur Hargreaves ? Que des miracles se produisent dans ces lieux à cause d'une sorte de magie que nous possédons en nous dans tous les cas ?

— Je ne sais pas ce que je crois. Mais si je *devais* spéculer – et je ne le ferai pas dans la *Revue Archéologie* de sitôt, parce que je veux garder mon charmant nouveau travail –, j'irais même plus loin. Je ne suis pas sûr que nous ayons besoin du labyrinthe.

— Oh.

Archie s'assit contre le plâtre qui s'effritait, réfléchissant à ses paroles.

— Toute cette magie, ce pouvoir de guérir et de changer, pourrait faire partie de nous ?

— Avec l'aide d'autres personnes, ou grâce aux plus profonds désirs de nos âmes. Peut-être que j'ai pu t'aider parce que nous voulions tous les deux désespérément que tu restes en vie, parce que nous savions tous les deux que nous nous étions trouvés, et que cela signifiait tout.

— Oui. Tout. Est-ce qu'Alice a fait revivre le capitaine Meredith quand elle s'est rendu compte qu'elle ne pourrait jamais aimer quelqu'un d'autre ?

— Ce serait ma théorie insensée, oui. Si je devais spéculer.

— Et le profond désir de Giles-Gillian était de faire vivre l'homme qui était en elle.

— C'est exact. C'est de la folie, n'est-ce pas ?

— Absolument absurde. Aïe !

Archie se tapa l'épaule, là où se trouvaient déjà quelques marques rouges de la taille d'une pièce de monnaie.

— Ces foutus insectes me piquent.

— Ils deviennent féroces après le crépuscule. Je vais te mettre du benjoin. Ils ne peuvent pas résister à cette magnifique peau d'albâtre.

— Ah, c'est donc ça le problème ? Je suis irrésistible ?

— Dans quelques jours, tu vas bronzer, et ça va t'endurcir un peu. Oui, le problème, c'est que tu es irrésistible, et en attendant, une moustiquaire protège le lit. Viens avec moi.

***

Bien plus tard ce soir-là, alors que les étoiles du Triangle brillaient au-dessus de leurs têtes, Archie et Rufus marchaient le long du rivage de l'île. La brise chassait les moustiques, et la lune décroissante traçait un chemin de l'horizon jusqu'à leurs pieds nus. Le chemin ondulait avec eux, toujours accueillant, et toute la nuit semblait être en mouvement : les bateaux de pêche dansaient sur l'eau, les feux de joie crépitaient dans les dunes. Comme la plage était calme et que les Anglais excentriques avaient droit à une certaine liberté dans ce dernier bastion des anciens dieux, ils déambulaient bras dessus bras dessous. Rufus tenait une lettre dans sa main libre, apportée par l'un des garçons que Zadi employait pour courir entre le village et le gîte. La poste anglaise arrivait de Crète par ferry, par la mer imprévisible. Archie avait reçu une carte postale d'Elspeth dans la même livraison, qui commençait par *Cher Archibald* et lui assurait que, même s'il était regretté, Troy Town était entre de bonnes mains, de nouveaux pèlerins descendant déjà le Chemin pour visiter la grande colline, et se terminait par une série de baisers enfantins qui l'avait fait pleurer.

Le courrier de Rufus venait de sa sœur. Archie et lui s'arrêtèrent près d'un des feux de joie pour déchiffrer ses gribouillages.

— Elle va bien, à part quelques nausées matinales, dit Rufus. Je suis heureux qu'elle ait décidé de garder le bébé, même si Dieu sait ce qu'elle doit en penser. Peut-être devrions-nous l'adopter.

Il regarda le coin de la carte postale qui sortait de la poche de la djellaba d'Archie.

— Peut-être que nous pourrions adopter Elspeth aussi.

Archie éclata de rire.

— Pourquoi pas Jebediah, pendant qu'on y est ? On ne peut pas adopter des enfants au hasard, espèce de fou. Même si les services d'accueil nous laissaient les approcher, tu vas devoir parcourir le monde entier pour tes aventures archéologiques, et…

— *Nous* allons parcourir le monde. Et je sais. Je veux juste que tu saches que nous aurons des enfants un jour, d'une manière ou d'une autre, si c'est ce que tu veux.

— Merci.

Archie resta silencieux un moment, observant les flammes.

— Je me demande ce que le brigadier penserait du fait que le frère homosexuel de la veuve de son fils adopte son enfant illégitime.

— Bon sang. Quelle horrible pensée. Mais je ne suis pas sûr qu'on entende encore parler de lui.

— Ils ne l'ont toujours pas trouvé ?

— Pas la moindre trace de lui, d'après Rosie, bien que le caporal Berry soit rentré chez lui et s'occupe du magasin familial et des lapins. Je commence vraiment à penser que Drusilla l'a laissé s'envoler.

— Eh bien, bon débarras. J'espère qu'elle a envoyé ce vieux salaud en enfer.

— Mais un vent maléfique a ramené le Dr Winborn à Droyton. C'est un homme différent, apparemment. Il aide Alice et Meredith à organiser leur mariage, et leur a gentiment demandé de tes nouvelles.

— C'est très aimable, mais qu'il aille se faire foutre.

La rage d'Archie était plus brûlante que le feu. Rufus se pencha vers lui, y trouva la source, et y puisa la vie et la force.

— Ça fait du bien de pouvoir dire de telles choses, à présent que tu n'es plus vicaire ?

— Sacrément du bien.

Seul un jeune couple sabrien dansait encore autour du feu, trop perdu l'un dans l'autre pour faire attention à un autre amour que le leur, alors Archie glissa un bras autour de la taille de Rufus.

— Mais je pense que nous sommes là, dans ce nouveau monde. Et nous sommes en paix, comme nous le disent les politiciens, même si cette paix a été gagnée en larguant une bombe qui... Seigneur, qui a transformé les gens en ombres sur un mur. Tous ces enfants que nous allons adopter, aimer – je ne veux pas qu'ils grandissent avec cette menace au-dessus de leur tête, et je ferai tout pour l'empêcher. Mais comment puis-je dire que je veux une paix durable, alors que je ne trouve pas la paix dans mon cœur pour mon voisin ? Je te jure que je briserais Winborn comme une brindille s'il était là.

— Je sais.

Rufus le prit par les épaules, et l'obligea à se retourner pour ancrer son regard au sien.

— Mais je me souviens de ce que tu as dit dans ton dernier sermon. Si nous devons attendre d'avoir la paix dans nos cœurs avant de commencer à travailler pour elle dans le monde, nous n'arriverons jamais à rien. Nous devons simplement commencer avec ce que nous avons.

Archie le fixa du regard. Ils se tenaient à l'abri du vent, sous le mur extérieur du labyrinthe. Tous les miracles qui se produisaient sur cette plage devaient arriver grâce à la magie humaine, l'ancienne et joyeuse communion des cœurs aimants.

— Tu es un vrai pacifiste, déclara Archie avec force. Tu as fait la guerre, et à ta manière, tu as combattu Winborn et le foutu brigadier Spence jusqu'au bout. Mais tu l'es.

— Peut-être. Mais ne te méprends pas, Archie, je me battrais pour toi.

Archie hocha la tête. Le jeune couple s'était immobilisé, se balançant dans les bras l'un de l'autre. Il tendit la main vers la tempe de Rufus, avec tendresse, comme il le serait toujours avec ses blessures, témoins éternels des batailles qu'il avait menées.

Mais toutes les cicatrices avaient disparu.

EXTRAIT
D'UNE NUIT D'ÉTÉ *(À Geoffrey Hoyland)*

À égalité avec mes semblables dans un cercle
Je m'assois lors des soirées paisibles
Enchanté comme les fleurs
Que l'astre levant tire de leur cachette.
Par ses supplications croissantes semblables à une colombe,
Sa logique et ses pouvoirs :

Que plus tard, bien que désormais séparés,
Nous puissions encore nous souvenir de ces soirées où
La peur ne regardait pas sa montre ;
Les lions chagrins bondissaient de l'ombre
Et déposaient leurs muselières à nos pieds.
Et la Mort posait son livre.

WH Auden

À PROPOS DE L'AUTEURE

Harper Fox a écrit de nombreuses romances M/M saluées par la critique, y compris *Scrap Metal*, nominée au Stonewall Book Award, et *Brother of the Wild North Sea*, ses romans et ses nouvelles d'une profonde sensualité, des personnages aux multiples facettes trouvent l'amour et se construisent un bel avenir... après les épreuves nécessaires. Harper Fox adore mettre en évidence la romance implicite de la vie de tous les jours, et elle se débrouille pas mal non plus dans les scènes d'action.

Pour en savoir plus sur Harper et ses projets, rendez-vous sur www.harpexfox.net

NORTHERN
REVENGE
FLOR ABRIL

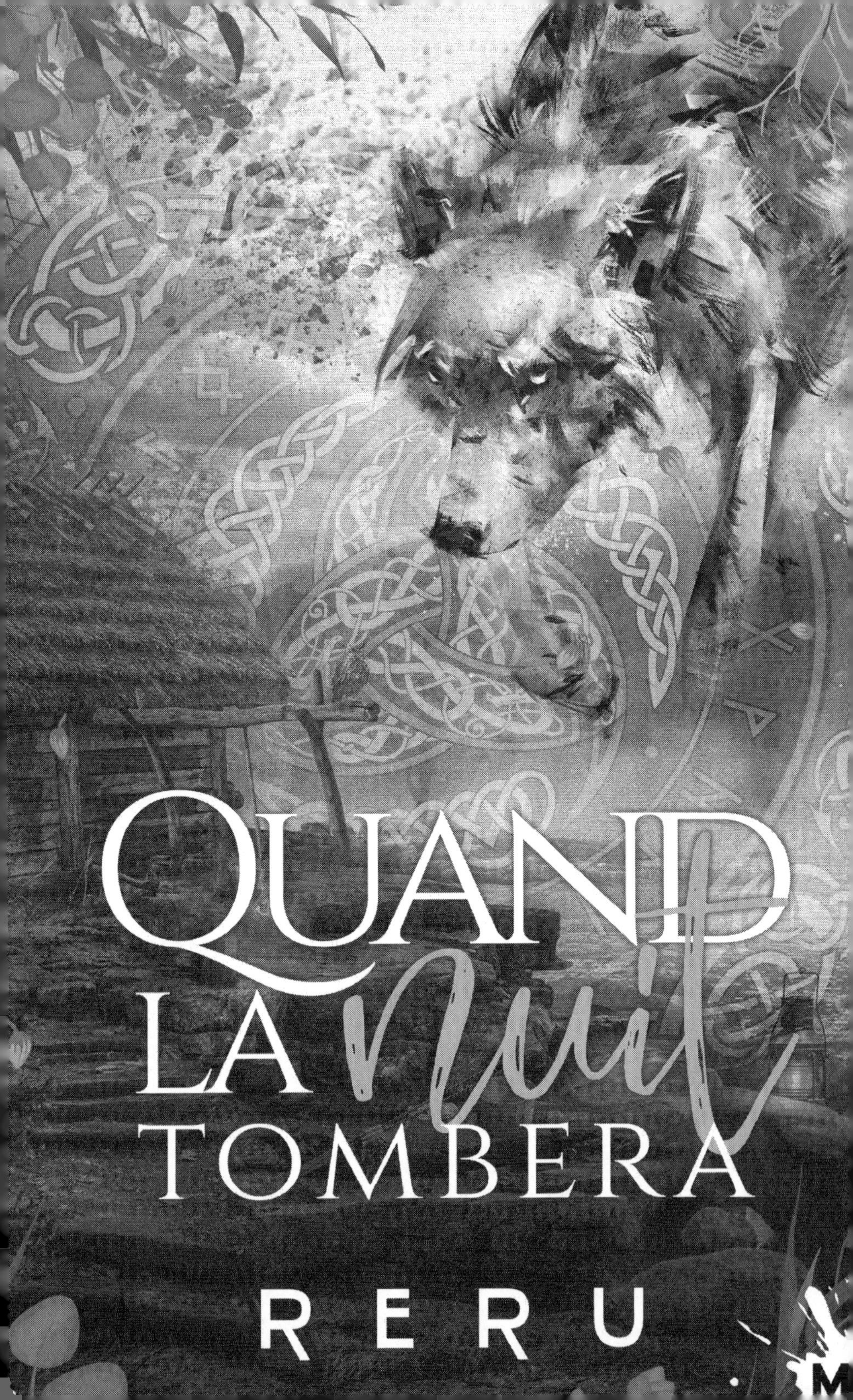
QUAND
LA nuit
TOMBERA
RERU

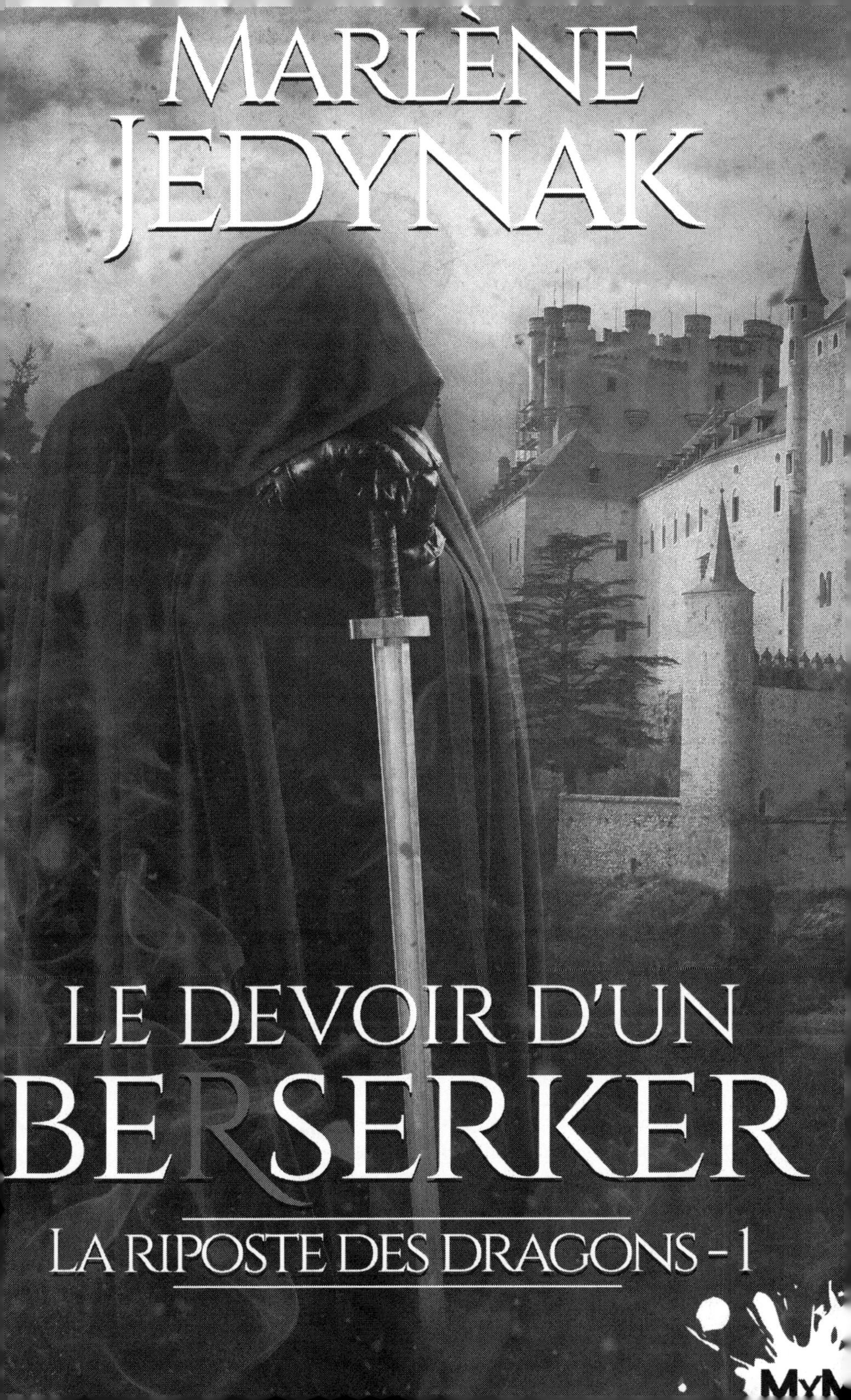
Marlène
Jedynak
Le devoir d'un
Berserker
La riposte des dragons - 1
MyM

Imprimé en France
FROC031834080920
25058FR00005B/51

9 791038 112063